구원자의 요리법

구
원
자
의
요
리
법

1판 1쇄 찍음 2019년 2월 12일
1판 1쇄 펴냄 2019년 2월 19일

지은이 여　왕
펴낸이 정　필
펴낸곳 (주)뿔미디어

기획 · 편집 박경희, 권지영, 문지현
표지 디자인 우 물

출판등록 2002년 9월 11일 (제1081-1-132호)
주소　경기도 부천시 소향로 17, 303(두성프라자)
전화　032)651-6513　　팩스 032)651-6094
E-mail　bbulmedia@hanmail.net
비북스　http://b-books.co.kr

ISBN 979-11-315-9462-9 03810

※파본은 구입하신 서점에서 교환하여 드립니다.

※이 책은 (주)뿔미디어를 통해 독점 계약되었습니다.
저작권법에 의해 보호를 받는 저작물이므로 무단 전재와 무단 복제를 엄금합니다.

contents

Chapter 1
7
Chapter 2
98
Chapter 3
141
Chapter 4
205
Chapter 5
292
Chapter 6
424
Chapter 7
525
에필로그
567

Chapter 1

　남자는 갑자기 신발장에서 튀어나왔다. 얇은 나무 문을 기미도 없이 발칵 열고 돌진하듯 나타난 것이다. 그다음 일은 어찌 보면 당연한 것이었다. 신발장 앞 현관에서 숙식이라도 하지 않는 이상 대부분의 주거지에서 현관이란 그저 작은 통로일 뿐인 협소한 공간이다. 거기를 광야라도 질주하듯 힘껏 내달렸으니 결과야 뻔하지 않은가.
　결론적으로 남자는 성대하게 맞은편 벽에 처박혔다.
　집이 약간 흔들린 것 같았다. 보고 있던 내가 다 아플 정도의 충돌이었다. 워낙 갑작스러운 일이라 나는 그가 밀려드는 아픔을 수습하고 이쪽을 돌아보는 것을 멍하게 쳐다보고 있었다.
　약간 벌려진 입가, 갈피를 잡지 못하는 시선, 엉거주춤한 자세가 노란 현관 센서 등에 물들어 조금 멍청해 보였다. 아마 나도 비슷한 표정을 짓고 있을 것이다. 어쨌든 남자가 걸친 치렁치렁한 망토가 스르륵 앞으로 미끄러지는 것을 계기로 우리는 간신히 일시 정지 상태에서 풀려날 수 있었다.

그러나 나는 멍청함까지 그만두지는 않았다. 주거지에 갑자기 불법 침입한 괴한에게 해야 할, 그리고 할 수 있는 수많은 행동을 취하는 대신 이렇게 말했기 때문이다.

"어, 마실래요?"

옆에 너저분하게 늘어놓은 맥주 캔 중 적당한 것을 들어 앞으로 쭉— 내밀고 양쪽으로 가볍게 흔들었다. 탄산이니까 흔들면 안 된다는 깨달음은 3초 뒤에 찾아왔다. 아, 그 전에 맥주 캔은 비어 있었다. 음, 이미 마신 거였군. 아, 아마 실제 발음은 '꽈스일르이에오오?'에 가까웠던 것 같다. 미안해요, 침입자. 이게 최선이었어. 아, 침입자니까 미안해할 필요는 없나? 아닌가. 에라, 모르겠다. 어디 아직 비지 않은 캔은 없나.

뭐, 이때 적당히 비명을 지를 수도 있었을 것이다. 어쩌면 경찰에 신고하는 게 좀 더 좋았을지도.

하지만 일주일이라는 전대미문의 장기 휴가를 맞이해 마트에서 살 수 있는 모든 종류의 술을 사다가 맛보는 짓을 하면서, 스스로를 심신 미약의 상태에 빠뜨린 지 오래된 내가 하기에는 둘 다 지나치게 멀쩡한 짓이었다. 지금 내 상태에서 가장 적절한 행동은, 빈 캔들을 쓰러 뜨리면서 아직 마시지 않은 술을 찾는 정도?

어쨌든 더듬듯 캔들을 쓰러뜨리는 동안 남자는 자세를 가다듬고 구 둣발로 성큼 집 안에 들어섰다. 다시 한 번 강조한다. 구둣발로, 집 안 으로 들어섰다. 구두 굽이 마루와 마찰하는 선명한 소리는 어느새 본 목적을 잊고 술을 찾아 배회하던 내 시선을 잡아 끌기 충분했다.

그러니까, 일주일간 깨끗한 집에서 빈둥거리고 싶어서 퇴근 뒤의 지친 육신을 질질 끌면서 청소기를 돌리고 큰맘 먹고 물걸레질까지 한 거실 바닥에 신발을 신은 상태로 뚜벅뚜벅 걸어 들어왔다는 것이 다. 불결하고 무도하고 흉악한 가죽 구두를 보란 듯이 내세우면서.

잠깐 첨언하자면, 쓸데없이 극적으로 치닫는 술꾼의 사고에 대해 먼저 심심한 사과의 뜻을 표하고 싶을 따름이다.

"야아아—!"

인지하기도 전에 외침이 입 밖으로 튀쳐나갔다. 술이라는 것은 몇 가지 특성이 있는데, 사람의 기분을 매우 좋게 만들거나 매우 나쁘게 만들거나 제어할 수 없을 정도로 감정의 흐름을 극단적으로 만드는 것 또한 그 특성 중 하나에 해당된다.

그래서 친해지려고 술 마시고는 자기도 모르는 새 부장님 멱살도 잡고 그러는 게 아니겠어? 물론 나는 집에서 마시기 때문에 기껏해야 성능이 부실한 가전제품 따위에 푸념하는 정도로 끝날 예정이었지만, 오늘은 아니다.

아, 물론 술에 노곤노곤해진 외침은 매우 힘이 빠져서 실제론 야아 하아아햐아 같은 육박지름인지 요들송인지 모를 소리가 되고 말았다. 덕분에 그럴듯한 위협 효과는 기대하기 힘들었지.

"신발 벗어! 어딜 집에 신발을 신고 들어오려고……."

아마 대충 이렇게 말한 것 같은데 실제로는 어땠는지 모르겠다. 스인브아알 브어서어! 정도이지 않았을까. 남자는 내 외침에 놀랐는지 조금 움찔하더니 그대로 멈춰 섰다. 그리고 들어오려던 엉거주춤한 자세 그대로 슬금슬금 눈치를 살피기 시작했다. 아무리 봐도 말을 못 알아들은 모양이라 나는 손가락을 들어서 남자의 신발을 가리켰다. 다행히 눈치가 빠른 편인 듯 그는 한쪽 무릎을 꿇고 신발 끈을 풀기 시작했다.

나는 그제야 남자의 차림을 조금 자세하게 뜯어볼 수 있었다. 과연 벗을 수 있는 형태인가 의심스러울 정도로 끈이 복잡하게 묶인 가죽 신발은 무릎 바로 아래까지 올라오는 긴 부츠였다. 부츠의 양쪽에는 각각 단검 같은 게 하나씩 매달려 있었고, 고동색 망토에는 금색과 은색, 검은색 실로 마법진 같은 문양이 수놓아져 있었다.

특히 압권인 것은 망토 안쪽에 입고 있는 복장이었는데, 바지야 그냥 검은색의 심플한 것이었지만 윗도리는 뭘 어떻게 껴입었는지 분간도 안 될 만큼 복잡했다. 그래도 설명을 하자면, 대충 셔츠를 입고 그 위에 얇은 가죽조끼를 걸친 다음 코르셋 같은 형태의 두꺼운 벨트로 겉을 감싸고 있었다.

그 두꺼운 벨트가 일종의 '복갑'이라고 부르는 복부 갑옷이라는 것은 나중에 알았다. 어쨌거나 남자의 옷차림은 보편적인 현대인의 평상복에서 크게 벗어나 있었던 것이다. 그러니까 저런 걸, 코스프레라고 하던가?

'무슨 게임에서 튀어나오셨어요?'라고 묻고 싶어지는 복장만으로도 이미 질릴 지경인데 남자가 신발을 모두 벗고 고개를 들었을 때 나는 저도 모르게 헛웃음을 터뜨리고 말았다. 남자가 쭈그리고 있는 동안 꺼져 버린 센서 등 아래, 어두컴컴한 현관에서 남자의 눈이 보란 듯이 황금색으로 빛나고 있었기 때문이다. 마치 고양이처럼.

한마디로 정리하자면, 신발장에서 안구가 발광하는 코스프레한 남자가 갑자기 튀어나왔다.

현실감이 멀어지는 요소가 한두 개가 아니다. 기겁해서 경찰을 부르거나 소리를 지르거나 창백한 얼굴로 패닉에 빠져야 함이 마땅했지만 알코올에 절여져서 쓸데없이 친근감 넘치고 긍정적으로 변해 버린 뇌는 짧게 판단했을 뿐이다.

아, 외국인이구나.

물론 누군가 이 광경을 지켜보고 있었다면 '아니, 아니거든!' 이라고 외치고 싶은 마음이 가득하겠지만, 어쨌든 나는 그 결론 덕분에 순식간에 침착성을 되찾았다. 외국인이라 신발 신고 들어오려고 한 거구나. 하긴, 서양은 신발 신고 집에 들어오는 문화였지. 그래그래, 그럴 수도 있는데 내가 막 소리치고 너무 심했던 것 같다. 나는 순순히 반성하면서 널브러져 있는 맥주 캔 중 손에 잡히는 것을 대충 들이겼다.

상대가 외국인이라고 단정 지은 후 나는 매우 너그러워졌다. 이제 길가에서 흔히 외국인을 접할 수 있다곤 해도 아직 외국인은 꽤 신기한 존재가 아니던가. 습관적으로 '두유 노 김치?'라고 묻고 싶은 것을 억누르고 나는 만면에 손님용 미소를 머금었다. 손님이 신발장에서 튀어나왔다던가, 허리춤에 기다란 브로드 소드 같은 걸 장비하고 있다거나 하는 건 지금의 내게 있어서 사소한 문제일 뿐이다. 중요한 건, 외국인 술친구가 생겼다는 것이다.

혼자서 먹기에는 꽤 많은 양의 음식을 준비한 덕분에 나는 굉장히 마음 씀씀이가 후해진 상태였다. 함께할 사람이 한두 명 늘어나는 것은 반가우면 반가웠지 절대 꺼려지는 일이 아니다. 호젓하게 즐기는 혼자만의 휴식도 좋지만 재밌고 흥미로운 누군가와 함께 어울리는 것도 꽤 즐거운 일이다.

그런 의미에서 신발장에서 갑자기 튀어나온 이 눈이 번쩍이는 청년은 매우 좋은 술친구였다. 이 사람이 흥미롭지 않다면 누가 흥미롭겠는가? 아, 물론 신발장이 아니라 신발에서 튀어나왔다면 더 흥미로웠겠지. 당연히 이건 술에 만취되어 모든 인류를 사랑하게 된 나의 판단이다. 제정신인 분들은 절대 따라 하지 마세요. 찡긋.

"이거어, 외국인 손님이구나. 미안미안. 들어와요, 들어와. 신발은 거기 두고. 여기 앞에 앉아요. 자자."

내가 갑자기 살가운 태도로 자리를 권하자 벗은 신발을 들고 엉거주춤하게 서 있던 남자가 신발을 가슴팍에 껴안았다. 어지간히 소중히 여기는 태도를 보아하니 아마 저 신발은 명품인 모양이다. 그래도 밥상 앞에 신발을 들고 오는 태도를 용서할 수는 없어서 나는 눈썹을 역 팔 자로 꺾고 손가락질했다.

"신발은 거기 두고."

그가 어색하게 신발을 현관에 내려놓는 것을 확인한 나는 비틀거리며 일어나서 간신히 남자 몫의 포크와 앞접시를 세팅했다. 포크와 접시가 자꾸 도망가고 방바닥이 탄력적으로 울렁거려서 그렇게 쉬운 작업은 아니었지만. 어쨌든 내던지듯 접시들을 세팅하고 반쯤 고꾸라져 앉고 나니 남자의 발이 눈앞에 보였다.

멀리 있을 때는 몰랐는데, 가까이 온 것을 보니 키가 무척 컸다. 대충 어렴풋이 190cm 정도는 되어 보였다. 솔직히 가늠하기는 좀 힘든데, 아마 내가 앉아 있어서 크게 느껴질 수도 있겠다. 으음, 아니, 역시 큰 것 같다. 아닌가. 일어서서 재 보긴 힘든데. 그나저나 왜 안 앉는 거지?

"앉으시죠?"

아무래도 내 말이 조금 곤혹스러운 모양이었다. 음, 하긴 외국인들은 좌식 생활을 힘들어한다고 했던 것 같다. 혼자서 식탁에 앉아 먹는 것을 별로 좋아하지 않아서 바닥에 되는대로 음식 접시를 내려놓고 뒹굴거리면서 집어 먹고 있었기 때문에 앉을 만한 의자는 없었고, 음식들을 식탁으로 옮기는 것도 귀찮다. 게다가 포크 하나 가져오기 힘든 이 몸으로는 옮기다가 쏟아 버리지나 않으면 다행이었다.

"이거 받고 앉아요."

빈 캔들 사이에서 간신히 찾아낸, 알맹이가 있는 술을 집어 내밀자 얼떨결에 받아 든 남자는 매우 조심스럽게 나를 관찰하면서 자리에 앉았다. 바닥에 앉는 것이 무척 어색한지 어설프게 내 가부좌를 따라 하려는 모습이 꽤 안타깝다. 그래도 식탁으로 옮기는 건 너무 귀찮아.

결국 그는 무릎을 꿇었다가, 다리를 벌렸다가, 마지막에는 조신하게 무릎을 가지런히 모으고 눕혀 얌전한 자세로 자리 잡았다. 나는 물론 도와주지 않고 술을 마시면서 그 웃긴 모습을 구경했다. 190이 넘는 떡대 남자가 저렇게 다소곳하게 앉는 걸 언제 또 구경할 수 있을 줄 알구?

"그나저나, 누구세요?"

내 질문에 남자는 조금 어처구니없는 표정을 지었다. 음. 하긴 좀 늦은 감이 있긴 했다. 그 전에 해야 할 질문이 있었는데 깜빡했군.

"너 어느 나라 사람이에요? 웨 아유 프롬? 한국말 못 해요? 우리 영어로 말할까?"

남자는 다행히 고개를 저었다. 정말로 다행인 일이다. 나는 스스로 멀쩡한 영어를 하고 있다고 생각했으나 실제로는 '웨—웨아아?' 같은 구토 시동음 같은 걸 내고 있었으니까. 웨— 웨— 하다가 웨엑이 될 수도 있는 것이다. 만약 영어로 대화하자고 했으면 사람과 개구리가 나누는 수준의 회화가 고작이었을 것이다. 내가 엉터리 화법을 써먹으려고 노력하는 동안 남자는 나를 가만히 바라보다가 신기한 얼굴로 접시, 음식, 밥상 따위를 관찰했다.

그사이 나는 흐릿하게 뭉개지는 초점을 억지로 끌어모아서 그를 살펴보고 있었다. 새삼스럽게 깨달은 사실인데, 그는 굉장한 미남이었다. 외국인으로 보이긴 했지만 서양인 같은 이목구비는 아니었고, 굳이 말하자면 요즘 유행하는 전자남친 같은 느낌이랄까. 약간 가느다란 아몬드형 금색 눈에, 유전자가 어떻게 꼬인 건지는 모르겠지만 촘촘한 까만 속눈썹이 무척 잘 어울렸다.

시간이 얼마나 지났는지는 모르겠지만, 문득 나는 한참 동안 그를 멍하니 바라보고 있었다는 사실을 깨달았다. 술로 벌겋게 달아오른 얼굴을 하고 반쯤 풀린 눈을 느릿하게 끔뻑거리고 있으니 어쩐지 점점 나른해진다. 아니, 사실 그가 신발장에서 나타나기 한참 전부터 나는 나른해지고 있었다. 그가 튀어나온 덕분에 술이 잠깐 깬 거였지. 어릴 때 약을 잘못 먹어서 술에 영 약한 체질이 되고 말았기 때문에, 휴일 전날에나 이렇게 술을 마실 수 있다. 아, 그러고 보니 내일은 휴일이네. 그러면 자도 되겠군. 잘…… 자.

술을 마시고 개꿈을 꿨다.
 손가락 하나 까딱하기 힘든 숙취를 온몸으로 받아 내며 나는 멍하니 생각했다. 마시다가 그대로 고꾸라져 잤는지 옆으로 누운 내 눈앞에는 먹다 남은 음식이 즐비한 접시가 너저분하게 늘어져 있었다. 아깝다는 생각도 잠깐 들었지만, 모처럼의 휴일에 모처럼의 사치. 게다가 가장 맛있는 부분은 이미 다 먹어 치웠으니까.
 그나저나 어제처럼 술을 많이 마신 건 처음이었다. 누군가 내 꼴을 본다면 어떻게 그렇게 절제도 없이 마실 수 있느냐며 혀를 차겠지만, 솔직히 크게 폭음을 한 것은 아니다. 기껏해야 소주잔으로 한 잔씩, 여섯 종류쯤 되는 술을 조금씩 맛보았을 뿐이다. 일단 멀쩡할 때의 기억으로는 그렇다. 그런데 왜 여기 맥주 캔들이 널브러져 있지. 으음, 아무래도 미스터리 중 하나인 '술이 술을 마시는 상황'이 일어났던 모양이다. 뭐, 언제나 모든 게 마음먹은 대로 되진 않지…….
 럼, 진, 보드카, 테킬라, 위스키, 브랜디.
 조리장에게 추천받은 가장 유명하고 대중적인 종류로 딱 한 병씩만 샀다. 지갑을 털릴 각오를 했지만 보편화돼서 그런지 그렇게 비싸지는 않아서, 생각보다 돈이 많이 들지는 않았다. 하지만 저번 와인만 맛보았던 날보다는 훨씬 빨리 취했는데, 솔직히 마시는 순간 독주라고 느끼긴 했지만 취하고 있다는 걸 인지하기도 전에 고주망태가 되어 버린 것은 예상외의 일이었다. 빨리 마신 것도 아니고, 고양이가 우유를 핥는 것마냥 할짝거리는 수준으로 마셨는데 이렇게 되어 버리다니. 매우 억울하다.
 일단 내가 이성이 있을 때는 이렇게 마셨었는데.
 저번 휴일, 그러니까 작년 설날 연휴에 와인을 마셨을 때는 이것보다 훨씬 서서히 취기가 올랐고, 숙취도 덜했다. 아니, 어쩌면 더했을

지도. 체질상 술이 반쯤 독으로 작용하는 몸이라 자주 마실 일이 없어서 기억이 흐릿하다.
　독. 사실 그게 맞는 말이다.
　나는 술에 대한 내성이 매우 약한 편이다. 지금은 소량을 꾸준히 섭취해 온 덕에 간신히 술이 약한 사람 정도의 해독 능력은 가지게 되었지만, 처음에는 한 모금을 마시는 것만으로 순식간에 인지 능력을 잃곤 했다. 그리고 다음 날은 뼈마디가 불에 달군 것처럼 아프고 근육 사이사이에 소금을 친 것처럼 온몸이 욱신거렸다. 구토감과 열, 추위와 더위가 동시에 느껴지고 땀이 아니라 즙을 흘리고 있는 게 아닌가 싶을 정도로 탈수가 진행되어서, 수액을 맞지 않으면 회복하지 못할 정도였다. 뭐, 그건 꽤 예전의 일이고 지금은 그 정도까지는 아니지만.
　어쨌든 어지간해서는 입에 대지 않고 사는 것이 좋을 것 같은 이 독극물을 거금을 들여서 사들이고, 모처럼의 소중한 휴일에 꾸역꾸역 입에 밀어 넣는 타성적인 자살 같은 짓을 하는 이유는 내가 죽음이 가까운 고통에 쾌감을 느끼는 변태라서가 아니다. 물론, 맛을 좋아해서는 더욱 아니다. 그저 단순히, 내 직업과 관련이 좀 있을 뿐.
　내 직업은 요리사다. 음, 조리사라는 게 보다 옳은 표현이지. 제철 식재료로 창의적이고 건강한 요리를 만들어 파는 세련된 레스토랑에서 소스 만드는 일을 하고 있다. 가끔 바쁠 때는 굽기도 한다. 솔직히 썰고, 굽고, 볶고, 삶고, 튀기는 모든 것을 다 할 수 있지만 어쨌든 내 업무 파트는 소스다.
　보통 돈을 벌기 위해서 하는 일은 원래 좋아하는 일이더라도 싫어하게 되는 게 대부분이라지만, 다행히 나는 내 일을 꽤 좋아하는 편이다. 물론, 절대 앉으면 안 되는 시끄러운 공간에서 뜨거운 열기를 맞으며 무언가를 열두 시간 동안 휘젓는 작업을 사랑한다는 뜻은 아니다. 모든 미각이 있는 동물들이 그러하듯, 맛있는 것을 좋아하고 만드는 것도 꽤 좋아한다. 아, 당연히 먹이는 것도 아주 좋아한다.

맛있는 것을 만들려면 일단 어떤 맛있는 것들이 있는지부터 알아야 한다는 지극히 단순하고 기본적인 논리에 따라 나는 받는 월급의 대부분을 먹는 것에 사용하고 있다. 휴일에는 사실 대부분 새로운 소스를 만들거나 창작 요리를 시도해 보고, 스스로의 레시피를 만드는 데 시간을 투자한다.

여기까지 이야기하면 슬슬 내가 왜 독극물을 스스로 마시는 자해를 하고 있는지 감이 잡힐 것 같은데, 내가 먹으려고 시도하는 맛있는 것에는 술도 포함되어 있다. 숙취라는 페널티가 있는 이상 술에 도전하려면 설날이나 추석 같은 긴 연휴, 아니면 가게가 리모델링하느라 직원들에게 휴가를 준 이런 때가 아니면 어려운 것이다.

그래서 저번 휴일은 와인에 썼고, 이번 휴일은 증류주, 다음에 기회가 생기면 전통주에 도전해 볼 생각이다. 사실 지금은 맛있다는 생각은 거의 들지 않고, 그저 '오크통 향'이라든가 '농후한 맛'이라든가 '시간을 머금은 향기' 따위의 애매모호한 단어로 상상만 하던 맛을 실제로 혀 위에 올려놓고 느끼는 데 집중하고 있는 게 고작이다. 하지만 이번 증류주는 갑자기 난이도를 너무 높였던 것 같다. 역시, 그냥 맥주나 열 종류 사다 놓고 맛볼 걸 그랬나.

슬슬 밑에 깔려 있던 한쪽 팔이 저려 오기 시작해서 나는 천장을 바라보며 벌렁 누웠다. 한참 누워 있어서 그런지 두통은 좀 가라앉은 상태였다. 그대로 계속 누워 있고 싶었지만, 갈증이 점점 심해지고 있었기 때문에 사지를 그러모아 어기적거리며 냉장고로 다가섰다.

작은 생수병 하나를 꺼내서 그대로 벌컥벌컥 마시면서 차가운 물로 식도의 위치와 물이 위장까지 도달하는 속도를 확인하고 나니 그럭저럭 눈앞이 밝아지는 것 같았다. 일어서면서 흘긋 내려다본 거실은 생각보다 난장판은 아니었지만, 덕분에 빨리 치워야겠다는 생각은 들지 않았다. 대신 나는 신발장 앞으로 다가섰다.

반듯하게 닫혀 있는 문 앞에 서서 나는 조금 실소하고 말았다. 대체 뭘 확인하고 싶은 건지. 문득 얼마 전 누군가와 나누었던 시답잖은 이야기가 생각났다. 별 이야기는 아니다. 그저 나처럼 혼자 사는 사람이라면 한 번쯤 들어 봤을 법한 괴담 같은 것이다.

낮에 직장에 가느라 집을 비우면 텅텅 빈 집에 노숙자나 외부인이 숨어들어서 생활한다는 게 그것이다. 그리고 집주인이 돌아오는 시간에 맞춰 침대 아래에 숨거나 다락에 숨거나 하며 살다가 집주인이 외출하면 슬그머니 다시 기어 나와서 생활한다.

그 이후 이야기는 여러 패턴이 있지만 주로 놀러 온 집주인의 친구가 침대 아래에 누워 자다가 숨어 있던 괴한과 눈이 마주친다거나, 혹은 생필품이 줄어드는 속도를 수상하게 생각한 주인이 몰래카메라를 설치해서 발견된다거나 하는 이야기다.

솔직히 이 괴담을 어제의 개꿈에 연결시켜서 진지하게 고민하기에는 개연성이 턱없이 부족하다. 숨는다면 왜 하필 신발장에 숨는단 말인가. 집에 돌아오면 제일 먼저 열어 보는 곳이다. 게다가 집주인인 내가 있는데 왜 문을 열고 튀어나오는 건지. 어쨌든 어제 그 남자는 술김에 꾼 개꿈인 게 분명하지만, 워낙 꿈이 현실과 맞닿아 있었기 때문인지 신발장이 꽤 신경 쓰였다. 뭐든 확인해서 나쁠 건 없지.

천천히 신발장의 손잡이에 손을 올린다. 혹시, 하는 긴장감에 고리를 잡은 손가락에 힘이 들어갔다. 그리고 단숨에 벌컥 열었다.

"음."

뭘 기대한 건지.

맥이 빠져서 피식피식 웃으며 나는 머리를 긁적였다. 비스듬히 정리된 우산, 가지런하게 놓인 운동화, 구두, 부츠 따위의 신발들. 남자는커녕 개미 새끼 한 마리도 안 보였다. 조용히 문을 닫은 나는 거실로 터덜터덜 걸었다.

거 꿈 한번 생생하네. 그나저나 이 거실은 어떡하지. 몸에서 술 냄새가 진동하는데. 씻고 치울까, 치우고 씻을까.

　여기저기 너저분하게 산란한 술병들과 음식 접시들 앞에서 선택지를 놓고 고민하던 나는 문득 미묘한 느낌에 우뚝 멈춰 섰다. 뒤통수에서 머리카락 딱 한 가닥만 허공으로 주욱 잡아당겨지는 느낌. 등을 돌리고 있어도 누군가의 시선을 느낄 때의 날카로운 기미. 갑자기 등줄기가 곤두서는 감각에 나는 천천히 돌아섰다.

　솔직히 기분은 1초에 백만 번 정도 '돌아서지 마, 돌아서지 마.' 라고 외치고 있는 느낌이다. 응응, 공포 영화에서 뒤를 돌아보려는 희생자를 보면서 기도문처럼 중얼거리는 그거. 느낌은 느낌일 뿐. 그런 무서운 일이 현실에서 일어날 리가 없지. 자, 어서 돌아보고 현실에서는 그런 끔찍한 일이 일어나지 않는다는 것을 확인하자.

　신발장 문은 얌전히 닫혀 있었다. 그러나…….

　달칵.

　안도의 한숨을 내쉬려는 순간, 신발장의 한쪽 문이 잘못 맞물린 것처럼 툭 튀어나왔다. 나는 그대로 굳어 버렸고, 내쉬던 안도의 숨은 딸꾹질로 변했다. 잘못, 잘못 맞물렸겠지. 문이 고장이 났나? 하, 하하.

　억지로라도 웃으려던 여유는 신발장 사이로 손가락이 비집고 나오는 순간 완전히 증발해 버렸다. 믿을 수 없다. 신발장이 비어 있는 걸 눈으로 확인한 게 방금이다. 10분 전도 아니고, 1분 전도 아니고, 고작해야 십몇 초.

　당황을 넘어 공포에 사로잡혀 있던 나는 떨리는 손으로 주머니에서 휴대폰을 꺼내 들었다. 그사이에도 내 눈은 점점 더 열리는 신발장 문을 응시하고 있었다. 그리고 어제 꿈에서 봤던 그 남자가 신발장에서 모습을 드러내는 것과, 내가 GPS를 켜고 긴급 신고 버튼을 눌러 경찰을 부른 것은 거의 동시였다.

　솔직히 이 순간 나의 대처 능력은 자화자찬해도 충분하다고 본다.

잘했다, 잘했어.

어쨌든.

어두컴컴한 현관에 우뚝 서 있는 남자는 무시무시할 정도로 위협적이었다. 새삼 저런 사람을 친근하게 만들어 준 술의 위력에는 감탄할 따름이다. 나는 어제 분명 치사량의 술을 마셨음이 틀림없다. 생존 욕구 같은 것은 개나 준 것 같으니 말이다.

언제, 어떻게 숨어든 걸까? 신발장에는 어떻게 들어가 있었지? 안에 숨을 만한 곳이 있었나?

이해 불가능한 부분이 많았지만 지금 당장 내가 해야 할 것은 두 가지다. 최대한 저 강도를 자극하지 않고 경찰이 올 때까지 시간 끌기, 그리고 경찰이 문을 열 수 있게 도와주기.

나는 최대한 천천히 남자와의 간격을 벌리며 뒷걸음질 쳤다. 다행히 남자는 나를 잡으려고 하거나 뛰어 들어오거나 하는 대신 그저 우두커니 서서 나를 바라보고 있었다. 어두워서 그런지 얼굴 표정은 잘 보이지 않았지만, 어둠 속에서 빛나는 두 눈은 확실하게 나를 포착한 채 움직이고 있다.

이런 범죄 상황을 맞닥뜨리면 보통 범인과 인간적인 대화를 통해서 긴장을 풀어 주라곤 하지만, 불행히도 지금 내 머릿속에 떠오르는 대사는 '너 강도냐?' 또는 '당장 나가!' 같은 자극 성분 200퍼센트의 말뿐이다. 솔직히 저 둘 중 어떤 말을 하더라도 최악의 상황으로 이어지게 될 뿐이겠지.

그 외에는 '와, 그거 진짜 칼이에요?' 아니면, '어디서 사셨어요? 그 칼.' 같은 바보 같은 말밖에 안 떠오른다. 그런 말을 진짜 입에 담는다면 '물론 진짜 칼이란다! 이렇게 널 베고 있지 않니! 크하하.' 하고 웃으면서 갑자기 달려들어 난도질하는 핏빛 결말뿐이겠지. 이상하다. 장밋빛이랑 색은 똑같은데 왜 이렇게 슬픈 결말인지.

남자와 대치한 상태로 천천히 뒷걸음질 치던 나는 문득 오른쪽에 안방 문이 있음을 깨달았다. 이 안으로 들어갈 수만 있다면 굳이 남자와 이러고 있지 않아도 되는 것이다. 문을 부수고 들어올 수도 있지만, 갑자기 남자가 성큼성큼 걸어와서, '푹푹' 이라든가 '크하하! 웃고 단숨에 푹푹' 하는 무자비한 결말은 피할 수 있겠지. 적어도.

남자는 여전히 현관에서 나를 가만히 바라보고 있었다. 언제든지 해칠 수 있다고 생각해서 그런 건지, 아니면 그가 정신병자라서 일반적인 강도와 다르게 행동하는 건지 잘 모르겠다. 솔직히 그가 후자에 가깝다고 생각한다. 왜냐하면, 아니, 당연하지! 가죽 갑옷에 서양식 브로드 소드를 차고 신발장에서 깜짝쇼를 하며 등장하는 강도인데 아무리 봐도 정상이 아니잖아?

어쨌든 다행히 남자는 내가 안방으로 통하는 문을 열 때까지 얌전히 서 있었다. 그리고 나는 잔상이 남지 않았을까 싶을 정도로 신속하게 방 안으로 들어가서 문을 잠갔다. 허겁지겁 화장대를 끌어다가 방문을 막는 것도 잊지 않았다.

일단 방 안으로 들어온 덕분에 경찰이 올 때까지 시간 끌기는 어떻게든 해결됐고, 이제 경찰이 집 안으로 들어올 수 있게 도와주는 일만 남았다. 그건 생각보다 쉽게 해결됐는데, 출동했다는 경찰에게 도어록 비밀번호를 알려 주는 것으로 끝이었다.

그 후 5분 남짓 지났을까. 남자가 문을 부수고 들어올까 노심초사하고 있는데, 누군가가 현관 도어록을 누르는 소리가 들렸다. 문이 열리는 소리가 이어진 후 기다리던 목소리가 나를 불러 온다.

"계십니까? 경찰입니다. 신고받고 출동했는데요. 아무도 안 계십니까?"

경찰들의 말을 들어 보면 강도는 어딘가로 도망친 모양이었다. 또는 숨었거나. 어쨌든 나는 이제 안전했다.

"여기 방 안에 있어요!"

"무사하십니까?"

"네! 지금 나갈게요!"

 허겁지겁 화장대를 치우고 방문을 열고 나간 나는 눈앞의 광경에 굳어졌다. 한 조로 보이는 두 명의 경찰이 경계 어린 표정으로 사방을 둘러보고 있었다. 그리고 여전히 현관에 서 있는, 우두커니 서 있는 강도.

"저, 저기."

 너무 놀란 나머지 말이 제대로 나오지 않았다. 내가 굳은 얼굴로 손가락질하자 경찰 두 명이 현관을 쳐다보았다. 그리고 의아한 얼굴로 나를 돌아본다.

"무슨 문제라도 있습니까?"

 문제밖에 없는데요.

 나는 슬슬 이 상황이 현실적인 문제에서 초자연적인 문제로 느껴지기 시작했다. 이게 몰래카메라가 아니라면 말이다. 만약 몰래카메라라면 반드시 고소해서 위자료를 뜯어내고 말겠다.

"현관에 강도 있잖아요. 저기에! 허리에 중세 시대 검 같은 것 차고 서 있잖아요!"

 발을 동동 구를 것 같은 내 표정 때문인지 경찰은 다시 한 번 현관을 바라보긴 했지만 그뿐이었다. 두 경찰은 서로를 바라보고 갸웃거리더니 곧 바닥에 너저분하게 흐트러진 술병으로 시선을 던졌다. 그 다음에는 알겠다는 시선으로 혀를 차며 나를 쳐다봤다.

"만취 상태인 것 같은데요."

"아뇨, 아뇨, 아뇨! 저 멀쩡해요. 저기, 진짜 안 보이세요? 저기 있는데!"

 아연해져서 다급하게 말해 봤지만 경찰은 정말로 아무것도 안 보이는 모양이었다. 두 사람은 눈을 가늘게 뜨고 고개를 절레절레 젓더니 한숨을 푹 쉬었다.

"아가씨, 요즘 이런 거 벌금 엄청 세거든요? 한 번만 더 이런 허위 신고 하면 진짜 체포합니다. 이런 허위 신고 때문에 진짜 큰일 나는 사람들도 많거든요?"

 한껏 으름장을 놓은 경찰은 대답도 기다리지 않고 그대로 성큼성큼 걸어서 집을 나가 버렸다. 여전히 현관에 서 있는 남자를, 바로 옆에서 스쳐 지나가면서도 전혀 알아챌 기미가 없는 모습에 나는 그저 망연자실 나가는 뒷모습만 쳐다보고 있을 뿐이었다.

 "저희 가니까 현관 비밀번호 바꾸세요."

 무심한 듯 친절한 한마디를 던진 경찰은 그대로 현관문을 닫았다. 문이 닫히는 소리 뒤로 적막과 나, 그리고 경찰 눈에 안 보이는 그 남자만 남고 만 것이다.

 진짜? 이거 진짜로 현실인가?

 패닉에 빠진 사이 상황은 더욱 심각해졌다. 정체가 뭔지 모르겠지만 어쨌든 경찰들의 눈에는 전혀 안 보이는 것 같은 남자가 갑자기 움직이기 시작했기 때문이다. 딱히 할 수 있는 것도 없어서 뭘 하나 가만히 지켜봤더니, 신발 끈을 풀고 있었다.

 그러고 보니 어렴풋이 어제 신발 벗고 들어오라고 호통쳤던 것 같은 기억이 난다. 결국 그 일은 꿈이 아니었군. 아니, 어쩌면 지금 여기까지가 통째로 꿈일지도 모르지. 솔직히 몰래카메라였으면 좋겠지만, 이런 종류의 몰래카메라는 대부분 짜고 찍는 경우가 보통이다. 그러지 않았다면 PD들은 모두 정신적 피해 보상비로 전 재산을 탕진해 버렸겠지.

 혹시나 싶어 재빨리 허벅지를 꼬집어 봤지만 역시 꿈은 아니었다. 마지막 남은 가설은, 내가 경찰들의 말대로 환각을 보고 있다는 것이다. 어제 마신 술 중에 나에게 환각제로 작용하는 성분이 들어 있어서 지금 이런 말도 안 되는 상황을 겪고 있는 걸지도. 음, 그럴듯하군. 한 2할 정도 가능성이 있다.

 그리고 마지막으로 떠오르는 가능성은, 솔직히 너무 허무맹랑해서

가능성으로 꼽는 것조차 우스운 일이지만,

　남자가 귀신이라는 거다.

　그런데 귀신이라고 하기엔 분위기가 영 아닌데. 그리고 나는 지금까지 심령 현상 비스무리한 것도 체험한 적이 없고, 아예 믿지도 않는다. 어쨌든 온통 가설뿐인 이 상황에서 한 가지 확실한 것이 있다면, 이 남자가 뭐든 간에 내가 어떻게 할 수 있는 상황은 아니라는 것이다.

　내가 반쯤 체념하는 동안 남자는 신발을 거의 다 벗고 방 안으로 들어서려 하고 있었다. 그가 막 현관을 넘으려는 순간 나는 반사적으로 손바닥을 펴서 내밀며 남자를 제지했다.

　"자, 자, 잠깐잠깐, 잠깐! 당신 누구야! 아니지, 여기는 왜 왔어? ……요."

　뒤늦게 떠올라 존대로 바꾸긴 했지만 솔직히 들었는지 모르겠다. 어쨌든 정체를 캐묻던 나는 곧 말을 바꾸었다. 정체 따위 들어서 뭘 하랴. 지금 상황에서 한가하게 자기소개나 하고 있게 생겼는가. 그보다 중요한 것은 남자의 목적이다. 원한이든, 나의 놀란 리액션을 촬영하는 거든 어쨌든 목적을 알고 싶었다.

　"어떤 일에 협조해 주셨으면 합니다."

　뜻밖에도 남자의 어조는 정중했다. 약간 울리는 기분까지 드는 묵직한 목소리는 이런 상황만 아니었다면 감탄할 만큼 근사한 것이었다. 하지만 어조나 태도가 아무리 정중하다고 해도 무장한 사람이 비무장인 사람을 상대로 무언가를 요구한다는 건 언제나 협박으로 느껴지기 마련이다.

　"협조……?"

　무의식적으로 남자의 허리춤을 흘끔거리자 내 시선을 따라 자신의 칼자루를 확인한 그는 고개를 끄덕이고는 천천히 칼집을 풀어 현관 한쪽에 내려놓았다. 철컹하고 묵직한 소리가 나서 나는 그 검이 알루

미늄 호일로 감싼 가짜 따위가 아니라는 것을 확실하게 알 수 있었다. 아니, 겉으로 봐도 진짜로 보이긴 한다만.
"위협할 의도는 없었습니다."
내 경계를 누그러뜨리기 위한 의도인지 되도록 부드럽게 이야기하고 있긴 했지만, 원래 말투가 상냥한 편은 아닌 것 같았다. 자신의 말에 신경을 곤두세우고 엉거주춤 서 있는 내가 꽤 곤혹스러운 모양인지 당황한 표정이다. 굳이 비유하자면 어제까지만 해도 서로 잘 놀다가 다음 날 갑자기 '누구세요?'라는 말을 들은 사람 같다고 할까.
거기까지 생각하니 문득 짐작 가는 것이 있었다. 어쩌면 술 때문에 기억이 없긴 하지만 나는 그와 어제 꽤 깊은 친분을 나누었던 건 아닐까? 그의 반응도 그렇고, 개꿈이라고 생각했던 적도 있지만 결국 그 꿈은 어제의 기억이었음이 틀림없다. 그렇다면 그가 신발장에서 튀어나온 후, 그리고 이후로 내가 갑자기 곯아떨어진 그 사이에 비록 기억에는 없지만 절친이라도 먹었을지도. 만약 그랬다면 어제 그는 거의 심신 미약 상태인 나에게 별다른 해코지를 하지 않았다는 뜻이다.
경계심이 조금 누그러지는 것을 느끼며 나는 한 발짝 물러섰다. 그리고 아주 꺼림칙하지만 그를 집 안으로 들이기로 했다.
"이쪽으로 오세요."
잘 쓰지 않아서 깨끗하게 유지되고 있는 식탁 쪽으로 그를 안내하며 치솟는 한숨을 참을 수가 없었다. 응, 그렇지. 집에 갑자기 나타난 낯선 사람을 더 안으로 끌어들이는 거 엄청 위험하지. 게다가 체구가 꽤 큰 편이라 그런지 등 뒤로 꽤 거리를 두고 따라오고 있는데도 존재감이 무시무시할 정도다.
하지만 아무리 생각해 봐도 이외의 방법이 생각나지 않는다. 경찰을 불러도 소용없음, 무력이 압도적임, 제정신이 아닌 것처럼 보임이라는 조건 아래에서 선택지는 그리 많지 않았다. 아니, 정확히는 하나뿐이지. 도발해서 죽기, 이야기 들어 주면서 눈치라도 보기인데 전자는 순식간에 배드엔딩이야. 아니, 데드엔딩이야.

그를 식탁 의자에 앉히고 바로 마주 앉기에 영 부담스럽다는 이유로 이리저리 움직여서 예쁜 찻잔에 차까지 끓여서 내놓고 나니, 상황이야 어떻든 그럭저럭 평화롭고 정상적인 티타임이 시작되었다. 물론 그의 패션이 시대에 조금 뒤처져 있긴 하지만. 한 천 년 정도? 옷차림만 봐서는 이 친구가 유럽 땅을 발견했다고 해도 믿겠다.

마주 앉은 탁자 위로 공기가 모두 사라져 버린 것 같은 긴장이 데굴데굴 굴러다니고 있었다. 나는 애써 태연한 척 찻잔으로 손을 뻗었다. 찻잔을 쥐는 손이 가늘게 떨리고 있긴 했지만 긴장으로 얼어붙은 손끝에 찻잔의 온기는 거부할 수 없는 유혹이었다. 뜨거운 차를 입 안에 홀홀 밀어 넣고 다시 한 모금 마시려는 순간,

"저는 태양의 숲 소속의 섬기는 자 니모입니다."

"쿨럭! 케엑! 켁!"

갑작스러운 자기소개에 뜨거운 물로 식도를 데쳐 버리고 말았다. 내가 성대하게 기침을 하자 오히려 그가 더 놀란 모양인지 두툼한 어깨가 펄떡 튀어 오른다. 그 모습에 나는 지금 이 상황에 긴장하고 있는 것이 나뿐만이 아니라는 비교적 반가운 사실을 깨달았다. 그도 나 못지않게 긴장하고 있었던 것이다. 어쨌든 눈꼬리에 눈물을 매달고 간신히 사레들림을 수습한 나는 덕분에 조금 풀어진 상태로 그를 마주 볼 수 있었다.

"태, 태양의 숲?"

나는 약간 뒤집어진 목소리로 되물었다. 보통 '저는'으로 시작해서 '다'로 끝나는 문장은 자기소개이기 마련이지만 그가 한 말 중에 알아들을 수 있는 내용은 단 하나도 없었기 때문이다.

"예. 제가 속해 있는 곳입니다."

"어, 음. 뭐 하는 곳인데요?"

"세계의 광영을 위해 평생을 헌신하기 위한 사람들의 모임입니다."

"아……. 예."

음, 뭐랄까. 차림새를 봤을 때부터 정상은 아닐 거라고 생각하긴 했지만 입에서 줄줄이 나오는 거창한 단어의 모임을 듣고 있으니 심히 표정 관리를 하기가 힘들었다. 나는 의심과 환멸로 가늘어지는 눈매를 수습하며 확인차 물었다.

"저기, 혹시 뭐 귀신이나 그런 거 아니시죠? 그런데 아까 경찰도 아저씨를, 어 흠, 그쪽을 전혀 모르는 것 같고. 아니, 그게 안 보이는 것 같고."

아저씨라는 단어가 혹시 심기를 거스를까 봐 나는 재빨리 말을 얼버무렸다. 그는 고개를 가로저은 후 내 눈을 똑바로 바라보며 대답했다.

"귀신이 망자를 뜻하는 것이라면, 아닙니다. 저는 그저 다른 세계에서 당신을 찾아 이곳으로 왔습니다."

와— 다른 세계 나왔다. 약간 식은 차를 호로록 마시며 나는 찻잔 속으로 표정을 감췄다. 본인 입으로 귀신이 아니라고 했으니 일단 아닐 거라고 생각하는 게 좋을 것 같은데. 제정신이 아닌 귀신과 티타임을 하고 있다는 현실은 되도록 부정하고 싶어. 그것도 외국 귀신.

그런데 과연 제정신이 아닌 사람과 대화하는 것과 제정신이 아닌 귀신과 대화하는 것 중 어느 것이 더 위험할까. 누구한테도 털어놓을 수 없는 고민을 저울질하며 나는 될 대로 되라는 심정으로 마구 질문을 쏟아 내기 시작했다.

"귀신이 아니라면 왜 경찰이 그쪽을 못 본 거예요? 혹시 투명 인간?"

"니모라고 불러 주십시오. 저는 이 세계에 속하지 않은 자. 상위 차원인 이곳에서는 처음 인연을 가진 자아소유영혼 하나에게 존재를 인식시키는 것이 고작입니다."

"자아소유영혼?"

"이곳에는 없는 말입니까?"

"일단 저는 처음 듣는데요."

으음, 종교 단체 같은 곳에서나 들을 만한 단어군. 흔하게 쓰는 말은 절대 아니다. 내가 고개를 가로젓자 그는 턱을 문지르며 조금 고민하더니 입을 열었다.

"스스로의 죽음을 결정할 수 있을 정도의 고등적인 정신체를 뜻하는 말입니다."

그러니까 대충 추측하자면 내 신발장에서 튀어나와서 만난 생물 중 자살할 수 있을 정도의 사고력을 가진 생물 하나 정도에게만 모습이 인식된다는 이야기인 것 같다. 음, 만약 인간이 아닌 생물을 처음 만났다면…….

나는 바퀴벌레나 햄스터 앞에서 진지하게 협조를 요청하는 그를 상상해 보았다.

여러모로 비참했겠군. 앗, 그런데 걔네들이 자살을 하던가?

"뭐, 납득은 안 되지만 그건 그렇다고 치고, 다른 세계에서 왔다고요?"

"그렇습니다."

"이쪽 세계 말을 상당히 잘하시네요?"

어쩐지 입 밖으로 나가는 말투가 점점 취조에 가까운 형태로 변해 간다. 하지만 어쩔 수 없는 일이다. 내가 무슨 매일 아침 만화 영화와 함께 체조를 하며 눈을 뜨는 소형 기저귀 사용자도 아닌데 처음부터 끝까지 허무맹랑한 이 말을 무턱대고 믿어 줄 수는 없는 노릇이다. 그러나 내 가느다란 의심의 눈빛에도 불구하고 남자는 우직할 정도로 꿋꿋하게 대답했다.

"흐름의 신 숨의 가호를 입고 온 덕분입니다. 그리 긴 시간은 아니지만 그 가호가 제 몸에 머무는 동안은 말이 통할 겁니다."

그 말대로라면 잠시 뒤에 말이 통하지 않을지도 모른다는 거다. 아니면 갑자기 외계 언어를 지껄이며 내 말을 못 알아듣는 연기를 펼치겠다는 뜻이거나.

한숨을 푹 내쉬며 얼굴을 쓸어내린 나는 이마를 짚은 양손 아래로 남자를 똑바로 노려보았다. 이 남자가 하는 말은 솔직히 제대로 귀에 들어오는 게 거의 없다. 게다가 별로 알고 싶지도 않았다. 지금 이 상황에서 진짜 알고 싶은 건 이거 딱 하나뿐이다.

"그래서, 왜 날 찾아온 거죠? 협조라는 건 또 뭐고?"

한 박자 쉬고,

"목적이 뭡니까?"

남자는 쓸데없이 단정한 얼굴로 잠시 침묵했다. 그리고 경건하기까지 한 목소리로 대답했다. 나는 듣기도 전에 어쩐지 대답을 알 것만 같았다.

"저와 함께 가서 세계를 구해 주십시오."

그럴 줄 알았다.

"제가 왜요?"

단 1초의 고민도 없이 즉각 되묻자 남자는 귀를 의심하는 표정으로 나를 바라보았다.

내가 반갑게, '네, 알겠습니다. 가시죠. 계속 기다리고 있었습니다. 갑자기 이상한 사람이 우리 집 신발장에서 튀어나와 허무맹랑한 소리를 하면서 내 삶과 하나도 관계없고 망하든 말든 내 알 바 아닌 이상한 세상을 구해 달라고 하기를 말이죠! 그러니 어서 가서 개고생을 해 봅시다!' 라고 말하기를, 정확히는 저 비슷한 긍정을 할 거라고 믿어 의심치 않았다는 얼굴이었다.

"당신이 가지 않으면 한 세계가 멸망합니다."

"그래서요?"

"비극을 맞이할 수많은 사람들을 외면할 생각입니까?"

아니, 외면하기 전에 일단 마주한 적조차 없는데.

"그런데요."

"무, 무슨 그런······."

내 태연한 대답에 남자는 처음으로 평정을 잃고 말을 잇지 못하며 입을 뻐끔거렸다. 차마 말을 빚어내지 못하는 그 안타까운 입술을 바라보다가 나는 크게 소리 내어 한숨을 쉬고 식은 차를 단숨에 목구멍으로 밀어 넣었다.

"저, 기, 요. 애초에 진—짜 다른 세계에서 왔다는 말을 믿지도 못하겠지만, 만약 정말정말 다른 세계에서 오셨다면 말이죠. 제에발 부탁이니까 그쪽 세상 일은 그쪽에서 알아서 해결해 주실래요? 그게 아니면 그냥 운명이니 받아들이시고요. 지금 이쪽 세상도 나름 굉장히 시끄러워요. 여기는 무슨 천국이라도 되는 줄 아세요? 내일모레라도 전쟁 나고 핵 터져서 다 죽거나 전염병이 음악 차트 순위 경쟁하듯이 번갈아 가며 돌고 있다고요. 그런 마당에 알지도 못하는 세상에 내던지려고 수십 년간 내 인생을 고이 가꿔 온 거 아니거든요? 그리고 결정적으로, 당신 같은 수상한 인간을 무턱대고 따라나설 리가 없잖아요?"

기나긴 말을 마치고 나니 입이 말라서 찻잔을 다시 채웠다. 우아한 물소리가 적막을 대신하는 사이 나는 채 가라앉지 않은 흥분을 삼키며 코웃음 쳤다. 종교 단체 권유 거절 경력 10년이다 이거야. 이런 밑도 끝도 없는, 참신하지도 않은 권유에 넘어가는 현대인이 어디 있어? 마음을 단단히 굳히고 도전적인 시선을 던지는데, 뜻밖에도 그는 고개를 끄덕였다.

"알겠습니다. 저에 대한 신뢰가 필요하다는 말씀이군요."

남자는 생각보다 끈질겼다. 솔직히 줄줄 말해 놓고도 그가 갑자기 커다란 자루라도 꺼내 들면서 '말로 하는 건 여기까지다!' 하고 협박할 줄 알았는데 생각보다 순순한 태도에 끌어모았던 전의가 단숨에 식는다.

"딱히 신뢰 문제가 아니라— 너무 허무맹랑한 말을 하잖아요. 아무리 신뢰를 쌓는다고 해도 그런 소리를 믿을 사람이 어디 있어요? 있던 믿음도 다 깨질 만한 소리구만."

나쁜 사람은 아닌 것 같은데, 그렇다고 좋은 사람인 건 아니지만. 굳이 말하자면 신뢰를 얻어야 한다는 결론에 대화도 잊을 정도로 고민에 빠진 그가 좀 측은했다. 아예 약아빠져서 사기꾼처럼 행동했다면 모르겠는데, 미묘하게 어설프고 어리숙한 모습이 경계심을 슬슬 해제시킨 것이다. 미간에 자리 잡는 옅은 주름을 관찰하던 나는 문득 그의 찻잔이 전혀 비지 않았다는 것을 깨달았다.

"그거나 마시고 돌아가세요."

해야 할 일이 태산이고 몸은 천근만근이다. 불청객은 떠나 줬으면 한다는 뜻을 담아 축객령을 내리자 그의 시선이 천천히 찻잔에 닿았다. 그리고 망설이듯 두어 번 입을 여닫다가 질문했다.

"제가 이걸 마시는 게 당신의 신뢰를 얻는 데 도움이 되겠습니까?"

그걸 왜 나한테 물어.

잠시 아연하게 그를 바라보던 나는 결국 다시 한숨을 내쉬었다. 이게 몇 번째 한숨인지.

"뭐, 안 마시는 것보다는 낫겠죠."

"그럼 마시겠습니다."

아, 예.

고작 다 식어 빠진 차 한 잔인데 그는 세상에 단 한 잔 남은 물을 마시는 것처럼 긴장한 손으로 찻잔을 잡았다. 손이 굉장히 커서 자그마한 찻잔이 꽤 우스꽝스럽게 보인다. 각오를 다진 얼굴로 천천히 한 모금 입 안으로 머금고, 곧 목울대가 움직였다.

찻잔 너머로 조금 커진 눈이 곧 반짝거리기 시작했다. 그를 만난 후 내가 본 얼굴 중 가장 생동감 있는 모습이다. 남은 차를 단숨에 마신 그는 밝은 얼굴로 입을 열었다.

"굉장히 KrgowTiRake, SiperoDita."

처음으로 밝은 얼굴을 하기에 무슨 말을 하나 가만히 듣고 있었더니 중간부터는 전혀 알아들을 수 없었다. 하필 지금 그 '언어 설정'을 사용하고 싶어진 건가. 그래도 첫 단어로 봐서는 감탄하는 모양이다.

"무슨 말인지 모르겠네요."

몇 마디 더 말을 하던 그는 곧 아쉬운 얼굴로 찻잔을 내려다보다가 자리에서 일어났다. 그리고 풀어 뒀던 검과 신발을 챙기더니 끝까지 흘끔흘끔 나를 돌아보며 신발장으로 들어가서 조용히 문을 닫았다.

아니, 현관으로 나가라고. 왜 거기로 들어가는 거야.

어처구니가 없어서 그를 따라 곧바로 신발장 문을 열었지만 내가 기껏 발견한 것은 늘 보던 신발장 풍경뿐이었다. 혹시나 트릭이 있을까 신발장을 샅샅이 뒤졌지만 먼지만 실컷 먹었다. 솔직히 꿈속에서 깜짝 마술 쇼를 본 기분이다. 아, 이제 정말 모르겠다.

찝찝한 기분으로 신발장을 뒤로하며 나는 어쩐지 남자가 다시 올 것 같은 강렬한 예감을 느꼈다.

한숨.

자랑은 아니지만 내가 예감한 건 꽤 자주 들어맞는다. 뭐, 그렇게나 끈질기게 굴었으니 예감이라고 할 것도 없이 그의 재방문은 누구나 쉽게 예상할 만한 일이긴 하다.

하지만, 이렇게나 빨리 다시 찾아올 줄은 몰랐다. 나는 최소한 하루 정도는 지나서 올 줄 알았어…….

남자가 다시 찾아온 것은 내가 한껏 쉬고 주섬주섬 난장판이 된 집 안을 정리하던 때였다. 정확히는 대충 죽을 끓여 속을 달랜 덕분에 그럭저럭 찾은 기력으로 어제의 여운을 청소하려던 무렵이다.

더러운 접시들을 겹겹이 쌓아 들고 나르던 나는 마치 현관문마냥 자연스럽게 신발장 문을 열고 나온 그와 그대로 눈이 딱 맞았다. 현관문이라도 여는 것처럼 천연덕스럽게 신발장을 드나드는 걸 보니 그건 신발장이고, 보통 출입구로 사용하지 않는다는 설명을 할 때가 한참 지났다는 생각이 들었다.

무슨 반응을 보여야 할지 몰라 망연하게 바라보는 가운데 '출구는 바로 옆이니까 그대로 나가시면 됩니다.' 라는 말이 불쑥 치솟는다. 그런 나를 바라보며 우물우물 서 있던 그가 어색하게 고개를 꾸벅여 왔다.

"그 후 별일 없이 평안한 시간을 보내셨길 바랍니다."

지금까지는 그랬는데 이제 별일이 생길 것 같네요. 눈으로 한껏 이렇게 말해 봤는데 그가 알아들었을지는 모르겠다.

시간은 저녁 7시. 손님이 오기에는 좀 늦은 시간이다. 남자가 떠났다가 다시 돌아온 지도 네 시간 정도 지났을 뿐이다. 술독으로 반시체인 이 몸은 내내 집을 벗어나지 않았으니, 별일이 있었을 리가. 어쨌든 그가 가만히 침묵을 지키며 서 있는 모습이 대답을 기다리고 있는 것 같아서 나는 내키지 않는 기분으로 대꾸했다.

"아무 일도 없었어요……."

"다행입니다."

언제까지나 엉거주춤하게 서 있을 수도 없는 노릇이라 나르던 접시를 들고 부엌으로 향하자 자연스럽게 남자가 뒤로 따라붙었다. 새삼스러운 말이지만 역시 뒤에 누군가가 따라붙는 건 유쾌한 일이 아니다. 그 상대가 자기 몸의 두 배쯤 되는 남자라면 더욱. 나는 곤두서는 신경을 내리누르며 그가 내 눈치를 보면서 조심스럽게 식탁 의자에 앉는 것을 지켜보았다.

식탁에 다소곳이 앉아 말똥말똥 나를 쳐다보는 그를 마주하자니 마치 아침에 있었던 일이 그대로 다시 일어나고 있는 기분이다. 시간만 조금 바꿔서. 아마 이대로 아무것도 하지 않으면 내일 아침에도, 혹은 내일 저녁에도, 아니면 한 달 뒤에도 같은 광경이 반복될 것 같은 불길한 느낌이 든다. 뭔가 해야 해. 그게 뭐든. 설령 하나도 먹히지 않을 설득이나 거절이라도 안 하는 것보다는 낫겠지.

"저기, 진지하게 이야기하는 건데 장난이라면 슬슬 그만두시고 진짜라도 그만두세요. 장난이면 장난에 어울릴 생각 없고요, 진짜라도 그런 말도 안 되는 제안 받아들일 생각 없어요. 그러니까 나가 주세요."

식탁에 마주 앉는 대신 팔짱을 끼고 말하면서 나는 내심 그가 순순히 포기하고 나가 주기를 기대했다. 하지만 나가 달라고 해서 나가 준다면 불청객이라고 부르지도 않았을 것이다. 그는 오히려 비장한 얼굴로 나에게 말했다.

"신뢰를 얻을 수 있도록 노력하겠습니다."

말 자체는 별문제가 없었지만, 그의 시선이 향하는 지점이 문제였다. 그는 내가 먹다가 내버려 둔 죽 그릇을 빤히 바라보고 있었던 것이다. 나조차도 잊고 있던 그 잡탕죽은 바닥의 먹고 남은 음식들과 함께 음식물 쓰레기봉투로 여행을 떠날 운명이었다. 쓸데없이 빠른 눈치로 나는 그가 무슨 의도로 그런 말을 하는지 금세 알아 버렸다.

어쩐지 두 번의 방문 동안 그의 머릿속에는, 신발장에서 나온다. 그리고 식탁에 앉는다. 무언가 먹으면 나의 신뢰 포인트가 오른다는 수수께끼의 논리적 절차가 만들어진 것 같았다. 그리고 그는 내 추론을 증명하려는 듯 먹다 남은 죽 그릇을 제 앞으로 끌어당겼다.

"잠깐, 잠깐. 그건 먹다 남은 잔반이에요."

나는 가까스로 죽을 마시려는 그를 제지했다. 그래도 음식을 만드는 직업을 가졌는데 누군가가 잔반을 먹는 것을 그냥 둘 수는 없었다. 이놈의 망할 직업병. 죽 그릇을 끌어당겨 개수대로 던지며 나는 한숨과 함께 그의 착각을 정정했다.

"식사를 한다고 무조건 신뢰가 생기는 건 아니에요."

"그렇습니까."

순순히 납득하긴 했지만 그는 어딘가 석연치 않은 표정이었다. 그리고 조금 망설이다가 변명처럼 덧붙였다.

"여기에는 음식을 먹으면 신뢰하는 문화가 있을 거라고 생각했습니다."

아주 틀린 말은 아니지만 너무 극단적이군. 하지만 만약 이 사람이 정말로 다른 세계에서 와서 이쪽 문화에 대한 상식이 전혀 없다면 그렇게 생각할 수 있을지도.

"물론 같이 음식을 먹으면 즐겁고 호감이 생기기도 하지만 불청객이 찾아와서 냉장고를 다 털어 먹는다고 해도 애정 같은 건 생기지 않아요. 만약 그런 문화가 있었다면 우리 레스토랑의 잔반을 먹고 가는 떠돌이 고양이랑 저는 결혼 직전이었을 거예요."

냉소적으로 말하지 않으려 노력하고 있긴 하지만 이게 내 최대의 친절이었다. 사실 이 상황에 친절이라는 걸 발휘하는 것도 대단한 것이다. 이 사람이 경찰의 눈에 보였거나, 조금만 더 강압적이었다면 상황은 지금과 좀 달라졌겠지.

나는 다시 한숨을 쉬고 결국 의자를 끌어다가 그의 앞에 마주 앉았다.

몹시 귀찮고 수상한 이 상황에도 불구하고 내가 일말의 부드러운 태도를 가지고 그를 상대하는 이유는 몹시 어리버리한 그의 모습이 큰 요인이었다. 지금도 음식을 먹는 것으로 호감을 살 수 없다는 걸 알고 어쩔 줄 몰라 하며 소금 쳐 놓은 배추처럼 시무룩하게 고개 숙이고 있는 모습을 보라. 성가신 것도 성가시지만 그런 모습에 인간적으로 동정심이 생기지 않는다면 거짓말이다.

하지만 이 상황이 곤란한 건 사실이다. 이 사람을 대체 어떻게 하면 좋단 말인가. 경찰은 전혀 도움이 안 되고, 주변 사람에게 상담하는 건 더욱 곤란하다. 신발장에서 다른 세계 사람이 튀어나와서 세계를 구해 달라고 하는데 어떡하면 좋으냐 상담한다고 절교당하지는 않겠지만, 진지하게 병원을 추천해 주기는 할 것 같았다.
한숨만 푹푹 쉬고 있는데 남자가 조심스럽게 질문했다.
"고양이와 사귀십니까?"
"비유법이죠!"
좋아. 알겠다. 이 사람이 그런 척하는 건지, 아니면 진짜 그런 건지는 모르겠지만 세상에 대한 상식이 심각하게 부족하다는 건 알겠다고. 그렇다고 그가 하는 황당한 소리를 그냥 다 믿을 수는 없지!
"뭐 좋아요. 백번 양보해서 당신 말이 진짜라고 쳐도, 제가 그래야 할 이유가 있나요? 신뢰를 얻어서 제 선량한 마음에 대고 호소할 생각이라면 그만두세요. 어지간히 선량한 사람이라도 갑자기 이상한, 그러니까 신발장 안에 들어가서 세상을 구해 달라는 둥 하면 최대한 선의를 발휘한다고 해도 정신 병원에 넣어 주는 정도일걸요. 다시 한 번 말하자면, 아무리 신뢰를 얻어도 안 되는 건 안 되는 거예요. 저는 당신이랑 갈 생각이 전혀 없어요."
내가 다시 강경하게 거절하자 그가 뜻밖에 순순히 고개를 끄덕였다.
"그 문제로 명령받은 것이 있습니다."
"명령?"
"태양의 숲 선지자들이 명하기를, 당신의 곁에서 무엇이든 도우라고 했습니다. 믿음에는 시간이 필요한 것. 뭐든 시켜 주시면 따르겠습니다."
"아니, 이게 무슨 '3만 9천900원짜리 수상한 사람을 0원에 드립니다. 일단 써 보시고 결정하세요!' 같은 체험 상품도 아니고, 당신을 옆에 두면 믿게 될 거라고요? 그 선지자라는 사람들이 그랬어요?"
숨의 가호인지 뭔지를 받아서 말이 통한다고 했는데도 내 말을 귓등으로도 듣지 않는 태도에 나는 마침내 폭발했다. 그러나 온몸으로 어처구니를 상실하며 따지면서도 당장 '헛소리하지 말고 빨리 나가!' 라고 외치지 않는 이유는 그의 눈이 너무나 간절했기 때문이다. 그리고 그 선지자라는 자들의 헛소리를 철석같이 믿고 있는 게 분명해 보이기도 했고.

"그렇습니다."

"필요 없어요. 그냥 떠나든가, 차라리 그냥 다른 사람을 찾아보는 게 어때요? 저는 절대로 가지 않을 거고, 설득될 생각도 없으니까."

애초에 나에게는 그를 물리적으로 돌려보낼 방법도 없고, 그렇다고 말이 통하는 것도 아니니 이 상황에 대한 아무런 해결책이 없다. 그저 이 남자가 난폭한 짓을 하지 않는 걸 고맙게 여겨야 하나. 무력한 기분에 신경질적으로 머리를 쓸어 올리며 못 박자 남자가 조금 우물쭈물하며 대답했다.

"하지만 저는 이곳에 머물며 당신을 모시라고 명받았습니다."

"그건 그쪽 사정이고……. 잠깐, 머문다고?"

누구 마음대로? 당당하게 식객이 되겠노라 선언하는 그에게 나는 다시 소리치고 말았다. 그러고 보니 처음에 왔을 때보다 옷차림이 꽤 가볍다. 허리에 차고 있던 검이나 이상한 갑주, 길쭉한 부츠 대신 천으로 된 셔츠와 바지, 허리춤에 있는 단검, 작은 주머니 정도가 차림새의 전부였다.

어디론가 멀리 갈 일도 없고, 어차피 여기서 숙식을 할 테니 아예 편한 옷으로 갈아입고 왔다는 건가. 물론 그 결정에 내 허락 같은 건 생각도 안 했겠지.

"아, 아, 아니, 내가 왜 여기에 머물게 해 줄 거라고 생각하는 거예요? 그 사람들은 왜 그렇게 생각하는 거예요? 그리고 당신은 왜 내가 그럴 거라고 생각하는 거야?"

"부탁드리겠습니다."

남자가 나를 똑바로 바라보며 말했다. 말이 부탁이지, 사실 남자가 지금까지 한 행동들과 마찬가지로 나의 거절 따위는 고려하지 않겠다는 자세였다. 물론 나는 그를, 수상하기 짝이 없는 이 사람을 집에 머물게 해 줄 생각 따위는 전혀 없었다.
"당장 이 집에서 나가요."
손을 들어 현관문을 가리키자 남자는 자리에서 일어났다. 너무나 망설임 없는 움직임에 말한 내 쪽이 당황할 정도다. 정말로 나가는 건가? 그렇게나 실랑이했는데, 그냥 나가라고 하면 해결되는 문제였던 거야? 마치 문을 필사적으로 밀다가 '당기시오'라는 글씨를 발견한 것 같은 허무함이었다.
부탁드린다든가, 머물게 해 달라든가 하며 귀찮게 굴 거라고 예상했는데, 생각 외로 담백한 태도였다. 정말 떠나는 건가 해서 뒤따라 나갔더니 그는 현관 앞에서 문고리를 잡고 당황하고 있었다. 아마 도어록 여는 법을 모르는 것 같았다. 그가 드디어 집을 나가 준다는 사실이 너무나 기뻐서 나는 냉큼 뛰어가 문을 열어 주었다.
차가운 겨울바람이 훅 끼쳐 들어왔다. 남자의 옷깃이 조금 팔락거린다. 문득 그가 입고 있는 얇은 옷차림이 신경 쓰였지만 나는 애써 모른 척했다. 추우면 적당히 어디론가 떠나겠지. 지금은 쓸데없는 친절이 나설 때가 아니다. 지금이 아니면 남자를 집에서 쫓아낼 수 없을 거라는 위기감이 나를 매정하게 만들었다.
그는 문밖의 차가운 공기에 조금 놀란 표정이었다. 확실히 보일러가 돌아가는 실내와는 차원이 다른 세상이긴 하지. 그러나 다행히 떠나지 않겠다든가, 추우니 다시 들어가겠다든가 하는 말은 하지 않았다.
집을 나서며 그가 잠깐 나를 돌아보았다. 눈이 마주치지는 않았다. 그가 집을 나간 걸 확인하자마자 바로 문을 닫고 잠가 버렸기 때문이다. 내가 본 것은 내 쪽으로 살짝 돌아가던 그의 턱이 전부였다.
나갔다. 드디어.

하루 종일 나를 불편하게 만들던 불청객을 마침내 쫓아냈다는 안도감에 길게 숨을 뱉었다. 하지만 어쩐지 실감은 나지 않았다.

※

창틀을 흔드는 바람 소리가 다른 날보다 유독 큰 것 같았다. 죄책감 때문만은 아니었다. 실제로 설거지를 하느라 물을 틀어 놨는데도 선명하게 들리고 있었으니까.

그릇을 세제 묻은 스펀지로 문지르며 나는 애써 남자에 대해 잊으려고 노력했다. 즉, 그에 대한 생각이 머리를 떠나지 않았다는 뜻이다. 경찰이 그를 못 본 건 정말이었을까? 아니면 연출? 몰래카메라가 아니라면 대체 어떻게 신발장 안으로 감쪽같이 사라진 걸까? 우리 집 신발장은 벽에 붙어 있어서 뒤에 무슨 장치를 할 수도 없는데.

이 모든 의혹을 설명할 가장 쉬운 방법은 남자의 말이 진짜라고 믿는 것이다. 그가 정말로 다른 세계에서 왔기 때문에 상식으로는 이해할 수 없는 일들이 벌어진 것이라고.

하지만 정말로 믿기 쉽지 않은 일이다. 어느 정도로 어려운가 하면 이렇게 놀라운 일이 내 일상에 일어났는데, 누구에게도 말할 수 없을 정도로 어렵다. 나는 문득 이 상황이 몹시 외로워졌다. 최근 10년 동안 있었던 일 중에 가장 좋은 이야깃거리인 일이 실시간으로 일어나고 있는데도 혼자만 알고 있어야 하는 것이다. 차라리 정말 몰래카메라라면 모든 게 밝혀졌을 때 친구에게 수다라도 떨 수 있을 텐데.

하지만 이 일로 수다 떨 기회는 평생 오지 않을 것 같은 예감이 든다. 말했다시피, 내 예감은 꽤 잘 맞는다. 아까부터 나는 심각할 정도로 현관문을 의식하고 있었다. 벌써 12시가 다 되어 가는데 그동안 현관문 앞을 얼마나 서성거렸는지 모른다. 몇 번은 문고리에 손을 올렸다가 떼기도 했다.

멀리 갔겠지? 잠깐 문을 열었을 뿐인데도 목을 움츠리게 하던 날씨다. 남자가 입고 있던 얇은 차림으로는 버텨 봐야 고작 10~20분. 아마 근처 카페나, 혹은 차를 타고 어디론가 갔을 것이다. 애써 이렇게 생각해도 나는 또 현관문 앞으로 오고 말았다. 사실 이미 알고 있다. 이 문을 열어서 아무도 없는 문밖을 확인하기 전까진 아마 계속 이러겠지.

남자가 온 게 7시쯤이고, 지금이 거의 12시니까 그가 나간 지 최소 네 시간은 지났다. 상식적으로 있을 리가 없겠지. 하지만 정말로 있으면 큰일이니까, 아주 살짝, 살짝 확인만 해 보는 건 어떨까? 그건 괜찮지 않을까? 딱히 그가 걱정이 되어서라기보다 문만 한 번 열어 보면 더 이상 신경 쓰지 않게 될 테니까. 어차피 없겠지? 없을 거야.

오랜 고민 끝에 나는 마침내 결심했다. 문밖을 확인해 보기로. 별것도 아닌 결심인데 쓸데없이 고민이 길었다는 생각이 든다. 어차피 없을 텐데.

그러나 역시 그럴 리는 없었다. 삐— 하고 도어록이 우는 소리가 마치 오답임을 알리는 벨 소리 같다. 굳이 집 밖으로 나가서 둘러볼 필요도 없이 문틈으로 남자의 쭈그려 앉은 몸이 보였다. 추위 때문인지 잔뜩 웅크리고 있어서 커다란 몸이 낯설 정도로 작게 보인다. 문이 열리는 것을 느낀 그가 이쪽을 돌아보고 파리한 얼굴로 희미하게 웃는 순간 죄책감의 강렬한 펀치가 나를 폭행 치사 직전으로 몰아넣었다.

아, 아아아아아! 진짜로 있었어! 이 추위에! 겨우 얇은 셔츠에 바지만 입고 차가운 돌바닥에 앉아 있었어! 계속 여기에 있었던 거야! 네 시간이나! 미안미안미안, 정말 미안해요! 좀 더 빨리 나와 보지 않아서 미안해요! 수상한 사람이라던가, 터무니없는 거짓말이라던가, 그런 건 아무래도 좋았는데! 이런 날씨에 내쫓아서는 안 되는 거였는데에에에!

뻐끔거리며 소리 없는 비명을 지르면서 나는 다급히 남자를 일으켰다. 그가 제대로 서지도 못하고 갓 태어난 아기 사슴마냥 바들거리면서 간신히 몸을 일으키는 걸 보니 눈물샘이 뜨거워지는 기분이었다.

이 사람이 한 말이 다 거짓말이더라도 딱 하나는 확실하게 알겠다. 이 사람 불쌍해. 이 사람이 한 말이 진실이라도 불쌍하고, 거짓이라도 불쌍해!

이성적으로 나의 편의와 안전을 생각하면 그를 들여보내지 않는 것이 옳겠지만 그러면 이 사람은 높은 확률로 내일 아침쯤엔 동사해 있겠지. 불시에 갑자기 얼어 죽은 사람을 마주하는 상황만은 제발 피하고 싶다. 지금은 그저 불곰도 얼어 죽을 것 같은 추위에 이 사람이 살아 있는 것이 고마울 따름이었다.

"세상에, 세상에! 어서 들어와요! 왜, 왜 여기에 계속 있었어요!"

어디론가 가 버리지 않았냐는 말은 차마 나오지 않았다. 지금 이 시점에 이런 말을 하면 인간 말종의 길을 피할 수 없다는 것 정도는 안다.

허겁지겁 그를 부축하자 오랫동안 추운 곳에 웅크리고 있어서 그런지 몸이 잘 움직이지 않는 듯 잘 걷지도 못했다. 어눌한 움직임으로 조심조심 집 안으로 들어오는 모습에 내 양심은 다시 처절한 타격을 받고 말았다. 그만둬. 내 마음은 이미 외과 수술도 불가능할 정도로 너덜너덜해졌다고.

집 안으로 들이고 나니 그의 행색은 더 심각했다. 입술은 거의 파랗게 질렸고 손등이나 목 같은 옷 밖으로 드러난 피부는 온통 새빨갛다. 가볍게 보기에도 동상 직전이었다.

급히 안쪽 가장 따뜻한 곳으로 남자를 데려가 앉히고 막 설거지를 끝낸 머그 컵에 우유를 따르고 꿀을 약간 타서 데웠다. 전자레인지가 돌아가는 동안 포근한 담요를 그에게 덮어 주는 것도 잊지 않았다. 어쨌든 잠시 분주하게 움직여 그를 돌보고 나자 그는 곧 담요에 감싸여 머그 컵을 손에 든 채 앉게 되었다. 마주 앉아 살펴보니 파리한 얼굴

빛도 그럭저럭 정상으로 돌아온 상태다.
"좀 괜찮아요? 우유 좀 마셔 봐요. 따듯해질 거예요."
 내 말에 남자는 슬쩍 눈치를 살피다가 조심스럽게 우유를 홀짝거렸다. 우유를 머금은 그의 얼굴이 확 밝아지는 것을 보며 나는 그가 꽤 먹을 것을 좋아하는 사람이라고 느꼈다. 별것 아닌 우유 한 잔일 뿐인데 그는 마치 세상에서 가장 맛있는 것을 먹는 것처럼 행복해 보였다.
 "이 추운 날에 어쩌자고 그렇게 밖에 앉아 있었던 거예요?"
 "나가라고 하셔서……."
 두 손으로 머그 컵을 소중하게 감싸 쥐고 그가 쭈뼛쭈뼛 대답했다. 담요를 어깨부터 덮고 있는 그가 퍽 어리게 보여서 나는 다시 죄책감에 데미지를 입고 말았다. 애초에 불법 침입한 이 남자가 나쁘지만, 분명 이성적으로 생각하면 그렇지만.
 역시 주눅이 든 모습을 보니 동정심이 울컥울컥 솟는 것이다.
 그래, 솔직히 말하자면 순간적으로 레스토랑 뒷문으로 찾아오는 잔반 먹는 고양이와 겹쳐 보고 말았다.
 "그래도 그렇지. 어딘가 갈 곳 없어요? 진짜인지 가짜인지 모를 그 다른 세상이라도."
 "그건……."
 신발장을 흘긋 보는 시선에 나는 이마를 짚고 말았다. 역시 출입구는 신발장이었나. 저곳으로만 드나들 수 있는 거였나.
 잔뜩 내 눈치를 보며 머그 컵 안에 머리를 박고 있는 그를 보니 이제 결정을 해야겠다는 생각이 들었다. 시간도 늦었고 피곤하기도 하다. 언제까지 이 소모적인 신경전을 질질 끌어 갈 수는 없지. 특히 내 양심의 소모가 극심하다.
 "하아, 좋아요. 진짜 어쩔 수가 없네. 날이 추우니까 나가라고 하지는 않을게요. 머무르도록 허락도 하죠. 그래서 언제까지 여기 있을 거예요? 아니, 물어본 내가 바보지. 나를 설득할 때까지라고 하려고 했죠? 알겠어요. 이 추운 겨울에 사람을 내쫓을 수 없으니까 정말 어쩔 수 없이 머무르게 해 주는 거예요. 만약 날이 풀리면 사정 안 봐주고 내쫓을 거예요."

"그……."

"안 가요."

"혹시……."

"싫어요."

무슨 말을 하려는지 모르겠지만 나올 말이야 뻔하다. 줄줄이 강경한 거절을 늘어놓았으니 그의 입장에서는 설득밖에 더 있겠는가. 결국 그는 순순히 고개를 끄덕였다.

"알겠습니다."

"좋아요."

지금으로서는 이 정도가 우리의 마지노선인 것 같다. 별로 만족스러운 결과는 아니었지만 갑자기 질질 끌려서 신발장 안으로 처박히지 않은 것으로 스스로를 위안하며 나는 남자가 우유 한 컵을 다 비운 것을 눈치챘다.

텅 비어서 완전히 식은 컵인데도 몹시 소중히 감싸 쥐고 있는 모양새가 어쩐지 미련이 가득해 보이는 것이, 아무래도 우유만으로는 턱없이 부족한 것 같다.

"배고파 보이는데, 저 죽이라도 데워 줄까요? 별건 아니고 파와 당근 넣은 계란죽인데. 좋아해요?"

계란과 쌀. 지구상의 어디를 가더라도 있는 흔한 식재료다. 질문을 던지긴 했지만 나는 냉큼 수긍의 대답이 돌아올 거라고 생각했다. 하지만 예상외로 그는 눈을 크게 뜨고 어리둥절한 시선으로 나를 응시할 뿐이었다.

"어……. 싫어해요?"

죽 특유의 질척한 식감을 싫어하는 사람도 있긴 하지. 그러면 그냥 스크램블 에그라도 만들어 줄까 하는데 그의 대답은 내 예상을 아득히 뛰어넘은 것이었다.

"계란죽……이요?"

그는 내가 지금까지 본 사람 중 가장 계란죽을 어색하게 말하는 사람이었다. 설마…….

"계란죽 몰라요?"

"처음 듣습니다."

"그쪽 세계에는 계란 없어요? 죽도? 아니, 일단 음식 먹어요? 방금 우유는 먹었으니 그런 것 같은데."

"계란은 있습니다. 예전에 시장에서 본 적이 있습니다만, 먹어 본 적은 없습니다."

"혹시 그쪽에서는 엄청 귀한 음식이에요?"

"그건 아닌 것 같지만, 저에게 허락된 음식은 아닙니다."

그러고 보니 이 사람 상당히 종교적인 느낌이 강한 사람이었지. 선지자인지 뭔지 하는 수상한 사람을 맹목적으로 믿는 것도 그렇고. 종교 중에는 일부 음식을 금기시하는 경우도 많다. 돼지고기를 먹지 않는다던가, 소고기를 먹지 않는다던가. 그런 맥락으로 계란이 금지된 종교인가?

"허락된 음식? 일단 먹긴 먹는다는 거죠? 못 먹는 음식은 계란뿐이에요? 그 외에 뭐 더 하면 안 되는 것 있나요?"

내 질문에 남자는 조금 머뭇거리다가 다 마신 머그 컵을 발치에 내려놓고 허리에 차고 있던 작은 주머니를 뒤적거렸다.

"정확히 말하자면, 이것만 먹을 수 있습니다."

그렇게 말하며 남자가 보여 준 것은 도저히 음식이라고는 생각할 수 없는 이상한 회색 벽돌이었다. 크기는 내 주먹 절반만 하다. 빵인지 뭔지도 수상하고, 굳이 말하자면 신문지로 만든 지점토와 가장 닮았다. 땅바닥에 굴러다니고 있다면 의심의 여지도 없이 당연히 돌멩이라고 생각했을 법한 물건이었다.
"이게 뭔데요?"
"저에게 허락된 음식입니다. 젤이라고 부릅니다."
음식이라고 재차 확인해 줬지만 나는 도저히 그걸 믿을 수 없었다. 반신반의하는 기색으로 남자가 내민 음식을 집어 들자 더욱더 먹을 것으로는 느껴지지 않았다. 차갑고 딱딱하고, 정말로 그냥 마른 지점토 같은데.
"어떻게 먹는 거예요? 끓여서?"
내 의문에 남자는 보란 듯이 주머니에서 작은 '젤'을 꺼내서 앞니로 조금 갉아 먹었다. 약간 석고 같은 느낌으로 가루가 파삭 긁혀서 남자의 입 안으로 사라진다. 물론 그 광경이 나에게 식사 장면으로 보였느냐 묻는다면 아니라고 하겠다. 음, 하지만 저 사람은 아무렇지도 않게 먹고 있고…….
의외로 맛있을지도.
요리사 특유의 호기심도 발동해서 남자를 흉내 내어 아주 약간만 그 젤을 갉아 보았다. 일단 식감은 최악이군. 그리고…… 맛도 최악이다. 이거 뭐야? 진짜 아주 약간 짭짤하긴 하지만 그냥 석고 가루 맛이잖아. 보기에 돌이지만 맛도 돌이었냐고! 조금 반전이 있어도 좋지 않았을까. 심지어 혀 위에서 녹지도 않는다. 그야말로 돌가루. 짭짤한 돌가루다.
바로 개수대로 달려가서 뱉어 내고 입 안을 헹궈 낸 뒤 남자의 앞에 마주 앉았다. 분명 내 얼굴은 돌 씹은 표정이었을 거다. 그에게 그 맛없는 돌멩이를 돌려주고 나는 진지하게 질문했다.
"당신은 이게 맛있나요?"
그래, 겉보기에는 나랑 똑같은 사람처럼 보이지만 의외로 입맛이 에일리언일 수도 있잖아. 프레데터일 수도 있고, 채석기와 같은 입맛을 가지고 있을지도 모르지. 저걸 맛있게 먹는다는 건 입맛을 가지고 있느냐 없느냐의 문제가 아닌 것 같지만.

"그게……. 잘 모르겠습니다."

"네?"

"맛있다는 게 어떤 건지 잘 모릅니다. 먹어 본 음식은 이게 전부라서……. 그래도 이걸 먹으면 뱃속이 허전하고 차가워지는 고통이 사라집니다."

뭐, 라, 고?

나는 입을 딱 벌리고 경악했다. 눈가도 뻐근해졌다. 가물가물하게 머릿속을 휘젓고 다니던 희미한 생각들이 순식간에 형태를 갖춘다. 그러고 보니 허락된 음식이 이거뿐이라고 했지? 이 작전을 하면서~ 라든가, 최근 들어서~ 라거나 하는 수식어 없이.

그러니까 진짜로 이 사람은 평생 이것만 먹고 자란 거다. 그러니 다른 맛을 전혀 모르는 거지. 맛있다는 감각은 결국 맛없는 음식과 비교했을 때 알 수 있는 것이다. 아, 잠깐. 방금 그거 말고 다른 음식 먹었잖아. 우유.

"방금 저 컵 안에 있는 거 마셨잖아요. 우유! 그거랑 비교하면 어때요?"

"우유……. 처음 먹었습니다. 입 안이 뭔가 부드러워지고……. 혀가 기분 좋게 축축해지는 것 같았습니다."

더 설명할 말을 찾을 수가 없는지 고민 끝에 남자는 그렇게 말을 맺었다.

"그러면 겔이랑 우유 둘 중에 뭘 먹겠냐고 묻는다면 어느……."

"우유입니다."

내 말을 싹둑 자르며 그가 칼같이 대답했다. 그리고 부끄러운 듯 얼굴이 조금 붉어졌다.

"다행이네."

정말로 다행이었다. 하마터면 석고와 지점토와 황토로 음식을 만들어야 할 뻔했다. 놀이터에 가서 흙장난하는 아이에게 흙구슬을 받아 먹지 않을까 조금 걱정되긴 하지만, 지금은 이런 극악한 식사를 하면서도 버텨 준 그의 미각에게 건배하고 싶을 따름이다.

"그런데 아까 허락된 음식이 그거뿐이라고 했잖아요. 허락된 음식이 아니면 먹으면 안 되는 것 아니에요?"

종교적인 이유이든 뭐든 간에 금지하고 있었다면 그만한 이유가 있었을 것이다. 혹시 이 지점토, 아니, 젤 외의 무언가를 먹는 게 그에게 불이익이 되는 건 아닌지 살짝 걱정되었다. 뭐 원래부터 내가 오지랖이 좀 넓은 성격이기도 하고, 이 사람이 우유 좀 먹었다는 이유로 자살할 수 있을 만큼 비상식적으로 보였기 때문이기도 하다. 솔직히 후자의 이유가 더 크다.

정말로 이 사람이라면, '아, 주시는 거 먹어도 괜찮습니다. 돌아가면 사형이겠지만 당신의 호감을 사서 세계를 구하는 게 더 중요하니까요.'라고 할 것 같단 말이야. 무섭다고.

"괜찮습니다. 어떤 율법보다 당신의 말을 우선해서 신뢰를 얻으라고 선지자께서 말씀하셨기 때문에······."

아, 웅. 그렇구나. 맞다. 이 사람 내 신뢰를 얻어서 나를 알 수 없는 세상으로 끌고 가려고 여기에 머무르는 거였지. 잠깐 동안 너무 놀라운 일들이 많이 일어나서 순간적으로 잊어버리고 말았다. 우리 집 문밖에서 사람이 동사할 뻔했다거나, 이 사람이 평생 돌만 먹고 살았다거나 하는 것들 말이다.

그나저나 돌만 먹고도 이 체구라니. 대단하군. 이 젤이라는 게 뭔지는 잘 모르겠지만 영양가는 꽤 높은 건가? 음, '돌도 씹어 먹을 성장기 청소년에게 정말 돌을 먹여 보세요!'라는 식으로 키가 큰다고 광고하면서 팔면 개인 레스토랑을 차릴 돈 정도는 얻을 수 있지 않을까.

내가 어떻게 하면 사기꾼으로 구속당하지 않고 사업을 할 수 있을까 고민하는 동안 그는 묵묵히 앉아서 내게서 건네받은 젤을 갈무리하다가 그중 하나를 꺼내어 입가로 가져갔다. 우유를 먹을 때도 그래 보였지만 역시 허기가 졌던 모양이다. 하지만 내 눈앞에서 그런 것을 밥이랍시고 먹는 걸 그냥 둘 수는 없었다.

"잠깐만요. 그럼 내가 주는 음식 먹어도 별다른 불이익은 없는 거죠?"

조금 망설이던 그가 작지만 확실하게 고개를 끄덕이는 것을 확인하고 나는 가스레인지 앞으로 나는 듯이 달려갔다. 물론 그가 젤인지 돌인지를 식사 대신 먹으려는 걸 제지하는 것도 잊지 않았다.

냉장고에 넣으려고 식히던 중이라 약간 미지근하던 죽은 금방 따끈따끈하게 김을 뿜어 올리기 시작했다. 그대로 퍼서 그릇 가득 담아 남자에게로 돌아온 나는 그릇을 주욱 그의 앞으로 밀어 놓으며 권했다.

"먹어 봐요. 맛있을 거예요."

"하지만……."

"괜찮다면서요? 그 선지자라는 사람들이 먹지 말라고 한 것 외에 따로 이유는 없죠? 그런데 내가 주는 건 먹어도 된다고 했으니 상관없는 것 아니에요?"

"그렇긴 합니다만……."

말과는 달리 그의 몸은 안타까울 정도로 주인의 의사를 배신하고 있었다. 죽 그릇에 꽂혀 드는 시선, 군침을 삼키는 목울대, 요동치는 뱃고동 소리, 수저를 향해 꼼지락거리는 손가락까지 어디 하나 따질 것도 없이 모두 식욕의 대합창을 하고 있었던 것이다.

"그럼 어서 먹어 봐요. 괜찮으니까. 어서."

내 재촉이 마치 명령이라도 되는 것처럼 남자의 손이 숟가락을 붙잡았다. 보기에도 고소해 보이는 죽을 한 숟가락 가득 뜨더니 잠깐 내 눈치를 흘긋, 그러나 숟가락은 곧 입 안으로 사라졌다. 동시에 그의 눈이 조금 크게 뜨인다. 입에서 빠져나온 숟가락은 설거지도 필요 없어 보일 만큼 깨끗하게 반짝이고 있었다.
첫술이 어려웠지 그다음은 일사천리였다. 너무 뜨겁지 않을 정도로 데워 내놓은 것이 정말 다행이었다. 눈앞의 죽을 빼앗기기라도 할 것처럼 그는 말도 없이 허겁지겁 먹어 치웠던 것이다. 거의 500ml 넘는 죽이었는데 다 먹는 데 1분도 걸리지 않은 것 같다. 그러나 정작 그는 너무 빨리 먹어 버려서 아쉽다는 표정으로 죽 그릇을 긁어 대고 있었다.
나는 조금은 흐뭇하고 안쓰러운 기분으로 죽을 먹는 그를 바라보고 있었다. 대충 끓인 죽 한 그릇일 뿐인데 세상에 다시없을 진미를 먹는 것처럼 먹어 치우는 것을 보니 요리사로서 심경이 복잡할 따름이다. 아마 죽 맛있게 먹기 대회가 있다면 분명 그가 우승했을 것이다.
그리고 솔직히, 자기가 만든 음식을 맛있게 먹는 사람을 앞두고 기분이 나쁠 요리사는 없어서, 남자의 수상함은 차치하고 그에 대한 호감도가 오른 것이 사실이다.
"더 줄까요? 냄비에 조금 남았는데."
텅 빈 그릇을 긁던 남자는 그제야 조금 정신을 차린 듯 흠칫 고개를 들었다. 흔쾌히 죽 그릇을 내밀 거라고 생각하진 않았지만 그 반응은 뜻밖이었다. 마치 몹쓸 실수라도 하다가 들킨 것처럼 남자의 눈동자에는 공포와 긴장이 스며 있었던 것이다. 딱히 그 감정을 캐고 싶지는 않아서 모른 척 일어나 냄비째로 남은 죽을 내밀었다.
"그런데 이번에는 말이 꽤 오래 통하네요. 전에 왔을 때는 한 시간도 안 간 것 같은데."
처음 죽을 먹었을 때보다 비교적 조심스럽게 냄비의 죽을 먹던 그가 내 말에 고개를 들었다. 허겁지겁 죽을 먹었던 것이 큰 실수라고 생각했는지 눈도 제대로 못 마주치고 있었는데, 내 반응을 잠깐 살피더니 굳어 있던 얼굴이 조금 풀렸다.

"이곳에 오래 머물러야 할 필요가 생겨 몸 전체에 술법을 받았습니다. 3일 정도는 지속되고, 3일에 한 번 돌아가서 상태를 보고해야 합니다."

"상태를 보고한다면······. 역시 그거죠? 내가 저쪽으로 넘어갈지 안 갈지. 날 얼마나 꾀어냈는지?"

내 마지막 말이 거슬렸는지 남자는 잠시 입을 뻐끔거리다가 포기한 듯 고개를 끄덕였다.

"그렇습니다."

그가 대답하는 순간 나는 굉장히 기묘한 느낌을 받았다. 뭐라고 콕 집어서 이야기하기 힘든 위화감이었는데, 그를 빤히 바라보던 나는 다음 순간 그 위화감의 정체를 깨달았다. 그가 방금 말한 '그렇습니다.'라는 말이 그의 입 모양과 전혀 맞지 않았던 것이다. 분명 내 귀에는 그렇습니다라는 말로 들렸는데, 입은 그저 짧게 한 번 벌어졌을 뿐이다. 마치 더빙이 잘 맞지 않는 외국 영화를 보고 있는 것 같은 기분이었다. 이걸 이제야 알아챈 이유는 말을 하고 있는 그를 이렇게 침착하게 바라보고 있는 것이 처음이었기 때문이다.

이 세상에는 복화술이라는 기술도 있는 것으로 알고 있지만, 그것조차도 이렇게 완벽하게 입 모양을 다르게 할 수는 없다. 그것도 이렇게 지근거리에서 힘도 들이지 않고 할 수 있는 기술은 아니다. 솔직히 진짜 믿고 싶지 않지만, 이쯤 되면 순순히 믿어야 하는 게 아닐까 싶을 정도다. 그가 다른 세계에서 왔다는 걸.

"그러니까 이름이, 니모였던가요?"

"예, 태양의 숲 소속의 섬기는 자 니모입니다."

니모의 앞에 놓인 죽 냄비는 어느새 텅 비어 있었다. 밥알 하나 남겨 두지 않고 깨끗하게 먹어 치운 모습에 머릿속이 복잡하면서도 마음 한편에서 흐뭇함이 차오르는 것을 무시하기 힘들다. 하지만 흐뭇함은 흐뭇함이고, 피로는 피로다. 아쉬워 보이는 그에게 뭔가 더 먹이고 싶긴 하지만 그보다 오늘 하루를 끝내고 싶은 마음이 더 컸다.

"오늘은 시간이 늦었으니까 그만 자고 내일 이야기하죠. 따로 방을 주고 싶지만 아직 정리가 안 돼서, 거실 소파에서 자야 할 것 같은데 괜찮겠죠?"

"예."

니모는 입가에 묻은 죽을 핥은 뒤 대답했다. 솔직히 나는 지금 몹시 피곤했다. 시계를 보니 어느새 바늘은 새벽 2시를 가리키고 있었다. 숙취에 찌든 몸이 견디기에는 여러모로 힘겨운 하루였다. 나는 그가 먹은 그릇을 개수대에 대충 내려놓고 그가 덮을 만한 담요를 건네준 뒤 재빨리 불을 끄고 침실로 들어왔다.

들어오자마자 문을 잠그고 침대에 누웠지만 온몸을 잠식한 피로와 달리 쉽게 잠이 들 수가 없었다. 아니, 잠이 쉽게 올 리가 없었다. 지금 거실에 정체를 알 수 없는 수상한 사람이 있는데 바로 잠이 들 정도로 굵은 신경 줄을 가지고 있지 않기 때문이다. 기분상으로는 당장이라고 곯아떨어지고 싶었지만…….

결국 자리에서 일어나 살짝 문을 열어 보니 소파의 푹신한 부분을 어색한 듯 손으로 눌러 보고 있는 니모가 보였다. 이쪽의 기척을 알아챘는지 어둠 속에서 빛나는 황금색 눈이 돌아본다. 그러고 보니 쟤 눈도 빛나는 거였네. 진짜 다른 세계에서 온 것 같네. 오히려 이런 상황이면 깔끔하게 믿어 주는 게 논리적인 거 아닐까. 으음, 피곤하다.

어색하게 웃으며 문을 닫고, 다시 침대에 누웠지만 역시 잠은 잘 수 없었다. 결국 거의 30분 단위로 문을 여닫으며 새벽을 다 보낸 끝에, 나는 동이 터 올 무렵에야 간신히 지쳐 잠들 수 있었다.

"왼쪽으로 돌리면 차가운 물, 오른쪽으로 돌리면 뜨거운 물이에요."

 냉수와 온수를 쏟아 내는 수도꼭지를 유심히 바라보는 그는 방금 내가 입혀 준 핫 핑크색 고무장갑을 끼고 있다. 모델 같은 체형에 조형미가 뛰어난 얼굴과는 너무나 어울리지 않는 뜬금없는 조합이었음에도 불구하고 딱히 개그 요소로 느껴지지 않는 이유는 그가 너무나 진지한 얼굴을 하고 있기 때문일 테지.

 오늘 아침, 잠이 덜 깬 상태로 멍하니 거실로 나섰다가 나는 마음의 준비도 갖추지 못하고 니모를 마주치고 말았다. 경건하기까지 한 반듯한 자세로 소파에 앉아 있던 그는 졸음기라곤 없는 얼굴로 나를 차분하게 바라보고 있었다. 나? 나는 왼손으로 눈곱을 떼고 오른손으로 배꼽을 긁고 있었는데.

 어쨌든 어색하기 짝이 없는 아침 인사를 주고받은 뒤 나는 의식적으로 청소에 몰두했다. 솔직히 그를 피하기 위한 핑계였다. 나의 사교성은 나쁜 편은 아니지만 그렇다고 어제 처음 본 사람과 다음 날 아침 서로 배꼽 긁으며 활달하게 이야기할 만한 수준은 못 된다.

 적막을 숨기기 위해 TV를 틀어 놓고 청소기를 돌리고 걸레로 방과 가구를 닦는 동안 니모는 수산 시장에 끌려온 돼지처럼 어리둥절한 상태로 TV와 나를 번갈아 가며 관찰하고 있었다. 아니, 어리둥절이라기보다 안절부절못하고 있었다는 표현이 더 맞을 것 같다.

 결국 첫 출근 한 신입 사원처럼 초조해하며 내가 일하는 모습을 바라보던 그는 내가 어제 먹은 죽 그릇을 설거지하기 위해 고무장갑을 끼는 순간 조심스럽게 입을 열었던 것이다. '제가 도울 수 있는 것이 있다면 돕고 싶습니다.' 라고.

 그리고 이야기는 서두로 다시 돌아온다.

"이게 스펀지예요. 세제를 이렇게 짜서, 네, 거기 통의 꼭지를 누르면 세제가 나오니까. 아, 세제는 어, 음. 무언가를 깨끗하게 해 주는 화학 약품 종류를 세제라고 하는데……. 어쨌든 스펀지를 조몰락거려 보세요. 잘했어요. 거품이 났으면 그걸로 그릇을 문질러서, 닦은 다음 물로 헹궈서 엎어 두면 돼요."

그가 표정이 이렇게 풍부한 사람인지 처음 알았다. 아니, 반대다. 내가 이렇게 사람 표정을 잘 읽는 사람이었다니. 뜻밖의 재능을 발견하며 나는 인내심을 가지고 그에게 설거지를 가르쳤다. 솔직히 설명할 시간이면 벌써 끝내고도 남았겠지만 그의 얼굴이 워낙 진지하고 필사적이라 그만둘 수가 없었던 것이다.

내 설명에 따라 그는 접시 하나를 신중하게 집어 스펀지로 문질렀다. 그런데 그 움직임이 뭐랄까, 스펀지로 접시를 뽀득뽀득 닦아 낸다는 느낌보다는 스펀지가 접시에 비비적거리면서 아양을 떠는 모양새였다. 접시에 문질러지는 스펀지는 그 네모난 모양을 전혀 무너뜨리지 않고 있었던 것이다.

"좀 더 세게 문질러 봐요."

그제야 스펀지의 모양이 좀 무너졌다. 지금까지 이 사람이 뭘 하고 살았는지 모르겠지만 설거지나 그릇의 청결을 신경 써야 할 일은 단 한 번도 없었으리라 장담할 수 있을 것 같다. 하긴, 먹는 음식부터가 그릇에 담을 필요조차 없는 물건인데.

그가 접시 하나를 닦아서 헹군 다음 건조대에 엎어 놓는 것을 확인한 뒤 나는 뒤돌아서 아침밥을 만들기 위해 움직였다.

어제의 죽을 제외하고 그가 먹는 첫 식사다. 메뉴 선정에 고심하지 않을 수 없었다. 평소였다면 별 고민 없이 멸치 국물에 취향껏 야채를 썰어 넣고 된장을 풀었겠지만 한식의 맛은 대체로 짠맛에 집중되어 있다. 그리고 특유의 냄새 또한 거부감을 줄 가능성도 있었다.

결국 나는 볼에 야채와 고기, 치즈를 썰어 넣고 계란을 풀어 휘저었다. 키쉬를 만들기로 한 것이다. 어제부터 어쩐지 달걀을 많이 먹는 것 같은 기분이 들지만 상관없겠지. 키쉬를 주메뉴로 하고 잼 바른 빵과 후식으로 아이스크림을 곁들이기로 했다. 단맛, 고소한 맛, 짠맛.

혼자 사는데도 불구하고 그런 재료들이 아무렇지도 않게 냉장고에 상비되어 있는 것에 놀라는 사람들이 있을지도 모르지만, 요리사의 냉장고를 얕보지 마라.

모 일식 주방장의 집에서 우연히 묵게 된 지인이 밤중에 목이 말라 냉장고 문을 열었다가 눈을 부릅뜬 참치 머리와 눈이 마주치거나 집에서 고깃덩이를 드라이 에이징 하던 그릴 전문 요리사가 살인범으로 경찰에 신고당하는 일화는 웃음거리도 되지 않는 것이다.

나만 해도 다양한 맛에 집착한 나머지 여기저기서 얻고, 사 온 소스들로 마녀도 깜짝 놀랄 정도로 많은 조미료병들을 가지고 있다.

그러니 내가 남이 구운 시판 빵을 꺼내기보다 냉동고에서 빵의 생지를 꺼낸 것은 당연한 일이다. 아침부터 너무 부담스러운 건 좋지 않으니 가벼운 소금빵으로 할까.

가장 위에 있는 소금빵 생지를 하나 꺼내 오븐을 예열하는 순간 등 뒤에서 익숙한 파열음이 들렸다. 적어도 주방에서 일하는 사람이라면 이 소리의 앞부분 0.1초만 듣고도 무슨 소리인지 알 수 있을 것이다. 바로 그릇이 깨지는 소리였다.

소리가 난 방향으로 고개를 든 순간, 가장 먼저 보인 것은 크게 다치기라도 한 것 같은 그의 창백한 얼굴이었다. 어정쩡하게 펼쳐진 손끝으로 깨져 흩어진 접시 조각들이 보인다. 하긴, 세제의 존재도 모르는 것 같았으니 특유의 미끈거리는 질감도 익숙하지 않았겠지. 충분히 있을 수 있는 일이라 나는 별로 놀라지 않았다. 하지만 그는 너무나 놀란 것 같았다.

핏기를 잃은 입술이 깨질 것처럼 파르르 떨린다. 고무장갑을 끼고 있으니 손에 상처를 입지는 않았겠지— 하고 낙관적으로 생각하던 나는 그 입술을 발견한 순간 손가락이 베이는 것 따위는 문제도 되지 않는다는 것을 깨달았다. 파리한 안색에 깜짝 놀라 다가서자 그가 짧게 숨을 들이마시며 반 발자국 물러섰다.

"괜찮아요? 너무 놀랐나요? 어딘가 다친 거예요?"

당장 무언가 하지 않으면 그가 죽어 버릴 것 같았기 때문에 나는 엉겁결에 그의 고무장갑 낀 손을 붙잡았다. 고무 너머로도 충분히 알 수 있을 만큼 그의 손은 덜덜 떨리고 있었다.

"제가, 그릇을 깼습니다. 죄송합니다."

신음 같은 사과는 차라리 비명처럼 들렸다. 어떤 매정한 사람도 이와 같은 사과 앞에서는 분노를 지속하기 힘들지 않을까 생각하며 나는 그의 등을 천천히 다독였다.

"그냥 그릇이잖아요. 누구나 깰 수 있는걸요. 너무 놀란 것 같은데 괜찮아요?"

내가 지을 수 있는 가장 걱정스러운 표정을 지으며 그와 눈을 마주치자, 한순간 그의 눈동자가 덜컹 흔들린 것 같았다. 때마침 비스듬하게 내리쬐는 햇볕이 그의 눈을 물들인 덕분에 나는 그의 새카만 속눈썹 안에 섬세하게 자리 잡은 눈동자가 완전히 두려움에 젖어 있는 것을 알 수 있었다.

"정말 죄송합니다. 믿고 맡겨 주셨는데, 제가 그 신뢰를……."

그는 다시 사과를 했다. 아니, 빌었다. 나의 괜찮다는 위로가 전혀 와닿지 않은 모양새였다. 어느새 나도 모르게 한 손으로 그의 등을 쓰다듬으며 그가 생각보다 나를 무서워하는 게 아닌가 하는 불길한 예감이 들었다.

하긴, 온몸의 피가 슬러시가 될 것 같은 날씨에 사람을 내쫓았으니 매정하긴 했지. 시간차를 두고 데미지를 받은 양심이 다시 피를 토했다.

"저는 정말로 괜찮아요. 마침 마음에 안 들어서 깨 버리려던 그릇이었어요. 니모 씨가 깨 주셔서 정말 다행이에요! 덕분에 계속 사고 싶었던 새 접시를 살 수 있겠네요."

 솔직히 나도 지금 내가 무슨 말을 하는지 모르겠다. 무슨 말을 해야 그가 입으로 반성문 쓰는 것을 멈출 수 있을까 고민한 결과가 이거다. 니모의 사과는 점점 더 구체적으로 변해서 이제 흡사 애원하는 것에 가까워지고 있다. 모르는 사람이 이 광경을 본다면 내가 접시를 깬 그를 토막 치려고 드는 줄 알 것이다. 누구든 좋으니까 지금 이 상황을 끝낼 수 있는 방법을 좀 알려 줬으면.

 그래도 내 헛소리 같은 위로가 전혀 효과가 없진 않았는지 시간이 조금 지나자 그가 차츰 진정하기 시작했다. 반쯤 패닉에 빠져 정신 나간 사람처럼 빌기만 하던 사람이 조심스럽게 내 눈을 마주 봐 온 것이다.

 "정말, 괜찮습니까?"

 "물론이죠. 진작 깨 버렸어야 했는데. 원래 미끄러져서 자주 깨 먹는걸요. 이런 일이 있어야 그릇 파는 사람도 밥을 먹을 수 있죠!"

 접시가 들었다면 배신감에 그릇장에서 번지 점프를 할 말을 태연하게 하며 나는 속으로 안도의 한숨을 내쉬었다. 싱크대에 흩어진 깨진 그릇 조각을 모아 치우고 남은 설거지거리를 부탁한 뒤 뒤를 돌아본 나는 이 소란 통에서도 한 가지 좋은 일을 발견했다. 그와 내가 얼마나 오랫동안 헛소리 대잔치를 벌이고 있었는지, 꺼내 놨던 생지가 이미 다 해동되어 있었던 것이다. 오븐의 예열도 완전히 끝나 있었다.

 빵과 키쉬 반죽을 오븐 안에 던져 넣고 냉장고에서 살구 잼과 사과 주스를 꺼냈다. 그사이 그는 설거지를 마무리하고 있었다. 절대 놓치지 않겠다는 듯 단단하게 쥔 그릇에 옅은 금이 가는 것을 보았지만 나는 모른 척 접시를 내려놓고 식탁에 음식들을 늘어놓았다.

 "자, 여기 앉아요. 조금만 기다리세요."

 어정쩡하게 서 있는 그를 식탁 의자에 앉히고 오븐을 열었다. 아침 식사용으로 네다섯 개쯤은 가볍게 집어 먹을 수 있을 만큼 작은 빵이라 굽는 데 시간이 얼마 걸리지 않는다. 노릇하게 부풀어 오른 빵을 빵 바구니에 잔뜩 담아내고 그 옆에 노란 키쉬를 내려놓자 제법 그럴듯한 아침 식사가 만들어졌다.

코를 타고 안으로 들어가 위장을 직접 따스하게 채워 주는 것 같은 빵 냄새. 달콤하기까지 한 키쉬의 향기에 나도 서둘러 식탁에 앉았다. 잠깐 해프닝이 있긴 했지만 니모는 무사히 설거지를 마쳤고 빵은 노릇하게 구워졌다. 이제 할 일은 하나뿐이다.

"자, 먹어 볼까요?"

방긋 웃으면서 권해 봤지만 당연히 니모는 전혀 움직이지 않았다. 응, 예상하긴 했어. 선뜻 음식에 달려들 거라고는 기대도 하지 않았지만 저렇게 등 뒤에서 태엽을 찾고 싶을 만큼 굳어 있을 거라고도 생각 못 했는데.

아, 그리고 보니 처음 보는 음식이라 먹을 줄 모르는 건가? 그리고 보면 저쪽 사람들은 뭘 먹는 거지. 그가 우유를 맛있게 먹는 걸 보면, 그 '허락되지 않은 음식'이라는 말의 의미가 보통 사람들은 현무암, 대리석을 먹지만 저는 지점토를 먹습니다, 같은 의미는 아닌 것 같은데.

"혹시 먹을 줄 모르는 건가요? 이렇게 빵은 잼을 발라서 먹으면 되고, 키쉬는 적당히 먹을 만큼 잘라서 파이 서버로 떠다가 앞접시에 올려놓고 먹으면 돼요."

설명하며 보란 듯이 빵을 뜯어 잼을 바르고 키쉬를 잘라 와 입 안에 넣자 그제야 니모가 머뭇머뭇 움직이기 시작했다.

딱 좋을 정도로 뜨거운 빵은 곡물 특유의 고소함과 달콤함으로 이 사이에서 부드럽게 찢어진다. 씹을 때마다 가볍게 탄 겉가죽의 향기가 사랑스러울 정도로 좋았다. 함께 맛본 키쉬는 혀 위에서 치즈와 함께 고소하게 녹아 금세 빵과 섞여 목구멍 속으로 사라져 버렸다. 오늘 아침도 완벽하군.

충분히 첫입을 음미한 나는 돌잡이하는 아이를 보는 듯한 심정으로 니모가 가장 먼저 무엇을 먹을지 기대하고 있었다. 이러니저러니 해도 어떤 음식을 처음 먹는 사람의 반응이란 정말 흥미로운 것이기 때문이다. 잘 먹는 사람을 싫어하는 요리사는 없지 않을까. 아, 물론 싫어할 수도 있지만 잘 먹는다는 이유로 싫어하지는 않겠지. 적어도 나는 그렇다.

한참을 식탁 위에서 서성거리던 그의 손이 가장 먼저 집은 것은 노릇한 소금빵이었다. 막 구웠기 때문에 아직 살짝 뜨겁다. 자세히 보면 김도 나고 있다. 어쨌든 머뭇거리던 손가락 세 개가 빵을 가볍게 잡더니 잠깐 움찔했다.

빵 속으로 손가락이 가볍게 파고들어 있었는데, 흡사 그런 감촉일지는 상상도 못 했다는 얼굴이었다. 그리고 거의 동시에 내 표정을 살폈다. 내가 그저 빙글빙글 웃으면서 보고 있는 걸 확인하더니 조금 안심한 눈치였다. 아마 접시처럼 자신이 빵을 '부쉈다'고 생각한 모양이다.

그가 어설프게 빵을 찢어서 내가 한 대로 잼을 조금 묻혀 입 안에 밀어 넣는 것을 나는 아주 즐거운 기분으로 감상했다. 근래에 이렇게 흥미진진한 기분이었던 적이 있었나? 아니, 없었던 것 같다. 그리고 그가 빵을 두어 번 씹은 뒤 지은 표정은 나를 정말로 행복하게 만들어 주었다.

빵을 오물거리는 얼굴. 눈이 조금 크게 뜨이더니, 두어 번 빠르게 깜빡인다. 살짝 차가워 보이는 밝은 금색 눈동자가 살짝 젖는 것이 보였다. 눈가도 조금 붉어진 것 같았다. 물기 어린 반짝이는 시선이 욕심을 머금고 남은 빵에 고정되는 것을 확인하고 나는 필사적으로 웃음을 삼켰다. 무표정한 사람이라고 생각했는데 꽤 감정을 읽기 쉬운 사람이었다.

"많이 먹어요."

키쉬 한 조각을 그의 앞접시에 내려놓고 빵 바구니를 그 옆으로 밀며 권하자 정신없이 손에 남은 빵을 먹던 그가 그제야 정신을 차린 듯 황망한 얼굴로 고개를 들었다. 입가에 묻은 빵 조각과 애매한 모양으로 멈춘 입. 아, 정말로. 결국 나는 웃음을 참을 수 없었다.

"프흡, 그렇게 맛있어요?"

비실비실 새어 나오는 웃음을 추스르며 묻자 니모는 말없이 입 안의 빵을 천천히 씹었다. 그 얼굴 위로 엷은 불안이 번지는 것을 발견한 나는 곧 그를 안심시켰다.

"아, 딱히 화가 난 건 아니니까 불안해하지 마세요. 맛있죠?"

여기에 왜 왔는지, 눈앞의 음식이 원칙적으로라면 금지된 것이라는 사실조차 잊을 정도로 허겁지겁 음식에 달려들었으니 맛이 없다는 대답이 나오면 오히려 신기할 일이다. 하지만 '맛있다.' 라는 표현은 그에게 아직 낯선 단어였는지 니모는 이 말로 대답을 대신했다.

"입 안이, 지금까지 겪은 감각 중에 가장 기분이 좋은 상태인 것 같습니다."

"그걸 맛있다고 하는 거예요. 이걸 더 입에 넣고 싶고, 더 먹고 싶고."

"삼키는 것이 아까운 기분, 말입니까?"

갑자기 튀어나온 말에 나는 하려던 말을 잊어버렸다. 그리고 다시 웃어 버렸다. 한 톨의 가식조차 없는 표정으로 그런 찬사를 할 줄이야. 본인은 딱히 칭찬을 했다는 자각조차 없는지 지극히 담담한 얼굴이었다. 하지만, 삼키는 게 아까울 정도의 맛이라니. 이렇게까지 대단한 칭찬은 요리를 하면서 처음 들어 본다. 즐거운 기분에 얼굴에서 미소를 지울 수가 없었다.

"내가 음식을 만들면서 들어 본 칭찬 중에 제일 좋은 걸 들은 것 같네요. 거기 접시에 키쉬도 먹어 봐요. 방금 먹어 봤는데 아주 잘 됐어요."

차분하게 음식을 권하고 싶었는데 너무 기분이 좋아서 웃음이 계속 나오는 바람에 말의 태반은, 흐흣내가핫, 음식을헤헷, 만들면서 들어 본……. 같은 상당히 수상한 형태가 되고 말았다. 어쩐지 키쉬에 약을 타지 않았다고 스스로를 변호해야 할 것 같은 기분이었지만 다행히 니모는 의심 없이 키쉬 조각을 잘라 입에 넣었다.

남은 빵을 향해 욕심 어린 시선을 보내면서 어설픈 포크질로 키쉬를 입에 넣은 그가 잠시 굳었다. 시선은 어느새 그의 앞에 놓인 키쉬로 돌아와 있었다. 입을 거의 우물거리지 않고 있는 상태였는데, 입술을 뚫고 범람하는 침을 보고 나는 그가 키쉬를 삼키지 않기 위해 필사적으로 노력하고 있다는 걸 알 수 있었다.

"저는 아침을 많이 먹지 않아서, 괜찮다면 여기 남은 키쉬를 다 먹어도 좋아요."

맹세컨대 누군가 니모를 백번 정도 죽을 고비에서 살려 준다고 해도 이렇게 빛나는 시선을 받을 수는 없을 것이다. 니모의 반짝이는 눈에 번지는 감동과 감격은 말로 표현할 수 있는 것이 아니었다. 아니, 울 정도는 아니에요. 거기 눈물 다시 눈물샘으로 돌려보내세요.

그가 식사하는 것을 보고 있으니 어쩐지 처음 요리를 시작했을 때가 생각난다. 요리를 왜 시작했는지도. 역시 나는 먹이는 게 좋다. 맛있는 걸 먹고 행복하게 웃는 얼굴을 보는 것이 세상에서 제일 좋다. 그 사실을 오랜만에 다시 깨달은 것이다.

니모는 맛있게 키쉬를 먹었다. 정말로 너무나 맛있게 먹었다. 사실 처음 계획은 아침 식사를 하면서 느긋하게 그와 대화할 예정이었는데 별로 좋은 생각이 아니었던 것 같다. 진지하고 신중하게 포크로 키쉬 조각을 잘라 입 안에 넣은 뒤 맛을 음미하는 모습은 굳이 요리사가 아니더라도 방해하기 쉽지 않은 광경이었기 때문이다. 행복감에 반짝이는 눈동자가 접시로 향하는 것을 식사 내내 볼 수 있었던 덕분에 대화가 없어도 식사 시간은 그리 어색하지 않았다.

결국 우리는 그가 3인분의 키쉬와 소금빵 아홉 개를 먹어 치운 후에야 찻잔을 앞에 두고 대화의 물꼬를 틀 수 있었다. 아이스크림도 먹이고 싶었지만, 이미 먹어 치운 분량만으로도 복통이 걱정되는 과식이라 다음 기회로 넘기기로 했다.

"자, 아침밥도 먹었으니 어제 하던 이야기를 계속해 볼까요?"

나는 찻잔을 감싸 쥐었다. 빵이 남으면 차와 곁들일 생각이었는데, 니모 덕분에 식탁 위에는 찻잔 두 개만 덩그러니 올라와 있다. 눈앞의 그는 조금 나른해 보였다. 식곤증이 오는 모양이다. 하긴 그렇게 많이 먹었으니. 아마 포만감도, 식곤증도 낯선 모양인지 정신을 차리려고 하곤 있지만 졸음기는 쉽게 사라지지 않고 있었다.

"졸리면 좀 자고 나중에 이야기해도 괜찮은데."

의자에서 미끄러질 것같이 멍한 얼굴이 영 안쓰러워 권했더니 니모는 억지로 몸을 곧추세우며 대답했다.

"아닙니다."

그럴 거라고 생각하긴 했다. 우리 세계가 멸망하고 있지만 배불러서 잠깐 자고 이야기하고 싶네요, 같은 말은 할 수 없겠지.

시간이 지나면서 다른 세계에서 왔다는 니모의 말에 점점 믿음이 생긴다. 아니, 그냥 그 사실 자체에 익숙해져서 받아들이고 있다는 것에 가깝다. 시간이 흐르면 뭐든 흐지부지 납득해 버리게 되니까.

막상 이야기를 시작하려고 해도 어디서부터 해야 할지 모르겠다. 내가 니모의 세계에 대해 알고 있는 거라고는 '멸망하고 있음(실시간)' 정도인데, 굳이 말하자면 지구도 멸망하고 있다. 빙하가 녹는다거나 태양의 흑점이 팽창하고 있다거나…….

하지만 그 문제에 대해서 어떤 학자가 '헤헤, 우리 이계에서 누구 하나 소환해서 걔한테 해결해 달라고 하는 거 어때요?' 라고 하면 그건 그냥 '우리 여기까지만 살기로 해요.' 라는 말이겠지.

모든 것은 끝을 향해 달려간다. 문제는 언제 어디서나 생기고 해결은 대부분 스스로의 몫이다. 니모에게 나를 데려오도록 지시한 선지자라는 사람은 아마 누군가 그 문제를 해결해 줬으면 하는 장밋빛 미래를 꿈꾸는 것 같은데. 하지만 선지자님, 지옥도 같은 색이에요.

 어쨌든 대충 대화를 어떻게 시작해야 할지는 알겠다. 니모가 여기에 온 이유. '멸망하고 있는 세계'에 대해서 알 필요가 있을 것 같다. 대체 무슨 일이 일어나고 있기에 능력이라곤 요리밖에 없는 평범한 사람을 데리고 가야 하는지. 거기까지 생각한 후 나는 깨달았다.

 "니모, 그거 알아요? 당신 작전이 성공하고 있는 것 같아요."

 뜬금없는 말에 니모는 어리둥절해했지만 나는 설명하지 않았다. 사실 어제까지만 해도 이런 헛소리를 진지하게 물어보고 들어 줄 생각은 없었는데, 어느새 이렇게나 관심을 가지게 되어 버린 것이다. 여기에 머무르면서 신뢰를 얻겠다는 그 작전. 코웃음 쳤지만 굉장히 효과적이다.

 솔직히 1kg짜리 금괴를 천 원에 팔아 오라고 해도 실패할 것 같은 니모의 말재주를 보고 그에게 설득당하거나 저 헛소리를 진지하게 듣는 일은 없을 거라고 은연중 무시하고 있었지만, 요리사 앞에서 그것도 제가 한 음식을 맛있게 먹는 사람이라는 건 정말 가공할 파괴력으로 호감을 가지게 하는구나.

 잠깐, 설마 이걸 노리고 니모에게 의도적으로 돌만 먹여 온 것은 아니겠지? 나 맞춤형 인간 같은 거 아냐? 음, 아니, 역시 너무 자의식 과잉인 것 같다.

 "일단 그쪽 세계에 대해 설명이나 해 줘요. 여기랑 많이 다른지. 어떤 사람들이 사는지. 멸망한다는 건 대체 무슨 소리인지."

 "이쪽 세계 말입니까?"

 "그래요. 애초에 뭘 알아야 저도 결정을 할 수 있겠죠? 혹시 괴물들이 득실거리는 이상한 세상이면 죽어도 갈 생각 없어요. 멀쩡한 내 세상 두고 끝장나기 직전인 세상에 뛰어들 만큼 정의감이 투철하진 못해서요."

"저는 그저 섬기는 자라서 많은 것을 알지는 못하지만, 최대한 의문점을 풀어 드리도록 노력하겠습니다."

번번이 따라붙는 그 섬기는 자라는 말은 대체 뭔지 궁금했지만 지금은 그리 중요한 게 아니니 차차 알아 가기로 하고, 나는 핵심으로 돌격했다.

"멸망이라는 건 뭐예요? 대체 뭐가 어떻게 되고 있기에? 일단 그것부터 설명해 주세요."

차를 홀짝이면서 니모의 설명을 기다리지만 내심 머릿속은 매우 복잡했다. 들어서 상황이 심각하면 어쩌려고? 어차피 안 갈 건데 알아서 뭐 하려고? 잡은 찻잔이 삽자루처럼 느껴지고 한 모금씩 마실 때마다 무덤을 파는 기분이었다. 괜히 희망 고문을 하는 게 아닐까. 하지만 희망이라도 주는 것과, 희망도 주지 않는 것 중 어느 게 더 나쁜지 모르겠다.

"제가 있는 차원은 당신이 있는 차원보다 훨씬 낮은 곳에 있고, 가볍습니다."

"예?"

기껏해야 '빙하가 녹고 있어서' 같은 현실적인 문제를 상상하던 나는 첫마디부터 알아들을 수가 없었다. 갑자기 그의 사정을 들어 주고 싶은 의욕이 급격히 사라지는 기분이다.

"그림으로 그리자면, 이런 느낌입니다."

니모는 겔이 들어 있는 주머니에서 연필로 보이는 뭉툭한 나무 덩어리를 갈색 종이와 함께 꺼내 슥슥 그림을 그렸다. 큰 원 안에 작은 원, 그리고 더 작은 원. 다 그리고 나니 마치 과녁 같은 그림이다. 아니, 그냥 과녁이잖아.

"여기 안쪽, 이쯤이 당신의 차원이 있는 곳입니다."

그가 가리킨 곳은 점수로 따지자면 중앙 바로 옆, 8점 정도 되는 위치였다. 그리고 이어서 그는 가장 가장자리에 있는 원, 1점짜리 원을 짚었다.

"이곳이 제가 온 차원입니다. 차원에 대한 연구는 많이 진행되지는 않았지만, 기본적으로 안쪽, 무거운 차원으로 갈수록 거주하는 영혼들은 무거워지고 정신은 영혼에 구속됩니다. 특징으로는 마법, 마력, 기적, 신을 믿는 사람들이 줄어든다고 알고 있습니다. 저로서는 마법이 없는 세상을 상상하기 힘들지만, 이곳에는 마법이 없습니까?"

"당연히 없죠."

"하지만 제가 말하는 마법을 알아들으시는군요."

"어, 음. 막 불을 뿜거나 그러는 거 아녜요? 동화책 같은 것에 나오거나 하니까 상상이나 하는 거죠. 어릴 때는 믿기도 했지만 어차피 현실에는 없으니 그냥 허상인걸요."

"저희가 생각하는 마법과는 조금 다르긴 하지만, 만약 이곳이 가장 안쪽에 있는 차원이었다면, 마법이라는 개념조차 이해할 수 없었을 겁니다. 저희 차원에서 정신은 거의 영혼에 구속받지 않습니다. 분노로 불을 일으키고 증오가 저주가 되는 것이 그리 낯선 일은 아닙니다."

"막, 원한을 품으면 서리가 내린다거나 하는 미신이 실제로 이뤄진다는 거예요?"

"서리와 원한이 무슨 관계가 있는지 모르겠지만, 실제로 강력한 마법사인 위대한 비르다가 복수를 위해 자살하며 불러낸 증오의 계약이 저희 세계 최대의 비극이긴 합니다."

"증오의 계약?"

"저도 자세히는 알지 못합니다만, 참혹의 경계라는 지역이 있습니다. 동쪽에서 가장 강대한 제국이었던 땅을 결계로 봉인해 둔 것입니다. 그 안에는 위대한 비르다가 왕에게 복수하기 위해 불러낸 악마가 살고 있다고 합니다."

 니모는 잠시 말을 멈췄다가 조심스럽게 풀어놓듯 읊조렸다. 누가 듣기라도 할까 무섭다는 기색이었다.

 "피니게르 디오비르다. 그게 결계 안에 봉인된 재앙을 우리가 부르는 이름입니다."

 와, 뭔가 알 수 없는 말을 막 하면서 질문할 때마다 설명해 주니까 갑자기 니모가 엄청 유식해 보인다. 하지만 역시 다 헛소리라는 느낌은 가시지 않는군. 그의 진지한 분위기에 동조해 주고 싶지만 초를 치지 않는 것이 내 최선이었다.

 "그래서 그 비르다라는 사람이 불러낸 그걸 처리해 달라는 건가요?"

 '예, 그렇습니다.'라고 할 것 같았는데 니모는 뜻밖에 애매한 표정이었다.

 "선지자들이 시간의 여울목에서 무너진 참혹의 경계, 그리고 이계에서 떨어진 강대한 존재와 함께 구원을 보았다고 합니다. 시간의 여울목이 보여 주는 미래는 워낙 짧은 순간이라서 의견이 분분합니다만…… 하지만 제가 속한 태양의 숲에서는 참혹의 경계가 붕괴한 것을 멸망의 징조로 여기고 있습니다. 하지만 구원의 순간에 이계의 강대한 영혼이 머무르는 것은 확실합니다."

 시간의 여울목은 또 뭐야. 뭔지는 모르겠지만 니모나 그 선지자나 상황을 자세히 알고 있지는 못한 모양이다. 어쨌든 신기한 맛에 진지하게 듣다가 문득 의문점이 생겼다. 그러면 기승전은 모르는 상태로 결만 알고 있다는 건데, 오히려 내가 멸망시키는 주체면 어떡하려고? 아, 물론 나에게 차원을 넘어간 김에 세상이나 멸망시켜 볼까 하는 취미 같은 건 없지만. 어쨌든 가 봐야 안다는 거군.

 대충 니모의 설명도 마무리가 된 것 같아서 나는 그의 이야기에서 가장 중요하고 신경 쓰이는 부분을 질문했다.

"그래서 니모의 눈에는 제가 그 강대한 존재라는 분처럼 보이나요?"

니모는 침묵했다. 그걸 긍정이라고 해석해야 할지 알 수가 없어서 나는 다시 질문했다.

"혹시 제가 거기로 넘어가면 무슨, 엄청 강해진다거나, 강력한 힘이 생길까요?"

막 영화에 나오는 초능력자나 주인공처럼 강한 힘이 생기고 그러는 거지? 내 반짝이는 기대의 눈을 피하며 그는 비스듬히 고개를 떨어뜨렸다.

"저는 그저 섬기는 자라서, 많은 것을 알지는 못합니다."

긍정인지 부정인지 모를 애매한 대답을 들으며 나는 턱을 긁적였다. 어쨌든 나에게 어떤 것도 보장해 줄 수 없다는 거군. 힘도, 능력도, 경우에 따라서는 안전도.

꾀어내는 문구로는 최악에 가까운 그 말을 들으면서, 아이러니하게도 나는 오히려 신뢰가 생겼다. 적어도 그가 나에게 거짓말은 하지 않을 거라는 생각이 든 것이다. 사실 둘러대려면 얼마든지 달콤한 말을 할 수 있을 텐데 그는 조금 미련하게 보일 만큼 솔직했다.

"음, 그쪽도 제가 거기로 넘어가서 어떻게 될지 모른다는 거네요."

떠보듯 회의적인 말을 던졌지만 니모는 꿈쩍도 하지 않았다. 그는 한 치의 망설임도 없이 긍정했다.

"그렇습니다."

"그냥 그 세계의 미래 어느 순간에 제가 있었다는 것뿐이고. 어쩌면 딱히 제가 핵심이 아닐지도 모르잖아요?"

"저는 그저 따를 뿐입니다."

니모의 담담한 대답에 나는 푹 한숨을 쉬었다. 대화는 도돌이표를 그린다. 각자 찻물을 마시는 침묵이 찾아왔다. 이 화제로 딱히 얻을 게 없어 보였기 때문에, 다른 질문을 던져 보기로 했다.

"그러고 보니 아까 잠깐 제국이라고 한 것 같은데, 그쪽에도 나라 같은 건 있나 봐요."

"그렇습니다."

"니모의 단체는 어느 나라에 속한 단체예요?"

"태양의 숲은 어떤 왕도 따르지 않습니다. 그저 시간의 여울목을 관조하며 세계의 광영을 위해 움직일 뿐입니다."

음, 왕이라. 아무래도 저쪽 나라는 군주제를 채택하고 있는 모양이다. 적어도 선거로 대표를 선출하는 방식은 아닌 것 같다. 딱히 흥미 있는 부분은 아니라서 나는 다시 턱을 괴고 찻잔을 들었다.

"그래도 나라가 있다는 걸 보면 어느 정도 치안은 유지되나 보네요. 경찰 같은 건 있나요?"

"경찰?"

니모가 의아한 얼굴로 되묻는다. 설마, 경찰이 없는 무법 지대인 건…….

"범죄자를 잡거나, 범죄를 저지르지 못하게 하는 사람 말이에요. 뭐 살인이나 강도, 도둑질 같은 걸 막는 사람들. 혹시 이게 그쪽에서는 합법적인 일은 아니겠죠?"

지금은 제법 약자를 존중하고 죄인을 용서하고 기회를 주는 자비가 보편적인 가치인 척하는 세상이지만 불과 수십 년 전까지만 해도 전 세계의 정서는 죄인 정도는 돌로 쳐 죽여도 별로 죄가 될 것 없는 시대였다.

그래서 이 시대도 몇몇 나라에서는 아직도 전통이라는 이름으로 야만과 힘이 정의로 숭상되는 일이 많은 것이다.

같은 시대의 다른 땅에서도 이렇게나 다른데 다른 세계쯤 되면 얼마나 문화가 다를지. 내 염려는 당연한 일이었다.

"아, 치안대라면 있습니다. 모든 길과 국경은 각 단체와 국가가 보호하고 있습니다. 물론 보호가 미치지 않는 곳도 있지만……."

"상인이나 시장도 있구요?"

"있습니다."

"거기 사람들은 정상적인 음식을 먹어요? 그 겔이라는 것만 먹는 거 아니죠? 그건 니모만 먹는 거죠?"

"그렇습니다. 저는 먹어 본 적이 없지만, 날짐승이나 들짐승을 잡아 구워 먹거나 풀을 먹기도 합니다. 예전에 사냥꾼들에게서 고기 상인이 고기를 구매하는 걸 본 적이 있습니다."

툭툭 던지는 두서없는 내 질문에 니모는 고지식하리만치 성실하게 대답했다. 몇 개의 질문을 더 던진 결과 나는 니모가 사는 그곳도 이 세상과 별로 다르지 않다는 결론을 얻었다. 마법이니 저주니 하는 것이 실제로 존재하더라도 결국 사람 사는 곳은 다 똑같다.

"으음, 거기 인구는 얼마나 돼요? 얼마나 많은 사람이 살고 있죠?"

내 질문에 니모는 처음으로 당황했다. 그는 잠시 나를 바라보더니 내가 장난을 치고 있는 게 아니라는 것을 확인하고 조심스럽게 대답했다.

"이 세상에 얼마나 많은 사람이 있는지는 아직 아무도 모를 겁니다."

그쪽 세계의 크기나 규모를 파악하고 싶어서 물었던 건데, 아마 저쪽에서는 인구 조사가 아직인 모양이다.

"이 세계는 그런 걸 알 수 있습니까?"

"대충은요. 주민 등록이라는 걸 하거든요. 사람이 태어나거나 죽을 때마다 기록도 하고……. 아주 정확하지는 않지만 대충 70억에서 80억 명 정도일 거예요. 상식인걸요."

니모는 믿기지 않는다는 표정을 지었다. 무언가 말하려던 그는 단어를 고르는 듯 고민하다가 결국 그대로 입을 닫았다. 그가 다시 내 질문을 기다리는 태도로 돌아왔지만 나는 질문 대신 찻잔을 집어 들었다.

손에서 느껴지는 무게는 처음보다 아주 가벼웠다. 들여다본 찻잔은 바닥이 보일 정도로 비어 있다. 니모의 찻잔도 텅 빈 지 오래였다. 그가 찻잔을 드는 걸 본 지 꽤 되었다는 생각이 든다.

 마지막 남은 한 모금을 입 안에 털어 넣고 나는 자리에서 일어났다. 말을 많이 해서 그런지 목이 말랐던 것이다. 차가 좀 더 필요했다. 그리고 차로 텁텁해진 입 안을 매끄럽게 만들어 줄, 아이스크림도.

 냉동실에서 작은 컵 아이스크림 두 개를 꺼냈다. 직접 만든 건 아니고, 시판되는 아이스크림 브랜드 중에서 가장 좋아하는 것이다. 크기에 비해 꽤 비싼 편인 아이스크림이지만, 애초에 먹을 것에 돈을 아끼는 성격은 아니다.

 내가 음식을 만드는 모습을 본 이후로 니모는 내가 냉장고에 접근할 때마다 움찔거렸다. 호기심이 가득한 눈동자가 냉장고 내부를 들여다보고 싶어서 안절부절못하는 모습을 즐겁게 관찰하며 식탁 위로 아이스크림을 내려놓자 금세 시선이 쏠렸다. 그러나 열렬한 시선과 달리 몸은 꿈쩍도 않는 부동자세다. 그 모습이 심히 무언가를 떠올리게 만들어서 나는 무심코 내뱉었다.

 "기다리는 모습이 꼭 개 같네……요."

 말하는 도중 무언가 이상하다는 걸 눈치챈 덕분에 말은 매우 애매하게 끝맺어졌다. 부지불식간에 튀어나온 이 무례한 말에 나는 몹시 당황했다. 수습, 수습을 해야 하는데.

 "그, 아니, 개가 아니라. 그 멍멍이, 강아지……."

 고개를 꺾어 올려다봐야 할 정도로 커다란 그의 체구는 식탁에 앉아 있다고 해서 멍멍이 같은 아기자기한 단어로 포장될 수 있을 만한 게 아니다. 충견이라는 단어가 떠올랐지만 그것도 무례하다. 그냥 솔직하게 사과할 생각으로 마음을 굳혀 갈 무렵, 니모가 뜻밖에 반가운 얼굴로 대답했다.

 "이곳에도 개가 있습니까?"

 "아, 네."

"개를 좋아하시는 편입니까?"

그가 왜 이렇게 밝은 얼굴을 하는지, 내내 입을 꾹 다물고 있다가 왜 이렇게 적극적으로 질문하는지는 모르겠지만 내 말실수가 엉뚱한 방향으로 전개되고 있는 것은 분명했다. 하지만 그가 딱히 기분 상해 보이진 않아서 그나마 다행이었다. 그나저나 개를 좋아하느냐면, 음.

"물론 좋아하죠. 싫어하는 사람도 종종 있지만 대부분은 좋아하지 않을까요."

미안한 마음을 담아 길게 대답하자 그가 처음으로 엷게 웃었다.

"저에게 개 같은 모습이 있다니 반가운 일이군요."

그는 절대로 비아냥거리고 있는 것이 아니었다. 반가운 얼굴과 목소리는 진심이었다. 하지만 그 말을 문자 그대로 받아들이는 데는 꽤 노력이 필요했다.

"어, 음. 그러게요. 일단 우리 이거나 먹죠. 후식으로 먹으려던 아이스크림이에요."

상황을 대충 얼버무리며 아이스크림 뚜껑을 열고 스푼을 집어 들자 니모가 따라서 움직였다. 먼저 한 입 먹어 보니 차갑고 부드러운 달콤함이 혀 위에서 사르르 녹는다. 우유 냄새를 덮지 않을 정도로 은은한 바닐라 향이 아주 좋았다.

내가 먹는 것을 관찰한 니모가 조금 긴장한 기색으로 스푼을 쥐었다. 그리고 조심스럽게 스푼을 박아 넣더니 긁어내듯 소량을 떠서 입에 넣는다. 동시에 그의 어깨가 크게 튀었다.

"차갑……군요."

약간 멍한 얼굴로 니모가 소감을 말했다. 혀 위에서 사라진 아이스크림이 신기한지 어리둥절한 얼굴로 입맛을 다시기도 했다. 그러나 눈이 빛나는 데는 오랜 시간이 필요하지 않았다.

두 번째로 하는 생각이지만, 니모가 무언가를 먹고 있을 때는 대화를 하지 않는 게 좋겠다. 좀 더 소소한 이야기를 해 볼까 해서 일부러 달콤한 것을 꺼냈는데 역시 그가 무언가를 먹고 있을 때 말을 시키는 건 요리사로서 별로 하고 싶지 않은 행동이다.

처음에는 아껴 먹듯 조금씩 떠서 아이스크림을 핥던 니모였지만, 곧 아이스크림의 윗부분이 녹아 물 같은 크림이 되어 버리는 것을 보고 조금 다급하게 스푼을 움직이기 시작했다. 그러나 사라져 버리는 아이스크림을 바라보는 눈이 너무나 슬프고 안타까워 그가 울기라도 할까 조마조마한 기분이다. 물론 울지는 않았지만.

침묵 속에서 아이스크림 두 통이 완전히 바닥난 후, 나는 자리에서 일어났다. 슬슬 하고 싶은 점심 메뉴가 생각났기 때문이다. 시간이 좀 필요한 요리라서 일찍부터 만들 생각이었다. 그리고 아침을 먹으며 생긴 설거지도 정리해야 한다.

굉장히 둔할 것 같은데 니모는 눈치가 매우 빨랐다. 내가 일어나서 개수대 앞에 서자마자 그가 뒤이어 따라와 내 일을 빼앗았다. 이번에는 제대로 하겠다는 듯 신중하게 고무장갑을 끼는 모습을 확인하고 냉장고를 열어 야채와 식재료를 꺼낸다.

그리고 늦은 점심시간, 식탁 위의 카레를 보며 창백해진 니모를 마주하고 나는 별로 알고 싶지 않은 사실을 알아 버렸다. 그러니까, 식사 시간에는 절대 말하면 안 되는 이야기 중 하나인 그것을.

갈색이고, 질척질척하고, 겉보기에는 '그것'과 엄청나게 비슷하게 생기긴 했지. 결단코 입에 넣지 않으려던 니모였지만 냄새 자체가 무척 좋았던 데다 내가 아무렇지도 않게 먹으니 머뭇거리며 천천히 먹긴 했다.

먹는 것뿐만 아니라 내보내는 것도 이쪽 세계 사람과 별다를 것 없는 모양이네.

외형은 꺼려졌어도 맛은 무척 마음에 들었는지, 바쁘게 움직이는 니모의 숟가락을 보며 나는 무척 어색하게 웃었다.

차원 이동.

차원 소환.

이계인 차원 이동.

이계 마법.

요 며칠간의 내 검색어 목록이다. 인터넷에는 뭐든 다 있으니까 혹시 나와 비슷한 경험이 있는 사람이 있지 않을까 기대하며 이것저것 검색해 봤지만 찾을 수가 없었다. 영어로 외국 웹사이트까지 뒤져 봤는데도.

대신 소설이나 영상 매체 같은 건 잔뜩 나왔는데, 소설은 몇 권 읽어 보니 그럭저럭 재미있었지만 빠져들 정도는 아니어서 대충 참고만 하는 데 그쳤다. 주인공은 차원 이동 한 세계에서 특별한 존재로 살아가는 경우가 대부분인 것 같다. 하긴 차원씩이나 이동시켰는데 거지로 빌어먹게 하려고 그 수고를 들이지는 않았겠지.

발견한 영화는 거실에 앉아 니모와 함께 팝콘을 먹으며 감상했다. 드문드문 니모의 세계와 유사점이 있는지 묻거나 하며 되도록 그냥 놀고 있는 게 아닌 척했지만, 결국에는 둘 다 영화 스토리에 빠져서 팝콘만 먹었다.

영화도 꽤 재미있었지만 더 재미있는 건 니모의 반응이었다. 그와 지내는 건 생각보다 괜찮았다. 음, 좀 후하게 쳐주자면 꽤 좋았다. 음식을 먹을 때마다 감격하는 부분도 좋았고, TV나 전자 제품을 접할 때마다 신기해하는 반응이 꽤 귀여웠다.

게다가 곁에서 모시며 따르겠다는 말이 정말이었는지 마치 시종이라도 된 것처럼 나를 졸졸 따라다니며 허드렛일을 도맡아 한 덕분에 아주 편해졌다. 그는 청소기를 돌리고—처음 켰을 때는 굉음에 놀라서 청소기를 부술 뻔했다— 걸레로 바닥을 닦았고 덕분에 나는 시간이 많이 들지만 맛있는 음식을 부담 없이 만들 수 있었다. 그리고 그 음식은 니모를 행복하게 만들어 준다. 꽤 좋은 선순환이었다.

하지만 이 일상이 계속 이어지기는 힘들겠지. 소파에 널브러지듯 누워 천장 아무 데나 시선을 던지며 나는 멍하니 생각했다.

니모가 이곳에 머무르는 이유는 목적이 있기 때문이고, 나는 그 목적을 이뤄 주는 데 회의적이다. 니모에게 호감에 가까운 감정을 가지고 있긴 하지만, 그 호감의 대부분은 동정과 신기함이 높은 비율을 차지하고 있었다. 어쨌든 그의 삶은 내가 보기에는 꽤 동정할 여지가 많아 보였기 때문이다.

세상을 구한다. 바로 영웅이 되는 것이다. 하지만 니모에게는 영웅이 가질 만한 열정도 의지도 없어 보였다. 영웅들만이 가지고 있는 비범함도 없다. 섬기는 자라고 스스로를 소개했던 것처럼 선지자라는 사람들이 시키는 대로 살고 있을 뿐이다.

아무것도 짐작할 수 없는 차원으로 던져졌으면서도 스스로가 하고 있는 일의 가치를 모르는 것 같았다. 그렇게 위험한 일을 했으면서도. 아니, 알고 있는 것 같긴 했지만 마치 누군가에게 들은 사실을 단순히 알고 있는 것뿐이고, 스스로 느끼지는 못하는 것 같다.

사실 어지간한 범인들보다도 수동적인 삶을 살고 있는 것처럼 보인다. 그의 능동성은 아마 프린트기가 뱉어 내는 인쇄용지와 동급일 것 같다. 인쇄하니까 나온다. 보내니까 간다.

그런 그를 믿고 차원을 넘어가는 것은 지나치게 위험 부담이 크다. 게다가 나에게 이익 될 것이라곤 없다. 있다면 어떤 세상을 구했다는 성취감 정도? 그러니까 정말로 전혀 나에게는 니모의 부탁을 들어줄 이유가 없는 것이다.

기나긴 서술을 붙여 결론을 내린 이유는 간단하다. 며칠 지내면서 정이 들었는지 그의 부탁을 들어주고 싶어진 것이다. 아니아니, 그러니까 냉큼 내 인생을 알 수 없는 방향으로 던지고 싶어졌다는 건 아니고. '하, 무슨 헛소리야—' 에서 '음, 저쪽도 큰일이네.' 정도의 감정 변화라고 할까.

그래도 아직 이성이 남아 있기 때문에 나는 어떻게든 스스로를 설득하고 있었다. 맞아. 그래. 넘어갈 이유가 전혀 없지. 니모는 온순하고 좋은 사람이긴 하지만, 인생이 불쌍하긴 하지만. 거기다가 미래에 살고 있는 세상이 멸망하긴…… 하지만.

"아아아아."

입에서 저절로 앓는 소리가 나온다. 휴가는 이제 겨우 이틀 남았다. 오늘을 포함해서 3일. 그가 머물기로 한 지 3일이 지나가서 그는 가호인지 뭔지를 다시 받기 위해 자리를 비운 상태였다. 그간 있었던 일도 보고한다고 했으니 금방 돌아오지는 못할 것이다.

이렇게 쉽게 들락날락하는 걸 보면 그의 부탁을 들어주는 게 그렇게 어려워 보이지도 않는다. 그래서 더 마음이 흔들리고 있었다. 가서 영영 못 돌아온다거나 하는 것도 아니고 니모는 무슨 편의점 드나들 듯 신발장을 통해 차원을 오가고 있지 않은가. 나도 잠깐 가서 이야기나 들어 보고…….

순간 배 위에서 울리는 진동에 흠칫 몸을 일으켰다. 배 위에 올려뒀던 휴대폰에 문자 메시지 알림이 표시되고 있었다.

[유정 씨, 미안하지만 공사가 길어질 것 같아. 문제가 좀 생겨서. 미안한데 일주일 더 무급 휴가를 보내야 할 것 같은데 괜찮을까?]

문자를 읽기만 해도 심약한 사장의 표정이 보이는 것 같다. 약간 두툼한 눈썹을 한껏 내리고 미간을 잔뜩 모아 이 문자를 썼겠지. 그는 사장치고는 드물게 권위적이지 않고 욕심이 적은 편이라 나와도 꽤 사이가 좋은 편이었다.

[괜찮아요. 그럼 9일 뒤에 출근하겠습니다.]

답신을 보내고 나서 문득 깨달았다. 그러고 보니 그는 자기소개를 했지만 나는 그에게 이름을 알려 주지 않은 상태였다. 하긴, 언제나 묻는 건 내 쪽이었으니. 그가 돌아오면 통성명 정도는 할까.

마침 그때 달칵하고 신발장 문이 열리는 소리가 들렸다. 소파 위에 널브러진 몸을 수습해서 다리를 모아 앉고 나니 어색하게 거실로 들어서고 있는 니모가 보였다.

"갔다 왔어요?"

"예."

소파 옆자리를 손으로 툭툭 치자 그가 조금 망설이다가 다가온다. 옆자리가 푹 꺼지는 것을 느끼면서 나는 무심한 척 TV를 켰다. 영화를 시청했던 덕분에 니모도 TV가 무엇인지 알고 있다. 그의 시선이 앞을 향한다.

그가 이곳에 머문 지 겨우 4일째다. 나는 조금 후회하고 있었다. 애초에 추운 날씨 때문에 그를 내쫓을 수 없어서 봄까지 지내는 걸 허락하긴 했지만, 그래도 이런 미치광이 같은 소리가 나를 설득할 수 있을 리가 없다고 나는 믿었다. 아니, 오히려 설득당할 거라 의심하는 게 더 이상했겠지.

하지만 나는 나를 지나치게 과대평가했던 것 같다. 정확히는, 고독감을 과소평가했던 거겠지. 니모는 수다스럽지도 않고 발랄하게 통통 튀는 성격도 아니지만 묵묵하고 꾸준하게 집 안에 온도를 더하고 있다. 그 덕분에 집의 색깔이 조금 달라진 것 같았다. 그걸 내가 달가워하고 있다는 걸 깨달은 지는 그리 얼마 되지 않았다.

"저, 혹시 가족 같은 건 없으십니까?"

너무나 절묘한 타이밍의 질문이라 나는 순간적으로 그가 내 생각을 읽은 게 아닐까 하고 깜짝 놀랐다.

"갑자기 왜 그런 걸 물으시죠?"

이런, 내색하지 않으려고 했는데 목소리에는 경계가 묻어 있었다. 뭔가 덧붙일까 고민하는 사이 니모가 먼저 변명했다.

"가족이 있다면 모험을 하지 않으려고 할 수 있다고 선지자께서 말하셨습니다. 그래서 딱히 이 집에 머무는 동안 본 사람이 없다고 알려 드리니 그래도 확인해 보라고 하셔서……."

"그래서 있다고 하면 그만 포기할 거예요?"

"있으십니까?"

침묵했다. 옆을 돌아보니 TV를 보고 있던 그가 어느새 나를 빤히 쳐다보고 있었다. TV에서 뭔가 떠들고 있었지만 무슨 내용인지 잘 모르겠다. 갑자기 숨이 막히는 기분이 든다. 크게 한숨을 내쉬자 조금 나아졌다.

"있었죠. 얼마 전까지."

그는 대꾸하지 않고 묵묵히 내 다음 말을 기다리고 있었다. 만난 지 일주일도 안 된 사람에게 털어놓기에는 좀 무거운 이야기지만 의외로 말은 술술 나왔다.

"죽었어요. 작년에 장례식을 치렀죠."

보통 이런 말을 하면 미안하다거나, 조의를 표한다거나 하며 애써 슬픈 표정을 지어 보이는데 그는 꿈쩍도 하지 않았다. 그저 기다린다는 듯 묵묵히 듣고 있을 뿐이다.

"할머니예요. 얼마 전 천수를 다하셨죠. 제 유일한 가족이자 엄마기도 했어요. 저를 주워서 입양해 주셨거든요. 음, 저는 친부모를 몰라요. 고아라고나 할까. 이제 다 컸으니 고아라고도 말하기 힘드네. 뭐 그랬죠."

예상대로 그의 눈에선 동정심 같은 건 한 톨도 찾아볼 수 없었다. 오히려 유쾌할 정도로 그저 사실로만 내 말을 받아들이고 있었다.

"행운이었군요."

그런 말을 들은 건 처음이었기 때문에 대답할 때를 놓쳤다. 잠시 멍하게 들은 말을 생각하던 나는 결국 웃어 버렸다.

"그렇죠. 좋은 사람이었어요."

"저도 태양의 숲에 입양되었습니다. 선지자들이 저를 줍지 않았다면 아마 황야에서 이리 떼의 먹이가 되었을 겁니다."

"그게 행운이라고 생각해요?"

"제 인생에 다시없을 행운입니다."

그는 다부진 어조로 그렇게 말했지만 나는 동의하기 쉽지 않았다. 살아남은 것은 행운이었겠지만 그는 전혀 행복해 보이지 않았기 때문이다. 결국 나는 줄곧 외면하려고 노력하던 것을 인정했다. 나는 그에게서 강렬한 동질감을 느끼고 있었다.

방금 이미 말한 사실이지만, 나는 부모가 누군지 모른다. 할머니가 있긴 했지만 그녀는 나와 피가 이어지지 않은 사이로, 단순히 나를 주워 길렀을 뿐이다. 늘그막의 소일거리로 꽤 괜찮다며 느긋하게 웃던 얼굴이 문득 굉장히 그리워진다.

할머니는 비 오는 날 한 골목에서 나를 주웠다. 그녀의 말로는 아홉 살쯤 된 어린애가 골목에서 피를 흘리며 비를 맞고 있었다고 한다. 허벅지에 총상을 입고 곧 죽을 것처럼 떨고 있었다는데, 정작 나는 별 기억이 나지 않는다.

총이 흔하지도 않은 한국에서 총상을 입고 있었던 것도 그렇고, 치료를 하려고 병원에 데려갔더니 자궁이 제거된 흔적이 있다는 소리에 한바탕 난리가 났다고 한다. 그럼에도 불구하고 그녀는 나에게 아무것도 묻지 않았다. 내가 실종 아동이 아니라는 사실을 확인하자마자 노인 특유의 대범함으로 나를 척척 호적에 올려 버렸던 것이다.

그녀에게 주워지기 전에 어떻게 살았는지에 대해서는 딱히 기억나는 게 없다. 스스로에게 무슨 일이 일어나는지 자각하기엔 너무나 어린 나이였기 때문일지도. 하지만 가끔 악몽의 형태로 나타나는 기억들은 모두 끔찍한 것들뿐이어서, 그저 그녀에게 주워진 게 다행이라고 안도할 뿐이다.

아주 잠깐, 어쩌면 나도 니모와 같이 다른 세상에서 뚝 떨어진 게 아닐까 하는 생각도 들었지만 곧 고개를 저었다. 악몽에 나타나는 기억들은 몹시 단편적인 것들뿐이지만 끔찍함은 있어도 이질감은 없었다.

게다가 할머니의 말로는 드문드문 러시아어와 중동 말을 섞어서 쓰곤 했다는 것이다. 러시아와 중동이라니. 어렴풋이 짐작 가는 곳이 있긴 하지만 확실한 것도 아니고, 이제 와서 딱히 상관도 없어진 일이니 깊게 생각하지 않기로 했다. 뭐, 테러 단체 같은 데서 키우다가 버리기라도 했나 보지.

어쨌든 니모를 보면 마치 내 인생이 안 좋은 방향으로 흘러갔을 때의 나를 보는 것 같아서 그냥 내버려 둘 수가 없다. 쓸데없는 오지랖이라고 볼 수도 있겠지만 역시, 영 내버려 둘 수가 없다. 지금처럼 바짝 등을 세우고 식은땀을 흘리면서도 한마디 내색도 하지 않는 그를 보면 더욱이나.

나의 악몽이 그에게는 인생인 걸까.

피 냄새가 났다. 악몽을 꾸고 헐떡이며 일어나면 코끝에 아련하게 남아 있던 그 냄새가.

"다쳤죠?"

니모가 처음 이 소파에 앉을 때 너무나 뻣뻣하게 굳어 있기에 소파는 쿠션감을 즐기는 거라며 몸을 푹 파묻는 자세를 권했는데, 그도 그렇게 앉는 걸 꽤 좋아했다. 그러나 지금은 등을 소파에 전혀 기대지 못하고 있었다.

"어떻게……."

"그냥, 기억이 났어요."

영문 모를 내 대답에 의아하게 내려다보는 그를 두고 일어섰다. 구급상자를 어디에 뒀더라. 아, 그리고.

"제 이름은 유정이에요. 강유정."

이제야 통성명을 했군. 조금 늦은 감이 있긴 하지만 아마 니모는 신경 쓰지 않을 것이다.

구급상자를 가져와 그를 채근해 윗옷을 벗게 만들었다. 잘 단련된 근육이 잠시 시선을 끌었지만 그건 정말 잠시였다. 피가 옷에 묻지 않도록 한 조치인지 등을 덮은 커다란 나뭇잎 같은 것을 치우자마자 마치 누군가 엉망으로 낙서한 것 같은 참혹한 상처가 드러났다. 순간적으로 이를 악물고, 손안의 구급상자가 삐꺽 울었다.
"보기보다 아프지 않습니다."
역시 눈치가 빠르다. 감도 좋다. 등 뒤에 서 있는 내 표정을 봤을 리가 없는데 마치 본 것처럼 이야기한다. 하지만 말솜씨는 없구나. 처음에도 느꼈지만.
"조용히 하세요."
나를 진정시키려고 한 말이었겠지만 나는 더 치솟는 화를 억누르느라 힘들었다. 역시, 고아를 입양해서 쓰는 놈들이란. 그가 평생 겔 외의 음식을 먹어 본 적이 없다고 했을 때도 느꼈던 꺼림칙한 추측은 이 순간 확신이 되었다. 그가 이렇게 다친 이유는 듣지 않아도 알겠다.
"음식을 먹어서 맞았군요."
아무 대답도 돌아오지 않았지만 나는 그게 긍정이라는 걸 알고 있었다. 내 비난으로부터 조직을 보호해야겠다는 생각이 들었는지 잠시 망설이던 그가 조심스럽게 변명했다.
"규칙을 어겼으니 합당한 처분을 받은 것뿐입니다."
규칙. 그 돌 맛이 나는 겔이라는 음식 외에는 절대 입에 대서는 안 된다는 그 빌어먹을 규칙을 어겼다고 등을 이 모양으로 만들다니. 당분간은 바로 누워 자는 것도 고통스러워 보인다.
"불이익이 없다고 했잖아요. 그때, 음식을 권할 때."
"불이익은 없습니다."
"맞았잖아요."
"율법에 따른 처분일 뿐 저에게 불이익이 되는 것이 아닙니다. 버려지거나 추방되는 가혹한 처벌도 아닙니다만……."

그는 진심으로 의아한 기색이었다. 순간적으로 손에 힘이 들어가는 바람에 상처를 꾹 누르고 말았다. 등이 살짝 경련할 정도로 아픈 모양이었지만 그는 신음 하나 흘리지 않는다. 익숙하다는 뜻이었다.

"애초에 왜 음식을 먹으면 안 되는 거예요? 니모 외의 그 세계 다른 사람들은 잘 먹고 있었잖아요."

"저 외의 다른 섬기는 자들도 겔만을 먹고 살고 있습니다."

"선지자는요?"

"겔은 섬기는 자들이 주제넘은 즐거움을 탐하다 혜안의 길에서 벗어나지 않도록 율법에 따라 안배된 것입니다."

"혜안의 길?"

"선지자들이 세상의 광영을 위해 구상하고 실행하며 저희가 섬겨야 할 길을 말합니다."

아아, 뻔하다. 너무 뻔하다. 설령 니모가 하는 말이 전부 진실이고 선지자들이 정말로 선함의 결정체 같은 작자들이라고 해도 이 순간에는 전혀 들리지 않았다.

"그러니까, 괜히 맛있는 걸 먹고 싶다거나 행복하게 살고 싶다거나 하는 생각 하지 말고 그냥 선지자들의 명령에 집중하도록 다른 즐거움들을 인생에서 완전히 배제하고 있다는 거네요."

열받았다. 진정하기 위해 크게 숨을 들이마셨지만 가슴속에서 치솟는 뜨거움에 풀무질을 한 듯 분노는 더욱 깊어지기만 했다. 화가 났다는 걸 그에게 드러내지 않으려고 노력했는데 완전히 실패한 것 같다.

"그런 의도가 아닙니다."

노골적으로 공격적인 내 어조에 과연 그도 조금 울컥했는지 톤이 살짝 높아졌다. 분위기는 완전히 싸우기 직전의 그것이다.

"그러면? 내가 맞춰 볼까요? 아마 음식만 금지된 게 아닐걸. 그 세계에서 사람을 즐겁게 해 주는 많은 것들이 금지되어 있을 거예요. 음악이나 춤, 꿈꾸거나 여행하거나 하고 싶은 일을 하거나. 니모는 하고 싶은 일 있나요?"
"제가 하고 싶은 일은 세계의 영광을 위해 헌신하는 것입니다."
그가 진심으로 하는 말이라는 것을 알지만 마치 앵무새가 잘 훈련된 말을 반복하는 것처럼 무미건조하게 들린다.
"해야 하는 것 말고, 하고 싶은 것. 좋아하는 건 있나요? 헌신하는 것 말고. 니모는 지금 하고 싶은 일을 하는 사람처럼 보이지 않는걸요. 하나도 행복해 보이지 않아요. 지금 행복한가요?"
추궁하듯 질문을 시작했지만 결국 타이르는 어조가 되고 말았다. 피투성이 등 너머에서는 대답이 없다. 소독약 냄새에 눈살을 찌푸리면서 상처를 솜으로 닦았다. 제대로 된 조치도 하지 않았는지 피가 그대로 말라붙어 있었다. 당연히, 약을 바른 흔적 따위는 없다.
"그건……. 하지만 좋아하는 것은 있습니다."
한참 뒤 그가 웅얼거리듯 대답했다. 나는 별 기대 없이 대꾸했다.
"어떤 거요?"
"이곳에 와서, 구원자께서 해 주신 음식이……."
차마 말을 맺지 못하고 입을 닫아 버린 그의 미간이 고뇌로 주름져 있다. 금지된 것을 좋아하게 되었다고 고백하는 것이 옳은가에 대해 갈등하고 있는 표정이었다. 나는 푹 한숨을 쉬었고, 니모의 등이 굳어졌다.
"그나마 다행이네요. 좋아하는 게 있어서."
한차례 묵언의 시간을 가진 덕분인지 나는 조금 누그러진 기분으로 대답할 수 있었다. 순간적으로 그와 과거의 나를 동일시하는 바람에 지나치게 화를 내고 말았다. 그에게 분노를 터뜨리지 않은 것이 그나마 다행이었다. 분노의 대상은 그가 아니니까.
그가 다뤄진 방식은 악몽 속의 내가 받은 불합리한 학대를 떠올리게 하는 데 부족함이 없었다. 너무나, 너무나 흡사하다. 인간을 철저하게 도구로 만들기 위해 모든 욕망과 꿈을 거세하는 것을 명예롭게 여기게 만드는 것. 자유로이 동물적인 행복을 추구하는 것을 죄악시하는 것. 완전히 부리는 자들의 논리다.

"니모."

"예."

"니모와 길게 알고 지내진 않았지만, 나쁜 사람은 아니라는 걸 알겠어요. 하지만."

말하지 말까? 아니, 말해야 한다.

"니모가 속한 그 조직. 폭력으로 규칙을 지키는 집단이라면 선량한 사람들의 모임이라고 볼 수 없네요. 미안하지만, 당신 개인에 대한 신뢰가 그 태양의 숲이라는 조직으로 번질 수는 없을 거예요."

조금 망설이다가 나는 덧붙였다.

"절대로."

계속 그의 제안을 거절하고 있긴 했지만 이렇게나 분명하고 단호한 거절은 처음이었다. 그가 내 대답을 어떻게 받아들일지는 모르겠다. 조금 뜸을 들이다가 나는 목소리를 조금 부드럽게 바꿨다.

"당신의 세계를 구하러 갈 수는 없겠지만, 당신을 돕고 싶어요. 차라리 이곳에 남을 수는 없나요?"

알량한 동정심에 의한 한순간의 충동으로 한 말이 아니다. 이건 진심이었다. 그를 구해 주고 싶었다. 나에게 찾아왔던 행운이 그에게도 찾아오길 바란다. 아니, 내가 그 행운이 되어 주고 싶다.

"그럴 수는 없습니다."

망설임조차 없다. 예상대로 단호한 대답이었다. 그는 어느새 돌아앉아 나를 마주 보고 있었다. 그 표정, 시선만 봐도 알겠다. 어떤 설득도 소용없으리라는 것을.

"물론 어려울 거예요. 아무렇지도 않을 수는 없겠죠. 하지만, 하지만⋯⋯."

잊을 수 있을 거예요. 그 뒷말을 할 수 없었다. 잊을 수 있는 걸까.

잊도록 노력해야 하는 걸까. 아니, 소용없다. 무슨 말로도 설득할 수 없을 거다. 아무것도 통하지 않을 거라는 걸 알면서 그냥 포기할 수 없어서 던진 설득에 불과했다. 몇 가지 말을 더 떠올려 봤지만 대부분 구차하게 느껴지는 것들이다.

알고 있다. 돌아갈 곳이 없는 개를 데려오는 것은 쉽지만 주인 있는 개를 데려오는 것은 불가능하다. 그 주인이 폭력적이고 구제할 수 없는 악한이라도 개는 돌아간다.

사람이 아닌 개로 길러진 자는 자유를 앞에 두고도 외면할 뿐. 그의 나이는 잘 모르지만 적어도 악몽 속의 나보다 더 오랫동안 이런 일방적인 복종 속에 살았을 것이다. 그렇다면 말 따위로 설득하는 건 거의……

아, 이건 감당할 수 없다. 잊어버렸다고 생각했던 악몽들이 구역질 나는 감정들을 끌고 나오고 있다. 시궁창 냄새가 나는 더러운 기분에 잠식당한다. 숨이 막힌다. 이제 완전히 나와는 상관없다고 생각했던, 떨쳐 냈던 것들이라고 생각했는데.

"미안해요. 잠깐 혼자 있고 싶어요."

손바닥 안으로 말한 덕분에 웅얼거림이 된 말을 그가 알아들었는지는 잘 모르겠다. 하지만 그것까지 살필 여유가 없다. 토악질이 날 것 같아서 입을 틀어막고 벌떡 일어났다. 나는 다급하게 침실 문으로 손을 뻗었다. 일단, 피하자. 떠올리게 만드는 그도, 이 분위기도, 피 냄새도 전부 피하고 싶다.

난 답답할 땐 쿠키를 구워.

성의 없이 볼을 잡고 휘적휘적 반죽을 젓는다. 현실 도피의 일환으로 아침부터 내가 구워 댄 쿠키 덕분에 온 집 안은 달달한 냄새가 진동하고 있었다. 식탁 위의 나무 쟁반에는 쓸데없이 공을 들인 예쁜 쿠키들이 통일성 없는 내용물을 자랑하며 널브러져 있다. 건과일, 초콜릿, 치즈, 견과류까지.

지금 볼 안에 들어 있는 건 머랭이다. 이 부풀어 오른 계란 흰자처럼 내 머릿속도 하얗고 하얗게 비어 버렸으면 좋겠네. 떠올리기 싫은 기억도, 복잡한 생각도, 쓸데없는 죄책감도 전부 다 하얗게 사라졌으면. 젓는다. 젓는다. 또 젓는다.

오랫동안 의도적으로 외면해 왔던 대가를 치르는 건지, 한 번 떠오른 과거의 기억은 쉽사리 사그라들지 않았다.

자, 오늘부터 나는 새 사람이야. 옛 기억은 안녕! 피? 학대? 오우, 그런 끔찍한 일은 없었어! 나는 먹는 걸 좋아하고 먹이는 걸 좋아하는 평범한 요리사……가 분명 나였을 텐데. 분명 그러기로 했는데. 심지어 그렇게 요리사의 꿈을 꾸며 평화로운 일상을 살아온 지 거의 10년도 넘었다고!? 이제 슬슬 이런 기억 좀 되새겼다고 우울해질 때는 지났잖아? 극복하자, 극복해.

인간이란 건 생각보다 꽤 대단해서 잊고 싶은 것이 있다면, 그리고 그 기억이 현재 삶에 별로 도움이 안 되는 것이라면 놀라울 정도로 빠르게 잊게 된다. 그 덕분에 절대 잊을 수 없을 것 같은 기억조차도 이렇게 잊어버릴 수 있는 것이다. 마치 아픈 상처 위에 딱지를 붙여 두는 것처럼 기억 위에도 무언가 하나 붙여 두는 거지. 하지만 거기에 상처가 있었다는 것을 잊을 수는 없다.

머랭을 치던 거품기가 우뚝 멈춘다. 나는 눈을 질끈 감았다. 또 떠올리고 말았다. 너무 어릴 적의 기억이고, 잊으려고 노력했기 때문인지 남은 기억은 아주 단편적인 것뿐이지만 그렇다고 그 기억이 불러오는 끔찍한 느낌이 별것 아니라는 뜻은 아니다.

그 느낌은 정말, 정말로 끔찍하다. 쇠비린내가 훅 끼치면서 누군가가 귓속에서 손톱으로 칠판 긁듯 미친 듯이 긁어 대는 느낌. 신경 줄을 끊을 듯 말 듯 아슬아슬하게 잡아당겨서 히스테릭한 비명을 지르며 날뛰고 싶게 만든다. 끝없이 누군가를 증오하고 싶고, 방향 없는 분노가 몸속에서 뛰놀고 이 세상의 모든 행복을 살해하고 싶어진다.

하지만.

하지만, 이 달달한 반죽을 휘젓고 굽다 보면 조금 괜찮아지는 것이다. 대충 손에 잡히는 재료를 푸짐하게 털어 넣고 마구 구워 따끈하게 쌓이는 바삭바삭한 과자들만이 나를 달랠 수 있다. 단거 최고.

흘긋, 니모를 찾아본다. 그는 소파에 앉아 아저씨들이나 볼 것 같은 TV 정치 토론 프로그램을 보고 있었다. 방금 전에는 어린이 TV유치원 같은 걸 보고 있었는데, 그의 취향의 범주는 정말 넓다. 아니, 어쩌면 그냥 틀어 두고 나오는 모든 프로를 그냥 보고 있는 걸지도.

그날, 단호하게 그쪽 세계로 넘어가는 것을 거절한 날 이후 나는 노골적으로 니모가 속한 조직에 대한 이야기를 피했다. 니모도 내가 불편해하는 기색을 눈치챘는지 별다른 말 없이 묵묵히 기다려 주고 있었다. 다른 때였다면 답답했을 그의 수동적인 성향이 이번만큼은 꽤 고맙다. 그는 더 이상 자신의 세계에 대한 이야기를 늘어놓지 않았다. 사실 그전에도 내가 묻기 전에 먼저 말을 꺼내는 일이 없었으니 그냥 이제 내가 묻지 않으니 대답하지 않는 것뿐이긴 하다.

그는 아직 나를 설득할 희망이 있다고 생각하는 건지, 아니면 그 선지자라는 사람들이 지시해서인지는 모르겠지만 쉽게 포기하지 않았다. 그렇다고 적극적으로 나섰냐면 그것도 아니다. 어쨌든 내가 던지던 질문이 사라지자 우리 사이의 대화는 놀라울 정도로 적어졌다. 뭐, 예상하지 못한 건 아니다. 나야 무너진 멘탈을 수습하느라 떠들 기분이 아니었고, 니모는 우리 집 밥솥보다 말이 없으니까.

그러나 어색한 적막을 오랫동안 이어 가는 것도 굉장히 고통스러웠기 때문에 나는 현대인의 지혜를 사용하기로 했다. 바로 TV. 그 김에 대화의 화제를 그쪽 세계에 대한 것에서 이쪽 세계에 관한 것으로 끌고 오는 것도 잊지 않았다.

'나는 안 갈 거야. 너희 세계에도 이제 관심 없어. 차라리 네가 오는 건 어때? 우리 세계에 대한 걸 좀 알려 줄게.' 라는 나름 단호한 제스처였는데……. 그가 읽었는지는 모르겠다.

그렇게 며칠.

그에게 드라마와 영화를 잔뜩 보여 주고 맛있는 음식을 잔뜩 먹이면 그는 매번 등을 맞고 돌아왔다. 말하지 말라고 이야기해 봤지만 선지자들 앞에서 거짓을 말하는 것은 불가능하며, 니모에게는 강력한 진실과 복종의 마법이 걸려 있다는 것을 확인했을 뿐이다. 아마 마법이 걸려 있지 않았어도 그는 거짓말을 하지 않았을 것이다. 그냥, 그런 느낌이 든다.

그래서 요리를 먹지 않고 젤을 먹겠냐 물었더니 그는 차라리 등을 맞는 쪽을 택했다. 슬프면서도 기쁘고, 뭐라고 할 수 없는 기분이었다.

덕분에 우리는 마치 전업주부 같은 일상을 보내고 있다. 아침에 일어나면 청소기를 돌리고, 니모가 바닥과 여기저기를 물걸레로 닦으면 내가 아침밥을 만든다. 아침을 먹으며 TV를 틀면 요즘 인기 있는 아침 드라마에서 치정과 욕망으로 얼룩진 고함이 터져 나온다. 나야 오랜만의 드라마라 제법 흥미진진하게 보고 있었지만, 문득 꽤 신실하고 종교적인 색채가 강한 니모에게는 좀 자극적인 게 아닐까 걱정했는데 의외로 그는 걱정이 필요 없을 만큼 흥미로운 눈으로 TV를 보고 있었다. 막장 드라마의 위대함이여. 그야말로 자극 성분 200%의 화면들은 순식간에 그를 TV의 포로로 만들어 버린 것이다.

"이 세계에는 계급이 없다고 하셨던 것 같습니다만."

오븐 팬 위로 머랭 반죽을 별 모양으로 짜고 있는데 문득 그림자가 진다. TV를 보게 된 후 니모는 종종 이렇게 불쑥불쑥 다가와서 말을 걸었다. 대부분 질문이었으니, 아마 이번에도 질문이겠지. 저번에 사극을 보면서 대충 현대사 강의를 해 주며 이제 대부분의 나라에서 왕이 사라지고 민주주의가 들어섰다고 했던 게 생각난다. 음, 그 연장선인가. 계급이 왜 없는지 물어보려는 건가?

"네. 그렇죠."

시선은 여전히 오븐 팬에 두고 대답하자 그가 말을 이었다.

"그런데 높으신 분이라는 건 무슨 뜻입니까?"

예상치 못한 질문에 반사적으로 짤 주머니를 쥐어짠 덕분에 점보 머랭쿠키가 하나 만들어지게 생겼다. 이런, 다른 것들이랑 합쳐지고 있잖아.

"높으신 분? 어떤 상황에서 나온 말이에요?"

"저 TV에서 말하던 사람이, 높으신 분의 결정에 달려 있다고……."

"음……."

팬의 구석에 마지막 쿠키를 짜 넣고 오븐에 팬을 밀어 넣었다. 그동안 그는 얌전히 내 뒤에 서서 대답을 기다리고 있었다. 솔직히, 그가 TV를 보고 이런저런 질문을 던져 댄 후로 '하하, 사실 저도 잘 모르겠네요.'라고 회피하고 싶었던 적이 한두 번이 아니다.

하지만 그럴 수는 없었다.

나는 여전히 니모를 설득하고 싶다. 그가 받고 있는 대우가 불합리한 것이라고 알려 주고 싶었다. 그 방법으로, 내 과거사를 줄줄 늘어놓을 수도 있겠지만 그건 내 정신에 너무 데미지가 크다. 그가 설득되기도 전에 내가 정신과 신세를 지게 될 가능성이 높다.

그러니 그가 이렇게 자발적으로 TV를 보며 다른 사상에 눈 돌리고 알아서 고민하고 질문해 주는 것은 꽤 반가운 일인 것이다.

"높으신 분이라. 확실히 여기에 계급은 없다고 말했으니 이상하게 들릴 수 있겠네요. 음, 제가 계급이 없다고 한 건, 사람과 사람 사이에 높고 낮음이 아예 사라졌다는 뜻은 아니에요. 아예 없다기보다, 음. 예전과 비교해서 없는 거나 마찬가지라는 거죠."

"이곳에도 계급이 있다는 거군요."

"그렇긴 해요. 집단을 유지하려면 관리자가 필요하니까요. 보통 그 관리자를 높은 사람이라고 부르죠. 하지만 그 관리자가 구성원에게 행사할 수 있는 권리는 제한적이에요. 회사라면 해고를 하거나, 그 사람에게 앞으로 돈을 더 많이 주지 않기로 하거나 뭐 그런 불이익을 줄 수 있죠."

"집단의 관리만을 위한…… 치안대 같은 거군요."

그가 말하는 치안대라는 건 이곳의 경찰이라고 볼 수 있을 것 같은데, 수긍하기에는 뭔가 방향이 틀린 것 같다. 내가 만약 이런 화제에 관심이 많았다면 좀 더 잘 대답해 줄 수 있지 않았을까. 어떻게 하면 더 잘 설명할 수 있을까 고민하다가 문득 깨달았다.

애초에 대전제 자체가 완전히 잘못됐다.

"니모, 미안해요. 내가 예전에 했던 계급이 없다는 말, 잊어버려도 좋아요."

"그럼……."

"네. 계급은 있어요. 어디에나, 언제나 있어 왔죠. 누군가를 지배하고 싶은 욕망이나 자신의 힘을 과시하고 싶은 마음을 가진 사람들이 있는 한 아마 사라질 수 없을 거예요. 애초에 무리를 짓고 사는데 서열이 없을 수는 없죠. 계층이라는 말로 포장되어 있긴 하지만 아마 이게 우리 세계의 계급일 거예요. 권력이구요."

그는 묵묵히 내 말을 듣고 있다. 무슨 생각을 하는지 알 수 없는 표정이다.

"예전에는 왕이 있었지만 지금은 좀 더 많은 사람들이 왕과 비슷한 권력을 가지고 있죠. 하지만 사람들은 그걸 계급이라고 생각하지 않아요. 왜냐하면 왕이 권력의 힘으로 저질러 왔던 패악을 단죄하면서, 혁명을 일으키고 그걸 끌어내리면서 사람들은 계급이 나쁜 것이라고 생각하게 됐거든요. 그래서 니모가 말한 '높으신 분'들은 사람들이 여전혀 계급이 없다고 생각하길 바라고 있을 거예요."

"없는 걸 없애려고 싸우지는 않을 테니까."

니모는 어두운 표정이었다. 그의 가라앉은 눈에서는 아무것도 읽을 수 없었다. 갑작스러운 대답에 조금 놀라긴 했지만 나는 미소 지으며 말을 이었다.

"맞아요. 하지만 그렇다고 이 시대를 살고 있는 사람들이 계급 아래 폭압당하면서도 모르는 눈뜬장님들은 아녜요. 권력자들의 아주 교묘한 수법들은 눈치채지 못할 수도 있지만, 결국 무엇이 옳고 그른지 판단할 기준이 있는 이상 살면서 조금씩 이상한 걸 느끼게 되거든요. 그렇게 쌓이고, 공감하고, 움직이면서 점점 좋은 방향으로 바뀌어 왔죠."

슬슬 미리 넣어 놨던 쿠키가 다 구워진 모양이었다. 그에게서 등 돌려 오븐을 향하며 나는 말을 맺었다.

"그래서 그 기준에 따라 맛있는 걸 먹었다는 이유로 니모의 등이 너덜너덜해지는 건 옳지 않다고 판단한 거고요. 어쩌면, 내가 하는 말이 전부 독선으로 느껴질 수도 있어요. 단순한 문화 차이라고 생각할 수도 있을 거고요. 행복하고 즐거우면 매를 맞는 게 옳다고 생각할 수도 있겠죠. 하지만 언제나 중요한 건, 맞는 사람이 그걸 원하느냐예요. 진심으로."

그는 조용히 나를 바라보다가 다시 소파로 걸어갔다. 여전히 등을 기대지 못하고 앉아 있는 걸 보며 나는 약간 어리둥절한 기분이었다. 방금 엄청 똑똑한 말을 한 것 같은데, 이게 지금 내가 한 말이 맞는 건가? 뇌의 대부분을 맛있는 음식 레시피에 할애하고 있는 나인데, 대체 어디서 갑자기 이런 근사한 연설이 튀어나온 거지.

역시 인간은 놀라운 잠재력을 가지고 있어.

뭐, 아주 문외한인 건 아니다. 할머니에게 주워진 후 얼마 되지 않았을 무렵에는 밤마다 이런 생각들을 했으니까. 왜 나는 평범하게 부모가 있는 삶을 살 수 없었는지, 무엇 때문에 나는 그런 악몽으로 꿀 만큼 끔찍한 유년기를 보내야 했는지. 왜 별로 알지도 못하는 주제를 증오하도록 교육받았는지. 뭐, 한참 고민하다가도 할머니가 만든 음식을 먹으면 고민 따위 사라져 버렸지만.

흘긋 니모를 보니 한껏 우중충한 분위기를 흩뿌리며 TV를 보고 있었다. 들리지 않도록 작게 한숨을 쉬었다. 모처럼 쿠키를 구우며 행복해지던 참이었는데 이 분위기는 또 뭐람. 이 침체된 분위기를 타파하려면 결국 방법은 한 가지뿐이다.

좀 더 많은, 많은 쿠키가 필요해.

산더미 같은 쿠키를 애써 외면하며 거품기를 강하게 움켜쥐는 순간, 초인종이 울렸다.

택배 올 게 있던가? 멍하니 생각하며 거품기를 내려놓는데 니모는 처음 듣는 초인종 소리에 깜짝 놀랐는지 소파에서 튕기듯 일어나 자세를 가다듬고 있었다. 으음, 그러고 보니 그가 오고 나서 이 집에 누가 온 게 처음이긴 하군.

슬렁슬렁 현관 근처 인터폰으로 향하자 그가 잔뜩 경계하며 등 뒤로 따라붙는 게 느껴진다. 덩달아 긴장감이 올라가려는데, 인터폰에 비친 얼굴을 본 순간 피식 웃고 말았다.

― 언니이! 나 왔어어어! 추워 죽겠다! 문 열어!

오랜 이웃사촌 수진이었다. 외치는 대로 당연히 나는 문을 열었다. 내 얼굴보다 더 친숙한 얼굴이다. 말이 이웃사촌이지 어릴 때부터 거의 자매처럼 자라서 가족에 가까울 정도다. 시험기간이라며 요즘 놀러 오는 게 영 뜸하더니 이제야 시험이 끝난 모양이었다.

"으아아, 밖에 진짜 춥다. 진짜! 뭐 하고 있었어?"

쿠키를 확인하는 얼굴을 보니 대답은 할 필요 없을 것 같다. 호들갑 떨며 집 안으로 들어선 수진은 코트를 한 손으로 주섬주섬 대충 벗어 던지고 소파에 몸을 던졌다. 혹시나 하고 보고 있는데, 깜짝 놀라 소파 옆에서 휙 물러선 니모를 신경도 쓰지 않는 걸 보니 역시 눈에 보이지 않는 것 같다. 니모가 조금씩 물러서 집 구석으로 피하는 것을 보면서 나도 자연스럽게 그가 보이지 않는 척 수진의 앞에 앉았다.

"벨은 왜 눌러? 도어록 비번 알고 있잖아."

"까먹었지."

"어디, 휴대폰에 안 적어 놨어?"

"꺼내는 거 귀찮아. 손도 얼었고. 봐 봐."

수진이 소란스럽게 마주 비비고 있던 손을 좌악 펼쳐 보였다. 엄살은 아닌지 손끝이 전부 발갛게 얼어 있었다. 손등도 하얗게 터 있었는데 피가 나지 않는 것이 신기할 정도였다. 그걸 보니 과연 좀 안쓰럽기는 해서 마주 잡아 녹여 주며 물었다.

"정말 다 얼었네……. 장갑은 왜 안 끼고 다녀? 뭐 따듯한 거 줄까?"

"장갑 끼면 휴대폰 터치 못 하잖아. 응. 줘."

"너 방금은 휴대폰 꺼내는 거 귀찮다고……. 아니, 뭐 마실래?"

"아무거나~ 쿠키도! 나 오늘 아무것도 못 먹었어."

이 녀석의 섭생은 우리 가게에 밥 먹으러 오는 고양이만도 못하다. 아침은 으레 굶고, 점심이나 저녁도 손에 잡히는 아무거나 먹거나, 혹은 먹지 않는다. 그러니 나는 요 녀석이 놀러 올 때마다 뭘 먹이지 못해서 안달이었다. 언젠가 밥 먹는 걸 잊어버려서 아사하지 않을까. 진심으로 걱정된다.

생각 같아서는 밥이나 제대로 된 야채를 먹이고 싶지만, 쿠키를 향해 번쩍번쩍 빛나는 눈을 보니 권해도 영 먹지 않을 것 같다. 아니, 애초에 목적이 이거였던 것 같기도. 어쨌든 쟁반에 쿠키를 가득 담고 우유를 따라 내놓자 정말 배가 고팠는지 허겁지겁 컵과 접시에 달라붙어 맹렬하게 먹기 시작했다.

"그러고 보니, 시험은 잘 봤어?"

"킥."

순간적으로 정말 숨이 막혔나 깜짝 놀랐지만 입으로 소리만 그렇게 낼 뿐 쿠키는 순조롭게 수진의 입 안으로 사라지고 있었다. 우유를 한 모금 마신 수진이 나를 똑바로 바라보며 말했다.

"과거는 중요하지 않아. 사람은 다가오는 미래를 향해 가는 거야."

쓸데없이 근사한 소리를 하고 있지만 중간중간 바삭바삭하는 소리와 바쁘게 움직이는 턱과 입 덕분에 분위기가 전혀 살지 않는다. 나는 턱을 괴고 심드렁하게 대꾸해 주었다.

"계절 학기?"

"킥."

이번에는 진짜로 정신에 타격을 받았는지 잠시 우물거리던 수진이 조금 시무룩해졌다.

"미래도 별로 중요하지 않아."

"현재만 사는 거니……."

"사람이 현재에 충실한 게 뭐 어때서?"

꽤 멋있게 들릴 만한 말이지만 쿠키를 입 안 가득 욱여넣은 사람에게서 들으니 심하게 한심한 느낌이다. 내 눈초리를 알아차렸을 테지만 수진은 말없이 쿠키 몇 조각을 바삭바삭 먹고 우유를 벌컥벌컥 들이켠 뒤 만족스러운 한숨을 내쉬었다.

"아, 진짜 맛있다. 살 것 같네."

푸우욱 소파에 늘어졌던 수진이 나무늘보처럼 슬렁슬렁 쟁반에 손을 뻗어 비스킷 하나를 집었다.

"근데 이거 뭐야? 아까 먹었는데 뭔가 맛있더라고."

"향신료 비스킷이야. 안에 들어간 건 내 특제 배합. 오레가노, 타임, 커민, 계피가 들어갔지. 우유랑 먹어도 좋은데, 커피나 차랑 먹어도 좋아. 달지 않아서 가볍게 입가심하기 좋거든."

주욱 설명을 늘어놓자 꼼꼼히 비스킷을 돌려 가며 관찰하던 수진이

쿵쿵 냄새를 맡고 아삭 깨물며 질문했다.

"흐음, 그렇구나······. 그래서 무슨 일이야?"

"음? 그게 무슨 말이야?"

"어허, 유정 씨. 이러지 마시죠? 우리 사이에 이러시면 섭섭하죠? 무슨 일이기에 온 동네에 단내가 나도록 쿠키를 구워 대고 있냔 말이지. 언니는 마음이 복잡하면 쿠키 굽잖아. 저기 멀리서 걸어오는데 근처에 빵집 생긴 줄 알았어. 100미터 밖에서도 단내가 나더라. 그래서 무슨 일이야? 아니면 과자집 만들어서 어린애라도 유괴하고 싶어졌어? 신고한다."

마지막은 농담이었겠지만 수진이 짐짓 엄숙한 표정을 지으며 낮게 말했다. 순간 할 말을 잃고 아연해졌던 나는 짧게 웃으며 얼버무리려고 했다. 둔할 것 같은데 가끔 놀랄 정도로 예리하단 말이지.

"일은 무슨, 그냥 갑자기 굽고 싶어져서 굽는 거지."

수진은 쉽게 넘어가 주지 않았다. 그녀는 무언가 찾아내려는 듯 한참 동안 내 얼굴을 바라보다가 툭 물었다.

"할머니 생각나서 그래?"

"어? 아니, 그건 아냐."

대답하면서 나는 꽤 오랫동안 할머니의 죽음에 대해 잊고 있었다는 것을 깨달았다. 니모 덕분에 그녀를 그리워할 겨를이 없을 정도로 정신이 없었던 것이다. 그 점에 있어서는 그에게 조금 감사한 기분이다. 하지만 수진의 눈초리는 의심으로 가늘어졌다.

"정말 아냐? 할머니 장례식이 바로 작년이었잖아. 나 진짜 많이 울었는데. 지금도 가끔 생각나면 울적해지는걸. 아마 우리 할머니가 돌아가셨다고 해도 그렇게 울진 않을 거야."

"너희 할머니는······."

"이미 돌아가셨잖아."

"아, 그렇지. 그러고 보니 생각난다. 너 방학 숙제로 일기 쓰는 거

도와 달라고 해서 도와주는데 네가 일기에 '할머니 장례식에 갔다 왔다. 참 재미있었다.'라고 적어 놔서 나 너 사이코패스 꿈나무라고 생각했었지. 맞아. 그때 돌아가셨었구나…….."

"끝마무리는 늘 참 재미있었다로 끝나는 게 유치원생 일기의 규칙이야."

얼떨결에 말을 돌린 덕분인지, 아니면 정말로 내가 할머니를 그리워하고 있지 않다는 걸 깨달았는지 수진의 얼굴은 조금 풀렸다. 고민이라. 하긴, 말 못 할 고민도 아니지. 진실을 털어놓아도 믿지 못하겠지만 가볍게 가공해서 상담을 해 보는 건 괜찮을지도 모른다.

"있잖아. 혹시 너 어떤 다른 세계에서 온 사람이 자기랑 같이 가서 세상을 구해 달라고 하면 갈 거야?"

조금 충동적인 질문이었다. 말을 던진 후 구석에 우두커니 서 있던 니모의 시선이 내게로 향하는 것이 느껴진다. 수진은 눈을 동그랗게 뜨고 고개를 까딱 기울였다.

"무슨 영화라도 봤어?"

"으음, 응."

"음. 근데 거기 가면 나한테 무슨 이득이 있는데? 막 슈퍼 파워라도 생겨?"

"그건 아니고, 그럴 수도 있고 아닐 수도 있고. 어떻게 구할지 방법도 잘 모르는데 일단 와 주면 미래에는 세상이 구원된다는데……."

말하면서도 어쩐지 궁색한 느낌에 말꼬리가 점점 말려들어 간다. 수진의 반응은 냉담했다.

"당연히 안 가지. 수능 치르느라 얼마나 고생했는데 그걸 다 버리고 왜 거기에 가. 엄마, 아빠랑 친구는 어쩌고? 취업 준비도 해야 하고 얼마나 바쁜데. 뭐 갔다 오면 복권 당첨이라도 시켜 주거나 금괴라도 주는 거 아니면 당치도 않은 소리지."

"야아, 너무 세속적이다……."

니모의 눈치를 보며 슬쩍 말했지만 사실 내 생각도 수진과 그리 다르지 않았다.

"언니는 안 그래? 갔다 와서 서울 노른자 땅에 20층 고급 건물이라도 하나 주든가 해서 레스토랑을 내게 해 주는 것도 아니고……."

"그건 그렇지……."

맞장구치면서도 내 신경은 온통 니모에게로 쏠려 있었다. 차마 눈길을 주지는 못했다. 그가 어떤 얼굴로 나를 보고 있는지 확인하는 것이 두려웠다. 그래, 좀 두렵다.

어쩌면 나는 그에게 변명하고 싶었던 것 같다. 그의 부탁을 거절하는 것이 내가 특별히 매몰차서라기보다 이 세계를 사는 사람들의 보편적인 정서라고 비난을, 죄책감을 회피하고 싶었는지도 모른다.

그래. 인정한다. 나는 죄책감을 느끼고 있었다. 그간 함께 지내며 정이 들었는지 그의 비극을 모른 체하는 것이 솔직히 매우 미안하다. 처음에야 낯선 사람의 엉뚱한 제안이라 매몰차게 거절하는 것에 아무런 감정도 느끼지 못했지만 이제 니모는 모르는 사람이 아니다. 그래서 그와 어느 정도 친분이 깊어졌음에도 그의 비극을 외면한다는 사실이 미안했다. 나에게는 당연한 거절이 누군가에게는 절망이 되는 것이 비일비재한 세상이지만 이 씁쓸한 가책은 도무지 익숙해지지 않는다. 이래서 사람들은 거절을 힘들어하는 건가.

"내가 한 20년만 어렸다면 몰라도 지금은 당연히 거절이야."

덧붙이는 말에 어림으로 계산을 하다가 되물었다. 20년, 20년이라.

"20년 어리면, 너 두 살인데?"

"응, 두 살. 세 살부터는 안 간다고 할걸. 요즘 그런 세상이에요."

수진이 우아한 척 손가락으로 집은 쿠키를 톡톡 털었다. 답지 않게 갑자기 존대로 말하는 걸 보니 아마 내가 모르는 드라마 대사 같은 것을 흉내 낸 것 같다. 하지만 입가에 잔뜩 묻은 쿠키 가루가 마치 수염 같아서 결국 내가 손을 뻗어 털어 주었다.

"으음, 아냐. 그래도 너 네 살까지는 순수했어. 매일 내가 할머니가 되어 버렸을까 봐 확인하러 왔던 거 기억 안 나?"

"그렇게 어릴 때 기억을 어떻게 해."

잡아떼긴 하지만 분명 움찔하는 걸 봤다. 기억력이 좋단 말이지.

"우리 할머니가 '어느 날 정신 차리니까 이렇게 할머니가 되었지 뭐니.'라고 이야기한 걸 듣고 나도 어느 날 갑자기 할머니가 될까 봐 매일 우리 집에 왔었잖아. 오늘은 할머니가 안 돼서 다행이라고 하는 걸 보고 얼마나 웃었는지. 그때는 진짜 귀여웠지."

다시 생각해도 저절로 흐뭇한 웃음이 나오는 그리운 기억이다. 하지만 누군가에게는 흑역사겠지. 결국 수진이 견디지 못하고 자리를 박차며 일어났다.

"아아아— 진짜! 그만해! 언니는 뭐 그런 때 없었을 줄 알아? 걱정돼서 왔더니 놀리기나 하고! 별일 없으면 됐어. 에잇, 쿠키나 가져간다."

볼이 부루퉁해진 수진이 말릴 새도 없이 익숙한 손놀림으로 비닐팩 하나를 뽑더니 쿠키를 마구 쓸어 담고 일어섰다. 딱히 먹을 사람도 없고, 오히려 가져가 주는 편이 고마운 데다 새삼스럽게 서로의 집에서 뭔가를 허락받는 사이도 아니었기 때문에 나는 그냥 계속 웃으면서 수진이 떠나는 것을 배웅해 주었다.

매우 할 말 많은 얼굴로 내 웃음을 못마땅하게 쳐다보던 그녀는 결국 '간다!'라는 무뚝뚝한 작별 인사를 던지더니 휙 떠났다. 뭐, 이렇게 갔어도 언제 다시 불쑥 나타날지 모른다. 저녁쯤 엄마 밥이 맛없다며 나타날지도 모르고, 아니면 먹으러 오라고 찾아올지도 모르지.

어쨌든 오랜만에 그녀와 대화하니 갑자기 현실로 확 끌려 나온 기분이다. 요 며칠 내내 다른 세계가 어떠니, 구원이 어떠니 하는 대화만 했더니 영 현실 감각이 멀어지고 있었던 것이다. 세속적인 대화. 최고야.

현관에서 돌아오던 나는 벽 구석에서 벽지처럼 서 있던 니모가 나를 매우 낯선 사람을 바라보듯 보고 있다는 걸 깨달았다. 처음 보는 눈빛은 아니었다. 아주 예전, 수진과 함께 놀러 나가다 우연히 직장 동료와 만나 대화하는 나를 보는 그녀의 눈이 딱 저런 느낌이었다. 갑자기 사회인 모드로 변한 나에게 꽤 놀랐었지.
 "어, 음. 옆집 동생 수진이에요. 오랫동안 이웃사촌이었거든요. 한동안 바빠서 안 왔었는데."
 눈이 마주치니 뭔가 말을 할 것 같아서 주섬주섬 그녀를 소개하자 니모가 천천히 소파로 돌아와 앉았다. TV를 계속 볼 모양이군. 나는 하던 반죽이나 마무리해야겠다. 기분이 확 나아져서 딱히 쿠키를 더 굽고 싶지는 않으니까, 요것까지만…….
 "즐거워 보이시더군요."
 TV를 볼 줄 알았던 니모는 뜻밖에도 나에게 말을 걸었다. 뭔가 묻거나 하지 않는 사교적인 대화를. 조금 감동인데.
 "그야, 가족이나 마찬가지니까요."
 "당신이 그렇게 웃는 건 처음 봤습니다."
 볼을 주워 들고 거품기를 잡으려던 나는 멈칫했다. 그러고 보니 지금도 살짝 미소 짓고 있었다. 거울을 보지 않아도 알겠다. 근래 내가 하고 있는 얼굴 중 가장 밝은 표정일 것이다. 무슨 말을 해야 할지 알 수 없어서 어물어물하는데, 니모가 조용히 말을 이었다.
 "당신은 저에게 잘해 주셨죠. 저를 걱정하고, 먹이고, 저에게……."
 그는 조금 말을 고르다가 힘겹게 입을 열었다.
 "행복을 가르쳐 주셨습니다."
 아니아니, 그렇게 거창한 건 아닌데요. 갑자기 얼굴에 확 열이 오르는 것 같다. 왜 안 하던 낯간지러운 소리를 하는 거지.
 "지금까지 한 번도 말씀드리지 않은 것 같아서."
 그만두라고 말하고 싶은데 그가 너무나 진지한 얼굴이라 나는 막지도 못했다. 어쩔 줄 몰라 하며 민망함에 몸을 꼬며 안절부절못하는데 그는 무거운 어조로 다시 말했다.
"정말 고맙습니다."
너무나 뜻밖의 말이었다. 원망을 들으면 들었지 감사의 말을 들을 거라고는 생각지도 못했다. 내가 그에게 해 준 것은 내 기준으로 너무나 하찮은 것들뿐이었기 때문이다. 결국 그 중력이 열 배로 증가한 것 같은 시간 속에서 내가 할 수 있었던 것은 변변찮은 말로 그의 인사에 겸양하는 것이 전부였다.
그리고 그것이 내가 니모를 본 마지막 날이었다.

Chapter 2

 다음 날 아침, 니모가 없었다. 약간 어리둥절하긴 했지만 별로 놀라지는 않았다. 그가 무슨 일곱 살배기 어린아이도 아니니, 밖에 나갔을 수도 있고 신발장 안으로 들어갔을 수도 있고. 아무튼 어디든 갈 수 있지.
 하지만 평소 저쪽으로 넘어갈 때면 늘 나에게 보고를 했기 때문에 말없이 자리를 비운 것이 조금 이상하긴 했다. 뭐 어차피 늘 들락날락하는 사람이고, 급한 일이 생겨서 미처 말하지 못했을 수도 있지. 점심은 혼자 먹어야 하나.
 대수롭지 않게 생각하며 점심을 먹고 일과를 마쳤지만 니모는 그때까지도 돌아오지 않았다. 나도 모르게 자꾸 신발장을 흘긋거리게 되어서 밖에 나가 산책까지 하고 왔지만 그래도 그는 없었다. 집 안의 적막이 낯설어 괜히 TV를 틀어 놓고 소음을 만들려고 했지만 아무런 소용이 없다. 하긴, 애초에 그가 있다고 해서 집이 왁자지껄해지지는 않았지.
 그를 기다리고 있다는 걸 인정하고 싶지 않아서 애써 다른 일로 시간을 허비하려고 했지만, 결국 그날 저녁에는 초조함을 감추지 못하고 신발장 앞에서 서성거리다가 잠들고 말았다. 저쪽에서 무슨 일이 생긴 건가 하는 생각이 들었지만 설령 무슨 일이 생긴다 해도 나는 그를 도울 수단이 없었다. 그리고 다음 날, 그다음 날, 서너 일이 지난 다음에야 나는 깨달았다.
 그가 완전히 떠났다는 것을.
 웃어도 좋다. 며칠이나 지나서야 그가 가 버렸다는 걸 인정했다는 사실에 나조차도 어처구니가 없을 지경이었으니까. 결국 그날 저녁 나에게 했던 낯간지러운 감사 인사는 작별 인사였던 것이다. '잘 있어요, 난 갈게요.' 같은 말은 한마디도 없었으니 눈치채는 것이 늦었다고 해도 조잡한 변명은 아닐 것이다.
 사실 그렇게나 허무맹랑한 말을 하며 들이닥쳤으니, 그리고 그 숫기 없는 성격으로 끈질기게 달라붙었으니, 게다가 설득에 달린 무게가 무게인 만큼 그가 이런 식으로 떠날 거라고 생각해 본 적은 전혀 없었다.
 적어도 한나절 정도 옥신각신하며 서로의 입장을 밀고 당기고 이것저것 협상을 하다가 잔뜩 싸우거나, 혹은 나에게 피도 눈물도 없는 냉혈한이라고 비난을 퍼부으며 떠나거나 하는 결말을 생각했던 것이다.
 그래서 이런 식으로, 감사하다고 한 뒤 사라져 버리는 식의 결말은 전혀 생각지 못했다. 아니, 어쩌면 그가 떠나지 않을 거라고 생각했던 거겠지. 왜, 어느새 나는 그가 떠나지 않을 거라 생각하고 있었던 걸까. 당연히 돌아올 거라고, 언젠가 파국은 오겠지만 꽤 먼 미래일 거라고 지레짐작하고 있었던 모양이다. 그러나 니모는 떠났다. 왔던 때만큼이나 갑작스럽게.
 그 사실을 처음 깨달았을 때, 순간 집 안의 모든 물건들에서 색이 빠져 버린 것 같은 상실감이 느껴졌다. 그리고 내가 상실감을 느낀다는 사실에 충격받았다. 니모가 떠난다고 해도 솔직히 전혀 신경도 쓰이지 않을 거라고 생각했다. 아니, 뭐 조금은 신경 쓰이겠지만 금방 일상으로 돌아와서 잊어버릴 거라 생각했던 것이다.

하지만 어째서인지 그의 마지막 말이 잊히지 않는다. 소파에 앉아 TV를 보고 있었지만 흘러나오는 말소리가 상념을 지우기엔 역부족이었다. 감사하다는 그 말, 니모는 대체 어떤 생각으로 한 걸까. 그가 나를 포기했다는 건, 세계 멸망으로 이어지는 미래를 받아들이기로 했다는 뜻이다. 어떤 기분으로 그걸 받아들이고, 어떻게…….

눈을 질끈 감았다. 눈알이 차갑고 시큰거렸다.

잊자. 잊어버리자. 어차피 나와는 상관없는 일이다. 일상이 바빠지고 이것저것 새로운 일이 생기면 결국 이 일도 내 인생에 일어났던 좀 신기한 일 정도로 치부될 수 있겠지. 아마 꽤 오랫동안 신발장을 열 때마다 그를 떠올리게 될 거고, 신발장 근처를 엄청나게 의식하며 살겠지만, 결국 시간이 잊게 해 줄 것이다.

그렇게 몇 번이나 되뇌었지만 그를 잊는 건 생각보다 쉬운 일이 아니었다. 아이스크림을 꺼내 먹으면서도 그 반짝이던 눈동자를 떠올리고, 빵을 먹으면 신기한 듯 손가락으로 폭 찔러 보던 모습이 생각난다. 그리고 일부러 두고 갔는지, 아니면 챙기는 것을 잊었는지 그의 주식이던 젤, 그 돌멩이가 집의 선반에 뒹굴고 있었다. 아아, 저것도 버려야 하는데.

괜히 처지는 기분을 바꿀 겸 집 안 가구를 옮겨 보거나 산책을 하거나 새로운 레시피를 도전해 보거나 했지만, 결국 가구들은 모두 신발장을 가리지 않도록 배치하게 됐을 뿐이고 산책을 나갔다가도 그가 돌아왔을까 서둘러 집으로 들어와 확인해 보는 스스로를 발견하게 됐을 뿐이다. 심지어 도전해 본 새로운 소스는 태워 먹었다.

"아, 안 돼. 포기다. 포기."

며칠 동안의 눈 뜨고 못 봐 줄 삽질 끝에 나는 마침내 사회의 강제력이 필요하다는 결론을 내렸다. 어차피 휴가도 내일이면 끝나니 직장에 복귀하면 관성적인 긴장감이 나를 현실로 끌어내겠지. 그런 기대로 잠든 뒤 마침내 맞이한 다음 날, 대망의 출근일이 다가왔다.

이번 휴가가 길긴 했지만 지금까지 겪은 휴가 중 유례없이 긴 느낌이었다. 하지만 결국 바쁜 일상이 시작되면 휴가 때 무슨 일이 있었든지 간에 모두 과거의 일이 되기 마련이지. 자, 와라 일터! 바쁜 일상!

뭐……. 대충 이런 느낌으로 출근하긴 했는데.

"저, 여기 레스토랑 제철만담 있던 곳 아닌가요?"

무심코 길 가던 행인을 붙잡고 질문하고 말았지만 질문의 대답은 오히려 내가 더 잘 알고 있다. 여기가 맞다. 그저 도저히 믿을 수 없는 광경에 납득할 수가 없었을 뿐이다. 내가 붙잡은 젊은 남자는 잠시 나를 위아래로 훑어보다가 고개를 끄덕였다.

"네. 그렇긴 하죠? 맛집 찾아오셨어요? 여기 일주일 전에 망했는데. 사장이 야반도주했다고 하더라고요. 새벽에 빚쟁이인지 직원인지 모르겠는데 찾아와서 난리 났었어요. 맛있었는데 아깝죠."

무너진 건물 잔해와 여기저기 널린 철골, 벽돌들. 아무리 봐도 리모델링이라기보다 철거에 가까운 모양새라, 혹시 철거로 일정이 변경되었는데 내가 미처 연락을 못 받은 건가 하던 의혹은 남자의 말에 일말의 여지도 없이 끝장났다.

"야반도주요?"

"네. 며칠 동안 시끄러웠는데. 이 동네 안 사시나 보네요. 빚쟁이들이 찾아와서 난리도 아니었어요."

"빚쟁이?"

"저도 자세한 건 잘……."

내 표정이 심상치 않았는지 슬쩍 말을 얼버무린 남자는 도망치듯 자리를 피했다. 그러고 보니 아침부터 사장과 연락이 안 됐지. 니모의 일로 정신이 없어서 며칠 동안 전혀 연락하지 않았기 때문에 이상하게 생각할 틈도 없었다.

폐허가 되어 버린 일터 위로 사장의 얼굴이 어른거린다. 제일 먼저 떠오른 건 퇴직금이었다. 일한 지 몇 년 되었으니 천만 원 단위일 테지. 마지막 달 월급도 못 받았고. 다 합하면 얼추 2~3천만 원쯤 떼먹힌 것 같다.

차마 생각지도 못한 상황이라서 무엇부터 해야 할지 모르겠다. 정처 없이 경찰서로 걸어갔더니 이미 나 외에 다른 직원들이 다녀갔는지 수사 중인 사건에 피해자 등록만 하고 기다리라는 답변을 받았다. 사정을 들어 보니 내 퇴직금 몇천만 원 정도는 우스운 수준의 거액 사기였다.

내 생각보다 사장의 수완이 좋았는지, 프랜차이즈 가입이나 레스토랑의 권리금 등을 두고 다각도로 사기를 치고 도망친 모양이었다. 결국 휴가를 늘린 이유는 도망갈 시간을 벌기 위한 술책이었던 것이다. 어쨌든 무성의한 경찰의 응대를 뒤로하고 집으로 돌아오자 가라앉은 오후의 석양이 집 안을 물들이고 있었다.

"하……."

현관에 풀썩 주저앉았다. 갑자기 너무 많은 일이 일어난 기분이었다. 내내 무언가를 견디고 있다가 툭 하고 둑이 터진 느낌. 지치고 피곤하다. 일단 다음 직장을 구해야 하는데, 의욕이 나지 않는다. 뭘 보고 있는지도 모르고 멍하니 눈을 뜨고 있다가 문득, 내가 현관 벽에 기대어 신발장을 보고 있다는 것을 깨달았다.

체리목으로 만든 불그스름한 2단 신발장. 가족이 많아도 충분히 수납할 수 있도록 크고 넓은, 옷장에 가까운 신발장의 손잡이가 석양을 받아 적동색으로 빛나고 있었다. 평소라면 아무렇지도 않을 그 광경이 너무나 극적으로 느껴져서 홀린 듯 한참을 바라보고 있었던 것 같다. 그리고 천천히, 마침내 결정했다.

아마 이건 절대로 현명한 결정이 아닐 것이다. 충동적이고 멍청한 행동임이 분명했다. 하지만 이성은 언제나 감정을 위해서 존재하기 때문에, 나는 얼토당토않은 이유를 마구 만들어 내며 내 어리석은 결정에 그럴듯한 논리를 만들어 붙여 대고 있었다.

맞아. 이건 멍청한 짓이지. 하지만 언제까지 안락함에 안주하며 살아야 할까. 만약 내 인생에 전환점이 있다면 바로 이 순간일 것이다. 직장도 보란 듯이 사라져 버렸잖아? 마치 계시처럼. 이건 분명 가라는 뜻이다. 내 모든 운명의 지표가 나를 등 떠밀고 있었다. 아마 할머니가 살아 있었어도 내 등을 두드려 주었을 것이다.

……등을 후려쳤을 것 같기도 하지만.

사실 어떻게 넘어가야 하는지는 모른다. 그저 니모가 신발장을 통해 들락거렸으니 막연하게 신발장 안에 들어가면 어떻게 되겠지라고 생각할 뿐이다. 될지 안 될지 확신은 없지만, 그가 워낙 쉽게 오갔으니 갔다가 돌아오는 게 어렵지는 않겠지. 가서 살짝 도와주고, 돌아오는 것이다.

설렘에 요동치는 심장을 가라앉히며 나는 신발장 문을 열고 안으로 들어갔다. 그리고 반신반의하는 기분으로 문을 닫고 눈을 감았다. 만약 저쪽으로 넘어가면 첫 인사는 뭐라고 하지? 안녕하세요, 세상을 구하러 왔어요. 아니, 이건 좀 웃긴가? 일단 니모를 찾아야겠다. 내가 와 준 걸 보면 분명 기뻐하겠지. 그들이 일단 나를 구원자라고 부르고 있는 걸 보면 대우도 나쁘지 않을 거야.

그나저나, 이거 되긴 되는 건가?

살짝 눈을 떴지만 여전히 나는 어두운 신발장 안에 서 있었다. 사방을 둘러봐도 여전히 보이는 건 아무것도 없는 좁은 신발장 안이다. 문득 스스로가 터무니없는 바보처럼 느껴져서 얼굴이 확 달아올랐다. 음, 아니, 안 될 수 있다고 생각하긴 했어. 그냥 혹시나 했지.

아니, 난 그냥.

하, 그냥 됐어. 포기하자. 이미 끝났잖아. 다 끝났는데. 오늘 너무 많은 일이 있어서 잠시 어떻게 됐던 모양이다. 이제 나가서, 이력서나 쓰고 면접이나 준비하자.

허탈한 기분으로 신발장을 나가려고 문을 향해 손을 뻗는데 팔을 쭉 펴도 손에 닿는 게 없었다. 이렇게 넓을 리가 없는데. 순간 깜짝 놀라서 한두 걸음 앞으로 걸어 나와 버렸다. 사람 하나가 서면 간신히 꽉 차는 곳이니 걸어 다닐 만한 공간이 있을 리가 없는데.

"……?"

황망하다. 눈앞이 캄캄했다. 비유적으로가 아니라, 실제로. 어쨌든 반신반의했는데 성공해 버린 것 같다. 그게 무엇이든. 설마 이 캄캄한 곳이 니모의 세계일 리는 없으니, 뭔가 더 해야 하는 건가?

일단 무작정 걸었다. 발밑이 전혀 보이지 않으니 내가 땅을 밟고 걷고 있는지 어떤지도 잘 모르겠다. 하지만 사방을 둘러보니 멀리서 희미한 빛이 보여서, 일단 그쪽으로 방향을 잡고 걷기 시작했다. 신기하게도 이런 상황인데 무섭다는 생각은 전혀 들지 않았다. 그저 흥분으로 손끝이 뜨겁게 달아오르는 게 느껴질 뿐. 뭔지는 모르겠지만, 뭔가 일어나고 있다.

빛은 아치 형태였다. 조금 더 가까이 가자 나는 그 빛이 닫힌 문에서 새어 나오고 있다는 것을 깨달았다. 벽도, 문틀도 없는 곳에 색을 알 수 없는 어두운 문이 혼자 서 있었던 것이다. 아마 건너편이 꽤 밝은 모양이지. 상황 자체는 뭐 그렇게 낯설지 않다. 밤에 화장실 갔다가 나와서 화장실 불을 끄기 직전에 자주 보는 모습이니까.

아무것도 없는 곳에 홀로 서 있는 문이라. 설명도 필요 없을 정도로 확실한 표시였다. 당연히 이 문을 열고 들어가면 다른 세계겠지. 니모는 내가 오지 않는다고 보고했을 테니 갑자기 내가 나타나면 사람들이 깜짝 놀랄 것이다. 되도록 점잖고 평화로운 인사를 해야겠군.

별다른 손잡이가 없어서 문을 꾹 밀자 새어 나오는 빛이 한층 강해졌다. 미는 문임을 확신하고 다시 강하게 밀어 문을 여는 순간, 갑작스럽게 나를 빨아들이는 무언가에 휩쓸리고 말았다.

놀라 비명을 지르려는데 입 안으로 뭔가 왈칵 들어왔다. 동시에 부글부글 공기 방울이 일어난다. 나는 물에 빠진 것이다. 정확히는, 물살에 조난당하고 있는 중이었다. 무언가 생각을 한다는 게 불가능한 상황이라 나는 정신없이 팔을 휘젓고 숨을 참았지만 이미 늦었다. 꽤 깊은 곳에 빠졌는지 아무리 허우적거려도 수면에 닿을 수가 없었다. 정신을 잃기 전 물속으로 쏟아지는 햇살이 숨 막히게 아름다웠다.

눈꺼풀 위로 햇살이 따갑다. 아침인 것 같지만 눈을 뜰 기분도, 움직일 생각도 들지 않았다. 온몸이 쑤시고 욱신거려서 꼼짝도 할 수 없다. 적어도 두 시간 이상 혹은 하루는 더 자야 할 것 같은 몸 상태다. 어디 가야 할 곳이 있던가? 아니, 휴가였지. 맞아. 그마저 끝나 출근해 보니 직장도 없어졌고. 그러면 더 자도 되겠군. 그대로 더 잘 생각으로 이불에 뺨을 비비는데, 포근한 감촉 대신 뺨이 갈려 나가는 것처럼 화끈거렸다.

깜짝 놀라 정신을 차리자 눈앞이 온통 갈색이었다. 초점이 맞지 않아서 한참 동안 바라보고 나서야 그게 젖은 모래라는 걸 깨달았다. 나는 파도와 모래사장의 경계에 개구리처럼 널브러져 있었다. 눈을 감고 있을 때 기대했던 어떤 것도 내 주변에는 없었다. 푹신한 이불도, 베개도.

아직 정신 차리지 못한 나를 차가운 파도가 덮친다. 물이 끔찍할 정도로 차가웠다. 다급하게 몸을 일으키려는데 다리가 얼어붙은 것처럼 굳어서 제대로 움직이지 않는다. 하지만 나가야 했다. 파도가 한 번씩 밀려올 때마다 얼음으로 맞은 것처럼 몸이 떨려 온다. 오직 여기를 나가야 한다는 생각만 간절했다.

 다리를 쓸 수 없었기 때문에 나는 두 팔을 이용해 필사적으로 질질 기어 나왔다. 물에 휩쓸리며 다친 팔꿈치의 찰과상이 쓰라렸지만 방법이 없었다. 차가운 바닷물이 닿는 곳마다 몸이 얼어붙어 떨어져 나가는 것 같았다. 이대로 가만히 있으면 온몸이 마비되어 죽고 말 거라는 예감이 엄습했다.

 간신히 물에 젖지 않은 모래로 기어 나오자 반가운 온기가 기다리고 있었다. 햇볕에 달궈진 모래는 내가 기대하던 것 이상으로 뜨거웠다. 따듯한 모래가 몸에 닿자 경련하던 몸이 약간 진정하는 것 같았다. 그 따듯함에 의지하며 나는 한동안 웅크리고 있었다. 춥고, 아프고, 괴로워서 아무 생각도 할 수 없었다.

 하지만 다리가 움직이지 않는 건 추위 이상으로 두려운 문제다. 몸이 조금 추슬러졌다는 판단이 들자 나는 팔로 몸을 지탱해서 일어나 앉았다. 신중하게 허리와 팔다리를 더듬으며 다친 곳이 있는지 확인했지만 다행히 심각한 수준의 상처는 없었다. 이리저리 긁힌 찰과상이나 타박상은 거의 온몸에 빼곡했지만.

 남의 것처럼 뻣뻣하던 다리도 모래의 온기 덕분인지 시간이 지날수록 조금씩 감각을 회복하고 있다. 부지런히 주물러서 피가 돌게 하고 있긴 하지만 손이 닿을 때마다 저릿저릿한 감각이 몰려왔다. 하지만 곧 무릎을 폈다 접었다 할 수준까지는 회복되어서, 조금만 더 기다리면 걷는 것 정도는 문제가 없을 것 같다.

 다리를 문지르고 더 뜨거운 모래로 몸을 굴려 가며 나는 눈앞의 바다를 응시했다.

 정신을 잃기 전 휩쓸린 물살은 아마 저 바다가 원인인 모양이다. 정확히는 내가 바닷속으로 문을 열고 나간 모양이지. 희미하게 햇살이 보였으니 아주 깊은 곳은 아니었던 것 같지만, 그래도 이만큼이나 무사한 것은 정말 천운이라고밖에 볼 수 없었다. 부러진 곳도 없고, 물고기한테 시식당하지도 않았고……. 상어 같은 대형 어류가 '이거 맛있으려나.' 하고 한 입 맛만 봐도 난 죽었을 테니까.

결과적으로 별다른 상처 없이 무사히 살아나긴 했지만 뭔가 일이 잘못된 것은 분명하다. 보통 일이 아닌 건 확실했다. 만약 이게 정상적인 이동이었다면 니모는 신발장에서 튀어나올 때마다 횟감과 빨랫감을 잔뜩 가지고 와야 했겠지.

하지만 그는 단 한 번도 젖어서 온 적이 없었다. 그래서 사실 나는 문을 열고 들어가면 약간 수상한 제단 같은 곳에 도착할 줄 알았다. 뭔가 다른 세계에서 누군가를 소환하기 위해서 잔뜩 준비한 신비한 제단 같은 거 말이야. 게다가 니모가 속한 단체 이름도 태양의 숲이었잖아. 태양의 바다 같은 게 아니라.

새파랗게 맑은 하늘에 까마득한 수평선을 멍하니 보고 있자니 문득 의심이 솟구쳤다.

그런데, 여기가 그 다른 세상이긴 한 건가? 혹시 그냥 지구의 어느 바다 같은 데 처박힌 거 아냐? 사실 인터넷에서 찾은 차원 이동 소설을 보면 이런 식으로 정신을 잃어도 누군가가 나의 비범함을 알아채고 구해서 돌보거나 하던데 현실은 인적 드문 해안가에 해초와 같이 버려져 있을 뿐이다. 이래도 되는 거냐?

저기, 누구 없나요? 당신네 세상 구하러 왔는데. 저기요? 안녕 미역아, 너도 세상을 구하러 왔니?

마음속으로 중얼거리며 주변을 휘휘 둘러봐도 사람이 나타날 기색은 보이지 않는다. 역시, 니모가 권할 때 같이 왔어야 했나. 후회해 보지만 후회는 후회다. 늘 아무 소용이 없지. 누군가 도와줄 사람도 없어 보이니 자력으로 이 상황을 해결해야 할 것 같은데…….

이런저런 생각을 하면서도 열심히 다리를 주물러 댄 덕분에 다리의 마비는 꽤 풀린 상태였다. 빠르게 뛸 수는 없겠지만 무리하면 그럭저럭 걸을 수는 있을 것 같다. 짠물을 너무 마셔서 곧 탈수 증세가 찾아올 테니 그 전에 물과 그늘을 찾아야 한다. 사람을 만나면 좋겠지만, 아마 쉽지 않겠지.

그나저나 풍광 하나는 기가 막힌 곳이군. 마치 토파즈를 녹여 놓은 것 같은 바닷물이 햇살에 보석처럼 빛나고 있다. 너무나 투명해서 고기 떼가 노는 게 여기서도 보일 정도다. 마치 여행 책자에서 소개하는 완벽한 휴양지를 그대로 구현해 놓은 모양새인데, 그 아름다움을 즐길 여유가 없는 게 안타깝군.

물이 뚝뚝 떨어지는 신발을 대충 벗어 바위 위에 널어놓고 해안가에서 좀 더 걸어 나오자 수풀이 우거진 숲이 보였다. 풀이 있다는 것은 물이 있다는 뜻이다. 개울을 찾으면 좋겠지만 급한 대로 풀을 씹어서 수분을 보충할 수도 있다. 그늘을 보니 누워서 쉬고 싶은 마음이 간절하지만, 지금은 그러면 안 된다.

당장이라도 누워서 쉬어야 할 것 같은 몸 상태지만, 깨어났다면 일단 의식을 차릴 정도로 몸이 회복됐다는 뜻이다. 눈을 뜬 곳이 병원 같은 곳이라면 모를까 당장 오늘 밤 잘 곳도 없는 상황이라면 움직일 수 있을 때 움직이는 게 좋다. 그리고 짠물을 많이 마신 몸은 곧 갈증을 호소할 테니 최대한 빨리 물을 조달해야 한다.

일단 목표는 물이다. 다행히 오전 중에 깨어난 모양인지 해가 지려면 시간이 좀 있어 보인다. 그림자의 길이로 보면 10시, 혹은 1시쯤 되어 보였다. 최대한 빨리 물을 찾고, 물을 마시면서 체력을 회복한 뒤 주변 탐색을 할 생각이었다.

수풀 안으로 들어오자 자기들끼리 말라 죽은 나무가 여기저기 널려 있었다. 발을 들이밀 만한 길이 전혀 나 있지 않아서 결국 되돌아가 축축한 신발을 찾아 신고 다시 와야 했다. 간간이 보이는 이슬을 핥으며 나는 조금씩 안쪽으로 걸어 들어갔다.

걸어 들어갈수록 점점 경사가 가팔라진다는 느낌이 들었다. 불규칙한 돌과 나무뿌리가 계속 발을 잡아챈다. 몇 번은 미끄러지기도 했다.

팔과 다리에 생채기가 늘어 가고 있지만 그런 사소한 부분은 신경도 쓰이지 않는다. 지금 원하는 것은 오직 물이었다. 목이 점점 말라 오고 있었다.

꽤 오랫동안 걸어 들어온 것 같은데 물소리가 전혀 들리지 않는다. 체력이 고갈되고 있다는 것이 느껴졌다. 이슬 따위로는 해결할 수 없는 갈증이다. 인내심이 거의 바닥을 보일 무렵, 나는 고개를 번쩍 들고 마지막 힘을 짜내어 허겁지겁 달려갔다.

개울? 샘? 뭐라고 부르는지는 모르겠지만 상관없다. 검은 현무암 사이로 물이 졸졸 흘러나오고 있었다. 흙이 섞이지도 않은 맑은 물이었다. 흙탕물이어도 마셨을 테지만.

두 손으로 물을 퍼 올리고 정신없이 벌컥벌컥 마셨다. 하지만 다음 순간 모두 뱉어 내는 수밖에 없었다. 식수라고 믿어 의심치 않았건만 입 안에 퍼지는 강렬한 짠맛이 나를 배신했던 것이다. 결국, 바닷물이었다.

이만큼이나 들어왔는데도 여전히 바닷물이 솟고 있다면 아마 이 일대에서 솟는 대부분의 물이 바닷물일 것이다. 결국 쉽게 식수를 얻을 수 있는 방법은 없다는 건가.

허탈감에 푹 주저앉아 젖은 바위를 잠시 바라보던 내 머릿속으로 어떤 가능성이 떠올랐다. 어쩌면, 근처에 마을이 있을지도 모른다. 근거는 없지만 혹시나 하는 생각이었다. 마을만 있다면, 거기로 걸어가서 물을 얻을 수 있겠지. 운이 좋으면 나를 돌봐 줄지도 모르고.

나는 홀린 듯이 몸을 일으켜 물이 솟는 바위 위로 올라갔다. 높은 나무를 오르는 것보다는 못하겠지만 내가 높은 지대로 계속 걸어 들어온 덕분인지 바위 위로 오르는 것만으로도 이 일대를 내려다볼 수는 있는 수준이었다. 드문드문 버티고 선 근처의 나무에 시야가 가려지긴 하겠지만, 그래도.

그러나 내 희망은 이번에도 배신당했다. 마을은커녕 울타리 하나,

지붕 하나도 보이지 않는다. 겨우 이 정도 높이로 올라와 둘러봤을 뿐인데도 사방의 해안선이 모두 보이는 작은 섬. 그게 바로 내가 표류 끝에 도착한 곳이었다.

그러니까,

여기는 무인도였다.

무인도. 무인도다.

머릿속의 모든 뇌세포가 일제히 훌라 댄스나 추고 있는 것 같은 공황 속에서 나는 그야말로 망연자실했다. 혹시 나무 사이로 작은 집이나, 지붕, 혹은 그 비슷한 것이라도 보이지 않을까 필사적으로 사방을 훑어봤지만 역시 아무것도 없다. 애초에 뭔가를 숨길 수 있을 만큼 넓은 섬도 아니었다. 이렇게나 작으니 땅에서 솟은 물도 담수가 되지 못했던 것이다.

갑자기 모든 의욕이 사라져서 나는 그대로 스르륵 주저앉았다. 물을 발견할 수 있을지도 모른다든가, 마을을 찾을 수 있을 거라든가 하는 희망을 연료로 어떻게든 버티던 의지가 순식간에 파업을 선언했다. 해서 나는 몸속부터 까맣게 태우는 것 같은 갈증을 방치하고 그대로 멍하니.

그래, 바다가 있다면. 그것도 물고기가 헤엄치는 게 바로 보일 정도로 풍족한 바다가 있는데 어부 하나 보이지 않는 것이 이상하긴 했다. 밤도 아니고 이런 쾌청한 낮에 바다에 아무것도 없다니. 혹시나 깨어났을 때 배가 보였었나 하고 기억을 더듬어 봤지만 갈매기 한 마리 안 보이는 수평선만 떠오를 뿐이었다.

망했다.

이 세 글자가 선명하게 머릿속에 떠올랐다. 뭐가 망했는지 딱히 지목할 의욕도 생기지 않는다. 인생이라든가, 앞날이라든가, 미래라든가, 계획이라든가. 아무튼 여러 가지로 창창하던 것들이 와르르 무너져 버린 것이다. 진짜 완전히 망했다. 터무니없는 현실에 눈물도 나올지 않았다. 슬픔도, 분노도 없는 그저 텅 빈 아연함.

니모를 위해서, 이 세계를 위해서 인생을 약간 양보할 수 있을 것 같다고 생각했다. 몇 년 정도 요리사로서의 커리어를 포기하거나 뭐 그런 정도. 하지만 이 정도는 아니었어. 신발장에 뛰어들면서 어쩌면 이 결정을 후회할지도 모른다고 예상하긴 했지만 이 정도로 크게, 그리고 이처럼 빠르게 후회하게 될 줄은 몰랐다. 이래서 인생은 충동적으로 살면 안 되는 거야. 그 당연한 사실을 나는 다시 뼈저리게 깨달았다.

애초에 난 왜 뛰어든 거지? 정말로 뭔가에 홀렸다고밖에 볼 수 없는 결정이었다. 아무런 준비도 없이, 경찰서에서 돌아온 차림 그대로 신발장에 뛰어들다니. 난 그렇게 대책 없이 행동하는 사람이 아니었던 것 같은데. 적어도 뭔가 짐 가방이라도 꾸렸으면 좋지 않았을까? 하긴, 뭔가 챙겨 왔더라도 그 무지막지한 수류 속에서 금방 잃어버렸을 거다. 예상이나 했겠는가? 내 신발장이 바닷속으로 연결될 거라고.

하지만 그래도…….

'오셨군요. 용사님.' 같은 상투적인 마중 인사나 모두가 눈물을 흩뿌리며 오체투지 하고 경배하는 것까지는 안 바랐다. 하지만 세계를 구해 달라고 했으면 그에 합당한 절차나 대우 정도는 있을 거라고 생각했지. 갑자기 이렇게 무인도에 휙 내던지는 건 어떤 예상안에도 없던 일이다. 아니, 누가 예상했겠어. 누가 예상할 수 있었겠냐고!

어쨌든 덕분에 지금 내가 가지고 있는 소지품은 그야말로 단출했다. 지금 입고 있는 얇은 긴팔 셔츠, 청바지, 바닷물에 푹 젖은 신발. 휴대폰은 가방 속에 넣은 채로 현관에 두고 왔고, 착 달라붙는 바지라서 주머니 안에 든 것도 없다. 그야말로 소지품이라고 정리하기도 민망할 정도로 아무것도 없는 상태로 나는 이 무인도에 표착한 것이다.

맨몸, 혈혈단신, 거지꼴 등, 내 현 상황을 설명할 슬픈 단어는 많았지만 그 어떤 언어로도 내가 지금 느끼고 있는 막막함을 묘사하지는 못할 것이다.

내가 남들과는 조금 다른 유년기를 보내긴 했지만 그건 어디까지나 유년기다. 물론 이런 상황에서 생존하는 방법도 훈련받긴 했지만 벌써 까마득한 어릴 적 일. 간간이 악몽 속에서나 모습을 비치는 기억들이 얼마나 의지가 되겠어? 그래도 습관화되어서 나도 모르게 몸에 스며든 지식이 몇 가지 있을지도 모르지만 그래도 대단치 않다. 뭐, 말하자면 우리 애가 어렸을 때는 총질을 잘하는 어린이였어요! 같은 공허한 과거사일 뿐이다. 어릴 때는 어디까지나 어릴 때지.

나는 떨리는 팔다리를 수습하며 억지로 침착해지려고 노력했다. 포기하면 안 된다. 죽기 전에는 아무것도 끝난 것이 아니다. 천만다행으로 몸이 멀쩡해서 할 수 있는 게 아주 없는 것은 아니었다. 그저 이 상황을 극복하는 데 행운이 좀 많이 필요할 뿐이다.

자, 어차피 지금 나에게는 많은 선택지가 없다. 많아 봐야 두 개 정도.

첫 번째는 이 아무것도 없어 보이는 섬에서 구조대가 올 때까지 기다리는 것. 그것도 맨몸으로. 가장 큰 문제는 과연 이곳에 구조대가 있을까 하는 점이고, 설령 있다고 해도 내가 늙어 죽을 때쯤 찾아올 수도 있다는 거겠지. 아니면 죽은 후에야 도착하든가.

두 번째 방법은 자력으로 탈출하는 것. 일단 지금 상태로는 어림없는 소리고, 먼저 이 섬에서 의식주를 해결한 다음에나 생각할 수 있는 방법이다. 제대로 된 배를 만들 수 있을 리는 없고 만들어 봐야 겨우 뗏목일 텐데, 도구도 없이 그럴듯한 뗏목을 만들 만큼의 목재를 조달하려면 최소 몇 달에서 최대 몇 년은 필요할 거다. 하지만 구조대를 기다리는 것보다는 빠르겠지. 물론 여기서 가장 큰 문제는 탈출을 해도 어느 방향으로 하느냐는 문제인데…….

이건 그때 가서 생각하자.

무엇을 선택할까 고민할 필요는 없었다. 당연히 첫 번째를 하면서 두 번째 방법을 목표로 움직이는 거지. 뗏목을 만들다가 구조대가 오면 구조되어 나가는 거고, 아니면 뗏목을 어떻게든 만들어서 탈출하는 거고. 그나마 다행스러운 점은 그래도 어느 정도의 서바이벌 지식 같은 건 약간 남아 있고 체력이나 근력이 나쁘지 않다는 점인가. 주방에 오래 서 있거나 무거운 조리 도구를 다루어야 하는 걸 힘들게 생각한 적도 있지만 지금은 그저 몸을 쓰는 직업을 가졌다는 걸 다행스럽게 생각할 뿐이다.

일단 해야 할 일은 이 갈증을 해결하고 머무를 곳을 찾아내는 것이다. 그리 쉬운 일은 아니겠지만, 적어도 낯선 곳에서의 생존에 있어서 탐색은 필수적인 일이다. 인내심의 고갈로 울며 아우성치고 싶은 마음이 없는 건 아니었지만, 그런 건 무의미하게 체력을 소진시킬 뿐이다. 일단 주변에 집이 없다는 건 알겠고, 그렇다면 집터로 쓸 만한 곳이 있는지라도 찾아봐야겠다. 음, 문득 든 생각인데 이런 침착한 대응도 어릴 적 받았던 훈련의 부산물일지도.

다시 돌 위로 올라가 주변을 둘러보았다. 그사이 탈수가 진행되었는지 시야가 흐리다. 그럼에도 불구하고 사력을 다해서 찾은 덕분인지 나는 온통 녹색인 나뭇잎 사이에서 드문드문 붉거나 노란 빛깔의 무언가를 찾아낼 수 있었다. 가까이 가 보니 주먹 반 개 정도 크기의 자두 비슷한 과일이다. 그 거리에서 이 몸 상태로 이 작은 열매를 찾아냈다는 게 불가사의할 따름이지만 언제나 극한의 상황에서 인간의 몸은 한계를 극복하기 마련이다. 생존 본능 만세.

나무의 키가 그리 크지 않은 덕분에 나는 근처 가지에 매달려 허겁지겁 열매 몇 개를 땄다. 그리고 망설임 없이 입 안에 밀어 넣고 크게 씹었다. 신중하지 못한 행동이긴 하지만, 솔직히 지금 나는 독의 여부 같은 걸 생각할 수 없을 만큼 극한에 몰려 있었다.

갈증이 난다든가, 목이 마르다든가. 단조롭게 말하고 있긴 했지만 사실 온몸이 말라붙어 가는 그 느낌은 고통이라고 부르는 것도 안이하게 여겨질 정도로 괴로운 감각이었다. 솔직히 말하자면 눈앞의 이 열매를 입에 넣자마자 즉사한다는 걸 알고 있었어도 먹었을지도 모른다. 안 먹었을 거라고 확답할 수가 없다.

다행히 열매는 꽤 즙을 많이 머금고 있었다. 맛은 약간 시고 단 느낌. 살짝 끝맛이 떨떠름하긴 했지만 그렇게 거슬릴 정도는 아니다. 그저 지금으로서는 천상의 감로수처럼 달콤할 뿐.

나는 그대로 서너 개의 열매를 삼키듯 먹어 치웠다. 그리고 윗옷을 벗어 가방처럼 쓸 수 있도록 팔을 묶은 다음 남은 열매를 잔뜩 따서 담기 시작했다. 그렇게 눈이 돌아가서 열매를 따는 작업에 몰두하다가 문득 나는 깨달았다. 어차피 이 섬은 나 혼자. 내버려 둬도 나 외에는 먹을 사람도 없다.

잠시 높은 곳에 남아 있는 열매에 시선을 주다가 이미 열매를 잔뜩 담고 있는 윗옷을 묶어 들었다. 아랫단을 당겨 묶고 팔끼리 마주 이어 묶자 제법 그럴듯한 가방이 되었다. 속옷 차림인 위쪽이 허전하긴 하지만 어차피 볼 사람도 없고, 그리 춥지도 않다. 이 정도 열매면 오늘 식량은 해결할 수 있을 것 같으니 해가 더 지기 전에 잘 만한 곳을 찾아봐야겠다.

동굴이 있으면 좋겠지만 그런 희망은 일찌감치 접었다. 애초에 동굴이 있을 만큼 높게 솟은 바위도 보이지 않았기 때문이다. 내가 찾는 것은 올라가서 잘 수 있을 만큼 큰 나무였는데, 지금이 밀물인지 썰물인지는 모르겠지만 잠든 사이 이 야트막한 섬에 물이 차서 익사하는 것만큼은 피하고 싶었기 때문이다.

목이 마르다. 열매를 하나 더 먹었지만 갈증을 달래기에는 역부족이었다. 물을, 아무 맛도 안 나는 깨끗한 물을 한 잔 가득 따라서 벌컥벌컥 마시고 싶다. 그러면 목구멍에 달라붙는 이 갈증을 단숨에 떼어 낼 수 있을 텐데.

간간이 열매를 먹으며 섬을 뒤졌지만 올라가서 안심하고 잘 수 있을 만큼 두터운 나무를 찾을 수는 없었다. 더 안쪽으로 들어가면 있을지도 모르지만 어쨌든 슬슬 해가 지고 있었기 때문에 나는 급히 해안가 어귀로 돌아왔다. 내 손에는 숲을 돌아다니며 모은 마른 나뭇가지와 길게 뜯어낸 나무껍질, 불쏘시개로 쓸 만한 마른풀 따위가 들려 있었다.

불을 피울 생각이다. 라이터나 하다못해 부싯돌이라도 있으면 좋겠지만 지금으로서는 마찰에 기대하는 수밖에 없다. 불을 피우고, 돌아다니며 봤던 커다란 나뭇잎을 냄비처럼 써서 바닷물을 증류하면 맑은 물을 얻을 수 있겠지. 메마른 입을 적실 수 있다는 기대로 나는 없는 기운을 짜내 열심히 보우드릴을 움직였다.

땅의 흙을 파내고 아래쪽에 가져온 마른 나무들을 깐다. 그 위에 마찰할 나무를 젓가락 형태로 배치한 뒤 마른풀을 잘 부풀려 그 사이에 놓는다. 그리고 나무껍질과 가지를 휘어 만든 활에 곧은 나무를 물린 뒤, 마른풀 위에 끝을 대고 반대편 끝을 오목한 돌로 눌러 고정해 활을 움직여 마찰을 만들어 내는 것이다. 손으로 단순히 문지르는 방법도 있지만, 기껏 좋은 형태의 돌과 나무줄기를 찾아냈으니 도구를 이용하는 것도 나쁘지 않을 것이다.

불. 오직 불이 필요하다.

점점 저물어 가는 석양 속에서 나는 아무 생각 없이 열심히 팔을 움직였다. 금방 손바닥이 뜨겁게 달아오른다. 마른 나무 대신 손바닥에 불이 붙는 게 아닌가 싶을 정도다. 혹시나 피어오를 연기를 놓칠까 시선은 집요하게 마른풀을 향했다. 턱에서 땀이 뚝뚝 떨어지는 것이 느껴진다. 시간이 많이 필요했다. 그리고 해가 지기 직전, 드디어 마른 풀에서 가느다란 연기가 솟았다.

"됐다!"

그러고 보니 이게 오늘 여기서 내가 처음 한 말이군.

너무 기뻐서 나도 모르게 감탄을 터트린 후 나는 다급하게 불씨에 달라붙었다. 살살, 아주 살살 공기를 불어 넣는다. 연기가 죽을 듯 말 듯하다가 일순간 확 불이 붙었다.

나는 나동그라지듯 뒤로 물러나 앉았다. 점점 몸집을 키워 가는 불을 보다 보니 어느새 주변이 꽤 어두워져 있었다. 하지만 불을 피운 덕분인지 별로 걱정되지는 않았다. 불의 온기와 열기가 주는 성취감에 살짝 도취되어 약간 고양되기까지 했다. 얼굴 위로 차가운 무언가가 떨어지기 전까지는.

처음엔 내가 눈물이라도 흘린 줄 알았다. 하지만 툭, 투둑, 불길한 소리가 들리더니 금세 사방으로 물방울이 떨어지기 시작한다. 간신히 피운 불도 한두 방울 떨어진 물방울에 운명을 달리했다. 비구름 같은 건 안 보였는데.

기껏 피운 불씨가 허무하게 간 것이 믿겨지지 않았다. 그러나 곧 이게 아주 나쁜 일만은 아니라는 걸 깨달았다. 쏟아지는 폭우 속에서 나는 멍하니 하늘을 올려다본다. 온몸이 차갑게 젖어 가는 것도 신경 쓰이지 않는다. 하늘을 가득 메운 비현실적으로 큰 달이 너무나 환하다. 비가 바다를 때리는 소리를 들으며 문득 입을 벌렸다. 그렇게 소망했던 짜지 않은 식수가 입 안 가득 들어찼다.

일단, 잎사귀로 물을 받으면 당분간 식수는 해결되겠네.

폭우로 충분히 갈증을 해소한 나는 해변과 숲의 경계에 자리를 잡았다. 마침 근처에 토란 같은 커다란 잎사귀가 달린 나무가 있어 급한 김에 그 아래에 몸을 숨겼다. 날씨가 춥지는 않았지만, 그대로 비를 맞아서 좋을 건 없겠지. 이따금씩 잎사귀 옆으로 떨어진 빗물에 몸이 젖긴 했지만, 사실 이미 몸은 좀 축축한 상태. 이제 와서 좀 더 젖는다고 해서 크게 신경 쓰이지는 않았다.

어쨌든 물을 마시니까 갈증으로 흐리던 정신이 조금 맑아지는 기분이다. 지금 어떻게 움직이는 게 앞으로 가장 도움이 될지 선명히 떠오른다. 나는 일사불란하게 나뭇잎을 엮기 시작했다. 나뭇잎 중 팔뚝만큼 커다란 것들을 골라 겹치고, 휘고, 줄기끼리 묶는다. 서너 번 나뭇잎을 겹치자 빗물이 새지 않는 그릇이 만들어졌다. 나뭇잎이라 내구성은 약하지만 며칠 정도는 빗물을 보관할 수 있을 것이다.

완성한 나뭇잎 그릇은 빗물이 가장 많이 모여 떨어지고 있는 곳에 놓아두었다. 그리고 다시 손을 뻗어 두 번째 나뭇잎 그릇을 엮기 시작했다. 비를 맞으며 잠을 잘 수는 없을 테니 밤새 나뭇잎을 엮을 생각이었다. 비가 나뭇잎과 바다를 때리는 소음 속에서 나는 묵묵히 손을 움직였다.

온갖 생각들로 머릿속이 복잡해질 법도 한데, 오히려 아무 생각도 들지 않았다. 그냥, 예상 경로를 너무 이탈해 버려서 머리가 하얗게 비어 버린 기분이다. 이 상황 자체가 붕 뜬 것처럼 현실감이 없어서 앞으로 뭘 해야겠다든가 계획성 있는 생각 자체를 할 수가 없는 것이다. 아니, 생각을 한다고 해도 무슨 소용이 있지? 이런 빗속에서는 불도 못 피우는데.

아무튼 그럼에도 불구하고 나는 갈증과 허기를 피해 본능처럼 척척 움직이고 있다. 누가 보면 일주일에 한 번 정기적으로 무인도에 떨어지는 사람인 줄 알겠네.

비가 나뭇잎과 바다를 때리는 소리로 사방에 소음이 가득하다. 고요하기까지 한 단조로운 소리를 듣고 있으니 암담한 머릿속에도 사색이라는 게 차오르기 시작했다. 심지어 나뭇잎으로 그릇을 만드는 일도 어느 정도 손에 익어서 안 보고도 뚝딱 만들 정도라 딴생각에 빠져들 여력도 충분했다. 예전에 잠깐 일식을 공부하면서 대나무 잎을 엮어 장식을 만들었던 요령이 이런 식으로 사용될 줄은 몰랐네. 비록 그때 만든 건 꽃이었지만.

두 번째 그릇 완성. 이건 처음 만든 그릇 옆에 두자.

생각해 보면 내 삶은 정말 파란만장했다. 구렁텅이에 가까운 유년기로부터 운 좋게 기어 나와 간신히 안정적이고 행복한 삶을 손에 넣었으니까. 그래서 솔직히 약간 늘어져서 평화로운 삶을 영위하고 있었다. 아니, 그 정도로 파란만장했으면 이미 충분한 거 아냐? '할머니를 만나서 행복하게 살았습니다.' 로 끝나면 아주 깔끔하잖아? 물론 이 생각은 니모가 신발장을 열고 나온 순간 성대하게 금이 가고 있었지만.

딱히 니모를 탓하고 싶은 생각은 없다. 충동이긴 했지만, 바보 같고 멍청하고 후회막심한 충동 어린 결정이긴 했지만 결국 내가 한 결정이다. 굳이 니모가 아니었더라도 이런 비슷한 상황이 닥쳤다면 나는 아마 이런 식으로 삶을 내던졌겠지. 평화로운 삶도 좋지만, 비범한 경험도 좋아하니까. 어떤 의미에서는 비범한 삶 쪽이 오히려 내 본래 삶이었으니 연어처럼 그쪽으로 돌아가려는 본능이라도 갖고 있는 걸지도 모른다.

약간 추워졌다. 세 번째 나뭇잎 그릇을 완성해서 적당한 곳에 내려놓으며 나는 젖은 윗옷 대신 나뭇잎 여러 장을 겹쳐서 몸에 걸쳤다. 솜옷 같은 보온 효과는 없겠지만, 적어도 체온을 안에 가둘 수는 있겠지. 뭐가 됐든 젖은 옷을 입고 있는 것보다는 나을 거다. 옷도 한 벌밖에 없으니, 나뭇잎 옷에 익숙해지는 게 좋겠지. 완전, 석기 시대 생활상이네.

……무의미한 가정이겠지만, 만약 넘어오지 않았다면 지금쯤 뭘 하고 있었을까. 일단 이런 차가운 비가 아니라 따뜻한 물에 샤워를 하고, 기분을 좀 바꾸기 위해서 호화로운 음식을 요리했겠지. 그리고 적당히 풀어진 기분으로 TV를 보며 졸다가 잠이 들었을 거다. 어쩌면, 친구에게 전화해서 하소연하며 한바탕 떠들었을지도. 그리고 적당히 기분 전환을 끝내면 다음 일자리를 알아봤겠지.

울적함과 그리움이 차올랐다. 눈 아래가 살짝 뜨거워진다. 눈물이 나진 않았다. 수진이랑 친구들이 걱정할 텐데. 적어도 떠나기 전에 떠난다고 말이라도 남겼으면 좋았을걸. 저쪽에서 나는 어떻게 처리되었을까? 실종인가? 그래도 이쪽으로 찾으러 오지는 못하겠지. 나를 찾더라도 신발장을 수색하지는 않을 거다. 혹시 누군가 신발장에 들어가서 문을 닫으면 그 사람도 여기로 오게 되는 걸까? 하지만 누가 그런 짓을 하겠어?

 이런저런 생각을 하면서도 나는 나뭇잎 그릇을 만드는 데 몰두했다. 무언가에 몰두하면 시간이 빨리 가는 법이다. 어쩌면 이곳의 밤이 짧은 걸지도 모르겠지만. 시간을 객관적으로 잴 수단이 없으니 알 방법이 없군. 어쨌든, 일곱 개째의 나뭇잎 그릇을 만들 무렵 바다 끝에서 손톱만 한 붉은 해가 떠올랐다. 반대쪽 하늘의 끄트머리에는 그 거대한 달이 절반 정도 몸을 숨기고 있었다. 비도 딱 그쯤 그치기 시작했는데, 동이 터서 하늘이 밝아지자 완전히 맑게 개었다.
 나는 그대로 젖은 모래 위에 누웠다. 솔직히 몸 상태가 정상이 아니다. 차가운 나뭇잎 판초가 등에 달라붙는 게 영 불쾌하지만 그런 걸 일일이 신경 쓰기 힘들 정도로 몸이 고단하다. 눈을 감자 잠을 청할 틈도 없이 의식이 훅 가라앉았다. 잠으로 빨려 들면서 생각할 힘을 모두 짜내어 간절히 바랐다. 내일 일어나면, 이 모든 게 꿈이고 따듯한 이불 안에서 눈을 뜨면 좋겠다고.

 물론 그럴 리는 없었다. 막 잠에서 깬 연약한 눈에 거침없이 햇빛이 파고들었다. 잠들기 전까지만 해도 어슴푸레했는데 사방은 눈 뜨기가 힘들 정도로 환한 대낮이었다. 얼마나 잤는지는 모르겠지만 해는 이미 머리 위를 넘어가 있었다. 대충 여섯 시간쯤 잔 걸까? 잠들기 전보다는 나았지만 몸 상태는 크게 좋아지지 않았고, 온몸을 내리누르는 것 같은 피로감은 여전했다. 슬쩍 오한이 드는 걸 보니 영 좋지 않은 느낌이다. 감기라도 오면 골치 아픈데.
 어제 만들어 둔 물그릇의 빗물을 좀 마시고 주워 온 열매를 절반 정도 먹었다. 두어 개만 먹고 식량을 아끼는 게 현명하겠지만, 그걸로는 뭘 먹었다는 느낌도 안 들겠지. 게다가 과일이라서 금방 배가 고파질 것이다.
 당분간 식수는 해결됐고, 일단 나뭇잎을 모아다가 지붕을 만들 생각이다. 어제 일로 지붕 없이 불을 피우면 안 된다는 교훈을 얻었으니까. 벽이 있는 집은 시간이 좀 걸릴 테니, 일단은 임시 거처다. 적어도 제대로 된 벽과 지붕을 가진 거처를 만들기 전까지 머물 곳이 필요했다. 그 작업이 끝나고도 날이 아직 밝다면 열매를 좀 더 따 오는 게 좋겠다.

몸이 더 안 좋아지기 전에 나는 서둘러 주변에서 최대한 많은 나뭇가지를 모았다. 하지만 텐트의 뼈대로 쓰기에는 너무 짧은 나뭇가지들뿐이다. 가장 긴 게 내 팔 길이 정도고, 나머지는 정강이 정도 길이다. 하지만 줄기로 이어 엮으면 적당히 쓸 수 있을 것 같다. 차라리 두세 개를 겹쳐 엮으면 더 단단하겠지. 쓸 만한 생각이라고 판단되자 나는 지체 없이 움직였다. 할 일은 많고, 시간은 없다. 오늘도 노숙하는 건 사양이다. 게다가 비가 또 오지 않는다는 보장도 없었다.

그리 더운 날씨는 아니었지만 내 키만 한 텐트 뼈대를 열두 개 정도 엮어 만들고 나니 턱에서 땀이 뚝뚝 떨어진다. 먹은 게 없어 체력이 금방 바닥날까 걱정됐는데 다행히 아직은 괜찮았다. 그럭저럭 완성된 뼈대를 모래에 단단히 박아 고정하고 줄기로 묶었다. 커다란 나뭇잎을 가져다가 겹겹이 덮은 후 안으로 들어가니 꽤 아늑한 느낌이었다. 하지만 여기서 불을 피우면 잘 마른 나뭇가지들과 함께 통구이가 되기 딱 좋아 보인다. 불은 다른 곳에 피우는 게 좋겠네.

지금 상황에 실내에서 불을 피울 수 있는 환경을 만드는 건 너무 힘들 것 같다. 당장 불이 필요하지는 않으니까 미리 받아 둔 빗물을 마시면서 좀 더 괜찮은 주거지를 만들어야지. 그래도 움막을 만든 덕분에 오늘 당장 비가 오더라도 춥지 않게 잘 수 있을 것 같다. 모래를 모아 지대를 높였으니 젖은 땅에서 안 자도 된다는 게 좋네.

임시 거처를 완성했으니 나는 나뭇잎 판초를 걸치고 다시 숲으로 들어갔다. 열매가 거의 남지 않았으니 섬 수색 겸 먹을거리를 좀 찾아볼 생각이다. 물고기를 잡아 볼까 하는 생각도 했지만, 불도 없는 지금 잡아 봐야 펄떡이는 생선을 이로 뜯어 먹는 방법뿐인데, 아무래도 그건 좀 사양하고 싶다.

　다행히 그리 멀지 않은 곳에서 야생 포도 덩굴을 찾을 수 있었다. 대충 봐도 다 익은 열매가 열 송이는 주렁주렁 매달려 있다. 너무 기뻐서 발견한 그 자리에서 포도 두 송이를 먹어 치웠다. 포도가 이렇게 익을 때까지 아무도 손을 대지 않은 걸 보면 열매를 노릴 만한 동물이 이 섬에 살고 있지 않다는 뜻이다. 지금 내 상태로는 야생 개 몇 마리만 만나도 안전을 보장할 수 없는 상태니까 꽤 다행이었다.

　그러고 보니, 여기까지 오면서 벌 비슷한 것도 보지 못했는데 열매는 어떻게 맺힌 거지? 이 정도로 덥고 습하면 벌레가 들끓기 마련일 텐데. 바람 같은 것으로 수정이 이루어진 건가? 아니면 이 섬의 생태계에서 번식이 가능하도록 나름의 진화를 거쳤거나, 그도 아니면 번식할 수 있는 녀석들만 살아남은 것일지도 모르겠다.

　어쨌든 모기약 하나 없고 벌레를 막을 수단이 전무한 나로서는 다행스러운 일이었다. 약국 하나 없는데 독충에 물리기라도 하면 어쩔 뻔했어.

　포도를 몇 송이 따서 원래 있던 곳으로 돌아오자 어느새 노을이 지고 있었다. 흐림 하나 없이 화창한 하늘을 보니 오늘은 비가 안 올 모양이다. 만들어 둔 움막에 들어가 눕자 제법 아늑했다. 해가 완전히 지려면 아직 시간이 꽤 남았지만, 지금은 일주일이라도 잘 수 있을 것 같다. 바람에 나뭇잎이 흔들리는 소리를 들으며 나는 조용히 눈 감았다.

　그나저나, 날씨 엄청 화창하고 좋은데. 솔직히 별로 멸망해 가고 있는 세상 같지 않아요, 니모.

　이 세계가 니모의 말대로 멸망하고 있는지 아닌지는 잘 모르겠지만, 내 인생이 망했다는 건 잘 알겠다. 머릿속에 들러붙는 암담함은

나뭇잎 천장을 보고 일어나는 아침부터 그 밤까지 내내 나를 괴롭혔다. 최대한 긍정적으로 생각하려고 했지만 애초에 이런 종류의 절망감은 현실이 변하지 않는 한 쉽게 떨쳐 내기 힘든 것이다.

생각 같아서는 울면서 널브러져 자포자기하고 싶은 심정이지만, 그건 그냥 손 놓고 죽겠다는 결심이나 다름없다. 그리고 허기와 갈증을 죽을 때까지 견뎌 내는 건 생각보다 혹독하다. 굶어 죽는 것도 꽤 인내력이 필요한 것이다. 애초에 인내력이 있다면 자포자기하지도 않겠지만.

사람이 우주여행을 가는 세상인데 나는 섬에서 나뭇잎을 입고 나무 열매로 배를 채우면서 빗물로 목을 축이고 있다. 내가 여기에 있는 건 아무도 모르고, 내가 여기서 죽어도 아무도 모르겠지. 내 인생은 끝났어.

한없이 우울한 미래의 상상에 갇혀 허우적거리며 나는 나무 열매를 몇 개 더 땄다. 몇 개는 입에 넣었다. 맛은 그저 그렇다. 열심히 달아 보려고 노력했지만 시고 떫어져 버린 열매의 애석함이 느껴지는 맛이군.

먹어도 뭘 먹은 것 같지가 않다. 그래도 아예 없는 것보다 훨씬 나았다. 사실 숲의 규모를 생각하면 과실을 맺은 나무가 있는 것이 기적이다. 풍족한 편은 아니지만 먹을 것이 제법 있어서 그나마 다행이었다.

하긴, 먹을 것도 있고 몸도 멀쩡하니 못 살라는 법은 없지. 예전에는 다들 이렇게 살았잖아? 한 1만 년 전쯤에는 말이야. 게다가 나는 현대 지식도 있으니까 훨씬 형편이 나은 편이지.

긍정과 부정을 오가는 감정의 널뛰기 속에서도 손은 부지런히 움직였다. 그래, 이렇게 재주가 좋으니 굶어 죽을 일은 없을 거다. 하지만 결국 이 섬에서 빠져나가지 못하고 죽는다면, 혼자 죽겠지. 그러면 사장의 야반도주로 인해 여기 오기 전에 만났던 그 경찰이 내가 죽기 전에 본 마지막 사람이 되는 건가?

별로 외로움을 많이 타는 성격은 아니라고 생각했는데, 이제 두 번

다시 사람을 만날 수 없을지도 모른다고 생각하니 공포에 가까운 고독감이 해일처럼 밀려온다. 하지만 그걸 피할 방법이 없으니 그저 얻어맞고 휩쓸릴 뿐이다.

이 상황의 무서운 점은 바로 이런 거다. 안 좋은 생각이 들어도, 안 좋은 일이 있어도 오로지 혼자 감당해야 한다. 누군가 만나서 기분 전환을 하거나 힘을 합쳐 해결하거나 하는 선택지가 아예 없는 것이다. 그저 견디면서 지금 할 수 있는 최선의 일을 하는 수밖에.

좋은 일이 일어날 가능성보다 안 좋은 일이 일어날 가능성이 압도적으로 높은 이런 상황에서, 미래를 대비해 움직이는 건 늘 도움이 된다. 하지만 자칫 생각이 너무 멀리 가게 되는 걸 경계해야 한다. 안 그러면 부정적인 생각의 감옥에 갇혀 버릴지도 모르니까.

오늘은 이 섬을 전체적으로 둘러보며 열매를 좀 따고 섬의 지리를 익힐 생각이다. 덤으로 물고기를 잡기 쉬운 위치도 파악할 생각이었다. 열매가 꽤 있긴 하지만 이것만 먹어서는 금세 영양실조에 걸릴 테고, 열매가 맺히는 속도보다 내가 먹어 치우는 속도가 더 빠르다면 결국 굶어 죽겠지. 그런 비참한 미래는 최선을 다해서 피하고 싶다.

한나절 섬을 둘러본 결과 해안가는 대부분 모래로 이루어져 있지만 안쪽은 흙이었다. 그중에서 진흙뻘을 발견한 건 큰 수확이었다. 처음에는 발이 푹 들어가는 점토질 땅에 짜증이 났을 뿐이지만, 별생각 없이 만지작거리며 뭉치는 동안 머릿속으로 섬광 같은 생각이 스쳤다.

흙집을 만들 수 있겠군, 불을 피워서 잘 굽는다면 제법 그럴듯한 재료가 될 것 같다. 적어도 잎사귀로 만든 움막보다는 더 좋은 거주지를 만들 수 있을 거다. 움막이 있어서 다행이긴 하지만 금세 비가 새고 바람이 스며서 오래 지낼 곳은 못 된다. 밤에는 으슬으슬 추웠는데, 감기라도 걸리면 병원은커녕 약국 하나 없는 이 상황에서 병사하기 딱 좋은 조건이었다.

흙집을 지어야겠다고 마음먹자마자 나는 내가 지었던 움막을 뽑아다가 반대편 해안으로 옮겨 왔다. 점토를 찾아낸 날 해가 저물 무렵, 섬 반대편에서 기묘한 것을 발견했기 때문이다.

저 먼 수평선에 마치 색이 없는 무지개처럼 어슴푸레하게 떠 있는 무언가가 있었다. 마치 유리로 만든 거대한 반구형 돔 같은 게 떠 있는 것 같다. 뭔지는 모르겠지만, 아무것도 없는 해안가보다는 관찰할 가치가 있어 보였기 때문에 나는 망설임 없이 이사를 결정했다.

섬을 탐색하는 며칠 동안 틈틈이 주의 깊게 수평선을 살폈지만 배는커녕 섬 그림자 하나 찾을 수 없었다. 배를 만든다고 해도 어느 방향으로 항해를 해야 할지조차 모르는 것이다. 실제로 저 반구가 사람들이 만든 것인지 아닌지는 모르겠지만, 실낱같은 희망이라도 가지고 싶었다. 어쩌면 그냥 자연 현상일지도 모른다. 색깔 없는 무지개 같은 것일지도. 하지만 아무것도 보이지 않는 수평선을 향해 항해하는 것보다는 나았다.

반구가 보이는 해안가에 자리를 잡은 나는 부지런히 점토를 날라와 벽돌 모양으로 다듬기 시작했다. 먹을 것도 찾지 않고 오직 집을 짓는 데만 집중했다. 물고기를 잡아야 한다는 생각이 들기도 했지만, 따듯한 잠자리가 더 절실했다. 먹는 것이야 아직 열매가 남았으니 미뤄도 된다. 게다가 괜히 독 있는 물고기를 먹고 잘못되었을 때 제대로 쉴 곳도 없는 상황은 피하고 싶었다.

흙벽돌을 쌓고 진흙을 펴 발라 흙집을 지어 보았다. 하지만 그냥 말린 흙은 쉽게 부서졌다. 뜨거운 불에 구워서 흙이 녹고 다시 엉겨 붙게 만들지 않으면 단단해지지 않는다. 결국 한나절을 꼬박 투자해 나는 손바닥이 부르트도록 불을 피워야 했다.

불을 피우자마자 비가 내렸던 첫날의 참담한 기억이 아직 트라우마로 남아 있어서 솔직히 매우 조심스러웠지만, 화창한 날을 골라 작업한 덕분인지 그날의 폭우 이후로 집을 완성할 때까지 비가 오지 않았다. 덕분에 식수는 보충할 수 없었지만.

흙집을 완성하는 데는 딱 나흘이 걸렸다. 생각보다 굉장히 빨리 완성되어서 스스로도 깜짝 놀랐다. 딱히 시간을 쓸 곳이 없어서 집 짓기에만 몰두한 덕분이었다. 도구 하나 없이 오직 손으로만 작업한 덕분에 완성할 즈음에는 손이 완전히 거칠어져 버렸지만 그런 건 하나도 신경 쓰이지 않았다.

완성된 건축물은 집이라기보다 천장과 벽이 있는 토굴이라고 부르는 게 어울리는 모양새였지만, 그래도 웅크리지 않고 발을 뻗어도 충분한 데다 두 번 정도 구를 수 있고 똑바로 일어설 수 있을 정도로 높아서 나는 매우 만족했다.

지붕은 잎사귀를 모아 초가집처럼 만들었는데, 이 집의 가장 큰 장점은 바로 구들장이 있다는 것이다. 애초에 안정적으로 불을 피우기 위해 집을 만들려고 한 것이니 불을 관리하기 위한 아궁이부터 만들기 시작했는데, 만들다 보니 아래를 좀 더 파서 그 아래로 연기를 지나가게 하면 온돌처럼 쓸 수 있겠다는 생각이 들었다.

아궁이의 높이를 높여 침수가 되지 않도록 하고 흙을 바른 나뭇가지를 엮어 바닥을 점토와 돌로 보강하자 제법 그럴듯한 모양새가 나왔다. 사실 이 아궁이만 아니었어도 흙벽만 세우면 그만이니 사흘이면 충분했지.

결론적으로 이 아이디어는 대성공이었다. 뜨거운 구들장 위에 만족스럽게 늘어지며 나는 달콤한 보상을 누렸다. 섬에 들어온 지 이제 겨우 8일째지만 첫날의 비루함을 떠올릴 수 없을 정도로 획기적으로 환경이 개선된 것이다. 생활이 월등히 개선되어 가는 건 참 근사하구나.

집이 생기면서 바뀐 것은 따뜻한 잠자리뿐만이 아니었다. 비가 오지 않으면 그대로 말라 죽을 수밖에 없었던 그전과 달리 항상 뜨거운 아궁이 위에 바닷물을 담은 나뭇잎 그릇을 올려 두고 그 위에 넓은 잎사귀 하나를 기울어지게 매달아 두면 증발된 물이 송골송골 고여 잎사귀를 따라 나뭇잎 물 접시로 떨어졌다. 늘 불을 피워 증류수를 만들 수 있게 된 것이다. 많은 양은 아니었지만 목을 축이기에는 충분하고도 남았다. 물이 모두 증발된 뒤 바닷물을 담은 그릇에 남게 된 소금은 덤이었다.

역시 불이야. 인간은 불을 얻기 전과 얻은 후의 삶으로 나뉜다더니. 내 생활이 간신히 문명 시대로 접어들었다는 기분에 처음 증류수를 얻은 날에는 감동까지 느낄 지경이었다. 빗물을 잔뜩 모으면 언젠가 뜨거운 물에 목욕까지 할 수 있을지도 모른다.

대충 주거지가 해결됐으니 이제 먹을 것을 해결해야 한다. 집을 짓는 동안 나무 열매 몇 개만 주워 먹고 움직였더니 바지 허리춤에 주먹이 들어갈 수 있을 정도로 살이 빠져 버렸다. 작업하다가 종종 현기증이 느껴지기도 했는데, 체력도 꽤 떨어졌을지도. 뭐든 좋으니 영양가가 있는 것을 먹어야 했다. 동물은 살지 않으니 결국 생선이다.

처음에는 낚시를 해야겠다고 생각했지만 낚싯줄을 구할 수도 없을 뿐더러 한 벌뿐인 옷에서 실을 뽑다가 낚시를 하는 것도 꺼려졌다. 옷은 내가 가지고 있는 물건 중 제일 희소하고 값진 물건이다. 최악의 상황이 오지 않는 이상 손상시키는 것은 피하고 싶었다.

결국 결론은 통발 낚시였는데, 나무줄기를 길게 뽑아서 그물 대신 엮어 만들었다. 그동안 나뭇잎 물 접시를 만들고, 나뭇잎 냄비를 만들고, 나무줄기를 엮어 지붕을 짓는 동안 내 손재주는 비약적으로 상승한 상태여서 별로 어렵지는 않았다. 물고기가 빠져나가지 못하도록 나뭇잎을 세로로 찢어 묶어 좁은 입구를 살짝 가리는 것도 잊지 않았다.

그리고 대망의 통발 개시일. 노을 지는 저녁에 미리 봐 뒀던 바위 아래에 통발을 던지며 사실 반신반의했다. 벌레라도 미끼 삼아 한 마리 넣고 싶었는데, 이 섬에는 벌레가 전혀 없었던 것이다. 밤에 모기에 시달리지 않아도 되는 건 다행이었지만 과연 미끼도 없는 통발에 고기가 들어와 줄지 의문이었다.

하지만 그런 걱정은 완전히 필요 없었다. 수면 위에서도 훤히 보이는 물고기들은 경계심이라곤 없었다. 통발을 물에 집어넣자마자 몰려들더니 주둥이로 툭툭 치다가 몇 마리가 앞다투어 그 속으로 들어갔던 것이다. 기다릴 필요도 없이 통발을 물에 넣었다가 슥 건져 내면 물고기가 있었다. 무슨 바다에서 물고기를 바가지로 떠내는 기분이군.

게다가 통발에 호기심을 느끼고 바로 지척까지 다가온 물고기에 별생각 없이 손을 뻗자 놀랍게도 그대로 잡혔다. 그냥 손을 뻗어 물고기를 움켜쥐면 순순히 나에게 잡혀 줬던 것이다. 물 밖으로 빼내면 퍼덕거리긴 했지만 그뿐이다. 얼마나 멍청한지 자기 동료가 잡혀갔는데도 손을 담그면 또 잡혀 온다. 굳이 통발까지 만들 필요가 없었을지도.

생긴 건 멸치를 닮았지만 생선들은 하나같이 큼직큼직했다. 머리를 제외한 몸통의 길이만 해도 한 뼘은 된다. 네 마리 정도면 포식을 하고도 남을 것 같았지만 나는 욕심껏 통발에 잡힌 여섯 마리와 손으로 잡은 두 마리를 전부 들고 집으로 돌아왔다.

해안가 어귀에 자리 잡은 아담한 흙집.

그게 이 섬에서의 내 보금자리다. 작고 어설프지만 아궁이도 제대로 딸려 있고, 짧게나마 연기가 빠져나가는 굴뚝도 있다. 나는 잡아 온 생선을 대충 손질해서 나무 꼬챙이에 끼운 뒤 아궁이에서 꺼낸 불씨로 모닥불을 피워 주변에 꽂아 두었다. 손질이라고 해도 칼이 없으니 돌로 비늘을 긁어내고 뾰족한 쪽으로 배를 찢어 내장을 꺼내는 정도가 전부다.

천천히 해가 지고 하늘이 어두워졌다. 모닥불을 배경으로 익어 가는 생선이 맛있는 냄새를 풍기기 시작했다. 껍질이 먹음직스러운 갈색으로 변하고 고소한 기름이 꼬챙이를 타고 흐른다. 너무나 매혹적인 광경에 잊고 있던 굶주림이 사납게 몰아쳤다. 어느새 피곤함도 잊은 채로 나는 믿기지 않을 정도로 생선을 굽는 일에 집중하고 있었다. 이 귀중한 식량이 타거나, 꼬챙이가 넘어져 모래에 처박히는 비극은 절대 일어나서는 안 되는 일이다.

얼마 지나지 않아 마침내 그중 가장 잘 익은 생선을 꺼내 들어 맛볼 수 있었다. 바닷물이 껍질에 스며들어 첫맛은 조금 짭짤했다. 소금기 있는 고소한 생선 기름이 침과 뒤섞여 생선 살을 녹이는 것 같았다. 이 사이로 부서지는 육질은 씹을 것도 없이 부드럽게 목구멍으로 넘어가 버렸다. 뒤늦게 여운처럼 따라붙는 요리의 온도가 위장을 녹이는 것 같았다.

이곳에 와서 처음으로 조리된 음식을 먹었다. 늘 먹던 음식과는 비교도 되지 않을 만큼 거친 음식이었지만 눈시울이 뜨거워질 만큼 맛있었다. 혼자 먹는 것이 아까울 정도로 맛있다. 생선이 신선하기 때문인지, 아니면 내가 너무나 굶주려 있었기 때문인지는 모르겠지만 정말로, 정말로 너무나 맛있었다.

그리고 외로웠다.

코를 훌쩍이며 생선을 먹어 치우던 나는 문득 어떤 사실을 깨달았다. 내가 이곳에 와서 한 말을 모두 합해도 다섯 손가락으로 꼽을 정도라는 것을. 나, 말하는 법 잊어버리진 않겠지?

생선을 크게 한 입 베어 먹으며 곰곰이 생각해 보니 정말로 이 섬에 와서 제대로 된 말을 한 적이 없다. 대화 상대가 없으니 그럴 수밖에 없었지만, 기껏 입 밖으로 꺼냈던 말들도 언어라기보다 감탄사 같은 것들이다. 며칠 동안 정말로 거의 아무런 말도 하지 않은 것이다. 본래도 말이 그렇게 많은 성격은 아니지만, 그렇다고 이 상황이 괜찮다는 뜻은 아니지.

이 섬에 들어와서 부쩍 실감하고 있는 말인데, 인간은 사회적인 동물이다. 현대인은 고독과 친숙하다는 이미지가 있고, 나 또한 저쪽 세계에 있을 때 혼자 있는 시간을 즐기는 타입이라고 생각했지만 이렇게 홀로 떨어지고 보니 그건 정말 바보 같은 착각이었다. 혼자 있다고 생각하던 그 순간조차 얼마나 많은 사람들과 연결되어 있었는지 놀라울 정도다.

일단 늘 누군가에게 전화할 수 있고, 그 누군가가 바쁘다면 인터넷을 통해 불특정 다수의 사람들과 어울릴 수 있다. 그 방법이 식상하다면 언제라도 문을 열고 나가 사람을 만나거나 이웃집 초인종을 누를 수도 있다. 정말로 언제든지, 누구라도 만날 수 있는 상태였던 것이다.

나는 학교를 다닌 적이 없다. 초등학교에 다닐 무렵에는 할머니를 통해 세상의 상식이라는 걸 익히기 바빴고(예를 들어, 폭력이 나쁘다거나 사람을 친절하게 대해야 한다거나), 나이를 조금 더 먹고 난 후에는 학교라는 낯선 환경이 거북해서 거부했다. 할머니는 그걸 굉장히 아쉽게 생각했지만 난 가지 않아서 다행이라고 생각한다. 만약 갔다면 인내와 상냥함보다 폭력으로 의지를 관철하려고 했겠지. 당시의 나는 흔히 말하는 '인간이 덜 된' 상태였으니까.

덕분에 다른 사람에 비해 인간관계를 넓힐 기회가 크게 적은 편이었는데, 그런 환경에도 불구하고 나는 단 한 번도 외로움을 느낀 적이 없다. 다시 한 번 말하지만, 나는 그게 단순히 내가 고독함을 즐기는 타입의 인간이어서 그런 거라 착각하고 있었다. 하지만 그건 정말로 착각이었다. 내가 고독을 느끼지 않았던 이유는 언제나 누군가와 교류할 수 있었기 때문이다.

사실 섬에 처음 왔을 때까지만 해도 나는 이 문제에 대해 꽤 안이한 상태였다. 무인도 생활이긴 하지만 사람이 그립거나 고독감이 나를 힘들게 할 일은 없을 거라고 생각했다. 그래서 주거 환경과 식량에 대한 고민은 했지만 나머지에 대해서는 별생각이 없었던 것이다.

하지만 만약 생각을 했더라도 달리 방법이 있었을까 의문이긴 하다. 집이나 식량은 노력으로 어떻게든 만들어 낼 수 있지만, 내게 사람을 만들 능력은 없으니까. 지금으로서는 시간이 지나면 익숙해질 거라는 게 유일한 희망이었다.

시간이라.

이 섬에 들어온 지 이제 겨우 열흘이 지났다. 하긴, 겨우 열흘이다.

이런 고민을 하기에는 지나치게 이른 것일지도 모른다. 집의 흙벽 한쪽에 가지런히 그어진 열 개의 빗금을 바라보며 나는 마지막 생선을 집었다. 다 못 먹을지도 모른다고 생각했는데 생각 외로 쑥쑥 들어가는군. 하지만 배부르다.

집을 지은 뒤 제일 먼저 한 것은 한쪽 벽에 여덟 개의 빗금을 그은 것이었다. 주거지가 생기고 나니 미래가 좀 보이기 시작했고, 계획을 가지고 살아야겠다는 생각이 들었다. 그 일환으로 이 섬에 들어온 지 며칠이 됐는지 빗금을 그어 기록하기로 한 것이다. 처음에는 여덟 개의 빗금으로 시작한 그 기록이 지금은 열 개가 되어 있다. 특별한 일이 있었던 날에는 작은 메모를 덧붙였는데, 여덟 번째의 빗금 아래에는 '집 완성'이라는 글자가 작게 적혀 있었다. 오늘은 통발 성공이라고 적어 둘까. 손으로 그냥 건져 오기도 했으니 통발 성공은 아닌가.

그나저나 이렇게 그럴듯한 집을 보고 있으니 내가 이곳에 온 지 열흘밖에 안 되었다는 게 믿기지 않는다. 놀랍도록 짧은 기간 동안 난방이 완비된 집을 만들어 내고 굶주림과 갈증에서 해방된 것이다. 사실 이 엄청난 생산력은 내가 특별히 성실한 성격이어서가 아니라, 그것 외에는 딱히 할 일이 없어서였다. 누구와도 대화할 수 없게 되면 일에 몰두하게 된다는 사실을 새삼 깨닫는군.

대화 없는 높은 집중은 업무 능률을 올린다. 그래서 늘 영화 같은 곳에서 '조용히! 입 다물고 일해!'라고 말하는 사람이 등장하는 걸지도. 대화는 사람을 행복하고 즐겁게 만들어 주지만 일을 진척되게 해 주지는 않는다. 그래서 집과 밥을 모두 가지고 있음에도 불구하고 나는 불행했다. 같이 떠들 사람이 없어서.

혹 가라앉는 기분에 나는 다급히 다른 생각을 하려고 노력했다. 안 좋은 생각은 썰물 같아서 한 번 휩쓸리면 한동안 정신 차리기가 쉽지 않다. 정신을 차린다고 해도 이미 불안과 걱정이 정신 상태를 온통 휘젓고 기력을 빨아가 버린 다음이라 다시 원래대로 돌아오려면 엄청난 노력이 필요하다. 게다가 자칫 돌이킬 수 없는 어리석은 짓에 손을 댈지도 모르니까.

어, 음. 생각해 보면 이 섬에 표착한 건 꽤 운이 좋았다. 그대로 물에 휩쓸려 죽었을 수도 있는데 살았고, 암초에 부딪혀 어딘가 부러질 수도 있었는데 멀쩡하고, 열매는커녕 나무 한 그루 없는 모래 언덕에 도착할 수도 있었는데 먹을 것과 나무가 있는 섬에 도착했다는 것만으로도 엄청난 행운이었다.

특히 탈출용 선박을 만들 만한 나무가 있다는 건 정말 큰 장점이다. 도구도 있으면 좋았겠지만 그래도 재료라도 있는 게 어딘가.

그리고 가장 큰 행운으로, 이 섬 근처의 물고기들이 놀랍도록 멍청하다는 사실을 꼽을 수 있다. 신이 있다면 앞으로도 이 물고기들이 자기한테 무슨 일이 벌어지는지 모르도록 해 줬으면 좋겠다. 언제든지 손을 뻗어도 잡을 수 있는 물고기라니. 얼마나 안심인지 모른다. 사실 통발을 만들면서도 물고기가 안 잡히면 어쩌나 엄청나게 걱정했으니까.

풍광이 아름답고 집도 있고 손만 뻗으면 잡히는 물고기가 한가득인 섬이지만, 그렇다고 해서 이것에 안주할 생각은 전혀 없다. 이곳에서의 미래는 불확실한 것투성이다. 지금이야 물고기가 많다곤 해도 언제 전부 사라질지 알 수 없고, 내가 언제까지 이 고독함을 견딜 수 있을지도 모르겠다. 그리고 이 작은 섬의 나무들로 내 평생분의 땔감이 충분할 거라는 확신이 없다.

그리고 결정적으로, 이게 내 인생의 끝일 리가 없다. 이렇게 살다가 생을 마감하는 게 내 삶의 끝일 리가 없다고. 그러기엔 최근 흥미진진한 일들이 너무 많았으니까. 기껏 이렇게 죽으려고 여기에 온 건 아닐 거야.

생선을 전부 먹고 하늘을 올려다보니 터무니없을 정도로 많은 별이 보였다. 간간이 모닥불의 불꽃이 빛을 하나씩 더한다. 짙은 남색 하늘에 커다란 달. 그리고 종종 황금빛 구름 서너 덩이가 보였다. 별도 아니고 달도 아닌 구름이 번쩍번쩍 빛나는 건 좀 이상하게 보이지만, 그래도 며칠 동안 익숙해졌는지 크게 놀랍지는 않다. 하지만 저걸 뭐라고 부르는지 좀 궁금하긴 하군. 일단 나는 황금운이라고 부르고 있다.

어두운 하늘을 떠다니는 황금색 빛무리들. 스스로 빛을 내는 건지 어떤 건지는 모르겠지만 저 황금빛 구름과 커다란 달 덕분에 이곳의 밤은 내가 살던 곳의 밤보다 조금 더 밝은 느낌이다. 사위에 내려앉은 어둠 속에서 모닥불과 달빛만이 타오른다. 이런 상황에 한 소절 뽑을 노래라도 알고 있으면 좋겠지만, 음악에는 큰 관심이 없었던 덕분에 아쉽게 됐다.

내일부터는 다시 움직여야 한다. 생선을 잡아 말리고 돌을 갈아서 칼도 만들어야지. 충분한 식량이 만들어지면 배를 만드는 작업에 착수해야겠다. 해야 할 일이 산더미였다. 되도록 빨리 탈출선을 만들었으면 좋겠다. 되도록 빨리 나를 구조해 줄 사람이 왔으면 좋겠다.

부디 집이 빗살무늬 토기처럼 변하기 전에 이 섬을 떠날 수 있었으면.

추위에 눈을 뜨니 구들장이 식어 있었다. 창문을 막아 둔 나뭇잎을 걷고 밖을 내다보니 사람도 때려 죽일 것 같은 폭우가 쏟아지고 있다. 빗물이 집 주변으로 작은 개울을 이루고 있었는데, 도톰하게 쌓은 빗물막이용 흙을 서슴없이 넘어 아궁이로 흘러 들어오는 게 보였다. 보아하니 아궁이의 불씨는 모두 꺼진 모양이다.

하지만 이럴 때를 대비해서 집 한쪽에 흙으로 만든 화로를 둔 덕분에 마냥 추위에 떨 필요는 없었다. 화로를 가까이 끌어와 온기에 몸을 녹이고 말려 둔 생선을 구워 먹으며 나는 비가 그치기를 기다렸다. 아궁이가 젖은 것은 처음 있는 일이지만, 워낙 예상치 못한 일이 많이 일어나니 이 정도 돌발 상황에 대한 대비책 마련은 이미 습관화된 상태였다.

어제 오후 노을을 머금은 구름이 영 무거워 보인다 싶더니 결국 비가 내리는군. 이곳의 하늘은 늘 구름이 많다. 풍부한 바다의 수증기가 새하얗고 밀도 높은 구름을 빚어내는 것이다. 강우량도 풍부해서 심할 때는 아침에 한 번 폭우가 쏟아지고, 해 질 녘에 또 쏟아지는 경우도 있다. 그다음 날에는 잔뜩 받은 빗물로 목욕을 하곤 하지.

마른 생선을 먹어 치우고 남은 뼈와 부스러기를 화로 안에 던져 넣었다. 한순간 솟아오른 불티에 방 안이 조금 환해졌다. 너울거리는 불 그림자 너머로 빽빽하게 그어진 이곳에서 보낸 나날의 기록들이 드러났다. 벽의 오른쪽 위부터 시작된 빗금은 이제 왼쪽 아래까지 채워져 있었다. 대충 이 섬에서 산 지 200일이 약간 안 된 셈이다. 오늘 치 선을 하나 더 추가.

사람도 놀잇감도 없으니 시간이 더디게 갈 거라고 생각했는데 완전히 오산이었다. 항해를 준비한다는 건 상상을 초월하는 노동력이 필요했던 것이다. 일단 비축 식량을 위해 생선을 잡고 손질을 해야 하니 조개껍질을 갈아 칼날을 만들고, 잡은 생선을 말리고, 말린 식량을 저장하기 위해 땅을 파서 저장 공간을 마련하고, 그냥 흙에 파묻을 수는 없으니까 항아리를 굽고.

항아리가 마련되자 증류수를 만들고 남은 대량의 소금을 재료로 생선 젓갈을 담그고 각종 열매들을 절여 저장 식량을 만들었다. 야채를 절임으로 만들면 보관 기간이 년 단위로 늘어나니까 꽤 좋은 생각이었다. 그리고 숙성된 젓갈은 각종 소스의 만능 재료가 되어 맹활약하는 중이다.

정말로 고독하고 충실한 나날이었다. 거의 매일 생선을 열 마리는 잡아 손질했고, 나무줄기에 꿰어 그늘에서 말렸다. 조개껍질을 갈아 만든 칼은 회를 뜰 정도로 날카롭진 않았지만 그럭저럭 생선의 배를 가르기엔 유용하다. 하지만 내구성이 안 좋아서 열 마리 정도 다듬고 나면 새 조개 칼을 만들어야 했다.
　되도록 빨리 떠나고 싶었기 때문에 숨 쉴 틈 없이 바다로 뛰어들고 흙을 매만졌다. 손에는 굳은살이 박였고 입고 있던 옷은 거의 넝마가 되어 버렸다. 이곳의 바닷물 때문인지 등허리까지 자란 머리카락은 거의 크림색으로 물이 빠졌고 반대로 뜨거운 햇볕에 무자비하게 노출된 피부는 잘 구운 쿠키처럼 검어지고 단단해졌다.
　크림색 머리카락이라니.
　처음 눈치챘을 때는 얼마나 어이가 없었는지 모른다. 바닷물에 머리카락이 상한 건가 했지만 푸석푸석함은 없었다. 그저 머리카락에서 검은색 성분만 빠져 버린 것이다. 먹었던 생선이나 나무 열매에서 원인을 찾을 수 있을지도 모르지만, 일단 지금은 바닷물 때문에 물이 빠진 것이라고 결론 내리고 있다.
　하긴, 거의 반년 동안 샴푸 칠도 못 한 머리인데 탈모로 대머리가 되지 않은 게 어디인가. 머리색이 달라진 것 정도는 너무나 하찮은 일이라 별로 문제 삼을 것도 못 된다. 그냥 혼자서 조금 놀랐을 뿐. 혼자서 말이다.
　누군가와 함께 있었다면 이 놀라운 변화에 웃고 떠들었을지도 모르지만, 혼자만의 놀라움은 죽음보다 조용히 지나갔다. 눈을 크게 뜨지도 않았고, 탄성도 없었고, 그저 아무런 표정 변화도 없이 짧은 감정만 찰나 동안 스쳤을 뿐이다.
　웃지 않게 된 후부터 느끼고 있는 거지만, 표정은 인간이 사회를 이루고 살기 때문에 갖게 된 것 같다. 서로에게 웃어서 호감을 표시하고, 스스로의 무해함을 증명하고, 타인의 반응을 보고 느끼면서 동료이자 친구, 혹은 적을 구분하는 것이다.
　그러니까 '사회'도 없고 '구성원'도 없는 나로서는 할 필요가 없다. 처음에는 지금까지 해 왔던 대로 습관적으로 웃거나 소리 지르거나 했지만 그런 표현 방식에 돌아오는 반응이 없어지자 자연스럽게 그만둬 버린 것이다. 점점 인간이 아닌 기계 같은 게 되어 가는 기분이다.

사람이 보고 싶다. 만나고 싶다. 누구든 좋다. 이곳으로 건너오기 전 경찰에 신고했던 사기꾼 사장도 지금이라면 너그럽게 용서할 수 있을 것 같다. 사람이 살다 보면 사기도 치고 당하기도 하고 그럴 수 있지. 그깟 돈 몇 푼이 대수인가. 지금이라면 보증도 서 줄 수 있을 것 같았다.

정말로 간절하게, 간절하게 사람을 만나고 싶었다. 이곳에 사람이 올 수 없다면 내가 여기를 나가는 수밖에 없다. 나는 숨이 끊어질 것처럼 절박하게 일했다. 머리카락이 다 크림색으로 셀 정도로 열심히 바다에 들어가 고기를 잡았다. 그러나 반년이 지나도록 배는 아직 반도 완성하지 못했다. 역시 혼자 하는 일에는 한계가 있었던 것이다. 하지만 그나마 위안이라면 항해 동안 먹을 비축 식량의 준비가 거의 끝났다는 점이다.

하루 이틀 먹을 식량이 아니다. 내 상반신 크기의 항아리 열 개에 말린 생선을 가득 채워 두었고, 머리통만 한 항아리에 담아 둔 젓갈도 있다. 말린 나무딸기와 식용 가능한 버섯 한 항아리에 절인 열매도 두 항아리 정도 마련해 두었다. 아껴 먹는다면 두 달은 먹을 수 있고, 넉넉히 먹는다면 한 달 정도 배를 채울 수 있는 양이다.

기본적으로 선상 낚시를 통해 식량을 조달할 생각이지만 모든 식량을 낚시에 의지하는 것은 어리석고 지나치게 안이한 계획이다. 내가 준비한 식량은 어디까지나 비상사태를 대비한 것이었다. 말린 생선이라고 해도 보관 기간에 한계가 있을 테니 어느 정도는 배에서 잡은 생선을 말려 보충하고, 오래된 비축 식량부터 먹어 치우는 방법으로 배 안에서도 식량을 꾸준히 준비할 생각이다.

사실 처음 이 섬에 들어왔을 때만 해도 뗏목이라도 만들어 섬을 뛰쳐나가고 싶은 심정이었다. 처음 일주일 정도는 정말 당장 나무 몇 개를 이어 붙여서라도 나갈 생각이었다. 그러나 정말로 바다로 나갈 생각을 한 순간, 바다에서 맞닥뜨릴 수 있는 수많은 역경에 대한 상상이 나를 불안으로 밀어 넣었다.

한 뼘 남짓이라고 해도 내가 지금 서 있는 곳은 육지다. 물에 빠져 익사할 일도 없고, 비가 오면 비를 피할 작은 지붕도 있고, 상어나 대형 어류, 이 세계에만 사는 위험한 해수를 만날 일도 없으며, 안정적으로 불을 피워 요리할 수 있는 데다 고기를 잡을 수 없으면 대신 먹을 수 있는 나무딸기나 산열매, 버섯도 있어서 굶어 죽을 확률도 희박하다. 항해를 시작한다는 것은 이 모든 것을 뒤로하고 위험이 가득한 영역으로 떠난다는 것이다.

나는 죽기 위해 이 섬을 떠나려는 게 아니다. 망망대해를 홀로 표류하다 말라 죽는 결말을 위해 이 섬을 떠나려는 게 아니다. 어디까지나 성공해서 사람이 사는 뭍에 발을 딛기 위해 용기를 낸 것이다. 바다가 섬보다 나에게 더 위험한 것은 어쩔 수 없는 일이지만, 그 위험에 아무런 대비 없이 뛰어드는 것은 용기가 아니라 무모함이다.

그래서 비축 식량만큼이나 배를 만드는 데도 시간을 들일 생각이다. 작은 호수나 강을 건너는 것도 아니고 며칠이 걸릴지 모를 긴 항해. 뗏목 따위로는 어림도 없고, 적어도 잠을 잘 수 있는 선실과 식량을 보관할 수 있는 창고 정도는 필요했다.

사실 말이 배를 만든다는 것이지 못 하나 없이 배를 만든다는 게 쉬운 일은 아니다. 게다가 뜨기만 하면 되는 뗏목도 아니고 선실이 제대로 마련된 배는 더욱이나. 제대로 된 도끼조차 없어 돌도끼로 나무를 찍어 베는 것부터 시작해야 하니 결코 쉽지 않겠지만 꼭 필요한 것들이었다.

사실 배를 만들고 식량을 마련하는 것보다 육지의 위치를 확인하는 게 더 어려웠는데, 얼마 전 섬에서 가장 높은 나무에 오르는 걸 성공하면서 자연스럽게 그 문제는 해결되었다. 집을 지은 해안가에서 어렴풋이 보이는 무지개 같은 아지랑이 아래에 육지 같은 것이 보였기 때문이다. 사람이 사는 땅인지 아닌지는 모르겠지만, 섬의 모든 방향을 살펴도 뭔가 있는 곳은 그쪽밖에 없었기 때문에 선택의 여지가 없었다.

반년.

이 섬의 생활에 충분히 익숙해졌지만 고독감은 점점 심해지고만 있다. 가끔 말을 하는 방법을 잊어버린 게 아닌가 해서 가상의 대화 상대와 혼잣말로 말을 나누긴 하는데, 아무리 봐도 순조롭게 미쳐 가고 있는 모습이라 최대한 자제하는 중이다. 이 자제심도 언젠가 반드시 이곳을 떠날 수 있다는 희망에서 나온 것이라서 모든 희망이 사라지는 순간 어떻게 될지 모르겠지만.

처음 집을 지은 날로부터 시간이 이렇게나 쏜살같이 흘렀으니 아마 앞으로 배를 만드는 나날도 순식간에 지나가겠지. 돌로 나무를 자르는 게 쉬울 리가 없으니 시간은 아마 더 많이 들겠지만 그래도 포기할 생각은 없다. 나무껍질처럼 거칠고 두꺼워진 손바닥을 꽉 움켜쥐며 다짐을 되새긴다.

반드시 이곳을 나갈 거라고. 그리고 절대로 포기하지 않을 거라고.

의지는 탈출에 대한 갈망으로 불타올랐으나 작업 속도는 더디기만 했다. 가장 큰 문제는 배를 만들 나무가 엄청나게 부족하다는 점과, 돌도끼로 진행하는 벌목에는 한계가 많다는 점이었다. 나무를 서로 이어 붙일 못이 없다는 것도 큰 문제였지만, 그건 나무줄기로 묶어 어떻게든 해결했다.

솔직히 희망 사항은 훌륭한 브이 자 용골을 가지고 있는 범선이었지만 도끼도 톱도 없이 수시로 깨져 나가는 돌도끼로 그걸 만드는 건 무리였다. 내가 가진 도구로는 커다란 나무를 가공하기는커녕 제대로 베는 것조차 힘들었기 때문이다.

처음에는 아무 생각 없이 욕심껏 섬에서 가장 큰 아름드리나무를 돌도끼로 두드려 댔는데, 하루 종일 도끼질을 해도 돌만 깨져 나갈 뿐

나무를 반도 베지 못했다. 아침부터 밤까지. 정말로 온종일 나무를 팼는데도 말이다. 깨 먹은 돌도끼만 다섯 개였는데도 결국 그 나무를 베지 못했고, 그날 나는 현실을 깨달았다.

참패를 맛본 내가 선택한 것은 결국 허벅지 두께를 넘지 않는 적당히 가느다란 나무들이었다. 나무줄기와 덩굴로 충분히 엮을 수 있는 크기였으니 그리 나쁜 선택은 아니었다. 하지만 이 나무들만으로는 충분한 부력을 얻을 수 없어서, 결국 며칠 동안 섬을 돌아다니며 야자 열매를 찾아 배에 묶어 둬야 했다. 야자열매 속의 즙은 나중에 비상 식수로 이용할 수도 있으니 좀 넉넉히 찾았다.

별다른 부력을 기대할 수 없을 정도로 부실한 나무들이었지만 그렇다고 벌목이 쉬운 것도 아니었다. 돌도끼로 내리쳐도 흠집 수준의 작은 생채기가 날 뿐이고, 그 생채기를 또 내고, 또 내고……

결국 수천 번을 내리쳐서 한 그루를 베어 낼 수 있을 따름이니 작업 시간이 말도 못하게 오래 걸렸던 것이다. 하지만 아름드리나무와 달리 하루에 한 그루 정도는 벨 수 있다는 장점이 있었다. 작업이 손에 익은 후에는 두 그루도 가능했다.

그런 식이니 나무 한 그루를 베어 내고 나면 땀에 흠뻑 젖어 그 자리에 널브러지기 일쑤였다. 덕분에 몸에는 엄청나게 근육이 붙었다. 완력이 얼마나 강해졌냐면, 야자열매를 쥐고 돌에 몇 번 내리쳐서 깨 먹는 건 그리 어렵지도 않을 수준이다. 원래도 그리 약한 편은 아니었지만 거의 일 년간의 육체노동은 사람을 아주 바꿔 놓았다.

하지만 아무리 완력이 있어도 이 작업 방식은 문제가 좀 있었다. 결국 며칠간 생각 끝에 짜낸 묘안은 단순한 것이었다. 나무는 단단하지만 숯은 단단하지 않다. 원시적인 벌목 방식에 스트레스가 쌓인 나머지 나무들을 다 태워 버리자는 뜻은 아니다. 그러니까, 밤새도록 돌을 달궈 놓고 나무 아래쪽을 뜨거운 돌을 이용해 태운 뒤 약해진 부분을 깎아 내기로 한 것이다.

이 방법은 획기적으로 작업 시간을 줄여 주었다. 게다가 나중에 배를 만들 때도 굉장히 도움이 되었는데, 달군 돌로 나무 일부분을 깎아 내고 다른 나무를 짜 맞추는 식으로 응용할 수 있었던 것이다. 그렇게 100일의 시간이 흐른 뒤, 나는 마침내 배를 완성했다.

 뗏목으로는 섬을 탈출하는 건 무리라고 말하긴 했지만 결국 기술과 도구의 한계로 만들어지는 배의 형태는 뗏목을 크게 벗어나지 못했다. 힘껏 크게 만들긴 했지만 3톤 트럭 정도의 크기가 나의 최선이었다. 그래도 선실이 두 개나 딸려 있고 그중 하나는 배와 분리되어 여차할 때 구명보트의 역할을 할 수도 있게 만들었으니……

 구명보트라곤 하지만 장기간 항해하기엔 힘든 작은 나무토막에 불과하니 최대한 그런 일이 없기를 바라며 만들긴 했다. 어쨌든, 얕은 바다에 띄워 둔 내 배는 안정적으로 파도를 타고 있다. 섬에 비축해 둔 식량과 만들어 놓은 도구, 화로, 항아리들을 모두 배에 싣고 나니 마침내 섬을 떠날 준비가 끝났다.

 드디어 이 섬을 탈출하는 것이다.

 처음 이 섬에 왔을 때 기대했던 구조대는 역시 오지 않았고, 집이 빗살무늬 토기처럼 되기 전에 탈출했으면 했지만 결국 집은 안에도 빗살무늬가 빽빽하게 들어찬 양면 빗살무늬 토기가 되어 버렸다. 기대했던 것 중 어떤 것도 이뤄지지 않았지만, 그래도 마침내 이날이 온 것이다.

 배에 올라 섬을 돌아보자 새삼 감회가 새로웠다. 하얀 모래 언덕 위로 잡목이 우거진 작은 숲. 단조로운 해안선 끝자락에 내가 지은 네모반듯한 집이 있다. 집 주변에는 빗물받이용 나뭇잎이 잔뜩 늘어서 있고 돌도끼, 생선을 말리기 위해 세워 둔 장대, 나무줄기를 엮어 만든 바구니들, 목욕을 하려고 만든 커다란 욕조까지.

 겨우 일 년 남짓 이곳에서 살았을 뿐인데 내가 살았다는 흔적이 이렇게나 잔뜩 남아 있는 것이다. 둘도, 셋도 아니고, 그저 나 혼자 살았을 뿐인데.

솔직히 아직도 무섭다. 조금만 더 기다리면 누군가에게 구조될 수 있을지도 모른다는 생각이 들지 않는 것도 아니다. 적응이 되고 여러 편의 시설을 만든 덕분에 익숙해진 내 보금자리가 아깝기도 하다. 어쩌면 이 섬에 정이 들었을지도 모르지.

하지만 떠나야 한다. 바다에 대한 두려움보다 이대로 혼자 이곳에서 늙어 죽는 미래가 더 무섭다. 야자열매로 목을 축이고 평생 빗물을 받아 마시며 대화 상대도 없이 혼자서. 다시 그 생활로 돌아가는 건…… 역시 너무 끔찍해.

폭풍을 만날지도 모르고 거대한 해양 생물을 만날지도 모르고, 어떤 변수가 있을지 모를 항해가 무섭긴 하지만 그래도 그 끝에서 사람들을 만날 수 있을 거라고 생각하면 두려움을 씻어 버리는 압도적인 설렘이 찾아왔다. 드디어 사람을 만날 수 있다.

하늘의 구름은 새하얗고 날씨는 쾌청하다. 이런 날 떠나지 않는다면 언제 떠나겠어?

나는 마지막으로 한 번 나의 보금자리를 일별하고 망설임 없이 배와 육지를 연결한 줄기를 끊어 냈다. 그리고 나무 섬유로 만든 돛을 펼쳤다.

항해 시작이다.

Chapter 3

쾌청한 하늘에 새하얀 구름. 돛을 밀어 내는 바람도 순풍이다. 나는 나뭇가지를 엮어 만든 새 둥지 같은 선실에서 수평선을 바라보고 있었다. 간간이 배 아래로 드리운 낚싯줄이 흔들리지 않는지 확인하면서.

항해를 준비하며 가장 걱정한 문제는 물이었다. 섬에서 생활할 때야 불을 피워 만든 증류수를 쓸 수 있었지만 배 위에서 불을 피울 수는 없는 노릇이 아닌가. 불이라도 나서 배를 묶은 덩굴을 태워 먹기라도 하면 끔찍한 일이다.

그러니 배 위에서는 전적으로 빗물에 의존하는 수밖에 없었는데, 만약 비가 오랫동안 오지 않으면 꼼짝없이 말라 죽는 수밖에 없다. 물론 그런 끔찍한 미래는 사양이므로 나는 배에 실을 수 있을 만큼 최대한의 증류수를 실어 온 상태였다.

증류수를 담은 항아리는 모두 밀봉되어 단단히 구운 상태다. 귀중

한 물이 흔들리는 배 위에서 쏟아져 버리면 낭패니까. 급할 때 항아리를 하나씩 깨어 요긴하게 쓸 생각이다.

배 위에서의 시간은 더디게 간다. 섬에서와 달리 할 일도 없고, 할 수 있는 일도 없었다. 그저 하늘과 수평선을 주의하여 보고 돛이 부푸는 방향을 꼼꼼하게 살피면서 키가 올바르게 해류를 가르도록 조정하는 게 내가 할 일의 전부였다.

그래도 상륙지가 육안으로 보인다는 점이 정말 다행이다. 나침반 하나 없는 데다 별자리를 읽을 줄 아는 것도 아닌 내가 바다에서 어떻게 방향을 잡았겠는가? 하긴, 방향을 잡는다고 해도 이곳의 지리를 모르니 어느 방향으로 가야 하는지도 몰랐겠지. 어쨌든, 목적지가 보인다는 건 정말로 다행스러운 일이었다.

그리고 육안으로 보인다는 건 그만큼 가깝다는 뜻이지. 저기 보이는 저 땅이 또 다른 작은 섬인지, 아니면 육지인지는 모르겠지만 제발 누군가가 있었으면 좋겠다. 니모가 아니더라도 그냥 사람이면 다 좋다.

니모.

정말로 오랜만에 떠올리는 이름이었다. 내가 무인도에 처박히게 된 원인이자 계기인 사람이니 잊을 수 있을 리가 없지. 오히려 섬에서 생활하는 내내 그를 생각하지 않았다는 점이 놀랍다.

그는 뭘 하고 있을까? 당장 같이 가지 않으면 세상이 멸망할 것처럼 떠들었던 것치곤 내가 표류하는 동안 그야말로 평온했는데. 그가 거짓말을 한 걸까? 아니면 정말로 내가 여기에 온 것만으로 무언가가 바뀐 걸까? 어느 쪽이든 결국 나는 이곳에 왔고, 혹시 섬에서 보낸 나날의 평화가 내가 여기에 왔기 때문에 이루어진 것이라면 모든 일이 해결되었으니 이제 나를 원래 자리로 돌려보내 줬으면 좋겠다.

무인도에서의 일 년은 그야말로 모험이었다. 내가 신발장을 넘어왔을 때 기대했던 모험 이상으로 차고도 넘치는 경험이었으니, 지금은 그저 니모를 찾아 원래 세계로 돌아가고 싶은 마음이 간절할 뿐이다.

하지만 그를 어떻게 찾지?

인터넷도 TV도 없는 세상에서 사람을 어떻게 찾는단 말인가? 내가 가지고 있는 단서는 그가 '태양의 숲'이라는 단체에 속해 있다는 것뿐이다. 아니, 이 이름이 맞았던가? 워낙 오래전의 대화고 흥미 없이 들었던 내용이라 가물가물하다. 이런 불확실한 정보로 사람을 찾는 것이 가능할까?

할 일이 없으니 잡생각과 걱정만 늘어난다. 거의 한나절을 항해했는데 낚싯줄을 무는 물고기는 한 마리도 없다. 수평선에 천천히 가까워지는 해를 가만히 바라보다가 나도 모르게 까무룩 잠이 들었다.

그렇게 약 열흘간 항해는 평온했다. 목적지도 부쩍부쩍 가까워지고 있었고, 걱정이 있다면 비가 오지 않아서 저장해 둔 증류수를 두 통째 깨야 했던 것 정도? 빨리 비가 왔으면 좋겠는데— 하고 바란 덕분인지 그날 밤 폭우가 쏟아졌다.

선실에서 쪽잠을 자다가 몸이 확 기울어지는 느낌에 눈을 떴다. 사방이 캄캄한데 바닥이 마구 출렁인다. 잠시 여기가 어디인지 떠올리지 못하고 겁에 질려 허둥지둥하다가 선실의 벽을 짚고 그 감촉에 정신을 차렸다. 선실. 배. 항해. 여기는 바다 위다.

잡음 하나 없이 비가 바다를 때리는 소리로 가득하다. 폭풍까지는 아니지만 파도가 엄청나게 높아서 마치 미친 소의 등에 타고 있는 느낌이었다. 선실 밖으로 보이는 파도의 높이가 거의 5미터는 되어 보였다. 마치 산이 닥쳐오는 느낌이다. 그 언덕 사이로 내 작은 뗏목이 아슬아슬하게 흔들리고 있었다.

작은 창문 밖으로 정신없이 부는 바람을 보니 선실 밖으로 나가는 것은 미친 짓이었다. 돛이 걱정됐지만 이런 바람과 흔들림 사이에선 아차하면 배 밖으로 튕겨 나가 물귀신이 되기 딱 좋다. 나는 숨을 죽이고 폭우가 지나가길 기다렸다.

배를 삼킬 것 같은 파도가 몇 번이나 닥쳐왔다. 배가 뒤집힐 뻔한 적도 있었다. 내가 할 수 있는 것은 손이 하얗게 될 정도로 선실의 벽을 단단히 붙잡고 퍼부어지는 두려움을 버텨 내는 것뿐이었다. 만일의 사태가 발생해도 야자열매를 잔뜩 붙여 둔 이 선실은 가라앉지 않겠지만, 그 믿음이 흔들릴 정도로 파도는 거셌다.

밤이 지나가고 아침이 되자 마침내 파도가 잔잔하게 가라앉았다. 당분간 먹을 식수를 잔뜩 얻었다는 기쁨보다 그 무서운 상황이 지나갔다는 것이 더 기뻤다. 내내 힘을 주고 있었던 덕분에 긴장이 풀리자 몸이 휘청거리고 팔다리가 후들거린다. 여전히 흐린 잿빛 하늘을 마지막으로 지친 몸을 수마에 내던졌다.

이런 일이 두 번 정도 더 있었다. 약 일주일을 주기로, 내가 증류수통을 깰까— 할 무렵이면 어김없이 폭우가 쏟아졌다. 죽을 정도로 무섭지만, 죽지 않을 정도로 거센 비와 파도. 이겨 내고 나면 막대한 양의 물을 얻는다. 세 번째 폭우가 찾아올 무렵에는 슬슬 익숙해졌지만 그래도 무섭고 불안한 것은 여전했다. 이번에는 설마, 하는 생각 때문에 안심할 수가 없었다.

몇 번의 폭우를 지나며 배가 조금 파손되었다. 배를 묶었던 나무 덩굴이 헐거워져서 배의 일부가 물에 떠내려가 버린 것이다. 이런 일을 대비해서 몇 개의 그룹으로 나누어 작업한 덕분에 바다 한복판에서 배가 솜사탕 녹듯 풀어져 사라지는 끔찍한 일은 일어나지 않았지만, 확실하게 알겠다. 만일 한 번이라도 더 폭풍이 오면 이 배는 끝이다.

만약 거센 폭우가 폭풍의 징조라면? 이다음에 오는 비와 파도가 더 거칠다면?

걱정이 눈덩이처럼 부풀었지만 그나마 위안이 되는 것은 목적지가 무척 가까워졌다는 것이다. 그리고 목적지가 가까워질수록 확실히 알겠다. 저기는 육지가 맞다. 맑은 날씨 덕분에 어렴풋이 산맥 같은 것도 보이는 느낌이다.

그러나 육지보다 먼저 나를 마중 온 것이 있었다. 물결에 반사되는

빛 때문에 처음에는 잘못 본 줄 알았다. 그러나 확신이 든 순간 나는 뜯어 먹고 있던 말린 생선을 내던지고 벌떡 일어섰다. 귀중한 식량을 내팽개칠 만큼 절박했던 것이다.

새하얀 포말을 일으키며 바다를 가르는 새하얀 돛. 내 보잘것없는 뗏목과는 비교도 되지 않는 거대한 범선이었다.

그러나 실망스럽게도 범선은 나를 발견하지 못했는지, 아니면 신경 쓸 가치가 없다고 생각했는지 가고 있던 방향으로 그대로 유유히 나아갈 뿐이다. 내가 가는 방향과 범선의 항로가 겹치지 않았기 때문에 나는 그 배를 가까이서 볼 기회조차 얻지 못했다. 하긴, 굳이 내 쪽으로 방향을 돌릴 필요를 못 느꼈을지도.

잠시 실망했지만, 그건 정말 잠시였다. 한나절 더 항해하자 이번에는 나와 똑같이 육지 쪽으로 항해하고 있는 배들이 모습을 드러냈던 것이다. 서너 대나 되는 배들이 여기저기서 나타나자 가슴이 심하게 설레기 시작했다. 처음에 봤던 배보다는 작았지만 어쩌면 그래서 나를 태워 줄지도 모른다.

아무런 근거도 없었지만 나는 선실 밖으로 뛰쳐나와 팔을 휘젓고 예비용 나무껍질 돛을 집어 흔들며 필사적으로 나를 어필했다. 심장이 미친 듯이 뛰고 눈물이 나올 것 같았다. 어쩌면 벌써 울고 있을지도 모른다. 들리지 않는 거리라는 것을 알고 있는데도 나는 무턱대고 최대한 소리 높여 외치고 있었다.

저기요, 여기요, 이봐요— 같은 의미 없는 부름을 외치며 나는 간절히 저 중 한 척이라도 나를 발견해 주기를 기대했다. 그렇게 한참 동안 열정을 쏟아 내다가 어느 순간, 문득 깨달았던 것 같다. 저 배들은 멈추지 않을 거야.

온몸을 씻어 내릴 듯 흐르는 땀과 거친 호흡 속에서 낙담한 손이 천천히 떨구어진다. 뜨겁게 달아올랐던 몸과 심장이 천천히 기운을 잃어 갔다. 내 뗏목과 비교도 되지 않을 정도로 빠르게 달리는 범선들.

그 속도가 너무나 야속해서 나는 그저 망연자실했다.

익숙한 파도 소리 사이로 젖은 숨소리가 섞여 든다. 나는 자각도 없이 울고 있었다. 땀과 눈물이 뒤섞여 얼굴이 온통 축축해지고 헐떡임과 흐느낌으로 목구멍이 터질 것 같다.

저들은 내가 여기 있다는 걸 모를 것이다. 내가 1년이나 혼자 살아남아 겨우 탈출했다는 것도 모르겠지. 내일 태풍이 와서 내가 죽는다고 해도 아무도 모를 것이다. 그리고 얼마나, 얼마나 사람이 보고 싶은지도 모르겠지.

애가 닳아 죽어 버릴 것 같다. 마음은 이미 파도를 헤엄쳐 저 배들로 달려가고 있지만 내 현실은 간신히 풍랑을 견디는 뗏목이 전부다. 육지가 제법 가까워졌다는 사실도 이 절망스러운 기분에 아무런 위로가 되어 주지 못했다.

육지가 보이면 뭐 하나. 어차피 심한 폭우가 서너 차례만 쏟아져도 이 뗏목은 위태롭다. 힘껏 준비하긴 했지만 결국 내 처지는 외줄 타기나 마찬가지였다. 줄을 아무리 튼튼한 것으로 준비해도 강한 바람 한 번에 추락할 수 있는.

계속해서 비참한 상상이 떠올랐다. 슬픈 생각이 멈춰지지가 않았다. 멀어지는 배를 보고 있는 게 너무나 고통스러웠기 때문에 나는 손바닥에 얼굴을 묻고 주저앉았다. 다 끝났다. 아무도 이 뗏목을 발견하지 못할 것이다. 실컷 울어서 실망감을 털어 버리고, 육지까지 항해할 의지를 다시 끌어모아야지.

"이봐, 아직 살아 있나?"

물의 출렁거리는 소리에 덮여 그 목소리는 거의 들리지 않았다.

"이봐! 거기 뗏목에 너! 살아 있나? 어이!"

사실 처음에는 환청인 줄 알았다. 뭐 거의 1년을 아무도 못 만나고 혼자 지냈으니 환청 정도 들어도 놀라운 일은 아니지. 그러나 그건 환청이 아니었다. 내 뗏목에서 약 50미터쯤 떨어진 지점에서 돛을 모조리 접은 배 한 척이 천천히 속도를 줄이고 있었던 것이다.

아마 나는 엄청나게 바보 같은 표정을 하고 있었을 것이다. 새하얀 돌고래를 선수상으로 매단 범선이었는데, 나를 향해 외치는 사람은 선박의 망루에 서 있는 여자였다. 거리가 꽤 먼데도 불구하고 여자라는 것 정도는 알 수 있을 만큼 맑고 높은 톤의 목소리를 가지고 있었다.

내가 자리에서 벌떡 일어나 양손을 머리 위로 교차하며 흔들어 보이자 그쪽에서 커다란 뱃고동 소리가 두 번 울렸다. 무슨 신호인지는 모르겠지만 그쪽 배의 갑판이 소란스러워진 것으로 보아 나의 구조에 적극적으로 나선 모양이었다. 나도 가만히 있을 수 없어서 뗏목에 붙은 작은 노를 저어 범선 쪽으로 붙으려고 노력했다.

뺨의 눈물 자국이 마르지도 않았는데 온몸이 다시 설레기 시작했다. 진짜다. 진짜 환각 따위를 보고 있는 게 아니야. 정말로 나를 구하려고 움직이는 사람들이 있어.

"몇 명이 있나?"

"한 명! 한 명이에요!"

노를 젓던 손을 멈추고 나팔을 만들어 크게 외쳤지만 들렸는지는 모르겠다. 사실 내가 젓는 노는 추진력에 별 도움이 되지 않는다. 벅차오르는 마음을 가눌 길이 없어 마구 움직이는 것이다.

"작살 쏜다! 조심해!"

작살? 의아했지만 조심하라고 했으니 약간 불안한 기분으로 배 뒤쪽으로 숨었다. 무언가 날아온다고 해도 앞에 위치한 선실이 어느 정도 막아 줄 테니 괜찮을 것이다. 그리고 잠시 후, 내가 숨은 것을 확인했는지 배 쪽에서 무언가가 쐐애액 날아와 뗏목에 강하게 박혔다.

얼마나 강한 힘으로 작살을 쐈는지 뗏목이 한차례 크게 흔들리는 바람에 배에서 굴러떨어질 뻔했다. 날아온 작살에는 굵은 줄이 묶여 있었고, 뗏목에 강하게 박혀서 작살을 뽑는 건 무리다. 줄을 타고 누군가 오려나 했는데 뗏목이 배 쪽으로 끌려가기 시작했다.

작살을 뗏목에 박고 줄을 당겨 거리를 좁힐 생각이군. 확실히 효율적인 방법이다. 이런 구조 방식이 일반적인 방법인지는 잘 모르겠지만, 어쩌면 구조라는 것 자체가 드문 세계일지도 모른다. 기껏해야 작은 배를 보내서 나를 실어 가는 것 정도를 기대했는데 작살이라니.

저쪽 배에서 알아서 뗏목을 끌어갔기 때문에 내가 할 일은 거의 없었다. 줄을 당기는 속도가 꽤 빨랐기 때문에 약간 모터보트를 탄 것 같은 느낌이다. 금방 배가 가까워져 줄사다리를 타고 오를 수 있을 정도의 거리가 되자 다시 목소리가 들려왔다.

"올라와!"

역광으로 눈이 부셔서 잘 보이진 않았지만 많은 사람들이 배 측면의 난간에 달라붙어 나를 내려다보고 있는 것 같다. 눈앞의 줄사다리를 붙잡으려고 손을 뻗는데 손가락이 덜덜 떨리고 있었다. 마침내 저 고독한 무인도를 떠나 사람들을 만난 것이다. 마침내.

설레는 마음으로 사다리를 타고 올라가자 배 위에 발을 딛기도 전에 온몸이 따끔거릴 정도로 시선이 쏟아졌다. 몇몇은 경계 어린 눈으로 나를 쳐다보고 있었지만 대다수는 호기심을 담은 시선이었다. 하지만 시선보다 가장 먼저 눈에 띈 것은 그들의 머리 위로 돋은 귀였다.

건장한 사람, 남자, 여자, 중년 할 것 없이 나를 둘러싼 사람들의 머리에는 마치 고양이 같은 귀가 뾰죽 솟아 있었던 것이다. 아, 모두 다 고양이 귀를 달고 있는 건 아니었다. 몇몇은 곰 같은 동그란 귀를 달고 있기도 했다. 어쨌든 하나같이 동물의 귀를 머리에 달고 있었다.

"몰골이 엄청나군. 그래도 건강해 보이는데?"

익숙한 목소리다. 혀를 차며 다가온 사람은 망루에서 내내 나에게 외쳐 댄 여자였다. 건강하게 탄 갈색 피부, 느슨하게 틀어 올린 검은 머리카락 사이로 검은 귀가 뾰죽 솟아 있다. 그녀의 엉덩이 옆으로 뱀처럼 구불거리는 꼬리가 걸을 때마다 살짝살짝 흔들렸다. 꼬리에 시선을 빼앗겼다가 문득 고개를 들자 강렬한 황금색 눈이 꿰뚫을 것처럼 부딪쳐 왔다.

"아, 안녕하세요."

뭐지? 왜 귀가 있지? 꼬리는 또 뭐야? 그 꼬리랑 귀 진짜인가? 질문하고 싶은 건 산더미였지만 다른 사람의 외형을 함부로 입에 담는 것은 실례다. 그걸 분간할 정도의 사회성이 나에게 아직 남아 있다는 점은 다행스러운 일이었다. 약간 어리버리한 내 인사에 돌아온 것은 맞인사가 아니라 짜증스러운 외침이었다.

"뭐야, 개구리잖아!"

망루의 여자 뒤쪽으로 불쑥 나타난 남자였다. 짧게 자른 잿빛 머리카락에 비교적 하얀 피부. 키는 꽤 크고 몸도 탄탄해 보인다. 잿빛 머리 위로 솟은 뾰족한 하얀 귀가 아주 눈에 잘 띄어서 멍하니 바라보다가 나를 쏘아보는 사나운 표정에 황급히 시선을 피했다. 방금, 개구리라고 했나? 나한테 한 말 같긴 한데.

"개구리를 내 배에 태울 수는 없어. 당장 던져 버려."

농담인가 했는데 농담일 리가 없는 분위기였다. 남자의 얼굴은 나에 대한 불쾌감으로 가득했다. 왜 나를 개구리라고 부르는지는 모르겠지만, 지금 이 상황에 기댈 만한 사람은 한 명뿐이다. 다행히 나를 구조한 여자는 내 절박한 시선을 외면하지 않았다.

"녹스. 적당히 해. 살인을 하자는 거야?"

살인. 다행이다. 저 남자가 너무 당연하게 나를 개구리라고 불러서 진짜 개구리가 된 건가 하고 약간 걱정했다. 일단 사람으로 보이긴 하나 보네. 분위기를 보니 개구리라는 건 멸칭의 일종인 것 같은데, 여기서는 거지를 개구리라고 부르는 걸까? 물론 내 몰골이 엄청나게 허름하긴 한데.

"그냥 타고 있던 뗏목에 태워서 돌려보내면 되잖아."

살인이라는 말에 녹스라는 남자가 약간 수그러든 어조로 대답했다.

"작살이 박힌 뗏목이야. 얼마나 갈 거라고 생각해? 끌고 오느라 좀 파손되기도 했을걸. 이대로 바다로 내몰면 죽이는 거나 다름없어."

와아, 말 잘한다. 이름 모를 언니 힘내라 힘내. 마음속으로 열렬히 그녀를 응원하며 슬쩍 남자를 쳐다보자 어물어물 말을 삼키고 있었다. 처음 외쳤던 기세로는 당장이라도 배에서 집어 던질 것 같았는데, 의외로 약한걸. 그대로 마무리가 되는가 했더니 남자가 미련 어린 한마디를 내뱉었다.

"뗏목을 수리해서……."

"그만. 그만해. 네가 인간을 싫어하는 건 알겠지만, 저 몰골을 봐. 비쩍 말라서 옷도 제대로 못 입고 있다구. 분명 하루 이틀 표류한 게 아닐 거야. 이 배에 탔을 때 거의 울고 있던 저 사람 표정 못 봤어?"

말을 마치고 좌중을 한 번 둘러보자 대부분이 그녀의 말에 고개를 끄덕였다. 확실히 분위기가 열세라는 것을 알았는지 남자는 짧게 답답한 한숨을 내쉬고 나를 쏘아보았다.

"비스뷔를 봐서 내쫓지는 않겠지만, 내 배에서 더러운 짓을 하면 죽여 버릴 거야."

비스뷔라는 건 여자의 이름인 것 같군. 한껏 으름장을 놓은 그는 그대로 몸을 돌려 사람들 사이로 사라졌다. 혀를 차며 그를 끝까지 바라보고 있던 여자가 어깨를 으쓱하며 나를 돌아본다.

"뭐, 어쨌든 불타는 돌고래호에 온 걸 환영해. 나는 비스뷔. 이 배의 선장이야."

"아, 저는……. 강유정이에요."

내 이름을 너무 오랜만에 말해서 어색하다. 솔직히 조금씩 잊어 가고 있었는지 떠올리는 데 약간 시간이 걸릴 정도였다. 비스뷔는 고개를 끄덕이고 슬슬 흩어지기 시작한 사람들을 돌아봤다.

"너희들. 저 아래 뗏목 수습하고, 끝나면 조타수한테 알려. 바로 항로로 복귀할 거니까. 나는 강유정을 안내한다."

지목당한 몇 명이 노골적으로 귀찮다는 표정을 지었다. 기분 탓인지 머리 위에 달린 귀도 조금 처지는 것 같았다. 하지만 비스뷔가 조용히 쳐다보자 곧 어쩔 수 없다는 듯 느릿느릿 움직이기 시작했다. 지시를 마친 비스뷔가 다시 나에게로 돌아왔다.

"일단 네 선실을 배정해 줄게. 먹을 것도 주지. 쉬고 싶다면 쉬어도 되고, 배가 고프다면 먹어도 돼. 하지만 제일 먼저 해 줬으면 하는 게 있어."

녹스라는 남자가 나를 이 배에서 쫓아내는 걸 막아 준 사람이다. 뭐가 됐든 그녀가 해 달라는 걸 최대한 열심히 해 줄 생각이었다. 아니, 나에게 바라는 게 있다는 사실이 고마울 정도다.

"뭔데요? 저 정말 열심히 할게요!"

"좀 씻어. 냄새가 굉장히 지독해."

───※───

배 위에서 뜨거운 물을 데울 수 있는 수단이 없을 테니 꼼짝없이 차가운 물로 씻게 될 줄 알았는데 나를 기다리고 있는 것은 뜻밖에도 김이 모락모락 피어오르는 대욕탕이었다. 물론 대욕탕이라곤 해도 여덟 명 정도가 몸을 담그면 꽉 찰 것 같은 다인용 욕조가 있을 뿐이었지만 배에 이런 욕탕이 있다는 것 자체가 놀라운 일이다.

욕탕에는 몸을 문지를 수 있는 솔과 비누 비슷한 물건까지 구비되어 있었다. 비록 원래 세계에서 쓰던 비누보다 훨씬 딱딱하고 빨랫비누 같은 느낌의 투박한 물건인 데다 솔로 열심히 문질러야 간신히 묻어나는 것이었지만, 오랜만에 맡는 문명의 향기는 감동적인 것이었다.

내가 만든 엉성한 물건들과 달리 제대로 잘리고, 제대로 된 솜씨로 만들어진 물건들을 마주하자 새삼스럽게 구조되었다는 실감이 났다. 사람들의 머리 위에 솟은 동물의 귀 같은 게 좀 신경 쓰이긴 하지만 해적선이 아닌 게 어디인가. 정말 행운이었다.

솔에 비누를 묻혀 몸을 씻다가 문득 벽에 걸린 거울을 발견했다. 정확히는 거울에 비친 내 모습을 발견한 것이다. 이 욕탕에 들어온 순간부터 여기에 있는 모든 문명의 작품들을 구석구석 찾아보았으니 이제와서 새삼스레 거울을 발견했을 리가 없지.

대충 머리가 희게 세었다는 건 알고 있었는데 이렇게 자세히 바뀐 내 모습을 보게 된 건 처음이다. 이목구비는 별로 달라진 게 없지만 오랜만에 내 얼굴을 봤다는 것만으로 상당히 낯선 기분이었다. 머리카락과 피부색이 많이 달라져서 그런지 이질적인 느낌마저 든다.

허리에 닿을 듯 말 듯 길게 자란 밀크티색 머리카락과 커피번같이 가무잡잡하게 탄 피부. 머리카락은 길면 길수록 유용해서 일부러 자르지 않았다. 제대로 된 실조차 구할 수 없는 그 섬에서 머리카락은 꽤 질 좋은 섬유였기 때문이다. 여러 가닥을 꼬아 강도를 높이면 꽤 괜찮은 노끈이 되어서 섬에서 유용하게 사용했었다.

몸 여기저기에 근육이 붙긴 했지만 살이 엄청나게 빠져서 전체적으로 갈비뼈가 다 드러나는 마른 몸에 어깨나 팔에만 근육이 붙은 모양새다. 비스뷔, 그녀가 나를 보고 비쩍 말랐다고 한 말이 떠올랐다. 하긴, 이 몸에 넝마가 된 바지와 삭아서 너덜너덜해진 셔츠를 걸치고 있었으니 몰골이 말이 아니긴 했지.

거울 속의 모습을 가만히 바라보다가 다시 손을 움직였다. 지금은 많은 생각을 해도 어차피 실행할 수 있는 건 없다. 일단은 드디어 이룬 염원, 사람을 만났다는 사실을 즐기자.

욕실에서 꼼꼼히 씻고 따끈따끈하게 녹은 몸으로 걸어 나오다가 문 앞에서 놀란 얼굴로 나를 보고 있는 비스뷔를 발견했다. 아마 대욕탕 앞에 서서 내가 나오길 기다리고 있었던 모양이다.

"어, 음. 안녕하세요?"

녹스라는 남자와 언쟁할 때와 달리 얼빠진 얼굴을 하고 있는 게 의아해서 먼저 말을 걸었더니 이번에는 황당하다는 표정을 지었다.

"알몸으로 왜 그렇게 당당하게 걸어 나오는 거야? 날 보고 놀라지도 않고……. 여기, 옷이야. 원래 입고 있던 옷은 더 이상 옷이라고 부를 수 없는 상태던데."

아, 맞다. 보통 좀 부끄러워했던가? 섬에서는 어차피 나밖에 없어서 알몸으로 있거나 아무것도 걸치지 않고 돌아다니거나 하는 행동이 자유로웠다. 처음에는 옷을 벗는 것에 거부감을 느꼈지만 곧 익숙해졌고, 결국 나중에는 피부에 상처 입지 않기 위해 큰 나뭇잎에 구멍을 뚫어 망토식으로 두르고 원래 옷은 벗어 두고 다녔지. 이유는 간단하다. 옷이 삭거나 상하는 걸 막기 위해서. 그렇게 옷을 아끼지 않았다면 아마 나는 뗏목에서 나뭇잎을 걸치고 구조를 기다려야 했을 것이다.

건네주는 옷을 받아 들고 보니 트렁크 팬티 같은 속옷과 헐렁한 바지, 셔츠였다. 섬유유연제 같은 건 없는 건지 면옷 같은데도 뻣뻣하다. 하긴, 옛날엔 다듬이질로 옷을 부드럽게 만들었었지. 입고 나니 팬티나 바지 할 것 없이 하나같이 엉덩이에 구멍이 뚫려 있었다. 아주 큰 건 아니지만, 검지와 엄지로 동그라미를 만들면 딱 이 정도 크기일 것 같다. 이 구멍의 정체를 유추하는 건 별로 어렵지 않다. 꼬리 구멍이군.

"입었으면 따라와. 뭣 좀 먹으면서 이야기나 하자구."

내가 어색하게 꼬리 구멍을 만지작거리는 걸 가만히 보던 비스뷔는 그 말과 동시에 앞서 걷기 시작했다. 나는 그 뒤를 조심스럽게 따라붙었다.

비스뷔가 나를 데리고 간 곳은 이 배의 식당이었다. 문을 열고 들어서자 식당 안에 있던 사람들의 시선이 순간적으로 모였다가 의식적으로 흩어졌다. 그러나 눈은 돌렸어도 귀만은 바짝 내 쪽으로 기울어져 있었다. 귀 기울여 듣는다는 말은 보통 비유로 쓰이는 말이지만 이 상황에선 담백한 사실 묘사로군.

"앉아. 이봐, 여기 먹을 것 좀 가져와."

비스뷔가 턱 끝으로 사람을 부리는 것을 보며 나는 최대한 순종적으로 보이려고 노력하며 그녀가 지목한 의자에 앉았다. 명령하는 태도가 아주 자연스러운 사람이다. 되도록 그녀를 거스르는 것처럼 보이고 싶지 않았다.

"자, 강유정이라고 했던……."

"네. 맞아요."

"……가?"

너무 긴장하고 있었는지 그녀의 말이 끝나기도 전에 대답해 버렸다. 아니, 사실 긴장할 수밖에 없었다. 내 등 뒤에 자리 잡은 사람이 몇 명인지는 모르겠지만 대충 내 시야에 보이는 사람만 아홉 명. 그녀를 포함해 열 명 정도가 내 말을 듣고 있는 것이다. 노골적으로 쳐다보고 있는 사람은 얼마 없지만 귀 끝이 모두 나를 향하고 있다.

사람을, 그것도 이렇게 많은 사람을 오랜만에 보는 것도 떨리는데, 모두가 나에게 집중하고 있다니. 사람이 거의 천 명 정도 찬 대형 홀에서 연설을 해야 하는 연설자 같은 중압감이 느껴진다.

"너무 긴장할 것 없어. 그냥 서로 궁금한 걸 좀 해결하자는 거야. 너도 네가 탄 배가 어떤 배인지 궁금하겠지? 우리는 네가 어떤 인간인지 궁금하거든. 혹시나, 사람이라도 죽이고 도망가던 놈을 우리가 태웠을지도 모르잖아?"

비스뷔는 빙긋 웃었지만 나는 방금 씻은 몸에 식은땀이 맺히는 기분이었다. 그녀가 나를 구해 주긴 했지만 그렇다고 호감을 가지고 있는 건 아니다. 가늘게 웃는 눈에는 녹스 같은 적대감은 없었지만 경계와 경고가 가득 차 있었던 것이다. 오히려 녹스보다 더 무섭다. 수상한 놈이면 배에서 그냥 던져 버릴지도 모른다.

"네……."

"좋아. 일단 너부터 시작하지. 왜 그런 데서 표류하고 있었던 건지 말해 볼래?"

식당 안이 조용해졌다. 드문드문 자기들끼리 나누고 있던 대화도 완전히 멈췄다. 그 가운데서 나는 완전히 혼란에 빠져 있었다. 사실 어려운 질문은 아니었고, 나도 딱히 양심에 가책받는 일은 한 적이 없지만…….

표류를 설명하려면 어쩌다가 무인도에 가게 되었는지도 설명해야 한다. 다른 차원에서 온 사람이라는 건 수상한 사람에 해당되는 걸까? 어디서부터 어디까지 말해도 괜찮은 것인지 판단이 서지 않는다.

미움받고 싶지 않고, 경계받고 싶지도 않다. 정말로 힘들게 사람을 만났는데 이상한 소리를 해서 미치광이 취급 받아 멀어지면 그보다 더 슬픈 일이 있을까. 첫인상을 최대한 좋게 남기고 싶은데, 거짓말을 해서라도……. 하지만 거짓말도 뭘 알아야 하지.

내가 마른침을 삼키는 사이 탁자 위로 빵 몇 조각과 국물 음식, 스푼이 놓여졌다. 비스뷔는 조용히 내 말을 기다리고 있다. 오랜만에 다른 사람이 해 준 제대로 된 음식을 보니 엄청나게 감격스러웠지만, 지금 그게 중요한 게 아니지.

고민하던 나는 일단 먼저 그녀를 떠보기로 했다. 어디까지 말해도 괜찮은 것인지 판단할 정보가 좀 필요하다. 서론은 가볍게 이계인에 대한 인식을 좀 알아보는 방향으로 잡고, 좀 괜찮다 싶으면 마지막으로 태양의 숲이나 니모가 말했던 세계 멸망 같은 화제도 조심스럽게 꺼내 보는 거야.

"저, 혹시 이 세계가 멸망하고 있나요?"

아니! 마지막으로 꺼냈어야지! 나는 음식 그릇에 얼굴을 처박고 싶었다. 섬에 사는 사이 의사소통 능력이 엄청나게 급감했던 모양이다. 짧은 대화를 하는 건 별문제가 없었지만 긴 내용을 정리해서 말하려고 하니까 입이 제멋대로 제일 궁금하던 사실을 뱉어 내 버렸다.

비스뷔는 어처구니없는 얼굴로 나를 보고 있다. 아, 그렇군요. 대답을 안 들어도 알 것 같습니다. 내가 엄청나게 이상한 말을 해 버린 게 확실하군요. 아아아, 여기서 도망치고 싶다…….
 "아니, 그런 말은 처음 듣는데."
 뜻밖에도 비스뷔는 약간 웃으며 대답했다. 분위기도 별로 험악해지지 않았다. 정확히 말하자면 별로 진지하게 듣고 있지 않았다. 음, 그럼 조금 더 사실에 가까운 본론을 말해도 되지 않을까?
 "차원 이동에 대해 어떻게 생각하세요?"
 "생각해 본 적 없어."
 좋아. 다행히 이 세계에서 차원 이동자를 배척하는 문화는 없는 모양이다. 그렇다면…….
 "사실 저는 다른 세계에서 왔어요."
 비스뷔가 흠 하고 턱을 괴더니 흥미로운 시선을 던졌다. 어디 계속해 보라는 얼굴이다.
 "다른 세계에서……. 그래, 왜 온 거지?"
 "이 세계를 구원해 달라는 부탁을 받고……."
 "누가 부탁했는데?"
 태양의 숲에 대한 이야기를 꺼내도 될까? 니모의 상처투성이 등이 떠오르자 나는 입을 다물었다. 그 단체를 안다면 별로 좋은 이미지를 가지고 있을 것 같지는 않으니 나와 엮여 있다는 걸 알면 나에게까지 적대감을 가질 수도 있다.
 "그, 그냥 계시를 받아서……."
 "계시."
 "네……."
 말해 놓고도 민망해서 나는 조용히 고개를 떨궜다. 수프 그릇을 내려다보고 있는데 비스뷔가 의자를 끌며 자리에서 일어났다. 그녀는 애석한 얼굴로 나를 바라보고 있었다.
 "가엾게도. 완전히 정신이 나간 모양이야. 미치긴 했지만 위험해 보이진 않으니 적당히 쓸 만한 일을 배정해 줘."

완전히 미친 사람 취급 받아 버렸다. 식당의 모두가 동의하는 얼굴이었기 때문에 나는 아연해져서 아무 대꾸도 하지 못했다. 새삼 니모를 미친 사람 취급했던 과거가 떠오른다. 이런 식으로 업보가 되어 돌아오다니…….

니모는 세계를 구해 달라고 했지만 막상 와 본 이 세계는 더없이 멀쩡해 보인다. 나는 대체 뭘 구원하러 온 걸까? 니모가 나를 속인 걸까?

부정해 봤자 씨알도 먹히지 않을 분위기라 조용히 수프만 한 숟갈 떠먹었다. 꽤 오래 방치되어 있었는데 음식은 아직 따뜻했다. 하지만 맛은 정말로 별로다. 감자수프 같은데 흙 맛이 너무 많이 났다. 뭐 확실한 건, 적어도 이 배의 끔찍한 음식 정도는 구원할 수 있겠군.

─────✦✦─────

비스뷔가 나를 미친 사람으로 규정했음에도 불구하고 배의 선원들은 의외로 부드럽게 나를 받아들였다. 물론 녹스는 여전히 나를 발견하면 죽일 듯이 노려보거나 더럽다는 듯 욕설을 퍼붓거나 그러다가 비스뷔에게 불쌍한 망상병자를 괴롭히는 나쁜 놈 취급을 받으며 억울하게 퇴장하긴 했지만, 그 외에는 전부 나를 순순히 받아들여 준 것이다.

미친 사람의 낙인을 찍긴 했어도 나의 무해함을 인정해 준 비스뷔의 영향도 있겠지만 사실 가장 큰 원인은 바로 내 태도였다. 의도한 건 아니지만, 마치 강아지처럼 선원들의 뒤를 따라다니며 '도울 것이 없을까요?', '뭔가 필요한 것 있으세요?' 하고 끝없이 호감과 친절을 내보였더니 3일쯤 지나자 모두 나를 약간 애완동물 취급하며 편하게 대하기 시작했던 것이다.

솔직히 의도한 건 아니었다. 그저 비스뷔가 내어 준 내 선원용 해먹에서 깨어났더니 사방에 사람이 가득하다는 사실에 감격해서 최선을 다해 열심히 했을 뿐이다. 오른쪽을 봐도 사람, 위쪽을 봐도 사람, 왼쪽을 봐도 사람. 온통 나처럼 해먹을 걸어 두고 잠에 빠져 있는 이들이 가득하다. 가만히 눈을 감으면 벽 너머로 웅성이는 인기척 소리도 들린다. 파도 소리와 내가 그은 빗금들에 둘러싸여 잠들었던 고독한 나날은 이제 정말로 안녕이었다.

선원들에게 아침 인사를 건네면 떨떠름한 표정이었으나 받아 주었고, 말을 걸면 대답도 해 준다. 정말로 감동적인 일이 아닐 수 없다. 녹스가 나에게 드러내는 적대감도 내게는 별일이 아니었다. 비록 욕설이긴 했지만 누군가가 나에게 먼저 말을 걸어온다는 사실 자체가 기쁜 일이었기 때문이다. 그가 떠난 뒤 눈치를 보던 다른 선원들이 위로차 건네는 다정한 말들은 부수입이었다.

그런 마당이니 니모라든가, 태양의 숲이라든가, 원래 세계로 돌아간다든가, 세계 멸망이라든가 하는 생각들은 완전히 내 머릿속에서 빠져나가 버렸다. 세계 멸망……. 여기 사람들은 그런 건 전혀 모르는 눈치니 니모가 뭔가 착각했거나 그 이상한 단체, 태양의 숲에서 사기라도 친 게 아닐까. 어쨌든 지금 내 최대의 관심사는 선원들과 조금이라도 더 친해지는 것이다.

좀 더 많은 사람!
좀 더 많은 대화!
좀 더 많은 호감을 얻고 싶다!

오랫동안 고독감에 학대당한 내 마음은 처절하게 관심을 요구했다. 어느 정도냐면, 그가 사기꾼이나 살인마더라도 사람의 형상을 하고 있고 말을 할 수 있다면 친해지고 싶을 정도다. 굳이 사람이 아닌 동물이라도 좋다. 식재료나 무기물의 범주에 들지 않는 생물이라면 무엇이든 친해질 용의가 있었다.

"녹스 씨는 왜 그렇게 저를 싫어하는 걸까요?"

섬에서 갈망하던 모든 것을 손에 넣은 지금, 나의 현재 가장 큰 고민은 바로 이것이었다. 벌써 배에서 지낸 지 5일째인데 도무지 녹스의 적대감이 누그러들 기미가 보이지 않는 것이다. 미움받을 짓 같은 건 전혀 하지 않은 내 입장에서는 정말로 불합리한 일이다.

"너를 싫어하는 건 아닐 거야. 그냥 인간을 싫어하는 거지."

팔팔 끓는 바닷물에서 데친 통감자를 건져 내며 알터가 말했다. 알터는 이 배의 조리장이다. 비스뷔가 할 줄 아는 일이 뭐냐고 묻기에 요리라고 했더니 주방에서 뛰쳐나와 절대 안 된다며 손사래를 쳤지. 하지만 선장의 명령은 절대적이라 결국 떨떠름하게 나를 받아들이는 수밖에 없었다.

조심스럽게 주방에 입성한 첫날, 나는 알터의 불편한 심기를 거스르지 않기 위해서 최선을 다했지만 흙도 씻어 내지 않은 감자를 그대로 냄비에 처넣고 펄펄 끓이더니 바닷물을 대충 넣어 간을 맞추는 것을 보고 기함하고 말았다. 왜 그렇게 흙 맛이 나는 건가 했더니 이런 이유였던 것이다. 흙이 들어갔으니 당연히 흙 맛이 나지.

그가 감자를 데쳐 껍질을 까고 수프를 끓이게 하는 데는 정말로 부단한 설득과 노력이 필요했다. 겨우 주방에 들어온 지 하루 된 내가 조리장의 의지를 꺾는 건 사실 불가능에 가까웠다. 하지만 비스뷔가 나에게 찍어 준 미친 사람의 낙인이 뜻밖에도 빛을 발했다. 내가 그의 심기를 거스르지 않기 위해 노력하는 것만큼이나 그도 주방에 갑자기 난입한 이 미친 사람이 난동을 부리는 일을 피하고 싶었던 것이다.

그리고 그날부터 감자수프는 흙 맛을 잃게 되었고, 알터는 꽤 만족했다. 그리고 선원들과 나도.

"그게 그거 아닌가요. 방금 주방에 들어오다가 식당에서 마주쳤는데 또 욕설을 들었다구요."

"무슨 욕설?"

"못생긴 개구리라고."

알터가 히죽 웃었다. 그의 밤색 머리에 솟은 갈색 귀가 기분 좋게 잠깐 파닥인다. 털이 북슬북슬한 꼬리도 살랑살랑 흔들리고 있다. 이 배의 선원들은 두 부류로 나뉜다. 내가 녹스에게 욕설을 들을 때마다 위로하는 집단과 알터처럼 재미있는 일 정도로 치부하는 집단.

"그냥 익숙해지라고. 감자, 여기 건진 게 마지막이야. 다 까서 이쪽 통으로 옮겨 줘."

"아, 네. 저기 그런데 알터, 수프가 다 되면 다른……."

"안 돼. 녹스가 쫄쫄 굶게 하고 싶어?"

무슨 말이냐면, 성공적인 감자수프를 만든 사람이 나라는 사실은 선원들에게 금방 퍼졌다. 그리고 그날부터 녹스는 감자수프를 절대 먹지 않았던 것이다. 더러운 개구리 따위가 만든 음식은 입에 대지 않겠다는 소리였다. 그리고 부선장인 녹스가 밥을 굶게 할 수는 없었던 지라 나는 감자수프 외에 선원들에게 나가는 음식에 손을 댈 수 없게 되어 버렸다.

"말 안 하면 모르지 않을까요?"

"녹스는 후각이 예민해서……. 요리를 하려면 식재료를 손으로 만질 텐데 재료에 밴 네 냄새를 알아챌 거야."

"으윽, 정말. 대체 왜 그렇게 저를 싫어하는 건지. 그리고 왜 하필 개구리라고 부르는 거죠?"

"개구리를 닮았으니까?"

알터의 태연한 대꾸에 아연해졌다. 그러나 그 와중에도 감자 껍질을 까는 내 손은 분주하게 움직였다.

"대체 어느 부분이요?"

"귀가 없잖아. 꼬리도 없고. 꼬리가 있을 자리에 엉덩이가 튀어나와 있는 것도 비슷하지."

"아니, 꼬리는 그렇다 쳐도 귀는 있는데요."

"개구리도 귀는 있어. 너처럼 그냥 구멍이라 그렇지."

"그럼 제가 개구리를 닮아서 싫어하는 거예요? 그가 개구리를 엄청 싫어하나 보죠?"

긍정, 혹은 부정의 대답이 바로 돌아올 줄 알았는데 알터는 뜻밖에도 약간 머뭇거렸다. 빠르게 오가던 대화가 어색하게 끊어지자 주방이 조용해졌다. 감자수프를 만들 바닷물 육수가 부글거리며 끓는 소리만 들린다.

"그건 아냐. 음, 오해하지 말고 들어 줘. 나는 네가 좋은 사람이라는 걸 알아. 괜찮은 인간이지. 하지만 말이야. 우리 입장에서 귀와 꼬리가 없는 사람이라는 건 좀 소름 끼치는 일이거든. 기분이 좋아도 꼬리를 흔들지 않으니 알 수가 없고, 대화를 해도 귀가 내 쪽으로 쏠리지 않으니 제대로 집중해서 듣고 있는지도 모르겠고……. 무슨 생각을 하고 있는지 읽기가 힘들지. 인간들 입장에서는 내내 표정 없이 말하는 사람 같은 느낌일까? 너랑 이야기할 때도 종종 좀 오싹하다고."

좀 충격적인 말이었다. 솔직히 좀 상처받았다. 알터는 이 배에서 나와 함께 있는 시간이 가장 긴 사람인데 그조차도 나를 종종 소름 끼쳐 했다니.

"지금도 소름 끼쳐요?"

내 목소리가 가라앉은 탓인지 알터는 북슬북슬한 꼬리를 다리 사이에 말아 넣고 곤란한 얼굴로 귀를 뒤로 젖히고 있었다.

"그러니까 오해하지 말라고. 인간이니까 어쩔 수 없다는 걸 알고 있어. 그리고 나는 인간에게 익숙한 편이라 목소리나 표정으로 감정을 읽을 수도 있어. 그건 그냥 생리적인 감정이고 너를 싫어하는 건 아니야. 다른 선원들도 너를 싫어하지는 않는다고. 그저 녹스가 인간을 싫어하는 데는 저런 이유가 있다는 걸 말해 주고 싶었을 뿐이야."

그가 말을 마침과 동시에 내 감자 껍질 벗기기 작업도 딱 끝나고 말았다. 즉, 이 주방에서 더 할 일이 없으니 밖으로 나가야 한다는 뜻이다.

"다 깎았어요."

조금 시무룩한 기분으로 손을 털고 일어서자 알터가 혀를 차며 한숨을 푹 내쉬었다. 그가 나를 상처 주기 위해 한 말이 아니고, 다들 나에게 호감을 가지고 있다는 건 알지만 너무 느닷없이 들어온 주먹이라 꽤 아팠다. 오늘은 마음을 추스르며 조용히 단순 노동이나 해야겠다.

"강유정. 잠깐 기다려 봐."

주방의 나무 문을 밀고 나가기 직전 알터가 나를 불러 세웠다. 돌아서자 그가 약간 후회 어린 얼굴로 나를 바라보고 있었다.

"너 요리하는 거 좋아하지?"

설마.

"식재료, 1인분 정도만 쓴다면 만들고 싶은 음식 만들어 봐도 좋아. 대신 주방을 부수거나 사고를 치면 다음부터 출입 금지 시킬 거니까."

침울해지던 기분을 단숨에 날려 버리고도 남을 제안이었다. 내 얼굴이 활짝 피었는지 알터의 다리 사이에서 꼬리가 슬쩍 빠져나왔다. 하지만 매우 불안한 얼굴이다.

"걱정 마세요! 쓰고 나서 바로 깨끗하게 정리해 둘게요!"

"제발 그러길 빈다. 이제 나가 봐."

손을 절레절레 흔드는 그에게 나는 마음속으로 백만 번 정도 키스를 날렸다.

뭘 만들까!

주방을 박차고 나오는 내 마음은 벅차오르기만 했다. 뭘 만들까? 뭘 만들지? 이 배의 식재료 창고는 꽤 푸짐하다. 저기에서 내가 쓰고 싶은 식재료를 마음껏 꺼내어 쓸 수 있다니! 뭘 만들면 좋을까? 만들고 싶은 요리가 너무 많아서 쉽게 결정할 수가 없었다.

나는 알터를 좋아하지만 그가 이곳의 식자재를 대하는 태도는 좋아할 수가 없다. 싱싱한 생선이 끓는 물에 마구 처넣어져 뼈와 살이 다 뒤섞인 생선 가시 죽이 되어 버린다거나, 손질되지 않은 내장이 당당하게 존재감을 뿜어내는 비린내 수프가 되어 버린 광경을 마주하면 슬프기까지 하다.

그냥 굽기만 해도 맛있을 생선을 저렇게 만드는 것도 나름 재주라면 재주다. 그가 내어놓는 결과물들은 간신히 음식물 쓰레기를 면하긴 했지만 제대로 된 먹을 것이라고 보긴 힘들었다. 솔직히, 흙이 씹히는 감자수프와 익다가 만 생선구이, 아무거나 처넣은 국물을 순순히 먹어 주는 선원들이 감탄스러울 정도다.

내가 일을 마치면 주방을 떠나는 이유의 절반은 그가 요리하는 모습을 보고 있기 힘들기 때문이다. 식재료에게 모욕적이기까지 한 그 조리 과정을 보고 있으면 분명 참견하게 될 테지. 괜히 좁은 주방을 더 좁게 만들기 싫기도 하고.

주방을 나오자 선원들로 북적거리는 식당이 보였다. 점심을 기다리는 사람들이다. 그중 몇 명이 나를 알아보고 손을 흔든다. 평소였다면 누군가가 먼저 인사해 주었다는 사실에 기뻐하며 쪼르르 달려갔겠지만, 지금은 영 시들하다. 당장 내 머릿속은 요리에 관한 것으로 가득 차 있는 것이다. 아무래도, 인사에 답하는 태도가 좀 건성일 수밖에 없다.

저렇게 제대로 된 주방에서 요리를 하는 게 얼마 만인지.

요리를 하는 것도 기분 좋지만 더 기분 좋은 건 점심 식사를 먹지 않아도 된다는 것이다. 이곳은 점심과 저녁 딱 두 번 식사를 했는데, 그러다 보니 매번 배가 고파서 어쩔 수 없이 알터가 만든 끔찍한 음식을 억지로 먹어야 했다. 그러나 이번만큼은 식사 시간이 지난 주방을 사용해서 마음껏 맛있는 식사를 즐길 수 있다.

"안녕, 강유정. 무슨 좋은 일 있어? 녹스와 화해했니?"

말을 걸어온 것은 의자에 비스듬하게 기대앉은 비스뷔였다. 늘 입는 하얀 면 셔츠에 약간 헐렁한 고동색 바지. 흑표범 같은 검은 꼬리가 의자 다리에 구불구불 휘감겨 있다.

"녹스……. 아뇨."

인간의 감정은 읽기 힘들다는 알터의 말이 왜 갑자기 떠올랐는지 모르겠다. 비스뷔의 어깨 너머로 꼬리를 붕붕 흔들며 수다 떠는 남자 두 명이 보였다. 확실히 이들이 생각하는 기분 좋은 모습이란 건 저런 것일 텐데, 비스뷔는 꼬리도 없는 내 기분을 잘도 눈치챘다. 그녀는 인간에게 익숙한 걸까.

"엄청 싱글거리고 있는데. 무슨 일인지 궁금한걸."

의자 다리에 감겨 있던 비스뷔의 꼬리가 스르륵 풀리더니 바닥을 가볍게 탁탁 때렸다. 저건 무슨 감정일까 잠깐 생각하다가 대답을 재촉하는 비스뷔의 눈과 마주쳤다.

"아, 알터가 제가 만들고 싶은 요리를 1인분 만들어도 좋다고 허락해 줬어요."

"흐음, 그러고 보니 네가 자꾸 점심 식사를 만들게 해 달라고 떼쓴다며 알터가 하소연을 했었지."

"그랬어요?"

"녹스와 너 사이에 낀 바람에 죽을 맛이라고 하던걸."

"그 정도는 아닌 것 같던데……."

비스뷔가 빙긋 웃는다. 동시에 검은 귀가 양옆으로 한 번 쫑긋했다. 바닥을 탁탁 치고 있던 꼬리는 약간 느리게 살랑살랑 흔들리고 있었다.

"녹스보다는 너와 오래 붙어 있으니까. 계속 거절하기도 곤란했겠지. 어쨌든, 뭘 만들지 궁금한데. 알터에게는 말해 둘 테니 2인분 만들어서 내 선장실로 가져오겠어?"

뜻밖의 반가운 요청이었다. 모처럼 만드는 맛있는 음식을 나 혼자 즐기게 되는 게 약간 섭섭하던 참이었는데, 함께 먹을 사람이 생긴 것이다. 내가 만든 음식이 그녀의 입맛에 맞지 않을까 약간 걱정되긴 하지만, 대답은 고민할 필요가 없었다.

"정말요? 꼭 가져갈게요!"

나의 기쁜 감정이 전해졌을까? 비스뷔는 잠시 나를 가만히 바라보다가 고개를 끄덕였다. 대충 우리의 대화가 마무리되는 것처럼 보이자 옆에서 기다리던 누군가가 비스뷔에게 말을 걸었다. 물자라든가, 항로라든가 내가 알아들을 수 없는 대화가 오간다. 괜히 끼어들어 듣고 있는 것도 어색한 일이었기 때문에 나는 적당히 때를 봐서 식당을 빠져나왔다.

모두 배를 채우러 식당으로 가 버린 덕분에 갑판은 한적했다. 망루를 지키는 사람과 키를 지키는 키잡이, 돛 지킴이, 갑판 주변을 순찰하는 세 명 정도의 선원을 빼면 거의 텅 비어 있는 거나 마찬가지다. 몇 명이 나와 눈이 마주쳤지만 딱히 먼저 인사해 오지는 않았다. 내가 말을 걸면 받아 주는 사람은 많지만, 말을 걸어오는 사람은 사실 거의 없다.

약간 외로움을 느끼며 누군가 갑판 근처에 묶어 둔 낚싯대로 다가갔다. 이 배에서 가장 흔한 식료품은 생선이었다. 내가 생선이라면 배와 같은 속도로 헤엄치는 무시무시한 속도의 지렁이 따위는 그냥 무시할 것 같은데 이 바다에는 의외로 호승심 넘치는 녀석들이 많은 모양인지 꽤 커다란 돛새치나 청새치가 자주 낚이곤 했다.

사실 살아서 펄떡이는 돛새치를 본 건 이 배에서가 처음이었다. 거의 1미터가 넘는 커다란 놈이 등지느러미를 쫙 펴고 위협하며 펄떡거리는데, 도저히 생선이라는 생각이 들지 않았다. 외형만 보면 무슨 파충류의 일종이라고 해도 믿었을 것이다. 황금빛 옆구리 살을 반짝이면서 뾰족한 코를 창처럼 겨누는 모습이 굉장히 무서웠다.

물론, 그 돛새치는 생전의 용맹이 허무할 정도로 맛없고 비린 생선 수프가 되어 버렸지만. 알터, 이 무정한 사람아.

거의 성인 한 명의 몸체와 맞먹는 커다란 놈이었는데 그렇게 허무하고 형편없는 최후라니.

어쨌든, 그런 돛새치가 하루에 거의 서너 마리씩 낚이니 생선은 부족함이 없다. 돛새치 외에 대충 펼쳐 놓은 그물에 걸려드는 각종 조개나 넙치도 상당히 많다. 그러니 내가 만들 요리는 당연히 생선을 주로 하는 요리가 될 예정이다.

배에 얼마 남지 않은 귀한 식재료로 무언가 만들 생각은 전혀 없다. 녹스처럼 노골적으로 나를 적대하는 사람은 별로 없지만 그렇게 좋아하지도 않는다는 것은 대충 눈치챌 수 있다. 그럼에도 불구하고 배에 태워 준 호의를 민폐로 갚는 짓을 할 수는 없지.

대충 배에서 가장 흔한 식재료가 무엇일지, 그리고 그걸로 무슨 음식을 만들지 고민하는 사이 식사 시간이 끝났는지 선원들이 하나둘 갑판으로 돌아오기 시작했다.

식당으로 돌아가니 주방 밖으로 나와 선원들과 잡담을 나누는 알터가 보인다. 주방에서 할 일이 완전히 끝난 모양이다. 나와 눈이 마주친 알터의 귀가 잠깐 내 쪽으로 쫑긋했다. 사람으로 따지면 눈을 찡긋하는 행동에 해당하는 걸까. 나는 별달리 쫑긋해 줄 귀가 없어서 고개만 가볍게 숙였다.

알터를 지나쳐 주방 안쪽, 식료품 창고로 들어서자 본격적으로 가슴이 두근거리기 시작했다. 배에 구비된 식재료는 오랜 항해를 고려해 말린 고기, 말린 채소들이 대부분이다. 드물게 보이는 생채소는 토마토나 양파 같은 익숙한 것도 있고, 처음 보는 것도 있었다. 냉장고 같은 것은 아예 없고, 생채소는 모두 흙에 심겨 화분 형태로 보관되고 있다. 그런 화분들이 볕 잘 드는 창가에 주르륵 서 있었다. 나머지는, 소금에 절인 고기 정도인가. 생채소가 있다는 점이 좀 놀라운데.

여기서 쓸 수 있는 조미료는 소금이 전부고 별다른 향신료는 없다. 그나마 쥐를 쫓는 용도로 매달아 둔 말린 마늘 정도일까. 하지만 마늘은 향신료계의 소금이다. 특별한 요리는 힘들겠지만, 근사한 요리 정도는 만들 수 있겠지. 무엇을 만들든 간에 알터의 음식보다 훨씬 나으리라 자신할 수 있다.

꼼꼼히 식료품 창고를 둘러보니 내가 마음껏 써도 되는 재료가 어느 정도 감이 잡힌다. 그리고 예상은 했지만 그 흔한 올리브기름 하나 없다는 데 조금 놀랐다. 이곳의 조리법이 굽거나 삶는 것이 전부인 이유가 있었던 것이다. 하지만 언제나 대체품은 존재한다.

만들고 싶은 요리는 많았지만 만들 수 있는 요리는 한정적이다. 절인 돼지고기를 담아 둔 주머니에서 가장 기름기 많은 부위를 조금 썰어 냈다. 여기 사람들은 비계를 잘 먹지 않으니 다행히 돼지기름은 눈치 볼 필요 없이 쓸 수 있었다.

가장 먼저 주재료인 생선, 새벽에 잡은 싱싱한 대구를 선창에서 꺼내 포를 뜬다. 새우와 조개가 있기에 그것도 꺼냈다. 잘 손질한 해산물은 차가운 물에 담갔다가 소금으로 밑간을 해 둔다. 그리고 화분에서 가장 작은 토마토 하나와 양파 하나를 땄다. 말린 채소 묶음에서 오레가노와 비슷한 향을 내는 향신료가 있어 그것도 조금 꺼내 왔다.

화로를 냄비에 올리고 돼지기름을 타지 않도록 천천히 녹인다. 튀기거나 굽는 요리를 하지 않으니 프라이팬 같은 것은 찾아볼 수 없다. 조잡한 도구였지만, 그래도 오래 사용해서 길이 든 냄비는 쓸 만했다.

잘 녹은 돼지기름에 마늘과 양파를 넣고 볶기 시작하자 먹음직스러운 냄새가 풍기기 시작했다. 따로 간을 할 필요는 없었는데, 돼지기름에 쓴 돼지가 이미 염장이 끝난 고기였기 때문에 간은 충분했다. 어느 정도 기름에 채소의 맛이 배어들었다 싶을 때 한 입 크기로 썰어 둔 대구 살과 새우, 조개관자를 넣고 강한 불로 빠르게 볶는다. 가스레인지처럼 불 조절을 할 밸브가 없으니 냄비 뚜껑을 부채 삼아 바람을 넣으며 불을 돋우었다. 기름 위에서 탱탱하게 오그라든 살이 댕글댕글 구르며 익어 간다. 근사했다.

마지막으로 작게 썬 토마토를 넣고 대충 익히다가 향신료를 뿌려 마무리한 뒤 접시 두 개에 나누어 담아내면 끝이다. 냄비에서 그릇으로 미끄러지는 음식을 보니 그렇게 흐뭇할 수가 없다. 얼마 만에 보는 제대로 된 음식인지……. 살짝 맛을 보니 아주 잘 만들어졌다.

지극히 평범한 해산물 볶음이었지만 나에게는 거의 1년 만에 먹는 제대로 된 음식이었다. 김을 모락모락 뿜어 올리며 윤기가 흐르는 모습이 비현실적일 만큼 근사하다. 이 향기, 이 빛깔. 진짜 맛있겠다.

음식이 식기 전에 선장실로 가져가야 한다. 선장실이 어디인지는 모르지만 가는 길에 적당히 누군가에게 물어보면 해결될 문제다. 크기가 맞는 뚜껑을 두 개 찾아 음식을 덮고 포크를 챙겨 주방을 나서는데, 갑자기 튀어나온 얼굴에 하마터면 두 손에 들고 있던 음식을 쏟을 뻔했다.

"알터 씨?"

마치 주방에서 벌어지는 일들을 엿듣기라도 하는 것처럼 얼굴을 바짝 붙이고 있는 알터와 그 외 네 명이 어색하게 나를 쳐다본다. 쉴 새 없이 벌름거리는 코가 굉장히 부담스러웠다.

"으, 응? 아니 그냥. 냄새가 너무 좋아서 그만. 그게 그 요리야?"

"네. 선장실로 가져가려구요. 어딘지 아세요?"

순간 다섯 명의 시선이 빠르게 교차했다. 가장 먼저 다급하게 입을 연 것은 알터였다.

"내가 데려다줄게!"

"어허, 알터. 넌 주방을 지켜야지. 내가 데려다줄게. 그, 이름이……. 어쨌든 너."

"이름도 모르는 사이인데 이제 와서 친한 척하지 말라구. 가니정은 내가 데려다줄 테니까."

가니정은 누구죠? 내가 이름을 정정할 틈도 없이 누군가가 다시 끼어들었다.

"가니정이라니. 강유정이겠지. 이봐, 나 알지?"

회색 귀에 폭신한 회색 꼬리. 콧등의 상처가 인상 깊은 약간 악동 같은 인상의 남자. 누구인지는 모르겠지만 확실히 낯익긴 하다. 어디서 봤더라 하고 기억을 더듬는데 그가 먼저 스스로를 소개했다.
 "네 해먹 오른쪽에서 자는데. 통성명은 한 적 없지만. 난 민샤. 평선원이야. 선장실에 갈 거라면 내가 데려다주지. 답례는 그 음식 한 입 정도면 돼."
 아하. 이 사람들이 왜 이렇게 적극적인지 알겠다. 주방 너머에서 흘러나오는 내 요리 냄새가 꽤 그럴듯했던 모양이다. 하긴, 기름에 채소 볶는 향기를 싫어하는 사람은 없지. 어쨌거나 내 음식을 원해서 앞다투어 나섰다니 나로서는 꽤 기분 좋은 일이었다.
 기다릴 틈도 없이 민샤가 앞서 걷기 시작했기 때문에 나는 서둘러 그의 뒤를 따랐다. 내 등 뒤에서 알터와 그 외 사람들이 안타까운 시선을 던지는 게 느껴진다. 나도 먹여 줄 수 없어서 안타깝다. 그리고 어쩌면, 요리를 할 두 번째 기회가 생각보다 빨리 올지도 모르겠다.
 "배에 탄 지 이제 며칠째지?"
 식당을 나서자 그가 자연스러운 어조로 질문했다.
 "오, 오늘로 6일째예요."
 먼저 말을 걸어올 거라곤 생각지 못했기 때문에 대답이 조금 늦었다. 심지어 더듬기까지 했다. 하지만 별로 부끄럽지는 않다. 처음 보는 선원이 먼저 말을 걸어온 일은 충분히 놀랄 만한 일이니까.
 "짧은 기간치곤 적응이 빠른걸. 어느 지역 사람이야?"
 별것 아닌 질문이었지만 나는 대답하기 곤란했다. 내 머뭇거림을 뭐라 해석했는지는 몰라도 그가 고개를 약간 끄덕였다.
 "아, 맞다. 비스뷔가 미친 사람이라고 했지. 다른 세계랬던가……."
 간신히 저 타이틀을 뗄 수 있다고 생각했는데 이런 곳에서 상기시키게 되다니. 하지만 저게 사실이라 억울함에 내심 부들부들 떠는데 그가 말을 이었다.

169

"미친 사람치곤 굉장히 멀쩡해 보이는데? 어쩌면 네 말이 진짜일지도."

 저런 터무니없는 말을 그는 믿어 주는 걸까? 약간 기대감이 치솟으려는 찰나 그가 다시 덧붙인다.

"물론 미친 사람은 모두 자기가 하는 말이 진실이라고 여기지만."

 들었다 놨다 하는 솜씨가 굉장히 수준급이다. 나는 한숨을 삼키며 앞서 걷는 그의 꼬리가 격렬하게 흔들리는 것을 보고 있었다. 굉장히 즐거워 보이는데……. 나를 놀려 먹는 게 재미있나 보다.

"근데 나는 네가 미친 사람이라고 생각 안 해. 아마 다른 선원들도 그럴 거야."

 혹시. 설마.

"그냥 망상병자라고 생각할 뿐이지."

 말을 마친 민샤는 소리 내어 까르륵 웃었다. 잠깐 걷는 짧은 순간에 몇 번이나 놀림당한 건지 모르겠다. 배를 잡고 웃는 그 모습에 어처구니가 없었지만 별로 화는 나지 않았다. 화를 내기에는 난 지금 사람을 너무 좋아하는 상태거든.

"자, 다 왔다. 아, 문 열 손이 없구나. 도와줄게."

 선장실은 별로 멀지 않았다. 덕분에 손 위의 접시는 아직 뜨거운 상태다. 양손에 커다란 접시를 들고 있는 내 모습을 잠깐 돌아본 민샤는 친절하게도 문까지 열어 주었다. 문 바로 맞은편 책상에 앉아 무언가 하고 있던 비스뷔가 먼저 들어서는 민샤를 의아한 얼굴로 쳐다보다가 뒤이어 들어온 나를 보고 반갑게 웃었다.

"강유정. 어서 와! 마침 출출하던 참이었는데. 냄새가 굉장히 좋은걸? 잠깐, 책상을 치워 줄게."

 치운다곤 했지만 비스뷔의 행동은 책상 위의 물건을 한구석으로 추방하는 행동에 가까웠다. 팔을 크게 휘둘러 온갖 물건들을 옆으로 와장창 밀어 넣은 것이다. 어쨌든, 음식을 놓을 자리가 생겨서 조심스럽게 접시를 내려놓자 민샤가 재빨리 뚜껑을 열었다.

"이제 내 몫을 챙겨도 되겠지?"

애초에 내 대답을 기다린 질문이 아니었다. 민샤는 접시에서 가장 큰 생선 토막을 포크로 집어 입에 물었다. 입 안에 다 들어가지 않을 정도로 큰 조각이라 생선 토막의 절반 정도는 마치 민샤의 혓바닥처럼 입 밖으로 삐죽 튀어나온 상태다. 굉장히 뜨거울 텐데.

"그런데 민샤, 갑판 청소를 지시하지 않았던가? 너 왜 여기에……."

약간 어처구니없는 얼굴로 민샤를 바라보던 비스뷔가 갑자기 생각난 듯 입을 열었다. 으음, 그런 거군. 대충 민샤가 왜 그렇게 서둘러 행동했는지 알겠다. 비스뷔의 얼굴이 점점 준엄해지자 생선 토막을 문 상태 그대로 귀를 양쪽으로 쫑긋 눕힌 민샤가 도망치듯 선장실을 떠난 것이다.

"정말이지. 말을 제대로 듣는 녀석이 하나도 없다니까. 그나저나 민샤와는 언제 그렇게 친해진 거야? 장난기가 심한 녀석이라 친해지면 고생 좀 할걸."

못마땅한 얼굴로 닫힌 선장실 문을 바라보던 비스뷔가 자리에 털썩 앉으며 한탄했다.

"아까, 처음 말해 봤어요. 선장실 길 안내를 해 준다고 해서……."

"으음, 음식을 노린 건가? 식탐이 있는 줄은 몰랐는데."

흘긋 접시를 내려다본 비스뷔는 납득했다는 듯 고개를 끄덕였다.

"하긴 음식 냄새가 끝내주긴 해. 거기, 앞에 앉아. 네 요리 때문에 일부러 점심을 조금 먹었더니 지금 너무 배고프거든. 어서 먹어 보자구."

정말로 배가 고팠는지 비스뷔는 내가 앉기도 전에 포크를 들어 음식을 집었다. 손가락 두 개만 한 통통한 새우였다. 잠깐 코앞에서 확인하듯 냄새를 맡던 그녀는 조심스럽게 새우를 한 입 깨물었다. 껍질을 다 제거했는데도 새우가 워낙 탱탱해서 그녀의 이 사이로 뽀작, 하는 작은 소리가 들렸다.

나는 의자에 앉아 잔뜩 긴장하며 그 모습을 바라보고 있었다. 처음으로, 이 세계에 와서 처음으로 누군가가 내 요리를 먹어 준다. 어떤 반응일지 걱정 반 기대 반이다. 그 어떤 공연을 볼 때보다 흥미진진하고 두근거리는 기분으로 나는 그녀가 음식을 평가하길 기다렸다.

"강유정······."

음식을 맛본 비스뷔는 지그시 눈을 감더니 포크에 아직 남아 있는 나머지 새우 살을 완전히 입에 털어 넣었다. 음미하며 내 이름을 부르는 목소리를 보니 맛이 없는 건 아닌 모양이다. 약간 안심하는데, 선장실 문이 벌컥 열리며 떠난 줄 알았던 민샤가 빼꼼 나타났다.

"넌 천재야!"

민샤와 비스뷔가 동시에 외쳤다. 직후 두 사람의 눈이 마주친다. 무언가 더 말하고 싶은 듯 우물거리던 민샤는 비스뷔를 발견하고 꼬리를 내리며 사라졌다. 폭신한 민샤의 회색 꼬리가 힘없이 축 처진 것이 닫히기 직전 문틈으로 조금 보였다.

"민샤, 저 자식······. 아니, 그게 중요한 게 아니지. 세상에, 대체 새우에 무슨 짓을 한 거야? 어떻게 이런 식감이······. 뭔가, 뭔가 한 번도 먹어 본 적 없는 맛인데 너무 맛있어. 어디에서도 이런 음식은 먹어 본 적 없어. 특급 여관에서도 식사해 본 적이 있지만 이렇게, 맛있는 건······. 이건 특별해."

그녀가 맛있게 먹어 줬으면 했지만 막상 이렇게 칭찬 세례가 이어지면 굉장히 쑥스럽다. 무슨 말로 겸양을 해야 할지 생각이 나지 않아서 어색하게 포크로 접시를 긁으며 시선만 피하는데, 비스뷔가 뒤늦게 정신을 차렸다.

"아, 식기 전에 먹어야지. 그런데 정말 맛있어. 뭐라고 비유할 말을 찾을 수가 없을 정도로. 이렇게 맛있는 걸 먹은 건 처음이야. 내가 지금까지 먹었던 어떤 맛있는 음식도 여기에 비교할 수가 없네."

대구 살을 한 입 먹으면서도 비스뷔는 음식에 대한 감탄을 아끼지 않았다. 악평을 하는 것보다는 나았지만 이렇게 노골적인 칭찬을, 그것도 면전에서 듣는 것도 나름대로 고역이다. 으음, 기분이 좋긴 한데. 그나저나 그렇게 맛있다니. 슬슬 나도 한 입 먹어 봐야겠다.

비스뷔가 먹었던 것처럼 큼직한 새우를 집어 절반을 깨물었다. 돼지기름에 약간 튀기듯 익은 겉면이 딱 좋은 정도의 바삭함으로 첫 식감을 차지한다. 그 뒤로 살이 튀어나오는 것 같은 탱탱함이 이어졌다. 고온에 단단하게 응집된 육질. 마늘 향과 채소 향이 스며든 육수가 살과 함께 터져 나왔다. 새우의 맛과 돼지의 맛이 딱 좋을 정도로 혼합되어 씹을 때마다 감칠맛이 배어 나왔다. 탱탱하고 단단하지만 연한 새우의 살이 일품이다.

조개도 만족스러웠다. 질겨졌으면 어쩌나 했는데 커다란 가리비의 관자는 씹을 것도 없이 혀와 입천장 사이에서 녹아 버렸다. 이어서 두툼하고 커다란 대구 살을 씹자 스며든 새우, 조개, 돼지의 육수가 쫙 흘러나온다. 가장 큰 조각은 민샤가 가져가 버렸지만, 생선 자체가 워낙 큰 녀석이어서 남은 조각들도 충분히 입에 가득 찼다.

나는 오랜만에 하는 식사에 완전히 몰입했다. 처음에는 맛에 놀라며 칭찬을 늘어놓던 비스뷔도 점차 말이 없어졌다. 우리는 적막 속에서 무섭도록 접시에 집중했다. 누구도 입을 열지 않았다. 한참 동안 포크로 음식을 집고, 씹는 아주 작은 소음만 들려왔다.

마침내 적막이 끝난 것은 내가 접시를 핥으려는 비스뷔를 멈춘 때였다. 그녀보다 좀 늦게 식사를 시작하기는 했지만 민샤가 요리를 집어 가 버린 탓에 내 몫의 분량이 더 적은 탓도 있어서 그녀보다 아주 약간 늦게 식사를 마쳤는데, 고개를 들자마자 보인 게 혀를 내밀고 접시로 달려드는 비스뷔라서 얼마나 놀랐는지 모른다. 선장의 체통 어디 갔어요.

"또 만들어 드릴게요."

이 말에 다행히 비스뷔의 품위는 지켜졌다. 나를 구해 준 은인이고, 멋진 선장님인 그녀가 그렇게 망가지는 건 보고 싶지 않다. 사실 접시까지 핥을 정도로 맛있게 먹어 준 것은 고맙지만, 아마 나중에 꽤 민망한 기억이 되지 않을까.

"그거 알아?"

비스뷔는 기이하게 빛나는 눈으로 나를 응시하고 있었다. 불가사의한 무언가를 보는 것 같은 눈이다. 그 서슬에 눌려서 나는 짧은 대답조차 더듬고 말았다.

"뭐, 뭐가요?"

"지금이라면 네가 다른 세계에서 왔다는 말을 약간 믿을 수 있을 것 같아."

"네?"

"이 맛, 이 세상 음식이 아니야. 네가 왔다는 그 다른 세계, 음식의 낙원 같은 거야? 그런 거야? 그러면 모든 게 납득이 돼."

무슨 대답을 해야 할지 모르겠다. 너무 낯간지러워서. 어쩌면 예전이었다면 꽤 매끄럽게 이 말을 받아쳤을지도 모르지만, 무인도에서 행방불명된 내 처세술로는 어색하게 웃는 정도가 고작이었다.

"좋아. 네가 요리를 하자. 오늘부터 네가 이 배의 조리장이야. 잘 부탁해. 할 거지? 요리하고 싶다고 했잖아? 그렇지?"

서슴없이 알터의 직업을 빼앗은 비스뷔가 나를 노려봤다. 수락을 요구하는 시선이었다. 알터에 대한 미안함도 있고, 마음에 걸리는 것도 많아서 우물쭈물하자 비스뷔의 꼬리가 초조하게 연신 바닥을 때린다. 요리를 하고 싶긴 하지만, 알터의 자리를 빼앗고 싶었던 건 아닌데…….

"하지만 알터의 일터를 빼앗고 싶지는 않아요……."

"일터를 빼앗는다구? 우스운 말 하지 마. 이 배에 할 일은 차고도 넘치니까. 민샤같이 지시를 귓등으로 듣고 노닥거리는 놈들이 워낙 많아야지. 그리고 알터는 조리장이긴 하지만 본래 식료품 창고지기야. 음식을 만드는 건 좋지만 재료를 쓰려면 알터에게 허락을 받아야 할 거야. 항구까지 남은 거리와 식료품 재고를 계산해서 네가 뭘 얼마나 써도 되는지 알려 줄 거고. 배의 살림은 알터 담당이니까."

"그래도, 녹스가······."

내 손이 닿은 음식은 절대 먹지 않겠다고 했다. 내가 배의 식사를 만들기 시작하면 녹스는 아마 쫄쫄 굶을지도 모른다. 하지만 그 전에 비스뷔에게 맞아 죽을지도 모른다. 녹스의 이름이 나오기가 무섭게 비스뷔가 노성을 터뜨렸기 때문이다.

"녹스! 그놈! 그래, 그놈 때문이야. 그놈 때문에 이렇게 맛있는 음식을 6일이나 못 먹었잖아! 그놈은 굶어도 돼. 신경 쓰지 마. 아니, 차라리 쫄쫄 굶었으면 좋겠네."

"네? 아니, 그래도 굶기는 건······."

"쉿. 더 말할 것 없어. 녹스 그놈은 그냥 알터가 만든 쓰레기나 먹으라고 해."

알터와 녹스 둘 중 누구에게 더 심한 말인지 가늠이 되지 않는 일갈에 나는 조용히 입을 닫았다. 이 이상은 쓸데없는 언쟁이 될 뿐이다.

"그럼, 하는 거지?"

"네······."

얼떨떨하게 대답하긴 했지만 솔직히 내심 기뻤다. 내일부터는 알터의 비린내 수프를 먹지 않아도 되는 것이다. 벌써부터 무슨 음식을 만들지 머릿속으로 계산하는데, 침착함을 되찾은 비스뷔가 생긋 웃으며 다시 입을 열었다.

"사실 오늘 부른 이유는 이게 아니었는데, 음식이 너무 맛있어서 본론을 잊을 뻔했네."

"본론이요?"

"그래. 슬슬 이 배가 어떤 배인지, 그리고 향후 일정을 너에게 말해 줘야 할 것 같아서 말이야."

기름기가 반들반들한 입술을 할짝인 비스뷔가 접시를 바닥에 내려놓고 책상 위에 종이 한 장을 펼쳤다. 섬과 해안선이 표시된 해도였다. 비록 등고선도 경도나 위도조차도 표시되어 있지 않은 허술한 물건이었지만, 이렇게 갑작스럽게 이 세계의 지리 정보를 손에 넣을 수 있을 줄은 몰랐기 때문에 깜짝 놀랐다.

"일단 미리 말해 두자면, 너는 약 20일 후 도착하는 게르하인에서 하선해야 해."

"아."

사실 예상은 하고 있었다. 이들과 계속 함께할 수 없다는 것 정도는. 하지만 이렇게 말로 들으니 꽤 섭섭하다. 그 감정이 얼굴로 드러났는지 비스뷔가 안타까운 어조로 나를 달랬다.

"나도 아쉬워. 너의 그 맛있는 요리를 20일밖에 못 먹는다니. 하지만 우리는 고향에서 가져온 짐을 팔고 다시 돌아갈 거야. 인간은 출입이 금지된 우리들의 땅으로. 그러니까, 이 배는 일종의 교역선인 셈이지."

"출입이 금지돼요?"

"그래. 너도 별로 들어오고 싶지 않을걸. 도시 전체가 녹스 같은 녀석들로 가득하니까. 이 배에 있는 녀석들이나 교역도시를 들락거리니 인간에 익숙한 거지, 보통 우리는 꼬리 없는 녀석들을 별로 좋아하지 않거든."

이야기를 들으니 마치 이들처럼 귀와 꼬리가 있는 사람들과 나 같은 사람들이 사는 땅이 완전히 분리되어 있는 것 같다. 평소에는 거의 교류하지 않고 교역도시를 통해서만 소통하는 모양이다.

"그럼, 그 게르하인이라는 곳은 저 같은 사람이 들어가도 괜찮은 곳인가요?"

"거긴 교역도시니까. 그리고 인간들의 영토지."

비스뷔가 손가락을 들어 지도 어딘가를 짚는다. 그녀의 손가락을 가만히 내려다보다가 조심스럽게 질문했다.

"이게 게르하인인가요?"

"응. 글 못 읽어?"

지도 곳곳에 무언가가 빽빽하게 적혀 있었지만 내가 전혀 모르는 글씨였다. 아마 지명이 아닐까 추측할 뿐이다. 고개를 끄덕였더니 비스뷔는 그러려니 하는 얼굴이었다. 문맹이 드물지는 않은 모양이다. 말이 너무나 자연스럽게 통했기 때문에 문자도 알아볼 수 있지 않을까 기대했는데, 약간 실망스럽다.

처음 이 사람들이 한국어로 이야기했을 때는 조금 놀랐지만 금방 익숙해졌다. 니모가 했던 것처럼 한국어를 하고 있긴 한데 입 모양이 한국어가 아니었던 것이다.

언젠가 선원 한 명에게 내 말을 어떻게 알아듣는 거냐고 물었더니, 우리는 같은 숨을 마시고 있으니 당연히 말이 통하지 않느냐고 반문했다. 되레 그런 질문을 한 내가 이상하다는 듯 쳐다보다가, 아, 미친 사람이었지, 하고 약간 안쓰럽게 혀를 찼다. 혹시나 수상한 사람 취급 받을까 긴장했던 나로서는 좀 허무하고 황당한 결말이었다. 이 미친 사람이라는 타이틀, 수치스럽지만 굉장히 쓸모가 있다는 걸 인정할 수밖에 없군.

"그런데 여기는 어디예요?"

대륙에서 조금 이상한 지역이 있었다. 대륙의 중앙을 경계로 양분하여 서쪽에는 빽빽하게 도시들의 이름이 적혀 있는데, 동쪽 땅에는 아무런 지형 묘사 없이 그저 중간에 작게 무어라 적혀 있는 게 전부였던 것이다. 설마 이 큰 땅이 하나의 나라일까? 나라라고 해도 도시의 이름 정도는 적어 둘 텐데. 하지만 어쩐지 그곳이 어딘지 알 것 같았다.

"너 정말 다른 세계에서 왔니? 글을 못 읽어도……. 당연히 참혹의 땅이지."

"그럼 이 중앙의 선이······."

"참혹의 경계. 피니게르 디오비르다의 영역, 악마들이 춤추는 땅이자, 현세의 지옥이지."

니모가 했던 말이 어슴푸레 생각났다. 워낙 오래전의 일이고 흘려들은 게 반인 데다 그가 했던 말의 대부분을 믿지 않았기 때문에 생각나는 것은 별로 없지만, 그래도 그런 이름을 들은 것 같은 기억이 난다. 여러모로 미심쩍은 소리들이었지만 그가 한 말들이 아주 거짓말은 아닌 모양이다. 그나저나 저게 나와 관계가 있다고 했던 것 같긴 한데, 정확히 어떤 관계인지는 기억이 안 나는군.

"저기에는 아무도 못 들어가서 지도가 없는 건가요?"

"원래는 그랬는데······. 나도 소문만 들었어. 한 1년 전인가? 결계가 사라졌다고 하더라구. 우리는 별로 관심 없지만 이래저래 참혹의 땅에서 한몫 챙기려는 모험가들이 생겨나고 있다나. 덕분에 게르하인도 더 북적거리게 됐어. 교역도시들은 거의 땅끝에 있으니까. 게다가 게르하인은 교역도시 중 가장 동쪽에 있는 땅이잖아? 경계와 가까운 덕분에 모험가들이 많이 모여들고 있지."

1년 전.

왠지 내가 관계있을 것 같은 느낌이다. 아니, 거의 확신이다. 내가 관계된 일이 분명했다. 지난 1년간 내가 한 일이라곤 무인도에서 자급자족한 것 외엔 없지만 무언가 이 세계에 영향을 끼친 것 같다. 하지만 역시 뭘 해야 할지, 무엇 때문인지 전혀 모르겠다.

"그거 괜찮은 거예요?"

"뭐가?"

"그, 결계가 없어지면 안에 있는 악마나 나쁜 게 밖으로 나오는 거 아니에요?"

"음, 그렇다곤 하더군. 경계 주변의 도시들이 가끔 습격을 받는다는데, 그래서 마법사들이 파견되었대. 게르하인에도 한 명 파견되어 있다던데. 누구더라? 꽤 대단한 녀석이었던 것 같아. 르준? 그런 이름이 었던 거 같은데. 뭐, 마법사답게 재수 없는 성격이겠지."

"마법사요?"

질문하면서 약간 가슴이 두근거렸다. 이곳이 마법 같은 비현실적인 것들이 실존하는 세상이라는 건 들었지만 공기가 자동 통역을 해 주는 것 외에 내가 겪은 신비한 경험은 전무했다. 하지만 마법사라니, 그런 게 정말 있다고? 게다가 게르하인에 있다니. 운이 좋으면 실제로 볼 수 있을지도.

"응. 마법사. 본 적 없는 것 같네."

"네. 선장님은 본 적 있으신가요?"

"나도 딱 한 번 멀리서 본 게 다야. 항구에 폭풍이 와서 모두 배를 묶고 폭풍이 지나가길 기다리는데, 기다리는 게 짜증이 난다면서 마법사 하나가 폭풍을 잠재워 버렸지."

비스뷔는 불쾌한 듯 미간을 찌푸렸다. 별로 좋은 기억이 아닌 모양이다. 하지만 폭풍을 물러나게 해 줬으면 좋은 것 아닌가?

"그런 것도 가능해요?"

"마법이잖니. 마법사가 아닌 사람은 어떻게 하는 건지 절대 모를 방법으로 뭐든 해내는 자들."

"그런데 왜 재수 없는 성격이라는 거예요? 폭풍을 없애 줬으면 고마운 것 아닌가요?"

내 질문에 그녀가 삐뚜름하게 웃었다. 비웃음 같기도 하고 그냥 기분이 나빠서 얼굴을 구기는 것 같기도 하다.

"그건 말이지, 그의 배가 항구를 떠나자마자 바로 폭풍이 다시 찾아왔거든. 자기가 탈 배에만 마법을 걸었나 봐. 덕분에 마법사에게 감사하다고 인사하던 사람들만 바보 됐지. 물론 감사 인사도 들은 척 만 척 무시하던데. 그걸 모르고 그를 따라 배를 출항하던 사람들만 어중간한 위치에서 태풍에 휩쓸렸어. 근해여서 난파한 배는 없었지만, 곧 폭풍이 다시 올 거라고 한마디만 말해 줬어도 그런 난리는 없었을 텐데. 정말로 자신 외에 나머지 사람들은 어떻게 되든 상관없는 족속들이라니까."

떠올리기만 해도 기분이 나쁜지 비스뷔의 눈가에는 옅게 경멸이 스며 있었다. 이야기를 듣고 보니 확실히 비스뷔가 마법사에 대해 악담을 할 만했다. 그녀의 말처럼 정말 모든 마법사가 저런 종류의 사람이라면 나도 마법사를 마주하고 싶지 않다.

호기심을 텃밭 삼아 싹트던 호감이 순식간에 사라졌다. 이 세계에 온 후로 내가 이런 식으로 사람을 멀리하는 것은 처음 있는 일이다. 그러니까, 직접 겪지도 않은 사람에 대해서 누군가의 말 몇 마디로 꺼리는 감정을 가지는 것 말이다.

비스뷔는 선량한 사람이었다. 모든 배가 나를 못 본 체하고 지나갈 때 그녀는 배를 세워 나를 구해 주었다. 자신의 선원들이 나를 달가워하지 않을 때도 측은지심을 가지고 나를 돌봐 줬다. 그런 그녀의 말이 나에게 큰 영향을 끼치는 것은 당연한 일이었다.

"비스뷔도 출항했었나요?"

"아니, 나와 선원들은 폭풍이 온 걸 보고 아예 며칠 묵으려고 일정을 잡아서 출항하진 않았어. 하지만 나와 거래했던 상인 몇 명이 피해를 입었지."

"그래도 비스뷔는 괜찮아서 다행이에요."

"뭐, 그런 셈이지. 또 이야기가 옆길로 샜는데, 네 물건에 대해서 들었어? 널 구조할 때 네 배에 있던 물건들도 같이 수습했거든."

물건? 딱히 챙길 만한 물건이 있던가 기억을 더듬었지만 별로 생각나는 것은 없었다. 뗏목은 뭐, 거의 쓰레기에 가깝고……. 그냥 버리기 아까워 챙길 만한 물건이라면 내가 만든 조잡한 저장 식량 정도일까?

"제 물건을요? 거의 보잘것없는 물건들인데……."

"말린 어육이나 절인 열매들은 꽤 질이 좋던데? 내가 잘 치워 뒀으니 안심해. 게르하인에 거지로서 하선하지 않으려면 그거라도 팔아야겠지."

문득 아까 비스뷔가 책상을 치우던 모습이 떠올랐다. 내 물건들이 어떻게 '치워'져 있을지 상상하는 건 별로 어려운 일이 아니었다. 어쨌든 생각지도 못한 배려였다.

"음, 얼마 정도 될 것 같아요?"

"글쎄……. 일단 팔려야 하겠지만, 최소 300겔드 정도는 받을 수 있지 않을까?"

겔드. 이 세계의 화폐 단위. 처음 들었다. 그나저나 300겔드라는 금액이 어느 정도인지 감이 잡히지 않아서 애매한 얼굴로 비스뷔를 바라보니 그녀가 내 시선을 오해한 듯 귀를 앞으로 눕히고 눈썹을 모았다.

"음, 확실히 좀 적긴 하지? 하지만 너무 걱정하지 마. 우리 배에서 요리해 준 품삯도 겸해서 나도 돈 좀 쥐여 줄 테니까."

"아니, 그게 아니라……. 그게 어느 정도 금액이에요? 그걸로 어느 정도 기간이나 먹고 잘 수 있죠?"

"음, 제일 싼 여관의 숙박비가 하룻밤에 20겔드 정도, 식비는 하루 최소 5겔드 정도니까 최저한의 생활을 하면 열흘 정도는 지낼 수 있겠지. 하지만 머리를 다 밀어야 할 거야. 그런 여관은 벼룩 천국일 테니까."

"으음, 머리를 안 밀어도 되는 여관은요?"

"50겔드는 할걸."

나는 20겔드짜리 여관을 선택지에서 지워 버렸다. 하루에 30겔드를 아끼는 대가로 머리카락을 잃는 건 너무 손해 보는 거래다.

대충 6일에서 5일인가……. 사실 마을에서의 일은 크게 걱정하지 않고 있었다. 무인도에서도 살아남았는데 마을에서 지내는 일이 대수겠는가. 하지만 무인도의 열매와 나무는 돈을 내지 않아도 되는 것들이다. 마을에서는 그렇게 살 수 없다. 한 번도 생각하지 않았던 돈이라는 문제가 비스뷔 덕분에 수면 위로 떠오른 것이다.

"일자리를 빨리 찾아야겠네요……."

"너무 걱정하지 마. 교역도시라서 여관이 많고 음식점도 많으니까 너 정도의 요리 실력이면 금방 채용될 거야. 정 불안하면 내가 거래하는 상회에도 말해 둘게. 음식점 한두 개는 가지고 있을 거야."

내 얼굴이 많이 어두웠는지 비스뷔가 부드러운 어조로 말했다. 역시 비스뷔는 든든하다. 상냥하고, 정말 좋은 사람이다. 마음이 따뜻해져 오는 느낌에 열렬히 비스뷔를 바라보자 그녀가 멋쩍은 듯 뺨을 긁었다. 뾰족하게 솟은 검은 귀도 쉴 새 없이 파닥거린다.

"품삯이라곤 해도 얼마 안 되니까 그렇게 감동받은 눈으로 쳐다볼 것 없어. 자, 내가 할 말은 여기까지야. 오늘 저녁은 이미 알터가 준비하고 있을 테니 그대로 두고, 내일부터 주방에서 일하면 돼. 알터에겐 내가 말해 둘 테니까."

비스뷔가 그렇게 말하긴 했지만 불청객일 나에게 돈과 일자리를 챙겨 주는 것이 별것 아닌 일일 리가 없었다. 나조차도 생각하지 않고 있던 내 미래를 걱정해 준 것이다. 내가 여전히 뜨거운 눈으로 바라보자 비스뷔의 목이 조금씩 붉어지더니 결국 소리쳐서 나를 쫓아냈다.

"빨리 나가! 그릇 챙겨서! 쳐다보지 말고!"

"비스뷔, 정말 고마워요."

"나가라구."

비스뷔는 급기야 나를 외면하고 일거리를 끌어다가 바쁜 척하기 시작했다. 실제로 바쁜지 아닌지는 모르겠지만, 이렇게 갑자기 일에 빠질 수 있을 리가 없으니 저건 연기다. 더 이상 그녀를 곤란하게 하고 싶지 않았기 때문에 나는 순순히 접시를 챙겨서 선장실을 나섰다. 그러나 잠깐, 선장실을 나가기 전 마지막으로 확인했다.

"20일이라고 했죠?"

"그래. 바람이 좋으면 며칠 줄어들 수도 있어."

여전히 목이 붉은 비스뷔가 슬쩍 고개를 들어 대꾸했다. 남은 시간이 굉장히 빨리 갈 것 같은 느낌이 든다.

✦

다음 날부터 나는 본격적으로 주방을 맡게 됐다. 제대로 된 수도 시설도 없는 초라한 주방이지만 막상 사용하려고 보니 꽤 쓸 만했다. 하루 종일 불이 꺼지지 않는 화로는 가스레인지처럼 자유롭게 불 조절을 할 수 없는 단점이 있지만, 반대로 은은한 화력을 얼마든지 얻을 수 있었다. 게다가 빵을 굽기 위한 작은 화덕도 있었다. 이 배에 타서 단 한 번도 빵을 먹어 본 적이 없기 때문에 처음 화덕을 발견하고 얼마나 놀랐는지 모른다.

"화덕이 있는 줄은 몰랐어요. 왜 빵을 한 번도 굽지 않으신 거예요? 밀가루도 이렇게 잔뜩 있는데."

식료품 창고에서 발견한 밀가루 주머니를 들고 나오며 묻자 녹스에게 줄 비린내 수프를 국자로 젓던 알터가 어색하게 눈을 피했다.

밀가루는 정말로 잔뜩 있었다. 식료품 창고 구석에 한 아름 크기의 주머니가 잔뜩 쌓여 있기에 뭔가 해서 다가갔다가 발견한 것이다. 주머니 위로 먼지가 앉은 것을 보니 아무도 손을 대지 않은 지 한참 된 것 같다. 너무 방치되어 있던 나머지 내가 첫 요리를 만들던 때에도 미처 발견하지 못했다. 밀가루가 이렇게 잔뜩 있는 줄 알았다면 생선 탕수를 만들어도 좋았을 텐데.

"으음, 그게 처음 출항했을 때는 빵을 구웠는데, 생선이 워낙 많이 잡혀서 말이야. 하, 하하······."

그럴듯한 이유였지만 알터의 귀와 꼬리가 초조하게 파닥거리는 것을 보니 아마 진실은 아닌 모양이다. 내 눈을 피해 으스러진 생선 수프를 뚫어져라 응시하는 그의 뒤통수에 식은땀이 흐르는 게 보이는 것 같다. 별로 살펴볼 것도 없는 수프에 저렇게 집중하는 이유는 역시.

"그럼 이 밀가루, 아껴 둔 거예요?"

그럴 리는 없겠지만 떠보듯 묻자 알터가 말없이 웃는다. 필사적으로 내 눈을 마주치지 않으면서 입만 움직여 웃는 표정이 엄청 어색했다. 좋은 대답이다.

빵을 만드는 건 품이 많이 드는 일이다. 반죽이 힘든 것이야 말할 필요도 없는 문제고, 발효와 굽기까지 신경 쓸 일이 여간 많은 게 아니다. 이 배의 선원은 나를 포함해 전부 서른두 명. 32인분의 빵, 점심과 저녁 두 끼를 해야 하니 64인분의 빵을 구워야 한다. 이쯤 되면 알터가 밀가루 주머니에 먼지가 쌓이도록 빵굽기를 외면한 게 비난받을 일이 못 된다.

"제가 써도 되는 거죠?"

"물론이지. 얼마든지 써."

식료품 담당은 알터다. 아무리 밀가루가 많이 쌓였어도 허락은 반드시 받아야 했다. 조리장의 자리에서 그를 밀어 낸 것도 모자라서 창고지기로서의 권한까지 무시할 순 없으니까. 알터는 어떻게 생각하는지 모르겠지만, 그에게는 미안한 마음뿐이다.

평소보다 몇 시간 일찍 일어나서 아무도 없는 주방에 처음 들어와 알터를 마주하며 내심 걱정을 많이 했다. 아무리 음식 맛이 형편없다고 해도 그는 이 배의 조리장이었다. 자신의 일에 책임과 자부심을 가지고 매일매일 요리를 해 온 것이다. 그런데 갑자기 나타난 내가 자리를 가로챘으니 기분이 상한다고 해도 이상한 일이 아니다.

그러나 그의 얼굴은 뜻밖에 밝았다. 밝다 못해 홀가분해 보이기까지 했다. 내내 신경을 곤두세우고 세심하게 그의 심기를 살폈으니 착각했을 리는 없다. 싫어하던 일이라도 이런 식으로 누군가에게 빼앗기면 불쾌할 수 있는데…….

그가 내 생각보다 요리하는 일을 더 싫어했거나, 아니면 나를 배려해서 기분이 상했더라도 내색하지 않거나 둘 중 하나인 게 아닐까. 하지만 내 예상은 전부 틀렸다.

"음식 할 거면 넉넉히 해. 그래야 내가 계속 집어 먹지."

"네?"

"뭘 그렇게 놀라는 거야? 만든 음식을 마음껏 먹을 수 있는 건 주방에 있는 사람의 특권이잖아? 잘해 보라구. 요리, 기대하고 있으니까."

콧노래를 부르며 평소보다 더 세차게 국자를 휘젓는 덕분에 녹스가 먹을 알터의 생선 수프는 그 어느 때보다 비참한 곤죽이 되고 있었다. 거의 분쇄기가 따로 없군. 어쨌거나 알터의 기분이 저렇게 좋은 이유는 대충 알았다. 조리장의 지위고 뭐고 어제 군침만 흘렸던 그 요리를 먹을 생각으로 머릿속이 가득한 모양이었다.

그가 상처받지 않았다는 걸 확인했으니 이제 요리에 전념할 차례다. 알터가 빵을 만든 지 오래되었다는 말은, 선원들이 빵을 먹은 지 오래되었다는 뜻이다. 반죽이 고생스럽긴 하겠지만 오랜만에 먹는 빵은 분명 선원들을 기쁘게 만들어 주겠지.

결심이 서자 손이 바쁘게 움직였다. 제빵의 꽃인 버터와 계란을 구할 수 없으니 만들 수 있는 빵은 좀 제한적이다. 하지만 고민은 필요 없었다. 하얀 밀가루와 소금이 풍부한 환경에서 식사용 빵을 만들어야 한다면 선택지는 하나다.

판데살. 소금빵.

필리핀에서는 한 개 50원 남짓 하는 저렴한 빵이지만 별다른 재료 없이 구워 내도 무난하게 맛있다는 점이 장점이다. 특히 갓 구운 판데살은 버터나 잼 없이 그냥 먹어도 입 안에서 녹아 버린다. 재료가 재료이니 크게 색다른 맛은 아니겠지만, 그래도 충분히 좋은 선택지였다.

커다란 판 위에 밀가루를 쏟고 약간의 소금을 뿌린다. 소금과 밀가루를 충분히 섞어 준 뒤 맥주에서 구한 이스트를 푼, 따듯한 물을 부어 본격적인 반죽을 시작했다. 제대로 된 이스트를 구할 수 있었다면 좋겠지만, 당장은 맥주라도 있어서 다행이었다. 약간 술빵 같은 맛이 날지도 모르겠는걸.

대충 덩어리지고 뭉쳐지던 반죽이 치댈수록 점점 모양이 잡혀 간다. 오랜만에 하는 빵 반죽이었지만 감이 녹슬지 않았는지 딱 좋은 비율로 반죽이 만들어지고 있었다. 별다른 계량 도구도 없이 눈대중으로 물과 밀가루 비율을 맞추었는데도 질거나 뻑뻑함이 없다. 손에 닿는 감촉에서부터 감이 왔다. 반죽이 아주 제대로 되고 있었다. 맛있는 빵이 될 것 같은 느낌이다.

반죽이 끝나면 이번에는 부풀릴 차례다. 덩어리가 너무 크면 제대로 숙성이 되지 않으니 적당한 크기로 떼어 낸 반죽들을 따듯한 화로 근처에 놓아두고 천을 덮어 둔다. 숙성이 되는 동안에는 다른 음식을 준비해야 한다. 대량의 밀가루를 반죽한 덕분에 등이 다 젖을 정도로 땀이 흐르고 있지만 멍하니 보낼 시간은 없었다.

오늘 점심 메뉴는 빵과 함께 곁들여 먹을 음식, 그리고 국물 메뉴다. 국물은 빵을 만들기 전 해감해 둔 조개를 쓸 생각이다. 조개와 비린내를 없애 줄 몇 가지 채소를 넣고 끓이기만 하면 되니 손이 많이 가지 않는다. 하지만 곁들이는 음식이 고민이었다.

사실 재료 자체는 정해져 있다. 절인 고기가 있긴 하지만 한정된 물자이고, 빵이 있는데 밀가루로 만든 추가 음식을 더하는 것도 영양 밸런스가 맞지 않는다. 결국 가장 수급이 원활하고 흔하며 얼마든지 써도 상관없는 재료, 생선으로 음식을 만들어야 하는 것이다.

고민하는 동안에도 손은 부지런하게 움직여 해감이 끝난 조개를 냄비로 옮겨 담고 물을 채워 불에 올린다. 비린내를 제거할 통마늘과 양파를 좀 썰어 넣으면 조개수프는 끝난다. 그러는 사이 빵 반죽의 숙성이 끝났다.

 조개수프를 준비하는 데 기껏해야 십 분 남짓 걸렸다고 생각했는데, 해감된 조개를 씻고 불에 올리는 시간이 생각보다 오래 걸렸던 모양이다. 뭐 새삼스러운 일은 아니다. 미친 듯이 바쁘게 돌아가는 주방에서는 가끔 시간을 건너뛰는 신비한 일이 일어나곤 하니까.

 반죽을 주먹만 하게 떼어 모양을 잡아 오븐 팬 위에 척척 늘어놓는다. 흐트러짐 없이 가지런하게 자리 잡는 반죽들. 화덕 자체가 작아서 한 번에 다 구울 수는 없고, 두세 번에 나눠 구워야 할 것 같다. 직접 장작불로 화덕 온도를 조절해 본 경험이 없어서 약간 불안하긴 하지만, 그래도 중간중간 살피면서 굽는다면 타서 못 먹는 일은 피할 수 있을 것이다.

 "어떻게 그렇게 빨리할 수 있는 거야?"
 "네?"
 너무 집중한 나머지 알터의 존재를 까맣게 잊고 있었다. 갑자기 들려온 목소리에 화들짝 놀라 고개를 들자 아예 주방 구석에 자리 잡고 턱을 괸 채 본격적으로 나를 구경하고 있는 그가 보였다. 추측하건대, 저러고 있은 지 한참 된 것 같다.
 "네가 빵을 굽고 요리를 한다고 했을 때도 약간 반신반의했어. 혼자 다 할 수 있는 일이 아니거든. 오늘 일찍 나온 것도 일손을 좀 보태 줄까 해서였는데, 그럴 필요가 없어 보이는구먼."
 무슨 진기한 서커스라도 보듯 알터의 눈이 반짝반짝 빛나고 있었다. 나는 마지막 빵 반죽을 떼어 팬 위에 내려놓고 반죽들 위에 밀가루를 한 차례 뿌렸다. 빵가루가 없으니 대신이다.
 "글쎄요, 그렇게 빠르다는 생각은 한 적 없는데······."
 "아니, 진짜 빨랐어. 무슨 다람쥐가 도토리 까는 걸 보는 느낌이었다니까. 손을 슈슈슉 하니까 반죽들이 동그랗게 척척척 틀에 놓이는데, 툭 떼서 던지니 알아서 빵이 되는 느낌마저 들었다고."

"하하하……. 아마 집중해서 그런 게 아닐까요?"
"그래도 대단해."

알터가 진지하게 감탄하자 얼굴이 확 달아올랐다. 예전에는 그래도 이런 칭찬에 넉살 좋게 웃거나 능글맞게 농담을 던지는 여유를 가지고 있었던 것 같은데 이제는 어찌할 바를 모르겠다. 거울을 보지 않아도 얼굴이 벌겋게 달아오른 게 느껴질 지경이다. 굳어서 고장 난 것처럼 버벅거리던 나는 간신히 해야 할 일을 기억해 내고 화덕에 빵들을 밀어 넣었다.

알터의 부담스러운 시선을 필사적으로 외면하며 나는 빵과 조개수프 외에 곁들일 음식을 준비하는 데 집중했다. 반죽을 팬에 늘어놓는 작업이 다 끝났으니 사실상 빵굽기는 거의 끝났다. 익은 빵을 꺼내고 미리 반죽을 정렬해 둔 다른 팬을 오븐에 넣기만 하면 되는 것이다. 점심시간까지 생각보다 시간이 많이 남았으니, 손이 좀 가는 요리를 해도 좋을 것 같았다.

빵이 있으니 빵을 찍어 먹을 소스가 있는 요리가 좋겠지. 생선과 채소를 넣은 볶음 요리. 결국 어제 만들었던 것과 같은 돼지기름 해산물 볶음을 또 만드는 게 가장 좋을 것 같다. 새우나 조개가 없어서 어제 만든 것만큼 속 재료가 알차진 않겠지만, 다 먹고 남은 짭짤한 육수 기름에 빵을 찍어 먹을 수 있고, 민샤가 먹었던 요리에 대해 떠들고 다닌 덕분에 그걸 먹어 보고 싶어 하는 선원도 많은 것 같았으니까.

해산물 볶음을 만드는 데는 알터도 대찬성이었다. 내가 생선을 손질하고 돼지기름을 꺼내 올 때까지만 해도 그저 호기심 어린 눈으로 보고 있을 뿐이었는데 마늘을 넣고 볶기 시작하자 기대에 찬 시선을 보내왔다. 어제 맡았던 것과 익숙한 냄새가 피어오르니 그의 얼굴이 기쁨에 휩싸였다.

소량의 재료를 볶을 때와 달리 30인분의 생선을 손질하고 야채를 넣고 볶는 것은 보통 일이 아니었다. 한 사람당 300g을 배분한다고 해도 열 명이면 3kg, 서른 명이면 거의 10kg의 재료를 볶아야 한다. 재료 자체의 부피와 냄비 크기의 한계도 있으니 볶음 요리도 결국 빵과 마찬가지로 세 번에 걸쳐 나눠 볶아야 했다.

이렇게 대량의 요리를 만들어 보니 알터가 그렇게나 생선죽과 수프를 고집했던 이유를 어느 정도 알 것 같다. 빵을 굽지 않았던 이유도. 마지막 빵이 화덕을 나올 무렵이면 처음 화덕에 들어갔던 빵들이 좀 식어 있었던 것이다. 해산물 볶음도 처음 볶은 것들은 아마 맛이 좀 떨어질 것이다.

"알터가 생선 수프를 자주 끓인 이유를 알겠어요. 선원 모두에게 식은 빵을 줄 바에는 뜨거운 수프를 먹이고 싶었던 거죠?"

"응?"

화덕에서 빵을 꺼내며 묻자 볶음 요리를 한 접시 덜어 만족스럽게 먹고 있던 알터가 어리둥절한 얼굴로 시선을 던졌다. 잠깐 눈을 끔뻑끔뻑하던 그는 생각지도 못한 말을 들었다는 듯 짧게 실소했다.

"무슨 소리야? 당연히 귀찮으니까 수프만 끓인 거지. 빵을 구우려면 이만저만 고생이 아니잖아. 그냥 다 때려 넣고 끓이는 게 제일 편하니까 그렇게 한 거야."

그런 대답이 돌아올 줄은 몰랐는데. 무거운 냄비를 흔들며 볶느라 팔이 후들거리긴 하지만, 빵 반죽을 하느라 온몸이 땀에 젖긴 했지만, 이걸 고생이라고 생각한 적은 한 번도 없다. 그저 선원들이 요리를 좋아했으면 좋겠다는 바람만 있었을 뿐이다.

"그런 의미에서, 너무 무리하진 말라고. 앓아누울 수도 있으니까."

"몸 하나는 튼튼하니까 걱정 마세요."

"그럼 다행이지."

그렇게 대답하긴 했지만 메뉴 선정은 좀 고민할 문제다. 볶음 요리는 다시 데우면 식감과 향이 죽는다. 결국 끓이는 요리가 신선하고 뜨거운 음식을 제공할 수 있는 가장 좋은 방법이라는 생각이 들었다. 육수와 고명을 올려서 내놓는 면 요리도 좋을 것 같고······.
"너무 걱정하지 마. 맛없다고 하는 녀석 있으면 그놈 몫까지 내가 다 먹을 테니까."
내 얼굴이 좀 어두워졌는지 알터가 농담을 던지며 손을 뻗어 왔다. 위로의 의미로 손을 잡자는 건가 해서 마주 잡았더니 그가 황당한 얼굴로 정색했다.
"뭐 하는 거야. 빵이나 줘."
······이런 상황에도 알터의 말에 섭섭해지기보다 내 빵을 원한다는 사실에 마냥 기쁜 걸 보면 기나긴 무인도 생활이 나를 얼마나 바꿔 놓았는지 알 수 있다. 강아지도 나보다 사람을 좋아하진 않을 거다. 과연 이런 내가 누군가를 미워하는 일이 가능할까?
알터에게 뜨거운 소금빵 하나를 건네고 나도 빵 하나를 베어 물었다. 따끈따끈한 빵 거죽과 부드럽고 쫄깃한 속. 은은하게 느껴지는 곡물의 단맛. 역시 갓 구운 빵은 최고다.
남은 반죽을 모두 빵으로 탈바꿈시킬 무렵, 딱 맞게 점심시간이 되었다. 주방에서 흘러나온 맛있는 냄새에 선원들은 평소보다 더 허기진 기색이다. 성격 급한 몇 명은 주방 벽에 달라붙어 안쪽을 들여다보고 있기도 하다.
마침내 배식이 시작되고, 나의 걱정이 무색하게 음식은 모두 호평 일색이었다. 단 한 사람, 들뜬 선원들 사이에서 굳은 얼굴로 조용히 알터의 비린내 수프를 받아 간 녹스를 제외한다면.
그는 선원들이 음식을 모두 받아 간 후 제일 마지막으로 나타나 가만히 나를 노려보았다. 맛을 칭찬하며 떠들어 대던 선원들은 그가 식당에 등장하자마자 일제히 입을 다물고 시선을 피했다. 그만큼 무시무시한 얼굴로 나를 쳐다보고 있었기 때문이다. 솔직히 평소처럼 욕설 한두 마디는 할 줄 알았는데 의외로 아무 말도 없이 알터가 내미는 음식을 받아 식당을 나갔을 뿐이다.

나로서는 오히려 그게 더 마음이 불편했다. 내가 잘못한 게 아니라는 건 알고 있지만 이렇게까지 노골적으로 적대당하면서 마음을 편히 가지는 건 불가능했다. 그래도 그가 식당에서 나간 덕분인지 선원들은 조금씩 그 전의 떠들썩한 분위기를 되찾아 가고 있었다.

"이렇게 맛있는 걸 안 먹겠다니. 녹스 부선장도 아까운 짓을 했어."

선원 중 누군가가 한 말에 여기저기서 동의하는 목소리가 흘러나왔다. 나를 위로하려고 한 말인 건 알고 있었지만, 내 기분을 달래기엔 좀 부족했다. 하지만 기분이 상한다고 마냥 축 처져 있을 수는 없다. 선원들은 지금 점심을 먹고 있지만, 나는 저녁을 만들어야 한다.

저녁은 점심때의 일을 교훈 삼아 조개와 게가 듬뿍 들어간 시원한 수제비를 만들었다. 짭짤한 해산물 육수와 푹 익은 감자의 조합은 싫어하는 사람이 없었다. 점심때보다 품이 훨씬 적게 들어갔기 때문에 자투리 시간에는 워터크래커를 구웠다. 소금과 물만으로 만들 수 있고 보관 기간도 길기 때문에 빵을 구울 수 없는 날 꺼내기 좋을 것 같아서다.

눈을 뜨고 자리에 눕기까지 깨어 있는 시간 대부분을 나는 음식을 만드는 일에 전념했다. 뼈가 깨끗하게 발라진 대량의 생선 살을 만드는 일 같은 기본적인 것부터 시작해서, 토마토를 끓이고 으깨어 미리 소스를 만들어 두는 작업까지.

그렇게 하루, 이틀, 사흘, 나흘, 어느새 보름이 지났다.

고단한 몸을 해먹에 던지면 잠을 청할 새도 없이 기절하듯 잠자는 나날이었지만 이 세계에 떨어진 후 지금만큼 행복하고 충실한 시기가 있었던가.

해가 뜨기도 전부터 점심용 빵을 반죽했고, 점심시간이 지나면 바로 저녁 요리에 매진했다. 부지런히 일한 덕분인지 선원들 사이에서 내 주가는 나날이 오르는 중이다. 요즘은 그냥 주방에 서 있기만 해도 누군가 친근하게 말을 걸곤 했다.

지금처럼.

"여, 무슨 일 있어?"

밝은 갈색 귀에 노란색과 흰색이 뒤섞인 줄무늬 꼬리를 가진 남자였다. 자주 봤던 얼굴은 아니지만 통성명 정도는 나눈 적이 있다. 이름이 그러니까.

"베이그."

"오, 내 이름 기억하고 있네."

기분 좋은 듯 씨익 웃는 얼굴은 어린 티가 풀풀 난다. 이 배에는 어린 선원이 많았다. 이렇게 주방에 불쑥불쑥 머리를 들이미는 선원은 거의 다 갓 소년을 벗어난 이들이다. 활달하고 붙임성 많은 성격이라 나도 그들을 무척 좋아했다.

간혹 그들이 주방에 찾아오면 다른 선원들 몰래 간식거리를 나눠 주곤 했는데, 아마 베이그도 그걸 노리고 찾아온 모양이다. 하지만, 때가 안 좋았다.

"미안해서 어쩌죠? 오늘은 줄 간식거리가 없는데……."

확실히 간식거리를 기대하고 온 게 맞는지 그의 갈색 귀가 양옆으로 추욱 처졌다. 설렘으로 살랑살랑 흔들리던 꼬리도 뚝 멈춘다. 표정만은 아무렇지도 않다는 듯 밝았지만…….

"딱히 그거 때문에 온 거 아냐. 어, 음, 근데 왜 오늘 간식은 없어?"

완전히 그것 때문에 온 거면서.

어린 선원들은 내가 그들의 귀와 꼬리에서 감정을 읽는 데 익숙하지 않다는 사실을 알고 나서 이런 식으로 얼굴 표정만 수습하고 아닌 척 구는 경우가 많았다. 물론 그들만큼 세세하게 감정을 읽어 내진 못하지만 이렇게까지 표시가 나면 모를 수가 없지. 하지만 나는 그 사실을 굳이 입 밖으로 꺼내진 않는다. 왜냐고? 당연히, 귀여우니까.

"그게, 요즘 문제가 좀 있어서……."

축 처져 있던 갈색 귀가 흥미를 느끼고 쫑긋 일어선다. 뚝 멈췄던 꼬리도 천천히 흔들리고 있다. 귀의 솜털 하나까지 내 쪽으로 기울어지는 모습이 무척, 역시 귀엽다.

"무슨 문제?"

"요즘 종종 음식을 도둑맞고 있어요."

지금은 저녁때가 지난 시간. 원래대로라면 점심을 먹고 남은 음식이나, 저녁을 먹고 남은 음식 약간 정도는 남아 있을 시기다. 내 음식이라면 배가 터지기 직전까지 밀어 넣으려고 드는 선원들 때문에 얼마 남지는 않지만, 그래도 요즘 양을 넉넉히 만드는 덕분에 아주 조금은 남는다.

이 남은 음식은 보통 이렇게 찾아오는 손님에게 간식거리로 내주거나, 다음 날 꼭두새벽부터 조리를 시작하는 나의 새참으로 소비되는데, 언젠가부터 내가 잠깐 자리를 비우면 홀연히 음식이 사라졌던 것이다.

일이 바빠서 끼니를 놓친 비스뷔에게 가져다주려고 일부러 만들어 둔 음식을 도둑맞았을 때는 정말로 곤란했다. 서둘러 다시 만들긴 했지만 여간 놀란 것이 아니다. 그리고 그 후로 내가 씻기 위해 자리를 비우거나 잠깐 쉬러 주방을 뜨거나 잠을 자러 가면 어김없이 음식들이 사라졌다.

"흐음, 얼마나 됐는데?"

"그게, 한 열흘은 된 것 같아요."

베이그의 얼굴이 진지해졌다. 턱을 쓰다듬으며 고민하는 것을 보니 용의자를 추려 내는 모양이다. 하지만 사실 나는 범인을 잡고 싶지 않았다. 어차피 나의 하선은 이제 겨우 나흘 정도 남았는데 괜히 서로 어색해질 일을 만드는 것은 피하고 싶었다. 하지만 베이그의 생각은 좀 다른 모양이다.

"심중 가는 사람은 있어?"

민샤. 반사적으로 떠올린 이름에 나는 황급히 속으로 그에게 사과했다. 물론, 예전에 몰래 주방에 들어와 음식을 훔쳐 가다가 알터에게 발각된 적이 있긴 하지만, 사람을 의심하는 것은 좋지 않다.

"딱히 없어요. 사실 별로 상관은 없는데, 배가 고프다면 나한테 말해서 좀 제대로 된 음식을 먹으라고 말해 주고 싶을 뿐이에요."

내 태평한 말에 베이그는 갑자기 매우 흥분했다.

"뭐? 무슨 그런 말도 안 되는 소리야! 당연히 범인을 잡아서 혼쭐을 내 줘야지!"

주먹을 불끈 쥔 베이그가 열렬히 외친다. 정의감인지 호기심인지 모르겠지만 확실히 이 일을 재밌어하는 것 같긴 하다. 꼬리가 붕붕 흔들리는 게, 아주 즐거워 보였다. 그 범인, 네 친구 중에 있을지도 모르는데.

"어차피 하선까지는 나흘도 안 남았는걸요. 소란스러워질 필요가 있을까요?"

"그래서 더 간식을 먹고 싶었다고! 내 간식을 먹어 치우다니, 용서 못 해. 잠복해서 잡아내자!"

이글이글 불타는 눈으로 나의 협조를 구하는 베이그. 너무 흥분해서 얼떨결에 본심을 뱉어 낸 것도 눈치채지 못한 것 같다. 어차피 가만히 둬도 혼자 주방에 잠복해서 범인을 찾아내 시끄럽게 굴 것 같았기 때문에 나는 고개를 끄덕였다.

"좋아! 오늘 새벽부터 잠복하는 거야!"

범인이 듣고 있을지도 모르는데 큰 소리로 외치는 부분이 아직 어리다고 할까. 하지만 귀여우니 별로 상관없다. 그렇게 정의감에 불타던 베이그는 간식이 없다는 말을 들어서 그런지 미련 없이 주방을 떠나 버렸고, 나는 다시 혼자 남았다.

범인을 잡아서 불편한 상황을 피하고 싶긴 하지만, 그것만큼이나 범인이 누군지 궁금하기도 하다. 사실 베이그에게 털어놓은 이유도 혹시 출처 불명의 음식을 먹고 있는 선원을 본 적이 있는지 궁금했기 때문이다. 베이그가 모른다면 적어도 하나는 확실하다. 훔쳐 간 음식을 어딘가에 숨어서 먹고 있다는 거군.

어쨌든 상황이 이렇게 되어 버렸으니 하선하기까지 날마다 주방 보초를 서게 생겼다. 어찌 보면 잘된 일이다. 베이그에게는 간식거리가 없다곤 했지만, 지금 나에게는 절대 도둑맞고 싶지 않은 음식이 있기 때문이다. 이건 하선하는 날 선원들에게 선물로 주고 싶어서 아껴 두고 있는 물건이다. 도둑맞는 일은 정말로 피하고 싶다.

이곳에서는 단맛이 아주 귀하다. 양봉 자체가 굉장히 고급 기술이고 꿀의 생산량이 적은 데다 가루로 된 설탕 자체가 희귀하기 때문이다. 스무 살이 넘도록 과일 외의 달콤한 음식을 먹어 본 적이 없는 사람도 흔하다고 한다. 그래서, 나는 작별 선물로 달콤한 것을 선물하기로 한 것이다.

내 뒤에는 숙성시키고 있는 보리가 있다. 바로 엿기름이다. 이름 때문에 이게 콩기름 같은 것처럼 식용유의 일종이라고 아는 사람도 있는데, 보리에 싹을 내어 기른 후 엿을 만들기 때문에 엿기름이라고 부른다. 엿을 길러 낸다는 것이다.

엿을 만드는 데는 시간이 정말 많이 든다. 엿기름을 한참 동안 주물거려 단 성분을 우려내어 짜내고, 그걸 당화시킨 뒤 한참 동안 고아야 조청이 되고, 그걸 다시 고아야 진갈색의 갱엿이 되는 것이다. 그 갱엿이 아직 굳지 않아 말랑할 때 손으로 잡아당겨 공기를 잔뜩 넣으며 늘리면 흔히 파는 흰색 가락엿이 된다.

사탕을 평생 본 적도 없는 사람이 태반인 수준이니 가락엿을 잔뜩 선물해 주면 분명 기뻐할 것이다. 그런 관계로, 오늘 밤 화로에는 조청이 고아지고 있을 예정이다. 이 단계에서 이미 단내가 나기 때문에 엿을 본 적이 없는 사람이라도 달콤한 음식이라는 건 알아챌 수 있다. 솔직히, 이걸 안 훔쳐 갈 거라고 장담할 수가 없다.

하아, 어색한 상황은 최대한 피하고 싶지만 어쩔 수 없네.

엿기름을 주물러 바쁘게 엿을 만드는 동안 시간은 순식간에 지나가 어느새 늦은 밤이 왔다. 달콤한 식혜 상태가 된 엿물을 냄비에 부어 화로에 올리는 것으로 조청을 만들 준비는 끝났다. 이대로 계속 끓이면 내일쯤엔 조청이 완성될 것이다. 아마 새벽쯤에는 졸아들어 끈적해져 있겠지.

"뭐지? 무슨 냄새야?"

약속을 지키기 위해 나타난 베이그가 코를 킁킁거리며 주방으로 들어섰다. 밖에서는 맡을 수 없겠지만 주방에 들어서면 엿 특유의 은은한 단내가 느껴질 것이다. 끓고 있는 냄비를 바라보는 눈이 워낙 빛나고 있어서, 결국 외면하지 못하고 뜨거운 엿물을 한 잔 떠서 주었다.

"달아……."

호기심 어린 얼굴로 뜨거운 엿물을 홀짝인 베이그가 황홀하게 녹은 얼굴로 중얼거렸다. 보아하니 잠복에 대한 건 머릿속에서 완전히 날아간 것 같다. 하지만 별로 탓하고 싶지는 않다. 나도 방금 전까지 오랜만에 맛본 달달한 맛에 푹 빠져 있었으니까.

"이거, 뭐야?"

나무 컵을 손에 들고 묻는 얼굴이 굉장히 어리게 보인다. 그 흔한 양초 하나 없는 주방이라, 광원이라고는 화로뿐이다. 화로의 은은한 붉은 빛 때문인지 베이그의 뺨이 은근히 붉어져 있는 것 같기도 하다.

"엿이라는 거예요. 작별 선물로 몰래 만들고 있는 거니까, 다른 사람에게는 말하면 안 돼요."

"사탕 같은 거야?"

소곤거리는 목소리였지만 어조는 확실히 흥분하고 있었다. 나는 대답해 주는 대신 그의 옷을 잡아당겨 내가 몸을 숨기고 있던 가죽 부대 뒤쪽으로 끌어들였다. 그제야 베이그는 오늘 밤의 대업을 기억해 낸 모양이었다. 뭔가 더 말하고 싶은 기색이었지만 결국 손에 든 엿물을 마시는 데 집중하기로 했는지 금방 조용해졌다.

잠복이라는 건 지루한 작업이다. 특히 하루 종일 노동으로 지친 나에게는 정말 고달픈 일이다. 밤이 깊어 가기 시작하자 점점 잠이 쏟아지기 시작했다. 하지만 베이그는 낮잠을 자 둔 모양인지 전혀 졸립지 않아 보인다. 엿물을 좀 더 마시고 싶은지 내 눈치를 보는 게 좀 귀여웠다.

"졸리면 좀 자도 돼. 누가 오면 알려 줄……."

베이그가 하던 말을 끊고 갑자기 침묵했다. 잠시 기다리자 약간의 인기척이 들리더니 주방으로 누군가가 들어서는 윤곽이 보였다. 잠이 확 달아나는 기분이다. 빈약한 조명이라 자세하게 보이지는 않았지만 체구가 꽤 훤칠한 남자다. 나와 베이그는 몸을 더욱 움츠리고 숨을 죽인 채 범행 순간을 기다렸다.

남자가 조금씩 움직일 때마다 신경이 잔뜩 곤두서고 심장이 두근거렸다. 나는 그 와중에도 어쩌면 그가 그냥 물을 마시러 온 선원일지도 모른다고 생각하고 있었다. 그러나 잠깐 주방을 둘러본 그는 화로에서 끓고 있는 냄비에 천천히 다가서더니 국자로 내용물을 살짝 떠 맛보았다. 그리고, 엿물을 크게 한 국자 떠서 챙겨 왔던 그릇에 채우기 시작했다. 뭐라고 변명할 여지도 없는 완벽한 범행 현장을 목격하고 말았다.

"멈춰!"

진짜로 도둑과 마주쳐 버리다니! 당황하고 있는 나와 달리 베이그는 망설임 없이 일갈하며 엄폐물 밖으로 튀어 나갔다. 갑작스러운 외침에 얼마나 놀랐는지 범인은 그대로 그 자리에 굳어 버렸다.

"감히 내 간식을 훔쳐 가?"

여러모로 지적할 곳이 많은 말이었지만 나는 아무 말도 하지 않았다. 베이그의 터무니없는 힐난보다 범인이 누군지 확인하는 게 더 중요했기 때문이다. 내가 다가서자 베이그가 나타날 때까지만 해도 비교적 태평하던 범인이 크게 당황해 물러섰다.

"강유정, 빨리 와! 이 녀석 얼굴이나 확인……."

손 빠르게도 화로에서 장작 하나를 꺼내 불씨를 되살려 횃불로 만든 베이그가 나를 돌아보며 외쳤다. 그러나 그는 다시 범인을 쳐다보곤 말을 잇지 못했다. 곧이어 나 또한 범인의 얼굴을 확인하자 그 이유를 알 수 있었다. 범죄 현장을 적발하고 잡아내는 데 성공했다는 흥분감은 이제 어디에도 없다. 어색하고 차갑게 가라앉은 분위기와 굳은 얼굴로 국자와 그릇을 든 녹스가 있을 뿐이다.

횃불의 붉은 빛도 데우지 못할 만큼 녹스의 얼굴은 창백하게 질려 있었다. 아무 말도 없이 눈동자만 데굴데굴 굴리는 게 그도 우리 못지않게 이 상황이 어색한 모양이었다. 늘 나를 노려보거나 소리치거나 하는 얼굴밖에 보지 못했는데, 처음 보는 그의 표정이 무척 신선했다.

나와 녹스도 놀라긴 했지만 역시 가장 놀라고 있는 건 베이그였다. 그는 고등어를 낚겠다고 낚시찌를 드리웠는데 흰수염고래가 나타나서 배를 집어삼키기라도 한 것 같은 표정이었다. 그가 감당하기에는 너무 큰 사람이 튀어나온 게 분명했다. 예상이나 했겠는가? 그 부선장이 도둑고양이처럼 잔반을 훔쳐 먹었다니.

어쨌거나 상황이 베이그가 감당할 만한 수준을 훌쩍 넘어 버린 건 분명했기 때문에 나는 조용히 베이그에게 입단속을 시키고 그를 이 곤란한 장소에서 도망치게 해 주었다. 마치 고개를 끄덕이는 인형처럼 아무에게도 말하지 않겠다고 연신 약속하면서 후다닥 빠져나가는 등이 무척 부럽다. 나도 이 상황을 외면하고 싶긴 하지만, 그러면 안 되겠지.

"우리 할 이야기가 굉장히 많은 것 같죠?"

내 말에 녹스는 긍정도 부정도 하지 않았다. 나는 주방에 있는 간이 의자에 앉았고, 그에게도 자리를 권했다. 무시할 줄 알았는데 그는 의외로 내가 권한 의자에 앉아 주었다. 무척 뻣뻣한 동작이긴 했지만.

엿물이 끓는 소리와 간간이 비치는 달빛 사이에 우리는 처음으로 마주 앉았다. 녹스의 꼬리는 완전히 멈춰 있었고 귀는 조금 뒤로 젖혀져 있었다. 쫑긋거리면 관심, 꼬리를 흔들면 기분 좋음 정도의 해석이 고작인 나는 아무것도 읽을 수가 없었지만 내 시선을 피하는 눈은 죄책감과 수치심으로 떨리고 있었다.

 그의 심정을 짐작하는 게 어렵지는 않다. 무인도에서 많이 녹슬긴 했지만 상황이 이렇게 노골적인데 그 마음을 모를 정도로 망가지지는 않았다. 사실 그가 지금까지 나에게 한 행동들을 생각하면 배를 잡고 웃으며 세상에서 가장 잔인한 정신적 살인을 하는 게 자연스러운 흐름이겠지만, 역시 그럴 수가 없네.

 녹스의 상태가 도저히 먼저 입을 열어서 뭔가 말할 것처럼 보이지 않았기 때문에 꼼짝없이 내가 먼저 대화를 리드해야 할 분위기다. 하지만 그건 나에게도 쉬운 일이 아니다.

 음식을 훔쳐 먹다가 들킨다는, 누구라도 수치스러워할 상황을 맞이하여 한없이 연약해진 부선장님에게 야생의 이계인이 무신경하게 아무 말이나 했다간 그의 자존심을 난도질해 버릴지도 모르기 때문이다. 실제로 무인도에서 살다 온 덕분에 나의 화술은 야생과 야만의 경계에 있기도 하다.

 위로라고 건넨 말이 어쭙잖은 동정이 되어 그의 마음을 일만 육천 가닥으로 찢어 버리는, 그런 꿀타래도 눈 뜨고 못 볼 처참한 결말은 사양하고 싶다.

 "처음에는……."

 내가 고민에 빠진 사이 길어지는 침묵이 부담스러웠는지 먼저 입을 연 것은 의외로 녹스였다. 그래, 차라리 이게 낫다. 나는 그가 무슨 말을 하더라도 상처 주지 않고 겸허히 대처하기로 하고 자애로운 표정으로 귀를 기울였다. 물론 나는 쫑긋거릴 수 없으니 그냥 비유적인 표현이다.

 "정말로 먹지 않을 생각이었어."

고해 성사처럼 흘러나온 말은 천천히 시간을 거슬러 내가 이 배에서 처음 음식을 만들었던 시기로 돌아갔다. 그러니까, 수프에 들어가는 감자의 흙을 씻어서 요리하기로 한 그날 말이다.

내가 배에 승선한 현실조차 치를 떨며 거부하는 녹스였으니, 내 손이 닿은 음식을 거부하는 건 자연스러운 일이었다. 모든 선원들이 맛이 좋아졌다고 호평했지만 녹스는 호기심조차 일어나지 않았다. 누군지도 모를 수상한 자가 만든 음식을 먹을 수 없다는 이성적인 경계와 싫어하는 사람이 만든 것을 먹고 싶지 않다는 거부감으로 그는 철저하게 수프를 외면했다.

야간 경계를 서며 차가운 밤바람을 맞을 때는 알터가 만든 따뜻한 국물이 그립기도 했으나, 애초에 별로 맛이 뛰어나지도 않은 음식이다. 그립다곤 해도 크게 아쉽지는 않았다. 앞으로도 쭉 이 불청객을 외면하며 지낼 수 있으리라 그는 믿어 의심치 않았다.

그러나 그 확신은 내 손에 닿는 식재료가 감자에 한정되어 있던 시절에 한한 것이었다. 내가 비스뷔의 허락을 받아 처음으로 제대로 된 요리를 한 순간, 이 배의 모든 선원은 어렴풋이라도 그 향기를 맡았다고 한다. 녹스도 예외는 아니었다. 배를 휘감는 것 같은 맛있는 냄새.

태어나서 처음 맡아 보는 너무나 맛있는 냄새에 녹스는 자기도 모르게 선원들과 함께 코를 킁킁거렸다. 그리고 직감적으로 이 요리를 누가 만들었을지 떠올리고 굉장히 불쾌해졌다. 싫어하는 사람이 만든 음식 냄새. 지금까지 수프를 외면했던 것처럼 거북해해야 했지만……

"그러기엔 너무 맛있는 냄새였어."

녹스가 조금 한탄하듯 자괴감에 젖어 중얼거렸다. 음식 따위가 뭐라고.

하루, 이틀. 선원들이 내 음식을 받아먹는 모습을 보며 녹스는 이를 악물었다. 선원들이 맛에 대해 떠들 때마다 호기심과 식욕이 구름처럼 일어났다. 냄새만 맡아도 맛있을 것 같은 요리를 놔두고 비린내 나는 수프를 삼키는 건 정말로 고역이었다. 하지만 이제 와서 태도를 바꾸기엔 너무나 늦어 버렸다.

그렇게나 적대적으로 굴었는데 식욕에 져서 친근하게 군다면 얼마나 구차한 모양새인가. 우스갯거리가 될 게 분명했다. 하지만 하루하루 음식 냄새는 더 맛있게 풍겨 오고 이걸 거부하는 건 점점 힘겨워지고 있었다. 괜히 주방 근처를 서성거리며 흘러나오는 냄새라도 맡으며 참아 봤지만 그것도 한계가 있다.

"악몽도 꿨어."

"무슨 악몽이요?"

"냄새에 홀려서 나도 모르게 음식을 받으러 갔는데, 너와 선원들이 나를 둘러싸고 비웃는 꿈."

나는 대답 대신 침묵했다. 진심으로 그가 안쓰러워졌던 것이다. 더 말하지 않아도 된다고 하고 싶었지만, 녹스는 모든 것을 내려놓은 분위기로 다시 말을 이었다.

"네가 하선하는 시기까지만 참으면 된다고 스스로를 다독였지만 이 말은 오히려 독이 되었어. 네가 이 배에서 사라지면 앞으로 평생 그 음식을 맛볼 기회가 없다는 사실을 깨달았거든."

그래서 녹스는 결정했다. 먹어야 했다. 하지만 말을 거는 건 있을 수 없다. 그렇다면······.

양심을 배신하고 저지른 짓이었지만 결과는 믿을 수 없게 달콤했다. 주방에서 음식을 훔치고 있는 스스로를 깨달을 때면 그 비참한 몰골에 흠칫했지만 그만둘 수가 없었다. 맛있어서, 너무 맛있어서 도저히 멈출 수가 없었던 것이다. 아마 훔쳐 먹는 것이니 더 맛있었을지도.

"그리고 악몽의 내용이 바뀌었어."

말하지 않아도 어떤 식으로 바뀌었는지 알 것 같다. 음식을 훔치다가 모두의 앞에서 개망신을 당하는 꿈이었겠지.

매일 음식을 훔치면서 녹스는 점점 더 나를 향해 가시를 세웠다. 들키면 안 된다는 절박한 마음이 극단적인 행동을 부추겼던 것이다. 만약 음식을 훔치는 걸 눈치채더라도 용의자에 자신을 올릴 생각조차 하지 못하도록 녹스는 차갑고 무관심한 모습을 연기했다. 점점 나를 노려보는 눈이 뾰족해져 갔던 것은 그런 연유에서였다.

시시때때로 그만하고 사과해야 한다는 생각이 들었지만 관성적인 태도를 그만두기는 거의 불가능했다. 그렇게 조마조마하게 매일 음식을 훔쳐 먹던 날이 이어져 결국 오늘이 되고 말았다. 녹스의 푹 숙여진 머리 안쪽에서 차분한 목소리가 흘러나왔다.

"미안해."

사과까지는 바라지 않았기 때문에 좀 놀랐다. 그는 다 놓아 버린 듯 달관한 자세로 나의 처분만을 바란다는 표정이었다. 각오한 척 단단한 얼굴이지만 눈동자는 미세하게 불안으로 떨리고 있다. 뭐, 어쩌겠는가? 내가 이 배의 부선장을 공개 처형 하기라도 할까.

"일단, 사과해 줘서 고마워요. 그리고 이 일은 우리 둘만 아는 걸로 해요. 베이그가 좀 걸리긴 하지만, 아마 내가 말을 안 하면 아무도 뭐라고 하진 않겠죠?"

가능한 한 최대한 무해한 얼굴을 하려고 노력했다. 이걸로 걱정이 좀 덜어졌을까? 내가 그냥 넘어가겠다고 한 것이 믿기지 않는 듯 녹스가 눈을 크게 떴다. 축 처져 있던 하얀 귀가 바짝 선다.

"화, 안 내?"

쭈뼛쭈뼛 묻는 말에 어깨만 으쓱했다.

"사실 별로 화가 나지도 않는걸요."

그에게 화가 나지 않았다는 말은 진심이다. 오히려 그를 동정하면 했지. 모두가 맛있는 음식을 먹고 있는데 혼자만 알터의 비린내 수프를 꾸역꾸역 삼키는 그의 모습을 상상하면 누구라도 동정하게 될 것이다. 그가 언제나 나에게 욕설을 퍼부었던 사람이라고 해도.

"하지만 그냥 넘어갈 수는 없겠죠?"

덧붙이는 말에 녹스의 얼굴이 흐려졌다. 언제나 나를 향해 독기 어린 시선을 던지는 것만 봤더니 이런 모습이 굉장히 신선하다. 그에게 화가 나지는 않았지만 지난 나의 마음고생을 떠올리면 이대로 묻어 버리기도 상당히 억울했다.

"걱정 말아요, 너무 큰 걸 바라지는 않을 테니까. 내일······."

다음 날 점심.

아침부터 흘러나오는 음식 냄새에 모여든 선원으로 식당은 한껏 붐비고 있었다. 기대에 찬 목소리가 예전에 먹었던 음식이나 오늘 먹을 음식에 대해서 떠들어 대고 있다. 주방 너머에서도 들릴 만큼 시끄러운 수다 소리는 여느 때와 완전히 똑같았다.

"정말이야? 오늘은 녹스 음식을 안 만들어도 된다는 게."

아까부터 알터는 몇 번이나 같은 질문을 하고 있었다. 녹스와 화해했다는 말이 도무지 믿기지가 않는 모양이다. 하긴, 녹스가 나에게 보였던 태도를 생각하면 저게 당연한 반응이긴 하지.

"화해했어요. 오늘부터 제 음식 먹기로 했으니까 정말 안 만들어도 돼요."

대답하긴 했지만 사실 나도 약간 불안하다. 어제 녹스가 그러마 하긴 했지만 내 부탁은 꽤 용기가 필요한 일이었다. 그가 악몽 속에서 했던 행동을 그대로 현실에서 실행하라고 한 것이나 다름없으니.

너무했나? 아니, 이 정도는 해야 한다. 그가 맺은 불화의 씨앗이니 스스로 푸는 게 마땅하다. 약간 가혹하다고 느낄지도 모르겠지만, 마지막 인사 정도는 이 배의 모든 사람과 나누고 싶은 욕심이 있기 때문이다.

음식이 준비되어 들고 나가려는 때쯤, 끓어오르는 듯하던 식당의 소음이 약간 가라앉았다. 보지 않아도 무슨 일이 일어나고 있는지 알 것 같다. 소리 죽여 소곤거리는 목소리가 들릴 듯 말 듯 귓가를 간지럽혔다.

서둘러 식당으로 나가자 예상한 대로 녹스가 와서 자리에 앉아 있었다. 평소라면 배식이 모두 끝났을 시간에 찾아와 알터에게서 비린내 수프만 받아 떠나던 녹스다. 이 이변에 무언가를 느낀 듯 선원들은 모두 서로를 흘긋거리며 추측에 확신을 더하고 있었다. 응, 아마 맞을 거야.

마침내 배식이 시작되고 모두가 예상한 대로 녹스가 제일 먼저 내 음식을 받아 갔다. 다행히 녹스가 걱정했던, 그를 비웃고 조롱하는 일은 일어나지 않았다. 그저 다들 필사적으로 무언가 말하고 싶은 것을 참으며 서로 시선을 교환하기 바빴다. 입가에 미소가 걸려 있긴 하지만 조롱과는 거리가 먼 흐뭇한 것이다.

식당을 어지럽게 날아다니는 선원들의 시선 사이에서 나와 비스뷔, 그리고 베이그의 눈이 마주쳤다. 비스뷔의 입가에도 의미심장한 미소가 걸려 있는 걸 보니 그녀는 아마 처음부터 다 알고 있었던 모양이다. 녹스가 음식을 훔쳐 먹었던 것부터.

그날은 내가 음식을 만들기 시작한 후 가장 조용한 식사 시간이었다. 선원들의 배려 깊은 침묵 덕분에 녹스의 섬세한 마음은 지켜졌고, 이 배의 유일한 불화는 그렇게 마무리되었다.

그리고 사흘 뒤, 엿이 완성되는 시기와 맞물려 배는 게르하인의 부둣가에 정박했다.

Chapter 4

 교역도시라는 이름에 걸맞게 게르하인은 활기와 볼거리가 넘치는 도시였다. 도시에 입항해서 가장 먼저 보인 것은 중앙에 높게 솟은 종탑이다. 새하얀 종탑이 정오의 햇살에 눈부시게 빛나는 게 굉장히 근사했다. 그 아래로 자리 잡은 붉은 지붕들은 그리운 문명의 정취를 물씬 느끼게 한다.
 배가 입항하기도 전에, 도시가 멀리서 보일 때부터 나는 하루 종일 뱃머리를 서성거리며 게르하인을 구경했다. 도시에 도착하면 선원들과 헤어지게 된다는 섭섭함도 이때만큼은 느껴지지 않았다.
 도시.
 사람이 넘쳐 나는 도시. 무인도에서 홀로 그렇게나 그리워했던 도시가 바로 눈앞에 있는 것이다.
 그리고 마침내 입성한 게르하인의 모습은 기대 이상이었다. 머리에 동물의 귀를 달고 있는 것 정도는 사소한 문제였다. 피부가 푸른 사

205

람, 팔이 네 개가 달린 사람, 등에 날개가 달린 천사 같은 사람, 내 몸보다 커 보이는 대검을 어깨에 메고 있는 사람 등 그야말로 외계인 같은 기상천외한 모습의 사람들이 길거리에 넘쳐 났던 것이다. 물론, 나처럼 평범한 외형의 사람도 있었지만.

사람만 특이한 모습을 하고 있는 게 아니었다. 탈것으로 보이는 동물들도 심상치 않았다. 평범한 흰 염소나 얼룩소도 있었지만 커다란 악어를 타고 다니는 사람도 있고, 거북이를 타고 다니는 사람도 있다. 올라탈 수 있는 등이 있다면 뭐든 탈 기세였다.

물론 말이나 낙타를 타고 다니는 사람도 있었는데 가장 흔하게 볼 수 있는 짐승은 타조만 한 크기의 오리였다. 거위인지도 모른다. 어쨌든 소형차 크기의 새하얀 오리를 탄 사람이 가장 많았다. 아주 커다랗다는 것 외에는 일반적인 오리와 완전히 똑같이 생긴 오리.

멍하니 새하얀 털에 콕 찍힌 검은 눈을 바라보는데 누군가와 눈이 마주쳤다. 몹시 못마땅한 표정의 남성이다. 미간을 찌푸린 그 낯을 잠시 바라보다가 이유를 깨달았다. 남자의 손에 오리의 목줄이 쥐어져 있었던 것이다. 그는 오리의 주인이었다. 내가 자신의 오리를 빤히 바라보는 게 무척 불쾌한 모양이었다.

"이쪽이야."

비스뷔가 풍경에 취해 비틀비틀 걷는 나를 잡아끈다. 그녀가 이끄는 대로 걸으면서 남자에게 황급히 사과의 눈짓을 보냈다. 그러나 남자가 순식간에 인파에 묻혀 사라졌기 때문에 내 눈짓을 제대로 봤는지 모르겠다.

"그런데 정말로 필요 없어?"

나를 흘긋 돌아보며 비스뷔가 떠보듯 물었다.

"네?"

다른 데 정신이 팔린 데다 주어가 없는 질문이라 반사적으로 되묻자 그녀가 설명을 덧붙인다.

"엿 말이야. 단건 비싸게 팔린다구. 그렇게 선원들에게 전부 줘 버려도 되는 거야?"

마을에서 전부 팔면 초기 정착금 정도는 나올 텐데, 하고 비스뷔가 아깝다는 듯 중얼거렸다. 또 그 이야긴가. 선원들에게 작별 선물로 엿을 한 상자 나누어 준 뒤 비스뷔는 벌써 세 번째 같은 말을 하고 있었다.

"물론이죠. 정말 괜찮아요. 게다가 그 보리는 배에 실려 있던 식료품인걸요. 제 것도 아니에요."

"만든 건 너잖아. 한 상자나 되는 사탕이라니. 좀 특이하긴 하지만 사탕 맞지? 그걸 다 팔아서 돈으로 바꾸면 대충……."

"정말로 괜찮아요."

말을 가로막고 단호하게 대답하자 한숨을 쉬긴 했지만 그녀는 더 말하지 않았다. 팔아서 돈으로 만들면 얼마인지 정말로 알고 싶지 않았다. 초기 정착금 운운하는 것을 보면 꽤 고액을 거머쥘 수 있는 모양인데, 괜히 값을 들어서 아깝다는 생각이 드는 건 피하고 싶다. 그래도 견물생심이라 혹시나 그런 생각이 들면 이 뿌듯한 기쁨이 퇴색될 것 같았기 때문이다.

배가 게르하인에 정박하기 하루 전, 나는 비스뷔를 통해 모두에게 전달하고 싶은 선물이 있다고 알렸다. 사실 이 배에 있는 보리로 만든 음식이니 선물이라고 하면 좀 웃기긴 하지만, 조청을 휘젓고 굳은 갱엿을 늘려 부풀리는 수고를 했으니 조금쯤은 지분을 주장해도 좋겠지.

점심을 먹고 다들 어리둥절한 기색으로 모여든 식당에서 나는 그동안 만든 가락엿 한 상자를 꺼내 왔다. 혼자 만들 수 있는 양에는 한계가 있는 터라 모든 선원에게 지급하자 한 사람당 다섯 개 남짓한 양을 쥐여 주는 게 고작이었다.

선물을 준다고 하더니 뜬금없이 하얀 막대기 다섯 개를 쥐여 주자 선원들은 모두 떨떠름해하면서 고맙다는 인사치레를 했다. 이 선물의 정체가 무엇인지 아는 사람은 녹스와 베이그뿐이었다. 두 사람은 일찌감치 엿 하나를 조각내어 입에 넣고 단맛을 즐기고 있었다.

대충 막대의 정체가 무엇인지는 모르겠지만 녹스와 베이그를 보고 먹는 것이라 짐작한 선원들은 하나둘 입 안에 엿을 물었다. 식당이 기쁨에 잠긴 것은 당연한 수순이었다. 여기저기서 달아! 우와! 같은 탄성이 터져 나오고 사람들의 얼굴이 달콤한 행복에 젖어 든다. 다시 떠올려도 흐뭇한 광경이었다.

"여기야."

상념에서 빠져나오자 비스뷔가 발걸음을 멈춘 채 나를 돌아보고 있었다. 우리는 목재로 된 커다란 양문이 달린 3층 건물 앞에 서 있었다. 딱 봐도 으리으리해 보이고, 드나드는 사람이 많은 것을 보니 공공 기관이나 회사 같아 보인다. 음식점이나 빵집 같은 것을 예상하고 있었는데, 의외였다. 여기 구내식당 같은 데서 일하는 건가?

"음, 저한테 주방 일을 소개해 준다고 하신 것 같은데……."

뒷말을 흐렸지만 비스뷔는 알아들었을 것이다. 이 건물은 아무리 봐도 식당으로는 안 보인다.

"여기는 게르하인 상인 조합이야."

더 자세한 설명을 해 줬으면 했지만 비스뷔는 딱 그것만 말하고 문을 열고 들어가 버렸다. 통행로에 가만히 서 있으니 쏟아지는 눈총이 무지막지해서 나도 허겁지겁 비스뷔를 따라 들어갔다.

건물 안으로 들어서자 더욱더 여기서 내 일자리를 구할 수 있을 것 같은 생각이 들지 않는다. 잘 정돈된 사무실이었지만, 정말로 여기는 사무실이었다. 약간 고풍스러운 회사에 들어온 느낌이다. 혹시 음식 냄새가 날까 해서 코를 킁킁거렸지만 먼지와 종이, 그리고 사람들의 체취가 전부였다.

"비스뷔인데, 겐트를 만나러 왔어."

비스뷔가 말을 건 사람은 접객 업무를 맡고 있는 것 같은 젊은 여자였다. 짧은 갈색 단발머리를 귀 뒤로 넘기고 사무적인 눈초리로 서류를 읽어 내리던 그녀가 약간 흥미로운 얼굴로 고개를 든다. 삽시간에 반가운 기색이 떠올랐다.

"비스뷔! 오랜만이네요. 어제부터 겐트가 기다리고 있었어요. 그는 물망초 방에 있어요. 벨을 울려 둘 테니 들어가세요."

그녀의 책상 근처에는 어디론가 연결된 끈들이 줄지어 정렬해 있었다. 그녀는 그중 하나를 가볍게 잡아당긴 뒤 비스뷔에게 눈짓했다.

"고마워."

별말씀을, 하고 대답하는 소리가 들렸지만 비스뷔는 이미 떠난 뒤였다. 접객하던 그녀는 잠시 나를 쳐다보다가 밀려드는 다음 고객에게로 시선을 돌렸다. 가볍게 고개를 절레절레 흔든 것 같기도 했다.

"겐트는 우리와 계속 거래하는 상인이야. 그에게 널 부탁할 거야."

부탁한다니? 어떤 식으로? 내가 무언가 묻기도 전에 비스뷔가 어느 방의 문을 덜컥 열었다. 나는 여전히 얼떨떨한 기색으로 그녀를 따라갔다. 솔직히, 그것 외에 더 할 수 있는 것도 없었다.

방은 매우 단출했다. 애초에 이런 업무상의 짧은 만남을 위해 제공하는 방인 듯 놓여진 가구라곤 4인용 탁자와 의자, 그리고 방 여기저기에 걸린 촛대 몇 개뿐이다. 채광을 위한 것인지 밖으로 커다랗게 뚫린 창문을 배경으로 남자가 알은체를 했다.

"왔군."

상인이라고 해서 나이도 좀 있는 후덕한 외모를 상상했는데, 의외로 그는 매우 마르고 하얀 피부의 남자였다. 대충 자른 것 같은 새카만 머리카락이 인상적이다. 광대와 좁은 턱, 약간 치뜨듯 날카롭게 찢어진 눈이 그를 매우 신경질적인 사람으로 보이게 만든다. 비스뷔가 들어왔는데 자리에서 일어나지도 않는 걸 보면 실제로도 살가운 성격은 아닌 모양이다.

"오랜만인데 젠트. 거의 반년 만인가?"

의자에 앉으며 비스뷔는 눈짓으로 나에게도 의자를 권했다. 엉거주춤 자리에 앉자 젠트라는 남자는 내 쪽으로는 시선도 주지 않고 눈을 가늘게 떴다.

"그래. 약속한 기간에서 두 달이나 지났지."

"일부러 그런 건 아니야."

"쓸데없는 말은 그만. 얼마나 가져왔지?"

"여기, 봐."

비스뷔가 종이 한 장을 내밀자 그걸 받아 들어 순식간에 읽어 내린 젠트의 눈썹이 꿈틀거렸다. 노골적으로 마음에 들지 않는다는 얼굴이다. 비스뷔는 태연한 기색이었지만 나는 옆에서 지켜보는 것뿐인데도 조마조마했다. 제발 싸우지 마…….

"두 달 늦었으면 그만큼 더 많이 가져올 줄 알았는데."

"약간 늘었잖아?"

"그래도 부족해."

"모험가들이 많이 늘었나 봐? 아까 오면서 보니까 북적북적하던데."

"그래. 전부 야망에 찬 자살 희망자들이지. 들어가서 되돌아온 모험가가 단 한 명도 없는데, 어떻게 그렇게 용기가 넘치시는지."

"참혹의 경계가 사라진 건 그럴 만한 일이잖아? 뭐, 우리는 별로 관심 없지만."

"너희 같은 아클락스 군도(群島) 사람이 대륙에서 일어나는 일에 무심한 게 어제오늘 일이냐."

"그건 그렇지. 그나저나, 물량이 그렇게 부족하면 우리 물건도 시세가 꽤 올랐겠는데."

젠트는 한숨을 푹 내쉬었다. 나는 약간, 비스뷔가 그에게 보이는 허물없는 태도가 이해되었다. 상업에 대해 잘은 모르지만 아마 상인들은 저렇게 물량이 부족하다던가 하는 불리한 정보를 알아서 떠벌리는 사람이 아닐 것이다. 두 사람 사이에 있는 오랜 신뢰를 조금 엿본 기분이다.

"개당 2만 겔드씩 쳐줘. 예전에는 1만 9천 겔드였으니까 그렇게 많이 올린 건 아니야."

비스뷔의 말에 겐트가 약간 놀랐다. 그가 확인하듯 되묻는다.

"지금 시세는 2만 2천 겔드인데, 정말로 2만 겔드에 팔 생각이야?"

"그래. 그냥 손해 보겠다는 건 아니고, 부탁할 게 있어."

"부탁?"

이쯤에서 탁자 한구석에서 영원히 잊혀질 뻔했던 내 존재가 재조명되었다. 갑자기 두 사람의 시선을 받자 당황한 나머지 움찔하며 뒤로 조금 물러서 버렸다. 의자가 끌리는 소리가 좀 부끄러웠다.

"이 얼간이는 누구지?"

"말조심해. 아주 능력 좋은 얼간이니까. 도시에 오랜만에 와서 표정이 이런 거야."

'원래는 안 이래.' 라고 비스뷔가 작게 덧붙였다. 내 표정이 어떻길래? 얼굴을 더듬어 보니 눈을 좀 크게 뜨고 있고 입이 약간 벌어져 있긴 하지만 별문제는 없었다. 입은 자각하자마자 단단히 다물었고.

"나를 날개 달린 악어 보듯 구경하는 낯짝은 그만뒀으면 좋겠군. 세상에, 대체 얼마나 시골뜨기인 거야?"

"무인도에서 1년 살았대."

겐트의 쌀쌀맞은 얼굴에 처음으로 뜨악한 경악이 내려앉았다. 그는 그가 말하던 얼간이 같은 표정으로 나를 보고 있었다. 첫인상이 약간 흐려져 가는 느낌인데.

"무인도라고?"

비스뷔는 대답 대신 어깨를 으쓱였다. 겐트의 얼굴에 불신이 어렸다. 그러나 맹하게 앉아 있는 나를 곰곰이 살피더니 납득한 표정으로 고개를 끄덕여서, 나는 애매한 기분으로 뺨을 긁적였다.

"사람 구경 처음 하는 것 같은 얼굴을 보니 충분히 그럴 만하다는 생각도 드는군. 그래, 부탁이 뭐야? 그만한 돈을 깎아 줬으니 쉬운 일은 아닐 것 같은데. 미리 말해 두는데, 무리한 부탁이면 거절할 거다."

"별건 아냐. 강유정……. 이 녀석 이름이야. 어쨌든 강유정에게 일자리를 주고 좀 보살펴 줘."

그리고 보니 여기 사람들은 늘 내 이름을 성과 함께 붙여서 불렀다. 아마 처음 소개할 때 '강유정이에요―.' 라고 말해서 그런가 보다. 언젠가 정정하긴 해야 하는데, 영 적절한 때를 못 찾겠군.

"다 큰 성인의 보모 노릇을 하라고?"

겐트의 얼굴이 노골적으로 찌푸려졌다. 내 일인데도 불구하고 이 상황에 한마디도 끼어들지 못하니 어쩐지 짐덩이가 된 것 같아서 나는 두 사람이 대화를 나누는 내내 좌불안석이었다. 안절부절못하는 나를 흘긋 쳐다본 겐트에게 비스뷔가 빙긋 웃는다.

"설마. 사기당하지 않게 좀 살펴 주라는 거야. 이 얼굴 좀 봐. 밖에 나가서 돌아다니다간 30분도 지나지 않아서 노예 계약 문서에 서명할 것 같지 않아?"

"그 정도는……."

아니, 잠깐. 이런 말을 들었는데도 잠자코 있을 수는 없지. 결국 참지 못하고 두 사람의 대화에 끼어들자 겐트는 단박에 비스뷔의 평가를 수긍했다.

"확실히 그렇군."

"그렇지?"

부정하려고 했지만 두 사람이 이렇게나 확고하게 같은 의견이니 내 생각이 순식간에 흔들렸다. 그런가? 진짜인가? 정말로 나 그 정도로 세상 물정을 모르는 건가? 하긴, 내 상식은 전부 저쪽 세계의 것이니까. 그게 이쪽 세상에서도 통용된다는 법칙은 없다. 그런가……. 하긴 정말로 아는 게 없지……. 비스뷔의 안목이니까 정확하겠지.

"그런데 겨우 이 정도 일로 그만큼의 값을 깎아 주는 건가?"

젠트는 약간 미심쩍은 얼굴로 나를 살폈다. 찬찬히 감정하는 눈이다. 자신이 무언가 터무니없는 폭탄을 맡게 된 건 아닌가 신중하게 살펴보는 눈.

"네 말대로 약속한 기간보다 두 달이나 늦었잖아. 사과의 표시 겸이라고 생각해 둬."

"양심은 있군."

짧게 대답한 젠트는 보고 있던 서류 어딘가에 무언가를 적었다. 까막눈인 나로서는 그가 뭘 적었는지 전혀 알 수가 없었다. 구불구불한 글씨를 가만히 들여다보는데 어느새 필기를 마친 그가 나를 똑바로 바라보며 질문했다.

"그럼 무슨 일을 할 수 있지?"

이번에야말로 스스로를 소개하려는데, 비스뷔가 다시 끼어들었다.

"요리를 아주 끝내주게 해. 숙식이 해결되는 주방 일을 좀 구해 주면 좋겠는데."

"얼마나 끝내주게 하는데?"

"별거 없는 우리 배의 식료품 창고에서, 내가 세상에서 먹어 본 것 중 가장 맛있는 요리를 만들어 냈지. 선원 중에 몇 명은 애를 아클락스로 데려가자고 할 정도였다니까."

비스뷔의 말에 나는 오늘 낮의 작별 인사를 떠올렸다. 하선해도 불타는 돌고래호가 바로 출항하진 않을 테니 선원들과 시간을 보낼 여지가 남아 있다고 생각한 것은 나의 착각이었다. 비스뷔는 항구에 정박하자 즉시 선원들에게 교역품의 하역 준비를 명령했다. 그리고 교역품의 거래가 끝나면 물자를 보급해서 바로 출항하기로 한 것이다.

섭섭한 마음에 게르하인에 며칠 머물러 주면 안 되겠냐고 물었지만 비스뷔는 애석하다는 듯 거절했다. 아클락스에는 비스뷔가 대륙에서 실어 올 약초를 기다리는 사람도 있고, 그 외 신청한 물건들을 기다리는 사람이 많다. 애초에 나를 구조하느라 5일 정도 시간이 지체되었으니 마을에서 쉴 시간 같은 건 없다는 것이다.

나 때문에 늦어져서 서두른다는데, 그걸 붙잡는 건 두 번 민폐를 끼치는 짓이다. 결국 더 권하지 못하고 고개를 떨어뜨리자 몇몇 선원이 나 대신 울먹이며 나섰다. '데려가면 안 돼요, 선장?', '강유정만 혼자 여기에 두고 가다니!', '누군가 해치면 어떡해!' 같은 걱정 어린 목소리가 여기저기서 터져 나왔다.

약간, 고양이를 주워 와서 키우면 안 되냐고 조르는 것 같은 느낌이지만, 그런 선원들을 나는 박스 뒤에서 눈치 보는 고양이가 된 것 같은 기분으로 지켜볼 수밖에 없었다. 그 조르는 선원 중 녹스도 있었다는 건 꽤 놀라운 일이다. 비록 아주 소극적으로 '그래, 선원들도 저렇게 말하는데……' 하고 말하는 게 고작이었지만. 게다가 목소리가 너무 작아서 나 외에는 들은 사람도 거의 없는 것 같았지만.

"그 정도로 요리를 잘한단 말이지……."

새삼 다시 보는 듯 가만히 내 얼굴을 들여다보던 젠트가 자리에서 일어났다.

"잠깐 기다려."

방을 떠났던 그는 잠시 뒤 몇 장의 서류를 들고 다시 돌아왔다. 바로 옆방에 다녀왔는지 시간이 얼마 걸리지도 않았다.

"길드에 등록된 구인 정보를 좀 가져왔다. 여기, 요리가 가능한 사람을 구하는 곳의 목록이니까 쭉 살펴보도록. 고급 음식점이나 여관은 없어. 그런 곳에서 신원이 불분명한 사람을 고용해 주지 않는다는 것 정도는 알고 있겠지? 숙식이 제공되는 곳을 원한다고 해서 하급 여관 일만 찾아왔으니까 골라 봐."

그가 서류를 내밀기에 얼떨결에 받아 들긴 들었는데, 서류에는 온통 모르는 글자뿐이다. 옆에 짧게 무언가 주르륵 적힌 게 숫자라는 건 알겠는데 역시 전혀 못 읽겠다. 종이를 받아 든 내가 눈만 끔뻑이다가 황망하게 쳐다보자 겐트가 의아한 시선을 던졌다.

"아, 얘 문맹이야."

비스뷔가 한 짧은 말에 겐트의 미간 주름이 더욱 깊어졌다. 나는 당황해서 어쩔 줄을 모르다가 결국 조용히 종이를 탁자 위에 내려놨다. 문맹, 문맹이라니. 예전 비스뷔의 방에서 지도를 봤을 때는 느끼지 못했던 부끄러움이 확 치솟았다. 이런 종류의 수치는 처음이다.

사실 배에서 글을 배우려고 시도하긴 했었다. 문맹이라는 게 있기 어려운 국가의 출신으로서 어쨌든 다른 나라, 아니, 다른 세계의 말이긴 하지만 글을 전혀 모른다는 문제를 가볍게 넘길 수 없었기 때문이다. 그래서 진짜로, 정말로 글을 공부하려고 했었다.

하지만 배움이라는 건 쓸모가 느껴지지 않으면 아무래도 멀어지기 마련이다. 처음에 단어 몇 개를 배워서 끄적이긴 했지만 이것저것 음식을 만들고 바쁜 일상을 보내다 보니 천천히 글을 익히는 건 뒷전이 되어 버렸다. 게다가 내가 하는 주방 일은 글이 필요가 없는 작업이다. 그렇게 자연스럽게 나는 문맹이 되어 버렸던 것이다.

"후."

나는 겐트가 짜증을 낼 거라고 생각했다. 굳은 얼굴에 찌푸린 미간. 금방이라도 '가지가지 하는군.' 따위의 비아냥거림이 터져 나올 것 같았다. 그러나 뜻밖에도 그는 종이를 받아 들어 주르륵 훑어보더니 차근차근 읽어 주기 시작했다.

"황무지 들풀 여관. 고기, 생선 손질 가능한 일꾼 모집. 간단한 심부름, 여관 청소 병행. 하루 150겔드. 심부름이면 글을 모르면 하기 힘든 것도 있을 거야. 그리고 이 여관은 여관주인 성격이……. 잠깐 기다려 봐. 일단 몇 개 골라 주지."

"아, 저기 가능하면 주방 일만 하는 걸로 부탁해요. 남는 시간에 글을 배우고 싶어서……."

"그래."

고개를 끄덕인 겐트는 잠시 종이를 들여다보며 깃펜을 들어 몇 가지를 체크했다. 그동안 비스뷔는 의자 등에 허리를 깊게 묻고 관망하는 자세로 우리 둘을 쳐다보고 있을 뿐이다. 새까만 그녀의 꼬리가 의자 다리를 가볍게 휘감고 있었다.

"글을 몰라도 별문제가 없을 것 같은 여관만 골라 봤는데, 다섯 군데 정도야. 상인들 사이에서 여관주인 성격이 좋다고 소문난 곳, 그리고 그중에서 주방 일만 해도 되는 곳, 숙식을 제공하는 곳, 급여가 터무니없이 적지 않은 곳만 골라 봤다. 자, 들어."

나는 신중하게 겐트가 하는 이야기에 집중했다. 글을 안다면 몇 번이고 읽으면 그만이지만 지금은 그가 하는 말을 꼼꼼히 뇌리에 새기는 수밖에 없다. 혹시나 놓치거나 잊어버리기라도 하면 다시 되물어야 할 테고, 그때는 정말로 짜증 어린 시선을 받게 될지도.

"황금 양털 여관, 120겔드. 주방 보조. 같이 일하는 세 명의 요리사가 있군. 마구간 제공. 그리고 울부짖는 젖소 여관. 100겔드. 수프 담당이고 헛간 제공. 구운 황소 여관……."

겐트가 이야기하는 내내 비스뷔는 지루한 얼굴로 의자를 까딱거렸다. 발로 탁자를 툭 밀어 의자가 넘어가기 직전까지 아슬아슬하게 버틴다. 의자가 신기할 정도로 위험한 각도까지 기울었는데 넘어지질 않았다. 그것에 정신이 팔린 사이 세 번째와 네 번째 여관에 대한 설명을 약간 건성으로 듣고 말았다.

"……숙소는 마구간 제공. 날뛰는 통나무 여관, 60겔드. 주방장. 요리는 혼자 담당. 숙소는 다락방 제공. 여기까지인데, 어느 여관으로 하겠어?"

대충 듣긴 했지만 숙소에 대한 정보만은 꼼꼼히 들었다. 사실 지불한다는 급여에 대한 것보다 내가 신경 써서 듣는 것은 잠자리였다. 첫 번째는 마구간, 두 번째는 헛간, 나머지 두 개의 여관도 마구간을 숙소로 제공한다고? 제대로 된 방이라고 불릴 만한 물건을 제공하는 건 마지막의 날뛰는 통나무 여관 정도였다.

"마구간이라는 건, 말이랑 같이 자야 한다는 거예요?"

"음, 그렇진 않아. 마구간 옆에 마구 보관용으로 지어 둔 작은 방이 있는데 말똥 냄새가 좀 나긴 하겠지만 벽도 있고 지붕도 있어. 대신 아마도 말을 맡아 주는 일도 같이 해야 할 가능성이 있지."

하루 종일 일하고 돌아와서 쉴 수 있는 곳이 겨우 말똥 냄새 나는 헛간이라니. 제대로 쉴 수 있을 리가 없다. 내 마음은 단숨에 마지막 여관으로 기울었다.

"그, 날뛰는 통나무 여관이 좀 끌리는데요."

"정말로? 일당이 60겔드야. 거의 반 토막 수준인데. 게다가 혼자 모든 요리를 해야 한다고."

일당에 대한 부분은 좀 아쉽지만, 사실 요리를 혼자 담당하는 부분은 내게 있어 오히려 장점이었다. 다른 일자리는 모두 조리 보조 일자리인데 괜히 들어갔다가 주방장의 자리를 밀어내는 건 사양이다. 알터의 선례로 이미 충분했다. 게다가 그들은 요리를 업으로 삼고 있는 사람이 아닌가. 만약 이번에도 알터와 같은 일이 일어난다면 끝이 좋을 거라는 생각이 들지 않았다.

다른 사람과 손발 맞춰 일하는 경험이 그립지 않다면 거짓말이다. 하지만 그 이상으로 누군가를 밀어내고 그 자리를 대신하거나, 갈등을 일으키는 일은 피하고 싶었다. 무인도에서 혼자 있었던 경험은 나를 사람 간의 갈등을 두려워하는 사람으로 만들었다.

주방장의 자리를 놓고 누군가와 대립하는 상황이라니. 생각만 해도 오싹하다. 서로를 미워하고 욕설을 퍼붓거나, 아니, 내가 누군가를 적대할 수 있을 리가 없으니 일방적으로 욕설을 얻어먹고 미움받겠지. 그건 정말로 싫다.

사실 일하기도 전에 주방장을 밀어낼 거라고 생각하는 게 오만하게 보일 수도 있지만, 비스뷔가 인정한 실력인 것이다. 나는 아무것도 모르지만 대신 비스뷔를 믿는다. 그녀가 끝내주게 한다고 말했으니 나는 분명 요리를 끝내주게 하는 사람이 틀림없다.

"하지만 유일하게 헛간에서 잠자지 않아도 되는 일자리잖아요. 거기 여관주인 성격은 어때요?"

내 질문에 겐트는 잠시 종이를 들여다보았다. 미간이 찌푸려지는 것을 보니 마음에 들지 않는 모양이다. 하지만 잠깐 무언가 생각하다가 고개를 끄덕였다.

"여기가 마음에 드나 보군. 하지만 이건 알아 둬. 주방장은 최소 200겔드는 받아. 나라면 이 돈을 받고 혼자 일하는 짓은 절대 하지 않을 거야. 게다가……."

"여관주인 성격은요?"

겐트는 내 얼굴을 가만히 들여다보았다.

"돈에 신경 쓰지 않나 보군. 여관주인 성격은 좋게 말하면 물렁하고 착하고, 나쁘게 말하면 완전히 멍청이야. 솔직히 너에게 별로 추천하고 싶지 않은데. 비스뷔 말로는 세상 물정도 잘 모른다며? 적어도 네가 사기당할 때 말려 줄 여관주인 밑에서 일하는 게 낫지 않아?"

"겐트 씨가 있잖아요."

내 대답에 겐트는 무슨 생각을 하는지 알 수 없는 얼굴로 잠시 콧등을 긁었다. 비스뷔는 여전히 지루한 표정으로 우리를 보고 있을 뿐이다.

"뭐, 너무 약아서 너한테 사기 칠 여관주인보다는 이게 나을지도 모르겠군. 그럼 날뛰는 통나무 여관으로 가서 여관주인을 좀 만나 보지."

종이를 갈무리해 정리한 겐트가 자리에서 벌떡 일어났다. 너무 깔끔한 상황 정리라서 엉겁결에 같이 일어나자 비스뷔가 손을 살랑살랑 흔든다. 그녀는 여전히 자리에 앉은 상태였다. 함께 갈 생각이 전혀 없어 보인다.

"나는 여기서 할 일이 더 있어서. 그럼 잘 해 봐, 강유정. 이제 작별이네."

정말로? 이렇게 갑자기 작별이라고? 내 당황이 얼굴에 드러났는지 비스뷔는 싱긋 웃으며 손을 뻗어 가볍게 내 코를 튕겼다.

"뭐야 그 표정은. 울기라도 할 것 같은데."

"너무 갑작스러워서……. 우리 또 볼 수 있는 거예요?"

비스뷔의 말대로 나는 갑자기 울적함이 차올라 눈물이 날 것 같았다. 그녀에게는 여러모로 애틋한 감정이 많다. 생명의 은인이자 배에서도 요리를 하게 해 줬고 나조차도 신경 쓰지 않던 내 미래까지 보살펴 줬다. 뭐라고 말할 수 없는 은혜를 입은 것이다. 설마 이걸로 마지막인 건 아니겠지?

"물론 또 볼 수 있겠지. 몇 달에 한 번씩은 게르하인에 정박하니까 겐트에게 물어보고 찾아갈게. 그를 의지해. 딱딱하고 입이 험하긴 하지만 사람은 좋으니까."

다시 볼 수 있다는 말에 나는 약간 안심했다. 그러면서도 조금 심란한 기분이었다. 내가 언제까지 이 세계에 있을까? 만약 니모를 찾아서 돌아갈 방법을 찾으면 당연히 돌아갈 생각이다. 하지만 쉽게 니모를 찾을 것 같지가 않으니 적어도 두어 번 정도는 더 그녀를 볼 수 있겠지.

"그럼, 게르하인에 오면 꼭 연락해요."

"그럴게."

비스뷔는 딱히 서운한 얼굴은 아니었다. 다시 볼 수 있다고 확신하는 것 같았다. 그걸 보니 나도 약간 홀가분해져서 쉽게 방을 나올 수 있었다. 그녀가 그렇게 가볍게 말하지 않았다면 눈물을 흘리며 추태를 부렸을지도 모르겠다.

비스뷔를 방에 남겨 두고 떠나니 기분이 굉장히 허전했다. 거의 한 달간 함께 있던 사람이다. 한 달은 별로 긴 기간은 아니지만 일 년간 혼자 있던 나에게 이 한 달은 한 달이 아니라 수년에 버금가는 시간이었다. 선원들은 모르겠지만 나는 굉장히 정이 들었던 것이다. 정든 배를 떠나 낯선 세상으로 가는 걸음에 바람이 부는 듯 휑했다.

방을 나와서 겐트를 따라 조용히 걷자 그가 미묘한 얼굴로 나를 흘끔거렸다. 무언가 하고 싶은 말이 있는 듯 입을 여닫던 그는 곧 질문했다.

"나를 정말로 믿는 건가?"

"비스뷔가 믿으라고 했으니까요."

당연한 질문을 하는군. 비스뷔는 거짓말을 할 사람이 아니다. 나를 구해 준 은인이니 믿는 게 마땅하지. 게다가 그녀는 정말로 좋은 사람이었다. 함께 있는 내내 단 한 번도 그녀는 나를 서운하게 하지 않았다. 그러나 내 확고한 대답에도 불구하고 겐트는 어쩐지 근심 어린 얼굴로 나를 내려다보았다.

"앞으로 뭔가 서명하거나 약속할 일이 생기면 무조건 나를 찾아와라."

어째서인지 겐트는 짧게 혀를 찼다. 무슨 이유인지는 잘 모르겠지만 신뢰를 보여 줬는데도 그는 나를 불신하는 모양이었다. 이 불합리한 일에 뭔가 항의하고 싶었지만 상회 문을 나서자마자 인파가 몰아쳤으므로 나는 조용히 그의 뒤를 따라 걸었다.

겐트를 따라가 도착한 곳은 게르하인에서도 굉장히 외곽에 위치한 작은 여관이었다. 우리가 출발한 상회와는 꽤 거리가 있었다. 덕분에 30분 넘게 걸어야 했는데, 어렴풋이 노을이 섞여 드는 시간인데도 여관 주변은 매우 한산했다.

"음."

여관을 본 겐트는 짧게 신음했지만 별다른 말 없이 안으로 들어섰다. 따라 들어서자 손님 하나 없는 텅 빈 홀이 보인다. 탁자가 세 개, 의자가 열두 개 정도 있는 아주 작은 홀인데도 아무도 없으니 꽤 넓어 보였다. 보이는 사람이라곤 구석에서 꾸벅꾸벅 졸고 있는 남자 하나가 전부다.

"어, 손님?"

인기척을 느끼고 깨어난 남자가 느릿느릿 몸을 일으킨다. 겐트는 고개를 젓고 그가 앉은 테이블로 다가서며 질문했다.

"직원을 구한다고 해서 왔는데, 이미 구했습니까?"

손님이 아니라는 것을 알자 남자의 눈에 짧게 실망이 스쳤다.

"아직 구하지는……. 나는 주방에서 요리를 해 줄 사람을 구했는데, 그게……."

뒷말은 듣지 않아도 알겠다. 겐트는 어떻게 봐도 요리사로는 보이지 않았다. 남자의 말에 겐트가 나를 턱짓한다.

"내가 아니라, 이쪽이 일할 겁니다."

남자는 겐트 옆에 쭈뼛쭈뼛 서 있는 나를 발견하더니 짧게 웃어 보였다. 변명의 여지도 없이 나는 잔뜩 주눅이 들어 있는 상태였다. 그런 나를 안심시키듯 웃어 보인 그는 어둑어둑해지고 있는 창밖을 확인하더니 우리에게 자리를 권했다.

"아, 그렇군요. 여기 앉으세요. 곧 저녁 시간인데 뭘 좀 먹었습니까? 앉아서 기다리면 먹을 걸 좀 가져오겠어요."

우리가 밥을 굶었을 것을 완전히 확신하고 있는 투다. 하긴, 그러고 보니 슬슬 배가 고파지고 있던 참이었다. 겐트는 마치 손님이라도 된 것처럼 당당하게 의자에 앉아 남자가 모퉁이를 돌아 사라지는 것을 지켜보았다. 그리고 그가 완전히 모습을 감춘 것을 확인하고 작은 목소리로 질문했다.

"정말로 여기에서 일할 건가? 곧 저녁 시간인데 텅 비었어. 아무리 외곽에 있는 여관이라지만 말도 안 될 정도로 장사가 안 되는군. 게다가 일을 구하러 온 사람에게 공짜로 음식을 퍼 주려고 들다니, 곧 망할 것 같은데."

확실히 겐트의 말대로다. 여기까지 걸어오는 동안 스쳐 지나갔던 여관은 모조리 북적이고 있었다. 오늘은 정박한 배가 많으니 선원들이 넘쳐 났던 것이다. 선원과 모험가, 상인, 여행자 등 각양각색의 사람들이 선술집이든 여관이든 음식을 파는 곳이라면 가리지 않고 모여들어 소란을 떨고 있었다.

그에 비해 이 여관은 마치 다른 세계처럼 조용했다. 급여가 적은 것도 이해가 간다. 이렇게나 손님이 없다면 요리를 할 일도 별로 없겠지. 과연 하루에 음식이 몇 접시나 팔릴지 의문이었다. 하지만 겐트가 쓸데없이 인심이 후하다며 혀를 찬 것과 달리 나는 그 점이 오히려 마음에 들었다.

"할 일이 거의 없어 보이는데 숙식 제공에 일당 60겔드면 오히려 좀 후한 편 아닌가요?"

"그건 그렇지만, 차라리 내 밑에서 심부름을 하는 게 어때? 100겔드에 숙식 제공도 가능한데. 네 덕에 비스뷔한테서 꽤 남겨 먹게 생겼으니 그 정도는 해 줄 수 있어."

"음……."

갑작스러운 겐트의 제안에 약간 마음이 흔들린다. 갈등하고 있는데 자리를 떠났던 여관주인이 음식을 들고 나타났다. 테이블 위에 정체불명의 회백색 죽이 두 접시 놓였다.

기름과 생선 뼛조각이 뒤섞여 있는, 비린내가 진동하는 음식.

강렬한 기시감이 찾아온다. 알터의 생선죽이다. 완전히 알터의 비린내 생선죽과 똑같이 생겼다. 혹시 이건 이 세계에서 굉장히 보편적인 음식인 걸까? 비린내와 달리 맛있을지도 모른다고 애써 생각했지만 둥둥 떠다니는 생선 비늘을 보자 먹을 생각이 싹 사라졌다. 비늘 제거도 안 했어!

"어서 드세요."

먹을 마음이 전혀, 정말로 하나도 들지 않았지만 여관주인이 워낙 다정하게 권했기 때문에 나는 어쩔 수 없이 나무 스푼을 들어 한 입 맛보았다. 그리고 충격받았다. 진짜로 끔찍하게 맛이 없다. 간을 한다는 개념이 없나? 생선의 비린내만 모아서 푹 끓인다면 아마 이런 맛이 되지 않을까?

옆을 보니 젠트는 평범하게 생선죽을 떠먹고 있었다. 간간이 미간을 찌푸리긴 하지만 그래도 꿋꿋하게 먹고 있다. 이건 맛을 뛰어넘어 먹는 사람의 비위를 시험하는 음식이다. 나는 도저히 이걸 다 먹을 자신이 없어서 여관주인의 눈치를 보며 스푼을 내려놓았다.

"눈치 볼 것 없어요. 편히 먹어요. 어차피 팔리지도 않아서 고스란히 남을 음식이라."

여관주인이 푸근하게 웃는다. 피부로 닿아 오는 호의를 거절하는 게 굉장히 마음이 아프지만, 이걸 먹다가 탁자에 토하지 않을 자신이 없다. 나는 식은땀을 흘리며 어떻게든 둘러댔다.

"아, 제가 오늘 배를 타고 입항한 첫날이라 땅 멀미를 하는 것 같아서요. 모처럼 주셨는데 죄송합니다."

혹시 이 변명이 간파당하는 건 아닐까 가슴 졸였는데 다행히 여관주인은 납득한 얼굴로 고개를 끄덕였다.

"그렇군요. 그쪽 분은 잘 드시는군요. 맛이 어떻습니까?"

여관주인이 흐뭇하게 웃으며 젠트에게 질문했다. 하지만 되돌아온 건 정중한 폭언이었다.

"별로 맛없지만 배가 고파서 먹고 있습니다."

젠트!

나는 너무나 놀라 입을 딱 벌리고 반쯤 자리에서 일어서서 숨을 삼켰다. 하지만 정작 여관주인은 아무렇지도 않은 표정이다. 늘 있는 일이라는 듯 싱긋 웃을 뿐이다.

"역시 그렇죠? 음식은 영 팔리지가 않더라구요."

"예. 장사가 안 되는 이유를 알 것 같군요."

아니, 거짓말을 하면 죽는 병에 걸리기라도 했나? 어쩌면 젠트가 비스뷔에게 보여 준 솔직함은 서로의 우정이 아니라 그저 젠트의 성격이었던 건가? 나에게 초면부터 얼간이라고 대놓고 말했을 때는 그러려니 했지만 이건 좀…….

"그런 말 많이 듣습니다. 안 그래도 음식이 전혀 안 팔려서요. 혼자서 어떻게든 해 보려고 했는데 여관에 묵던 손님들이 번번이 밖에 나가서 뭘 사 먹고 들어오느라 번거로워하시더군요. 그것 때문에 숙박하는 손님도 줄어들 지경이라 요리사를 고용하기로 했죠. 제가 해 보려고 했는데 영 안 되더군요."

여관주인은 너털웃음을 터뜨렸다. 그 와중에도 젠트는 꿋꿋이 음식을 다 먹어 치우고 손수건을 꺼내어 입가를 닦고 있다. 나는 둘 사이에서 안절부절못하며 눈치를 살폈다. 혹시 젠트가 내 면접을 망쳐서 고용되지 못하도록 하려는 건 아닐까? 이 여관에서 일하겠다고 했을 때부터 마음에 안 드는 기색이었으니 아주 터무니없는 추측은 아닐지도.

"음, 잘 먹었습니다."

"별말씀을."

맛이 없다면서도 접시를 완전히 비우고 감사 인사까지 하는 젠트가 굉장히 기이하게 보인다. 예의가 없는 건지 예의가 바른 건지 전혀 모르겠다. 거기다가 담담하게 마주 인사하는 여관주인도 엄청나게 이상했다. 아니면 내가, 내가 이상한 건가?

"그럼 본격적으로 이야기를 좀 해 보죠."

다 먹은 접시를 한쪽으로 밀어 놓은 젠트가 품에서 종이 한 장을 꺼냈다. 무언가가 주르륵 적혀 있고 서명하는 곳이 있는 걸 보니 계약서인 모양이다. 근로 계약서를 쓴단 말이야? 내가 내심 놀라는 사이 여관주인이 자기소개를 해 왔다.

"제 이름은 라킨입니다. 날뛰는 통나무 여관의 주인이고, 객실 청소와 음식을 전부 담당하고 있습니다. 손님이 워낙 없어서 누군가를 고용할 돈이 별로 없거든요. 같이 일하게 되면 제 대신 음식을 담당해 주시면 되고, 객실 청소는 제가 할 테니 신경 쓰지 않아도 됩니다."

"저는 젠트이고, 게르하인 상회 소속 상인입니다. 이쪽의 후견 및 보호를 담당하고 있습니다. 그리고 이쪽은……."

젠트가 슬쩍 눈짓한다. 소개하라는 뜻이었다.

"아, 전 강유정이에요. 불타는 돌고래호에서 요리를 담당했었고……."

엉겁결에 입을 열긴 했는데……. 또 뭘 말해야 하지? 나이 같은 것도 말해야 하나? 나를 소개할 만한 말이 거의 없다. 무인도에서 1년간 생활했다던가 하는 부분은 말하지 않는 편이 나을지도.

솔직하게 말하면, 저는 강유정이고 이계에서 온 요리사인데 이 세계를 구하러 왔다가 무인도에서 1년 정도 표류했습니다. 불타는 돌고래호에 구조되어서 요리를 하다가 이 마을에 남겨졌는데 먹고살 길이 없어서 구직 중입니다, 정도일까. 이건 절대로 말할 수 없겠지. 응.

뒷말을 잇지 못하고 우물거리는데 젠트가 나를 도와주었다.

"문맹입니다."

도와준 게, 맞나?

"아, 문맹. 그래서 계약을 도와주러 같이 오신 거군요."

그러나 라킨은 고개를 끄덕였다. 라킨의 반응을 보니 젠트가 덧붙인 내 소개말이 꽤 적절했던 모양이다. 동행한 젠트를 약간 의아하게 바라보던 그의 의구심이 완전히 해소된 게 보인다. 하지만 역시, 요리를 담당하는 문맹은 자기소개로써 좀 이상하지 않아? 내가 이상한 건지 이 세계가 이상한 건지 모르겠다…….

"사실 돈이 너무 적어서 면접을 보러 온 사람이 전혀 없었습니다. 그나마도 50겔드에서 60겔드로 올린 거라……. 밥을 먹는 사람이 거의 없어서 많이 드리기가 힘듭니다. 하지만 강유정 씨가 음식을 하면 요리가 좀 팔릴지도 모르니, 그러면 돈을 더 올려 드릴 수 있을 겁니다."

분명히 말하건대, 좀 팔리는 수준이 아닐 거다. 나는 머지않아 내 일당이 꽤 올라가게 될 것을 직감했다. 아까 그 비린내 나는 생선죽을 사람들이 외면했다는 것 자체가 그들이 정상적인 미각을 가지고 있다는 증거다. 미각이 정상이라면, 내 요리가 팔리지 않을 리가 없지.

"혹시 제가 지낸다는 다락방을 좀 볼 수 있을까요?"

그가 나를 고용할 생각이 있어 보였으므로 나는 가장 중요한 문제를 거론했다. 애초에 이 일자리의 가장 큰 장점이 숙박 공간 아니던가.

"아, 물론입니다. 따라오세요."

흔쾌히 수락한 라킨을 따라 일어서서 우리는 2층으로 향했다.

이 여관은 2층짜리 건물이었는데, 1층에는 세 개의 객실과 주방, 식당이 있고 2층은 다섯 개의 객실이 있었다. 여관 중에서는 그래도 중형 정도의 큰 여관이라고 라킨이 짧게 귀띔한다. 2층의 객실 중 가장 안쪽에 있는 작은 방이 내가 쓰게 될 다락방이었다.

방구석에 덩그러니 놓인 침대를 제외하면 아무런 가구도 없는 방. 작은 지붕창으로 희미하게 노을이 쏟아지고 있었다. 오래 사용하지 않았는지 방구석마다 먼지가 굴러다니고 있다. 내 시선을 따라 먼지들을 확인한 라킨이 안심시키듯 웃어 보인다.

"만일 일하게 된다면 오늘은 방 청소를 하고, 내일부터 주방을 담당하면 됩니다."

방 자체는 마음에 들었다. 흙집에 살던 무인도 시절과 떼로 해먹을 걸어 놓고 자던 선상 생활에 비하면 감개무량할 지경이다. 하지만 다락방이라곤 하나 이 방은 아무리 봐도 객실 중 하나다. 이런 방을 나에게 줘도 되는 건가? 약간 의아해하고 있는데, 거짓말을 하면 죽는 병에 걸린 겐트가 쓸데없는 친절을 발휘했다.

"손님이 워낙 없으니 객실을 내어 줄 수 있는 거군요. 우리에겐 잘된 일입니다."

하지 마. 그만 말해.

나는 믿을 수가 없어서 겐트를 돌아봤다. 분명 내 목에서 끼기긱 하는 소리가 났을 거다. 하지만 정작 라킨은 신경 쓰지 않는 눈치였다. 얼마나 대인배인 거야, 당신. 신경 좀 쓰라고. 방금 엄청나게 폭언 들었잖아요.

겐트의 폭언에 조마조마해하던 나의 마음은 아랑곳하지 않고 계약은 순조롭게 진행되었다. 우리는 1층에 내려와 정식으로 계약서를 작성했다. 물론 나는 까막눈이니 겐트가 계약서를 읽어 주면 그것에 동의하는 식이다.

별다른 내용은 없었다. 시계가 없어 명확한 시간을 알 수 없으니 근무 시간을 따져서 계약하기보다 이 여관에 소속되어 아침부터 밤까지 요리를 제공한다는 게 주요한 내용이다. 요리만 만들어져 있다면 주방에 있을 필요가 없고, 개인 시간을 가져도 된다는 조항도 있었다. 손님이 없는 시간에는 글을 알려 주겠다며 라킨이 호의적으로 장담했다.

계약서는 총 세 부 작성되어 한 부는 라킨에게, 한 부는 나에게, 그리고 나머지 한 부는 겐트가 소유했다. 이 일자리 자체를 게르하인 상회에서 중개했으니 계약 사항의 공증을 위해 상회에서 계약서를 소유한다는 것이다. 생각보다 굉장히 체계적인 행정 처리라서 또 한 번 놀랐다.

그렇게 나는 게르하인에 도착한 첫날 직장을 얻었다. 날뛰는 통나무 여관의 조리장으로.

평생 못 해 본 조리장을 다른 세계에 와서 해 보는구나.

계약을 마무리하고 겐트가 떠나자 라킨은 여관과 주방을 안내해 주겠다고 나섰다. 우리가 계약을 하는 사이 여관 안으로 밤기운이 스믈스믈 밀려들어 사방이 온통 어두워지고 있었다. 내부 안내를 하면서 여관을 밝히는 일도 겸할 겸, 라킨과 나는 여관 곳곳을 돌아다니며 초에 불을 붙였다.

라킨의 여관 안내가 끝나고 나는 간단하게 내일 해야 할 일을 지시받았다. 그냥 요리만 하면 되는 게 아니었다. 수도 시설이라곤 우물뿐이니 날이 밝으면 제일 먼저 그날 쓸 식수를 항아리 가득 길어 와 채워 둬야 했다. 보통은 물을 배달해 주는 사람이 있지만 이 여관의 재정 상황으로는 물 배달꾼의 물을 쓸 수 없는 상태다.

주방에 있는 커다란 항아리에 식수를 채우고 나면 그때부터 본격적으로 음식을 준비한다. 메뉴는 생선죽 단일 품목이다. 하지만 이 부분은 조리장으로서 얼마든지 바꿔도 좋다고 했으니 나는 바로 메뉴를 뜯어고치기로 했다.

"다른 여관은 보통 어떤 식으로 하나요?"

"빵, 생선 요리, 고기 요리를 한두 종류씩 해요."

"우리도 그렇게 하죠."

"하지만 재료를 사 뒀다가 안 팔리면……."

라킨의 걱정도 일리가 있었다. 처음부터 많은 메뉴를 하는 대신, 기존에 있던 메뉴부터 뜯어고치는 게 좋겠지. 게다가 생선죽을 위해서 잔뜩 사 놓은 생선을 좀 처리해야 할 필요성도 있었다. 냉장고도 없는 곳이니 얼마 못 가서 썩기 시작할 것이다.

"그럼 일단 생선 요리를 좀 바꾸기로 해요. 추가적으로 제가 식재료를 좀 더 사도 될까요?"

"어, 음. 하루에 50겔드 안쪽이라면……. 하지만 다 팔려야 하고 적자가 나면 안 돼요."

라킨은 약간 얼떨떨한 표정으로 나를 응시했다. 일에 대한 이야기가 나오자 사람이 바뀐 것처럼 갑자기 빠릿빠릿하게 말하는 내가 적응이 되지 않는 모양이었다.

"음식 가격은 보통 어느 정도인가요?"

"주먹만 한 빵이 5겔드 정도 하고, 고기 수프가 10겔드……."

그 빵이 흰빵인지 아니면 보리빵인지, 안에 내용물이 들어간 빵인지, 고기 수프는 무슨 고기로 만든 수프인지 전혀 모르겠다.

"그냥 제가 요리를 만들면 그 메뉴에 라킨이 가격을 책정해 주세요."

이 도시에서 빵 한 조각 사 본 적 없는 내가 메뉴의 가격을 정하는 것은 거의 불가능한 일이다. 마찬가지로, 메뉴를 정하는 것도 좀 곤란했다. 어떤 재료가 저렴한지 비싼지 확인이 끝난 후 메뉴를 짜는 게 좋을 것 같다. 내일은 시장에 가서 식재료 상황부터 좀 살펴야겠군.

"지금 묵고 있는 손님이 있나요?"

만약 손님이 있다면 그 사람이 내 요리의 첫 고객이 될 확률이 높다. 이건 정말 중요한 부분이었다. 라킨의 얼굴이 약간 어두워진다. 설마 손님이 한 명도 없는 건…….

"2층에 있는 2인실에 한 명이 묵고 있어요. 지금은 외출한 것 같던데."

새삼스러운 말이지만 진짜 장사가 안 되는구나. 젠트에게는 괜찮다고 말했지만 어쩐지 약간 불안해지는 느낌이다. 만약 여관이 망한다면……. 갑자기 이 여관의 재정 상태가 심히 걱정스러워져 나는 조심스럽게 질문했다.

"숙박비는 얼마 정도예요?"

"1박에 70겔드인데, 음식은 별로지만 잠자리는 다들 마음에 들어 하니 일당은 줄 수 있어요. 너무 걱정 말아요."

내 일당이 문제가 아닌데…….

대답 대신 어색하게 웃자 라킨이 다시 푸근하게 미소 지었다. 처음에는 약간 심약한 인상이라고 생각했는데 웃는 얼굴이 굉장히 따뜻한 사람이다. 갈색 머리에 처진 갈색 눈, 통통한 사십 대 아저씨인데 웃는 얼굴 하나만으로 그의 성격을 알 수 있을 것 같다.

뭐, 벌써부터 부정적인 생각을 할 필요는 없겠지. 라킨은 친절한 여관주인이고, 나에게 보여 준 빈방들도 모두 깨끗하게 관리되고 있다. 문제는 음식뿐인데 그건 내가 열심히 하면 해결될 문제였다. 일단 여기 묵고 있는 손님에게 맛있는 걸 먹이면 입소문이 좀 나지 않을까.

라킨은 새 시트와 이불을 건네주더니 오늘은 청소하고 바로 자도 좋다는 말을 남기고 아래층으로 내려갔다. 청소하라는 말을 듣긴 했지만 먼지가 약간 쌓여 있는 것 외에는 별문제가 없는 방이었다. 먼지도 시트를 바꾸어 깔고 나니 딱히 손댈 필요가 없어졌다. 쥐똥이라도 구르고 있다면 모를까, 먼지 정도야.

새 방에 새 시트에 새 이불. 창밖으로 보이는 풍경마저 새롭다. 바뀐 환경과 앞으로 보낼 나날에 대한 기대로 쉽게 잠이 오지 않았다. 나는 멀리 보이는 등대를 감상하다가 천천히 자리에 누웠다.

머릿속에는 이 여관의 부흥 계획이 차근차근 짜여 자리 잡고 있었다. 온몸에 의욕이 피 대신 흐르는 느낌이다.

넘치는 의욕 덕분인지, 아니면 비싼 양초를 낭비하지 않으려고 일찍 잔 덕분인지 나는 다음 날 동이 트기도 전에 눈을 떴다. 마치 잠든 적이 없었던 것처럼 머릿속이 맑았다. 먼지 냄새 나는 다락방이 늘 지내 온 방처럼 친숙하다. 가죽끈으로 밀크티색 머리를 질끈 묶고 지붕창을 열자 신선한 새벽 공기가 훅 불어닥친다.

눈앞에 숲처럼 펼쳐진 지붕과 건물들 너머 멀리 높은 종탑이 보인다. 나는 도시에 있었다. 도처의 굴뚝에서 하얀 연기가 솟는 모습이 황홀할 만큼 감동적이었다. 무인도에서 살 때는 꿈만 꾸던 사람이 북적이는 풍경이다.

마냥 계속 보고 싶은 기분이었지만 오늘은 중요한 날이다. 게으름 피울 시간은 없었다. 장을 보고, 메뉴를 만들고, 새로운 주방에 익숙해지는 등 할 일이 잔뜩 쌓여 있다. 게다가 어제 들었던 우물에 가서 물을 길어 와야 하고, 빨리 먹을 것을 만들어 이 여관의 음식이 바뀌었다는 걸 알려야 했다.

방을 나오자 여관 복도는 아직 어둠에 잠겨 있었다. 복도 끝에 양초 하나가 외롭게 타고 있다. 마치 등대 같다. 손님이 아직 자고 있을 시간이므로 나는 고양이처럼 사뿐사뿐하게 계단을 내려왔다. 나무 계단이 옅게 삐꺽이며 신음한다.

푸른 새벽에 잠긴 여관의 1층은 어제 봤던 것과 완전히 다르게 보인다. 은은하게 타오르는 벽난로와 그곳에 걸려 끓고 있는 뜨거운 물, 벽난로 앞에는 단출한 탁자 세 개가 놓여 있다. 벽난로를 등지고 오른쪽 모퉁이를 돌면 왼쪽에는 주방, 오른쪽에는 세 개의 객실 문이 보였다.

이곳이 오늘부터 내가 일할 곳. 이 낯선 세계, 낯선 도시에서 터를 잡을 곳이다. 그렇게 생각하자 감회 어린 마음이 치솟아 나는 괜히 의자와 탁자를 쓸어 보았다. 오래 쓴 물건인지 손때를 타 반질반질하다.

여관 문은 아직 빗장이 걸려 있다. 이 빗장을 여는 것은 내 역할이 아니다. 1층 안쪽 객실에서 자고 있는 라킨이 문을 열면 그때 비로소 날뛰는 통나무 여관의 영업이 시작되는 것이다. 내가 할 일은 주방 뒤쪽의 쪽문으로 나가서 물을 떠 오는 것이다.

양손에 양동이를 들고 작은 쪽문을 나서자 여기저기에 나처럼 양동이를 든 사람이 보인다. 매일 반복되는 일과라서 모두 안면을 익힌 사이인지 서로 주고받는 인사가 자연스러웠다. 몇몇이 나를 보고 흥미로운 표정으로 눈인사를 건넨다. 그 인사를 받으며 조용히 그들의 일상으로 섞여 들었다. 무어라 말할 수 없는 온기가 심장에 차오르는 기분이었다.

우물가에 모여든 사람들은 제각각 양동이나 빨랫감, 흙 묻은 채소들을 들고 분주히 움직이고 있었다. 활발하게 오가는 수다가 굉장히 소란스럽다. 여자, 남자, 어린아이, 중년 할 것 없이 떠들고 웃느라 정신이 없었다. 그곳에 끼어들진 못하지만, 그냥 듣고 있는 것만으로도 기분이 좋아지는 느낌이다.

"처음 보는 얼굴인데?"

조용히 두레박을 늘어뜨리는데 빨래를 하던 중년 여성이 서슴없이 말을 걸어왔다. 그녀뿐만이 아니었다. 여기저기서 관심이 쏟아졌다.

"그러고 보니 정말이네. 처음 봐."

"누구야?"

말을 건넨 사람은 세 명. 하지만 모여든 시선은 여덟 쌍이다. 갑작스러운 관심에 약간 움츠러들 뻔했지만, 관심 자체는 굉장히 기분이 좋았다. 오히려 좀 감격스럽기까지 했다. 이렇게 사람들과 이야기하는 걸 무인도에서 얼마나 꿈꿨는지.

"날뛰는 통나무 여관에서 오늘부터 주방장으로 일하게 된 강유정이라고 해요."

자연스럽게 소개하면서 스스로에게 좀 놀랐다. 이렇게 그럴듯한 자기소개를 할 수 있다니. 역시 일자리가 있다는 건 좋은 것이다.

"아, 그 여관……."

누군가 떨떠름하게 중얼거린다. 어디선가 살짝 '거기 음식이 형편없잖아.'라고 소곤거리는 목소리도 들렸다. 생각보다 우리 여관의 악명이 널리 퍼져 있는 모양이군. 하지만 나는 개의치 않는다. 그렇다고 신경 쓰이지 않는다면 거짓말이겠지만, 곧 바꿀 수 있겠지.

우물 근처의 주민들과 대충 인사를 나누며 부지런히 물동이를 채운 다음, 나는 바로 요리에 들어갔다. 재료는 라킨이 잔뜩 사 놓은 생선이다. 방어와 대구, 알 수 없는 생선 등이 마구 뒤섞여 소금 바구니에 담겨 있다.

메뉴는 건더기가 많은 생선 수프.

라킨이 만든 생선죽과 들어가는 재료 자체는 동일하다. 하지만 비늘 손질이 제대로 되어 있고, 가시를 잘 발라내어 시원한 국물과 생선 살을 함께 떠먹을 수 있게 만들었다. 마치 생선 살점이 두툼한 북엇국 같은 느낌인데, 밥이 있다면 좋았겠지만 밥보다 빵을 선호하는 경향이 있어 보이니 대신 감자를 큼직하게 썰어 넣어 탄수화물을 대신했다.

맑은 감자생선국 같은 느낌일까. 맛은 북엇국에 생태 살을 넉넉히 넣은 느낌이다. 어제 듣기로는 생선이 엄청나게 저렴하다고 했으니 이렇게 해도 요리의 단가는 맞겠지. 게다가 금방 상할 것 같던 생선을 모두 처리할 수 있다는 장점도 있다.

완성된 수프는 식당 벽난로에 걸린 솥에 모두 넣었다. 이렇게 걸어 두고 물을 조금씩 넣어 너무 짜게 되지 않도록 주의하며 계속 데우고 있다가 들어온 손님에게 바로 한 그릇을 떠 내어 주는 것이다. 다른 여관에서도 벽난로에 이렇게 솥을 걸어 두고 즉시 내어 주는 요리를 한 가지씩은 하고 있다고 한다. 꽤 좋은 생각이었다.

어느새 여관 전체에 은은하게 맛있는 냄새가 감돈다. 이걸로 오늘 아침에 해야 할 일은 대충 끝났다. 수프를 한 그릇 떠 테이블에 앉아 한숨 돌리는데, 잠이 덜 깬 얼굴의 라킨이 눈을 끔뻑이며 나타났다.

"굉장히 일찍 일어났군요."

"네, 어제 좀 일찍 자서요. 잘 주무셨나요? 생선 수프를 좀 끓였는데, 드시겠어요?"

"좋아요. 맛있어 보이는군요."

라킨이 고개를 끄덕이는 걸 확인하고 나는 얼른 수프 한 그릇을 떠서 그가 앉을 자리에 내려놓았다. 그가 스푼을 들어 국물을 맛보는 모습에 긴장이 차오른다. 맛을 보긴 했지만, 그래도 약간 불안했다.

"와, 굉장히 맛있는데요. 요리를 정말 잘하시는군요."

라킨의 칭찬에 졸아들던 마음이 스르륵 풀렸다. 그는 연신 감탄하며 수프 한 그릇을 게 눈 감추듯 먹어 치웠다. 한 그릇을 더 요청하는 라킨의 그릇을 채워 주고 그제야 나는 좀 편한 기분으로 음식을 먹기 시작했다.

"별다른 재료도 없었을 텐데. 어떻게 이런 맛이 가능한 거죠? 이 정도면 정말로 걱정이 없을 것 같군요."

"다행이네요."

라킨도 이렇게 말하니 정말로 별문제가 없을 것 같다. 그러나 내 생각만큼 순조롭게 일이 풀리지는 않았다. 아침부터 부지런하게 움직여 마침내 요리를 만들어 냈건만, 내 음식을 먹고 입소문을 내 주어야 할 여관의 손님이 음식을 사 먹을 생각이 전혀 없는지 내려올 생각을 않았던 것이다.

2층 객실의 손님이 내려온 것은 라킨이 세 그릇째의 수프를 비웠을 무렵이었다. 오늘 만든 수프가 약 20인분 정도 되는데, 그중 3인분을 라킨이 먹어 치운 것이다. 빵빵하게 부푼 그의 배를 보며 약간 질려 있는데 계단이 삐걱이는 소리가 났다.

나이는 삼십 대 후반 정도일까. 척 보기에도 기분이 나빠 보이는 남자였다. 늦게까지 술을 마셨는지 온몸에서 술 냄새가 풀풀 풍기고 있다. 숙취로 찌푸린 얼굴은 불쾌감이 가득했다. 저 술은 분명 다른 선술집에서 마신 거겠지.

"아, 윙커 씨, 안녕하세요."

라킨이 먼저 인사를 건네자 남자는 흘긋 시선을 주고 고개만 까딱이더니 우리를 휙 지나쳐 갔다. 엄청나게 맛있는 냄새를 풍기고 있는 수프인데, 전혀 관심이 없는 표정이었다. 빠른 걸음으로 여관 문을 나서려는 그를 라킨이 다급하게 불러 세웠다.

"잠깐, 윙커 씨, 이것 좀 먹어 보시겠습니까? 맛이 굉장히 좋아요."

"뭐야. 귀찮게 하지 마. 당신 요리가 맛없다는 건 알고 있어."

망설임 없이 쏘아붙이는 어조에 내가 다 질릴 지경이다. 너무나 확고한 거절이라 끼어들지도 못하고 숨만 삼키는데 라킨이 꿋꿋하게 다시 권했다.

"제가 만든 요리가 아니에요. 정말로 맛있습니다. 맛이 없으면 돈을 받지 않을게요. 먹어 보고 맛있으면 5겔드만 내세요. 예?"

윙커라고 불린 남자는 그제야 여관 안에 감도는 맛있는 냄새를 인식한 모양이었다. 약간 코를 킁킁거린 그는 여전히 불쾌한 얼굴로 천천히 걸어 들어왔다. 라킨의 필사적인 권유에 마지못한 듯 자리에 앉은 그에게 나는 얼른 수프 한 그릇을 떠 내밀었다.

"빌어먹을, 속이 쓰려 죽겠다고. 먹어 보고 맛이 없으면 그대로 여기에 다 토해 버릴 줄 알아."

낚아채듯 수프 그릇을 받아 들며 으르렁거리는 모습이 진상이 따로 없었지만, 두툼한 어깨와 험상궂은 얼굴 덕분에 진짜 좀 무서웠다. 나는 말도 못 하고 얼른 라킨의 뒤에 숨었다.

"정말로 맛있어요."

당당하게 장담하는 라킨을 짧게 노려본 윙커는 천천히 수프를 한 입 마셨다. 그의 눈이 약간 크게 뜨이면서 수프 그릇을 내려다보는 것을 나는 놓치지 않았다. 그리고 다시 한 번 좀 크게 수프를 들이켠 그는 스푼을 들어 묵묵히 생선 살과 감자를 떠 입 안에 밀어 넣었다. 그릇이 싹 비워진 것은 순식간이었다.

"한 그릇 더."

조금 겸연쩍은 듯 눈을 피하며 빈 그릇을 내민 그에게 라킨이 거봐라는 듯 웃는다. 나는 재빨리 그릇을 받아 음식을 듬뿍 담아 주었다. 윙커는 앉은 자리에서 순식간에 세 그릇을 먹어 치웠고, 만족스러운 얼굴로 15겔드를 건넸다.

"험, 흠. 맛있네."

"그렇죠?"

요리를 만든 건 나인데 라킨이 더 뿌듯해한다. 나는 아직도 윙커가 좀 무서워서 라킨의 등에 살짝 몸을 가리고 숨어 있었다. 역시 누군가가 나를 밀어내거나 거부하는 것에 겁먹게 되는 건 어쩔 수가 없다.

그나저나 한 그릇에 5겔드이면 20인분짜리 냄비에 100겔드라는 뜻이다. 재료비가 들 테니 순이익은 좀 더 적겠지. 저 수프 두 냄비를 다 팔아야 겨우 내 일당이 나온다. 대충 그런 계산을 마치고 있는데 여관 입구로 네 명의 남녀가 들어섰다.

"앗, 어서 오십쇼. 손님입니까?"

라킨이 황급히 일어서서 접객에 나섰다. 나는 벽난로 옆에 서서 그가 손님을 상대하는 모습을 바라보았다. 여자 한 명과 남자 세 명으로 이루어진 손님들인데, 모두 엉덩이를 덮는 긴 망토를 두르고 허리에는 검을, 등에는 활을 메고 있었다. 차림새 자체는 도시를 걸으며 자주 본 행색이다.

"모험가로군."

뜬금없이 윙커가 입을 열었다. 저한테 한 말인가요? 하는 표정을 지어 보였더니 그가 흘긋 시선을 던지곤 혼잣말처럼 중얼거렸다.

"목숨 아까운 줄 모르는 애송이들."

초면인데 그렇게까지 무례하게 말할 필요 있습니까, 네? 나는 혹시라도 그들이 들었을까 봐 안절부절못하며 눈치를 살폈다. 손님끼리 갑자기 싸우는 사태는 정말로 피하고 싶다. 하지만 네 명의 모험가 손님은 라킨이 불러 주는 숙박비를 듣고 계산하느라 정신이 없어 보인다. 다행히, 못 들었구나.

"이봐, 네가 요리사지?"

윙커의 화살이 이번에는 나에게 돌아왔다. 나는 슬슬 이 사람이 불편해져서 삐질거리며 엉덩이를 뺄 기회를 찾고 있었다. 그런 마당에 이런 식으로 말을 걸어오는 건 달갑지 않다. 내가 아무리 사람과의 대화에 굶주렸더라도, 무서운 건 무서운 거다.

"그런데요……."

"수프 말고 다른 건 뭐 없어? 맛있긴 한데 국물을 너무 마셔서 뱃속이 출렁거린다고. 이런 건 오줌 싸면 다 끝이야. 뭐 든든한 것 좀 먹자."

오줌 싸면…….

너무 적나라한 표현에 순간 말문이 막혔으나 덕분에 이 대화를 어떻게 빠져나가야 할지 생각났다. 주방에 있던 식재료가 거의 바닥났으니 지금 만들 수 있는 음식은 별로 없었다. 뭔가 만들려면 장을 봐와야 한다. 장 보는 걸 핑계로 도망가면 딱 좋겠군.

하지만 문제가 좀 있다. 물가도 제대로 모르는 나 혼자 장을 보러 가도 괜찮을까? 라킨이 함께 가 줬으면 좋겠지만, 여관을 비울 수는 없는 노릇이다.

"무슨 일 있어요?"

내 간절한 시선을 읽고 손님을 안내하려던 라킨이 다가왔다.

"그게, 부엌에 있던 생선을 전부 수프로 만들어서 장을 봐야 할 것 같은데요."

"아, 그렇군요. 장 볼 돈을 줘야겠네. 50겔드 정도면 아마 충분할 거예요."

허리춤에 찬 전낭에서 짤랑거리는 동전을 덜어 내 손에 쥐여 준 라킨은 내가 여전히 멀뚱멀뚱 자신을 보고 있자 의아한 표정으로 고개를 갸웃했다. 부끄럽지만, 진실을 고백할 수밖에.

"제가, 숫자도 못 읽거든요……."

어제 겐트와 이곳까지 걸어오면서 시장을 지나쳐 온 덕분에 시장의 위치는 알고 있다. 고기와 야채를 쌓아 놓고 나무 팻말에 목탄으로 무언가 적어 놓았기에 겐트에게 뜻을 물었더니 어이없는 표정을 지었다. 그건 가격이었던 것이다. 덕분에 나는 내가 숫자도 모른다는 사실을 깨달았다.

이런 내가 혼자 시장에 갔다가는 보이는 것마다 일일이 가격을 물어야 할 판이다. 물론 그렇게라도 장을 보라고 하면 못 볼 것도 없지만, 역시 좀 힘들어지지 않을까. 나와 라킨이 서로를 마주 보며 곤란한 표정만 짓고 있는데, 갑자기 의외의 인물이 끼어들었다.

"내가 가 줄게."

윙커였다. 라킨은 그의 제안이 반가운 얼굴이었지만 나는 눈을 크게 뜨고 굳어 버렸다. 왜, 왜?

나는 그저 라킨이 아는 사람 중 누군가를 소개해 주지 않을까 기대했을 뿐이다. 라킨처럼 착한 사람이라면 분명 근처에 친구가 많을 테니까. 하지만 잠시 뒤, 나는 윙커와 함께 여관 밖으로 나서는 수밖에 없었다. 등 뒤에서 배웅하는 라킨이 조금 원망스러웠다. 물론, 불합리한 원망이지만.

"갈까."

"……네."

왜 이렇게 됐지. 나는 그저 장보기를 핑계로 이 무서운 사람과의 대화에서 도망치고 싶었을 뿐인데. 왜 같이 걷게 되어 버린 거야. 그리고 왜 이렇게 쓸데없이 친절한 거야? 입도 험하고 무서운 사람인데 왜 이런 귀찮은 일을 해 주겠다고 나선 거냐고…….

윙커는 커다란 체구를 가지고 있는 남자였다. 내가 똑바로 서도 그의 가슴 아래에 닿을까 말까 하는 정도로 키가 크고 팔뚝이 내 허벅지만 한 데다 어깨가 볼링공처럼 두껍다. 그런 덩치가 내 옆에서 말없이 걸으니 압박감이 장난 아니었다.

뭔가 말해야 해.

이대로 계속 걸으면 침묵에 압사당하고 만다. 나는 필사적으로 머리를 굴려 적당한 화제를 골라냈다.

"윙커 씨는, 무슨 일을 하시는 분인가요?"

그래. 사회인이라면 서로의 직장에 관한 화제가 제격이지. 그리고 실제로 그가 무슨 일을 하는 사람인지 궁금하기도 했다. 이 세계 사람들이 어떤 식으로 살아가는지 알아보는 건 흥미로운 일이다.

"나? 용병이야."

"용병이요? 음, 용병은 무슨 일을 하는 직업인가요?"

윙커는 갑자기 뚝 멈춰 서서 묘한 얼굴로 나를 쳐다봤다.

"너 무슨 다른 세계에서 떨어지기라도 했냐? 용병이 하는 일이야 뻔하지. 칼 쓰고 돈 되는 일이면 뭐든 다 해. 경호부터 호위, 돈만 많이 주면 어디 열받게 한 놈 좀 패 달라는 의뢰도 받지. 왜? 누구 손보고 싶은 사람이라도 있어?"

"아뇨. 절대로, 없어요."

마지막 말을 하면서 씨익 웃는 얼굴이 너무 잔인해 보여서 나는 잔뜩 쫄아들었다. 그냥 말을 하지 말자. 대화는 그만두자. 화제가 어디로 튈지 모를 때는 그냥 말을 안 하는 게 최선이다. 그런 말도 있지 않던가. 침묵은 금이라고…….

"다 왔네."

잔뜩 쪼그라들어서 걷는 사이 어느새 시장에 도착했다. 별로 먼 거리는 아니었다. 혼자서 뛰었다면 5분이면 도착하고도 남았을 거다. 걸어서는 10분 정도 걸렸나?

시장은 매우 번잡하고 정리되지 않은 모습이었다. 제대로 된 건물을 가지고 장사하는 상점도 있었지만 대부분은 저마다 밭에서 따 온 것 같은 야채나 산에서 캐 온 것 같은 열매, 털도 뽑지 않은 죽은 동물과 나름대로 손질된 고기를 조금씩 늘어놓고 파는 중이다.

"그래서, 뭘 만들 거야?"

한쪽에 쌓인 커다란 알에 눈길을 주고 있는데 윙커가 질문을 던졌다. 그러게, 뭘 만들면 좋을까. 대충 50겔드를 받았으니 최소한 100겔드어치의 이익을 남길 수 있을 만한 음식을 만들 재료를 사야 한다. 아마도 윙커를 포함해서 손님 다섯 명을 먹일 식재료를 사면 되겠지. 수프는 있으니 주요리를 만들 재료로…….

"고민 중이에요. 혹시 뭔가 드시고 싶은 거라도 있으신가요?"

"뭐, 아무거나 좋아. 네가 만드는 거라면 뭐든 맛있겠지."

겨우 수프 세 그릇 먹었는데 이렇게나 전적으로 내 요리를 신뢰해 주다니. 얼굴은 험상궂지만 굉장히 좋은 사람이다. 좀 무섭긴 하지만, 좋은 사람이 분명했다. 아까 라킨에게 퍼부은 말도 숙취 때문에 짜증이 나서 그런 거겠지. 원래는 좋은 사람일 거야. 갑자기 윙커에 대한 호감이 샘솟는다.

"음……. 저쪽에 쌓인 커다란 알들은 뭔가요?"

마치 타조알 같은 엄청나게 큰 하얀 알이 장터 옆에 잔뜩 쌓여 있었다. 내 머리통보다 더 큰 것 같다. 거의 작은 수박만 한 크기인데, 최소 20인분은 나올 것 같은 거대한 알이었다. 음, 알인 건 맞겠지?

"왕오리 알이잖아. 게르하인은 왕오리 알이 엄청 싸. 왕오리를 타고 다니는 모험가들이 잔뜩 모여드는데, 그 오리들이 매일 알을 낳아 대거든. 삶아서 먹는 데도 한계가 있으니까 빈민들이나 사 먹지."

"얼만데요?"

"저거 하나에 1겔드밖에 안 해. 다른 도시에 가도 비싸 봐야 5겔드 정도?"

왕오리라면 이 도시에서 가장 흔하게 볼 수 있는 탈것이다. 그 오리가 알도 낳는다니. 혹시 이곳에서 알 요리는 별로 환영받지 못하는 음식일까?

"윙커 씨는 오리알 요리 싫어하시나요?"

"그렇게 좋아하지는 않지. 삶는 것도 오래 걸리고. 맛 자체는 나쁘지 않지만."

확실히 저 큰 알을 삶아 먹는다면 퍽퍽해서 먹기 힘들겠지. 하지만 계란의 효용성은 무궁무진하다. 어디에 넣어도 맛있는 데다 요리의 단백질을 담당해 주니, 국에 넣어도 좋고 찜으로 해도 좋은 것이다.

"계란찜이나 다른 방식으로는요?"

"다른 방식? 그게 뭔데?"

윙커는 어리둥절한 얼굴이었다. 나는 충격받았다. 설마 여기는 알을 삶아서 먹기만 하는 건가? 불길한 예감이 틀리기를 바랐지만, 윙커는 당연하다는 듯 덧붙였다.

"알은 삶아야지. 그러라고 껍질 안에 들어 있는 거잖아."

그것 참 놀라운 이론이군요.

사실 배에서 생활하며 이들의 요리관에 한두 번 놀란 게 아니다. 재료를 물에 넣고 끓이면 수프, 구우면 구운 요리다. 삶고 굽는다. 그게 요리 기법의 전부였다. 생선을 물에 넣고 소금을 풀어 끓이면 생선 수프, 염장한 고기를 넣고 끓이면 고기 수프. 이런 식이다.

여기에서 생선 비늘을 제거하고 끓이면 요리를 잘하는 사람이고, 생선 비늘을 그냥 넣고 끓이면 요리를 못 하는 사람이라는 개념이었다. 당시에 알터가 '그래도 나는 비늘 손질은 좀 하고 요리를 한다고.' 라며 나름대로 자랑스럽게 말했는데, 그게 우스갯소리가 아니었던 것이다.

알터의 수준이 이 세계 요리사의 수준이라면, 튀기는 요리도 없고, 찌는 요리도 없다는 거다. 이쯤 되면 이들이 빵을 구워 먹는 게 신기할 정도다. 밀알을 그냥 구워 먹기에는 맛이 너무 없었나? 재료가 좋다면 저대로만 해도 먹을 만하긴 하겠지만⋯⋯.

충격 속에서도 나는 윙커와 함께 부지런히 시장을 누볐다. 약 한 시간 정도 시장 조사를 끝내니 대충 식재료들의 가격을 알 것 같다. 일단 구하기 힘든 희귀한 재료들이 비싼 건 당연하고, 그 외의 식재료는 크게 두 가지로 분류할 수 있었다.

별다른 조리 없이 바로 먹어도 맛있는 것은 가격이 비싸고, 조리 없이 먹는 게 불가능하거나 까다로운 처리가 필요한 식재료는 거의 쓰레기와 같은 가격에 팔리고 있었다. 특히 마늘이나 양파 같은 조리 없이 바로 먹었을 때 맛이 없는 채소는 한 아름에 1겔드나 2겔드 정도다. 심지어 콩 같은 건 가축 먹이 취급이었다.

이렇게나 식재료가 풍부한데 알티나 라킨의 요리가 왜 이따위인지 이해가 안 가지만, 여기 세상 꼴이 이런 걸 어쩌겠는가. 어차피 세상 사는 내가 납득하든지 안 하든지 관심이 없다. 뭐, 기껏해야 이계인일 뿐인 내가 모르는 속사정이 있겠지. 그리고 세상 어딘가에는 내가 놀랄 만큼 맛있는 요리를 하는 사람이 있을지도 모르고.

어쨌든 가축 먹이로 취급되며 팔리는 콩이라고 해서 질이 나쁠 줄 알았는데 오히려 콩들은 모두 알이 굵고 반질반질했다. 두부로 만들어도 좋고, 갈아서 콩국수를 해도 좋겠지. 된장을 만들 수도 있을 것이다. 그러고 보니, 한식을 먹은 지가 오래됐네.

한식이라고 하면 보통 맵고 자극적인 고추를 떠올리지만 콩이야말로 한식의 필수 재료다. 아니, 중국에서도 두반장을 만들고 일본에서도 미소된장을 만드니까 동아시아 요리의 영혼이라고 해도 그리 과한 평가는 아닐 것이다.

만드는 과정도 굉장히 간단한데, 으깬 콩을 메주로 만들어 장독대에 넣고 소금물을 부어 1년간 두면 메주는 된장이 되고 부은 소금물은 간장이 된다. 맛을 담당하는 아미노산 그 자체인 간장은 대충 어디에 넣더라도 천연 MSG 역할을 하게 되니 쓸모가 엄청나게 많다. 간장이 전혀 들어가지 않을 것 같은 요리라도 마치 감초처럼 조금씩은 들어가는 것이다.

생각할수록 간장소스로 만든 불고기라든가, 조림 요리가 그리워졌지만, 지금부터 콩을 삶아 된장을 만든다고 해도 쓸 만한 된장이 되려면 1년은 걸린다. 만드는 방법은 정말 간단하고 재료도 대부분 구하기 쉬운데도, 시간은 어디서도 구할 수 없으니 꼼짝없이 1년 후를 기약해야 한다.

새삼 무인도를 떠나올 때 배에 싣고 나왔던 젓갈들이 좀 아쉬웠다. 비스뷔의 배에 타고 나서 내 하찮은 소지품에 대해 신경 쓸 여력이 없었던 것이다. 지금은 어디에 있는지도 모른다. 만약 비스뷔가 그걸 발견했다면 썩은 생선이라 생각하고 버렸을 확률이 높다. 이럴 줄 알았으면 젓갈을 좀 챙겨 둘 걸 그랬다. 아니, 다시 만들까?

"윙커 씨, 저기 생선 한 바구니 담아 둔 건 얼마라고 적혀 있어요?"

"응? 1겔드."

저걸 1이라고 읽는구나. 그러고 보니 왕오리 알에도 같은 문자가 적혀 있었던 것 같다. 그건 그렇고, 가격이 정말 매력이 넘치는구나.

"생선…… 정말 저렴하네요."

"그야 그렇지. 그물을 한 번만 던져도 엄청나게 잡히는데, 먹는 사람이라고 해 봐야 이 도시 사람들 정도니까. 어육으로 만들어서 내륙으로 팔러 가는 상인이 있긴 한데, 생선을 말려 놓을 장소도 그리 많지 않고 수고스럽기도 해서 하는 사람은 별로 없어."

대답이 돌아올 거라고 생각하지 않았는데 윙커는 뜻밖에 자세한 정보를 주었다. 나는 그의 호의에 기대어 식재료 몇 개의 가격을 더 알아보았다. 처음에 무서워했던 게 미안해질 정도로 친절한 사람이다.

축산업이 발달하지 않았는지 육고기는 비쌌지만 생선은 비상식적으로 저렴했다. 처음 보는 물고기도 많았는데, 하나같이 눈알이 투명하고 싱싱한 생선들이다. 팔뚝만 한 조기나 광어가 세 마리에 1겔드에 팔리고 있고, 종종 상태가 안 좋은 생선은 더 저렴하기도 했다. 생선을 3겔드어치만 사도 생선국을 20인분은 끓일 수 있을 것 같다.

식재료가 이렇게 저렴하니 밥 굶는 사람은 없겠군. 윙커의 말을 들어 보니 어획량이 엄청나게 풍부한가 본데, 그에 비해 가공 수단이 발달하지 않아서 해안가 도시 정도에서만 생선을 소비하는 모양이다. 생선이 미친 듯이 잡히고 소비하는 사람은 한정되어 있다면 이런 가격도 납득이 간다.

 어쨌든 저렴한 식재료는 대충 콩이나 양파, 생선 같은 것들이고, 고추나 생강, 마늘 같은 향이 강한 향신료는 쥐약이나 해충 퇴치제로 팔리고 있었다. 사람이 먹는다는 개념은 없어 보인다. 심지어 몇몇 잎채소는 마구 자라는 들풀 취급이다.

 가장 비싼 것은 빵이나 소금에 절인 고기나 육포, 술 같은 가공식품이고, 두 번째로 비싼 식료품은 과일이나 죽은 동물. 그 외 나머지는 대체로 비슷한 가격이다.

 시장을 대충 한 바퀴 돌면서 나는 왕오리 알 두 개와 향신료들, 생선 열 마리, 잡다한 새우와 어패류 한 바구니, 돼지비계 한 주먹을 샀다. 비닐 봉투가 없어서 커다란 대나무 잎 같은 것을 엮어 둘둘 감아 싸 주는 것이 이색적이다. 윙커는 내가 계산하는 것을 가만히 지켜보다가 쩔쩔매자 주머니를 넘겨받아 대신 돈을 지불해 주었다.

 내가 이 세계의 화폐를 본 것은 그때가 처음이었다. 시장의 분주함에 정신이 팔려서 난 내가 돈의 생김새조차 모른다는 것을 잊었던 것이다.

 주머니를 열어 보니 청동 빛깔의 검지 손톱만 한, 두께도 딱 그 정도인 동전이 열 개, 그리고 놋쇠 빛깔의 동전이 네 개 들어 있었다. 라킨이 나에게 50겔드를 주었으니 청동색 동전이 1겔드, 놋쇠 동전이 10겔드인 건 정황상 알겠는데 워낙 생김새가 낯설어 얼른 눈에 들어오지 않았다.

 나 대신 계산까지 도와준 윙커는 자연스럽게 바구니를 들고 걷기 시작했다. 어떻게 봐도 짐꾼을 자처하는 모양새인데, 손님에게 짐꾼을 시켜 버렸다는 생각에 나는 대단히 당황했다. 허겁지겁 따라가 안절부절못하며 조심스럽게 입을 열었는데,

 "저기, 안 들어 주셔도……."

 "뭐?"

"아니, 무거우실 것 같고……."
"뭐?"
"죄송합니다."

어쩐지 사과하고 말았다. 사람이 얼굴로 그렇게 많은 말을 할 수 있는지 처음 알았다. 윙커 씨와 함께 장을 보며 그의 첫인상이 조금 희미해지고 있었는데 인상을 쓰며 돌아보는 얼굴을 마주하니 정말 아무 말도 못 하겠다. 사실 내 담이 작은 편은 아닌데, 그의 험악하게 구긴 얼굴은 정말로 무섭다. 솔직히 저 표정만으로도 폭행죄가 성립할 것 같다.

윙커 씨가 얼굴로 나를 폭행하고 있었기 때문에 나는 필사적으로 주변을 살피는 척했다. 그러다가 먹음직스러운 냄새에 이끌려 고개를 돌리니 무슨 고기인지 모를 것을 숯에 굽고 있는 좌판이 있었다. 그 옆에는 손바닥만 한 빵을 구워 쌓아 놓고 파는 빵집도 있었다.

"저기, 돈 남았으니까 뭔가 사 드릴게요. 제 월급에서 빼면 되니까요."

장을 다 봤는데도 라킨이 준 돈은 20겔드나 남아 있었다. 나는 대답을 기다리지 않고 달려가 노점에서 구운 고기 한 꼬챙이와 빵을 하나 샀다. 솔직히 이 세계의 음식이 궁금했기 때문이다. 노점 음식이긴 하지만, 저걸 팔아서 생업을 꾸리고 있다면 나름 전문가라는 뜻이다. 크게 기대는 없지만 호기심은 있었다.

그러나 사 온 음식을 내밀어도 윙커는 영 떨떠름한 얼굴로 고개를 저었다.

"너나 먹어. 괜히 입맛 버리고 싶지 않으니까. 쓸데없는 걸로 배 채우진 않을 거야. 돌아가면 네가 맛있는 걸 만들어 줄 텐데 그런 걸 왜 먹지?"

굉장히 단호한 거절이라 나는 두 번 권하지 않고 조용히 꼬치의 고기를 한 입 물었다. 굉장히 기름진 새고기였는데, 몇 번 씹기도 전에 나는 윙커의 말이 무슨 뜻인지 깨달았다. 이렇게나 겉이 기름진데 속이 이렇게까지 텁텁할 수가! 게다가 밑간이 전혀 안 되어 있어서 그냥 아무 맛도 없는 닭 가슴살 같은 걸 씹는 느낌이다. 바싹 말라서 어떤 수분도 없는 닭 가슴살.
 게다가 얼마나 구웠는지 질기기가 마치 고무 같았다. 씹어도 씹어도 삼켜지지가 않는다. 결국 스무 번 정도 씹어서 겨우 침과 함께 삼켰다. 어지간하면 음식을 버리진 않지만, 이건 정말로 두 번 먹지는 못하겠다. 나는 눈물을 머금고 꼬치에서 빼낸 고기를 적당히 깨끗한 주변 담장 위에 올려 두었다. 야생 동물이 먹겠지······. 이걸 먹을 수 있는 사람은 고무도 먹을 수 있을 거야.
 냄새가 제법 그럴듯했던 고기가 그 지경이니 빵을 맛보기가 좀 무서워졌다. 그래도 제대로 잘 부풀어 있고 냄새도 고소하니까 괜찮겠지 싶어서 한 입 크게 베어 물었는데, 내 기대는 또 배신당했다.
 이름은 잘 모르겠지만, 꽃집에서 꽃을 고정하려고 쓰는 녹색 스펀지를 아는가? 약간 파삭한 촉감의, 누르는 대로 푹푹 박히는 그 스펀지. 그 스펀지가 생각나는 맛이었다. 물 없이 반죽한 건가 싶을 정도로 건조한 빵이다. 씹었더니 입 안에서 빵이 그대로 밀가루가 되어 흩어지는 느낌이었다. 커다란 건빵 같기도 하다.
 결국 나는 빵도 이름 모를 야생 동물에게 기부하고 말았다.
 "여기 빵은 다 이런가요?"
 꼬치구이는 5겔드였고 빵은 3겔드였다. 저 꼬치구이가 내가 만든 수프와 같은 가격이라는 사실에 모멸감이 느껴질 지경이다. 내가 치를 떨며 묻자 윙커가 시선만 내려서 피식 웃었다.
 "맛없지? 그래서 나도 빵을 별로 안 좋아해. 뭐, 수프에 적시면 그런대로 먹을 만하긴 해."
 "그래도 맛있는 빵은 맛있겠죠."
 "빵 맛은 다 똑같지."

윙커의 대답에 나는 어떤 직감을 느꼈다. 그의 대답이 지극히 담백한 사실만을 이야기하고 있다는 느낌. 밀가루로 만든 빵이니 맛이 비슷하다는 어감이 아니라, 정말로 이 세계의 빵이 내가 방금 산 이 빵 한 종류뿐이라는 느낌이었던 것이다. 나는 바로 확인하기로 했다.

"혹시 여기서 빵이라고 부르는 음식은 다 이런 맛이에요?"

"당연하지."

안 당연해. 그러고 보니 배에서 소금빵을 구웠을 때도 선원들이 지나치게 좋아하는 것 같다는 인상을 받긴 했다. 그때는 그저 빵을 오랜만에 먹어서 기뻐하는 거라고 생각했는데, 아니었던 것이다. 효모의 존재도 알고 있는데, 그래서 반죽을 부풀리는 능력도 있는데 어째서 빵이 이런 맛이 되는 건지 오히려 놀랍다.

하긴 그러고 보니 '소금빵' 이라든가, '크로와상' 이라든가, '버터롤' 이라든가 다양한 빵의 이름을 부르는 대신 그냥 '빵' 이라고만 불렀지. 어차피 한 종류뿐이니 그렇게 불러도 별문제가 없었던 거군. 정말 충격이다.

상상을 뛰어넘는 이 세계의 음식 문화에 얼이 다 빠진다. 그대로 날뛰는 통나무 여관으로 돌아가니 뜻밖의 얼굴이 나를 기다리고 있었다.

"금방 올 줄 알았는데, 늦었군."

한쪽 눈썹을 추켜세워 까딱인 젠트였다. 꽤 오래 기다린 모양인지 심기가 매우 불편해 보였다. 하긴, 이것저것 묻고 살펴보느라 거의 두 시간 가까이 시장에 있었던 것 같다. 하지만 그가 날 찾아올 이유가 있던가?

"받아. 비스뷔가 부탁한 돈이야."

갑자기 쑥 내미는 주머니를 받아 드니 꽤 묵직했다. 갑작스러운 대화에 끼지 못하고 어정쩡하게 서 있던 윙커 씨가 장 본 것들을 바닥에 내려놓더니 적당한 의자 하나를 차지하고 앉아 우리를 구경하기 시작했다.

"비스뷔 씨가 부탁한 돈이라뇨?"

"네 물건이라면서 쓰레기를 떠안기던데. 그중에 쓸 만한 걸 팔아서 돈으로 만들어 너한테 줘 주라더군. 이미 말했다던데, 못 들었어?"

"아."

그 말을 들으니 생각났다. 내 배의 물건을 팔아서 돈으로 챙겨 주겠다고 했었지. 그냥 지나가는 말인 줄 알았는데 정말이었다니. 게다가 열어 본 주머니는 꽤 두둑해서 비스뷔를 향한 고마움에 눈시울이 뜨거워졌다.

"그리고 그 썩은 생선 같은 건 어떡할까?"

"안 버렸어요?"

"버리려고 했는데 굉장히 소중하게 밀봉되어 있어서 말이야. 버릴 걸 그랬나? 쓰레기라면 처분할게."

"아뇨! 필요해요! 꼭, 여기 여관에 가져다주시면 좋겠어요!"

분명 버렸을 거라고 생각했던 젓갈을 얻을 수 있다고 생각하자 갑자기 설레기 시작했다. 이곳에 고추가 있으니 말려서 고춧가루를 만들면 젓갈을 넣은 김치도 만들 수 있고, 간장 대신 감칠맛을 내는 소스로 사용할 수도 있다. 내 열렬한 반응에 겐트는 심드렁하게 고개를 끄덕였다.

"사람을 시켜 여기로 가져다주라고 할게. 그럼 난 간다."

주머니를 넘긴 겐트는 미련 없이 여관을 나가려고 했다. 점심시간이 가까워지는데 이대로 그냥 보낼 수는 없어서 나는 다급하게 그를 붙잡았다.

"밥, 밥 먹고 가요. 제가 만들게요."

"필요 없어. 돌아가서 해야 할 일도 있으니 가는 길에 꼬치나 빵을 좀 사서 때우면 돼."

"그렇다면 절대 보낼 수 없어요."

나도 모르게 얼굴이 굳어지고 눈에 힘이 들어갔다. 보지 않아도 알 수 있다. 지금 분명 엄청나게 진지한 표정이겠지. 약간 당황하던 겐트는 조금 짜증 내는 기색으로 눈살을 찌푸렸다.

"뭘 그렇게 정색하는 거야. 음식이야 먹고 안 죽으면 그만이지."

"그건 겐트 씨가 진짜 맛있는 음식을 안 먹어 봐서 그래요."

그럴 의도는 없었는데 마치 그를 깔보는 것 같은 어조가 나오고 말았다. 순간 찔끔해서 입을 닫았더니 배경처럼 앉아 있던 윙커 씨가 끼어들었다.

"맞아. 안 먹어 봐서 그런 소릴 할 수 있는 거야."

"당신은 또 누구야?"

"손님."

뭔가 말할 것처럼 입을 벌리고 윙커 씨와 나를 번갈아 쳐다보던 겐트는 포기했다는 듯 한숨을 푹 내쉬며 손바닥으로 얼굴을 쓸었다. 그리고 씹어뱉듯 말했다.

"먹고 갈 테니까, 빨리 가져와. 오래 기다릴 생각 없어."

그의 대답이 떨어지기가 무섭게 나는 내가 움직일 수 있는 최고 속도로 장 본 것들을 주방으로 옮기고 작업에 들어갔다.

주방에 들어가서도 고민 따위는 하지 않았다. 겐트가 건넨 돈주머니를 주방 한편에 대충 내려놓고 바로 재료 손질에 들어갔다. 메뉴는 장을 볼 때부터 이미 정한 지 오래다. 커다란 새우 살을 넣은 계란찜과 돼지기름에 향신료와 함께 볶은 해산물. 비스뷔의 배에서 이미 한번 했던 음식이다.

조개 하나로 육수를 내어 계란찜을 하고, 동시에 해산물 볶음을 만든다. 시간이 오래 걸리는 요리가 아니라서 금세 맛있는 냄새를 풍기며 요리 두 접시가 완성되었다. 잠깐 맛을 봤더니 배에서 만든 것보다 더 훌륭한 맛이다.

김이 모락모락 오르는 접시를 들고 주방을 나서자 어쩐지 사람이 늘어 있었다. 장을 보러 가기 전 여관에 왔던 네 명의 모험가 손님이 홀에 내려와 있었던 것이다. 그들과 여관주인인 라킨, 젠트, 윙커로 홀은 만석이었다.

"요리 나왔습니다……."

젠트 앞에 접시를 내려놓자 일곱 명의 목젖이 일제히 요동쳤다. 침 삼키는 소리가 너무 크게 들려서 민망할 정도다. 젠트의 냉정한 얼굴에 기대감이 번진다. 여섯 명이나 되는 사람이 그가 포크로 생선 토막을 집는 모습을 응시하고 있었다. 그런 시선이 부담스러운 기색도 없이, 젠트는 담담하게 음식을 한 입 먹었다.

"……."

'맛있다.'라는 말 정도는 할 줄 알았는데, 젠트는 무언으로 두 번째 해산물을 집었다. 비스뷔가 쏟아 냈던 칭찬의 말들이 조금 그리워진다. 젠트의 입맛에는 맞지 않는 걸까?

약간 불안해지려던 찰나, 나는 젠트의 뺨이 약간 상기되어 있는 것을 발견했다. 입에 음식을 밀어 넣을 때마다 뺨이 약간 느슨해지고 입꼬리가 올라간다. 계란찜을 먹을 때는 약간 망설였지만, 한 입 맛보고 난 뒤에는 계란찜도 거의 마시듯 먹어 치워 버렸다.

"맛있군."

깔끔하게 접시를 비운 젠트가 그다운 담백한 감상을 말했다. 그러곤 음식값을 묻지도 않고 30겔드를 지불하더니 또 오겠다는 말만 남기고 떠나 버렸다. 돈을 받을 생각은 없었지만, 내 일당에서 그의 밥값을 지불할 생각이었는데 말릴 새도 없이 라킨에게 돈을 줘 버려서 어쩔 수가 없었다.

비스뷔처럼 호들갑 떨며 맛있다고 하진 않았지만 조각 하나 남기지 않고 깨끗하게 비워진 접시를 보니 마음이 흐뭇해진다. 그런 내 옆에서 라킨이 난처한 기색으로 동전을 만지작거렸다.

"재료값에 비해서 너무 비싸게 받았는데. 어쩌지?"

하긴, 그렇다. 젠트가 먹은 요리의 원가를 따지면 1겔드가 될까 말

까다. 하지만 그만큼 맛있었다는 거니까. 요리의 가격을 어느 정도로 책정해야 할지 라킨과 상의하려는데, 누군가가 내 어깨를 톡톡 두드린다. 돌아보니 윙커였다.

"내 몫은?"

"아."

윙커 외에도 주문할 생각이 만만인 네 쌍의 눈이 기대감에 차서 나를 바라보고 있었다. 아니, 다섯 쌍. 라킨까지…….

그날 만든 계란찜, 해산물 볶음 요리의 가격은 자연스럽게 30겔드로 책정되었다. 딱히 라킨과 내가 그렇게 결정한 건 아니다. 음식을 맛본 모험가 네 명과 윙커가 젠트를 따라 30겔드씩 지불했기 때문이다.

거의 30배에 가까운 가격에 마음씨 좋은 라킨은 돈을 돌려주려고 했지만, 이 여관의 재정 상태야 도시 전체에 소문이 난 것이나 마찬가지라 모든 손님들이 그 말을 들은 척도 하지 않았다.

덕분에 나는 일당을 충분히 벌어들이고도 남는 매출을 올려서 마음의 짐을 약간 덜어 낼 수 있었다. 그들 외에 손님이 더 오지는 않았지만, 모험가 네 명이 6인분을 먹어 치우고 윙커가 2인분의 음식을 먹은 데다 아침에 끓여 뒀던 수프가 전부 팔리고 난 뒤로 저녁 식사 시간까지 끝나자 거의 600겔드에 가까운 매출이 발생했던 것이다.

라킨은 하루 만에 내 일당을 두 배로 올려 주고, 이후에 좀 더 안정되면 세 배를 주겠다고 약속했다. 수입이 나아지자 아침마다 물을 뜨러 우물가를 찾아가는 대신 물장수에게서 사서 쓸 수 있게 되었고, 식재료를 구매하는 예산이 크게 늘어서 주방에 구비되는 재료들이 매우 풍부해졌다.

손님 수는 적어도 네 명의 모험가나 윙커가 꾸준히 음식을 주문해 준 덕분에 하루 10인분 정도의 식사는 늘 팔렸고, 덕분에 재료가 남아서 버릴 걱정은 없게 되었다. 생각보다 손님이 확 늘어나진 않았지만 가끔 맛있는 냄새에 홀려 들어온 한두 명의 손님들이 반드시 재방문해 준 덕분에 느리지만 차근차근 단골손님이 생기고 있는 추세였다.

일단 맛집이라고 소문이 나면 순식간에 손님이 늘어나는 내 세계와는 확실히 달랐는데, 이곳에는 인터넷도 없고 방송이나 홍보 수단 자체가 없기 때문에 정보의 전파는 오직 입소문을 통해서 이루어졌다. 그러니 좀 느린 감이 있긴 했다.

하지만 오히려 나에게는 잘된 일이다. 하루 10~20인분의 요리를 만드는 건 사실 한나절 정도면 끝나는 작업이어서 나는 틈틈이 베이스소스를 만드는 데 시간을 투자했다. 그 흔한 식초나 고춧가루 하나 없으니 포도를 사서 와인 비니거를 만들고, 고추는 말려서 가루 내고, 우유를 사서 버터와 치즈를 만들어 두는 등 할 일이 정말 많았던 것이다.

게다가 식초를 만들기 위해 먼저 알코올 발효에 쓸 설탕을 사러 갔다가 그 어마어마한 가격에 그만 질려 버렸다. 배에서 들었던 대로 단맛을 내는 조미료, 꿀이나 설탕은 엄청나게 비쌌던 것이다. 게다가 설탕은 모두 사탕수수즙의 형태로 존재할 뿐 정제된 설탕 결정은 아예 찾아볼 수가 없었다.

꿀은 대충 100ml 한 컵에 1,000겔드에 육박하고 사탕수수즙은 700~900겔드 사이로 판매되고 있었다. 저걸 사서 정제하면 설탕이 한 줌도 나오지 않을 텐데, 가격은 내 일당의 거의 다섯 배다. 체감되는 가격은 설탕 세 스푼에 50만 원 정도의 느낌이었다.

설탕 세 스푼에 50만 원이라니.

당연히 이 말도 안 되는 가격에 나는 설탕을 깨끗하게 단념했다. 아주 귀한, 높은 사람들이 마실 것에 좀 넣어 단맛을 즐기는 용도로 사용된다고 하니 저걸 음식에 푹푹 넣는 건 이 세계 기준 미친 짓이었다. 그런 이유로, 나는 매일매일 많은 양의 조청을 끓였다.

아침에 일어나면 제일 먼저 빵을 굽고, 그리고 생선이나 고기를 이용해 수프를 한 솥 끓여 걸어 둔다. 그 후에는 밤새 끓여 졸아든 조청을 항아리에 옮겨 담고 다시 새 엿물을 달이기 시작했다. 주방에 있는 화구 중 하나는 아예 조청을 만드는 용도로 하루 종일 엿물을 달이는 데 쓰고 있었다.

만든 조청은 설탕 대신 음식에 듬뿍듬뿍 사용됐다. 음식을 사 먹는 손님들은 내가 감히 비싼 단것을 요리에 넣었을 거라고 상상도 못 하는 모습이었다. 하긴, 조청의 가격을 사탕수수즙과 같이 책정하면 오히려 음식값이 저렴한 편일지도 모른다.

이렇게나 바쁜 나날 덕분에 나의 문맹 탈출은 점점 멀어지고 있었다. 매일 시장에 가니까 간신히 숫자는 읽을 수 있게 됐지만 그 외의 문자는 '구매', '판매' 정도를 읽을 뿐이다. 그것도 그냥 매일 보는 그림을 기억하게 된 것에 가깝다. 이 세계의 문자로 내 이름조차 못 쓰는 것이다.

차라리 영어나 한글처럼 알파벳을 몇 개 외워 조합하면 되는 문자였다면 쉬웠을 텐데, 애석하게도 이곳의 문자는 한자와 같이 표의문자였다. 그마저도 쓰는 사람마다 제각각 필체가 달라서 내 눈에는 짧고 긴 지렁이들을 얽어 놓은 그림에 가깝게 보였던 것이다. 다양한 필체로 쓰인 하나의 문자를 확실히 인지하게 되기까지 얼마나 오래 걸렸는지 모른다.

나의 문자 학습 속도를 생각하면 한숨이 나오지만, 그래도 내 음식을 찾아와 주는 손님을 보면 글자를 모르는 답답함 정도는 아무래도 좋을 정도로 뿌듯해진다. 예를 들어, 그 까탈스러운 겐트가 점심, 저녁으로 꼬박꼬박 얼굴을 내미는 일 같은 것.

"안녕하세요, 겐트 씨."

인사를 건넸더니 겐트는 고개만 까딱해서 화답했다. 전에 말했던 대로 매우 바쁜 모양인지 이곳을 방문할 때도 늘 서류 같은 것을 끼고 있었다. 오늘도 마찬가지다. 하지만 다른 때와는 약간 차이점이 있었다. 맞은편에 직장 동료로 보이는 사람이 앉아 있었던 것이다. 겐트가 이곳에서 식사를 해결한 지 6일째지만 그가 누군가를 데려온 건 처음이었다.

어쩐지 묘하게 얼굴이 낯익어 가만히 바라보다가 문득 눈이 마주쳐서 시선을 피했는데, 동시에 그녀가 누구인지 떠올랐다. 비스뷔와 함께 상회에 방문했을 때 보았던 사람. 짧은 갈색 단발머리에 단정한 이목구비를 가진 직원이었다.

"어음, 오늘은 다른 분이랑 같이 오셨네요."

슬쩍 말을 건네며 다가가자 이번에는 그녀가 나를 빤히 바라보았다. 그리고 갑작스러운 질문을 던졌다.

"겐트 씨 애인이에요?"

"엑?"

"뭐?"

우리 둘이 동시에 질겁하자 그 반응만으로 대답이 되었는지 그녀는 뒤통수를 긁적이며 씨익 웃었다.

"아닌가 보네. 겐트 씨가 요즘 바쁜데도 자꾸 어딘가로 사라지길래, 따라붙었더니 여기로 오더라구요. 혹시 연애라도 시작한 건가 해서."

"난 그저 여기 밥이 맛있어서 오는 것뿐이야."

"잘도 믿기네요. 겨우 밥이 맛있어서 일을 손에 들고도 여기에 온다구요? 누가 믿겠어요?"

겐트는 그녀를 바라보다가 짜증을 삭이듯 천장을 올려다보더니 눈을 꾹 감고 한숨을 내쉬며 나를 돌아보았다.

"이건 무시하고 오늘 메뉴나 알려 줘."

확실히, 점심시간이라 곧 손님이 몰릴 테니 빨리 주문을 받고 음식을 내 줘야 하긴 했다.

"아, 오늘은 해산물 볶음과 보쌈이 있어요. 보쌈은 부드러운 돼지고기를 매운 야채무침이랑 함께 먹는 거예요. 해산물 볶음은 20겔드, 보쌈은 40겔드고, 계란찜이 같이 나가요. 매워하는 사람이 있을 것 같아서······."

"돼지고기? 그걸로 줘."

한 번도 안 먹어 본 음식일 텐데 겐트는 망설이지도 않고 바로 주문했다. 그러고 보니 그는 늘 새로운 메뉴가 생기면 제일 먼저 주문하곤 했지. 그걸 깨달으니 새삼 그의 신뢰가 느껴지는 것 같아서 약간 쑥스러워졌다.

"저는 해산물 볶음으로 주세요."

얼른 끼어들어 함께 주문한 그녀가 벽난로에 매달린 솥에 잠깐 시선을 주더니 바로 덧붙였다.

"수프도 같이 주세요."

"수프는 5겔드입니다."

이 여관의 계산은 언제나 선불이다. 먹고 그대로 도망치면 잡을 길이 거의 없고, 숙박만 하고 몰래 여관을 떠나 버려도 그대로 대금을 날리는 셈이기 때문이다. 물론, 겐트가 그럴 거라는 생각은 들지 않지만. 어쨌거나 두 사람이 건네는 동전을 받아 챙기고 나는 바로 주방으로 들어섰다.

벌써 수십 번 만든 해산물 볶음은 이제 너무 숙달되어서 3분도 걸리지 않는다. 고정 메뉴라서 재료 손질도 이미 전부 끝내 놓은 상태로, 그대로 솥에 넣고 볶기만 하면 되는 것이다. 이걸 볶을 때마다 여관을 지나가던 손님이 하나씩 걸려들곤 했는데, 덕분에 라킨은 이걸 손님 낚기라고 불렀다.

그걸 이 메뉴의 정식 이름으로 밀어붙이려는 게 요즘 라킨의 목표다. 하지만 그런 직관성 없는 이름을 쓰게 할 수는 없지. 그러나 한편으로는, 볶음이라든가 찜 같은 조리 방식이 없어서 어차피 알아듣지도 못하는데 아무래도 좋지 않을까 하는 생각도 든다.

……아냐, 역시 들어간 재료명 정도는 지키고 싶어. 이 사람들이 듣기에는 해산물 링깡낑과 그냥 손님 낚기 정도의 이름 차이일 테니까. 전자는 적어도 해산물이라는 정보는 얻을 수 있잖아? 링깡낑이라는 뭔지 모를 단어가 붙어 있더라도.

게다가 젠트도 나의 손을 들어 주었다. 라킨이 진지하게 이 요리의 이름을 손님 낚기로 해 보려 한다고 했더니 그는 특유의 녹설로 이렇게 말했던 것이다. '이 여관이 망해 가던 원인은 음식 맛 때문만이 아닐지도 모르겠군요.' 라킨은 시무룩해져서 흥미로운 이름이니까 오히려 주문이 더 들어올지도 모른다고 주장했지만, 아무도 동의하지 않았지.

짧은 회상을 마치고 나는 볶아 낸 음식을 접시에 담고 보쌈을 준비하기 시작했다.

보쌈은 통돼지 고기를 찌고 있던 솥에서 두 주먹 정도 크기를 잘라 내어 썰고 조청과 함께 달짝지근하게 무친 배추겉절이를 곁들여 내면 끝이다. 돼지고기는 헐값에 팔리는 향신료를 이용한 덕분에 고기 노린내가 전혀 나지 않고 쑥갓 향이 은은하고 향긋하게 퍼지는 데다 이가 없어도 먹을 수 있을 만큼 부드러웠다.

음식 두 접시와 수프를 떠낼 빈 그릇을 챙겨 홀로 나갔더니 그사이에 벌써 손님이 꽤 늘어 있었다. 늦잠을 자고 일어난 윙커 씨가 눈을 빛내며 보쌈 접시를 노려본다. 고기 메뉴를 유난히 좋아하는 그는 저번에 만든 주먹만 한 고기만두를 거의 30개나 먹어 치웠다. 고기 앞에서는 인간성을 상실하는 그의 위장에 나는 반사적으로 남은 보쌈 고기의 양을 떠올렸다. 충분, 하겠지?

"음식 나왔습니다."

젠트 씨의 동료는 침을 뚝뚝 흘릴 것 같은 표정으로 내가 내려놓는 접시를 쳐다보고 있었다. 기름을 입고 반짝이는 해산물을 홀린 듯이 응시하는 그녀를 일별하며 수프를 뜨려는데, 갑자기 그녀로부터 커다란 외침이 들려왔다. 덕분에 놀라서 국자를 놓칠 뻔했다.

"뭐야, 뭐야, 뭐야, 뭐야아아아아!"

"뭔가 잘못된 거라도……."

수프를 허겁지겁 떠서 테이블로 쏜살같이 다가갔다. 소금이 너무 많이 들어갔나? 아니면 너무 뜨거웠다던가? 싫어하는 해산물이 들어가기라도 한 건가? 불안감에 조심스럽게 묻자 맥 빠지는 대답이 돌아온다.

"너무 맛있어……."

"아."

그녀는 곧 입이 미어져라 음식을 밀어 넣었다. 그러면서도 연신 '마이어, 마이우.' 하는 의미 불명의 감탄을 터뜨리며 입 밖으로 탈출하는 새우 조각이나 생선 살을 손으로 밀어 넣는다. 빵빵하게 부푼 뺨이 마치 다람쥐 같다.

"이 못된 인간, 이렇게 맛있는 곳을 혼자만 알고 있었단 말이에요?"

어마어마한 속도로 접시를 비운 그녀는 간신히 침착함을 되찾더니 눈을 뾰족하게 세워 겐트를 비난했다. 그러나 그 와중에도 나를 향해 20겔드를 건네며 추가 주문을 잊지 않았다. 하나 더, 빨리요.

"시끄러워지잖아."

"당연하죠! 오늘 돌아가면 다 소문 퍼프릴 거예요! 안내 데스크 앞에 서서 찾아오는 사람들 전부한테 여기를 알려 줄 거니까!"

겐트는 한숨을 내쉬며 고개를 저었다. 그러나 그도 착실하게 보쌈과 계란찜을 입 안에 밀어 넣고 있었다. 그 와중에 윙커 씨가 테이블을 탁탁 쳐 나의 주의를 끌더니 겐트가 먹고 있는 보쌈을 한 번, 그리고 손가락을 세 개 펴 보였다. 한 번에 3인분이나?

"이래서 몰래 빠져나오려고 한 거였는데."

"그게 수상해서 뒤를 밟은 거예요."

흥, 하고 콧방귀를 뀌는 그녀를 향해 깊은 한숨을 내쉰 젠트가 이번에는 주방으로 가려는 나를 붙잡았다. 덕분에 본의 아니게 윙커 씨의 인내심을 시험하게 되어 버렸네.

"가격을 더 올려서 받을 생각은 없어? 수익을 생각해서."

"뭣? 절대 안 돼요! 이 이상 오르면 제 급여로는……."

그녀가 다급하게 말리는데, 사실 그럴 필요는 없었다. 나는 싱긋 웃었다.

"라킨 씨는 지금도 많이 받는다고 생각하시던걸요."

"쯧."

혀를 차는 젠트를 뒤로하고 나는 주방으로 다시 돌아왔다. 윙커 씨를 더 이상 기다리게 했다가는 젠트와 싸울 것만 같았기 때문이다. 재빨리 해산물 볶음을 1인분 더 만들고 보쌈을 챙겨 서빙하자 윙커 씨가 굶어 죽을 뻔했다고 하소연했다. 4인분 같은 3인분을 담았다는 내 대답에 흡족해졌는지 곧 얌전해졌지만.

그리고 그날 이후 미묘하게 손님이 급증했다. 입소문을 내겠다는 그녀의 으름장이 빈말은 아니었던 모양이다. 점심이나 저녁때는 손님으로 가득 찼고, 음식만 먹으려고 찾아오는 사람도 늘어났다. 재료가 다 떨어지도록 음식을 팔고, 영업시간보다 일찍 문을 닫게 되기도 했다.

그전보다 확실히 바빠지긴 했지만 덕분에 라킨이 급여를 듬뿍 올려주었기 때문에 나에겐 잘된 일이었다. 사실 나는 며칠 동안 비스뷔가 나에게 주었던 그 옷만 입고 있었다. 엉덩이에 구멍이 뚫린 그 옷 말이다. 구멍은 바느질 도구를 빌려 기우긴 했지만, 새 옷을 살 엄두는 못 내고 있었다.

그럭저럭 내 구미에 맞는 옷, 그러니까 촉감이 너무 거칠지 않으면서도 색과 디자인이나 디테일이 마음에 차는 평상복 원피스나 치마가 굉장히 비쌌기 때문이다. 솔직히 비스뷔가 준 돈을 다 털고 내 일주일치 급여를 모두 쏟아부어도 원피스 한 벌을 사는 게 고작이다. 얼마나 비싼지 상상이 가는가?

상인이 옷을 물들인 염료가 얼마나 비싸고, 옷의 디자인과 바느질, 자수를 한 장인이 얼마나 뛰어난지 침을 튀기며 연설했기 때문에 값을 깎을 생각도 하지 못했다. 그래서 나는 여관에 손님이 부쩍 늘어나던 취업 열흘째가 되어서야 간신히 엉덩이에 구멍 뚫린 옷을 벗어 버릴 수 있었던 것이다.

"새 옷 샀군."

수프를 끓여 벽난로에 걸고 있었더니 어쩐 일로 새벽에 일어난 웡커 씨가 계단을 내려오며 알은척을 했다.

"네! 어제 오후에 나가서 샀어요. 가죽 부츠도 같이요."

마치 벨벳 같은 쪽빛 치마에 그럭저럭 부드러운 흰색 블라우스, 그리고 깔끔하게 허리를 조이는 검은색 조끼가 무척 마음에 들었다. 비록 단벌이라 더럽히지 않도록 늘 치마 위에 앞치마를 두르고 있어야 했지만, 그래서 일부러 앞치마도 서너 개 사 뒀다.

"예쁘네."

자랑하듯 한 바퀴 빙그르르 돌아 보았더니 웡커 씨가 담담하게 칭찬했다. 질 좋은 치마가 종아리에서 팔랑팔랑하는 것에 들떠서 돌아 보이긴 했지만 그런 칭찬이 돌아올 줄은 몰랐기에 순간 할 말을 잃고 말았다.

"아, 음. 고마워요. 그런데 새벽부터 무슨 일이세요? 어제 엄청 많이 드셨는데, 벌써 배고파서 깨셨나요?"

"대체 나를 뭐라고 생각하는……. 아니, 뭐, 내가 많이 먹긴 했지."

어처구니없어하던 그는 문득 어제 자신이 돼지 앞다리 한 개 분량의 족발을 먹어 치운 것을 떠올렸는지 떨떠름하게 납득했다. 어쩌면 좀 더 많은 것을 기억해 냈을지도 모른다. 서른 개의 왕만두라든가, 3kg의 보쌈 고기를 먹어 치운 것이라든가, 5인분의 탕수육이라든가.

그런 이유로, 내가 그를 먹보 취급하는 것은 당연한 것이므로 나는 사과하지 않겠다.

"배가 고픈 건 아니고, 일이 생겼어. 오늘 새벽 출발하는 모험단을 호위하기로 했거든."

마치 영원히 여관에 눌러앉아 내 밥을 먹을 것 같던 윙커 씨가 떠난다니.

충격에 멍하니 바라봤더니 윙커 씨가 코를 찡긋거리며 머리를 긁적였다. 그는 내가 아는 한 이 여관에서 가장 오래 머무른 손님이었다. 나의 이런 반응이 무리가 아닌 것이다.

"너무 그런 표정으로 보지 말라고. 나도 여기서 계속 맛있는 음식이나 먹으면서 지내고 싶어. 하지만 일은 해야 하지 않겠어? 솜씨가 녹슬면 안 되니까 말이야."

그러면서 허리에 차고 있던 검을 툭툭 두드려 보인다. 그 행동이 의미하는 건 하나뿐이다. 검을 쓸 일이 생겼다는 뜻이다.

"위험한 일인가요?"

"뭐……."

윙커 씨는 내 걱정 어린 표정이 간지러운지 드물게 말끝을 흐렸다. 그와는 정말 정이 많이 들었는데. 그를 먹보라고 놀리긴 했어도 내가 만든 음식을 언제나 대량으로 와구와구 퍼먹던 모습이 얼마나 흐뭇했는지 모른다. 누구도 그만큼 내 음식을 많이 먹지 않았다.

"혹시 지금 바로 떠나셔야 하나요?"

새벽 출발이라면 음식을 먹을 시간도 없겠지. 하지만 그의 마지막 식사인데 국물이나 먹여서 보낼 수는 없었다. 뭔가 도시락으로 쥐여 보낼 생각이다.

"음? 아니, 수프 한 그릇 먹을 여유는 있어. 안 그래도 수프를 먹고 가려고 내려온 거야. 네 음식을 먹을 마지막 기회일 텐데."

마지막.

그 단어에 다시 마음이 찌잉 아려 왔다. 나는 그에게 수프를 듬뿍 퍼서 내어 주고 주방으로 가서 바쁘게 움직였다. 고기를 얇게 썰어 빠르게 볶고 어제 만들어 팔고 남은 빵에 야채와 소스를 발라 끼운다. 대식가인 윙커 씨를 생각해 남은 빵을 아끼지 않고 써서 아주 많은 샌드위치를 만들었다. 거의 7~8인분은 되는 것 같지만 윙커 씨에겐 2인분이겠지.

샌드위치를 각각 종이로 싸서 들고 나가자 윙커 씨는 나가려는 듯 문가에 서서 나를 기다리고 있었다. 아마 작별 인사를 하려는 모양이다. 나는 그에게 만들어 온 샌드위치들을 내밀었다.

"이거, 선물이에요."

얼떨떨해하면서도 그는 샌드위치를 받아 들어 단단히 가방에 챙겼다. 무슨 음식인지 묻지도 않는다. 그냥 맛있는 무언가를 얻었다는 기쁨이 노골적으로 얼굴에 드러나고 있었다.

"어, 엇. 고마워. 잘 먹을게."

"대신 이 도시에 오면 꼭 이 여관을 찾아 주셔야 해요!"

그때 내가 여전히 이 여관에 있을지는 모르겠지만, 그래도 그가 찾아와 줬으면 좋겠다. 나의 부탁에 윙커 씨는 흔쾌히 응했다.

"물론이지. 그럼, 이제 가 봐야겠다."

그대로 문을 나서려던 윙커 씨가 갑자기 몸을 돌려 성큼 다가서더니 내 어깨를 꽉 붙잡았다. 그리고 강한 어조로 당부했다.

"기우일지도 모르겠지만, 조심해라."

커다랗고 거친 손으로 내 머리를 한 번 쓰다듬은 윙커 씨는 단단한 등을 보이며 아침 속으로 사라졌다. 나는 한참 동안 여관 문에 서서 그의 뒷모습을 바라보고 있었던 것 같다.

그리고 며칠 뒤, 윙커 씨의 말이 예언이라도 된 것처럼 우리 날뛰는 통나무 여관에 위기가 찾아왔다.

"열 배를 주겠소."

여관의 장사가 모두 끝난 늦은 시간, 금빛 장식이 화려한 마차를 타고 온 남자는 자리에 앉자마자 인사도 하지 않고 다짜고짜 제안했다. 척 보기에도 화려한 차림에 빳빳한 옷감, 고급스러운 자수와 보석 머리 장식, 손목과 허리에 찬 비싼 장신구에 그가 범상치 않은 인물임을 감지한 나는 라킨의 필사적인 눈짓에 얌전히 남자의 앞에 앉아 있는 상태였다.

"무슨 말씀이신지……."

사실 무슨 상황인지는 대충 감을 잡았다. 스카웃이겠지. 하지만 더 자세한 설명을 원했다.

"우리 마법사의 꿈 여관에서 요리를 해 주면 여기서 받는 돈의 열 배를 주겠다는 말이오."

감히 거절을 예상하지 않는 어조였다. 명령조가 아닌 것을 감사히 여겨야 할 수준이다. 그만큼 거만한 말투에 표정이다. 치켜든 턱과 깔아 보는 시선. 예전 세상이었다면 경찰을 부르거나 퇴장을 요구하며 가게에서 내쫓을 진상 손님이었지만, 여기서 그러면 안 되겠지. 그의 등 뒤에서 앉지도 못하고 거의 빌고 있는 라킨을 봐서라도.

라킨은 자신의 가게에서, 그것도 고용주의 눈앞에서 떡하니 사람을 빼 가는 행태를 보면서도 말릴 엄두조차 내지 못하는 것 같았다. 이 남자가 그만한 거물이라는 뜻일까? 아니면 라킨이 소심해서일까? 어느 쪽이든 내 대답은 정해져 있다. 라킨이 거절하지 못한다면, 내가 하면 된다.

"죄송하지만……."

남자가 내 거절을 염두에 두고 있지 않다고 해도 나는 거절해야 했다. 내가 할 수 있는 가장 정중한 표정과 말투로 조심스럽게 운을 떼는데, 그가 차게 경고했다.

"거절할 정도로 어리석지는 않으리라 보네."

 순간 등줄기가 오싹해졌다. 남자가 험악한 어조를 사용한 것도 아니고, 폭력적으로 행동한 것도 아닌데 너무나 당연한 듯한 강압적인 태도가 불길한 미래를 암시한 것이다. 내 예감은 대부분 잘 맞는 편이지만, 그의 등 뒤에서 안절부절못하는 라킨을 봐서라도 이번만큼은 이 불길한 예감을 외면하기로 했다.

"어리석다고 하셔도, 거절할 수밖에 없겠는데요. 돈 때문에 이 여관에서 일하는 게 아니라서."

 남자는 놀라지도 화를 내지도 않았다. 그저 다리를 한 번 꼬고 턱을 쓰다듬으며 비스듬히 나를 바라봤을 뿐이다. 짧게 흠 하고 숨을 내쉰 그는 변하지 않는 무감각한 얼굴로 말했다.

"아주 용감하군."

 이쯤 되자 슬슬 눈앞의 인물이 누구인지 궁금해졌다. 그에게 이 정도 말을 한 게 용감한 일에 해당할 정도로 그가 대단한 권력자인 걸까?

 사실 나는 이곳이 어떤 체제인지, 왕이나 귀족이 누군지 별 관심이 없었다. 소탈한 성격이라서가 아니라, 내 삶과 별로 관계가 없다고 생각했기 때문이다. 해외여행 갈 때 그 나라의 대통령이나 국회 의원 얼굴과 이름을 외워 두진 않잖아? 길에서 갑자기 대통령을 마주칠지도 모르니까, 같은 이상한 대비를 하지도 않고.

"내일이 와도 그 용기가 꺾이지 않을지 흥미롭군."

 의미심장한 한마디를 남긴 그는 정작 라킨은 쳐다보지도 않고 그대로 자리를 떠났다. 마차를 끄는 말들의 발굽 소리가 멀어지기를 기다렸다가, 아직도 초조함을 감추지 못하고 있는 라킨을 앉혀 놓고 질문했다.

"누구예요?"

아까 그 남자가 앉았던 의자에 이번에는 라킨이 앉았다. 양손을 깍지 끼고 쉴 새 없이 주물거리는 것이 굉장히 불안한 모양이었다.

"벵가론 갈루만. 마법사의 꿈 여관의 관리자 중 한 명이에요."

"여관주인이 아니라는 말인가요?"

관리자라면 매니저 같은 직위인가? 말투만 봐선 거의 여관주인 같던데. 내 의아한 시선에 라킨이 다시 차분하게 설명했다. 내가 이런 종류의 지식에 거의 백치나 다름없다는 사실을 상기한 모양이었다.

"마법사의 꿈은 게르하인 귀빈 여관이에요. 주인은 영주인 펜바일 게르하인이고 영주관이 만실이거나 영주관에 묵고 싶지 않은 귀하신 분들이 찾아오면 대접하는 곳이죠. 돈을 줘도 아무나 묵을 수 없는 곳인데, 보통 마법사나 공무를 수행 중인 기사, 귀족들이 묵곤 해요. 벵가론 갈루만은 마법사의 꿈을 운영하는 영주의 가신 중 한 명이죠."

설명을 들어도 별로 위기감이 느껴지진 않았다. 그러니까, 시에서 운영하는 공식 호텔 같은 건가? 외국 귀빈을 주로 받는 곳이고? 뭐 내가 안 가겠다는데 어떡하겠어? 잡아가기라도 하겠어? 설령 잡아간다고 해도 말을 호숫가에 끌고 갈 수는 있지만 물을 마시게 할 수는 없는 법이다. 내가 요리를 하지 않겠다는데 어쩌겠는가?

"뭐, 그렇다곤 해도 제가 안 가면 그만 아닌가요? 제가 노예도 아닌데 끌고 가서 채찍질이라도 하겠어요?"

태평하게 웃으며 말했지만 라킨의 얼굴은 더욱 굳어졌다. 설마, 아니지? 비스뷔에게 듣기로는 이 세계에 노예 제도는 없다고 들었다. 청렴결백한 세상이라서가 아니라, 원한과 소망이 직접적인 힘으로 발현될 수 있는 세계라서 다수의 원한을 생성할 수 있는 일은 금지되어 있다는 것이다.

보통 일반인이 누군가를 좀 미워한다고 해서 그게 저주가 되진 않고, 이런 원한에 의한 마법의 발현은 마법사들의 전유물이다. 걸출한 마법사가 원한을 가졌을 때 일어난 가장 끔찍한 일이 바로 대륙의 절반을 비극으로 몰아넣은 피니게르 디오비르다 사건이니 이 세계 사람들은 마법사의 원한을 사는 것을 극도로 두려워했다.

하지만 마법사가 아닌 일반인이라도 이런 마법적인 현상을 일으킬 수 있는 방법이 있는데, 바로 다수의 인원이 같은 성질의 원한을 가지게 되어 그 부정적인 힘이 원령의 형태로 응집하는 경우다. 주로 대량 살인, 오랜 악습으로 인한 사망자가 많은 경우, 많은 수의 인간이 원한을 가지고 사망하는 경우가 이에 해당한다. 내 세계에서는 심령 스팟이 되곤 하지만.

서론이 길었는데, 어쨌든 이런 이유로 이 세계에 노예 제도는 없다.

"벵가론 갈루만은 수완이 좋은 사람이에요. 그가 마음먹은 일에 실패한 적은 없죠. 아마, 분명 내일 무슨 방법을 가지고 올 거예요."

라킨이 그렇게까지 말하자 나도 덩달아 불안해지기 시작했다. 내 얼굴이 어두워지는 것을 보고 그가 아차 한 얼굴로 달래기 시작했지만 뒤늦은 행동이다. 걱정이 많은 밤은 잠들기 쉽지 않았다. 그리고 거의 날을 새다시피 한 다음 날, 우리의 우려는 현실이 되었다.

아침부터 여관 주변의 기척이 소란스러웠다. 멀리서부터 어렴풋이 들리는 말발굽 소리에 선잠을 깨고 내다보자 열 명 정도의 기사들이 여관 앞에 도열하고 있었다. 예외 없이 허리에 찬 검을 보자 머리끝이 쭈뼛 서는 느낌이다.

이곳의 상식이 아무리 내 세계와 다르다곤 해도 의외로 잘 정립되어 있는 제도 덕분에 이런 일은 없을 거라고 생각했는데, 지나치게 낙관했던 모양이다. 아니, 생각해 보면 내가 있던 세계도 노점을 밀어 버리는 불법 폭력이 드문드문 있긴 했다.

내려가야 하나, 아니면 오히려 숨는 게 나을까. 갈피를 잡지 못하는 사이 그들 중 하나가 여관으로 다가와 문을 두드렸다. 어제 왔던 그 남자다. 벵가론 갈루만. 1층에 라킨이 있었는지 문을 열어 주는 모습이 보였다. 그렇다면, 라킨이 혼자 그를 상대하게 할 수는 없지.

1층으로 내려가자 어제와 같은 자리에 앉은 벵가론과 그 앞에 마주 앉은 라킨이 보였다. 마침 내가 온 순간 벵가론이 종이 한 장을 라킨의 앞에 스윽 밀어 놓고 있던 참이었는데, 그걸 본 라킨의 안색이 하얗게 질렸다. 초조하게 두 손을 마주 잡고 문지르는 모습에 나는 얼른 다가섰다.

"라킨? 무슨 일이에요?"

"아. 강유정 씨. 이걸……."

얼마나 경황이 없었는지 그는 내가 문맹이라는 사실도 잊고 나에게 서류를 보여 주었다. 그러나 내가 어리둥절한 얼굴로 쳐다보기만 하자 곧 설명하려고 했다. 하지만 벵가론이 더 빨랐다.

"여관 영업 허가 철회서, 라고 하는 문서지."

이 조개껍데기 같은 놈이…….

벵가론의 여상스러운 말투에 순간 험한 말이 나올 뻔했다. 표정이 얼마나 아니꼬운지 알터의 생선죽에 처박아 주고 싶은 심정이다. 내가 얼굴로 날리는 쌍욕을 태연하게 받아넘기며 벵가론은 입꼬리를 비죽 올려 웃었다.

"영주님이 발급한 것이니 영주님이 철회할 수도 있는 것. 이런 변두리에 있는 작은 여관, 그리고 제대로 된 실적도 올리지 못하는 여관이 사라진다고 해도 아무도 신경 쓰지 않을 걸세."

나직하게 말한 벵가론은 문득 생각났다는 듯 덧붙였다.

"아니지. 오히려 더 수완 좋은 사람을 보내어 운영하게 만드는 방법도 있고."

벵가론과 서류를 번갈아 보는 라킨의 눈동자가 사정없이 흔들리고 있었다. 쌀쌀한 새벽인데도 옷이 습해질 정도로 식은땀을 흘리는 얼굴을 보자 어금니가 악물린다. 사실 라킨은 좋은 사람이지만, 유능한 사람이라고 할 수는 없다. 여관을 빼앗기면 아마 제대로 된 일을 찾기 힘들지도.

이 무력한 상황 속에서 선택지는 이미 정해져 있었다. 나는 라킨에게 안심하라는 의미의 시선을 보낸 후 벵가론이 원하는 대답을 해 주었다.

"마법사의 꿈에서 일하겠어요. 대신, 여관 영업 허가 철회서는 물려주세요."

"여부가 있나."

냉큼 대답하는 모습이 치가 떨리도록 싫다. 이를 가는 내 모습에도 벵가론은 여전히 태연했다. 내가 어떤 공격적인 행동을 취해도 일말의 위협조차 되지 않을 거라 확신하는 모양이다. 게다가 그게 사실이라, 그가 데려온 사병들에게 연행되어 마차로 오르는 내 기분은 씁쓸했다.

솔직히 기분은 완전히 노예의 그것이다. 채찍과 폭력이 없긴 하지만 사람을 이렇게 강압적으로 부리는 데 노예라는 말보다 어울리는 것이 있을까. 앞에 앉은 벵가론을 마주하기 싫어 마차 밖으로 머리를 빼고 멀어지는 여관을 바라보니 온몸으로 걱정을 표현하며 못 박힌 듯 서 있는 라킨이 보였다. 기분이 더 가라앉는다.

"보아하니 문맹이던데, 손님을 직접 상대할 일은 없을 거야."

"주방에 처박혀서 요리나 하라는 말이시군요."

"말귀를 잘 알아듣는군. 그리고……."

앞에 앉은 벵가론이 근무 환경이나 일하며 주의해야 할 점 등을 설명했지만 솔직히 제대로 귀에 들어오지도 않았다. 재료값에 신경 쓰지 않고 무엇이든 원하면 구해 주겠다는 조건이나, 귀하신 분들이니 예절을 익히지 않은 몸으로 나서지 말라는 점 같은 것? 끈질기게 말해 오던 벵가론이었지만 내가 꿋꿋이 창문 밖을 보며 외면하자 곧 포기했는지, 아니면 의미가 없다고 생각했는지 조용해졌다.

사실 외면하지 않았더라도 그의 말을 차분하게 들어 줄 상태가 못 된다. 지금 내 머릿속은 걱정으로 가득 차 있으니까. 여관은 이대로 망하는 건가. 내가 없어진 라킨은 어떡하지? 그래도 재정이 나아졌으니까 새로운 요리사를 고용할 수 있을지도. 그런데 난 앞으로 이 재수 없는 인간 밑에서 일해야 하는 건가.

어떻게 이렇듯 강압적으로 행동할 수 있냐고 한 번쯤 외쳐 볼 만도 한데 인권의 인 자도 꺼낼 수가 없다. 말해 봐야 소용없을 거라는 느낌이 강했다. 이 사람이 너무 당연하게 행동하고, 주변도 이 사람의 행동을 당연하게 받아 주니 부당하다고 생각하더라도 부당하다고 말을 꺼낼 수가 없는 것이다.

이런저런 생각을 하는 사이 마차는 점점 고급스러운 거리로 접어들었다. 길이 반듯하게 닦이고 늘어선 건물도 깔끔한 2층이나 3층 저택이 대부분이다. 건물 외벽을 화려한 금속 장신구로 장식해서 보기만 해도 눈이 즐거워질 정도였지만 지금 기분이 기분인지라 그런 것은 눈에 들어오지도 않았다.

하지만 길 끝에서 거대하고 화려한 5층 높이의 건물이 나타났을 때는 나도 모르게 감탄해 버렸다. 건물 전체가 신비로운 빛으로 둘러싸여 은은하게 빛나는 모습이 꿈속에서 튀어나온 것처럼 몽환적이고 아름답다. 밤중에 이 건물을 발견했다면 홀린 듯이 다가섰을지도 모른다. 내가 감탄하는 것을 눈치챈 벵가론이 자랑스럽게 입을 열었다.

"저게 마법사의 꿈 여관이지. 이곳에 묵었던 수많은 마법사들의 마법이 이 여관을 수호하고 있어. 난방부터 조명까지, 이 여관의 모든 것에 마법이 관여하고 있다네. 자네가 쓸 주방도 아주 근사할 거야. 마법화로는 사용해 봤나?"

"아뇨……."

별로 대답하고 싶지는 않았지만 감히 무시할 만한 용기는 나지 않아 떨떠름하게 대답했다. 벵가론의 미소가 더욱 깊어졌다. 여관에 좀 더 가까이 가자 건물 여기저기에 박힌 보석 같은 것에서 운무처럼 빛이 뿜어져 나오고 있었다. 빛나는 안개 같은 느낌이다.

그러나 그 휘황찬란함도 내가 여관에 들어서기 전까지의 일이다. 벵가론이 이끄는 대로 비척비척 걸어 안으로 들어서는 순간, 여관은 그대로 죽어 버렸다.

죽어 버렸다는 말보다 더 적절한 표현을 찾기가 힘들다.

여관의 모든 신비한 빛은 사라져 버렸고, 훈훈하던 내부에는 순식간에 차가운 아침 공기가 밀려들었다. 흘러나오던 음악 소리도 뚝 멈추더니 무거운 적막이 내려앉는다. 어둡고, 춥고, 적막한 여관. 이 여관의 모든 신비가 순식간에 실종된 것이다.

내가 여관에 들어서는 순간 이런 일이 발생했으니 당연히 나는 어마어마하게 놀랐다. 뭔가 잘못되었는데, 아무리 봐도 그 원인이 나 같은 것이다. 그러나 벵가론은 나보다 더 놀랐는지 입을 쩍 벌리고 당황하고 있었다.

"이, 이건 대체."

척 보기에도 이런 일을 처음 겪는 모습이다. 만약 지금 이 일의 원흉이 나라면, 어쩌면 빠져나갈 기회가 아닐까? 그렇다면 이 일이 나 때문이라는 확신이 필요했다. 그리고 벵가론에게도 확신을 줄 필요가 있다.

나는 벵가론의 눈을 똑바로 바라보며 여관 밖으로 뒷걸음질 쳤다. 한 걸음, 두 걸음, 세 걸음. 한참을 걸어 거의 열 걸음 이상 멀어지자 마침내 팟! 하고 여관에 빛이 돌아왔다. 그리고 다시 여관으로 뚜벅뚜벅 걸어가 안에 들어선 순간, 여관이 완전히 죽었다. 그리고 벵가론의 얼굴을 보며 다시 뒷걸음질……

이 행동을 세 번쯤 반복할 동안에도 벵가론의 넋은 돌아올 기미가 없었다. 그저 황망하게 나를 쳐다보고 있을 뿐이다. 처음으로 보는 그의 얼빠진 얼굴에 기분이 좀 상쾌해졌다. 벵가론은 그저 이 상황이 이해가 가지 않는다는 표정이었다. 그런 그를 보며, 나는 최대한 친절하고 얄밉게 질문했다.

"저, 어디로 가서 일하면 될까요?"

여관 바닥을 당당하게 딛고 선 덕분에 건물 안은 온통 어두웠다. 짙은 음영이 진 뱅가론의 얼굴도 몹시 암울해 보인다. 그때, 소란스러운 발소리와 함께 누군가가 반라의 모습으로 나타나 신경질적으로 소리쳤다. 씻고 있었던 모양인지 머리카락에서 물이 뚝뚝 떨어지고 있다.

"빌어먹을, 뭐가 문제냐. 뱅가론! 목욕 중인데 계속 차가운 물이 나오잖아!"

"리, 리시오 님! 죄송합니다. 금방 해결하겠습니다."

남자의 외침에 뱅가론은 그제야 정신이 돌아왔는지 비굴할 정도로 머리를 깊이 숙였다. 리시오라고 불린 그는 험한 말을 몇 마디 더 던지곤 곧 왔던 곳으로 모습을 감추었다. 그러나 다른 숙박객들도 내려오는 듯 위층이 소란스러워지자 뱅가론이 나를 돌아보며 다급히 말했다.

"오늘은 돌아가도 좋아."

"정말요?"

노골적으로 밝아진 내 얼굴에 뱅가론이 씹어뱉듯 덧붙인다.

"다시 찾아가지."

뱅가론의 말에 나는 어깨를 으쓱하고 마법사의 꿈 여관을 떠났다. 최대한 꾸물거리고, 밍기적거리면서 느릿느릿한 걸음으로. 등 뒤에서 그를 닦달하는 손님들의 목소리가 참 달콤했다. 뱅가론 어떻게 된 거야, 뱅가론 불이 안 켜지잖아! 뱅가론, 뱅가로오오온!

아이 참, 사람이 곤란한 걸 보고 이렇게 좋아하면 안 되는데.

헤헤.

다행스러운 기분으로 마법사의 꿈 여관을 떠나온 것까지는 좋았는데, 내가 있는 장소를 파악하고 나자 웃음이 약간 시들해졌다. 마차씩이나 타고 왔으니 당연하겠지만, 여기는 날뛰는 통나무 여관에서 꽤 멀리 떨어져 있었기 때문이다.

이곳까지 마차로 나를 실어 오긴 했어도 돌아가는 길까지 태워다 줄 생각도, 경황도 없어 보였기 때문에 꼼짝없이 그 먼 거리를 걸어서 가야 할 판이었다. 하지만 뱅가론이 욕먹는 모습을 본 덕분인지 다리가 마냥 가볍다. 내가 돌아가면 기뻐할 라킨의 얼굴을 떠올리니 웃음이 비실비실 나올 정도였다.

여관의 마법 도구가 일제히 고장 난 일은 구체적으로 어떻게 된 일인지 당연히 모르겠다. 그저 어렴풋이 내가 이계에서 온 인간이라 그런 게 아닐까 하고 생각할 뿐이다. 나는 마법사가 아니고, 자세한 설명도 듣지 못했으니 모르는 게 당연하지. 마법사라면, 이유를 알까?

예전에 비스뷔가 이곳에도 마법사가 한 명 머무르고 있다고 말했던가. 귀한 신분이라고 하니 아마 마법사의 꿈 여관에 머무르거나 영주성에 머무르겠지. 그에게 물어볼 수 있다면 좋겠지만, 그런 귀하신 분을 만날 수 있는 방법이 쉬울 리가 없다. 그리고 아주 거만한 성격이라고 하니 어렵게 만난다고 해도 내 질문에 답해 주지 않을 확률이 높다.

그리고 결계가 사라진 일에 관한 것인데, 만약 내가 가까이 갔기 때문에 마법사의 여관에 있던 마법들이 모두 사라진 것이라면 어쩌면 참혹의 경계의 결계가 사라진 건 내 탓이 아닐지도 모른다. 듣기로 결계는 1년 전에 사라졌다는데, 그때 나는 결계 근처는커녕 이 땅에도 발 디디지 못하고 무인도에 갇혀 있었으니까.

이런저런 추측을 하고 있긴 하지만 사실 그렇게 궁금하지는 않다. 애초에 나는 영문 모를 일에 신경 쓰기보다 지금 당장 할 수 있는 일에 집중하는 것을 좋아한다. 그리고 이런 종류의 궁금증에 가장 확실하게 답해 줄 수 있는 사람이 누구인지 이미 알고 있기도 하고.

니모.

바쁘게 자리 잡아 가는 일상에서 점점 잊혀지고 있던 그의 이름이 오랜만에 끌려 나왔다. 오늘 있었던 일이 아니라면 그대로 잊었을지도 모른다. 그리고 여관의 주방장으로 여생을 마쳤을지도. 솔직히 그래도 상관없다는 생각이다. 원래 세상이 그립지 않다면 거짓말이겠지만, 이곳에서도 충분히 잘 해 나가고 있다고 생각하니까.

체념일지도 모른다. 때때로 그를 찾아 이 모든 일에 대한 설명을 명쾌하게 듣고 싶은 충동이 치솟을 때도 있지만, 이 넓은 세상에서 사람 하나를 찾는 건 너무나 어려운 일이다. 게다가 그에 대해 알고 있는 것도 거의 없고 내걸 만한 사진 한 장도 없다. 그리고 가장 중요한 점은 아직도 그가 속한 태양의 숲에 대한 실마리를 전혀 얻지 못하고 있다는 점이다. 어떻게 알아봐야 할지, 어디서부터 어떤 식으로 접근해야 할지 전혀 모르겠다.

어차피 성급하게 행동할 생각은 없다. 내가 알아야 할 일이라면 언젠가는 알게 될 것이고, 일어날 일이라면 어떻게든 일어나겠지. 아직 일어나지도 않았고 아는 것도 없는 일을 지레짐작해서 걱정하며 지내는 건 심력 낭비다. 그리고 무언가를 알아보기엔 내 일상은 아직 평화롭다. 사실 저런 문제를 신경 쓰기보다 새로운 메뉴는 무엇으로 할지 고민하는 게 생산적이지.

대충 생각을 정리하고 나니 어느새 부쩍 날뛰는 통나무 여관에 가까워져 있었다. 일부러 대로변을 피해서 골목길로만 이동했는데, 그게 지름길이었던 모양이다.

도시에 처음 왔을 때는 일부러 큰길로만 다녔는데, 덕분에 정말 많은 말의 엉덩이에 떠밀리고 왕오리에게 발을 밟힐 뻔하고 악어가 휘두르는 꼬리에 종아리를 후려 맞았었지. 멍이 꽤 오래갔었다.

그런 경험을 바탕으로 나는 붐비는 대로변 대신 골목길을 선호한다. 골목이 복잡하긴 하지만 이 도시에 머문 지도 꽤 되어 가니 길을 잃을 걱정은 애초부터 하지 않았다. 게다가 좋은 식재료를 찾아 인근 모든 시장을 헤집고 다녀서 어지간한 곳의 지리는 다 파악하고 있고, 길을 잘못 들었더라도 돌아 나오면 그만이니까.

만약 길을 잃더라도 도시 중앙에 높게 뻗은 종탑을 보고 방향을 잡으면 된다. 정오에 딱 한 번 울리는 저 종은 시간을 알려 주는 용도 외에 도시의 지리에 익숙하지 않은 나 같은 사람들에게 나침반 같은 역할을 해 주기도 하는 것이다.

라킨의 여관을 나온 것은 간신히 여명이 밝은 아침이었는데 어느새 태양이 종탑 꼭대기를 아슬아슬하게 스쳐 지나가고 있었다. 이제 얼마 남지 않은 목적지를 향해 걸음을 서두르며 모퉁이를 도는 순간 나는 기묘한 느낌에 멈춰 섰다.

햇살이 쏟아지는 골목길. 어두울 리가 없는 곳인데 유독 모퉁이 구석 한 곳이 마치 검은 안개가 낀 것처럼 어두컴컴하다. 해를 가릴 것이라곤 없는데 그 부분만 그늘이 져 있다. 그냥 지나가며 스쳐봤다면 검은 쓰레기봉투를 내놓은 건가 했을지도 모른다. 물론 여기에 비닐봉투가 있을 리가 없지만.

자세히 봤더니 미묘하게 와글거리는 모양새로 움직이고 있어서 여간 꺼림칙한 게 아니다. 마법에 대한 조예도 없고 이 세계의 상식에 어두운 나도 단번에 마법적인 무언가, 그것도 아주 나쁘고 안 좋은 것이라는 걸 알 수 있을 정도다. 마치 바퀴벌레 같은 게 우글거리는 걸 보고 있는 느낌이다.

최대한 닿지 않게 옆으로 피해 가고 싶었지만, 골목은 그렇게 넓은 편이 아니라서 여관으로 가려면 필연적으로 저걸 스쳐 지나가야 했다. 아니면 지금까지 왔던 길을 되돌아가서 다른 길을 찾아보거나. 하지만 그건 너무 멀고 수고로운 일이었다.

꽤 오랫동안 멈춰서 고민했던 것 같다. 차라리 누군가 지나간다면 그 사람의 판단을 참고할 수 있을 텐데 워낙 바쁜 시간이라 그런지 골목을 지나는 사람은 아무도 없었다. 그러다가 문득 어떤 생각이 섬광처럼 스쳤다.

정체는 모르겠지만 저 안개가 만약 마법적인 무언가라면 나에게 해를 끼칠 수 없지 않을까?

사실 마법사의 꿈에서 마법들이 모두 사라지긴 했지만 그 한 번의 사례로 무언가를 판단하기에는 근거가 좀 부족한 면이 있다. 또 안개와 접촉했을 때 무슨 일이 일어날지도 흥미로웠다. 게다가 내가 마법 같은 것을 접할 일은 아주 적은 편이니 뭔가를 확인해 볼 기회가 있다면 되도록 지금 해 보는 게 좋다.

꺼림칙하지만, 정말로 굉장히 꺼림칙하지만 어쨌든 결심을 했으니 나는 천천히 검은 안개 쪽으로 다가갔다. 위험한 느낌이 들면 바로 몸을 돌려 도망칠 요량으로 무게 중심을 뒤에 두고 슬쩍슬쩍 한 발짝씩 다가간다. 안개와의 거리가 거의 1미터가량으로 줄어들자 온몸이 긴장으로 곤두섰다. 그리고 마침내 안개에 닿았다.

뭐랄까. 예상대로라고 해야 할까 아니면 뜻밖이라고 해야 할까. 어쨌든 비교적 예측했던 범위 내의 일이 일어났다. 내가 닿은 부분의 안개가 물러나듯 사라지고, 그 농도가 약간 옅어진 것이다. 살짝 제습기가 된 느낌인데.

일단 위험하지 않다는 판단이 들자 나는 조금 더 과감하게 움직였다. 안개로 아예 성큼 다가선 것이다. 길을 지나기 위한 것뿐이라면 그렇게까지 안개에 다가갈 필요는 없었지만, 안개가 흩어질 뿐 사라지지는 않으니 더 가까워져도 그대로일지 궁금해진 것뿐이다.

안개는 순식간에 사라졌다. 싱거울 정도로, 마치 처음부터 없었던 것처럼. 그러나 안개가 사라진 자리에 남겨진 것을 보고 나는 흠칫했다.

남자였다.

그는 의식을 잃은 것처럼 차가운 돌벽에 아무렇게나 몸을 기대고 있었다. 다친 곳은 없어 보였지만 넝마에 가까운 망토를 너저분하게 두르고 있다. 푹 숙인 머리 아래로 살짝 보이는 턱이 마치 석고상처럼 새하얗다. 전체적으로 온몸이 흙먼지로 더러웠기 때문에 나는 바로 그가 부랑자일 거라고 단정했다.

먼지로 더러워진 검은 정수리를 난감하게 내려다보다가 나는 조심스럽게 다가가 그의 생사를 확인했다. 다행히 아주 작게 새근거리는 소리가 들렸다. 그냥 자고 있을 뿐인가? 그 검은 안개는 이 사람이 만든 걸까? 아니, 의식을 잃고 있으니 그건 아닐지도······.

숨소리를 확인하고 멀어지려는데 정신을 잃고 있는 줄 알았던 남자가 갑자기 손을 뻗어 내 어깨를 움켜쥐었다. 어느새 눈을 뜬 그의 얼굴이 코앞에 있다. 남청색 눈동자가 무언가를 확인하듯 나를 응시하다가 불쑥 입을 열었다.

"넌, 뭐지?"

너야말로 뭔데.

결론만 말하자면 남자와의 대화는 그게 끝이었다. 기겁한 내가 반사적으로 그의 명치를 무릎으로 후려치고 숙여진 등을 팔꿈치로 찍어버린 덕분이다. 컥 하는 단말마와 함께 그의 눈이 스르륵 감겼다. 이번에는 진짜 정신을 잃었다. 뒤늦게 당황해 몸을 흔들어 봐도 눈을 뜰 기미가 보이지 않는다.

음······.

변명하자면, 일부러 그런 건 아니다. 누구라도 갑자기 어깨가 잡혀 끌어당겨지면 무언가로든 그 대상을 후려치기 마련이다. 자기보호 본능이라는 거지. 나는 그저 우연히 딱 좋은 위치에 있던 무릎을 썼을 뿐이고, 공교롭게도 서로의 눈높이이상 그의 명치가 좋은 위치에 있었던 것뿐이다. 등을 찍은 건, 그저 습관적인 연계 동작일 뿐이었다.

조금 더 변명하자면, 인간이 갑작스러운 일에 반응하는 방법은 두 가지가 있다. 도망치는 사람과 그 위기를 돌파하려는 사람. 나는 그저 후자의 성향이었을 뿐이다. 정말로 나도 모르게 저지른 짓이다. 어쩔 수가 없었다. 음, 내가 말하고 싶은 건, 그러니까.

미안해요. 정체불명의 남자.

어쨌든 남자가 그대로 의식을 잃어버렸으니 덩그러니 남은 나로서는 난감하게 되었다. 수상하고 낯선 사람이니 그냥 두고 모른 척 내 갈 길을 가는 것이 현명하겠지. 그럼 나는 이만 여관으로 가던 길을 가는 게…….

그를 두고 갈 생각으로 한 발짝 물러나 등을 돌리기까지 했지만 발걸음이 쉽게 떨어지지 않았다. 머릿속인지 가슴속인지 어디선가 와글와글 떠들어 대는 소리로 마음이 춤추듯 갈팡질팡했다. 가야 하는데, 그냥 두고 가야 하는데. 그를 데려갔다가 문세가 생기면 라긴까지 휘말리게 되는데.

한참 동안 남자의 주변을 서성거리던 나는 결국 긴 한숨과 함께 인정했다. 이 남자를 데려가고 싶다. 온갖 이유를 다 대며 남자를 두고 가는 게 옳다고 정당화하려고 해도 역시 못 하겠다. 응, 못 하겠어. 예전의 나였다면 모르겠지만, 지금으로서는 무리한 일이다.

무인도에서 보낸 1년은 내 인생에서 너무나 강렬한 경험이었다. 나의 근원을 뿌리까지 흔들고, 사람을 갈구하게 만들며, 고독이 얼마나 고통스러운지 가르쳤다.

기계적으로 움직이던 그 고독한 나날은 살아도 산 것 같은 느낌이 아니었다. 사람을 얼마나 갈망했냐면, 그 무인도에 세상에서 가장 사악하고 악독한 살인마와 함께 표류한다고 해도 그를 묶어 두고 밥과 대소변을 수발들며 지내는 편이 나을지도 모른다고 생각했을 정도다.

그가 악마에 가까운 작자라고 해도 내가 매일 일하는 모습을 봐 줄 테고, 내가 살아 있다는 사실을 알아줄 것이며, 나의 말에 대꾸를 해 주지 않더라도 들어 주거나 반응을 돌려 줄 테니까. 그리고 만지면 체온도 있겠지. 따듯한.

설령 내 무인도 생활에 아무런 도움이 되지 않는다고 해도 인간을 돌보고 있다는 사실 하나만으로 혼자 그저 숨 쉬고 있는 무의미한 생에 보람이라는 것이 생겼을 것이다.

그 정도였다. 그렇게나 사람을 갈망했다. 그 시절의 고통이 아직 남아 있다.

그런 내가 정신을 잃은 사람을 그냥 내버려 두고 떠나는 짓을 할 수 있을 리가 없었다. 게다가 남자가 정신을 잃은 원인 제공을 하기도 했고. 그러니, 굳이 무인도가 아니더라도 양심적인 사람이라면 그를 챙겼을 것이다.

기절한 남자를 둘러메자 팔이 축 늘어져 내 몸 앞으로 흔들렸다. 꽤 무겁긴 하지만 못 들 정도는 아니다. 뗏목을 만들려고 들고 나르던 나무들이나 대량의 수프 냄비의 무게에 비하면 남자의 무거움은 하잘것없는 수준이었다.

그를 어깨에 메고 굽이치는 골목을 돌고 돌아 묵묵히 날뛰는 통나무 여관을 향해 걷는데, 모퉁이 몇 개를 돌았을 무렵 인기척이 느껴졌다. 고개를 들자 세 명의 깡마른 남자들이 하나는 쪼그려 앉고, 둘은 서서 잡담을 나누다가 나를 보고 알은척했다.

"어이, 이런 시간에 여기에는 혼자 어쩐 일이야?"

굉장히 친근한 어조인데 아무리 기억을 더듬어도 모르는 얼굴이었다. 손님도 아니었던 것 같은데. 어리둥절한 기분으로 그들에게 좀 더 다가서자 서 있던 남자 중 하나가 히죽 웃었다.

"이봐, 너 좋은 말 할……."

입을 열던 그의 눈이 문득 내가 어깨에 한 팔로 둘러메고 있는 부랑자에 닿았다. 모퉁이를 완전히 돌기 전에는 벽에 가려 잘 보이지 않았던 모양이다. 잠시 남자들 사이에 동요가 일어나는 듯하더니 곧 약간 굳은 얼굴로 말을 이었다.

"조심히 가세요."

"네? 아, 네. 조심할게요."

사람을 잘못 본 건가? 종종 그런 일이 있지. 나도 아는 사람과 머리 모양이 같은 사람을 착각해 반갑게 인사했다가 어색해진 경험이 있다. 음, 그럴 수 있는 일이지.

꽤 나중에 알게 된 사실이지만 이들은 이 근처 골목에서 행인들에게 돈을 갈취하는 꽤 질 나쁜 무리였다. 어째서 나에게는 친절하게 대한 건가 의아했는데, 당시 내 모습을 생각하면 납득이 간다. 골목에서 갑자기 튀어나와 죽었는지 살았는지 모를 장정을 한 팔로 둘러메고 있는 사람. 나라도 꽤 말 걸고 싶지 않을지도.

어쨌든 남자를 메고 골목을 벗어나 여관 어귀에 도착하자 등이 젖을 정도로 땀이 흘렀다. 중간중간 남자를 내려놓고 쉬었다면 그렇게 힘들지는 않았겠지만 상심하고 있을 라킨을 생각하면 서두르지 않을 수 없었던 것이다.

여관 문을 열고 들어서자 젖은 걸레처럼 의자에 널브러져 있던 라킨이 벌떡 일어났다. 홀은 드물게 텅텅 비어 있었다.

"어, 어떻게?"

놀람에 찬 얼굴이 기쁨으로 흔들린다. 라킨은 마치 빗속에서 헤엄치는 물고기를 본 사람마냥 말을 더듬었다.

"거기서 일하기엔 문제가 좀 있어서, 나중에 다시 온다고 하더라고요."

어깨를 으쓱이려던 나는 내 어깨에 무엇이 매달려 있는지 깨달았다. 내 시선을 따라 라킨도 남자의 존재를 인지했다.

"그 사람은 누구예요?"

"저도 몰라요."

남자를 어깨에 짊어진 내가 무거워 보였는지 라킨은 별다른 질문 없이 얼른 남자를 건네받았다. 두 팔로 그를 부둥켜안은 라킨이 한순간 휘청하기에 얼른 손을 뻗어 도와주자 그가 고마움 섞인 시선을 던진다.

"일단 좀 눕혀야 할 것 같군요."

의식을 잃은 남자의 얼굴은 창백했다. 안색이 좋지 않다기보다 원래 피부가 하얀 편인 것 같다. 마치 백자 같은 새하얀 피부와 달리 그의 행색은 걸레와 자웅을 겨룰 만한 것이라, 나는 라킨이 그를 어디에 눕힐 것인지 굉장히 신경 쓰였다. 내 침대 시트는 세탁한 지 얼마 되지 않았는데.

내 걱정을 읽었는지 라킨이 향한 곳은 1층에 위치한 그의 방이었다. 여관에서 일한 지 꽤 되었지만 그의 방에는 처음 들어와 본다. 사방에 대충 걸쳐진 옷가지와 먹고 나서 치우지 않은 그릇, 여기저기 흩어진 타다 만 초들이 생활감을 물씬 느끼게 했다.

한쪽에는 손님을 위한 것인지 세탁한 침대 시트와 모포들이 쌓여 있었는데 라킨은 그중 하나를 자신의 침대에 깔고 남자를 반듯하게 눕혀 두었다. 굳이 새 시트를 깔지 않아도 될 것 같긴 했지만, 라킨은 원래 그런 사람이니까. 그래도 저 깨끗한 시트가 흙먼지로 더러워지는 걸 보니 착잡하군.

"다행히 다친 곳은 없어 보이네요. 홀을 비워 둘 순 없으니 저는 나가 봐야 할 것 같아요. 강유정 씨는……?"

"저도 나가려구요. 저녁 장사 준비도 해야 하고."

고개를 끄덕인 라킨은 침대 머리맡에 남자가 깨어나면 마실 물을 따라 두었다. 혼자 의식을 찾았을 때 낯선 곳에 있으면 어리둥절할지도 모르니 무언가 메시지를 남겨야겠다며 종이쪽지를 집어 든 라킨이 멈칫했다.

"그런데 어디서 데려온 사람인가요? 혹시 마법사의……?"

"아, 그건 아니에요. 그냥 오는 길에 정신을 잃고 있길래 그냥 두기가 좀 마음에 걸려서 데려온 거예요."

통성명조차 하지 않은 내가 남자에 대해 말할 수 있는 건 그리 많지 않았다. 덧붙여 남자를 데려올 때 있었던 사건을 짧게 묘사하자 라킨은 눈가를 찌푸리고 고민하다가 턱을 긁적였다.

"검은 안개라. 저도 잘 모르겠는데요. 음, 지금은 멀쩡해 보이니 괜찮겠죠. 어쨌든 잘 데려왔어요. 골목에 그냥 뒀다면 험한 꼴을 당했을지도 몰라요."

나는 남자가 의식을 잃은 원인이 나라는 것까지는 말하지 않았지만 남자를 만났을 때 보았던 검은 안개에 대해서는 최대한 자세히 말해주었다.

그를 여관에 데려온 이상 무슨 일이 발생한다면 라킨 또한 휘말리게 된다. 만약 라킨이 그를 위험한 인물로 판단하고 내쫓기로 결정한다면 별말 없이 따를 생각이었다. 하지만 역시 라킨이 사람을 내쫓을 수 있을 리가 없지.

정신을 잃은 남자의 머리맡에 뭔가 끄적인 쪽지를 놓아둔 라킨과 나는 방문을 닫고 나왔다. 혹시 그사이 손님이 와 있지 않을까 기대했지만, 점심시간이 지난 탓인지 아니면 모종의 이유 때문인지 여전히 텅텅 비어 있다. 기분 탓인지 평소보다 실내가 약간 어두운 느낌이다.

"그나저나, 왜 이렇게 여관이 텅 빈 거예요?"

앞치마를 두르며 묻자 라킨의 얼굴이 흐려졌다.

"새벽에 있었던 일이 워낙 소란스러웠는지 주변에 소문이 다 났더라구요. 여기 요리사가 마법사의 꿈 여관으로 갔다고······."

"으음. 매정하네."

말은 그렇게 했지만 숙박객들에게 크게 섭섭하진 않았다. 음식이 없다는데 어쩌겠는가? 돌아오지 않을 요리사를 기다리며 쫄쫄 굶기라도 하랴.

내가 의아했던 것은 점심나절 찾아오는, 음식만 먹는 손님들조차 없다는 사실이었다. 기껏 점심 장사를 하려고 서둘러 돌아왔는데 여관이 텅텅 비어 있으니 여간 힘이 빠지는 게 아니다. 하지만 소문이 벌써 그렇게 돌았다니, 굳이 찾아오는 헛수고를 할 사람은 없겠지. 이럴 때만 소문이 굉장히 빠르다.

"그리고 겐트 씨가 왔었는데."

"아."

젠트. 그러고 보니 젠트가 있었다.

요즘은 그저 음식 맛을 소문내 주는 고정 고객 중 하나로 자리매김하고 있지만 그의 원래 역할은 이런 식으로 내가 곤란을 당할 경우 도와주기 위한 후견인이었다. 이런 거물이 엮인 일도 그가 손써 줄 수 있을지는 의심스러웠지만, 그래도 아예 뒷배가 없는 것보다는 낫겠지.

"젠트 씨가 뭔가 말해 주고 갔나요?"

약간 기대하며 묻자 라킨은 애매하게 미소 지었다.

"그게, 혀를 차시더니 저녁에 다시 오겠다고 하시던데요. 지금은 바쁘시다고……."

말만 들어도 젠트의 혀 차는 소리가 들리는 듯한 느낌이다. 평소처럼 미간을 잔뜩 찌푸리고 한심하다는 듯, 언짢은 듯 고개를 절레절레 저으며 혀를 찼겠지. 나와 라킨이 메뉴의 가격을 더 내려야 하지 않을까 골몰하고 있을 때면 그가 자주 짓는 표정이다.

"그럼 저녁에 젠트와 상의해 봐요. 혹시 손님이 올지도 모르니까 저는 저녁 음식 준비하러 들어가 볼게요. 배도 고프고. 라킨은 뭔가 먹었어요?"

라킨은 말없이 고개만 가로저었다. 하긴, 뭔가 먹을 기분이 아니었겠지. 믿고 있던 주방장은 끌려가 버렸고 손님들은 여관을 뛰쳐나가 버리는 마당에 심정이 말이 아니었을 것이다.

"저런. 일단 우리부터 뭔가 만들어 먹어요."

끄덕끄덕하는 라킨을 두고 나는 주방으로 들어왔다. 여전히 걱정스러운 표정이긴 하지만 한결 밝아진 라킨의 안색을 보니 내가 돌아온 게 엄청나게 반가운 모양이다. 나도 정든 이 여관과 헤어지는 게 싫었다. 일단, 돌아올 수 있어서 정말 다행이다. 이후 일이야 어떻게 되든.

새벽부터 끌려간 덕분에 여관에는 국물 한 모금도 없는 상태였다.

여관의 음식 장사는 벽난로에 국 솥을 걸면서 시작된다. 아침부터 쫄쫄 굶고 먼 길을 걸어온 덕분에 허기가 심하지만, 나는 국 솥부터 들었다.

주방에서 국을 끓이는 일은 이제 완전히 몸에 배어서 물을 떠 솥을 채우고 재료를 썰어 넣어 화로에 끓이는 일련의 동선이 마치 춤처럼 이어질 정도다. 좀 과장을 덧붙이면 눈 감고도 할 수 있을 정도랄까. 시도한 적은 없다. 화로에 손이라도 데면 큰일이니까.

뭔가 든든한 것으로 먹고 싶었기 때문에 오늘은 맑은국 대신 으깬 감자로 만든 포타주 수프로 정했다. 블렌더가 없어서 입자가 아주 고운 포타주는 힘들겠지만, 그래도 흐물흐물하게 푹 익은 양파와 고기는 충분히 부드러울 것이다. 거기에 크림치즈까지.

치즈.

시간이 빌 때마다 틈틈이 만들어 둔 식재료 중에는 소스만 있는 게 아니었다. 이 세계에 없는 게 어디 식초나 간장뿐인가. 베이킹의 꽃인 버터, 그리고 치즈 같은 부재료는 전부 스스로 만들어야 했다.

사실 치즈가 없는 건 좀 충격이었는데, 간혹 요거트가 장에서 보이기에 치즈도 당연히 있을 거라고 생각했던 것이다.

하지만 알고 보니 아침에는 우유였던 물건이 저녁에는 우연히 요거트가 된 것뿐이었다. 냉장 시설이라곤 없는 척박한 환경이라 우유가 오래 버티기에 무리가 있었던 것이다.

처음 요거트를 발견하고 구입했을 때 상한 우유를 사 가는 나를 보며 상인들은 반색했다. 요거트라는 음식 자체가 제대로 자리 잡지 못한 상태고, 그나마도 썩은 우유라는 인식 때문인지 파는 사람도 먹는 사람도 거의 없었던 것이다.

이런 사정 때문인지 보관 기간이 짧은 우유는 아침과 밤의 가격이 천차만별이었는데, 상인들 사이에서 팔고 남은, 상하기 직전의 우유를 내가 싼값에 잔뜩 사들인다는 소문이 나자 여기저기서 재고 처분을 위해 찾아오는 사람이 많아졌다.

 덕분에 대량의 우유와 요거트를 싸게 구입해서 크림치즈를 만들 수 있었는데 처음 만들 때는 몇 번 실패하기도 했지만, 요령이 생기자 어렴풋한 기억을 더듬어 꽤 다양한 치즈를 만들 수 있었다.

 그렇게 만들어진 치즈는 숙성이 필요한 것들을 따로 분류해서 이 여관의 지하 저장고에 차곡차곡 쌓아 가고 있다. 효용성이 많은 식재료이니 시간이 날 때마다 꾸준히 만들어 보관할 생각이다. 나중에 치즈로 만든 음식이 전파되면 판매처가 확보될 수도 있고.

 어쨌든 숙성 기간이 필요한 치즈는 아직 먹을 수 없지만 만들어서 바로 먹을 수 있는 생치즈라면 언제든지 쓸 수 있다. 크림치즈라든가, 모자렐라라든가.

 그러니까 오늘 만들 음식은, 피자다.

 하지만 그 전에, 수프를 만들어야지. 뜨거운 국물은 여관의 심장이니까.

 그다지 오래 걸리지는 않았다. 손질이 끝난 재료들을 국 솥에 넣고 마지막으로 물과 크림치즈를 크게 한 국자 떠 넣은 뒤 화로에 올리는 것으로 수프의 준비는 끝났다. 남은 건 눌어붙지 않도록 간간이 저어 주는 것 정도다.

 수프의 준비를 끝내고 나는 본격적으로 피자를 만드는 작업에 착수했다. 밀가루 반죽을 하고, 화로 근처에서 반죽을 부풀리고, 그동안 화덕을 예열하고 피자에 올릴 재료들을 손질한다. 토마토를 데쳐 으깨고 향신료와 소금으로 조미한 뒤 생선 살과 새우, 고기에 밑간을 해 준비하자 반죽의 숙성이 끝나 있었다.

 피자의 상징은 역시 넓게 편 도우를 들어 머리 위에서 휘리릭 돌리는 것이겠지만, 나에게 그런 기술은 없고 혹시 도우가 찢어지면 큰일이기 때문에 얌전히 밀대로 밀어 반죽을 폈다. 사실 이렇게 해도 별문제는 없다.

피자 위에 미리 만든 토마토소스를 듬뿍 덜어 올리고 새우, 조개관자, 큼직하게 썬 사슴 고기, 옥수수, 양파, 애호박, 채 썬 감자 따위를 올리고 마지막으로 모자렐라 치즈를 수북하게 덮어 주었다. 이탈리아의 얇은 피자가 아니라 배가 든든한, 재료가 잔뜩 들어간 아주 무거운 피자다.

그리고 미리 예열된 화덕에 넣어 구워 내면 겉은 바삭하고 속은 쫄깃한 도우 위에 치즈가 흐르는 향기로운 피자가 완성되는 것이다.

화덕에서 꺼내는 순간 고소하고 맛있는 피자 냄새가 확 풍긴다. 녹은 치즈가 반질반질 빛났다. 잘 만들어졌다는 확신이 들었다. 마침 수프도 거의 완성된 참이라, 나는 무거운 국 솥을 홀의 벽난로에 걸고 따끈한 피자를 내어 왔다.

"그건 뭐예요?"

평소 만드는 볶음이나 구운 요리와는 전혀 다른 생소한 형태에 라킨이 눈을 빛내며 달려왔다. 홀은 여전히 텅 비어 있었는데, 덕분에 늦은 점심을 여유롭게 먹을 수 있을 것 같다.

"피자라고 부르는 음식이에요. 손으로 먹는 거니까, 손 씻고 오세요. 걸레질하고 있었죠?"

"새로운 메뉴네요. 얼른 씻고 올게요. 냄새가 정말……."

못 견디겠다는 듯 크게 숨을 들이마시며 음미하듯 눈을 감은 라킨에게 나는 말없이 미소로 대답하고 테이블에 피자를 내려놓았다. 칼로 대충 등분을 내어 왔으니 손으로 들고 먹으면 된다.

"오늘 팔 음식인가요?"

손을 씻고 온 라킨이 서둘러 의자에 앉으며 물었다. 나는 고개를 저었다.

"아뇨. 오늘은 시범 삼아 만들어 본 거예요. 재료를 준비하는 데 손이 많이 가거든요. 당분간은 단골들에게만 주문 받아 팔아 보려구요. 남은 재료로는 앞으로 세 판 정도 만드는 게 고작일 거예요."

"으음, 잘 모르겠지만, 도움이 필요하면 말해요. 그나저나, 어서 먹어 보죠! 어떻게 먹는 건가요?"

라킨의 인내심이 바닥나고 있는 것으로 보였기 때문에 나는 직접 피자를 한 조각 들어 먹는 방법을 시범 보였다. 예상대로, 쭉 늘어나는 치즈와 그 사이로 보이는 토마토소스, 빛나는 속 재료에 라킨의 눈이 커다랗게 부풀었다.

"늘어나네요! 마치 꿀처럼! 굉장해요."

피자의 즐거움은 맛도 맛이지만 늘어나는 치즈로 즐기는 시각적인 재미도 있다. 라킨이 피자를 덥석 물고 행복한 표정을 짓는 것을 보며 나도 크게 피자를 베어 물었다. 으음, 정말 잘 만들어졌다.

직접 만든 치즈의 고소함이 굉장히 훌륭하다. 토마토소스도 방금 만든 것이라 토마토의 풍미가 그대로 살아 있다. 이 소스로 토마토 파스타를 만들어도 맛있을 것 같다. 도우 가장자리가 노릇하게 살짝 타서 마치 누룽지처럼 고소하고 바삭했다.

한참 즐겁게 먹고 있는데, 여관의 출입문이 삐걱 열리고 누군가가 들어섰다. 모르는 얼굴이었다. 나와 라킨이 입으로 치즈를 늘리던 자세 그대로 돌아보자 그는 잠시 뒤통수를 긁적이다가 자신을 소개했다.

"음. 손님인데, 주문될까?"

이 행운의 손님은 때를 잘 맞춘 덕분에 무료 피자를 한 조각 얻어먹게 되었다. 그를 시작으로 음식 냄새를 맡은 손님들이 알음알음 찾아오기 시작했다.

평소만큼 붐비지는 않았지만 그럭저럭 괜찮은 오후 장사다. 손님 중 몇몇은 소문을 들었는지 이 맛있는 음식을 고위층만 독식하려는 건 불합리하다며 분통을 터뜨리기도 했다. 물론 별 도움은 되지 않는 분노일 뿐이지만 마음에는 꽤 위로가 되었다.

저녁이 되어 완전히 해가 지고 나자 라킨에게 들었던 대로 젠트가 찾아왔다. 그리고 젠트가 음식을 주문하고 의자에 앉는 순간, 공교롭게도 때마침 벵가론이 여관 문을 열고 기세등등하게 들어섰다. 여관 안의 모든 수다가 뚝 잘라 낸 듯 멈췄다가 다시 소곤소곤 이어졌다.

"이거이거, 벵가론 님이 아니십니까."

미묘한 긴장감 속에서 먼저 말을 건 것은 벵가론이 근처 의자에 앉기를 기다린 젠트였다. 그를 발견한 벵가론이 흠칫 굳어지자 사방의 손님들이 순간 숨을 죽였다. 무언가 흥미로운 일이 벌어지고 있다는 낌새를 챈 것이다.

"젠트……? 자네가 왜 여기에?"

기분 탓인지 벵가론의 몸이 조금 뒤로 물러선 것 같았다. 그의 얼굴 위로 당황스러운 감정이 일렁이다가 가까스로 수습된다.

"무슨 말씀이십니까? 벵가론 님이 이 여관의 정보를 입수한 곳도 상인길드. 상인인 제가 이곳을 알고 있는 건 당연하지 않겠습니까."

내가 처음 들어 보는 공손하고 능글맞은 어조다. 충분히 예의 바른 어투인데도 불구하고 벵가론의 안색은 점점 창백해졌다. 처음 문을 열고 들어올 때의 기세등등함은 실종된 지 오래다.

"그, 그렇군."

말을 더듬기까지?

"지난번 대상인 회의 이후로는 처음 뵙는군요. 건강해 보이셔서 다행입니다."

"그, 자네도. 그렇군. 음, 나는 이만 바쁜 일이 생각나서……."

안절부절못하며 젠트의 시선을 피하던 벵가론이 마침내 도망치듯 자리에서 일어서려는 순간, 젠트가 말로 그를 잡아챘다.

"그런데 말입니다. 제가 아주 재미있는 말을 들었습니다만, 이 여관에 여관 영업 허가 철회서를 들고 방문하셨다고……? 그리고 공교롭게도 주방장을 어딘가로 연행하셨다고 들었는데요."

나는 보았다. 벵가론의 얼굴에 선명하게 쌍욕이 떠오르는 것을. 얼른 그 감정을 수습한 그는 노신사의 우아함을 필사적으로 끌어모아 대답했다.

"연행이 아니라 영입한 걸세."

"동의는 받으셨습니까?"

그 질문과 동시에 겐트가 나에게 시선을 던졌다. 나는 수프를 뜨던 자세 그대로 도리질 쳤다.

"이거엇~ 참, 이름 높은 게르하인 영주님의 충성스런 가신이 영업 허가서를 이용해 협박을 일삼으며 멀쩡히 일하고 있는 사람을 강제로 동원하려고 했다는 불미스러운 일이 일어난 것은 아니겠지요? 그런 불합리한 일이 마구 벌어지는 무법 지대에서 무엇을 믿고 상인들이 거래를 할지. 상인들의 거래 허가서도 이렇게 마구 철회되는 것이 아닌지 걱정스러운 일이군요. 상인길드 터를 좀 더 믿을 만한 곳으로 옮기든가 해야 할 텐데 말입니다. 그러니, 아니겠지요. 벵가론 님?"

와, 저렇게 길고 재수 없게 말할 수 있다니. 나를 도와주고 있는데도 한 대 때리고 싶을 정도로 능글맞고 느물느물한 태도였다. 내가 이 정도인데 벵가론은 오죽할까. 예상대로 입맛이 쓴 표정이라, 나는 얌전히 그가 주문하지도 않은 포타주 수프를 한 그릇 앞에 내어 주었다. 겐트의 앞에도.

"무, 물론이지! 증거로 그 요리사가 여기 멀쩡히 일하고 있지 않나."

음. 이제 이걸로 벵가론이 아침에 했던 방식으로 나를 끌고 가는 일은 없을 거라는 생각이 든다. 그리고 겐트가 생각보다 든든하다는 데 놀랐다. 한쪽은 영주의 가신, 한쪽은 상인이다. 힘의 저울추가 어디로 기우는가는 명백했다. 하지만 내 생각보다 일방적인 관계는 아닌 모양이다.

"그렇군요. 그렇다면 벵가론 님도 여기 음식을 드시러 오신 모양이군요. 여기 음식은 정말 맛있죠. 그럼 좋은 식사 시간 가지시길 바랍니다."

끝까지 정중함을 잃지 않은 겐트가 고개를 숙였다.

"그래, 안 그래도 음식을 주문하려던 참, 인데 주문하지도 않은 수프를 줬군. 으음, 고맙네."

나를 찾아 허둥지둥 시선을 옮기던 벵가론이 자신의 앞에 놓인 수프를 발견하고 나에게 어색하게 감사 인사를 건네었다.

아침까지만 해도 그에게 이런 식으로 인사를 받을 줄은 상상도 못했는데. 정말 이 사람이 그 아니꼬운 인간과 동일 인물인지 의심스러울 정도다. 지금의 그는 식은땀을 뻘뻘 흘리며 스푼 쓰는 법도 제대로 모르는 사람처럼 당황하고 있어서 솔직히 좀 불쌍했다.

수프를 한 입 먹은 벵가론은 매우 놀라 감탄을 아끼지 않고 요리를 칭찬했다. 오늘의 포타주 수프는 크림치즈가 듬뿍 들어간 것이니 지금까지 만든 수프 중에서도 역작이긴 했다. 하지만 이렇게 거리낌 없이 칭찬할 줄이야.

처음 봤을 때의 인상은 이제 온데간데없었다. 결국 그는 나와 라킨에게만 들리도록 작게 사과를 남기고 진지한 얼굴로 다른 계약 조건을 구상해 다시 방문하겠다는 말을 남긴 후 떠났다. 손바닥 뒤집듯 바뀐 태도를 눈앞에서 보고도 지금 무슨 일이 일어난 건지 이해가 안 될 지경이었다.

벵가론은 요리를 주문해서 먹고 싶은 듯 아쉬운 얼굴로 나를 흘긋거리다가 자신을 둘러싸고 구경하는 손님과 겐트를 보며 조용히 체념했다. 여관의 모든 손님이 겐트와 그를 흥미진진하게 응시하고 있었으므로 아마 마음 편히 밥을 먹기는 힘들었을 것이다. 게다가 겐트에게 꽤 망신을 당해 버리지 않았는가.

"잘 해결된 것 같네요."

벵가론이 떠나길 기다렸다가 넌지시 겐트에게 말을 건네자 그가 당연하다는 듯 고개를 끄덕였다.

"뭐, 그렇지. 찾아가서 담판을 지을 생각이었는데 저쪽에서 오다니 수고를 덜었군. 보아하니 아마 또 찾아올 것 같은데 계약서를 가져오면 내 공증을 받겠다고 해. 어차피 넌 까막눈이잖아. 내가 필요할걸."

"그럴게요."

짧게 대답하고 주방에 들어가 그를 위해서 특별히 구운 피자를 꺼내 오자 언제 왔는지 상인길드 접수처의 그녀가 겐트의 테이블에 합석하고 있었다. 그러고 보니 아직 그녀의 이름도 제대로 모르네.

"여기, 음식 나왔어요. 잘려 있으니까 한 조각씩 손으로 집어 먹으면 돼요."

음식을 내려놓으며 소개하자 여기저기서 관심의 시선이 쏟아진다. 같은 것으로 주문하고 싶다는 외침에 재료가 소진되었다고 일일이 대꾸하는데 내 얼굴을 가만히 보고 있던 겐트의 직장 동료가 불쑥 입을 열었다.

"이렇게 귀찮은 일이 생길 줄은 몰랐는데. 미안해요. 괜히 사람들한테 알렸나 봐요."

깔끔한 단발머리에 단정한 이목구비가 평소보다 침울해 보이는 기색이라 나는 얼른 손사래를 쳤다.

"아니에요. 손님이 늘어서 정말 도움이 많이 됐는걸요. 그리고 결과적으로 겐트 씨가 도와준 덕분에 아무 일도 없었잖아요."

"그건 그렇지만, 겐트 씨가 끼어들어 준 건 저도 의외긴 했어요."

접시를 이리저리 돌려 보다 알겠다는 듯 피자 한 조각을 조심스레 뜯어내던 겐트가 그 말에 눈썹을 꿈틀거렸다.

"뭐가?"

"그렇잖아요. 귀찮은 걸 그렇게 싫어하시는 분이. 평소였다면 못 본 척하지 않았겠어요?"

"흥."

겐트가 코웃음 치자 그녀는 은근한 목소리로 소곤거리듯 말했다. 나에게 들리지 않게 말하는 척하지만 전부 들리는 크기의 음량이었다.

"솔직히 여관 옮기면 겐트 씨도 음식 못 먹으니까 끼어든 거죠?"
"뭐? 날 뭘로 보고. 비스뷔에게 부탁받았기 때문에 난 이 녀석을 보호해야 할 의무가 있다고."
"흠."
그녀는 겐트의 말을 전혀 믿지 않는 표정이었다. 그걸 보니 어쩐지 나도 약간 의심스러운 기분이 든다. 우리의 시선을 받던 겐트는 결국 허, 참 나. 하고 어이없다는 듯 고개를 젓더니 뜯어낸 피자 한 조각을 들고 여관을 나가 버렸다.
"이런, 가 버리셨네."
잡을 틈도 없이 휙 하니 문을 박차고 나가 버린 터라 나는 뒤늦게 당황했다. 순간적으로 그런 생각이 들긴 했지만 그래도 도움을 준 사람 앞에서 너무 무례했다. 늦게라도 따라 나가 겐트를 잡으려는데 다시 여관 문이 벌컥 열렸다.
들고 나간 피자를 다 먹었는지 양 볼을 불룩하게 부풀린 겐트가 입을 우물거리며 여관 안으로 들어서고 있었다. 매우 불만스러운 얼굴로 조용히 자기 자리로 돌아온 그는 사방에서 모여드는 시선을 무시하며 남은 피자를 조용히 해치웠다.
"역시……."
겐트의 직장 동료가 조용히 말했지만 이번에는 못 들은 척하기로 했다.
그리고 이 일로 나와 여관은 더욱 입소문을 타게 되었다. 원래도 알음알음 돌던 음식 맛에 대한 칭찬과 함께 겐트와 벵가론이 마주쳤던 날 여관에 함께 있었던 손님들이 마치 무용담처럼 그 일을 떠들어 댔던 것이다.
여관은 더욱 붐비게 되었고, 점심시간에는 골목을 따라 사람들이 길게 줄 서는 진풍경도 벌어졌다. 나는 이 모든 일들이 겐트가 벵가론을 훌륭하게 입담으로 제압한 덕분이라고 생각했지만, 줄 선 사람들이 나누는 이야기로는 고급 여관에서 제의가 왔는데도 눈 하나 까딱하지 않고 신의를 지킨 나에 대한 이야기가 더 많았다. 어쩐지 굉장히 낯간지러운 느낌이다.

그리고 사흘 뒤, 벵가론이 새로운 계약서를 들고 찾아올 때까지 내가 주워 온 정체불명의 남자는 눈을 뜨지 않았다.

Chapter 5

"나쁘지 않은 조건이야."

한참 동안 꼼꼼하게 계약서를 검토하던 겐트가 외알 안경을 살짝 치켜올리며 평가했다. 담담한 그의 태도와 달리 어깨 너머로 계약서를 읽던 라킨은 잔뜩 흥분했다.

"나쁘지 않은 정도가 아니에요! 파격적인 수준입니다. 이런 계약 조건은 어디에서도 들어 본 적이 없어요!"

붉어진 얼굴로 라킨이 소리쳤지만 아직 계약서의 내용을 모르는 나는 애매하게 웃어 주는 정도가 고작이었다. 그리고 겐트가 계약서를 소리 내어 읽어 주기 시작하자 나는 라킨이 흥분한 이유를 이해했다.

날뛰는 통나무와의 기존 고용 계약을 유지하는 상태로 마법사의 꿈 여관에서 요청하는 음식 주문에 응하는 것이 계약서가 요구하는 일이었는데, 그 대가로 제공되는 것이 그야말로 어마어마했다.

이제 날뛰는 통나무에서 꽤 높은 급여를 받고 있다고 자부하는 나였지만 계약서가 제시하는 돈은 그것을 아득하게 뛰어넘는 수준이었다. 그 외에도 위급 상황이 발생했을 때 영주의 이름으로 보호받을 수 있다는 것이라든가, 1년간 계약 유지 시 개점 허가서를 발급해 준다는 등의 내용들이 있었지만 가장 파격적인 것은 따로 있었다.

「마법사의 꿈 여관은 강유정이 요리에 재료로 소진하는 모든 식재료를 무상으로 공급한다. 단, 공급받은 식재료를 요리에 소진하지 않고 외부에 판매하는 것은 금지된다. 어길 시 이 조항은 무효가 된다.」

나 한 사람이 하루에 만들어 낼 수 있는 요리의 분량에는 한계가 있고, 사람을 더 고용한다고 해도 여관 하나가 생산하는 음식의 총량은 어느 정도 정해져 있다. 그러나 평소라면 감히 손도 대지 못했던 비싼 재료를 마음껏 펑펑 쓸 수 있다는 점에서 이 조항은 엄청난 메리트가 있었다. 설탕이라든가, 설탕이나, 혹은 설탕 같은 것!

아주 달콤한 디저트를 마음껏 만들 수 있는 것이다. 물론 조청으로도 단맛을 낼 수는 있지만 설탕과는 느낌이 좀 달라서 아쉬운 부분이 꽤 많았다. 이 계약을 체결하면 그런 제약도 사라지는 것이다.

"여기서 제공한다는 식재료로 만든 음식, 마법사의 꿈 여관이 아니라 날뛰는 통나무에서 판매해도 상관없는 거예요?"

혹시나 안 된다고 해도 케이크 한두 개 정도는 몰래 빼돌려 라킨과 나눠 먹을 생각으로 물은 것이었는데, 젠트는 뜻밖에 고개를 끄덕였다. 와, 생각보다 정말 통이 큰데.

"음, 그래. 하지만 마법사의 꿈 여관에서 수시로 사람이 오가면서 만든 음식을 가져가는데, 설령 날뛰는 통나무 여관에 먼저 주문이 들어와 있더라도 마법사의 꿈에서 주문한 음식을 먼저 만들어 줘야 한다는 조건이 있어."

역시. 그냥 막 퍼 줄 리가 없지.

"어음. 그러면 마법사의 꿈에서 음식을 엄청 많이, 계속 주문해 버리면 날뛰는 통나무 여관에서는 아무런 음식도 못 파는 것 아니에요?"

"그렇지. 이 조항은 수정하는 게 좋겠어. 하루 횟수와 시간을 정해 두고. 마법사의 꿈 여관 객실에 숙박하고 있는 사람들에 한해서 음식을 제공하는 것으로. 내 기억상으로는 대충 30명 정도 수용할 수 있었던 것 같은데."

"네, 그쯤 될 겁니다."

라킨이 냉큼 대화에 끼어들었다. 그는 계약 당사자인 나보다 더 기뻐 보였다. 하긴, 확실히 파격적인 조건이긴 했다. 마법사의 꿈 여관에 음식을 제공하는 건 말하자면 부업인데, 본업보다 오히려 부업이 더 큰 것들을 벌어다 주는 격이다. 하지만 둘 중 하나를 그만둬야 한다면, 마법사의 꿈이겠지.

"하루 세 번, 30인분의 수프와 음식을 마차로 실어 가도록 하고. 만약 이 부분에 반발하면 협상 조건으로 당일 개별 주문을 5회 정도 받아 주는 것으로 하지. 좀 바빠지긴 하겠는데."

과연 상인인지 젠트는 능숙하게 협상안을 구상해서 계약서 옆에 끄적였다. 나는 읽을 수 없는 문자가 유려한 필체로 휘갈겨지는 것을 보자 조금 서글픈 기분이다. 언제쯤 이 문맹에서 탈출할까.

"확실히 그렇게 하면 하루 세 번 정도 바쁘긴 하겠지만 날뛰는 통나무 여관에서도 비교적 정상적으로 영업이 가능하겠네요. 그나저나, 그 여관까지 꽤 멀 텐데 개별 주문 받아 가는 음식 맛이 떨어질까 걱정이네."

"그건 그쪽에서 알아서 할 문제지."

젠트는 심드렁하게 대답했지만 나는 내심 그 부분이 안타까웠다. 특히 만들자마자 먹는 게 더 맛있는 볶음 요리 같은 건 맛이 크게 상할 것이다. 어디 보자, 오래 둬도 맛이 많이 떨어지지 않는 음식으로 만들려면 만두라든가 햄버거 같은 음식이 좋으려나. 그쪽에도 조리장은 있을 테니 가져간 요리 취급 방법을 알려 주면 알아서 하겠지.

……알아서 하려나?

이 세계 요리사들의 수준을 떠올리자 갑자기 심각하게 불안해졌다. 하지만 미리 걱정부터 하는 건 성미에 맞지 않는 일이다. 나는 애써 마음을 정리하고 계약 내내 의아하던 부분을 질문했다.

"그런데 젠트 씨. 왜 이렇게 파격적인 조건을 제시하는 걸까요? 나쁘지 않은 편이라곤 하셨지만, 아무것도 모르는 제가 봐도 엄청나게 파격적인걸요. 제가 어떤 재료를 쓸 줄 알고 재료비를 전액 부담하겠다고 하는 건지."

"아, 그거? 네가 계약을 놓치고 싶지 않도록 만들려면 이 정도는 해야겠지. 생각해 봐. 계약 조건에 따르면 넌 그냥 음식을 만들어 주기만 해도 돼. 소문난 맛있는 음식이 아니라 그냥 평범한 수준으로만 만들어 줘도 된다고. 하지만 그건 벵가론이 원하는 게 아니지. 그는 네가 이 계약을 파기하고 싶지 않아서 음식에 최선을 다해 주기를 바라는 거야. 이 어마어마한 계약 조건에 눈이 돌아가서 스스로의 목에 목줄을 채우고 고분고분 따르길 바라는 거지."

젠트는 당연하다는 듯 담담하게 대답했다. 그사이 라킨은 새로 온 손님을 받으러 자리를 비웠다. 라킨이 바로 수프를 한 그릇 떠 주는 걸 보니 음식을 주문하러 온 손님인 모양이다. 조만간 주방으로 들어가야겠는데.

"그런 조건이 아니더라도 음식에 장난칠 생각은 없는데."

내가 부루퉁하게 대답했지만 젠트는 어깨만 으쓱했다.

"뭐 어쨌든 계약은 이렇게 진행할 거야. 혹시 더 바꾸고 싶은 내용 있어?"

"어, 딱히 없는 것 같은데. 어차피 여기서 계약하실 것 아니에요? 그때 가서 다시 물어봐도 될 것 같은데."

바로 자리를 털고 일어날 기세라 얼떨떨하게 물었더니 젠트가 코웃음 쳤다.

"벵가론을 여기에 다시 불러들이려고? 너나 손님들, 그리고 라킨한테도 별로 편안한 사람은 아닐 텐데. 내가 알아서 하지. 어차피 얼굴 마주치기 싫을 것 아냐. 너의 공증인은 나니까 너 없이 나 혼자만 가도 돼. 그리고 가 봤자 그쪽에서 무슨 말이라도 하면 어리버리한 얼굴로 놀아나겠지. 아무리 나라도 계약 당사자가 손수 등쳐 먹히겠다고 말하면 막아 줄 방법이 없거든."

"제가 그 정도로 어리숙해 보여요?"

질문이 아니라 따지는 것이었는데 젠트는 눈 하나 깜짝하지 않았다.

"어."

"아니, 그 정도까진……."

"그래? 그러면 너 벵가론이, 그 늙고 말라빠진 남자가 네 앞에서 불쌍하게 수그리면서 '아이고, 그러면 나는 죽소. 불호령이 떨어질 거요. 여기 묵는 분들이 어떤 분들인지 아시오? 제발 그분들의 심기를 거스르지 않게 도와주시오. 제발 부탁이오.' 하면서 설설 기면 그 앞에서 딱 잘라서 안 된다고 할 수 있어?"

젠트는 정말로 실감 나게 불쌍한 버전의 벵가론을 연기했다. 얼굴은 심드렁하기 짝이 없는데 목소리만은 마치 더빙이라도 한 것처럼 애처롭다. 나는 입을 벌리고 감탄하다가 약간 자신 없게 대답했다.

"할 수, 있을걸요."

"퍽이나. 거절하는 날 붙잡고 그냥 받아 주자고 매달리지나 않으면 다행이지."

젠트가 코끝으로 웃으며 거만하게 나를 내려다보았지만 당당하게 부인할 수 없다는 점이 슬프다. 하지만 젠트의 그 실감 나는 연기를 보니 마음에 걸리는 부분이 있었다.

"그런데 정말로 그 사람 많이 곤란해질까요?"

젠트는 기도 안 찬다는 표정이었다. 어처구니없는 얼굴로 나를 응시하던 그는 대답 대신 한숨과 함께 단호하게 말했다.

"절대 따라오지 마."

고개를 젓는 젠트의 얼굴에 피로감이 역력했다. 아마 일이 고되어서는 아닐 테고, 그의 사고방식으로는 이해할 수 없는 나의 태도가 그 원인이겠지. 그는 나와 라킨을 보며 종종 속이 터져 죽을 것 같은 표정을 짓곤 했다. 그의 늘어지는 눈 밑을 보니 약간 미안해져서 나는 화제를 돌리기로 했다.

"그나저나 몰랐어요."

"뭘?"

"젠트 씨가 그렇게 거물일 줄은……."

"거물? 내가?"

젠트가 어리둥절한 얼굴로 고개를 갸웃거렸다. 짚이는 곳이 전혀 없다는 태도였다.

"라킨 씨한테 듣기로는 그 벵가론이라는 사람, 꽤 대단한 사람이라면서요? 그런 사람을 그렇게 꼼짝도 못 하게 하셨으니까."

"아아, 그거."

젠트 씨가 설핏 웃었다. 처음 봤을 때보다 약간 살이 오른 얼굴이 꽤 보기 좋아졌네. 첫인상은 완전 신경질적인 해골이었는데.

"난 그냥 평범한 상인이야. 그때 일은 그러니까, 상황의 특수성이 작용한 거지. 보통은 그가 명령하면 나는 고분고분 따라야 하는 입장이거든. 강하게 나왔다면 그날 같은 방식으로는 힘들었을 거야."

"상황의 특수성?"

그날 뭔가 그렇게 특수한 일이 있었던가? 기억을 더듬어 봐도 특별히 떠오르는 건 없었다.

"나 같은 상인들은 인맥이 생명이야. 돈이 아무리 좋다고 해도 계급

앞에서는 종잇장이나 다름없어. 귀족의 사병이 찌르는 칼을 돈으로 막는 데는 한계가 있거든. 그러니 상인들이 그 권력에 맞서 자신들의 이득을 지키려면 무리 짓는 게 최선이야. 그러니 각자의, 그리고 모두의 이익을 위해 똘똘 뭉쳐 있는 거지."

"음."

"상인 한두 명은 별것 아니지만 상인길드가 자리 잡고 본격적으로 이익을 내기 시작하면 영지가 보는 이득은 상인들이 내는 세금뿐만이 아니야. 물자를 얻으러 몰려드는 사람, 정보, 길고 닦이는 시설들. 그런 것들이 진짜지. 돈으로도, 권력으로도 못 사는 거야."

대충 알 것 같다. 그리 낯선 이야기도 아니다.

"그러니까, 상권을 형성하고 있는 상인들이 떠나 버릴까 봐 벵가론이 물러난 거군요."

뭔가 더 설명하려던 젠트가 의외라는 얼굴로 눈을 깜빡였다.

"그래, 상권. 뭐 내 말 한두 마디로 상인길드가 오락가락하지는 않겠지만 상인들은 소문에 예민하거든. 아주 작은 소문이나 말 한마디가 불화의 씨앗이 될 수 있지. 그러니 벵가론은 괜한 모험을 하지 않기로 한 거야. 특히, 요즘 같은 시기엔 더욱."

"요즘 같은 시기라뇨?"

그때까지 잘 말하던 젠트가 순간 입을 다물었다. 그는 뭔가 가늠하듯 눈알을 굴리다가 곧 목소리를 조금 낮춰 조심스러운 어조로 말했다.

"어차피 알 만한 사람은 다 아는 이야기니 너에게 말해도 상관은 없겠지. 너도 이미 아는 이야기야. 여긴 참혹의 땅과 가깝잖아."

"그렇죠. 그래서 사람들이 많이 몰려들고 있다면서요? 특히 참혹의 땅으로 가려는 모험가들이."

이 말을 누구에게 들었더라. 윙커였나, 비스뷔였나. 분명 누군가가 나에게 게르하인이 부흥하고 있는 이유는 참혹의 땅과 가까운 덕분에 모험가들이 모여들어서라고 설명해 준 것 같은데.

"그래. 사실 여기 상인길드는 생긴 지 오래되지 않았어. 모험가들이 몰려드니 돈 냄새를 맡은 상인들이 우르르 찾아와 세운 거지. 1년도 안 되었을 거야. 그러니까, 별생각 없이 급하게 세운 길드라는 거지."

"그래서요?"

"그러니까, 여기가 부흥하는 이유가 이곳을 떠나야 하는 이유가 되고 있거든. 참혹의 땅과 너무 가깝다는 거야. 상인들 사이에서도 말이 나오기 시작했어. 돈을 좀 만지니 슬슬 불안해진 거지. 돈이 아무리 많이 벌려도 목숨값보다 많이 벌리지는 않잖아? 게다가 너한테는 말할 수 없지만, 흉흉한 소문도 좀 들리고 있고."

그 흉흉한 소문이라는 게 몹시 궁금했지만 미리 말할 수 없다고 못 박았으니 나는 더 묻지 않았다. 하지만 궁금한 표정이 내 얼굴에 그대로 드러났는지 겐트는 얼버무리듯 설명했다.

"음. 확실한 건 아니고 그냥 뜬소문 같은 거야. 모험가들이 흔히 떠드는 헛소리 같은 거지. 사실인지 아닌지도 몰라. 그냥 좀 찜찜한 이야기가 몇 개 들려오고 있다는 것 정도? 정 위험한 느낌이 들면 알려줄게. 나도 떠나야 할 테고."

위험이라는 단어에 나는 아직도 라킨의 침대에서 신세 지고 있는 남자를 떠올렸다. 그가 며칠째 눈을 뜨지 않는 덕분에 불쌍한 라킨은 바닥에 모포를 깔고 자는 중이다. 그날 내가 보았던 그것들에 대해 라킨은 모른다며 고개를 가로저었지만 어쩌면 겐트는 알지도.

"저기, 한 가지 더……."

그만 계약을 하러 가야겠다며 주섬주섬 일어서는 겐트를 불러 세웠다. 아까 들어온 손님을 흘긋 보니 아직 수프와 주방에 미리 만들어 뒀던 음식을 먹고 있을 뿐이라 시간을 좀 더 낼 수 있을 것 같다.

"그날 사람 하나를 주웠는데요."

겐트의 눈썹이 꿈틀 튀었다. 마음에 안 든다는 거다. 나는 최대한 그의 심기를 거스르지 않도록 조심하며 어쩔 수 없이 그를 주워 와야 했던 일을 구구절절이 설명했다. 그러나 내 긴 변명을 겐트는 짧게 일축할 뿐이었다.

"길에 쓰러져 있던 정체불명의 부랑자를 주워 와서 극진히 대접하고 있다고?"

"극진한 정도는 아니구요……. 어쨌든 그 검은 무언가에 대해 아는 게 있으신가요?"

"아니. 아마 마법적인 무언가겠지. 네가 써림칙하게 느꼈다면 분명 안 좋은 것일 테고. 저주의 일종이 아닐까? 그나저나, 만약 그게 정말 저주라면 쫓아내는 게 좋을 거야."

그러고 보니 마법사의 꿈 여관에서 내가 마법을 모조리 없애 버렸다는 걸 겐트는 아직 모르고 있었다. 그게 만약 저주라면 내가 흩어 버린 것 같은데, 그럼 저 부랑자는 무해하지 않을까? 그에게 이 사실을 말할까 말까 망설이는데 겐트는 그걸 다른 의미로 해석한 모양이었다.

"후, 너나 라킨이 사람을 생으로 쫓아낼 수 있을 리가 없지. 어서 앞장서."

"네?"

"얼굴이나 보자. 내가 아는 얼굴일지도 모르고. 서둘러. 시간 없으니까."

재촉하듯 의자에서 일어난 그가 내 앞으로 바짝 다가선 덕분에 나도 얼떨결에 자리에서 일어났다. 하긴 시간이 별로 없는 건 나도 마찬가지다. 나는 라킨에게 눈짓과 손짓만으로 허락을 받고 겐트를 그의 방으로 안내했다.

남자는 여전히 잠들어 있었다. 미동도 없이 놓인 팔다리와 창백한 얼굴. 규칙적으로 오르내리는 숨이 아니었다면 볼 때마다 죽은 건가 하고 가슴이 철렁했을 것이다.

"음, 모르는 얼굴인데."

남자의 얼굴을 꼼꼼히 뜯어보던 젠트가 결론짓듯 말했다. 머릿속에 있는 모든 수배자를 다 떠올려 가며 대조해 봐도 맞는 얼굴이 없다고. 경찰도 아닌데 그런 것도 가능해요? 하고 물었더니 사람을 상대하는 직업이 범죄자 얼굴을 구분 못 해서야 되겠냐는 핀잔이 돌아왔다.

"그럼 이 사람은 범죄자는 아닌 거네요?"

"모르지. 모든 범죄자가 수배지가 그려지는 건 아니니까. 어쨌든 나는 모르는 얼굴이야. 그리고 범죄자가 아니라고 해도 저주에 관여된 인물을 이곳에 들이고 싶어? 무슨 불똥이 튈 줄 알고."

"그렇다고 다시 내다 버릴 수는 없잖아요."

"그냥 버려."

"어떻게 그런……."

내가 비난 어린 얼굴로 쳐다보자 젠트는 혀를 차며 눈살을 찌푸렸다.

"기대도 안 했다. 적어도 묶어 두지 그래?"

"생각은 해 볼게요."

그렇게 대답하긴 했지만 젠트의 조언을 실행할 기회는 영영 오지 않았다. 그를 배웅하고 들어와 밀려든 주문을 처리하고 주방을 나오자 라킨이 밝은 얼굴로 나를 잡아끌었던 것이다.

"깨어났어요!"

주어 하나 없는 말이었지만 알아듣기 어렵진 않았다. 라킨을 따라 걸으며 나는 남자가 며칠 만에 눈을 떴는지 헤아려 보았다. 세상에, 거의 나흘 만이다. 나는 부디 그 잠든 시간이 내가 그의 명치에 박아 넣은 주먹과 연관이 없기만을 바랐다.

수십 번이나 들락거려 이제 내 방만큼이나 익숙해진 라킨의 방문을 열자 반듯하게 몸을 일으키고 앉아 있는 남자가 보였다. 가지런하게 편 다리에 모포를 덮고 그 끝을 가볍게 쥐고 있다. 눈이 마주치고, 나는 조금 긴장했다.

나에게 할 말이 꽤 많을 거라고 생각했다. 왜 때렸냐부터 시작해서 왜 데려왔냐까지. 그리고 나도 남자에게 물을 것이 있다. 예를 들면 그 검은 것의 정체라든가. 하지만 남자는 사파이어처럼 새파란 눈으로 나를 조용히 응시하고 있을 뿐이다. 화가 났나 했는데, 마치 아무 생각이 없는 듯 말간 안색이다.

"아무래도 말을 못 하는 것 같아요. 그리고 문맹인 것 같더라구요."

라킨이 안타깝다는 듯 조용히 나에게만 들릴 정도의 목소리로 속삭였다.

"네?"

반문할 수밖에 없었다. 분명 말을 하지 않았던가. 골목길에서 분명히 나에게 물었었다. '넌 뭐냐.' 라고. 그런데, 벙어리라고?

"이름을 몇 번이고 물었는데 입도 벙긋 못 하더군요. 이름을 적어보라고 했더니 그것도 안 되고."

그가 불쌍해서 견딜 수 없다는 듯 라킨이 조용히 설명하는 동안 나는 다른 생각을 하고 있었다. 정신을 잃기 전에는 말을 했었다. 하지만 지금은 말을 못 한다. 그렇다면 내가 그를 때린 것과 관련이 있는 걸지도. 식은땀이 삐질 흘러나온다. 호, 혹시 내장이 상했다거나.

남자는 여전히 말간 눈으로 나를 바라보고 있었다. 낯선 곳에서 눈을 뜬 게 당황스러울 텐데도 침착하고 평온한 기색이다. 나는 조심스럽게 침대가로 다가갔다.

"저기, 나 기억해요?"

그는 대답 대신 싱긋 웃었다. 나를 알아보는 듯 손을 뻗더니 영문 모를 친근감을 담아 나의 손목이나 팔뚝 같은 곳을 매만졌다. 이 갑작스러운 행동에 나는 멈칫 굳어 라킨을 삐걱삐걱 돌아보았다.

"라, 라킨. 이 사람 기억도 없는 거 아닐까요?"

그렇지 않다면야 이렇게 뜬금없는 행동을 할 리가 없다. 내가 그의 몸통에 박아 넣은 주먹을 기억한다면 이렇게 친근하게 굴 리가. 어쩌면, 말과 글을 잊을 정도로 심각하게 기억에 손상을 입은 게 아닐까? 하지만 머리는 부딪히지 않았는데!

"으음, 일리 있네요. 당황하는 기색도 없고, 여기가 어딘지 궁금하지도 않은 것 같아요."

라킨이 동의하는 동안에도 남자는 점점 친근하게 나에게 달라붙었다. 나는 사람을 때려 기억을 잃게 만들었다는 충격에 그를 미처 제지하지 못했다. 아니, 차마 뿌리치지 못했다는 말이 옳다. 덕분에 그는 내 허리에 팔을 감고 몸을 바짝 붙인 채 깊게 숨을 마시며 내 냄새를 맡고 있었다. 음, 방금 만들고 온 탕수육 냄새가 마음에 드는 모양이네.

"어떡하죠?"

황망하게 라킨을 올려다보자 그는 대수롭지 않다는 듯 어깨를 으쓱였다.

"우리가 돌봐야죠. 그가 떠나겠다고 하면 보내 줘야겠지만, 여기가 마음에 드나 본데요."

"어음, 미안해요."

괜히 군식구 하나를 늘린 느낌이라 사과하자 라킨은 고개를 저었다.

"어차피 사람을 더 고용할 생각이었어요. 혼자서 마법사의 꿈에 납품할 음식까지 하려면 힘들 거예요. 기억을 잃었다고 해도 말은 알아듣는 것 같고, 성격도 모나 보이지 않으니 주방에서 잡심부름이라도 하게 하면 좋을 것 같은데요."

하긴, 굳이 마법사의 꿈 여관이 아니더라도 슬슬 손님이 많아져서 도와주는 사람이 있었으면 좋겠다고 생각하던 참이었다. 라킨에게 어떻게 말을 꺼낼지 고민하고 있었는데, 일이 이렇게 풀리니 반가울 따름이다.

남자는 나와 라킨이 대화를 나누는 동안에도 내 몸에 묻은 탕수육 냄새를 맡고 있었다. 나와 라킨의 대화를 전혀 신경 쓰지 않는 것 같은 태도를 보니 혹시 귀도 먹은 것이 아닌가 불안해졌지만 다행히 그건 아닌지 저기요— 하고 부르자 즉각 반응했다.

"우리 이야기 들었어요? 여기서 돌봐 주는 대신 일을 좀 도와줬으면 좋겠다는 말."

무슨 생각을 하는지 모를 새파란 눈이 나를 가만히 바라보다가 라킨에게 짧게 시선을 던졌다. 고민의 시간은 거의 찰나였다. 남자는 고개를 끄덕이고 다시 행복하다는 듯 싱긋 웃는다. 눈을 뜨니 벙어리가 된 상황이다. 행복할 만한 일은 하나도 없을 텐데 그는 마냥 방긋방긋 잘 웃었다. 긍정적인 사람이군.

새파란 눈에 창백한 피부. 누워 있는 동안 물수건으로 잘 닦아 놓은 머리카락은 푸른빛이 도는 회색이었다. 약간 덥수룩하게 긴 머리 때문인지, 아니면 그 색 때문인지 전체적으로 늑대 같아 보이는 남자가 마치 강아지라도 된 것처럼 생글거리니 약간 의외다. 겉보기와 달리 밝은 성격인가?

"그나저나, 이름을 쓰지도 말하지도 못하니 그를 뭐라고 부를지는 우리가 지어야 하는 건가요?"

"그렇네요."

라킨이 꺼낸 말에 동의하긴 했지만 이름을 고민하는 그가 믿음직스럽지는 않다. 모두가 알다시피 라킨의 작명 센스는 괴멸적이니까. 하지만 언제까지나 남자를 남자라고 부를 수는 없는 노릇이다. 하지만 라킨이 이름을 지어 주다니. 그건 남자에게도, 라킨에게도 별로 좋은 일이 아닐 것이다.

"아이드라고 부르는 건 어때요?"

그냥 듣기에는 크게 나쁘게 느껴지지 않는데. 남자도 그렇게 생각하는지 담담하게 수긍하는 모습이다. 생각보다 평범한 이름인가?

"무슨 뜻이에요?"

"별 뜻은 없어요. 제 동생 이름에서 따온 거라."

"동생이 있었어요?"

뜻밖의 말에 반문하자 라킨은 살짝 웃었다. 나에게 이런저런 신변잡기를 많이 이야기해 주는 라킨인데 그에게 동생이 있다는 건 처음 듣는다.

"남동생이 하나 있거든요. 얼굴을 본 지는 오래됐지만, 단 하나뿐인 가족이죠."

어조가 아련하고 슬퍼서 어쩐지 깊이 물어보면 안 될 것 같은 느낌이다. 잠시 침울해져 있던 라킨은 곧 고개를 번쩍 들더니 남자, 아니, 아이드 도와주는 것을 내게 맡기고 서둘러 손님을 접객하기 위해 방을 뛰쳐나갔다.

방에는 나와 남자, 아니, 이제 아이드가 된 신입 일꾼 둘이 덩그러니 남았다. 물론 아이드는 아직 나에게 들러붙어 탕수육 냄새를 만끽하는 중이었다. 음, 조만간 한번 만들어 줘야겠는걸.

어쨌든 일꾼이 생겼으니 잘 곳을 내어 주고 먹여 주어야 할 텐데 이 여관의 유일한 다락방은 내가 차지하고 있다. 아이드는 신경 쓰지 않는다는 듯 자연스럽게 내 방으로 따라 들어와 침대에 누우려 했지만 안 될 말이다.

라킨은 창고를 내어 주려고 했지만 쥐가 들끓는 창고는 사람이 잘 곳이 못 되었고, 나 때문에 벙어리가 되었을지도 모를 사람을 그곳으로 밀어 넣을 만큼 매정하지도 못해서 나는 결국 침대 하나를 더 구입해 그에게 내어 주었다.

라킨이 눈치를 보며 남자와 함께 방을 쓰는 것이 힘들다면 자신의 방을 내어 주겠다고 말했지만 단칼에 거절했다. 이미 지난 며칠간 내가 주워 온 이 남자를 친히 자신의 침대에 재워 준 라킨이다. 그에게 더 이상의 피해를 끼칠 수는 없었다.

게다가 기억을 잃은 것 같고 벙어리에 문맹이라곤 해도 아이드가 수상한 사람이라는 사실이 변하는 건 아니다. 혹시 잠든 라킨에게 해코지라도 하면 큰일인 것이다.

물론 나에게도 뭔가 해코지를 할 수 있지만 나는 잠귀가 밝은 편이고 그를 한 번 때려눕힌 덕분인지 크게 위험하게 느껴지진 않았다. 그렇다고 자만하는 건 아니고, 그저 내가 데려온 사람 때문에 라킨이 피해 입는 일은 피하고 싶었을 뿐이다.

며칠 후, 나와 라킨은 아이드를 고용하기로 한 것이 정말 최고의 판단이었다고 결론 내렸다.

아이드가 생각보다 성실한 일꾼이라는 점도 그 결론에 일조했지만, 가장 큰 이유는 지금까지 손님이 몰려온 것은 우스운 수준으로 만들 만큼 방문객이 폭증했던 것이다. 게다가 마법사의 꿈과 거래도 순조롭게 체결되어서 내가 해야 할 일은 세 배, 아니, 다섯 배 가까이 늘었다.

동도 트지 않은 새벽, 밤늦게까지 재료 손질을 하다가 잠든 고단한 몸을 채찍질해 눈을 뜨면 창문 밖에서 마법사의 꿈에서 보내온 마차의 말이 투레질하는 소리가 들린다. 요즘은 이 소리가 거의 알람 같은 느낌이었다.

어두운 방을 더듬어 랜턴을 켜면 건너편 침대에서 자던 아이드도 뒤척이며 부스스 일어난다. 종종 유난히 추운 새벽에 떨면서 자고 있으면 내 침대로 조용히 스며들어 와 두 팔을 모으고 얌전히 붙어 자곤 했는데, 처음엔 좀 놀랐지만 마치 미이라처럼 얌전해서 곧 대수롭잖게 여기게 되었다. 사실 탕파도 없는 환경이라 그 따뜻한 체온이 꽤 고마웠지.

주방으로 들어서면 내가 목욕을 할 수도 있을 것 같은 커다란 국 통 하나와 서너 개의 냄비가 나를 반겼다. 모두 마법사의 꿈에서 보내온 것으로, 오늘 아침의 할당량이다. 이걸 하루 세 번 채워 보내는 게 계약 내용인 것이다.

말이 국 솥이지 기분은 거의 국을 끓여 수영장을 채워야 하는 느낌이다. 네 개의 화로에 가장 큰 냄비를 모두 걸어 놓고 가득 채워 끓인 수프를 서너 번은 부어 대야 간신히 가득 찰 정도이니.

주방의 쪽문을 열고 지나가는 물장수를 불러 아이드에게 주방의 식수 항아리를 채우도록 부탁하고 수프를 준비하기 시작한다. 손질이 까다로운 해산물을 매만지며 아이드가 항아리에 물을 채우는 것을 지켜보다가 감자를 깎아 줄 것도 부탁했다.

아이드가 주로 하는 일은 항아리에 물을 채우거나, 국 냄비에 물을 채워 육수를 끓이거나, 요리 재료로 가장 많이 소비되는 감자나 양파 따위를 산더미처럼 깎아 대는 것이었다.

그 외에 내 대신 냄비를 저어 건더기가 눌어붙지 않게 해 주거나 부탁한 크기로 식재료를 썰어 주거나 음식을 서빙하는 등 소소한 일들도 대신해 주어서 정말로, 정말로 얼마나 도움이 되는지 모른다.

함께 일하면서 그에 대해 몇 가지 사실들을 알게 됐는데, 첫 번째는 그가 칼을 굉장히 잘 다룬다는 것이다. 두 번째는 의외로 근력이 약하다는 것. 아니, 평균으로 보면 꽤 강한 편일지도 모르지만 가득 찬 국솥을 양손으로 드는 걸 보면 아주 센 편은 아니었다. 뗏목 만들 때 썼던 통나무에 비하면 별로 무겁지도 않건만.

손님 중 하나가 그에게 검을 쓰던 사람의 손이라며 말을 건 적이 있는데, 윙커 씨 덕분에 검사는 전부 그처럼 우락부락하고 힘이 셀 거라고 생각하던 나는 아이드의 완력이 좀 의외였다. 좋게 봐야 나와 비슷한 수준이고, 지구력은 나보다 떨어지는 것 같았기 때문이다.

하긴, 생각해 보면 거의 한참 정신을 잃고 있다가 깨어난 지 얼마 되지 않았으니 몸 상태가 정상이 아닐지도 모르지. 게다가 윙커 씨보다 훨씬 호리호리한 체격이니 윙커 씨를 상대로 근력을 비교하는 것 자체가 무리일지도. 하지만 아이드보다 훨씬 왜소한 나도 국 솥을 한 팔에 한 개씩 들고 갈 수 있는데.

세 번째로는 나를 어쩐지 굉장히 좋아하는 것 같다. 음, 이성 간의 감정이라기보다 마치 막 알에서 깨어난 새끼 오리가 어미를 따르듯 졸졸 따라다니는 느낌이었는데 실제로도 내가 어딘가 갈 때마다 그림자처럼 늘 따라붙었던 것이다.

일이 없으면 시시때때로 나에게 붙어 있는 아이드를 보고 손님 몇몇이 휘파람을 불며 놀리곤 했지만 겐트는 못마땅한 듯 미간을 모으고 혀를 찼다. 아이드를 향한 불쾌감이라기보다 어디에서 굴러먹던 놈인지도 모를 수상한 자를 거두어 먹이는 나와 라킨이 마음에 들지 않는다는 투다.

"아직 안 버렸어?"

덕분에 겐트는 요즘 인사말을 저걸로 대신한다. 여관에 들어서는 그에게 눈짓으로 인사를 건네는데 그의 뒤로 접수처의 그녀가 따라 들어왔다. 요즘 거의 같이 먹으러 오네.

"사람보고 버렸냐는 게 뭐예요. 자꾸 그러면 출입 금지 시킬 거예요."

겐트를 보며 으름장을 놓았지만 이게 빈말이라는 건 여기 있는 모두가 안다. 예상대로 그는 콧방귀만 뀔 뿐이다. 슬쩍 아이드의 눈치를 보니 여느 때와 같이 전혀 신경 쓰지 않는 표정이다. 기가 죽은 것도 아니고 화가 난 것도 아닌, 그야말로 아무렇지도 않은 얼굴.

나는 딱히 반응하지 않는 아이드의 태도가 고마웠지만 겐트는 그걸 무시라고 해석해서 더욱 불쾌해했다. 아니, 실제로도 무시가 맞긴 하다. 하지만 지금으로서는 둘이 싸우지 않아서 다행일 뿐이다.

"어린애도 아닌 놈이 계속 몸을 붙여 오는 걸 언제까지 받아 줄 거야?"

자리에 앉으며 끝까지 투덜거리는 말에 나는 대답 대신 어깨만 으쓱였다. 그의 말대로 아이드는 늘 나와 닿으려고 했다. 살을 주무르고 싶다거나 하는 욕망의 형태가 아니라 그냥 닿아 있고 싶어 했다. 손등을 슬쩍 가져다 대거나, 아니면 은근히 등을 마주 대거나 하는 식이다.

솔직히 그의 스킨십이 별로 싫진 않다. 라킨과 이곳 여관에서 많은 사람들에게 둘러싸여 지내고 있긴 하지만 그래도 꽤 외로웠던지 이렇게 살갑게 다가오는 체온을 거부하기가 쉽지 않다. 아이드에게는 좀 미안한 말일지도 모르지만, 덩치 큰 동물이 부대껴 오는 게 반갑기도 하다. 일종의, 애니멀 테라피 같은 느낌이랄까. 사람도 동물이니까 따지자면 비슷한 걸지도.

"그쯤 해요. 겐트 씨, 접수처에서 마주치는 모든 사람들한테 겐트 씨가 불타는 삼각관계에 매진하고 있다고 떠들어 대기 전에."

말없이 나와 겐트의 공방을 보고 있던 그의 동행인이 툭 끼어들었다. 갑작스러운 말에 나와 겐트는 둘 다 깜짝 놀라 그녀를 돌아보았다. 특히 겐트는 불쾌한 기색을 숨기지 않고 드러냈다. 저기, 나도 별로 달갑진 않은데.

"무슨 소리야?"

"내 소중한 점심시간을 이 이상 낭비하게 하면, 겐트 씨가 여기 있는 미남씨와 요리사 아가씨를 질투해서 시비를 걸어 대고 있다고 말해 주겠다구요."

"헛소리하지 마. 라이사."

접수처의 아가씨, 라이사는 대답 대신 생글생글 웃는 얼굴로 겐트를 가만히 바라보았다. 무언의 응시는 때로 말보다 더 강력할 때가 있어서, 겐트는 얼마 버티지 못하고 눈을 피해 버렸다. 오오, 라이사 씨 강해.

"자, 이제 주문해도 될까요?"

겐트를 가볍게 제압한 라이사가 생긋 웃으며 나를 돌아보았다.

"그럼요! 아, 오늘은 푸딩을 먹을 수 있어요."

주변 테이블을 의식해 소곤거리며 알려 주자 라이사의 눈이 반짝였다. 예약을 받아 줬다는 말을 옆에서 듣기라도 하면 내일 치, 아니, 한 달 치 푸딩에 몽땅 예약이 걸릴지도 모르니. 다행히 라이사가 눈치가 없는 편은 아니라 목소리를 낮추었다.

마법사의 꿈이 지원하는 재료비를 바탕으로 막대한 사탕수수즙을 사들인 내가 만들어 대는 디저트는 요즘 장안의 화제였다.

사실 좀 더 여러 가지 디저트를 만들고 싶었지만 손이 부족해 푸딩이나 절인 과일 정도가 고작이었다. 푸딩은 캐러멜 시럽을 미리 끓여 두기만 하면 양껏 만들어 퍼 줄 수 있기 때문에 비교적 판매할 수 있는 수량이 많다. 게다가 크림치즈와 알이 엄청 저렴하니까 농후하고 치즈맛이 강한 푸딩을 잔뜩 만들어도 설탕값 외에는 딱히 귀한 재료가 들지 않아 부담이 없었던 것이다.

재료비는 전부 마법사의 꿈이 지불하고 있으니 내 노동력을 제외하면 거의 공짜로 만들어지고 있는 것이나 다름없어서 나는 비교적 싼 값에 푸딩을 판매했다. 최대한 많은 사람들에게 먹여 주고 싶었기 때문이다.

조기 매진을 피하기 위해 일인당 두 개로 한정 판매를 했음에도 불구하고 첫날 만든 푸딩은 저녁쯤 완판되었고, 그 수량을 참고해서 만든 이튿날의 푸딩은 점심 장사 전에 동이 났다. 그리고 다음 날엔 그보다 훨씬 빨리 동나 버렸으니 점심 식사 시간에나 여기에 올 수 있는 라이사로선 거의 일주일 동안 번번이 헛물을 마셨던 것이다. 결국 그게 보기 짠해서, 그리고 단골 특전으로 그녀를 위한 푸딩을 좀 빼 두었다.

"다행이네요. 소문이 엄청 돌고 있어요. 오늘도 못 먹을까 봐 얼마나 조마조마했는지. 그리고 마법사의 꿈 여관에서 푸딩을 다 쓸어 갔을까 봐 걱정 많이 했어요."

"그래요? 그런 것치곤 별로 관심이 없어 보이던데."

"왕오리 알로 만든 음식이잖아요. 귀하신 분들이 입에 댈 식재료는 아니라는 거겠죠. 뭐, 덕분에 제가 푸딩을 먹을 수 있는 거지만."

으음, 좀 의아하다고 생각하긴 했는데 그런 이유였나. 어쨌든 그녀의 말대로 다행스러운 일이었다. 계란의 맛있음을 모르는 불쌍한 사람들 같으니.

"음, 그럼 주문 도와드릴게요. 해산물 볶음, 불고기 샌드위치, 해산물 칼국수, 감자 키쉬를 주문할 수 있어요."

"음, 해산물 칼국수에 감자 키쉬. 후식 푸딩 둘, 그리고 샌드위치는 포장해서 가져가고 싶은데요."

이곳 여관의 메뉴는 그날그날 장마당에 나오는 식료품 중 가장 흔한 것을 중심으로 구성된다. 그리고 내가 만들고 싶은 것. 칼국수와 푸딩은 솔직히 좀 이상한 메뉴 구성이라고 생각하지만 어차피 먹는 사람이 맛있어하면 그걸로 됐지.

"칼국수에 감자 키쉬, 후식 푸딩 둘이라는 거죠? 샌드위치는 포장. 알겠어요. 젠트 씨는?"

"난 해산물 볶음에 후식 푸딩. 그나저나, 다 먹을 수 있겠어?"

젠트는 약간 질린 얼굴로 라이사를 보고 있었다. 확실히, 라이사가 주문한 양은 거의 2인분에 육박한다. 하지만 그녀는 지금까지 단 한 번도 음식을 남긴 적이 없으니, 괜한 소리를 하는 것이다.

"충분히 다 먹을 수 있으니 빼앗아 먹을 생각이나 말아요. 흥."

"그러다 정신 차리면 잔뜩 살이 쪄서 뒤룩뒤룩 돼지가 되어 버릴걸? 그러면 강유정이 널 요리하려고 할지도 모르겠군."

아까 놀림받은 게 어지간히 분했는지 젠트는 빤들빤들한 낯짝으로 라이사를 놀려 먹었다. 그 모습이 정말 밉상이라서 나는 덩달아 기분이 나빠졌다. 말을 참 밉게 하는 사람이라니까. 어쨌든 젠트가 너무 얄미웠기 때문에 나는 라이사의 편을 들어 주었다.

"라이사 씨, 신경 쓰지 말아요. 살이 찌는 게 아니에요."

"네?"

"체급이 올라가는 거예요."

결국 같은 현상을 말하는 것이지만 어떻게 말을 하느냐에 따라 달라지는 법이다. 단호한 내 말에 라이사는 눈을 크게 떴다. 겐트가 뭔가 말하려고 했지만 라이사가 크게 웃는 덕분에 묻혀 버렸다.

"어머, 정말 마음에 드는 말이에요!"

옆에서 벌레 씹은 얼굴로 우리를 바라보고 있는 겐트를 완전히 무시하고 나와 라이사는 화기애애한 분위기를 만들며 친밀감을 형성했다. 좀 더 이렇게 수다를 떨고 싶었지만, 안타깝게도 이미 너무 많은 시간을 이 테이블에 허비했다. 벌써 주문이 많이 쌓여 가고 있었다.

나는 다시 주방으로 돌아와 내가 겐트와 이야기하는 동안 아이드가 받아 둔 주문들을 처리하기 시작했다. 아주 잠깐 대화를 나눴을 뿐인데, 점심시간이라 그런지 주문이 무시무시하게 많이 밀려 있었다. 주문 받은 음식을 다 내어 갈 무렵엔 분명 녹초가 되어 있겠지.

방금 라이사와 합심해서 겐트를 놀려 먹긴 했지만, 그리고 겐트가 얄미운 사람이라고 생각하긴 하지만 그를 싫어하는 건 아니다. 조금도, 털끝만큼도 그런 생각을 한 적이 없다.

겐트는 좋은 사람이었다. 나를 도와주고 돌봐 줘서 그런 말을 하는 게 아니라 객관적으로 평가해도 그는 좋은 사람이다. 정의로운 신념을 가지고 있고 불의와 타협해 이익을 보려는 사람도 아니었으며 입 밖으로 내는 말이 좀 뾰족한 경향이 있긴 하지만 궁극적으로 그의 신념은 선함에 닿아 있다.

겐트는 좋은 사람이지만 좋은 사람이 늘 나와 같은 생각을 하고 같은 가치관을 가지고 있는 것은 아니다. 종종 부딪힐 때도 있고 때로는 대립할 때도 있다. 나는 겐트의 생각에 동의하지 않을 때가 많지만, 그리고 그 생각이 싫을 때도 있지만 굳이 말하거나 싸우지는 않는다.

그저 내가 하고 싶은 대로, 내 생각대로 할 뿐이다.

대표적으로, 최근의 부랑자 사건이 있다. 여관이 부흥하면서 우리는 많은 돈을 벌었고 라킨과 나는 그 일부를 곯고 있는 사람들에게 무상으로 밥을 주고 비쩍 마른 길고양이나 개들을 살찌우는 데 쓰기로 했다. 당연히 이 이익이라곤 없는 행위를 젠트가 좋아할 리가 없었다.

마침 가게 문을 닫고 그 계획을 구상하고 있던 참이라 젠트는 우리가 하는 양을 지켜보게 되었는데, 그는 시종일관 벌레 씹은 얼굴로 밥을 먹고 있었다. 결국 참다못한 그가 일갈했던 것이다. 그러다간 게르하인의 모든 거지들을 먹여 살리게 될 거라고.

그리고 그날은 내가 처음으로 젠트에게 싸늘한 시선을 보냈던 날이다.

이 도시는 비교적 식량이 저렴하다. 왕오리 알 같은 것도 1겔드면 살 수 있는데 배를 곯는다는 말은 그 1겔드조차 없다는 이야기였다. 일을 하면 돈을 벌 수 있지 않겠느냐 하겠지만 모두가 일할 수 있는 몸을 가지고 있는 건 아니다. 바꿔 말하면, 일을 못 하면 돈을 못 번다는 말이기도 하다.

가난은 몸을 갉아먹고 아픈 몸은 일을 할 수 없다. 일을 할 수 없으면 다시 가난해지는 악순환. 구걸이라도 해서 근근이 먹고살 수 있다면 다행이지만 이곳 사람들이 걸인에게 보내는 차가운 시선을 생각하면 아마 그것도 여의치 않을 것이다.

젠트는 거지를 싫어하고 게으름뱅이를 범죄자들이라 매도했다. 뭐, 아주 틀린 말은 아니다. 어딘가에는 분명 일하기 싫어 나뒹굴며 무책임하게 스스로의 삶을 방치하면서, 불분명한 신원을 빌미 삼아 자신보다 약한 사람들에게 폭력을 휘두르는, 젠트가 말한 대로의 사람이 분명 있을 것이다.

하지만 그런 종류의 사람이 과연 거지나 부랑자들에게만 있을까?

젠트의 생각이 틀렸다고 말하고 싶은 것은 아니다. 분명 젠트가 그렇게 생각하는 이유가 있겠지. 나도 한때는 그와 같이 생각했던 적도 있으니까.

그가 그런 가치관을 형성할 수밖에 없었던, 세상을 그렇게 학습할 수밖에 없었던 이유를 존중한다. 그의 삶에 일어난 일들은 나의 삶에 일어났던 것과 달랐을 테니.

흔히, 인간에게 무상으로 무언가를 주면 인간을 망치게 될 거라고 이야기하는 사람들이 있다. 모든 인간들이 이럴 것이라고. 이것은 근본적으로 인간은 게으르고 발전 욕구가 없는 축생과 같은 생물이라는 멸시에 뿌리를 두고 있다.

먹고 자게만 해 주면 아무 불만 없이 빈둥거릴 거라는 논리. 그리고 그게 나쁘다는 논리. 행복한 나태보다 고통스러운 부지런함을 바른 것이라고 사회는 늘 규정하고 요구해 왔다. 이 논리는 때로는 착취의 근간이 되기도 했지.

하지만 내가 겪은 바에 의하면 저런 말을 하는 사람들은 두 종류였다. 실제로 살면서 저런, 물질적인 풍족함이 채워지자 스스로의 삶을 내던지는 사람들만을 본 경우. 그리고 두 번째는 본인 스스로가 그런 종류의 인간이기 때문에.

받는 쪽이 저런 말을 하고 있다면 그저 본인이 게으른 사람임을 고백하는 것이고 주는 쪽이 그런 말을 하고 있다면, 그건 현명한 척하고 있는 인색함이다. 물론 겐트처럼 그가 만나 온 사람들에 의해 축적된 학습인 경우도 있으니 그 차이를 잘 관찰해야 한다.

그리고 솔직히, 먹을 것 좀 준다고 사람이 게을러지는 게 뭐 어떻다고? 밥이 그냥 생겼으니 좀 게을러져 볼까 하는 사람과 게으르지 않아야 한다며 그 사람을 채찍질하는 사람이 있다면 나는 망설임 없이 게으른 사람의 편을 들어 줄 것이다. 물론 겐트는 이걸 싫어하겠지만, 신경 쓰진 않겠지.

뭐, 숨길 생각도 없다. 나는 지치고 힘든 사람에게 먹을 것을 주고 쉬게 하면서 그 사람이 행복해지는 걸 보는 게 좋으니까.

어떻게 그럴 수가 있냐고 묻는 사람이 있다면 나는 아주 단호하게 대답해 줄 수 있다.

무인도에서 혼자 살아 보라고. 기한의 정함 없이.

물론 무인도 이전에도 누군가에게 뭔가 먹이는 걸 좋아하긴 했지만, 무인도 이후 그 성향이 좀 더 강화된 느낌이다. 그래도 예전에는 니모가 같이 가 달라고 해도 선을 긋고 내 생활을 지키겠다는 마음이 있었는데 지금 그런 부탁을 받는다면 냉큼 짐을 싸면서, '어디라구요? 지금 가면 되나요?'라고 할 것 같은 느낌.

그리고 젠트가 정말 좋은 사람인 이유는, 내가 그날 그렇게 싸늘하게 화를 내며 그를 냉혈한이라고 소리쳤는데도 불구하고 나를 용서했다는 것이다. 그의 입장에선 늘 하던 핀잔을 줬을 뿐인데 폭탄이 날아온 격이었을 거다.

점잖게 서술하긴 했지만 사실 그날 꽤 화가 많이 나 흥분하면서 그를 매도했다. 그는 나를 이해했고, 나도 그를 이해했다. 그리고 젠트는 이후 그 일을 꼬투리 잡거나 앙갚음하려고 하지 않았다.

나와 젠트는 생각도 사고방식도 다른 사람이지만 서로가 살아온 삶을, 그 방식을 존중하기로 한 것이다.

※

아무 전조도 없이, 나는 빛 한 점 없는 어두운 꿈속을 달려 도망치고 있었다.

천근만근 무거운 다리를 재촉해도 속도는 더디기만 하다. 턱 끝까지 차오르는 숨, 몸통째로 터질 것 같은 숨, 목구멍을 찢을 것 같은 비린내 나는 숨.

보이는 게 아무것도 없어 도망치고 있는지 아니면 함정으로 뛰어들고 있는지 구분할 수조차 없는데 그저 쫓기고 있다는 자각만으로 나는 정신없이 내달렸다. 무엇이 쫓고 있는지, 왜 나를 쫓는지도 모른 채 마주치면 안 된다는 마음으로.

끝없는 심해를 달리는 것처럼 힘껏 뻗은 다리는 흐느적거리기만 하고 추진력을 보태려 흔드는 팔다리는 아무 도움이 되지 않는다. 달린다기보다 발악에 가까운 꿈틀거림. 최선을 다해 도주한 지 얼마나 되었을까.

어둠 속에서.

코앞에서.

차갑고 습한 숨이.

'찾았다.'

비명도 못 지르고 이상한 괴성을 냈던 것 같다. 폐 속의 숨을 제멋대로 내뱉으며 으어억 하고 눈을 뜨는데 어슴푸레한 천장이 보였다. 새벽빛에 물드는 나뭇결과 낡은 못 자국. 여관의 내 다락방이었다.

온몸이 땀으로 흥건하다. 뭐지? 뭐였지?

영문을 몰라 비몽사몽 중에 숨을 몰아쉬는데 누군가가 손을 뻗어 내 머리카락을 부드럽게 쓸어 넘겼다. 뒤이어 쉬이— 하고 달래는 소리. 피로에 젖은 몸이 본능적으로 휴식을 찾아 가라앉는다.

그렇게 까무룩 잠이 들었다가 중간중간 다시 깼던 것 같다. 아마 새벽이 왔다는 걸 인지한 머리가 제 시간에 일어나려고 긴장을 늦추지 않은 탓일 테지. 자면서도 드문드문 깨 창밖이 얼마나 밝아졌는지 살피는데, 어느 순간 누군가가 창가에 서 있었다.

아이드?

창밖을 응시하는 새벽빛 눈동자.

가물거리는 눈에도 그 단단한 눈이 긴장하고 있다는 게 느껴졌다. 그러다 문득 내 기척을 느꼈는지 그가 나를 돌아보았다. 부드럽게 웃는 음영 진 얼굴. 늘 아이드가 짓고 있는 싱글벙글 행복한 표정이다. 그러면서,

"더 자도 돼."

잠결에 그 말이 마냥 반가웠던 것 같다. 자도 자도 피곤한 몸은 조금이라도 더 많은 휴식을 원했다. 그나저나 아이드는 왜 저렇게 일찍 일어났지? 오늘도 일이 많을 텐데. 힘든 하루를 보내려면 충분히 쉬어 둬야 할 텐데.

그렇게 잠들었다가 다시 깼을 때 아이드는 여느 때와 같이 내 건너편 침대에 잠들어 있었다. 내가 일어나자 뒤늦게 부스스 몸을 일으키는 것도 평소와 똑같다. 그러고 보니 그가 새벽에 말을 했던 것 같은데. 그거, 꿈이었나?

어디서부터 어디까지가 꿈이었는지 모르겠다. 그 악몽은 대체 뭐였지? 피곤해서 그런 꿈을 꾼 걸지도. 그 쫓기는 기분은 늘 주문에 쫓겨 초조함을 느낀 내 내면세계일지도 모른다. 그럼, 아이드가 말을 한 것도 꿈인가?

"아이드."

부르자 옷을 여미고 있던 그가 무구한 얼굴로 돌아보았다.

"혹시 말할 수 있어요?"

그는 미소 지으며 의아한 듯 고개를 기울였다. 으음, 역시 말 못 하나……. 서둘러 옷매무새를 챙기고 앞치마를 걸치는 걸 보니 주방 일꾼이 다 됐다. 하긴, 꿈이 무슨 대수야. 어차피 꿈인데. 중요한 건, 오늘 하루도 엄청나게 바쁠 거라는 거지.

"오늘도 가 볼까요?"

내 말에 아이드는 여느 때와 같이 대답했다. 소리 없는 미소로.

마법사의 꿈과 계약을 체결하고 몇 달.

라킨의 망해 가던 여관은 게르하인에서 가장 붐비고 인기 많은 여관이 되었다. 처음 이곳에 머물 무렵 모여드는 손님들을 보며 바쁘다고 생각했던 것이 엄살이 될 만큼 사람들은 모여들고, 또 모여들었다.

손님의 신분도 몹시 다양해져서, 보통 이런 중급 여관에 찾아오는 일이 없는 고급스런 옷차림의 사람들이나, 수행원이 딸린 인물들이 종종 찾아오게 되었다. 아마 마법사의 꿈에서 음식을 받아먹다가 마음에 들어 방문한 귀하신 분이 아닌가 라킨이 짐작했다.

처음에는 권위를 내세우며 소란을 일으키면 어쩌나 조마조마하게 지켜봤지만 그들은 가장 붐비지 않는 시간에 수행원으로 대신 줄을 서게 해 조용히 식사를 마치고 갔을 뿐이라, 곧 여느 손님들처럼 신경 쓰지 않게 되었다.

그리고 두어 달이란 시간이 더 흐르면서 최근에는 아주 멀리서 소문을 듣고 왔다며 방문하는 이들도 생겼다. 아마 모험가나 상인들의 입을 타고 길 여기저기나 다른 마을에 내 음식에 대한 이야기가 돌고 있는 모양이었다.

덕분에 날뛰는 통나무 여관은 그야말로 문전성시, 줄을 서는 사람들이 다른 여관 입구에까지 늘어서서 주변 여관에서 질투의 시선을 쏘아 댔다. 성공에는 언제나 질시가 따르는 법이고, 강아지도 깜짝 놀랄 만큼 사람을 좋아하게 된 나에게 그런 질투는 힘겨운 일이지만 이번만큼은 별로 신경 쓰이지 않았다.

왜냐고? 당연히 너무 바쁘니까!

처음에는 그래도 간혹 손이 많이 가는 음식이나 새로운 것을 시도할 여력이 있었는데, 곧 시간에 떠밀려 메뉴는 점점 단순해졌다. 게다가 아이드와 내가 녹초가 되도록 반죽하고 끓여도 두 사람만으로 몰려드는 손님들을 모두 감당하는 건 무리였다.

결국 우리는 사람을 세 명 더 고용했고, 그래도 여전히 바빴지만 주방 공간에는 한계가 있어서 더 많은 사람을 고용하는 건 무리였다. 게다가 그들이 해 줄 수 있는 건 요리라기보다 단순 반복 작업에 가까워서 정작 나의 일은 별로 줄어들지 않았던 것이다. 뭐, '별로'라고 해도 상당한 수준이었지만.

일단 세 명 중 한 명은 통돼지 바비큐를 담당하고 있다. 필리핀에서 레촌이라고 불리는 음식인데, 어린 돼지를 통째로 꿰어 빙글빙글 돌리며 겉에 소스를 발라 가며 천천히 굽는 것이다. 훈연에 가까운 약불로 오랫동안 굽기 때문에 그대로 소금에 찍어도 맛있고, 다른 요리에 사용해도 좋아서 하루 서너 마리, 많게는 열 마리까지도 그 혼자 굽곤 한다.

나는 그가 굽는 레촌이 잘 되어 가는지 간간이 확인하고 불이 너무 세진 않은지, 익은 정도가 적당한지 확인하며 동시에 다른 요리들을 감독하고, 만든다.

손님이 워낙 많아 선정되는 메뉴는 한 번에 많은 양을 만들 수 있는 잔치 음식이 대부분이었다. 예를 들면, 면을 삶아 육수를 붓기만 하면 되는 요리라던가.

면을 만들거나 빵 반죽을 하는 손 기술을 쓰는 일은 주로 아이드가 했다. 두 달 동안 밀려드는 손님들을 나와 함께 받아 내며 그는 제법 어엿한 요리사로 단련되고 있었다. 여전히 말을 못 하지만 이제 그의 과거는 아무래도 좋을 만큼 든든한 주방 보조가 되어 가고 있다.

사실 그 후로 너무 바빠져서 그의 과거에 대해 이야기할 여유가 별로 없었다. 약간 미안한 말이긴 한데, 그가 기억을 되찾았는지 벙어리를 벗어났는지도 거의 신경 쓰지 못했다. 그저 아이드 씨 여기 반죽, 아이드 씨 여기 물 끓는 거 봐 줘요, 아이드 씨 여기 수프 계속 저어 주세요, 이거 썰어 주세요, 껍질 깎아 주세요 같은 말을 하기에도 바빴으니까.

장사를 마치고 이야기할 잠깐의 시간도 낼 수 없었냐고 누군가가 묻는다면 나는 당당하게 그렇다 대답할 수 있다. 그나마 저녁이 되어 한숨 돌리면, 전쟁 같은 다음 날을 위해 허겁지겁 이불을 덮고 잘 자라 인사한 다음 잠드는 게 최선이었다.

아니, 잔다기보다, 진짜 의식을 잃는 수준이었다. 씻을 만큼의 체력도 남지 않아 대부분 땀 냄새를 풍기며 잠들었고, 다음 날 일어나면 스스로가 약간 썩거나 발효된 느낌이었다. 위생을 위해 주방에 들어가기 전엔 씻었지만.

사실 처음부터 이렇게 바빴던 건 아니다. 초반에는 튀김이라든가, 치킨 같은 다른 메뉴들을 시도하기도 했다. 하지만 그 흔한 식용유 하나 없어서 일일이 기름을 짜 모아 음식을 튀기는 건 정말 보통 힘든 일이 아니었다. 옥수수 한 자루를 하루 종일 짜서 튀겨 내는 닭 한 마리가 이렇게 호화스러운 음식인지 처음 알았다.

물론 직접 손으로 짠 신선한 기름에 아삭하게 튀겨 낸 치킨은 오랜만이라 그런지 소금만 찍어도 달게 느껴질 만큼 고소하고 환상적인 맛이었지만. 운 좋게 그때 치킨을 맛본 손님 중에 몇몇은 가끔 굽거나 볶은 다른 닭 요리를 맛볼 때 넌지시 다시 튀기진 않냐고 물어보곤 한다. 당분간은, 무리.

이렇게나 바쁘니 시간은 정말 정신없이 흘러갔다. 아침에 일어나 주방에 들어가면 금세 밤이 되고, 쓰러지듯 잠들면 다시 아침이 온다. 그러니, 오랜만에 반가운 얼굴이 찾아와도 장사를 다 마친 저녁나절에야 눈치챌 수 있었던 것이다.

"윙커 씨?"

우락부락한 근육이 꽉 찬 몸. 상처가 잔뜩 난 팔뚝과 넓은 어깨. 뒷모습만 봐도 누구인지 확실하게 알 것 같다. 이곳은 중급 여관이라 용병들도 꽤 찾아오지만 누구도 윙커같이 덩치가 크지는 않았다. 앞치마에 젖은 손을 닦으며 무심코 부르자 그가 반가운 얼굴로 돌아보다 멈칫했다.

"오, 이제야 왔구만. 오랜만……. 괜찮아?"

"네?"

"안색이 엄청나다고. 피곤해 보이는데? 제대로 자고 있긴 해?"

윙커가 심각한 얼굴로 라킨과 나를 번갈아 보았다. 하긴, 라킨도 나

못지않은 바쁜 일과를 보내고 있긴 했다. 본래 이 여관은 숙박 시설로 크게 인기 있는 여관이 아니었다. 마을 중심지에서 거리가 좀 있는 탓이다.

하지만 그것도 옛말이 되어 버렸는데, 아침 첫 끼니부터 제일 먼저 내가 만든 음식을 먹을 수 있다는 파격적인 혜택 덕분에 여관은 거의 늘 숙박객으로 꽉 차 있었다. 중심가로 가려면 꽤 걸어야 한다는 단점을 신경 쓰는 사람은 이제 아무도 없다.

"요즘 좀 바빠져서요. 밥은 먹었어요?"

윙커에게 좀 더 가까이 다가서자 서글서글한 얼굴이 더 잘 보였다. 그는 마치 산적 두목처럼 덥수룩한 수염 사이로 씨익 웃어 보였다.

"오자마자. 이 마을에 오자마자 여기로 왔지. 운 좋게 마침 나가던 녀석들이 있어서 방도 잡았고. 오래 묵지는 못하겠지만."

윙커는 평화로운 신색이었지만 막상 가까이 가니 그가 나에게 안부를 물을 만한 상황이 아니었다. 멀리 있을 때는 몰랐는데 옷깃 사이사이로 피가 스며 나온 붕대가 보였다. 배와 가슴, 팔뚝과 허벅지가 붕대로 둘둘 감겨 있었다.

"다쳤어요?"

얼굴을 굳히며 그와 같은 테이블에 다가앉자 윙커는 아무렇지도 않은 듯 어깨를 으쓱했다.

"뭐, 직업이 직업이니 늘 있는 일이야. 신경 쓰진 말라고. 불구가 된 것도 아니고, 목숨을 잃은 것도 아니니까. 살아서 이 맛있는 음식을 잘 먹고 있잖아?"

힘차게 능청을 떨던 윙커는 문득 울적해진 듯 덧붙였다.

"이걸 같이 먹고 싶었던 녀석들도 있었는데 말이야."

윙커는 별것 아닌 듯 말하고 있지만 저렇게 두꺼운 붕대 위로 피가 번져 나올 정도면 살짝 스친 수준은 한참 넘을 것이다. 나는 문득 아침에 꿨던 악몽이 떠올랐다. 꿈자리가 사납더니 이것 때문이었나.

윙커가 뜨거운 국물을 느긋하게 삼키는 것을 보고 있는데 등 뒤로 기척이 느껴지더니 무언가가 달라붙었다. 돌아보지 않아도 누군지는 뻔하다. 아이드겠지.

"애인?"

윙커가 흥미롭다는 듯 눈썹을 올리며 눈짓한다.

"설마요."

대꾸하자 잠시 아이드를 응시하던 그가 다시 어깨를 으쓱이며 관심을 털어 버렸다. 아무래도 좋다는 태도다.

"뭐, 내가 상관할 바는 아니겠지. 그래도 얼굴을 보니까 좋은데. 음식을 다시 먹을 수 있는 것도 좋고 말야."

"뭣 좀 먹었어요?"

"그, 돼지고기 야채볶음에 해산물 칼국수. 먹고 나니 술이 고파져서 마시고 있었지."

"아아. 그 돼지고기 야채볶음, 맥주랑 먹으면 엄청 맛있는데."

"멋진 생각이야."

그러고 보니 문득 나와 아이드도 하루 종일 거의 아무것도 먹지 못했다는 게 떠올랐다. 맛을 보며 주방에서 간간이 집어 먹긴 했지만 역시 허기가 지는 것이다. 평소였다면 피곤함에 허기 따위 무시하고 잠들기 바빴겠지만 모처럼 반가운 얼굴이 온 덕분인지 평소보다 좀 덜 피로했다.

"잠깐만 기다려요."

뭔가 먹어야겠다는 생각에 라킨과 윙커를 자리에 두고 주방으로 향했다. 아이드가 얼른 따라오려고 하기에 자리에 앉도록 눈짓한 나는 남은 레촌을 뜯어다가 달아오른 냄비에 듬뿍 넣고 돼지고기 야채볶음을 만들었다. 손질한 해산물이 좀 남아 있길래 그것도 전부 털어 넣자 제법 푸짐한 양이 된다. 적어도 네 명이 먹기엔 충분해 보였다.

볶아 낸 음식을 냄비째로 들고 나가자 윙커가 낮은 탄성으로 반겼다. 내가 음식을 만드는 사이 라킨이 눈치 빠르게 술을 내어 왔는지 테이블에는 커다란 네 개의 술잔이 올라와 있었다. 어쨌든, 술과 음식을 앞에 두고 둘러앉자 분위기가 훈훈해지기 시작한다. 비록 내 술잔에는 술 대신 차가운 보리차가 들어 있긴 해도.

어쩔 수 없지. 지금 술을 마셨다간 저주받은 내 알코올 분해 능력 탓에 내일 주방 일을 못 하게 될 수도 있는걸.

막상 음식을 앞에 두자 엄청나게 배가 고파졌다. 모두 같은 생각인지 아무도 입을 열지 않고 음식을 먹는 데 집중했다. 한동안 포크로 양배추와 바삭한 돼지 껍데기를 부수는 소리, 작게 음식을 씹는 소리만 이어졌다.

소스를 머금고 잘 구워진 돼지고기는 껍데기까지 다 붙어 돼지고기의 모든 맛과 식감을 느낄 수 있었다. 바삭하게 구워진 돼지 껍데기가 얇은 사탕처럼 어금니 사이에서 깨지면 곧 탄력 있는 지방층이 탱탱하게 튕겨 오른다. 그것을 힘주어 씹으면 부드러운 살코기가 고소한 비계와 돼지 껍데기의 풍미를 머금고 입 안에서 섞였다. 기름기를 머금어 감칠맛 나는 돼지고기가 혀 위에서 구르는 건 언제나 근사한 일이다.

자칫 느끼할 수 있는 기름의 맛은 함께 볶아 낸 야채를 씹는 순간 사라진다. 잘 익은 야채의 순한 단맛, 함께 볶아진 해산물의 싱싱한 맛이 은은하게 느껴져서 많이 먹어도 질리지 않고, 술과 함께 먹으면 끝없이 들어갈 것 같은 느낌이다.

"갔던 일은 잘 된 건가요?"

냄비의 음식이 절반쯤 줄어들었을 무렵 라킨이 조심스럽게 입을 열었다.

"음."

윙커의 얼굴이 어두워졌다. 무슨 안 좋은 일이 있었던 모양이다. 그는 여간해서는 내 음식을 먹을 때 어두운 표정을 짓지 않는데, 말을 꺼낸 것만으로 입가가 굳어질 정도라면, 대체 무슨 일이 있었던 거지?

"내가 살아 있으니 잘 된 거지."

담담하게 대답한 윙커가 그의 눈치를 보는 라킨, 그리고 나를 둘러보더니 덧붙였다.

"별일 없었어."

무언가 별일이 있었던 게 분명한데 말하고 싶지 않은 기색이라 나와 라킨은 시선만 교환하며 입을 다물었다. 하지만 정적이 길어지자 윙커가 다시 입을 열었다. 내가 나오기 전에도 술을 한참 마셨는지 그는 약간 취한 것처럼 보였다.

"애송이 모험가들이 죽어 나가는 일 같은 건, 흔한 거지."

그 말에 나는 그가 떠나기 전 했던 말을 기억해 냈다. 모험가들이 호위를 의뢰해서 그걸 맡게 되었다고 했었던가? 그렇다면, 그 모험가들이 죽은 건가.

"베테랑의 말을 듣지 않으면 그렇게 되는 거야. 내가 그렇게 느낌이 좋지 않으니 돌아가자고 했는데. 사람 목숨은 한순간이라고. 실력도, 노련함도 없는 꿈과 용기만 가득한 애송이들 같으니."

나와 라킨은 숙연한 기분으로 윙커의 말을 듣고 있었다. 엔진음처럼 낮게 울리는 윙커의 목소리에 어렴풋이 물기가 묻었다가, 말랐다가. 벌게진 눈은 술기운 탓인가 했는데 설핏 젖어 있었다.

"이봐, 주방장. 아는지 모르겠지만 벌써 꽤 유명해졌어. 모험가들 사이에서 소문이 돌 만큼 말이야. 게르하인에 음식이 끝내주는 여관이 있다고, 한 번 먹으면 다른 음식을 못 먹게 된다는 이야기가 나올 만큼 소문이 자자하지."

갑작스러운 화제 전환에 나는 눈만 깜빡였다. 가끔 멀리서 왔다며 찾아오는 모험가가 있었으니 소문이 돌고 있다는 사실 자체는 알고 있다.

"어떤 놈이 이야기하기에 이름도 안 듣고 이 여관인 걸 알았어. 그리고 그 애송이들한테도 이 여관 음식을 잔뜩 자랑해 댔지. 그리고 모험을 마치면 같이 가자고, 거기 주방장을 잘 안다고 했거든. 이번 일을 마치면, 끝나면 같이 가자고 말이야."

윙커가 술잔을 들어 쭉 마셨다. 오르내리는 목울대, 목에도 생채기 같은 상처가 가득했다.

"멍청한 소리였지. 일을 하면서 한 번도 그런 말을 한 적이 없었는데. 어차피 일은 일이고, 돈을 위해서 하는 일인데. 그런 애송이들, 금방 죽을 그런 놈들과는 상종을 하지 않는데. 왜 그런 멍청한 소리를 했지. 왜 같이 가자고 한 거야."

푸념처럼 이어지는 윙커의 말에 라킨은 이미 눈물을 그렁그렁 달고 있었다. 아이드는 담담한 얼굴이다. 횡설수설하는 윙커였지만 쑤시는 상처에도 아랑곳하지 않고 술을 퍼마시는 이유를 짐작하기엔 충분했다.

"그 모험가들, 마음에 드셨던 거군요."

윙커는 잠시 멈칫했다가 깊은 한숨을 내쉬었다. 숨이 끊어지는 게 아닐까 싶을 정도로 깊고, 긴. 그리고 잠시 침묵하다가 툭 내뱉었다.

"그래. 좋은 녀석들이었어. 귀여운 녀석들이었지."

무언가 감추듯 짧게 술을 들이켠 윙커가 다시 말을 이었다.

"난 애송이 모험가들이 너무 싫어. 겁도 없이 목숨을 내던지는, 어린놈들. 죽는 것도 두렵지 않다고 하는 놈들. 죽는 게 뭔지도 모르면서. 정말, 그런 어린놈들이 죽어 나가는 건 너무 싫다고."

처음 봤을 때도 윙커는 마치 모험가들을 멸시하듯 말했다. 하지만 그의 싫다는 말 앞에는 '죽는 것이'라는 말이 생략되어 있다는 느낌이 든다. 가슴이 조여드는 듯이 답답해져 나는 괜히 침을 삼켰다.

"나처럼 막사는 놈들도 아니었어. 고향이 있고, 아끼는 사람들도 있고, 그 무모한 꿈을 응원하는 가족들도 있는 녀석들이, 대체 왜 그렇게 목숨을 내던져 대는 거야. 그놈의 개척이니, 최초이니, 발견 같은 소리를 듣고 있으면 신물이 나. 그래도 지금까지는, 안 죽게 하려고 최선을 다해서 그런지 어설프게나마 살아 돌아간 놈들이 많았다고. 그런데 어떻게 이렇게 전부, 어떻게 전부 다! 어떻게 이럴 수가 있어. 그래서 이렇게, 이런 일은 오랜만이라, 정말로."

힘들다.

들릴 듯 말 듯 윙커의 끝말이 스러졌다. 고개를 푹 떨구고 손만 뻗어 술잔을 움켜쥔 손. 내 머리통 정도는 우습게 잡아 부서뜨릴 것 같은 커다랗고 험한 손이 가늘게 떨리고 있었다. 한참 그렇게 있던 윙거가 갑자기 고개를 번쩍 쳐들고 나를 똑바로 보며 말했다.

"주방장, 넌 살아 있어서 다행이다. 죽지 마. 그런 애송이 새끼들처럼 모험 같은 거 하겠다고 위험한 사지로 기어들어 가지도 말고."

"그럴 일 없어요."

내 단호한 대답이 마음에 들었는지 윙커의 얼굴이 조금 밝아졌다.

"좋아좋아. 그나저나, 난 내일 다시 가야 하거든. 아. 그런 얼굴 하지 마. 어차피 금방 다시 돌아오니까. 의뢰 마무리를 하러 떠나는 거야."

"뭔데요?"

"그 애송이들 유품. 가족한테 전해 달라고 하더라고. 바로 옆 마을이라 걸어서 이틀 거리밖에 안 돼. 왕복으로 다녀오면 나흘 정도 걸리겠지."

유품이라……. 가만히 그를 보는 시선을 흥미로 해석했는지 윙커가 불쑥 물었다.

"궁금해?"

그는 대답을 기다리지 않고 발치의 보따리를 주섬주섬 풀기 시작했다. 가라앉은 분위기를 위해 뭐라도 하고 싶은 모양이었다. 잠시 기다리자 테이블 위로 물건들이 우수수 펼쳐졌다.

"전해 줘야 하는 건 여기 모험 일지, 그리고 가보라던 반지. 향로."

"향로요?"

"그냥 향로가 아니야. 해의 조각을 담은 향로지. 이 향로의 연기는 언제나 해가 뜨는 방향으로 흘러. 열심히 치성을 드려 만든 물건이야."

"바람과는 상관없이요?"

"바람과는 상관없이."

잡동사니를 하나씩 들어 올리는 윙커의 설명을 들으며 주욱 시선을 옮기던 나는 문득 눈에 거슬리는 무언가를 발견했다.

네모반듯한, 비누 크기의 돌 조각. 석고를 굳힌 것 같은 광택 없는 질감.

"겔……?"

소리 내어 말하는 순간에도 겔과 비슷하게 생긴 무언가가 아닐까 설마설마했는데 윙커가 단숨에 내 혼잣말을 긍정했다.

"어, 그러고 보니 겔도 있었군. 이건 이제 필요 없어졌는데."

"네?"

분명 겔이라고 했다. 잘못 들은 게 아니었다. 필요 없는 물건이라는 듯 아무렇지도 않게 겔을 치워 버리려던 윙커가 심상치 않은 내 상태를 감지하고 어리둥절한 얼굴로 고개를 들었다.

"왜 그래?"

라킨이나 아이드도 겔에 대해서 담담한 태도였다. 혹시, 태양의 숲과 관련 없이 그냥 보편적으로 사용하는 물건인가? 마치 여행 식량 같은.

"아, 아뇨. 아무것도 아니에요. 그 겔이라는 건 여행 식량 같은 건가요?"

아무렇지도 않게 얼버무리며 묻자 이번에는 모두가 나를 경악한 눈으로 돌아봤다. 뭔가 이상한 소리를 한 모양이다. 하지만 니모가 그걸 주식이라며 갉아 먹은 걸 봤으니 먹는 물건인 것 아닌가……?

"너 이게 뭔지 모르는 거야? 이걸 사람이 왜 먹어?"

기가 차다는 어조로 묻는 윙커. 뭔지는 안다. 태양의 숲에서 식량 대신 지급하는 것. 하지만 분위기를 보니 아무래도 그렇게 말하면 일이 좀 재미없게 돌아갈 것 같아서 나는 침묵을 택했다.

"진짜 모르는 모양인데. 어디 다른 세상에서 오기라도 했나. 자, 잘 들어. 이건 사람이 먹는 게 아니야."

"그럼요?"

"동물이 먹는 거지. 보통 야생 동물을 탈것으로 길들일 때 쓰는 거야. 이걸 먹으면 온순해져서 길들이기 쉬워지거든. 저기 광장에서 사람들이 타고 다니는 커다란 악어나 호랑이도 이걸로 길들이는 거지."

역시 사람이 먹는 게 아니었잖아!

그 맛, 돌가루 같은 그 식감. 역시 인간이 먹을 음식이 아니었다. 게다가 동물에게 먹인다고 해도 먹이로서 준다기보다 특수 약제로 사용한다는 인상이다.

동요를 감추려고 눈만 깜빡이다가 이상하게 들리지 않도록 최대한 어조를 다듬어 다시 물었다.

"그런데 말이에요, 혹시 그거 사람이 먹으면 어떻게 돼요?"

노골적으로 인상을 찌푸리며 불쾌해하는 윙커 대신 라킨이 끼어들었다. 아까까지만 해도 살짝 졸음에 취해 있던 그의 눈은 내 충격 발언 때문인지 완전히 깨어난 상태였다.

"겔이 무엇으로 만들어지는진 아시죠?"

믿을 수 없다는 듯 약간의 비난까지 섞인 어조에 나는 조금 움츠러들었다.

"네? 아뇨……."

라킨은 그제야 납득한 얼굴로 고개를 끄덕였다. 윙커의 불쾌한 기색도 약간 누그러진다.

"그러니 그걸 사람에게 먹인다던가 하는 말을 할 수 있는 거겠지.

잘 들어. 젤의 주요 생산지는 참혹의 경계야."

"참혹의 땅이요?"

이전에 봤던 지도를 떠올리며 반사적으로 묻자 윙커가 고개를 짧게 흔들었다.

"아니. 경계. 뭐 지금이야 결계가 사라져서 참혹의 땅 안으로 들어갈 순 있지만 이전에는 왕래가 아예 불가능했거든. 들어가진 못하지만 그 안쪽에서 무슨 일이 일어나는지 여간 신경 쓰이는 게 아니라, 경계를 감시하는 사람들이 많았지. 알다시피, 위험한 지역이잖아?"

"그렇죠……."

사실 정확히 어떤 부분 때문에 그 땅을 그토록 경계하는지 모르지만 일단 맞장구쳤다.

"그러다가 발견한 거야. 젤을 만드는 방법, 젤이 만들어지는 과정을 말이지. 내가 알기론 백 년도 더 된 일인데. 그때부터 젤을 생산해 대형 동물을 길들이기 시작했지."

생산? 마치 돌 같은 식감이던데 그 지역에서 채집되는 특수 광물의 일종이 아닌 건가? 물론 돌을 채집해서 가져오는 것도 생산이라고 할 수는 있겠지만.

"돌이 아닌가요?"

"그렇게 보이긴 하겠지. 하지만 젤은 악마들의 마법에 살해당한 모든 생물의 사체야."

"네?"

생각지도 못했던 단어에 나는 그대로 얼어붙었다. 그 석고 같은 모습 어디에서 사체를 연상할 수 있겠는가? 사체에 대체 무슨 짓을 한 거지? 혹시, 사람을 쓰는 건…….

"사람은 아니고, 물론 초기에는 그런 비극도 있었지만 요즘은 동물을 그쪽으로 걸어가게 해서 죽게 만든 뒤 목에 건 줄을 잡아당겨 끌어오는 식으로 만든다는군."

나의 끔찍한 상상을 읽기라도 한 듯 윙커가 빠르게 덧붙였기 때문에 약간 안심하며 이어지는 그의 설명에 귀를 기울였다.

"나도 근처까지 호위하러 갔을 때 한 번 본 적은 있는데, 결계 안쪽에서 뭔가 새카만 게 날아오더니 커다란 숫소를 그대로 덮치더군. 그리고 마치 물이 빠지는 것처럼 숫소가 탈색되더니 그대로 굳어져서 죽어 버렸어. 석고상 같은 게 된 느낌이었지."

"결계 근처에 다가가면 다들 그렇게 되는 건가요? 그러면, 참혹의 땅에 모험을 떠난 모험가들은……."

차마 말을 잇지 못하자 윙커는 어깨를 으쓱였다.

"모험가들이 목숨 아까운 줄 모르는 애송이긴 하지만 그 정도로 무모하진 않아. 당연히 낌새가 보이면 도망치지. 멀리서 봐도 바로 알 정도로 시커멓고 기분 나쁜 게 보이는데 거길 달려들겠어? 겔을 만들려고 일부러 경계 주변에 있는 악마를 찾아서 소나 짐승을 밀어 놓고 죽이길 기다리는 거야. 늘 죽진 않고, 가끔 날아오는 마법에 맞으면 그렇게 된다는군. 예전엔 오래 걸렸어. 기껏 악마를 찾아서 다가갔는데 그 악마가 그냥 가 버리는 경우도 많았다더군."

겔을 먹는다는 말을 왜 그렇게 질색하는지는 대충 알았다. 그리고 그걸 동물에게 먹여 길들일 생각을 했다는 것도, 그걸 무언가에게 먹인다는 발상을 한 것도 대단하다. 하지만 나는 니모가 거의 일생 동안 먹어 온 겔이 그의 몸에 무슨 영향을 끼치고 있는지 알고 싶었다. 솔직히, 어느 정도 감이 잡히지만 좀 더 자세히.

"그래서, 그걸 사람이 먹으면 어떻게 되는지는 아시나요?"

윙커는 잠시 침묵하다가 남은 술을 모두 마셨다. 술 방울이 그의 수염에 맺혀 후드득 떨어진다. 거칠게 입가를 훔친 윙커가 조금 가라앉은 목소리로 입을 열었다.

"이봐, 사람이 그걸 안 먹는 건 그게 사체라서가 아냐. 막말로 동물 죽은 거야 매일 먹지. 그걸 고기라고 부르는 거잖아. 그걸 굳이 악마가 도축한 고기라고 하지 않고 사체라고 표현하는 건 먹을 것이 아니라고 생각하기 때문이야."

그렇겠지. 신선한 고기라고 하면 사람들은 좋아하지만 '방금 죽은 신선한 소의 시체를 좀 잘라 왔어요.'라고 하면 꺼림칙해할 테니. 말은 무의식을 반영한다.

"네가 왜 이런 걸 궁금해하는지는 모르겠지만, 궁금하다고 먹어 보면 큰일이니까 알려 주지. 어떻게 되냐고? 악마의 손이 닿은 물건이야. 정신을 뒤흔들고 의지를 무너뜨리고 사람을 고통에 처박아 절망으로 먹고사는 놈들. 그 손이 닿았으니, 무슨 효과가 있겠어? 이봐."

윙커는 눈을 가늘게 뜨고 깊게 한숨을 내쉬었다. 라킨이 다시 깜빡깜빡 졸기 시작한다. 드문드문 뜨이는 눈이 새빨갛게 충혈되어 있었다.

"사람의 의지를 무너뜨리고 저항 의식을 사라지게 만들지. 철저한 굴복. 굴종. 복종. 길들인 동물이 어떻게 행동하는지 알잖아? 고삐를 잡고 당기면 멈추고 엉덩이를 때리면 달리지. 스스로가 가고 싶은지 아닌지, 아무 생각도 없이."

"사람에게 그걸 먹여서 복종하게 하려는 사람이 없진 않았을 것 같은데요."

악의가 마법으로 승화하는 이 세계에서 어떤 미움도 사지 않고 사람을 마음대로 부리는 것이 얼마나 매력적인 일일까. 큰 권력은 큰 미움을 동반한다. 겔을 먹여 아무 생각이 없는 인간이라면 아무리 거칠고 불합리한 일을 겪어도 원한을 가지지 않겠지.

마치 니모가 과자 좀 먹었다고 등이 피투성이가 되도록 맞아도 그걸 당연한 일로 여겼던 것처럼. 권력자들에게는 정말 편리한 물건일 텐데.

"맞아. 있었지. 하지만 티가 너무 많이 난다고. 어둠 속에서, 눈이 노랗게 빛나는데 모를 수가 있나. 악마의 손이 닿은 물건을 썼다는 게 알려지면 거의 공공의 적이 되어 버리는데. 그리고 누가 썼는지 찾는 게 어렵지도 않아. 그자가 복종하는 사람이 그걸 먹인 놈일 테니까."

밤 인사를 하고 불을 끌 때면 보이던 니모의 안광이 생각났다. 고양이처럼 빛나던 두 눈동자.

그 눈은 타고난 것이 아니라 겔을 먹은 때문이었던가.

"그나저나, 그건 왜 그렇게 궁금해하는 거야?"

꼬치꼬치 묻는 내 질문에 이상함을 느낀 모양이다. 윙커는 뭔가 탐색하는 눈으로 나를 살피고 있었다. 어설픈 거짓말은 통하지 않을 테니, 그냥 단순하게 대답하는 게 좋겠다.

"그냥 궁금해서요."

"그래? 아. 혹시라도 음식에 저걸 갈아 넣을 생각은 말라고. 먹고 나서 바로 눈이 노랗게 빛날 테니까. 뭐, 네가 그럴 리는 없겠지만."

아마 농담이겠지만 나는 정색했다. 지금 그걸 화제로 농담할 기분이 아니다.

"절대 그럴 일 없어요."

흠 하고 턱을 쓰다듬으며 윙커가 무언가 생각에 빠진 사이 라킨이 시간이 늦었다며 자리를 파할 것을 권했다. 윙커는 아쉬운 듯 맥주잔을 흔들고 모험가의 유품을 이것저것 들어 보이며 좀 더 놀고 싶어 하는 기색이었지만 그와 같이 괴물 같은 체력이 없는 나와 아이드, 라킨은 내일 장사를 위해서라도 이만 자는 쪽으로 의견을 모았다.

막상 자리를 파하고 침대에 누워도 머릿속이 복잡한 탓인지 쉽게 잠이 오지 않았다. 잠든 아이드를 배려해 뒤척이고 싶은 몸을 참고 가만히 눈을 감았다. 아무것도 보이지 않으니 생각은 더 맹렬하게 날뛰었다.

니모의 그 맹목적인 충성은 전부 세뇌였던 걸까. 아니, 세뇌가 맞겠지. 꺼림칙하던 내 느낌이 결국 맞았던 거다. 그렇다면 세뇌당한 사람이 하는 말은 어디까지 믿을 수 있는 것일까?

어쩌면 구원자니 광영이니 하는 말들 전부 헛소리였을 가능성이 높다. 내가 파악 가능한 진실은 그에게 젤을 먹여 조종하는 누군가가, 혹은 단체가 배후에 있다는 것이고 그들이 나를 이곳으로 불러들이고 싶어 했다는 것이다.

그런데 과연 나를 불러들인 의도가 선한 것일까? 이것에 나는 회의적이다. 사람에게 젤을 먹여 세뇌하고 그 등을 피가 나도록 치는 작자들이다. 게다가 도착한 내가 무인도에 바로 처박힌 것을 보면 나를 불러들이려고 했다는 것도 미심쩍다.

차원을 넘는 마법은 쉬운 일은 아니겠지. 그렇게나 힘든 마법을 써서 나를 불러들였는데 그걸 그대로 무인도에 처박아? 어쩌면 그쪽에도 무언가 문제가 생긴 걸까? 돌아간 니모가 무언가 사고를 쳤다거나.

어쩌면 니모가 나를 두고 돌아갈 수 있었던 이유는 선지자들이 준 젤을 먹는 것을 그만두고 내 요리를 먹으면서 세뇌가 풀린 덕분도 있지 않을까? 그게 아니었다면 계속 설득했을지도.

문득 니모가 준 그 젤을 약간 긁어 맛보았던 일이 생각난다. 아주 극소량이었지만 그게 나의 결정에 영향을 미치진 않았을까? 그 충동적인 결정에 그때 먹은 젤의 영향이 전혀 없었을까?

이유가 뭐든 간에 벌써 이곳에 온 지 무인도에서의 생활을 포함해 1년 반이 넘어가는 시간이 흐르고 있는데 태양의 숲은커녕 그 비슷한 단체도 보이지 않는다. 도시에 오면 눈에 불을 켜고 나를 찾고 있지 않을까 했는데 처음에는 아주 김이 샜다.

어쩌면, 어쩌면.

내가 이 세계에 발 디디는 것만으로도 이미 그들의 목적은 달성이 된 것이 아닐까? 그래서 나에게 더 이상 볼일이 없다거나.

지나친 억측일지도 모른다. 인터넷도 없고 정보력도 부족한 이곳에서 얼굴도 모르는 나를 찾기가 쉽지 않아서 그럴지도 모르지. 하지만 망상과 의혹은 꼬리에 꼬리를 물었다.

덕분에 나는 거의 동이 터 올 무렵에야 간신히 잠들 수 있었다. 오늘도 여관 장사가 바쁠 텐데. 힘든 하루가 될 것 같은 느낌이다.

뜬눈으로 날을 새다시피 한 몸의 상태는 정말 말이 아니었다. 하지만 약간이라도 잔 덕분인지 피곤하긴 해도 못 움직일 정도는 아니다. 몇 달 사이 주방 일이 아주 몸에 익어 버린 덕분에 눈도 뜨지 않았는데 팔다리가 제멋대로 앞치마를 찾아 허리에 두른다.

한 달, 두 달. 어느새 이러고 있은 지도 반년.

시간이 가는 것을 세지도 못했는데 바쁜 나날이 뚜벅뚜벅 흘러 나를 이 익숙한 시간에 데려다 놓았다. 처음 이 여관에 와 라킨을 만나고 계약서를 쓰며 설레던 기분이 엊그제 같은데. 이방인이며, 내 얼굴을 아는 사람이 하나도 없던 시절도 있었는데 이젠 제법 유명인이다.

게르하인에서 가장 이름 있는 요리사.

높으신 분들마저 발걸음하도록 만든 콧대 높은 요리사.

소문을 듣고 도처에서 모여든 사람들이 새벽부터 걸음하는 여관.

안면을 익힌 사람도 한둘이 아니다. 내가 돌보는 일꾼들과 라킨, 겐트, 라이사, 윙커, 비스뷔 등 수많은 사람. 그리고 오며 가며 얼굴을 익힌 단골들까지 합하면 오히려 저쪽 세계에서 알던 사람보다 더 많은 수를 알고 있을지도 모른다.

이제 마음 붙일 곳, 자리 잡을 곳 하나 없던 이방인은 없다.

익숙하지 않은 주방 환경은 이것저것 손을 본 덕분에 제법 나아졌고, 또는 손에 익었다. 황무지 같던 작업 환경도 소스를 준비하고 사람을 가르치면서 점점 윤택해졌다. 이곳에서의 나의 삶은 내가 부지런히 일궈 낸 것으로 꽉 차 있다.

손에 잡은 국자를 꽉 움켜쥐었다가 탁탁 털자 이제 눈짓만으로도 손발이 착착 맞는 아이드가 얼른 와서 차가운 행주를 손에 감고 국 통을 들어 올렸다. 처음에는 저 국 통도 들지 못해 휘청거렸는데 험한 주방 일에 단련이 된 건지, 아니면 몸이 많이 회복되었는지 이제 조금의 흔들림도 없다.

통구이의 준비도 순조롭고, 빵 반죽도 잘 부풀고 있다. 하나하나 지시해야 알아듣던 일꾼들도 이제 제법 말귀를 알아들으니 조만간 제대로 한 파트를 맡길 수 있겠지. 그때쯤 되면 이 지긋지긋한 잔치 음식들과 작별할 수 있을 것이다.

사실 처음 일꾼들을 고용할 때까지만 해도 그들을 빠르게 교육시켜 제대로 된 요리사로 키워 낼 야심이 있었지만, 예상보다 더 빠르게 여관이 번창해 버린 덕분에 도저히 시간을 뺄 수 없었다.

게다가 이곳 사람들의 요리에 대한 감각은 언제나 나의 상상을 초월한다. 돼지 껍질을 새카맣게 태우는 것을 잘 구워진 고기의 판별법으로 삼는 수준이었으니 지금은 정말 장족의 발전이지. 그걸 지금처럼 껍질은 바삭 속은 촉촉, 지방은 탱글한 고기로 구워 낼 수 있게 가르치는 게 얼마나 힘들었는지 굳이 설명하면 입 아픈 수준이다.

어쨌든 장사 준비를 마치고 나니 그제야 좀 정신이 들어 윙커를 떠올릴 수 있었다. 사실 그 전까지 어제 윙커와 나누었던 충격적인 대화를 거의 잊고 있었다. 젤, 세뇌, 악마의 마법, 시체들에 대한 이야기들을 정말로 까맣게 잊어버리고 있었지. 그렇게 충격적이었는데 말이다.

하지만 어쩔 수 없는 일이었다. 오전 장사 준비를 하는 주방은 완전히 전쟁터니까. 쓸데없는 잡념을 가지고 전쟁터에 서면 식재료 대신 손을 썰고 머리카락을 아궁이에 태우고 조갯살 대신 조개껍질을 국통에 쏟거나 자기 발바닥을 숯불구이 해 버리게 된다.

그러니 주방에 설 때는 언제나 머릿속을 깨끗하게 비우고 지금 그 순간에 집중해야 하는 것이다. 어려운 일은 아니다. 빵 반죽은 얼마나 됐는지, 화덕 온도는 어떤지, 식재료들은 어떤 것들이 들어왔는지, 상한 것들은 없는지, 육수는 얼마나 되었는지, 고기의 밑간 준비는 되어 가는지, 밑재료들의 손질은 얼마나 되었는지, 식기들은 준비됐는지, 화로에 넣을 장작은 충분한지, 통구이의 화력이 너무 세진 않은지, 그릇을 씻을 물동이는 채워졌는지……

아찔할 정도로 많은 일들을 일일이 챙기다 보면 애초에 잡념이 끼어들 틈이라곤 없어지는 것이다.

그러니 내가 이렇게 한참 늦은 시간에 윙커를 떠올리게 된 것도 무리는 아니다.

"떠났다구요?"

옆 마을이라곤 하지만 걸어서는 이틀 거리였다. 윙커에게 샌드위치라도 들려 보낼까 하고 허겁지겁 주방을 뛰쳐나왔는데 허무하게도 그는 이른 아침 일찍 떠났다고 한다. 목적지와 같은 방향으로 떠나는 상단을 찾아 마차를 얻어 타기 위해 급히 나갔다는 것이다. 늦은 시간까지 술을 마시기에 일찍 나가지는 않을 거라고 생각했는데. 하긴, 벌써 점심때를 넘기긴 했지.

어차피 점심시간의 전쟁을 치르기 전까지 내 몸은 주방에 저당 잡히는 셈이니 아침 일찍 나가는 걸 알았어도 딱히 뭘 해 줄 수는 없었을 것이다. 그래도 아이드가 내어 간 수프 정도는 마시고 나갔다고 하니 그를 빈속으로 보내지 않았다는 사실 정도로 스스로를 위안했다.

윙커가 갔다니 더 이상 볼일이 없어졌군. 그대로 주방으로 돌아가려는데 문득 이상함을 느꼈다. 홀이 너무 조용했던 것이다. 점심시간이 지나 가장 소란스러운 시기를 넘기긴 했지만 오히려 점심때를 피해서 오는 손님도 있어서 이 여관은 언제나 손님들로 가득하다.

여관을 방문하는 손님들은 대부분 선원이나 모험가. 가끔 높으신 분들이 오긴 하지만 어쨌든 테이블 매너라고 할 만한 것을 갖춘 사람들은 아니다. 그러니 음식 맛을 소리 높여 떠들어 대거나 식기로 테이블을 두드리거나, 식기끼리 부딪히는 소리 등 거의 늘 온갖 소음이 흘러넘쳤다. 예전 세계라면 식당에서 퇴출되는 수준의 사람들도 드물지 않다.

하지만 지금은 누구도 떠들지 않고, 흥을 타며 식기로 테이블을 찍지도 않고 있었다. 아주 조용히 음식을 씹어 먹는 소리 정도만 들릴 뿐이다. 그건 정말, 진짜 이상한 광경이었다.

"으음."

원인을 찾는 건 어렵지 않았다. 식사하는 손님들 모두가 어느 한 테이블을 조심스럽게 흘끔거리고 있었던 것이다. 내가 턱을 문지르며 홀을 살피고 있는 것을 발견한 라킨이 슬쩍 다가왔다.

"오늘 처음 봤어요? 온 지 며칠 됐는데."

놀랍도록 조용한 홀의 중심에는 엄청나게 예쁜 아이 하나가 우아하게 식사를 하고 있었다. 나이는 열한 살? 열두 살쯤인가. 새카만 머리카락이 무척 인상 깊다. 그 옆에 앉아 있는 소년도 꽤 훌륭한 외모였지만 마치 예술품 같은 소녀의 외모를 따라가긴 무리가 있었다. 아마, 오빠인가?

들키지 않게 조심스럽게 살핀다고 살폈는데 생선 살 한 조각을 집어 오물거리던 그 인형 같은 얼굴이, 새카만 눈동자가 나를 발견하고 딱 멈춰 섰다.

생긋.

그 이전에 무슨 표정을 짓고 있었는지 잊을 만큼 호의 어린 미소였다. 인형이 웃은 듯한 느낌도 든다. 어색하게 마주 미소 지어 주고 나는 얼른 라킨을 끌고 주방으로 들어왔다.

"귀족이겠죠?"

"으음, 분위기로 봐서는 꽤 높은……."

애매한 태도로 라킨이 눈을 굴렸다. 달갑지 않다. 정말로 달갑지 않다. 이곳에 방문했던 귀족들은 거의 다 은밀히 스카웃 제의를 넣어 왔던 터라, 그걸 거절하는 건 솔직히 정말 쉽지 않았다. 라킨은 어떤 후환이라도 올까 싶어 떨며 잠든 덕분에 매일 악몽까지 꿨을 정도다. 으음, 나도 얼마 전에 악몽을 한 번 꾸긴 했지.

"그래도 며칠 동안 와서 먹고 가기만 했다면 걱정할 필요는 없지 않을까요?"

"그건 그럴지도요. 하지만……."

"하지만?"

"이 여관에서 묵고 있어요. 저 두 사람."

창백한 낯으로 웃는 라킨의 얼굴이 너무 애처로워 나는 마주 웃어 주지도 못했다. 으아, 어떻게 봐도 고위 귀족. 실수하거나 약간이라도 심기를 거스르면 어떤 후환이 올지 모른다. 그런 그들을 매일 마주 보며 시트를 갈고 청소를 해야 하는 라킨. 쥐어짜이는 그의 위장이 눈에 보이는 듯하다.

우리의 뒷배에 게르하인 영주가 있긴 하지만, 귀족들끼리 힘 싸움에 들어가면 영주의 뒷배가 우리를 언제까지 지켜 줄지 알 수 없다. 게다가 마법사의 꿈 여관과 계약할 때 고분고분하게 굴지 않았으니, 미운털이 박혀 있을지도. 좀 귀찮아진다 싶으면 바로 손을 떼려고 할지도 모른다.

"라킨, 너무 미리 걱정하진 말자구요."

위로하려고 이렇게 말하긴 했는데, 나조차도 이 말에 위안받지 못했다. 하지만 라킨은 고맙게도 끄덕거리며 살짝 웃어 주었다.

"그럼 다시 저녁 장사를 준비할까요?"

등을 두드리며 힘차게 말하자 라킨이 어깨를 으쓱이며 주방을 나갔다. 그는 홀로, 그리고 나는 주방으로 돌아와 다시 관성적으로 일에 매진한다. 아이드와 다른 직원들이 제법 일을 해 줄 수 있게 되어서 이제 이렇게 자리를 비워도 주문이 크게 밀리지는 않는다. 주문 들어온 음식을 전부 내어 준 후에는 작게나마 식사를 할 수도 있었다.

라킨이 다시 주방으로 들어온 것은 이것저것 신메뉴 연습을 끝내고 주방 직원들과 점심 겸 저녁을 먹던 무렵이었다. 허겁지겁 들어오는 얼굴을 보고, 결국 아까 그 귀족이 뭔가 일을 친 건가 하고 떨떠름하게 일어서는데 그가 밝은 목소리로 나를 재촉했다.

"어서 나와 봐요! 강유정, 찾는 사람이 있어요!"

윙커는 오늘 떠났으니 벌써 돌아올 일은 없는데. 누가 온 거냐고 물을 틈도 없이 라킨은 고개만 빼꼼 내밀어 외치고 사라져 버렸다. 꼼짝없이 나가 보아야 누군지 알 수 있겠다. 아직, 밥도 제대로 다 못 먹었는데.

자리에서 일어나자 직원들이 흘끔흘끔 내 눈치를 살핀다. 다시 돌아올 때까지 식사를 잠시 멈추고 기다려야 하는지, 아니면 그냥 먹어도 되는지 가늠하는 얼굴이다. 다들 허기졌을 텐데 기다리게 할 생각은 없다.

"전부 먹어요. 제 몫까지. 돌아오면 뭔가 다시 만들어 먹으면 되니까."

안도하는 얼굴들을 뒤로하고 홀로 나가니 정말로 뜻밖의 인물이 나를 기다리고 있었다. 새하얀 머리카락에 뾰족한 귀가 솟은 뒤통수. 동글동글한 머리에 솟은 귀 끝이 접시를 향해 기울어져 잔뜩 집중하고 있는 기색이다. 그와 합석한 사람들도 모두 그리운 얼굴들이었다.

"녹스?"

이름을 부름과 동시에 녹스의 한쪽 귀가 쫑긋 내 쪽으로 움직이더니 그가 고개를 들었다. 헤어질 때 그렇게 살가운 사이가 아니었는데도 오랜만에 보니 반가움이 치밀어 나는 후다닥 그와 거리를 좁혀 다가섰다.

"세상에, 어쩐 일이에요?"

오랜만에 본 녹스는 지난 모습이 덧씌워지지 않을 정도로 인상이 변해 있었다. 오랜만이라곤 해도 6개월 남짓이다. 별로 긴 시간도 아닌데 사람이 이렇게 많이 변할 수 있는 것일까?

약간 앳된 느낌이 남아 있던 둥근 턱은 단단하게 각이 잡히고 애매하게 얇던 몸의 선이 탄탄하고 굵어졌다. 키도 훤칠하게 커서 올려다보면 목이 아픈 수준이다. 소년 같던 이목구비도 시원시원하게 자리 잡아서 청년이 다 되었다.

"지나가다가 들렀어."

눈을 비스듬히 피하며 퉁명스럽게 대답했지만 녹스의 꼬리는 맹렬하게 흔들리고 있었다. 일부러 보지 않으려고 해도 눈에 띌 수밖에 없는 부산스러운 움직임에 라킨과 자리에 앉은 사람을 포함해 여럿이 민망한 얼굴로 작게 헛기침을 한다. 키는 많이 컸지만, 알맹이는 그대로네. 녹스.

"비스뷔는 어디에 있어요?"

맹렬하게 여관 바닥을 빗질하는 녹스의 꼬리를 모른 체하는 건 정말 어려운 일이었지만 나는 가까스로 그걸 해냈다. 그의 꼬리가 남긴 잔상 뒤로 나와 같은 노력을 하고 있던 선원 몇 명이 손을 들어 보이며 알은척을 해 왔다. 마주 인사하며 살펴봐도 나와 친한 선원은 없고 그저 오며 가며 인사 정도만 나누었던 사람들뿐이다.

하지만 그리운 배의 나날을 떠올리게 하는 데는 충분해서 나는 약간 촉촉한 기분에 젖었다. 뭐, 녹스가 나와 대화하는 사이 그의 몫으로 보이는 음식을 다른 선원이 슬쩍하는 걸 보고 그것도 금방 없어졌지만. 녹스, 소중한 네 밥이 서리당하고 있어.

"비스뷔는 이번에 안 왔어. 대신 이걸."

말과 동시에 쑥 내민 것은 조금 구깃해진 편지였다. 갈색의 질 나쁜 종이에 곱게 싸여 있었는데, 내가 그걸 받아 들자 녹스는 눈짓으로 어서 읽어 보라 재촉했다.

"비스뷔가 보낸 거야."

이곳저곳에서 호기심 어린 시선이 쏟아졌다. 녹스 본인도 어떤 내용인지 모르는 듯, 무관심한 척했지만 귀 끝이 바짝 편지에 쏠려 있었다. 자리에 남겨 둔 먹다 남은 음식 접시가 신경 쓰이는지 간간이 쫑긋거리긴 했지만 앉아 있던 선원들이 접시에 달려든 걸 보고 체념한 기색이다.
 "음."
 이 세계에 와서 처음 받는 편지다. 나는 최대한 봉투의 원형을 훼손하지 않는 선에서 조심조심 봉인을 찢었다. 안에서 서너 장의 편지가 나타나자 모두가 내가 그걸 읽어 주길 바라는 눈으로 쳐다보기 시작했다. 별다른 재밌는 일이 없어서 그런지 별것 아닌 일에도 굉장히 민감하게 반응하는군.
 딱히 줄이 그어진 종이도 아닌데 글자들은 마치 자를 댄 듯 가지런하게 쓰여 있었다. 문자들도 전부 예쁘고 고르다. 뭐 하나 튀어나오거나 거슬리는 것 없이 아주 그럴듯한 달필이었다. 편지는 전부 세 장. 종이가 비싸서 그런지 작은 글씨들이 빼곡하다.
 "으음."
 "뭐, 뭔데? 무슨 내용인데?"
 편지를 넘겨 보며 진지하게 읽고 있자 인내심이 바닥난 녹스가 조바심 내며 다가섰다. 편지를 빼앗아 가 읽기라도 할 기세다. '내 이야기 적혀 있어?'라고 노골적으로 쓰여 있는 듯한 표정에 웃음을 참기가 힘들다. 하지만 참아야 해. 녹스의 꼬리가 아직 저렇게 흔들리고 있더라도, 무심한 척하고 있지만 전혀 무심하지 않은 속마음이 다 보이더라도 참아야 해.
 "미안하지만 무슨 내용인지는 알려 줄 수 없어요."
 "왜? 비밀 이야기라도……."
 나와 비스뷔 사이에 있을 만한 비밀 이야기가 뭘까 열심히 가늠하는 듯 눈을 굴리며 녹스가 물었다. 비밀이라는 단어에 구경꾼들의 흥미가 단숨에 치솟는다.

"저도 무슨 내용인지 모르는걸요."

"어?"

"문맹이라."

"아직도!?"

 간발의 차도 없이 단숨에 터져 나온 말에, 솔직히 상처받았다. 아니, 완전히 문맹인 수준은 아니고 이제 아는 단어도 꽤 있지만 이렇게 빼곡한 문장을 독해할 수준은 안 되는 것이다. 마을에서 산 지 겨우 반년이다. 게다가 그 시간 내내 공부만 한 것도 아니니까.

"그동안 바빴어요."

 암, 바쁘다마다. 나의 명예를 걸고 말하건대 지난 시간 중 게으름을 피웠던 적은 단 한 번도 없다. 오히려 그렇게 바빴음에도 불구하고 편지의 몇몇 단어를 읽을 수 있을 만큼 공부했다는 것이 자랑스러운 수준이다.

"으음."

 다행히 여관에 빼곡하게 들어찬 손님들이 내 말에 설득력을 부여한 모양이었다. 녹스는 뭔가 몇 마디 더 하고 싶은 얼굴로 우물거리다가 결국 툭 내뱉었다.

"손님 많네."

 대답 대신 어깨만 으쓱하자 녹스의 얼굴이 약간 초조해졌다. 오랜만에 봤으니 이야기를 하고 싶긴 한데, 무슨 말을 해야 할지 모르겠다는 표정이다. 좀, 놀려 줄까?

"용건은 이게 전부죠? 편지 잘 받았어요! 나중에 읽어 볼게요. 전 이만 주방으로 들어가야 할 것 같네요, 보시다시피 손님이 많아서."

 그대로 휙 돌아서며 내심 웃었다. 낭패감이 번지는 녹스의 얼굴을 봤기 때문이다. 사실 손님이 많긴 하지만 대부분 음식이 다 나간 테이블이라 일이 크게 많지는 않았다.

"그래도 약간 정도는 괜찮을 것 같네요."

몇 걸음 걷다 그대로 다시 돌아오자 녹스는 놀림당한 건지 아닌지 아리송한 와중에 기쁜 마음을 감추지 못하고 표정이 얼룩덜룩해졌다. 예전에 배를 타고 있을 때는 몰랐는데 놀리는 재미가 꽤 쏠쏠한걸. 하긴, 몸이 훌쩍 자랐어도 얼마 전까지 소년이었으니 당연한가.

"이번에도 상회 일 때문에 온 거예요?"

아주 예전 비스뷔와 게르하인에 처음 왔을 때 겐트와 그녀가 나누었던 대화가 어렴풋이 기억난다. 짧으면 세 달, 길면 반년에 한 번씩 무역을 한다고 했던가? 그러고 보니 벌써 반년이 되었구나. 바빠서 그런지 시간이 정말 훌쩍훌쩍 지나간다.

"그것도 있고, 그 외에 볼일도 좀 있어서."

"볼일?"

"음. 아마 이쪽 땅에 몇 달 정도 머물 것 같아."

"무슨 일인데요?"

"그건······."

곤란한 기색으로 말끝을 흐리는 걸 보니 뭔가 비밀스러운 일인 모양이었다.

"말하기 곤란하면 괜찮아요."

"고마워."

아클락스 군도라고 했던가. 비스뷔와 녹스 같은 귀와 꼬리가 달린 사람들이 사는 곳. 아는 건 별로 없지만 예전에 잠깐 들은 말로는 꽤 폐쇄적인 동네인 듯싶었다. 그러니 외부인인 내가 함부로 물어 대는 것도 별로 좋지 않겠지.

"그럼, 어디서 묵고 있어요?"

"사실 여기에서 묵을까 하고 찾아왔는데 이렇게 사람이 많을 줄은 몰랐어······."

녹스가 시무룩하게 말을 어물거렸다. 나는 씨익 웃으며 농담조로 대답했다.

"소문이 좀 느린 거 아니에요? 게르하인에서 제일 잘나가는 여관인데, 예약도 없이 오다니."

우리 여관은 늘 만실이다. 사실 이렇게 된 지는 꽤 되었는데 아무래도 게르하인에서 먼 곳에 살다 보니 소문이 좀 늦었던 모양이다. 하긴, 갈매기가 소문을 퍼뜨리고 다니진 않을 테니 당연한 일이다.

"그러게……."

약간 맥 빠진 대답에 나는 살짝 놀랐다. 예전의 녹스였다면 이만큼 놀렸을 때 슬슬 발끈했을 텐데 너무 순순히 수긍하는 것 아닌가? 알맹이는 그대로일 거라고 생각했는데 꼭 그렇지만도 않은 모양이다.

녹스를 그만 놀리고 오랜만에 온 그를 위해 특별식이라도 만들어 올까 생각하는데, 여관 문으로 낯익은 얼굴이 허겁지겁 들어왔다. 단골손님, 겐트다.

"어서 와요. 겐트."

까딱 눈인사를 하며 들어서던 겐트가 녹스를 발견하고 멈칫했다. 구면인 모양이다. 녹스도 알은척하긴 했지만 크게 친해진 것 같지 않았다. 하지만 겐트는 녹스가 쓰고 있는 테이블에 앉을 생각인지 성큼성큼 다가왔다. 하긴, 빈자리가 여기밖에 없긴 하다. 그나저나 오늘은 라이사가 없네.

"라이사는 안 왔어요?"

"휴가 내고 고향 갔어."

무심하게 대답하며 겐트가 자리에 앉자 자연스럽게 아이드가 주문을 받으러 왔다. 일하는 그를 보니 이렇게 노닥거리는 게 살짝 눈치가 보이긴 하지만, 그 외의 시간에는 엄청나게 일하니까 괜찮겠지. 그리고 지금은 딱히 내 일손이 필요해 보이지도 않고.

"고향이요?"

"그래."

대꾸하는 겐트의 얼굴이 다른 날보다 약간 어둡다. 자세히 보니 눈

아래가 컴컴했다. 전체적으로 피부도 좀 푸석하고 매우 피곤해 보인다. 그러고 보니 요 며칠 여관에 밥 먹으러 오지 않던 것 같은데, 바빴나?

"오늘 잠을 전혀 못 잤어. 사실 지금도 바쁜데, 말해 줄 게 있어서 온 거야."

거기까지 말한 젠트가 흘긋 녹스와 선원들의 얼굴을 살폈다. 뭔가 잠깐 생각하는 듯 턱을 쓰다듬다가 다시 말을 잇는다.

"어차피 곧 다들 알게 될 이야기니까 그냥 말하도록 하지."

심상치 않은 진지한 분위기에 나는 녹스를 놀리며 실실 웃고 있던 표정을 가다듬고 자리를 잡았다.

"예전에 내가 말했던 흉흉한 소문에 대한 이야기, 기억해?"

젠트가 목소리를 낮추어 은밀한 어조로 말했다. 얼른 기억나는 게 없어서 멍하니 쳐다보자 그가 짧게 혀를 찼다.

"쯧, 생각 안 나면 됐어. 본론만 말하자면, 알파카닌이 악마의 습격을 받았다."

"네?"

알파카닌이 어디? 그리고 악마의 습격이라는 건 대체 무슨 의미지? 영문을 몰라 눈만 끔뻑이자 라킨이 불쑥 끼어들었다. 아니, 언제 왔어요? 깜짝이야.

"게르하인 남쪽에 있는 소도시, 알파카닌을 이야기하는 겁니까?"

"그래요. 거기 있는 사람들이 거의 다 몰살당했다고 하더군요. 게르하인도 안전하지 않아요."

몰살. 젠트의 대답에서 흉흉한 단어가 마구 튀어나왔다. 라킨의 얼굴이 새파랗게 질리고 둘러앉은 사람들의 얼굴이 굳는다. 내 얼굴도 별반 다르지는 않을 것이다.

"남쪽이면, 혹시 윙커 씨가 간 도시 아니에요?"

가장 먼저 떠오르는 문제를 꺼내 들자 다행히 라킨이 고개를 젓는다. 겐트는 갑자기 윙커의 이름이 나오자 눈치를 살피며 귀를 기울였다.

"나가기 전 어느 쪽으로 가느냐 물었는데 서쪽에 있는 엔두스라는 작은 마을로 다녀온다더군요. 방향도 다르고, 알파카닌은 마차를 타고 열흘은 가야 하는 거리에 있어요. 아마 그는 괜찮을 겁니다."

다행이다. 안도하는 나를 제쳐 두고 겐트가 불쑥 끼어들었다.

"윙커가 왔었습니까?"

으음, 언제 서로의 이름을 막 부를 정도로 친해진 건지 모르겠네. 하긴 나는 거의 주방에 들어가 있었고 윙커는 늘 홀에 앉아 뭔가 먹고 있었으니 점심시간마다 찾아오던 겐트와 이런저런 이야기를 했을지도 모르겠다. 애초에 두 사람의 만남 자체가 좀 허물없이 시작하긴 했었지. 밥 안 먹고 가려는 겐트를 윙커가 도발해서 불러 세웠던가?

"예, 어제 의뢰를 마치고 왔더군요."

"하지만 떠난 모양이군요?"

"물건만 전하고 다시 돌아온다고 했으니 별다른 일이 없다면 나흘 안에 올 겁니다."

"물건만? 병아리 잡는 데 작두를 쓰는 격이군. 알겠습니다. 만약 돌아오면 게르하인 상인회관으로 오라고 해 주십시오. 의뢰할 일이 있으니."

"의뢰요?"

라킨이 호기심을 드러내며 조심스럽게 묻자 겐트는 담담하게 폭탄을 투하했다.

"예. 게르하인 상단이 여기를 철수할 때 상단의 호위를 부탁할 생각입니다."

"네?"

"예?"

"어엉?"

순서대로 나, 라킨, 녹스였지만 그런 건 아무래도 좋다. 모두의 경악 어린 탄성이 뒤섞인다.

"그때쯤 되면 용병을 구하기 쉽지 않을 거야. 윙커 정도 되면 보기 드물게 실력 있는 용병이지."

놀란 나머지 젠트가 누군가를 칭찬하는 희귀한 일이 벌어지고 있는데 전혀 귀에 들어오지 않았다.

"게, 젠트 씨도 떠나는 거예요?"

깜짝 놀라 묻자 젠트는 얄미울 만큼 담담하게 대답했다.

"당연하지. 상단이 떠나는데 나 혼자만 여기 남아 있을 이유도 없으니까. 결정이 난 지 나흘은 됐어. 요즘 잠도 못 자고 일하고 있는 것도 철수를 준비하느라 그런 거야. 빠르면 일주일, 늦어도 열흘 안에는 상단을 정리하고 모두 철수한다."

"하지만 이렇게 갑자기……."

"아니, 오히려 늦은 감이 있지. 마을에 사는 사람이란 사람은 모조리 죽은 덕분에 물자 배달을 하러 간 상인이 아니었으면 한참 동안 모를 뻔했어. 일이 터진 지 적어도 한 달은 되었을 테니, 그게 뭔지는 모르겠지만 게르하인 근처까지 오고도 남았을 거야."

내가 영 감이 안 오는 표정을 하고 있었는지 젠트가 답답하다는 듯 눈살을 찌푸렸다가 한숨을 내쉬었다.

"뭐, 나도 보고서에 적힌 한 줄만 읽었을 때는 상황의 심각성이 느껴지지 않았으니 그런 반응이 무리는 아니지. 보고서 내용을 좀 말해 주자면, 처음 마을에 들어섰을 때는 인기척이 너무 없어서 기이한 느낌이었다더군. 하지만 안으로 좀 더 들어가니, 흙바닥에 팔이 떨어져 있었대."

"팔이요?"

"그래 팔. 어깻죽지부터 찢어다 던져둔 것 같은 팔. 부패가 꽤 진행되어서 파리가 들끓고 있었다는데, 그리고 고개를 드니까 눈앞에는."

나와 라킨이 꿀꺽 침을 삼키는 소리가 유난히 크게 들렸다. 젠트는 차마 말을 잇지 못하고 시선을 여기저기 던지다가 곧 뒤통수를 긁고 지친 얼굴을 쓸어내렸다.

"상인은 지금 거의 제정신이 아니야. 반쯤 미치광이가 되어서는 울고 비명을 지르다가, 자기가 본 걸 이야기하다가도 덜덜 떨면서 잠도 못 자고……. 아무튼 그 사람을 보면 너도 얼마나 상황이 심각한지 감이 오겠지. 어쨌든, 게르하인 상인 조합은 완전히 활동을 중지하고 철수할 거야."

"하지만 게르하인이 습격받지 않을 수도 있잖아요? 경계에서 가장 가까운 도시인 게르하인을 건너뛰고 알파카닌으로 갔다면서요? 그렇다면 오히려 게르하인이 안전할 수도 있지 않을까요?"

말하면서 동시에 '그것'이 경계와 관련이 없는 무언가일지도 모른다는 생각이 들었다. 참혹의 땅에서 뛰쳐나온 무언가가 마을을 습격하고 있다면 첫 희생지는 게르하인이 될 확률이 가장 높다. 하지만 그게 아니라면, 범인이 참혹의 땅과 관련이 없을 가능성도 무시할 수 없는 것이다. 혹시, 태양의 숲은 아닐까? 아니면 그 비슷한 비밀 조직이라든가.

"일리 있는 말이지만, 게르하인이 다음이 될 가능성이 너무 높아. 사실 어떤 도시가 알파카닌의 뒤를 따를지는 아무도 모르지. 습격이 벌어지지 않을 수도 있어. 하지만 중요한 건 위험이 발생했고, 안전한 곳으로 가는 게 손해를 줄일 수 있는 가장 좋은 방법이라는 거지. 상인회 회의 결과 만장일치로 결정된 사안이야."

"그러면 게르하인은, 버려지는 겁니까?"

약간 겁먹은 얼굴로 라킨이 조심스럽게 입을 열었다. 열심히 단어를 골라 봤지만 그 외에 다른 말이 떠오르지 않는다는 표정이었다. 젠트는 약간 안타까운 시선으로 라킨을 쳐다보았다.

"아마 그건 아닐 겁니다. 여기 영주도 생각이 있겠죠. 게르하인 상단 철수는 그저 상인들의 결정일 뿐입니다. 저희는 어찌할 수 없는 위험을 감수하거나 맞서 싸우는 사람들이 아니니까요. 그런 걸 하는 사람들은 따로 있죠."

말을 하며 젠트는 무의식적인 듯 짧게 녹스에게로 시선을 던졌다. 녹스는 굳은 얼굴로 이야기를 듣고 있을 뿐이다. 처음 봤을 때만 해도 들떠 있던 선원들의 분위기 또한 딴판으로 바뀌어 있었다. 모두 신중하고 무거운 표정으로 시선을 피했다.

"상인들도 여기에서 자리 잡아 놓은 것들을 버리고 떠나기가 쉽지 않습니다. 내부에서도 그냥 남고 싶다는 사람도 있으니까요. 하지만."

모두가 입을 꾹 다물고 심각한 생각에 젖어 있는 가운데, 홀로 말하던 젠트가 잠시 멈칫하며 말을 골랐다. 애매한 얼굴로 한참 망설이던 그는 결국 고민하던 말을 꺼내었다.

"제가 끼어들 일은 아니지만, 목숨은 하나뿐이니 소중히 하는 게 좋겠죠. 여기 있는 분들이 어떤 결정을 할지는 모르겠지만, 당분간이라도 게르하인을 떠나 있을 생각이라면 출발 전까지 상인회를 찾아오십시오. 자리를 만들어 보겠습니다."

"호의에, 감사합니다……."

전혀 고맙지 않은 얼굴로 라킨이 고개를 꾸벅 숙였다. 약간 넋이 나간 것 같은 표정이었다. 사실 나도 비슷한 심정이긴 하다. 갑자기 전쟁이 터지기라도 한 것 같다. 그래, 딱 그 비유가 맞는 것 같네.

"그럼, 저는 가 볼 테니 윙커가 오면 꼭 말을 전해 주십시오."

마치 다시는 못 볼 사람처럼 한 명 한 명의 얼굴에 젠트의 시선이 길게 머물렀다. 그러곤 딱딱한 인사를 남기고 여관을 떠나 버렸다. 밥을 먹으러 온 건가 했는데 아닌 모양이다. 하긴, 느긋하게 뭘 먹을 시간도 없어 보이긴 한다. 그 바쁜 와중에 여기까지 시간을 내어 와 준 것만으로도 그로서는 엄청난 호의를 보여 준 것이다. 게다가 남의 일에 참견하지 않는다는 주의를 가지고 있는 그가 라킨에게 함께 떠날 것을 돌려 말한 것도 이례적인 일이지.

우리가 넋이 나간 사이 녹스도 남은 음식을 대충 먹어 치우더니 심각한 얼굴로 가 봐야 할 곳이 있다며 서둘러 떠나 버렸다. 홀에 가득 찬 손님이나, 저녁 장사 준비를 위해 주방으로 들어가야 하는 상황이나 무엇 하나 변한 것이 없는데 갑자기 모든 게 엉망이 된 듯 어수선한 기분이었다.

남은 라킨과 나는 복잡한 표정으로 침묵했다. 마주치는 눈에 스쳐 가는 생각이 아주 많았다. 무엇 하나 가볍게 묻기 힘든 질문들이다.

일단, 당장 걱정되는 건 마법사의 꿈과 우리 여관과의 관계다. 사실 습격보다 그쪽이 더 걱정된다. 습격이니 악마니 하는 말들은 귀신이나 마법 같은 미신처럼 느껴져서 위기감을 느끼기가 힘든데, 하루아침에 여관 문을 닫게 만들 수 있는 영주의 권력은 직접 겪은 바가 있어 좀 더 구체적으로 와닿았기 때문이다.

젠트를 봐서, 정확히는 젠트의 뒤에 있는 상단을 봐서 예를 갖춰 주던 영주 측이 상단이 떠나 버린 후에도 같은 태도로 우리를 대할 거라고 추측하는 건 지나치게 호의적인 전망이다. 어쩌면 계약서를 다시 쓰자고 압박할지도 모른다.

아니, 어쩌면 내가 하고 있는 걱정은 사실 아주 사소한 부분일지도 모른다. 아예 라킨이 여관을 닫아 버리면 이런 걱정도 할 필요가 없고, 이것보다 더 상황이 나빠질 가능성도 얼마든지 있다. 구체적으로 어떻게 나빠질지는 잘 모르겠지만.

그러나 마법사의 꿈 여관과 관계가 악화될까 하는 염려는 애초에 할 필요가 없는 것이었다.

젠트가 남기고 간 말이 헛소리가 아님을 증명하고 싶은 듯 며칠이 지나자 마을에 심상찮은 긴장이 감돌기 시작했다. 길거리에선 사람들이 삼삼오오 모여 걱정스러운 얼굴로 수군거리고 저녁마다 여관에 모여드는 취객들도 유쾌함을 잃어 갔다. 저마다 어디선가 들은 불길한 이야기를 떠들며 마을을 떠난다거나, 어디가 더 안전하다든가 하는 정보를 주고받았다.

그래도 게르하인에서 가장 맛 좋은 음식을 파는 여관이라는 위명이 어디 간 것은 아니라서 우리 날뛰는 통나무에는 여전히 손님이 밀려들었다. 그래도 그 기세가 약간 주춤하는 것은 어쩔 수 없었다. 여관 문을 열기 무섭게 길게 꼬리를 물며 줄을 서던 손님들의 행렬이 사라지고 이제 마을을 떠날 테니 마지막 만찬을 즐기고 싶다며 다 먹지도 못할 만큼의 음식을 주문해 대는 사람들이 드문드문 나타났다.

이쯤 되자 나도 악마라는 단어를 코웃음으로 넘길 수 없게 되었다. 영주가 어떻게 하기 전에 손님이 다 떠나서 여관이 망할지도 모르겠는데.

그런 분위기 속에서 손님이 줄어들자 나에게는 시간이 생겼다. 본래라면 오랜만에 찾아온 여유를 즐겨야 했지만 대신 그 자리에는 불안이 차올랐다. 아무 말도 하지 않는 라킨, 손님들이 떠들어 대는 불길한 말들, 돌아올 날짜를 넘겼는데 오지 않는 윙커 등이 조금씩 나를 초조하게 만들었다.

초조감을 잊을 무언가가 필요했기 때문에 나는 그사이에 일꾼들에게 내가 가진 조리 스킬들을 전수했다. 우리 여관의 성공을 지켜봤던 일꾼들은 다행히 내가 가르쳐 주는 것들을 의욕적으로 배우려고 들어서 진도는 꽤 빠른 편이었다. 어쩌면 그들도 이 여관 생활이 얼마 남지 않았다는 느낌을 받고 있는 걸지도 모른다. 내 기술을 잘 배워 두면 다른 마을에 가서 일을 구할 때 크게 도움이 될 테니.

밑간의 개념을 가르치고 볶는 법, 삶기, 간단한 소스 몇 가지를 전수하고 나니 이제 내가 없어도 여관의 주방이 얼추 돌아갈 수 있게 되었다. 그렇게 되자 더욱 할 일이 없어져서 나는 다시 불안에 빠져들었다. 그래서 결국,

케이크를 만들기로 했다.

뭐 별로 새삼스러운 일은 아니다. 나는 불안해지거나 걱정거리가 생기면 단것을 만드는 버릇이 있으니까. 무슨 생각인지 마법사의 꿈이 잠잠한 덕분에 재료의 수급은 전혀 문제가 없다. 설탕 정도는 얼마든지 손에 넣을 수 있다는 뜻이다.

휘핑기도 없고, 식자재 마트에서 간편하게 살 수 있는 생크림도 없으니 결국 내 케이크 만들기는 지극히 원시적인 작업부터 시작되었다. 일단 유지방을 분리하는 요령은 버터를 만들면서 익혔으니 공정은 대충 아는 셈이다.

내가 아침부터 크림을, 그들의 눈에는 우유로 보이는 걸 하루 종일 휘젓고 있으니 아이드와 라킨이 차례대로 찾아와 미묘한 얼굴을 하고 떠나갔다. 뭔가 할 말이 있는 표정인데 아무 말도 하지 않는다.

아이드의 경우에는, 이 인간이 며칠 상태가 이상하더니 결국 이상해져 버렸나 하는 태도였다. 함께 지낸 시간이 길어져서 그런지 그 정도 표정은 읽을 수 있게 되었다. 뭘 하고 있는지 물어볼 법도 한데 다들 미묘하게 조심스러운 태도로 흘끔거릴 뿐이다. 그리고 그 흘끔거림은 내 스트레스를 가중시켰다.

하긴, 이게 생크림을 휘저어 휘핑크림을 만드는 작업이라는 걸 모르면 얼마나 이상하게 보일까. 땀을 뻘뻘 흘리며 몇 시간이고 우유를 휘젓고 있으니 말이다. 하지만 나는 아무것도 설명하지 않은 채 케이크 만들기에 집중했다.

오랜만에 하는 과자 만들기는 사실 꽤 즐거웠다. 화덕에서 구워진 달콤한 제누와즈를 꺼내 식히고 싱싱한 딸기를 설탕물에 잔뜩 절여 제누와즈 사이사이에 크림과 함께 배치한다. 코앞에서 달달한 냄새가 나며 공들인 작업이 차곡차곡 결과로 이어지는 것이 굉장히 뿌듯하다. 기분도 훨씬 나아졌다. 그래, 바로 이것 때문에 불안하면 과자를 만들게 되는 거지.

꽤 도톰하게 쌓아진 케이크의 겉은 크림을 발라 마무리하고 위쪽에는 딸기를 하나씩 올려 꾸며 냈다. 제누와즈의 가장 아래층은 딸기를 절였던 시럽을 좀 뿌려서 텁텁하지 않도록 만들었다. 딸기가 꽤 달콤하고 아래엔 시럽도 있으니 일부러 크림은 많이 달지 않게 만들었다.

아주 맛있을 것이다. 딱 좋게 구워진 부드러운 제누와즈와 잔뜩 샌드 된 딸기, 그리고 달지 않은 크림에 촉촉한 시럽까지. 하얀 크림에 새빨간 딸기가 대비되는 아주 훌륭한 딸기 케이크다.

사실 만들면서도 이렇게까지 잘 만들어질 줄은 몰랐던 터라 완성하고도 좀 놀랐다. 낡은 주방 한가운데 놓여진 딸기 케이크는 일견 좀 비현실적으로 보이기까지 했다. 기분 탓인지 약간 빛나는 것 같기도 하고.

당장 디저트 가게의 쇼케이스에 진열되어도 손색이 없을 만큼 그럴듯한 케이크를 보고 있으니 문득 예전 책에서 읽었던 말이 떠올랐다.

인간은 불안해지면 스스로의 능력을 증명함으로써 불안을 떨쳐 내고 싶어 하는 습성이 있다던가. 불안할 때 하는 행동을 관찰하면 자신의 어떤 능력에서 자존감을 얻고 있는지 알 수 있다던가 하는 구절이었는데, 어쩐지 지금 그 이야기에 설득력이 느껴진다.

내가 불안할 때 디저트나 손이 많이 가고 예쁜 요리를 하는 데 집착하는 건 이런 맥락일지도. 훌륭한 디저트를 만들어 내고는 음, 이 케이크를 만들 수 있을 정도의 능력이라면 나는 괜찮아 하고 무의식적으로 되뇌이는 것이다.

하긴 이 아무것도 없는 황무지에서 우유에서 유지방을 분리해 가며 이렇게 근사한 케이크를 만들 수 있을 정도로 유능하다면 아마 나는 괜찮을 거다. 이렇게 위대한 업적을 이뤄 냈는걸.

어째서 자존감을 얻는 분야가 내가 가장 중요하게 생각하는 파트인 소스가 아닌지는 의문이지만, 어쩌면 난 소스가 아니라 디저트를 만드는 걸 더 좋아했는지도.

오랜만에 찾아온 자아 성찰의 시간은 길어지지 않았다. 밖에서 심상치 않은 소란이 느껴진 것이다. 한순간 와르르 시끄러워졌다가 곧 찬물을 끼얹은 듯 고요해졌다. 누구 하나 입을 여는 사람이 없는 부자연스러운 침묵이었다.

이상한데.

윤기 나는 빨간 딸기에 짤주머니의 크림을 꾹꾹 짜 마무리를 하며 나는 조심스럽게 귀를 기울였다. 하지만 역시 아무런 소리도 들려오지 않는다.

이럴 때면 허겁지겁 주방으로 들어와 상황을 일러 주던 리킨도 감감무소식이다. 홀에 서빙을 하러 간 아이드도 얼굴을 비치지 않고, 설상가상 일꾼들도 저녁에 팔 통돼지구이와 점심 장사 후의 설거지에 동원되어 죄다 뒷마당과 우물가로 떠난 덕분에 내다보고 올 사람도 없다.

몇 걸음 걸어 흘긋 밖을 보니 살짝 열린 주방 문 틈으로 잔뜩 얼어 있는 라킨이 보였다. 그 너머로 보이는 테이블들은 먹다 남은 음식만 어수선하게 남은 상태이고 손님의 모습은 보이지 않는다.

심상치 않은 분위기를 감지하고 나는 조심스럽게 주방을 나섰다. 즐겁게 딸기에 크림이나 짜고 있을 상황이 아니었네.

홀로 나가 보니 완전히 난리가 나 있었다. 생각보다 큰일이 벌어진 것 같았다. 주방에서는 보이지 않는 각도, 여관의 문이 있는 방향에 무장한 병사들이 위협적인 분위기로 서 있었던 것이다.

여관 안쪽을 포위하듯 막아선 병사들을 보니 어쩐지 기시감이 느껴진다. 예전 마법사의 꿈에 강제 취업당할 때의 기억이다. 어쨌든 쭉 늘어선 병사들 앞에 책임자로 보이는 남자 하나가 서서 이쪽을 노려보고 있고, 그 옆에는 겐트가 그를 만류하듯 무언가를 이야기하고 있었다.

겐트?

그가 왜 여기에 있는지는 모르겠지만 얼굴이 하얗게 질린 라킨의 등에서 커다란 식은땀의 얼룩을 발견한 나는 반사적으로 앞으로 나섰다. 손님 대부분은 빠져나간 모양이지만 아직 떠나지 못한 손님 몇 명이 불안한 기색으로 사방을 흘끔거리고 있었다.

"무슨 일이시죠?"

슬쩍 끼어들며 입을 열자 무언가를 노려보고 있던 남자의 시선이 나를 향했다. 그 눈초리의 날카로움에 움찔하는데, 겐트가 허겁지겁 그 앞에 섰다.

"르준 님, 무언가 오해가 있으신 겁니다. 제가 보증하건대, 이 여관에 그런 불미스러운 자는 없습니다."

평소에는 냉담할 정도로 무미건조하던 겐트가 초조함을 숨기지 못하는 기색으로 매달리듯 말했다. 거의 애걸하는 것처럼 보일 정도였다. 저 사람이 대체 누구길래?

사실 꽤 젊어 보이는 남자라서 그렇게 대단한 인물로 보이지는 않았다. 이끼 같은 검녹색 머리카락을 등허리까지 길러 중간에서 묶고 있었는데 옆머리가 얼굴을 살짝 가리고 있었다. 선이 얇고 하얀 얼굴이 일견 유약해 보이는데, 어두운 진녹색 눈동자가 선명하고 눈매가 날카로워서 만만한 느낌은 아니다.

르준, 르준이라. 어디서 들어 본 것 같기도 하고.

"아니, 맞다."

남자가 단호하게 겐트의 애걸을 일축했다. 겐트가 놀라 나를 돌아보았지만 남자의 시선은 나를 향하고 있지 않다. 반사적으로 르준이 노려보는 지점을 따라가자 그곳에는 굳은 얼굴의 아이드가 서 있었다.

"얀스크 렌 디케. 저주받은 원한의 대리인이 왜 게르하인에 숨어든 거지?"

르준이 찌를 듯이 일갈하는 순간 그의 몸 앞에 새파랗게 타오르는 불덩이 세 개가 떠올랐다. 마법이라는 게 있다는 걸 알고는 있지만 직접 보는 건 처음이었던 터라 나는 엄청나게 놀랐다.

하지만 놀람과는 별개로 나는 얼른 아이드와 젠트의 앞을 가리고 섰다. 위험한 무언가가 내 사람들 앞에 놓이는 건 딱 질색이니까.

"너!"

젠트가 다급하게 소리치며 나를 끌어내리려고 했지만 나는 어쩐지 태평한 기분이었다. 불덩이가 무시무시하게 타오르고 있긴 한데, 그게 뭐? 하는 느낌. 공기가 타오르는 소리 같은 게 은은하게 나는 데다 후끈한 열기가 느껴지긴 하지만, 저게 날아오면 피하면 그만 아냐? 물이라도 끼얹으면 되는 거 아닌가? 게다가 거리도 꽤 있고.

나 외에 다른 사람들은 혼비백산해 그 불덩이에서 조금이라도 멀어지기 위해 아우성을 치고 있었다. 등 뒤가 소란스러워 돌아보니 대부분 벽에 바짝 붙어 울 것 같은 표정으로 상황을 보고 있다.

그래도 몇몇은 의연한 태도로 서 있긴 했는데, 예를 들면 아이드나 그 검은 머리카락의 꼬마 귀족 손님 정도? 그리고 이 와중에도 답답한 듯 내 등짝을 내리치며 르준과 아이드 사이에서 나를 빼내려고 식은땀을 흘리는 젠트에게는 그저 감동뿐이다.

조금이라도 불덩이와 르준에게서 멀어지게 하려고 안간힘을 쓰는 젠트에게는 미안하지만, 내가 여기서 비키면 아이드가 죽을 것 같다. 아이드와의 첫 만남을 떠올리면 이래저래 수상한 부분이 많긴 하지만, 그래도 몇 달간 궂은일을 함께 하며 정든 그를 냅다 내몰 수는 없었다.

"저기, 뭔가 착각하신 것 같은데, 사람 잘못 보셨어요. 이 사람은 우리 여관의······."

'주방 보조 아이드라는 사람이다.' 라고 말하려고 했는데, 나는 갑자기 옆으로 밀쳐졌다. 젠트가 아니었다. 나동그라질 뻔한 몸을 수습해 누가 나를 밀었나 돌아보니 아이드가 팽팽하게 긴장한 얼굴로 르준을 노려보다 씹어뱉듯 말했다.

"생각보다 늦었군."

역시 말할 수 있는 거였냐! 그리고 첫마디가 상당히 건방지잖아!

너무나 태연하게 입을 열어 말하는 아이드를 보고 나는 물론, 라킨과 젠트까지 입을 쩌억 벌리고 경악했다. 아니, 솔직히 나는 좀 의심하고 있긴 했다. 새벽에 아이드가 말하는 걸 본 이후로 그가 그냥 벙어리 시늉을 하고 있는 게 아닌가 하고. 꿈일지도 모른다고 생각했지만, 어쩐지 생생했기 때문이다.

하지만 심증이 있다고 곧이곧대로 아이드에게 물어볼 수는 없지. 만약 진짜 꿈이었으면 아이드에게는 못 할 말을 하는 거니까. 평생 걷지 못하는 사람에게 '사실 당신 걸을 수 있는데 안 걷는 거 아냐?' 라고 묻는 모습을 상상해 보자. 음, 인간쓰레기로군.

"네놈……."

곱상한 녹색 머리 아저씨는 생각보다 입이 걸었다. 르준의 목소리에 적대감이 깔리고 눈빛이 날카롭게 일어선다. 아이드도 마찬가지였다. 두 사람이 기 싸움에 들어가자 젠트가 나를 데리고 주춤주춤 물러서기 시작한다. 여차하면 잡아끌어 도망칠 기회를 노리는지 출입구 쪽을 흘끔거리는 눈이 상당히 초조해 보였다.

"무슨 속셈이냐. 아니, 들을 필요는 없지. 너는 여기서 죽는다."

르준이 묵직하게 선언하자 아이드의 눈이 가라앉고 미묘한 미소가 입가에 걸렸다. 동시에 발아래에서 검은 안개가 확 치솟아 올랐다.

나는 아무것도 모르지만, 어쨌든 둘의 기세가 엄청나게 위험해 보였다. 본격적으로 싸울 것 같은 자세를 잡으니 손님들은 눈치 볼 것도 없다는 듯 혼비백산해 비명을 지르며 여관에서 뛰어나갔다. 병사들이 나서지 않을까 했는데, 책임자인 르준의 명이 없어서인지 문으로 나가는 손님들을 막지 않았다. 라킨은 나와 젠트를 곁눈질하다가 단골손님의 손에 이끌려 자리를 떴다.

"도망치자."

젠트가 귓가에 낮게 속삭였다. 물론 그러고 싶지만, 아까 떠밀리는 바람에 위치상 출입구와 멀어져 버렸다. 도망가려면 저 두 사람을 가로질러 부엌으로 돌아가거나 아니면 병사들이 도열한 문을 지나가야 한다.

"어떻게요? 방법이 없어 보이는데."

말하면서도 사실 내심 그냥 구석에 적당히 숨어 있으면 상황이 해결되지 않을까 하는 생각이 있었다. 하지만 젠트는 입술을 깨물며 눈살을 찌푸렸다.

"어떻게든 떠나야 해. 마법사들의 싸움이다. 여관 정도는 통째로 날아갈 거야."

"예? 여관이 날아가요?"

"그래. 여기 있으면 개죽음이다. 그러니 어서……. 잠깐, 너 왜 그렇게 태연해?"

"제가요?"

우리가 대화하는 동안에도 사실 뭐랄까, 싸움이라고 부를 만한 건 전혀 하고 있지 않았다. 서로 불덩이랑 검은 안개나 띄워 두고 노려보고 있었지. 쌍욕이라도 하면서 서로를 후려 패고 있다면 위협을 느꼈을지도 모르는데, 구체적으로 어떻게 저걸로 싸운다는 건지 모르겠는데.

그리고 믿는 구석도 좀 있었다. 그 믿는 구석이라는 건, 이런 거지.

"야, 잠깐 너 뭘 하는……."

나는 젠트의 손을 벗어나 그 긴장감의 틈바구니로 뛰어들었다. 등 뒤에서 당황하는 젠트의 목소리가 들려오다가 곧 사라진다. 그리고 검은 안개도, 불덩이도 처음부터 없었던 것처럼 싹 사라져 버렸다.

음, 역시 되네.

갑작스러운 상황에 두 사람이 크게 당황할 거라고 예상했는데 의외로 놀란 것은 르준뿐이었다. 아이드, 아니, 얀스크구나. 상황을 보니 아이드가 그 얀스크라는 사람인 게 분명한 것 같으니 이제 아이드라고 부르면 안 되겠지.
　어쨌든 르준의 얼굴에 떠오른 당황은 금방 사라졌다. 생각보다 침착한 반응이다. 여기에서 가장 놀라고 있는 건 아무래도 겐트인 것 같다. 입을 딱 벌리고 있는 모습이, 턱 빠지는 거 아닌가 걱정될 정도다.
　"벵가론의 말이 헛소리가 아니었군."
　르준의 날카로운 시선이 이번에는 나를 향했다. 꼼꼼하게 관찰하는 시선을 받고 있으니 긴장으로 몸이 뻣뻣하게 굳었지만 어차피 나에게는 마법도 못 쓴다. 뭐, 몸싸움을 하면 내가 이길 것 같고……. 못 이겨도 몇 대 맞아 주고 아이드를 챙겨 도망치면 그만이라는 생각이었다.
　아니, 아이드가 아니라 얀스크인데.
　솔직히 아이드가 벙어리 시늉을 하며 우리를 속여 왔다고 해도 쉽게 그를 내칠 수가 없다. 배신감이 느껴지지 않는 건 아니지만, 그렇다고 아이드와 주방에서 동고동락하며 땀 흘리던 반년의 시간이 무의미한 것도 아니다.
　이해득실을 따지는 머리는 아이드를 르준에게 넘겨주고 뭐가 됐든 그들의 법대로 처벌하도록 하라고 일침하고 있지만, 가슴은 걱정과 불안으로 마구 뛰었다. 만약 아이드가 과거에 내가 모르는 어떤 잘못을 했더라도, 내가 그를 용서할 자격 같은 건 없겠지만 그가 궁지에 몰리는 상황에서 약간이나마 그를 변호할 수는 있을 것이다. 친구로서.
　그래, 친구로서.
　그가 잘못되게 내버려 두고 싶지 않다. 나에게 그는 얀스크가 아니라 아이드이기 때문이다. 벙어리에 잘 웃기에 마냥 얌전하고 순둥순둥한 성격인 줄 알았는데 가끔 드러나는 표정이 약간 겐트와 비슷한 면모가 있다는 것도 알게 되었고, 맛있는 음식을 먹을 때는 일부러 표정에 드러내진 않지만 한 입 한 입 먹는 크기가 확 커진다는 것도 알게 되었다. 그에 대해 내가 아는 것들은 전부 아이드의 것이다.

만약 그가 얀스크로서 한 죄가 적나라하게 드러나고 그게 내가 감당할 수 없을 만큼 잔혹한 것이라면 나도 어떻게 태도를 바꿀지는 모르겠지만, 지금으로서는 그런 기분이다.

"벵가론이 영주에게 초빙한 요리사가 여관의 마법을 전부 무효화해서 고용하기 힘들 것 같다고 보고하는 걸 들었지. 있을 수 없는 일이라고 생각했지만 책임 회피를 위한 변명일 테니 굳이 지적하지 않았는데……."

르준은 나를 적으로 판단해야 할지, 아니면 별개 사건의 인물로 판단해야 할지 가늠하는 표정이었다. 하지만 내가 아이드를 변호하는 이상 아이드와 관련된 자로 보기로 했는지 금방 눈동자에 적대감이 스며들었다.

"상관없겠지. 얀스크는 죽이고 저자는 체포한다."

저도요?

놀라는 표정을 짓긴 했지만 솔직히 어느 정도 예상은 했다. 하지만 르준이 이렇게 빠르게 당황을 수습할 줄은 몰랐다. 그가 당황하고 나에 대한 호기심을 드러내면 예를 들어, '아니잇, 어떻게 한 거지? 너무나 놀라워!' 따위의 반응을 하면 그 틈을 타 거래를 하거나 도망치거나 할 생각이었던 것이다.

이렇게 되면 르준을 한 대 때려서라도 기절시키고 도망치는 수밖에. 하고 생각했는데, 크게 한 걸음 물러서는 르준 대신 그 뒤에 병풍처럼 서 있던 여덟 명의 병사들이 앞으로 성큼 나섰다.

앗.

이건 예상 못 했는데.

이런 상황에 하기엔 좀 뜬금없는 말일지도 모르지만 무인도에 떨어진 후 나는 삶을 조금 초탈한 자세로 접하게 되었다.

아무리 노력하고 준비해도 그리운 콘크리트 건물과 컴퓨터나 극장 같은 문명을 만들어 낼 수 없다는 깨달음과 폭우라도 며칠 내리면 물고기도 못 잡고 움막에서 모닥불에 의지하며 떨 수밖에 없는 나날, 그리고 주워 온 땔감이 떨어지면 젖은 나무투성이인 그곳에서 비가 그치기만을 무력하게 기다려야 하는 상황 등이 나에게 어찌할 수 없는 운명이란 게 있다는 걸 가르친 것이다.

음, 가르쳤다기보다 철저하게 주입해서 굴복시킨 다음 가치관을 바꿔 버리는 폭력에 가까운 방식이었지만, 어쨌든 내가 아무리 노력해도 어떻게 할 수 없고 때로는 그 노력조차 불가능한 상황이 있다는 걸 아주 잘 알게 되었달까.

그 때문인지는 모르겠지만 나는 종종 나도 모르게 내가 감당할 수 있는 범위 안의 일만 생각하곤 했다. 내 손으로 어떻게 할 수 없는 일을 미리 걱정하며 전전긍긍하지 않게 된 것은 긍정적인 일이었지만, 이렇게 당연히 생각해야 할 부분을 고려하지 않게 되어 겐트에게 등짝을 맞으며 나사가 빠졌다고 질책을 듣곤 한다. 이것도 어쩌면 트라우마 같은 것일지도.

이번에는 저 여덟 명의 병사를 홀랑 잊어버리고 말았다. 약간 변명하자면, 끼어들지 않을 것처럼 그 자리에 가만히 서서 말도 하지 않고 조용히 주시하고 있기만 했으니 잊어버리는 것도 무리는 아니다. 그, 그리고 병사들의 복장이 벽의 나무 색과 비슷해서 보호색…… 아니, 역시 무인도에서 나사를 몇 개 잃었거나 뇌의 일부를 소실한 것 같기도.

이대로라면 병사들에게 체포되어 꼼짝없이 연행되는 미래가 예상된다. 아무리 봐도 이 르준이라는 사람은 겐트의 입김이 닿는 사람이 아니었고, 르준이라는 마법사는 몰라도 무장한 병사 여덟 명은 내가 어떻게 할 수 있는 상대가 아니다.

"그건 안 되겠는데?"

이 진퇴양난의 상황에 갑작스레 난입한 것은 전혀 예상하지 못한 인물이었다. 솔직히 그녀가 여기에 있다는 사실도 잊어버리고 있었다.

쾌활한 목소리로 끼어든 것은 언젠가 라킨이 넌지시 언질했던 어린 귀족 소녀였다. 어쨌든 만만치 않은 배경으로 보이는 사람이 우리를 옹호할 것처럼 나서자 나도 모르게 살짝 기대감을 품어 버렸다.

"누구시오?"

척 보기에도 고급스러운 검은 천으로 몸을 감싸고 있으니 르준도 함부로 말할 수 없었던 모양이다. 그의 어조가 조금 누그러졌다. 그리고 나도 소녀의 정체가 궁금해졌는데, 라킨의 예상대로 그녀가 나를 스카우트해 가려는 귀한 집 아가씨라면 이 사태가 종식된 후 나의 고용주가 될 확률이 높았기 때문이다. 그러나.

"은혜를 갚으러 온 사람이다!"

신분이나 이름을 밝힐 거라고 생각했는데 완전히 뜬금없는 소리였다. 르준의 얼굴에 짜증이 깃들었다.

"어린애가 끼어들 자리가 아니오. 헛소리로 시간 낭비를 시킨다면 마법사의 이름을 걸고 대가를 치르게 해 주겠……."

무언가 경고하던 르준은 말을 끝맺지 못했다. 소녀가 서슴없이 말을 잘랐던 것이다. 이 자리에 있는 누구도 그에게 이렇게 무례하게 굴지 못했는데. 르준의 미간에 자리 잡힌 세로 주름이 순간적으로 깊어졌다.

"어라? 헛소리로 들려? 아, 이 모습이라서 그래?"

한없이 가벼운 말이 끝나는 순간 그 자리의 모두가 경악했다. 시종일관 침착함을 잃지 않았던 르준마저 놀라 한 발짝 물러섰을 정도다.

기껏해야 열 살, 어리게 보면 여덟 살로 볼 수도 있을 것 같던 그 몸이 갑자기 자라나더니 순식간에 성인 여성의 육체로 탈바꿈했던 것이다. 약간 느슨하던 옷감이 팽팽하게 늘어나 몸에 착 달라붙은 덕분에 마치 검은 미니드레스를 입은 것처럼 되었다.

새카만 머리카락이 흐트러져 육감적인 몸을 장식한 모습이 몹시 고혹적이다. 긴 눈시울에 새빨간 입술. 색기가 넘치는 외모인데도 정작 표정은 천진난만하기 짝이 없어서 그 갭이 굉장했다. 어쨌든 어디에서도 보기 힘든 수준의 미녀였다.

"마법? 어떻게, 어떻게 그런……."

그녀가 사용한 마법에 르준은 무척 놀라워했다. 사실 나도 좀 놀라고 있었다. 내가 이곳에 있는 이상 아무도 마법을 쓰지 못한다. 그런데 이 사람은 어떻게 마법을 쓸 수 있는 걸까? 어쩌면 내 가설이 틀린 걸까?

내가 의아해하는 사이 르준은 나를 흘끔 쳐다보더니 놀람을 수습했다. 이해하기 힘든 일이 벌어지긴 했지만, 나를 체포해 연구하면 천천히 알아낼 수 있다고 생각하는 표정이었다. 르준도 표정이 없긴 한데, 니모보다는 읽기가 쉬운 편이네.

근데, 저건 나도 전혀 모르는 일이라고. 날 잡아 봤자 아무 소용 없을 텐데.

어쨌든 놀람을 수습한 것과는 별개로 지금 이 상황에는 당황을 감추지 못하고 있었다.

"너는, 누구냐."

르준이 긴장이 역력한 태도로 조심스럽게 물었다. 그가 아이드가 아니라 그녀를 경계하기 시작했기 때문에 괜히 아이드를 지키듯 서 있던 나는 좀 뻘쭘해졌다. 눈치를 봐서 슬슬 겐트의 곁으로 돌아갈까.

"나?"

엉키지도 않는지 결 좋은 머리카락을 스윽 넘기며 그녀가 되물었다. 마치 그림처럼 아름다운 광경이긴 한데, 벌써 두 번째 물어보는데 뜸 그만 들이고 대답 좀 해 주지. 사실 나도 궁금하다고.

"일단은."

좌중을 한 번 쭈욱 돌아본다. 병사, 겐트, 아이드, 나, 그리고 마지막으로 르준에게 눈을 맞춘 후 그녀는 생긋 웃으며 폭탄을 떨어뜨렸다.

"피니게르 디오비르다라고 불리는 사람인데."

네?

당신이 거기서 왜 나와?

피니게르 디오비르다.

이 세계에 사는 사람 중에 이 이름을 모르는 사람은 없다. 참혹의 땅에 살고 있는 악마의 이름이며 이 거대한 대륙 절반을 없는 셈 치고 살게 만든 이름. 모험과는 아무 상관도 없는 내 일상에도 종종 찾아올 만큼 널리 알려진 이름이다. 아마 이 이름보다 유명한 것은 없지 않을까.

겐트는 눈을 가늘게 뜨며 불신하는 얼굴이고 아이드는 담담한 기색이다. 르준은 잠시 상황을 받아들이지 못하다가 마법을 쓰려는 듯 집중하더니 곧 별 소득 없이 깊은 한숨을 내쉬었다.

"피니게르 디오비르다의 실체에 대해서 아는 사람은 아마 거의 없겠지. 특히 이 경계 밖에는 더욱. 실물을 본 사람도 없을 테고, 이론상 인간의 모습을 하고 있을 거라곤 하지만 어디까지나 이론이다."

"그래서?"

더 해보라는 듯 새하얀 턱이 르준을 향해 가볍게 들썩인다.

"네가 피니게르 디오비르다라는 걸 어떻게 믿지? 경계 안의 실체 없는 재앙이 참혹의 땅을 뛰쳐나와 여기에 왔다는 허무맹랑한 소리를 믿으라는 건가? 어느 쪽이든 내가 해야 할 일이 바뀌진 않는다."

음, 생각을 정리한 것 같아 보이긴 한데 뭔가 말이 좀 많은 것 아닌가 생각하는 순간 피니게르 디오비르다가 희미하게 웃었다.

"너 지금 당황해서 머릿속으로 생각하는 거 다 말하고 있는 거 알아?"

역시 그런 거였군.

사실 나도 지금 정신이 하나도 없다. 젠트는 아예 이 상황을 이해하는 걸 포기한 듯 해탈한 표정으로 도망칠 기회만 노리고 있고, 어느 순간 아이드도 나도 곁가지로 물러나 버려서 아이드가 얀스크라는 범죄자라던가 하는 놀라운 사실은 아무래도 좋은 것이 되어 버렸다.

어쩔 수 없는 것이다. 피니게르 디오비르다라니. 설령 그게 거짓말이더라도 모두가 마법을 쓸 수 없는 이 상황에 혼자서 몸을 탈바꿈하는 마법을 선보인 여자가 범상치 않은 인물임은 분명했다. 르준 앞에서도 태연하던 아이드가 저 여자는 엄청나게 경계하고 있었기 때문이다.

"내 말을 어떻게 믿느냐니. 그걸 왜 나한테 물어. 알고 있잖아? 네가 쓸 만한 마법사라면 마법사로서의 본능 정도는 가지고 있겠지. 그래서 입으로는 허무맹랑한 말이라고 떠들면서 감히 무시하지 못하는 거잖아?"

정곡을 찔렀는지 르준의 얼굴이 확 굳었다. 하지만 그녀는 여상스러운 태도로 손을 휘적거리며 아무래도 상관없다는 듯 화제를 돌렸다.

"이런 소모적인 실랑이 할 생각 없어. 지금 궁금한 게 많을 것 같은데 나도 말해 주고 싶은 게 꽤 많거든. 그러니까 필요 없는 사람은 치우고 이야기해 볼까? 병사들에게 나가라고 하지 그래?"

르준은 갈등하는 얼굴이었다. 병사들도 전투 의지라곤 없는 얼굴로 르준의 눈치만 살폈다. 눈앞의 여자가 진짜 피니게르 디오비르다가 아니더라도 르준이 마법을 쓸 수 없는 상태에서 마법사와 싸우는 일은 피하는 게 목숨에 이롭겠지.

"저기, 싸우고 싶으면 거절하진 않겠어."

나긋나긋한 어조로 말하던 피니게르 디오비르다가 나를 흘긋 쳐다보았다. 약간 관람객 같은 느낌으로 벽에 붙어 상황을 구경하고 있던 참이라 갑자기 돌아온 관심에 놀랐다. 그러나 시선은 금세 르준에게로 돌아갔다.

"하지만 지금은 컨트롤이 잘 안 되니까, 적당히 다치게 하는 수준으로 끝내 주긴 힘들 것 같거든. 그러니까 죽고 싶은 사람은 남고 나머지는……."

뭔가 변명하듯 이것저것 말한 피니게르 디오비르다가 순간 눈을 확 뜨고 단호하게 명령했다.

"나가."

아주 짧은 말이었지만 크지도 않은 목소리가 마치 메아리처럼 은은하게 울렸다. 그 말을 들은 병사들은 마치 마리오네트처럼 단숨에 영혼 없는 움직임으로 여관을 빠져나갔다. 그 와중에 옆에 선 아이드가 신음처럼 중얼거리는 소리가 들렸다.

"정신지배……."

뭔진 모르겠지만 방금 한 것도 마법의 일종인 모양이다.

"자, 이제 앉자고? 아니면 앉게 해 줄까?"

웃고 있는 얼굴이었지만 미묘하게 강압적이다. 르준은 방금 그 모습을 보고 저항하는 것이 소용없다고 느꼈는지 약간 체념한 태도로 의자에 다가가 앉았다.

만족스러운 기색의 피니게르 디오비르다가 테이블로 다가가자 내내 그림자처럼 서 있던 남자아이, 그러니까 피니게르 디오비르다가 꼬마 아가씨일 때 그녀의 오빠라고 착각했던 소년이 마치 몸종처럼 얼른 의자를 빼 주고 자신도 그 옆에 앉았다.

르준과 피니게르 디오비르다, 그리고 그녀의 동행인 소년이 앉고 아이드도 내키지 않는 기색으로 그 테이블에 앉고 나니 서 있는 건 나와 겐트뿐이다. 사람들의 시선이 자신에게로 향하자 겐트는 약간 불만 어린 얼굴로 입을 열었다.

"아까 필요 없는 사람들은 치우자고 했는데, 굳이 마법사들의 이야기에 저와 유정이 있어야 할 이유가 있습니까?"

새삼 다시 깨닫는 건데, 겐트 정말 용감하다. 아니, 이 정도면 용감의 수준을 넘어서는 거 아닌가? 르준은 그렇다 쳐도 정체불명의 마법사, 그것도 피니게르 디오비르다라는 이 세계 최대 재앙이자 공포의 상징을 상대로 자기가 하고 싶은 말을 다 하다니?

겐트는 죽어서 저를 데리러 온 사신일지라도 '죽은 지 몇 시간이나 지났는데 데리러 오는 게 느리잖아.' 하고 질책하며 항의한 다음 망자의 권리 증진을 위해 행정 절차에 들어갈 것 같은 사람이다.

겐트의 대범함에 혀를 내둘렀지만 나는 곧 그게 착각이라는 것을 깨달았다. 조심스럽게 잡아 오는 그의 손이 식은땀으로 흠뻑 젖어 가늘게 떨리고 있었기 때문이다. 저 대범함은 필사적으로 태연한 척 포장한 겐트의 허세였다. 출입구와 나, 그리고 마법사들을 몰래 곁눈질하는 그의 머릿속이 무엇으로 가득 차 있는지는 명백하다.

도망치고 싶은 것이다. 이 어찌할 수 없는 힘의 소유자들에게서. 그것도 나를 데리고.

"그건 좀 틀린 말이야. 거기 있는 아가씨야말로 앞으로 할 이야기에서 빠지면 안 되는 사람이니까. 당신은 나가고 싶으면 나가도 좋아."

피니게르 디오비르다가 그렇게 말하는 순간 겐트의 아귀힘이 확 강해졌다. 나에게 바짝 다가선 그는 입술을 움직이지 않고서도 말을 할 줄 안다는 놀라운 재주를 보여 주었다.

"너 대체 무슨 사고를 친 거냐?"

"아무것도 안 했어요."

반사적으로 변명했는데 겐트의 의심스런 눈초리는 풀릴 기색이 없다.

"진짜예요."

거듭 결백을 주장했지만 겐트의 찌푸린 미간은 펴질 기미가 보이지 않는다. 그는 결국 영혼까지 뽑어낼 것 같은 무겁고 긴 한숨과 함께 터덜터덜 테이블로 다가가 의자 하나를 끌어다 앉았다.

 젠트가 그렇게 자리에 앉고 나니 이제 서 있는 것은 정말 나뿐이다. 젠트, 아이드, 피니게르 디오비르다, 그녀의 동행인, 마법사 르준까지 도합 다섯 쌍의 시선이 쏟아졌다.

 "저, 잠시 주방에 좀 다녀와도 될까요?"

 사실 아까부터 계속 신경 쓰이고 있던 참이었다. 주방에 냉장 시설도 없이 방치되고 있을 딸기 생크림 케이크가. 이런 상황에 케이크를 챙기냐고 혀를 찰지도 모르지만, 아까 아이드와 함께 체포될지도 모른다고 느꼈을 때 가장 먼저 떠오른 건 다름 아닌, 케이크였다.

 아침부터 온갖 노고를 쏟아부어 겨우겨우 완벽한 케이크를 만들었는데 한 입도 먹지 못하고 이대로 끌려가다니. 차라리 한 조각 잘라다가 급히 먹고 홀로 나와 보는 거였는데! 하고 엄청나게 후회했던 것이다.

 앞으로 이 상황이 어떻게 흘러갈진 모르겠지만 여기서 적절히 끊고 케이크를 가져오지 않으면 나의 목숨은 몰라도 케이크의 목숨은 끝장이다.

 순수 우유만 사용해서 만든 생크림이다. 이런 실온에서 오래 버틸 수 있을 리가 없다. 초조한 내 얼굴에 피니게르 디오비르다가 의아한 얼굴로 물었다.

 "왜?"

 "그게, 주방에 만들어 둔 음식이 신경 쓰여서……."

 그 순간 젠트가 기가 막힌다는 시선을 던졌다. 그가 뭔가 말하려는 순간 피니게르 디오비르다가 먼저 나섰다.

 "좋은데. 이야기가 길어질 것 같으니 뭔가 먹으면서 하는 것도 좋겠지. 다녀와."

 손을 살랑살랑 흔들어 주는 그녀는 드물게 생글거리며 말하고 있었다. 기분 탓인진 모르겠지만 피니게르 디오비르다가 나에게 무척 상냥한 느낌이 든다. 으음, 역시 기분 탓이겠지?

겐트가 나를 혼자 두고 가지 못했듯 나도 겐트를 저 부담스러운 사람들의 틈바구니에 혼자 방치하는 일은 달갑지 않았기 때문에 최대한 서둘러 케이크와 접시, 포크를 챙기고 끓는 물 주전자에 찻잎을 넣어 내어 왔다. 내가 두 번 정도 주방을 왕복하는 동안 누구도 입을 열지 않은 덕분에 나는 무언의 재촉이 무엇인지 확실하게 알 수 있었다.

"오늘 아침부터 만든 딸기 케이크예요."

음식을 내오면서 나는 약간의 침착함을 되찾은 상태였다. 병사와 마법사, 가 본 적 없는 땅의 재앙이 들이닥쳐 기 싸움을 하느라 낯설게 느껴지던 여관이 비로소 평소의 온도로 닿아 온다. 음식이 있고, 먹는 사람이 있고, 테이블이 있다. 찻주전자는 무척 따뜻했다.

케이크를 잘라 접시에 올려 나눠 주는 동안 피니게르 디오비르다의 동행인 소년이 자연스럽게 찻잔을 채워 각 사람에게로 돌렸다. 김이 모락모락 오르는 허브차와 새빨간 딸기를 가장자리에 얹고 있는 조각 케이크가 모두의 앞에 놓인다.

"이게 내 최후의 만찬인가……."

겐트가 우울한 어조로 중얼거리는 게 들렸다. 아주 작은 목소리였지만 워낙 조용했기 때문에 그 말을 못 들은 사람은 없어 보였다. 피니게르 디오비르다가 못 들은 척 포크를 집어 케이크를 맛보기 시작했다.

"역시 굉장히 맛있네."

칭찬에 가볍게 고개 숙이고 한입 먹어 보니 정말이었다. 재료를 듬뿍 쓴 덕분인지 크림은 가벼우면서도 농후하고 딸기는 아주 달면서 새콤하다. 하긴 딸기 케이크에 딸기가, 설탕에 절인 딸기가 듬뿍 들어갔는데 맛이 없을 리가 없지.

다들 하나둘씩 케이크를 맛보는데 르준만은 끝까지 포크를 들지 않았다. 케이크 덕분에 약간 분위기가 풀어지고 있는 이 테이블에서 심각한 것은 그뿐인 듯싶었다. 매서운 눈으로 피니게르 디오비르다를 노려보던 그는 그녀가 차를 한 모금 마시는 순간 입을 열었다.

"얼마 전 벌어진 알파카닌의 대량 학살은 네 짓인가?"

"푸우웁!"

르준이 내뱉은 말에 피니게르 디오비르다는 차를 내뱉었다. 그녀가 그렇게 당황할 줄 몰랐는지 다들 케이크를 먹던 손도 멈추고 눈만 동그랗게 떴다. 무언가를 알고 있는 듯한 그녀의 동행인이 어디선가 꺼낸 손수건을 내밀었다.

"너무 갑자기 그런 질문 하지 말라고."

투덜거리며 입가를 닦는 피니게르 디오비르다가 어쩐지 굉장히 인간적으로 느껴졌다. 겐트도 비슷한 소감인지 바짝 긴장해 있던 얼굴이 좀 풀어진 것이 보인다. 음, 그냥 케이크 때문일지도 모르지만.

르준이나 아이드가 털을 잔뜩 곤두세우고 그녀를 대하는 것과 달리 나는 그녀가 그렇게 무섭지 않았다. 재앙이니 뭐니 하는 무서운 소문과 달리 실제로 보니 생각보다 소탈하고 사교적인 사람이라는 생각이 들었던 것이다. 나에게 상냥한 태도라서 그런 걸지도 모르지만.

"그래서, 네가 했나?"

피니게르 디오비르다는 질문을 회피하고 싶은 기색이었다. 말없이 케이크를 깨작거리던 그녀는 모두 그 질문에 귀를 기울이고 있다는 것을 깨달았는지 한숨을 푹 내쉬었다.

"내가 한 것이기도 하고, 아니기도 하지."

"무슨 뜻이지?"

"그건……. 말하자면 긴데, 일단 자기소개부터 할까?"

그녀가 그렇게 말했으나 이 자리의 누구도 먼저 입을 열고 싶어 하지 않는 듯했다. 썰렁한 분위기를 타파하기 위해 나라도 말해야 하나 망설이는데 한동안 기다리던 피니게르 디오비르다가 고개를 설레설레 젓는다.

"정말 사교성이라곤 없는 인간들이네. 일단 나는 피니게르 디오비르다. 줄여서 피니게르 또는 피니라고 불러도 좋아. 그리고 이쪽은 나에게 바쳐진 제물, 에델이야."

지목당한 소년이 꾸벅 고개를 숙이며 작게 자신을 소개했다.

"제물 에델입니다."

상당히 불친절한 소개였다. 나만 그 소개를 못 알아듣는 건가 했지만 다른 사람들도 어리둥절한 표정이다. 피니게르는 그것만으로 충분하다고 생각했는지 르준에게 시선을 던졌다.

"마법사 르준이다."

르준의 성의 없는 대꾸를 뒤로 아이드의 차례가 되었다. 나는 그제야 아이드의 진정한 정체를 들을 기회가 왔다는 것을 깨달았다. 과연 그가 아이드라고 할지 얀스크라고 할지 조마조마했다.

"얀스크 렌 디케."

뚫어져라 쳐다보는 내 시선을 얀스크가 불편한 기색으로 피했다. 그게 끝? 갑자기 무언가가 울컥 치솟는다. 섭섭함, 억울함, 서글픔 등 온갖 서러운 감정이 마구 뒤섞여 얼굴을 문질렀다.

"그게 다예요?"

그가 아이드라는 이름을 말하지 않아서가 아니었다.

왜 그동안 벙어리 행세를 한 건지, 이제 아이드로서 이 여관에서 일하는 건 그만두기로 한 건지, 르준은 왜 그를 체포하러 온 건지 묻고 싶은 것이 산더미인데 얀스크는 아무것도 말해 주지 않았다. 그러나 대답은 뜻밖의 인물에게서 튀어나왔다.

"얀스크 렌 디케. 디케 가문의 마지막 생존자. 통칭 복수의 망령. 죽은 자들의 강렬한 원한이 만들어 낸 살아 있는 저주. 이렇게 제정신을 차리고 있는 걸 보니 놀랍긴 한데. 가문의 망령들에게 사로잡혀 복수에 미쳐 있는 게 아니었나?"

르준이 심드렁한 어조로 설명했다. 이 사람 진짜 설명하는 거 좋아하는 것 같다. 그의 말에 피니게르가 호기심이 동하는 얼굴로 얀스크를 응시했다.

"네 말대로 광인으로 산 기간이 길긴 했지. 하지만 이젠 그런 삶도 끝이야."

"복수를 포기한다는 뜻인가?"

믿을 수 없다는 듯 르준이 되묻자 얀스크가 담담하게 대답했다.

"애초에 나는 하고 싶지 않았어. 이제 기억도 희미할 뿐이야."

그 화제에 대해서 더 이야기하고 싶지 않다는 듯 그가 입을 꾹 다물어 버리자 자연스럽게 자기소개의 순서가 다음 사람에게로 돌아간다. 다음은 젠트일 거라고 생각했는데, 피니게르가 시선으로 지목한 것은 나였다. 그 갑작스러운 지목에 나는 부끄럽게도 더듬거리며 입을 열었다.

"어, 저는 이 여관의 주방장이고……."

운을 떼긴 했으나 별로 할 말이 없다. 피니게르는 무언가를 기다리는 태도로 내 소개를 듣고 있었다. 나의 말이 더 이어지지 않자 점잖은 어조로 채근해 온다.

"그리고?"

"여기 아이드, 아니, 얀스크를 골목에서 주워서 데리고 있었는데요. 그게, 계속 벙어리에 문맹이라고 알고 있어서 그가 그런 사람인 줄은……."

"그리고?"

그 후로도 몇 마디 비스뷔와의 관계라든가 마법사의 꿈에 음식을 납품하고 있다든가 하는 말을 횡설수설 늘어놓은 것 같은데 피니게르의 '그리고?'는 멈추지 않았다. 그러다 문득, 그녀가 이런 종류의 소개를 원하지 않는 걸지도 모른다는 생각이 들었다.

아니, 자기소개를 시작한 이유도 애초에 나 때문이었을지도 모른다. 내 입에서 듣고 싶은 말이 있었던 것이다. 그래서 다른 사람들보다 자세한 소개에도 불구하고 이렇게나 집요하게 구는 것이다.

날뛰는 통나무 여관의 주방장으로 일하면서 어디론가 던져두었던 나의 정체성. 이곳에 자리 잡아 이 삶을 받아들이면서 잊어 가고 있던 내 과거. 어느 누구도 믿어 주지 않았던 진정한 나의 소개말.

피니게르가 몇 번이나 나에게 거듭 자기소개를 요구한 덕분에 테이블의 모든 사람은 이상함을 느끼고 하나같이 나를 응시하고 있었다. 땀구멍이 확 조여드는 긴장이 느껴졌다.

지금이다.

지금이야말로 모든 걸 다 말할 수 있는 때다. 비밀도 아니고 감춘 적도 없는 사실이지만 그저 누구도 믿어 주지 않았고 믿지 않을 것 같아 더 이상 말하지 않던 말.

"저는 다른 세계에서 왔어요."

툭 하고 무언가가 구르는 소리가 들렸다. 피니게르의 동행인 소년, 아델이 떨어뜨린 딸기가 테이블 위를 구르고 있었다. 그가 놀라 허겁지겁 딸기를 다시 주워 입에 넣는다. 방금 내 말에 놀라서 딸기를 떨어뜨렸나 본데, 딸기가 떨어진 사실에 더 놀란 모양이다.

젠트는 내가 지렁이를 남자 친구로 데려오기라도 한 것 같은 애잔한 얼굴로 나를 바라보고 있었다. 피니게르나 르준이 없었다면 무슨 헛소리냐고 코웃음 칠 것 같은 표정이다.

"역시, 내가 맞았어!"

주먹을 불끈 쥘 기세로 피니게르가 벌떡 일어나 손가락으로 나를 따악 가리켰다. 그 바람에 테이블이 흔들려 찻잔의 찻물이 흘러넘쳤지만 누구도 그걸 신경 쓰지 않았다.

"다른, 세계?"

르준은 갑자기 급격히 피로감을 느끼는 얼굴로 나를 바라보았다. 얀스크도 굉장히 놀란 표정이다.

"다들 왜 그렇게 놀라? 거기 얀스크, 얘 정체가 뭐라고 생각하고 옆에 있었던 거야? 고밀도 원한으로 만든 저주를 아무렇지도 않게 없애 버리는 사람인데. 이 정도는 예상했어야지."

"특이 체질인 사람이라고 생각했는데."

피니게르는 잠시 어처구니없다는 표정으로 얀스크를 바라보다가 고개를 절레절레 저었다.

"대범한 건지 무심한 건지. 어쨌든, 유정. 여기에 언제쯤 왔지?"

피니게르는 마치 친구처럼 친근하게 내 이름을 부르고 있었다.

"일 년 반쯤? 무인노에서 일 년 정도 살았어요."

"나도 그때쯤 정신 차렸어. 자세한 날짜를 맞춰 보진 못했지만 아마 네가 여기 온 날이랑 같은 날일걸."

싱글싱글 웃는 피니게르와 달리 나는 애매한 기분이었다. 지금 그녀가 하고 있는 말들이 나에게 이로운 것인지 아닌지 판단하기 힘들었기 때문이다.

"정신을 차려요?"

"응. 원래 이 몸은 비르다가 악마들에게 바친 계약의 대가였거든. 이쪽 세계에서 악마들은 마치 안개처럼 실체가 없는 형태로만 머무를 수 있고, 오래 머무를 수도 없기 때문에 쓸 만한 그릇이 필요해. 그래서 비르다는 자신의 막 낳은 아기를 그릇으로 바친 거지. 네가 오기 전까지만 해도 이 몸에 악마들이 번갈아 깃들면서 매일 광기와 공포와 아무튼 여러 가지 미친 짓거리를 하고 있었다는 거야."

잠시 피니게르가 찻물을 호로록 빨아들이는 소리가 이어졌다. 르준은 피곤한 얼굴을 집어던지고 갑자기 학구열이 넘치는 눈으로 피니게르의 이야기를 경청하고 있었다. 젠트나 얀스크도 비슷하긴 했다. 어쨌든 청자의 태도가 열정적이면 화자는 신이 나는 법이다. 좌중을 한 번 둘러본 피니게르가 싱긋 웃었다.

"저 안쪽의 이야기는 아마 별로 알려진 게 없겠지. 밖에 나와 돌아다녀 보니 참혹의 땅에 살던 사람들이 전부 죽은 줄 알던데 사실 아냐. 지옥 같은 상황에서 살고 있긴 한데 생각보다 정상적으로 생활하고 있어. 악마의 장난감으로 끔찍하게 죽을 확률이 높다는 것 외에는 말이지. 여기 아델도 고통스럽게 죽을 운명이었는데, 마침 내가 그때 정신을 차린 거지."

피니게르는 자신이 처음 의식을 차렸을 때의 상황을 떠올리는지 잠시 눈을 감았다.

"솔직히 정말 황당했어. 그냥 갑자기 거기에 뚝 있었다구? 눈앞에는 피와 살과……. 음, 케이크의 맛이 떨어질 것 같으니 여기까지만 말할게. 그리고 아델이 하얗게 질려서 나를 쳐다보면서 달달 떨고 있더라고. 내 오른손에는 눈알이 하나 들려 있었고. 내가 얼마나 놀랐겠어?"

아델이라는 소년은 숨이 막히는 것 같은 표정으로 고개를 푹 숙여 얼굴을 숨겼다. 가만히 듣고 있던 르준이 날카로운 어조로 질문했다.

"그러면, 너는 누구지?"

"이미 짐작하고 있지 않아? 확실한 건 아니긴 하지만 아무래도 그것밖에 없지. 엄마가 계약의 대가로 나를 지불하는 바람에 몸을 잃은 이 몸의 원래 주인. 비르다의 딸."

"하지만 비르다의 저주는 수백 년 전의 일이다. 네가 사람이라면 이미 흙이 되고도 남았을 텐데."

"내가 그냥 사람으로 보여?"

르준과 피니게르가 대화를 주고받는 동안 나는 그 화제와 전혀 상관없는 것을 떠올리고 있었다. 좀 엉뚱한 생각일지도 모르지만 나는 피니게르의 오른손에 눈알을 남겨 둔 사람을 생각하고 있었다.

뭐, 다른 게 아니다. 그 사람이 누군지가 궁금하다기보다는, 내가 이곳에 온 순간 피니게르가 자기 몸을 되찾았다면 내가 조금만 더 일찍 결심했다면 그 눈알의 주인은 살아 있을 수 있지 않았을까.

자책하는 건 아니다. 내가 뭘 어떻게 할 수 있는 일은 아니니까. 그나마 아델이 죽기 전에 와서 다행이지. 그냥, 안타깝다는 거다. 그런 상념에 빠져 있었던 탓인지 르준의 조용한 질문을 알아차리는 것이 좀 늦고 말았다.

"네?"

"너는 왜 이곳으로 왔냐고 물었다. 이계인."

르준의 눈동자가 조금씩 움직인다. 나를 관찰하는 시선이다. 별로 감추고 싶은 것도 없고, 이제 감출 필요도 없다고 생각되니 솔직하게 대답해도 되겠지. 이런 질문을 받으면 내기 할 수 있는 대답은 딱 하나뿐이다. 좀 부끄러운 답변이긴 하지만.

"누가 이 세계를 구원해 달라고 해서요."

대답하고도 머쓱해서 어깨를 으쓱하는데 피니게르는 아예 폭소해 버렸다. 르준은 어이없다는 듯 눈살을 찌푸리다가 빈정거렸다.

"대단한 영웅 나셨군."

"딱히 영웅심은 아니고, 그냥 반신반의했을 뿐이에요. 진짜 될까? 아니면 될 리가 없지. 같은. 그런데 정말 되어 버린 것뿐이구요."

나름 항변하며 케이크 한 조각을 더 잘라 접시로 가져오자 자연스럽게 피니게르도 빈 접시를 내밀었다. 눈치만 보고 있는 아델의 접시도 채워 주니 케이크가 완전히 동이 나 버렸다. 빈 접시를 앞에 두고 차례를 기다리던 젠트의 몫은 없다는 이야기다.

젠트의 빈 접시를 확인하고 내 몫을 스윽 밀어 주려는데 그의 고개가 가로저어졌다. 젠트 혼자 빈 접시를 앞에 두고 있는 게 영 맘에 걸리는데. 그러나 젠트는 내 생각보다 훨씬 대담하고 영리한 사람이었다.

"왜요? 드실 겁니까?"

능청스러운 얼굴로 르준의 접시에 손을 뻗으며 젠트가 눈썹을 추켜세웠다. 르준은 약간 황당한 얼굴로 자신의 접시를 강탈해 가는 젠트를 쳐다보고 있었다. 젠트가 말없이 스윽 끌어가는 르준의 케이크 접시는 손도 대지 않은 새것이다. 하긴, 찻잔에도 포크에도 흥미가 없어 보이는 그다. 애초에 이런 자리에서 무언가를 먹는다는 게 위험하다고 생각하고 있을지도.

"아니."

겐트는 그것 보라는 듯 뻔뻔한 태도로 케이크를 한 스푼 크게 떠 우물거렸다. 르준은 뭔가 말하고 싶은 듯 입술을 달싹거리다가 침묵했다.

"이야기들 계속 나누세요. 저는 신경 쓰지 마시고."

잠시 넋을 빼고 있던 피니게르는 겐트의 그 말에 정신을 차린 듯 짧게 웃었다. 굉장한 미인인 그녀가 그렇게 웃자 순간 테이블이 조금 밝아진 느낌마저 든다.

"어음, 그래. 어디까지 말했더라?"

"여기 이분이 세계를 구하러 여기에 왔다는 말까지 하셨습니다."

"고마워, 아델."

피니게르가 아델의 머리를 가볍게 쓰다듬는다. 소년은 손길을 달게 받았다. 단정한 이목구비의 하얀 얼굴이 가볍게 상기되니 무척 귀여운 인상이 되었다.

"일단, 제일 먼저 궁금한 건 이거야. 어떻게 여기로 온 거야? 그쪽 세계에선 다른 세계로 출장 가서 구하고 그러는 게 유행인가?"

피니게르의 이 오해 어린 말에 나는 그들이 나에 대해서 아무것도 모른다는 것을 깨달았다. 어디서부터 설명해야 할까 하다가 일단 고개를 저어 이 오해가 더 진척되는 걸 막기로 했다.

"아니요. 그건 아니에요. 저도 세계를 구해 달라며 찾아오기 전까지 이런 건 믿지도 않았는걸요."

"이런 거?"

르준이 날카롭게 끼어든다. 그는 내가 다른 세계에서 왔다는 말을 했을 때의 얼빠진 얼굴을 벗어던지고 원래의 날 선 기색을 회복한 상태였다.

"마법이나, 다른 세계나 이런 것들요."

"구해 달라고 찾아왔다고 했는데, 누가 찾아온 거지?"

"태양의 숲이라는 단체에서 니모라는 사람이 찾아왔었어요. 저희 집 신발장에서 튀어나왔죠. 사실 그 사람이 하는 말 전부 가짜에 헛소리라고 생각했는데……."

"생각했는데?"

"사기당하고 자포자기한 상태가 되었다가 그냥 얼떨결에 시도했더니 된 거예요."

겐트의 혀를 차고 싶은 표정을 외면하며 나는 말을 이었다.

"그리고 무인도에 떨어져서 1년 가까이 표류하다가 뗏목을 만들어 탈출했죠. 그 와중에 비스뷔에게 구조되어서 여기로 흘러들어 온 거고."

다들 더 듣고 싶은 표정이었기 때문에 나는 감출 것도 없이 니모와 겔, 여관에서 마법을 없앤 것들을 줄줄 늘어놓았다. 섬에 물고기가 많아 먹고살기 힘들지 않았다는 시시콜콜한 이야기까지 전부. 그리 길지도 않은 이야기였다. 무인도 이후부터는 그냥 요리사 일에 매진했을 뿐이니까.

"표류했다는 그 섬, 참혹의 경계와 가까웠을 가능성이 높아 보이는데."

피니게르가 불쑥 입을 열었다.

"네가 표류한 그 섬에 물고기가 많았던 이유도 그래서가 아닐까? 경계 안으로 어업을 하러 나갈 사람은 없을 테니 그 물고기들은 어부를 한 번도 만나 본 적 없을 가능성이 높지."

"확실히 섬에서 수평선을 보면 반구형의 반투명한 돔 같은 게 보이긴 했어요."

내가 봤던 그 돔이 투명 무지개 같은 게 아니라 결계였나? 하지만 피니게르는 내가 이 세계에 떨어졌던 무렵에 제정신을 차렸다고 했다. 내 영향력이 거기까지 닿았다면 그 결계도 사라졌어야 했던 게 아닌가? 으음, 잘 모르겠다.

그리고 보니 알파카닌의 학살 사건도 피니게르가 벌인 일이라고 했지. 지금 눈앞에 앉아 있는 모습을 보면 그런 짓을 할 사람으론 보이지 않는데, 어쩌면 내가 마법을 흡수하는 힘이 좀 불안정한 걸지도 모르겠다. 그래서 어떤 건 거리가 멀어도 되고, 어떤 건 거리가 멀면 안 되고 그러는 걸지도.

어쨌든 일리 있는 이야기다. 내가 긍정하자 피니게르는 눈을 반짝이며 테이블에 바짝 다가앉았다.

"거기서 혹시 뭔가 더 이상한 일은 없었어?"

"정확히 뭘 말하는 건지 잘 모르겠는데요……."

피니게르의 적극적인 기세에 밀려 나도 모르게 목소리가 기어들어 간다. 뭔가 그들에게 도움 될 만한 정보를 더 말해 주고 싶었지만 나도 딱히 아는 게 없다. 르준의 얼굴에 의심이 스쳐 가는 순간 나는 다급하게 입을 열었다. 적어도 무언가를 감추고 있다는 오해만은 피하고 싶었으니까.

"미안하지만 전 아는 게 별로 없어요. 혼자 여기 떨어진 제가 접근할 수 있는 정보가 얼마나 있겠어요? 여관에서 가끔 모험가들이 하는 말을 귀동냥으로 듣긴 하지만, 그게 어떤 식으로 저와 관련 있는지도 모르고……."

말을 하다 보니 나는 정말로 아는 게 없고, 할 수 있는 것도 없는 사람인 것 같아 점점 자신이 없어졌다. 사실 니모에 대해 알아보려 하지 않았던 것은 아니다. 하지만 내 능력으로는 귀족들이나 드나드는 고급 정보길드에 발을 들이는 정도도 할 수 없었다.

하급 정보길드는 나도 이용할 수 있는 곳이었지만, 그런 데서 취급하는 정보라고 해 봐야 게르하인에서 누가 가장 부자인가, 누구와 누가 사이가 나쁜가 같은 동네 입소문 정도만 파악할 수 있을 뿐이다. 아, 거기서 게르하인에서 가장 음식 맛이 좋은 여관을 물어보면 우리 여관을 알려 주긴 하더라.

으음, 그건 꽤 위안이 되긴 했지만 나는 귀족이나 힘 있는 사람들이 첩자나 정보원을 풀어서 얻어 오는 정보가 필요했다. 여관에 앉아서 술 한잔 사면 누구에게나 들을 수 있는 그런 정보 말고.

결국 나의 무대는 고작해야 주방이다. 요리 정도는 자신 있지만 이걸로 뭔가 엄청난 걸 할 수 있을 거라는 생각도 들지 않는다. 이런 내가 여기에 온 의미가 있을까?

"이봐, 너무 사람을 그렇게 노려보지 말라구. 유정이 점점 위축되고 있잖아."

르준에게 가볍게 주의를 준 피니게르는 걱정하지 말라는 듯 싱긋 웃었다.

"이제부터 알아 가면 되는 거지. 안 그래? 그리고 내가 지금까지 돌아다니며 알아본 것도 좀 있으니까 그것부터 들어 볼래? 듣다가 뭔가 아는 부분이 있으면 알려 줘."

피니게르가 헛기침을 하며 본격적으로 이야기를 꺼낼 자세를 잡는다. 나는 직감적으로 이야기가 아주 길어질 것 같다는 느낌을 받았다. 그렇다면 그 전에 내내 신경 쓰이던 부분을 질문해야 했다.

"저, 궁금한 게 있는데요."

"응?"

"혹시 이 자리에 있는 분 중에 태양의 숲이라는 단체를 아시는 분, 없나요?"

그래. 바로 이게 신경 쓰였다. 나를 이곳으로 불러온 이상한 단체. 이 이름을 듣는 순간 무언가 반응을 할 줄 알았는데 다들 덤덤하게 그냥 넘어가는 게 너무 이상했다. 적어도 그걸 캐묻거나 혹은 '아닛, 그런!'이라는 반응을 할 줄 알았다고.

"처음 듣는데."

"나도 그렇다."

피니게르는 고개를 갸웃거렸고 르준도 단호하게 대답했다. 젠트는 내가 알 리 있겠냐는 얼굴로 어깨를 으쓱한다.

"그럼 됐어요……."

이런 쟁쟁한 사람들이 모였으니 그래도 뭔가 건질 수 있을 줄 알았는데, 이렇게나 아무 소득이 없다니. 노골적으로 실망하는 내 얼굴이 마음에 걸렸는지 피니게르의 얼굴에 곤란한 기색이 떠오른다.

"너무 실망하지 마. 그 부분도 나중에 차근차근 알아보자구. 자, 그럼 지금부터 내가 근 1년 반 동안 돌아다니며 알아낸 걸 알려 줄게. 정말 엄청나게 바쁘게 움직였어. 들으면 깜짝 놀랄걸. 무슨 일들이 있었는지 전부 말해 주고 싶지만, 그러면 밤을 새야 할 거야. 그러니까 중요한 부분만 먼저 말해 줄게."

피니게르는 매우 허물없는 태도로 이야기를 시작했다. 범상치 않은 사람들이 모여 범상치 않은 이야기를 나누고 있는데 그녀의 가벼운 말투 때문인지 마치 친구끼리 수다를 떨고 있는 기분마저 들었다. 이 자리에서 딱딱하게 굳어 있는 것은 르준뿐이다.

"아까 어디까지 말했더라. 아, 어느 순간 정신을 차리니 내가 시체들을 앞에 두고 서 있던 부분을 말했었나."

나는 고개를 끄덕였다. 태양의 숲에 대한 아무런 정보를 못 얻었더라도 피니게르의 이야기는 흥미진진했으므로 바람직한 청자의 자세를 취할 생각이었다.

"참혹의 땅에 살고 있는 사람들은 궁정에 있는 악마에게 제물을 바치지. 악마가 밖으로 뛰쳐나와 무차별 학살을 하는 걸 막기 위해 자신들 틈에서 사람을 골라 제물로 바치는 거야. 비교적 죽어도 되는 인물을 말이지."

피니게르는 다 식은 차를 한 모금 마셨다.

"부모가 없다거나, 가족 없이 혼자 살고 있다거나, 혹은 가족이 아주 많아서 하나쯤 없어져도 된다거나, 귀족의 사생아라거나. 아마 처음에는 대량 학살을 막기 위해 그런 모양인데 점점 변질되어서 집단이 다른 집단을 공격하거나 방해자를 처리하는 데 사용한 모양이더군. 살아 있으면 나에게 껄끄러운 인간을 처리하는 데, 악마의 손을 빌리는 건 아주 효율적인 일이거든."

"으음."

젠트가 낮게 신음했다. 피니게르가 귀족의 사생아라고 말하는 순간 아델을 흘긋 쳐다보았으므로 나는 아델이 어떤 맥락에서 제물이 되었는지 이해했다. 소년은 동요 없이 말끔한 얼굴로 피니게르를 응시하고 있다.

"내가 서 있던 곳은 바로 그 제물을 악마가 처리하는 현장이었던 거지."

"모조리, 죽였던 건가?"

르준이 표정 없는 얼굴로 묻는다. 그러나 은은하게 비치는 분노의 기색. 피니게르는 태연하게 어깨를 으쓱거렸다.

"기분은 이해하지만 그렇게 노려보지 좀 마. 결론부터 말하자면, 맞아. 다 죽었어. 내가 죽인 건 아니지만 이 몸에 있던 것들이 죽이긴 했지. 왜 '것들'이냐면 이 몸을 사용한 건 하나가 아니거든. 실체가 없어서 쉽게 흩어지는 악마를 잡아 두려면 그릇이 필요하다고 했지?"

대꾸하지 않는 르준을 보고 짧게 혀를 찬 그녀는 다시 말을 이었다.

"악마들은 계약의 대가로 받은 이 그릇을 자기들끼리 돌려 쓰기 시작했어. 어떤 날에는 학살의 악마가, 어떤 날에는 고통의 악마가, 어떤 날에는 공포의 악마가, 어떤 날에는 질병의, 부패의, 증오의 악마들이 깃들어 제각각 취향껏 제물을 가지고 놀았지. 그날은 아마 고통의 악마였던 것 같아. 시체들이 전부 고문받은 흔적이 있더라고. 학살의 악마라면 단칼에 죽이고 그 죽이는 과정만 즐겼겠지만, 고통의 악마는 고통을 즐기는 게 취향인 것 같았으니."

"그래서, 본인은 그들과 다른 존재라고 주장하고 싶은 건가?"

"같은 존재로 보여?"

피니게르는 약간 짜증스럽게 르준을 노려보았다. 같은 질문이 몇 번이나 집요하게 반복되니 그럴 만도 하다. 게다가 오만하고 공격적인 어조로. 솔직히, 르준이 별로 마음에 들지 않아서 그런지 나는 피니게르의 짜증 쪽이 좀 더 공감이 가는 느낌이었다.

"기만의 악마일 수도 있지."

"하."

르준의 말에 짧게 어처구니없는 웃음을 터트린 피니게르의 얼굴빛이 갑자기 돌변했다. 유쾌하고 가볍던 분위기는 온데간데없이 사라지고 잔인하고 흉포한 기운이 눈가에 서리자 입술은 냉소의 형태로 비틀린다.

"잘 들어. 내가 만약 악마였다면, 결계가 사라지는 순간 경계에 인접했던 마을은 전부 지옥으로 변했을 거야. 그리고 너희들도 여기에 멀쩡하게 앉아 있을 수 없겠지. 착각하지 마라, 마법사. 지금 마법 하나 쓸 수 없는 너는 아무런 발언권도 없다. 네가 그렇게 잘난 듯이 떠들 수 있는 건 순전히 나의 아량 덕분이니. 하지만 내 인내심을 너무 시험하지 않는 게 좋아."

배를 보이고 뒹굴던 사자가 갑자기 콧등에 주름을 잡고 으르렁거리며 이를 드러낸 것 같은 위압감에 나와 겐트는 쫄아들어 한참 전에 비어 버린 케이크 접시만 긁작거렸다. 르준이 적당히 입을 다물어 줬으면 좋겠지만, 그는 꿋꿋하게도 억양 하나 변하지 않은 말투로 또박또박 대답했다. 왜 그래? 생존 본능이란 게 실종된 거야? 제발 조용해. 눈치 없어? 하지만 그 말을 직접 할 용기가 나에게는 없었다. 그와 달리 나는 생존 본능이 멀쩡히 힘을 발휘하고 있었으니까.

"나에게 마법이 있든 없든 상관없다. 나는 게르하인 영주와 마법사의 계약 앞에 맹세한 대로 게르하인의 안전을 지키기 위해 움직일 뿐이다. 위험 요소로 보이는 것을 내 일신의 안녕을 위해 모른 척하는 건 맹세에 위배된다."

"마치 기사라도 된 것처럼 말하네?"

피니게르가 조롱하듯 빈정거렸다. 그러나 르준은 마냥 담담했다.

"마법사가 되기 전에는 위먼달프 영지의 기사였으니까."

"위먼달프?"

모르는 이름이 나왔다. 나도 모르게 반문하자 르준 대신 젠트가 입을 열었다.

"지금은 없는 영지야. 영지전에서 영주가 사망하고 지금은 옆 영지인 숀바인으로 편입되었지. 최근 지도에서는 찾을 수 없을 거야. 벌써 20년도 전의 일인데. 아, 그러고 보니 위먼달프 영지 영주가 게르하인 영주와 친분이 깊었지."

"뭔가 사연이 있어 보이네요."

슬쩍 끼어들자 르준이 살짝 시선을 돌리며 읊조리듯 대답했다.

"마법사 중 사연 하나 없는 사람이 있을까. 안 그런가, 얀스크?"

르준이 의미심장한 어조로 말을 걸었지만 얀스크는 마치 들리지 않는 듯 그 말을 싹 무시했다. 그리고 괜히 다 먹은 케이크 접시만 긁어 댄다. 그나저나, 이야기가 많이 길어지면 저녁을 준비해야 하지 않을까?

피니게르가 조성했던 갑작스런 살벌한 분위기는 내가 저녁 식사 따위의 태연한 걱정을 할 수 있을 정도로 어영부영 풀어지고 말았다. 이쯤 되자 그녀도 맥이 빠지는지 르준을 한 번 쳐다보곤 고개를 절레절레 저으며 말했다.

"이건 무슨 로봇도 아니고."

로봇?

피니게르가 뱉은 뜻밖의 단어에 눈을 크게 뜨는 순간 나보다 먼저 르준이 질문했다.

"로봇이 뭐지?"

"로봇은……. 뭐지? 몰라. 입에서 나왔어. 너무 신경 쓰지 마. 자주 이러니까."

"뭐?"

"사실 이거에 대해 설명하려던 참이었어. 네가 사람을 악마 취급하며 취조하지만 않았어도 말이야. 우선 말하자면 나는 기억이 없어."

"그런 것치곤 악마들이 한 행태를 아주 잘 기억하는 것 같던데."

"이 몸이 한 일의 기억은 이 몸에 남아 있으니까. 쉽진 않지만, 노력하면 이 육신에 남아 있는 기억을 떠올려 볼 순 있어. 하지만 기억은 육신에 남는 법. 계약으로 인해 육신이 없었던 나는 내 영혼이 어떤 기억으로 본질을 형성했는지 알 수 없어. 하지만 분명한 건, 나는 그것들과는 다른 존재야."

"스스로에 대한 기억이 없는데 그걸 어떻게 알지?"

"적어도 나는 이 육체에 남아 있는 기억에서 그것들이 했던 짓을 떠올리려고 노력하면서 구역질할 수 있었거든. 역겹고, 토악질 나고. 그리고 사람들에게 그런 짓을 하고 싶지도 않아. 알겠어? 기억에 남아 있는 내가 했던 행동들, 나로서는 전혀 하고 싶지 않다고."

"신뢰를 요구하기에는 논리가 빈약하다고 생각하지 않나?"

"네 신뢰 따위 요구한 적 없어. 계속 그렇게 삐딱한 소리 할 거면 당장 입 다물게 해 줄 수도 있는데? 네 덕분에 이야기가 진행이 안 되잖아."

피니게르가 으르렁거리는 모습에 르준이 짧게 실소했다. 저녁 메뉴는 일단 계란찜을 좀 할까.

"네가 말한 그 악마들과 무척 달라 보이는 평화적인 태도인데."

빈정거리는 르준의 얼굴은 당사자가 아닌 내가 보기에도 한 대 후려치고 싶을 정도로 얄미웠다. 내가 이 정도이니 피니게르는 당연히 분노할 거라고 생각했는데 그녀는 뜻밖에도 잠시 멈칫하다가 혼란스러운 얼굴로 깊게 한숨을 내쉬었다. 족발도 좀 곁들이고 싶다. 먹은 지 오래됐는데.

"몸을 잃은 영혼은 연기와 같은 거야. 형질이 없고 떠돌아다니며 변질되고 섞이면서 이것저것 묻혀 오기도 하지. 그래서 이 몸에 처음 들어왔을 때, 마치 장미꽃이 박하 향기를 내고 있는 것 같은 이질감을 느꼈다. 하지만 몸에 점점 익숙해지고 기억을 들여다볼수록 이 몸의 성향, 이 육체에 쌓인 기억이 내 무의식이자 본질이 되어 가기 시작했어. 내 영혼이 이 몸의 기억을 학습하는 거야."

르준은 대답하지 않았다. 피니게르의 진지한 목소리가 이어진다. 그나저나 후식은 뭘로 하지.

"설명하고 싶은 것이 많아. 이 몸에 돌아와서 1년 반 동안 얼마나 많은 일이 있었는지 상상도 못 할 거야. 그걸 전부 말해 주고 싶어. 하지만 시간이 많지 않지. 그러니 말을 끊지 말아 줘. 어차피 너는 내 설득 대상도 아니니까."

"설득 대상?"

"유정. 비르다와 악마들의 계약을 뒤흔들어 대가를 반환하게 만든 저 이계인의 도움을 난 구하러 온 거야. 계약의 대가인 이 육체를 나에게 돌려준 것도 그녀니까, 남은 문제를 청산하는 데도 도움이 되어 주겠지."

복잡한 대화를 반쯤 흘려들으며 저녁 메뉴를 고민하던 나는 이 갑작스러운 지목에 약간 당황했다. 흘려들었다곤 해도 그래도 피니게르가 한 말은 거의 다 듣긴 했다. 그녀는 무언가를 기다리는 얼굴로 나를 바라보고 있었는데, 일단 대답하기 전에 내가 제대로 파악하고 있는지부터 확인해야겠다.

"그러니까······."

머릿속으로 할 말을 정리하고 입술을 핥으며 나는 조심스럽게 입을 열었다. 그래도 대충 다 알아들었다고 생각했는데, 영 생뚱맞은 말을 하게 될까 봐 좀 긴장된다.

"피니게르 씨의 말은 계란찜을 만들려고 계란을 깨고 물에 풀어서 찜기에 넣었는데 뚜껑을 열어 봤더니 '아니, 왜 족발이 여기에?' 라는 상황인 거군요."

이게 맞나? 모르겠다, 일단 별문제는 없어 보이니까 계속 말해도 되겠지.

"그 족발이 피니게르 씨고, 기억을 더듬으려고 사방을 둘러보니 분명 깨진 계란 껍질이나 이런저런 걸 발견해서 이질감을 느끼고 있는 상황인가요. 말하자면, 족발인 내가 왜 여기에? 같은? 그런데 어떤 경위로 만들어진 족발인지는 기억이 안 나고, 본인이 족발인 것만 아는 거라는, 그런 상황인가요?"

족발이 무엇인지 모르는 르준은 담담한 얼굴이고 젠트는 약간 이상한 표정이었다. 나도 이 심각한 대화에 계란찜과 족발을 꺼낸 건 좀 아닌 건가 싶었지만 저녁 메뉴 고민을 하느라 머릿속에 온통 그 생각뿐이었기 때문에 얼떨결에 튀어나왔다.

"비슷……해."

여관에 오래 머물며 내 음식 대부분을 먹어 보았을 피니게르도 젠트와 비슷한 반응이었다. 내가 이해한 게 맞다니 다행이다.

"그런데 계란찜 냄비에 담겨 있었더니 물과 함께 자꾸 족발찜이 되려고 하는데, 그 족발찜이 되지 않도록 도와 달라는 건가요?"

"솔직히 말도 안 되는 비유라고 생각하지만, 맞아. 내가 족발로 있을 수 있게 해 줘."

젠트는 나와 피니게르를 마치 미친 사람 보듯 번갈아 가며 쳐다보았다. 하지만 우리는 매우 진지했다.

"정확히, 어떻게 도와드리면 되나요? 사실 전 별 능력이 없어서……."

"간단해. 나와 함께 있어 주면 돼. 너와 멀어질수록 계약이 견고해지고 네 옆에 있으면 계약이 파훼되어서 계약의 대가인 이 몸을 악마들에게 빼앗기지 않을 수 있어."

"으음."

그 정도라면 할 수 있을지도 모르겠다. 그나저나 함께 있을 수 있게 해 달라는 것이 아니라 함께 있어 달라는 걸 보면 어딘가 동행해 주길 원하는 건가? 내가 긍정적인 태도를 보여서 그런지 피니게르는 훨씬 마음이 가벼워진 것 같은 얼굴이다. 분위기가 제법 훈훈하게 무르익어 가는데, 아니나 다를까 르준이 싸늘한 어조로 난입했다.

"몸을 빼앗기지 않게 도와 달라는 이야기는, 몸을 빼앗길 수도 있다는 이야기군. 아니, 이미 빼앗긴 적이 있는 건 아닌가?"

피니게르는 대답 대신 표정으로 말하는 듯했다. 또 이 녀석인가, 같은. 지긋지긋한 얼굴만 보면 그대로 무시할 줄 알았는데 그래도 꼬박꼬박 질문에 응하는 모습이 호감이 간다.

"그래. 무슨 말을 하고 싶은지 알겠어. 알파카닌에 대해서 말하고 싶은 거지?"

알파카닌 대학살 사건.

온 마을 사람들이 모두 잔인하게 살해당한 사건이다. 사실 겐트가 이 마을을 떠나려던 것도 다 그게 원인이다. 경계에서 가장 가까운 게르하인이 제2의 알파카닌이 될까 봐 두려워 상인회나, 모험가들이 모조리 도망치고 있지 않은가. 덕분에 마을이 텅텅 비어 버리고 분위기도 어수선해지던 참이었지. 그러고 보니, 겐트는 이 마을을 떠나겠다고 했던 것 같은데 여기 이렇게 앉아 있어도 되는 건가?

"나는 계약을 완전히 파훼할 방법을 찾아서 돌아다니고 있어. 그래서 보통은 인적이 드문 고대 유적지 따위를 뒤지고 다니지만, 그날은 운이 안 좋았지."

피니게르는 우울하게 중얼거렸다.

"정신을 차렸을 땐 이미 모든 게 끝났고, 그것들이 놀고 싶은 만큼 실컷 논 다음이었다. 곁에 있던 아델을 죽이기 전에 정신을 차린 게 기적 같은 일이야."

르준은 충분한 대답을 들었다는 표정이었지만 피니게르는 계속 말했다.

"처음 눈을 뜨고 내가 누구인지 추리해 냈을 때는 몸을 되찾았다는 기쁜 감정만 있었지. 하지만 왜 이런 일이 일어났는지 알 수 없었기 때문에 원인을 찾고 싶었어. 하지만 그 과정에서 몇 번 악마들에게 몸을 빼앗기고, 그제야 난 계약이 아직 유지되고 있을 뿐 몸을 완전히 돌려받은 게 아니라는 걸 깨달았어. 아니, 오히려 내가 빌린 입장이지. 계약의 대가로 지불된 몸이니 정당한 소유권은 저쪽이 가지고 있으니까."

피니게르의 속눈썹이 짙게 드리워 눈동자를 완전히 감추었다. 언제라도 몸을 빼앗길 수 있는 상황, 그리고 깨어나면 자신이 저지른 살육의 현장이 눈앞에. 그녀의 슬픔을 상상하는 건 어렵지 않았다.

"어떻게든 몸을 되찾고 싶었어. 이대로 사라지고 싶지 않았어. 그래서 정말 필사적으로 계약을 파훼할 방법을 찾아다니는데, 어느 방향으로 갈수록 뭔가 안정적인 기분이 드는 거야. 하지만 그냥 기분일 뿐이라서 추측하기가 힘들었지. 그래도 나한테는 절실한 거였기 때문에 온갖 방법을 다 동원해서 찾고 또 찾았어. 사람들의 꿈속을 뒤지기도 했지. 뭐든 흔적을 찾고 싶었거든."

문득 예전, 얀스크를 아이드라고 생각하던 시절 새벽에 꾸었던 악몽이 생각났다. 어둠 속에서 한없이 쫓기는데 무언가가 찾았다! 하고 귓가에 외쳤던 그 꿈. 생각해 보니 여기 와서 꾼 유일한 꿈이었다. 확신에 가까운 추측이지만, 아마 그 순간이 피니게르가 나를 발견한 때였을 것이다. 음, 그러고 보니 그녀가 여관에 방문한 것도 그 언저리였던 것 같네.

"그리고, 마침내 발견한 거지. 모든 마법적인 것을 파훼할 수 있는 너를."

피니게르는 달콤한 얼굴로 간절하게 속삭였다.

"너만 있으면 나는 나로 있을 수 있어. 나를, 도와줄래?"

이 간절한 요청을 어떻게 거절할 수 있을까. 성별을 초월할 정도로 아름다운 얼굴이 애원으로 반짝이는 눈동자를 하고 나를 응시하고 있다. 이걸 거절할 수 있는 사람은 별로 없겠지. 뭐랄까, 피니게르에게는 마성에 가까운 아름다움이 있었다. 어쩌면 그녀가 보통 사람이 아니라서 그런 걸지도 모르지만, 뭔가 얼굴의 조형적인 아름다움을 뛰어넘는 것 같은 느낌이랄까. 그러니, 나도 거절하지 않기로 했다.

"당연히……."

"잠깐."

수락의 말이 입 밖으로 비집고 나가려는 틈으로 젠트가 자연스럽게 끼어든다. 지금까지 내내 입을 닫고 있었던 터라 그가 갑자기 끼어들 줄은 몰랐다.

"그런 일을 무상으로 해 달라는 건 아니겠지요?"

"응?"

예상치 못한 단어였는지 피니게르의 얼굴이 어리둥절해졌다. 젠트는 곧 평생 이 일을 해 본 사람처럼 줄줄 말을 잇기 시작했다. 앞에서도 말했지만 특유의 분위기로 인해 피니게르의 권유를 거절할 수 있는 사람은 아마 얼마 되지 않을 거라고 생각한다. 그런데, 그 얼마 되지 않는 사람 중 하나가 내 옆에 앉아 있었을 줄이야.

"이야기를 쭉 들어 보면 피니게르 님은 어떤 목적을 위해서 계속 움직이고 있는 것 같은데, 그 목적을 달성하려면 종종 위험한 곳도 가게 되겠군요?"

"그……럴 수도 있지? 하지만 맹세해, 유정에게는 어떤 위험도……."

"하지만 쾌적하지 않은 장소에, 그리고 장기 여행에는 품이 많이 드는 법입니다. 유정도 지치겠죠. 사실 굉장히 강도 높은 노동이란 말입니다. 안전이 확보된다고 해도 포근한 침대에서 잠들며 동네를 산책하는 평화로운 일상보다 안락하겠습니까?"

피니게르는 뭔가 대답하고 싶은 듯 입을 뻐끔거렸고 르준은 흥미로운 태도로 관찰자로서 자세를 잡았다. 얀스크는 무슨 생각을 하는지 모를 무심한 얼굴로 턱을 괸 채 앉아 있을 뿐이다.

"그런데 기간은 언제부터 언제까지입니까?"

"그건 알 수 없지. 내가 방법을 찾을 때까지?"

"무기한의 도움을 요청하시는군요."

"무기한까지는 아니야."

"하지만 기한의 정함이 없는 계약을 할 경우, 피고용인의 시간이 얼마나 제약받게 될지 가늠할 수 없는 것 아닙니까? 그렇다면 유정이 계획하던 삶에 어느 정도의 지장을 초래하는지도 산정할 수 없구요."

'저 계획하고 있던 삶 같은 거 없는데요, 여기 떨어졌을 때부터 사실 되는대로 살고 있었는데.' 라고 말하고 싶었지만 여기서 그 말을 하면 겐트가 엄청나게 화를 낼 것 같다는 눈치 정도는 있다. 어쨌든 이런 갑작스러운 겐트의 공세에 쩔쩔매던 피니게르가 뒤늦게 정신을 차리고 눈을 가늘게 떴다.

"그런데, 유정은 가만히 있는데 왜 네가 그런 말을 하는 거지?"

관계자 외엔 빠져 달라는 어조로 피니게르가 겐트에게 항의한다. 하지만 그 정도로 입을 다물었다면 겐트는 겐트가 아니었겠지.

"후견인으로서 제 피후견인의 권리를 챙겨 주고 부당한 대우에서 보호할 의무가 있습니다만?"

"피후견인."

피니게르가 조용히 그 말을 다시 한 번 따라 한다. 그리고 나에게 확인하는 듯한 시선을 던졌다. 내가 고개를 끄덕이자 그녀는 어쩔 수 없다는 듯 긴 한숨을 내쉬었다.

"좋아, 막대한 대가를 약속하지."

"정확히 얼마인지 말해 주십시오. 그리고 지급일은 언제입니까?"

젠트는 물러날 생각이 전혀 없어 보였다. 피니게르는 조금 어처구니없다는 듯 그를 잠시 응시하더니 돌연 태도를 바꾸었다.

"너, 알고 있어? 내가 몸을 되찾지 못하면 결국 이 땅 전부가 참혹의 땅처럼 변해 버린다는 걸. 사실상 세상을 구하는 일이나 마찬가지인데 이렇게 대가를 따져 가며 요구해야겠어? 나를 돕는 일이기도 하지만 결국 너희 모두를 살리는 길이기도 하다고? 만일 내가 나 몰라라 하고 적당히 이 몸을 쓰다가 떠나야겠다고 버려 버리면 어쩔 건데? 이제 날 가둬 줄 결계도 없는데."

정론이다. 피니게르가 도움을 요청하고 있긴 하지만 그녀가 몸을 빼앗기면 제일 먼저 게르하인이 알파카닌처럼 박살 날 거고, 다른 마을들도 하나하나 죽음의 땅으로 변하겠지. 그러나 젠트는 만만치 않았다.

"돈이 아까우셔서서 그런 겁니까?"

"뭐? 아냐, 절대로!"

"왜 과민 반응 하시죠?"

"뭐? 아니, 내가, 아니, 하, 무슨! 진짜······."

피니게르는 잠시 말을 잇지 못했다. 아마 정말로 돈이 아까워서라기보다, 그녀에게 감히 그런 말을 할 수 있었던 사람이 있을 리가 없으니 예상치 못한 흐름에 당황한 것 같았다. 창백할 정도로 하얀 얼굴에 핏기가 올라 살짝 붉어지자 인간 같지 않던 외모가 조금이나마 사람 같아졌다.

"좋아, 참혹의 땅 황궁 금고를 모조리 털어서라도 네가 말하는 그 '보수'라는 걸 지급하도록 하지."

그녀가 이를 갈며 선언했지만 젠트는 담담하게 그러셔야죠, 하고 대답했을 뿐이다.

와, 젠트. 와, 진짜. 우와…….

르준과 피니게르, 그리고 내가 대화를 하는 동안 내내 조용히 있더니 그사이에 피니게르의 성격 파악을 끝낸 건가. 상인이라는 직업의 진면목을 본 것 같다.

어쨌든 젠트의 도발에 홀랑 넘어간 피니게르는 어마어마한 가격의 안락하고 커다란 주문 제작 마차를 마련해 나에게 최대한의 안락한 잠자리를 약속하고 여행의 편의에 필요한 모든 물품을 제공하겠으며 보름마다 1만 겔드의 보수를 지급할뿐더러 위험한 일이 있을 경우 특별 수당을, 그리고 다칠 경우 구할 수 있는 가장 뛰어난 의술사의 치료를 받을 수 있도록 하겠다고 호언장담해 버렸다.

지금 내가 하루에 300겔드, 보름에 4,500겔드 정도의 보수를 받고 있으니 파격적인 수입 증가인 셈이다. 피니게르의 의뢰가 끝날 때쯤이면 엄청난 부자가 되어 있을지도 모르겠다. 물론, 지금처럼 여관 일을 해도 부자가 될 순 있겠지만.

"이제 계약서를 쓰죠."

젠트가 어디서 꺼냈는지 모를 계약서를 스윽 들이밀자 피니게르는 노골적으로 찜찜한 표정을 지었다. 지금 비르다와 악마들 간의 계약 때문에 이런 수고를 하고 있는 그녀로서는 계약서를 작성한다는 것 자체가 달갑지 않은 모양이다. 그 표정을 읽고 젠트가 단호하게 못 박는다.

"계약서는 꼭 작성해야 합니다. 그쪽에서 입 닦으면 우리로서는 항의할 방법이 없으니, 마법사의 계약으로 스스로의 의지와 영혼 앞에 맹세하고 약속해 주시기 바랍니다."

"알았어, 알겠다고. 좀 그만해. 하아, 이러라고 널 남겨 둔 건 아닌데."

"그럼요?"

"유정과 친하니까 유정이 안 한다고 하면 설득해 줄 줄 알았지. 너도 이 땅 전체가 악마들의 놀이터가 되어 만들어지는 생지옥에서 살고 싶진 않을 거 아냐."

"뭐, 어쨌든 어서 작성하시죠."

아니, 어쨌든이라고 하면서 그냥 넘길 만한 말은 아니었던 것 같은데.

젠트는 피니게르가 무슨 말을 하든 자기 일만 하겠다는 태도였다. 그 모습을 보니 믿음직하기도 하고, 좀 무섭기도 하다. 조만간 배를 좀 눌러서 간이 있는지 확인해 보는 게 좋지 않을까? 젠트의 마르고 홀쭉한 체형은 어디론가 내다 버린 간덩이에 그 비결이 있을지도 모른다.

"아, 그런데 잠시만요."

두 사람이 본격적으로 계약서를 써 내려가려고 하자 문득 생각나는 것이 있었다. 내가 부랴부랴 끼어들자 피니게르는 약간 경계하는 얼굴로, 그리고 젠트는…… 젠트도 나를 경계하는 얼굴로 돌아보았다. 내가 이런 이익 계산에 능한 타입은 아니긴 하지만, 그렇게까지 쳐다볼 건 없지 않나.

"조건이 더 있어요."

"어떤?"

피니게르는 순순히 되물었다. 반쯤 포기한 얼굴이다. 크게 힘든 일만 아니면 다 들어주겠다는 배포가 보였지만 나는 젠트와 달리 간과 내장을 다 가지고 있었기 때문에 조심스럽게 요구 사항을 꺼내었다.

"사람을 하나 찾아 주세요."

"누구를?"

"저에게 이곳에 와서 세계를 구해 달라고 했던 사람이요."

"아아, 그 니모라는 사람? 태양의 숲인가 하는 소속이고 선지자라고 하는 수상한 놈들을 받드는?"

"네."

피니게르는 잠시 무언가 생각하듯 턱을 문지르며 고개를 까딱거렸다. 으음, 하고 작게 신음한 그녀가 툭 질문을 던진다.

"너는 그 작자가 한 말을 믿어? 네가 그의 처지에 동정심을 느낀 건 알겠어. 그래서 여기까지 온 거겠지. 덕분에 내가 몸을 찾았으니 나한테도 잘된 일이긴 한데, 겔을 먹고 세뇌당한 자의 말을 얼마나 믿을 수 있지? 전부 거짓말일 수도 있어. 지금 상황으로 봐서는 오히려 거짓말이었을 확률이 더 높지. 본인은 진실이라고 믿고 있는 거짓."

"그래서 그를 찾아서 진실을 확인하고 싶어요."

피니게르는 잠시 나를 가만히 바라보다가 가라앉은 어조로 입을 열었다.

"그가 살아 있을 거라고 생각해? 그가 너를 데려오는 걸 포기했다면, 사실상 자기가 속한 조직을 배신한 거나 다름없어. 그리고 배신자의 말로는 언제나 처참한 법이지."

그 생각을 해 보지 않은 건 아니다. 더 최악의 진실을 생각해 본 적도 있다. 하지만, 그렇다고 해도 나는.

"그것도, 확인하고 싶어요."

이를 악물고 대답하자 피니게르가 의외라는 듯 눈썹을 까딱거렸다.

"생각보다 고집이 있는데. 좋아, 만약 네가 소환되고 내가 몸을 되찾은 것이 누군가가 꾸민 음모라면 아무것도 모르고 멍하니 있다가 당하게 될 텐데 그건 나 또한 사양이야."

"그리고 조건이 하나 더 있어요."

"또?"

"모든 일이 끝났을 때, 제가 원래 세계로 돌아갈 수 있게 도와주세요."

"그건 아마 불가능하다."

르준이 갑자기 끼어들었다. 피니게르도 좀 곤란한 얼굴이었다.

"왜요?"

"너를 원래 세계로 돌아가게 만들려면 어떤 방법을 써야 할 것 같나?"

잘은 모르겠지만 아마도…….

"마법?"

"그리고 너는 마법을 무효화하지. 더 긴 대답이 필요한가?"

"하지만 피니게르 씨는 내 앞에서도 마법을 쓰잖아요?"

나의 반론에 피니게르는 곤란한 얼굴을 지우지 않은 상태로 미안한 듯 말했다.

"아까도 말했던 것 같은데, 사실 조절이 거의 안 돼. 정신 마법만 사용한 것도 그 때문이지. 같이 동행하면서도 내가 마법을 써야 할 상황이 오면 너는 멀리 떨어져야 할 거야. 그리고 너에게 직접적으로 마법을 걸어도, 자."

피니게르의 손안에 새카만 무언가가 응집되더니 확 퍼져 나를 잡아먹을 듯 날름거리며 다가왔다. 그러나 내 피부에 닿기도 전에 그 힘은 사라져 버렸다.

"봤지? 이 정도 의지면 평생 동안 사람을 날아다니게 할 수 있어. 이걸 그대로 공격 마법으로 바꾸면 산 하나를 깨끗하게 지워 버릴 수 있지."

"아……."

원래 세계로 돌아간다는 것에 크게 집착하진 않지만 그래도 이렇게 확답을 받으니 힘이 좀 빠진다. 내가 시선을 떨어뜨리자 피니게르가 잠시 망설이더니 덧붙였다.

"하지만, 방법이 아예 없는 건 아니야."

"네?"

"널 소환한 단체를 찾으면 무언가 실마리가 있을지도 모르지."

'하지만 확신은 못 해.' 라고 피니게르가 다급하게 덧붙였다. 하지만 그것으로도 충분했다. 희망이 있다면, 그래도 시도는 해 볼 수 있으니까.

"결국 그 태양의 숲이라는 단체를 찾으면 다 해결되겠네요. 제 조건은 여기까지예요."

나의 말이 끝나기를 기다리고 있던 젠트가 계약서에 무언가를 적기 시작했다. 아마 방금 나눈 대화를 정리해서 적는 모양이다. 펜이 종이를 긁작거리는 소리가 침묵 뒤로 깔린다. 활발한 대화가 이어지다가 갑자기 뚝 끊기자 여간 적막한 게 아니다. 결국 그 분위기를 견디지 못하고 나는 다시 입을 열었다.

"아까, 말하려다가 말았는데요."

"또 무슨 조건이 있어?"

피니게르가 웃으며 돌아보았지만 미간에서 미세한 짜증 몇 줄기를 발견한 나는 어색하게 웃었다.

"아뇨, 아까 르준에게 로봇이라고 말한 거."

"아, 그거? 그게 왜?"

"그거 제 세계에 있는 거예요. 그게 뭐냐면……."

무언가를 생각하는 듯하던 르준이 고개를 들었다. 피니게르도 호기심 어린 눈을 반짝인다. 로봇을 설명하려고 했는데 시선이 몹시 부담스럽다. 특히, 르준이 화내지 않을까 걱정된다. 으음, 화를 내더라도 피니게르가 날 지켜 주겠지. 악마들에게 몸을 빼앗기기 싫다면.

"감정이 없는 기계인데, 인간처럼 생긴 걸 말하곤 해요."

"기계?"

르준이 반문했다. 아, 여기 기계도 없는 건가? 여기에 있는 것 중 비슷한 게 뭐가 있을까. 으으음.

"마차 같은 거예요."

"내가 사람처럼 생긴 마차라고?"

아니, 그게 아닌데. 하지만 르준에게 설명할 새도 없이 대화는 이상한 방향으로 진행되었다.

"로봇이 뭔지는 나도 정확하게는 모르지만, 사람 같지 않다는 부분은 동감이네. 차라리 얘를 마차 앞에 묶어서 끌게 하는 게 도움이 되지 않을까? 마법도 못 쓰는 마법사를 어디다 써?"

심드렁하게 피니게르가 한마디 하고.

"그럴 일은 없을 거다."

르준이 싸늘하게 일축한다. 어색한 침묵을 없애 보려고 말문을 연 건데 이 불편한 분위기를 어떡하면 좋아. 그냥 나는 아무 말도 하시 않는 게 좋겠다.

피니게르와 르준의 불꽃 튀기는 살벌한 분위기는 겐트가 계약서가 완성되었다고 선언할 때까지 계속되었다. 겐트는 물론 두 사람이 싸우든 말든 전혀 신경 쓰지 않았다. 겐트답게.

피니게르와 함께 계약서에 서명을 하고, 마차의 수배가 끝나는 대로 떠나기로 결정한 뒤 창문을 보니 어느새 저녁 먹을 시간이 훌쩍 지나 있었다. 저녁이라기보다 야식에 가까운 시간이다. 늦은 점심으로 케이크 한 조각을 먹은 게 전부이고, 말을 많이 해서 몹시 배가 고픈 상태라 나는 더 망설일 것도 없이 자리에서 일어났다.

"어디 가?"

처음 이 자리에 앉을 때의 긴장감은 어디로 사라졌는지 겐트가 태평하게 묻는다. 어디 가냐니, 당연히.

"저녁 먹어야죠."

딱히 반대하는 사람이 없었기 때문에 저녁 식사 준비는 순조롭게 진행되었다. 저녁 장사를 하려고 잔뜩 손질해 둔 재료들은 고스란히 내일 아침거리가 되게 생겼다. 이런 난리가 났는데도 이 여관을 방문하는 사람이 또 있다면 말이다. 하지만 혹시 모르지, 소식 늦은 누군가가 아무렇지 않게 찾아올지도. 혹은 목숨보다 맛있는 음식을 사랑하는 사람이라든가.

먹고 싶은 메뉴는 따로 있었지만, 계란찜 외에는 전부 손이 많이 가고 시간이 오래 걸리는 것뿐이라 다음을 기약하고, 밤중에 상할 우려가 있는 딱한 식재료를 모아 처분하기로 마음먹었다.

케이크 한 조각을 제외하면 거의 하루 종일 굶은 것이라 재료를 움켜쥐는 손이 나도 모르게 대범해졌다. 냄비에 각종 채소를 쏟아 넣다시피 하고 고깃덩이를 뭉텅뭉텅 잘라 떨어뜨린다. 딱히 뭘 만들겠다는 생각도 없고, 그냥 식재료 처분용이다. 말하자면, 잡탕 스튜 같은 느낌이랄까.

한 상 차려 밖으로 다시 나오니 르준은 이미 떠난 상태로, 한 명의 자리가 빠끔히 비어 있었다. 케이크에 손도 대지 않은 사람이니 저녁밥에 미련이 없을 거라는 건 예상했다. 내 시선에 피니게르가 어깨를 으쓱해 보인다.

"들을 거 다 들었으니 떠나겠다는 투던데. 어차피 있으면 불편하니 잡지는 않았어."

잘했지? 하고 칭찬을 바라는 듯한 얼굴을 하기에 나는 어색하게 웃어 보였다. 사실 피니게르가 이렇게 친근하게 구는 것에 익숙해지지 못했다.

"곧 잘 시간이니까 간단하게 만들었어요."

고기와 야채를 듬뿍 넣어 짭짤하게 끓인 스튜. 매콤하게 할까 했는데 자기 전에 먹는 음식이니 일부러 자극적인 향신료는 피했다. 으깨어 넣은 마늘이 고깃국물에 익어 감칠맛 나는 냄새를 뿜어내었다. 나무 그릇에 나무 숟가락. 포크는 없어도 된다.

내가 저녁 식사 이야기를 꺼낼 때만 해도 다소 뜬금없다는 투로 쳐다보더니 막상 밥이 나오자 다들 자신의 시장기를 깨달은 표정이었다. 국물을 한입 맛본 사람들은 아무도 입을 열지 않고 숟가락만 바쁘게 움직였다. 각자 품고 있는 내심은 다들 다르겠지만 적어도 지금 이 순간만큼은 모두 똑같은 생각을 하고 있는 것 같다. 배를 채우고 싶다―라는?

"늘 느끼지만 요리 정말 잘하는데."

그릇을 반쯤 비운 피니게르가 입을 열었다. 김이 펄펄 나는 뜨거운 음식인데 다들 혀를 데지 않고 잘도 먹는다. 하지만 아델은 아직 소년 티가 나는 뺨을 발그레하게 붉히고 혼자 필사적으로 스튜 그릇을 식히고 있었다.

"정말 맛있어요."

피니게르의 말을 거들듯 아델이 입을 열었다. 변성기가 지나지 않은 목소리. 답례로 미소 지어 주자 고개를 푹 숙이고 수줍어했다. 그 옆얼굴을 물끄러미 바라보던 피니게르가 손을 뻗어 아델의 그릇을 살짝 움켜쥐자 스튜의 김이 확 옅어졌다.

"식혔어."

아델과 피니게르는 어떤 사이일까. 제물이라고 소개하긴 했지만 피니게르는 마치 보호자처럼 아델을 대하고 있고, 아델은 그녀의 시종처럼 행동하고 있었다. 그냥 잠깐 보기에는 서로를 꽤 아끼는 것 같은데.

"그나저나, 거기 얀스크라고 했던가? 당신도 동행할 거지? 나와 비슷한 처지 같은데."

나는 눈을 깜빡였다. 아이드가 아니라 얀스크로서 자신을 소개했으니 그와 이제 함께할 수 없다고 생각했는데, 함께 간다고? 하지만 얀스크는 피니게르의 말에 당연하다는 얼굴로 짧게 고개를 끄덕일 뿐이다. 그리고 나를 흘긋 보더니 조금 복잡한 얼굴을 하다가 답답한 듯 짧게 숨을 내뱉었다.

"딱히 속일 생각은 없었어."

차분하지만 쇳소리가 섞인 목소리. 아직도 그의 목소리가 굉장히 낯설다. 그가 말을 하고 있다는 것 자체가 낯설다.

"그저 경계했던 것뿐이야."

그는 조금 불편한 표정으로 덧붙였다.
"나와 일하는 동안 계속 경계했다구요?"
"그건, 때를 놓쳤다고, 변명하고 싶은데."
눈알을 굴리며 내 시선을 피하다가 슬쩍 마주치는 순간 툭 내뱉는다. 누군가 변명하는 법을 배우고 싶다 물어본다면 나는 손을 들어 그를 가리킬 것이다.
"변명을 하면서 변명하고 있다고 하는 사람이 어디 있어요?"
말꼬투리를 잡았지만 이 문제로 더 실랑이할 생각은 없다. 어차피 그가 해 줄 수 있는 말도 얼마 없을 것이다.
"솔직하게 말하지 않아서 화난 거 아냐? 그러니까, 이제 솔직한 사람이 되어 볼까 하고. 반성의 의미로."
얀스크가 싱긋 웃었다. 착한 사람은 스스로의 입으로 자신을 착하다고 소개하지 않고, 반성하는 사람은 절대 스스로 반성한다고 말하지 않는다. 이것도 결국 변명이었다. 눈앞의 그와 육 개월 동안 일을 했는데 마치 그가 모르는 사람처럼 느껴졌다.
하긴, 모르는 사람이긴 하지. 그에 대해서 아는 것 중 뭐 하나 제대로 된 게, 아니. 아는 게 몇 가지 있기야 있다. 그는 주방 일을 굉장히 잘하는 편이지. 일도 빨리 배우고, 불평하지도 않는 편이다. 결국 내가 모르는 건 그에 대한 과거뿐이고, 말투와 말하는 방식, 어투 정도다.
그의 첫인상은 유순한 사람이었다. 그러나 말을 안 하고 웃고만 있으면 어지간한 사람은 거의 유순하게 보인다. 그리고 함께 지내 보니 마냥 순하지는 않았지. 마음에 안 드는 손님이 오면 괜히 주문을 늦게 받으러 간다거나 하기도 하고, 새로 들어온 일꾼들이 단 한 명도 벙어리라고 그를 무시하지 않는 것만 봐도 그가 마냥 순한 사람은 아니라는 걸 알 수 있다.
좀 능청스럽다는 생각은 하고 있었는데, 입을 여니까 좀 더 유들유

들하게 느껴진다. 아까 하던 대화에 별로 입을 떼지 않은 걸 보면 관심 있는 것 외에는 모두 아무래도 좋다는 식인 것 같기도 하다. 그런 건 행동에도 표가 나는 법이라 그의 그런 점이 어색하진 않았다. 하긴, 평소 일꾼들한테도 무관심한 편이었지.

결국 그냥, 말을 한다는 게 어색한 것 같다. 이런 건 시간이 지나면 익숙해지기 마련이고, 별거 아닌 일이다. 그저 이름이 아이드에서 얀스크로 바뀐 것뿐.

나는 고개를 절레절레 저으며 화제를 전환했다.

"그나저나, 피니게르 씨가 비슷하다고 한 건 무슨 말이에요?"

나는 의식적으로 그를 부르는 호칭을 생략했다.

"처지가 비슷하다는 말이지. 그녀는 계약에 얽매여 스스로를 잃었고, 나는 가문의 저주에 스스로를 잃은 상태였으니까."

묵묵히 국물에 절여진 감자를 먹으며 그가 대답했다. 짭짤한 국물에 푹 익은 감자는 씹을 필요도 없이 혀로 누르면 그대로 으스러진다.

"가문의 저주."

"멸문한 가문의 구성원들이 죽기 전 가진 원한이 저주가 되는 일은 뭐, 자연스러운 일이지."

얀스크는 당연하다는 듯이 말했지만 나는 쉽게 받아들일 수 없었다. 마치 비가 오면 바닥에 웅덩이가 고이는, 일종의 자연 현상처럼 말한다. 하지만 난 그런 자연 현상 따위 몰라. 뭐야. 그거, 무서워.

"그러면, 처음 만났을 때 봤던 검은 안개 같던 게······."

"그래. 저주야. 나를 복수심에 미치게 만들었던 저주. 어디로 가야겠다는, 가고 싶은 곳도 없는 상태로 어떻게 살고 싶은지, 살고 싶긴 한 건지 아무런 생각 없이 그저 죽이고, 죽이고, 또 복수하고, 원망하고, 그런 마음만 가득한 채 움직이고 있었지."

말투는 담담했지만 그의 눈가는 미미하게 찌푸려져 있었다.

"그럼, 이제 또 복수를 하러 다닐 건가요?"

내 질문에 그는 질겁했다.

"아니. 복수는 끝났어. 다 죽였지. 저주가 발동하던 그 순간 복수의 대상들은 모조리 다 죽었으니. 나는 그저 가문에서 유일하게 살아남은 어린아이였을 뿐이야. 마법적인 재능이 좀 있는. 그것들이 달라붙기 딱 좋은 그릇이었지. 그저 저주의 힘이 끝날 때까지 사로잡혀 떠돌고 있었을 뿐. 거기에 내 의지는 없어."

"그럼 이제 괜찮은 거예요?"

"피니게르는 계약에 매여 있지만, 나를 지배하던 저주는 응집된 원한이 힘의 형태로 발현된 거야. 처음에는 디케 가문의 영지를 날려 버릴 정도로 강대했지만, 힘은 점점 소모되는 거지. 나를 처음 발견했을 때 아마 꽤 초라했을 거야. 그렇다곤 해도 어지간한 마법사 정도는 상대할 수 있지. 뭐, 그래. 이제 괜찮아."

처음 르준과 대치할 때 새카만 안개가 발밑부터 치솟았다가 금방 사라졌었지. 그가 말하는 저주는 아마 그걸 말하는 모양이다. 저주가 사라졌다면 그것도 사라져야 하는 것 아닌가? 앞뒤가 안 맞는 것 같다. 뭔가 좀 더 설명이 필요한데.

"뭐, 전부 옛날이야기야."

약간 불편한 기색으로 얀스크는 슬슬 이 화제를 마무리하고 싶어 했다. 편안한 화제는 아니긴 하다. 하지만 이건 확실히 하고 싶었다.

"아까 보니 그 검은 안개, 아직 있던데. 그 저주 때문에 저와 동행하고 싶어 하는 건가요?"

내 질문에 얀스크는 잠시 이쪽을 빤히 응시했다. 주변 사람들은 이미 식사를 끝내고 이 대화를 흥미진진하게 시청하고 있다.

"왜, 싫어?"

"네? 아니, 그건……."

싫은가? 아니, 그런 의도로 물은 것이 아니다. 의외의 반문에 내가 당황하는 사이 얀스크는 마음대로 말을 덧붙였다.

"그래, 싫겠지. 배신감을 느낄 거라는 것도 이해해. 하지만 나는 떠날 생각 없어."

그는 그것으로 부족하다고 생각했는지 다시 말을 이었다.

"그 이전의 삶은 없는 거나 마찬가지야. 저주의 망령이 시키는 대로 움직이던 그걸 '살았다'라고 하면 물에 떠내려가는 나뭇잎도 삶을 살아가고 있는 거겠지. 그러니까 난 내 새로운 삶을 내던질 생각 없다고, 그리고."

나를 아이드로 고용한 건 너잖아. 하고 그는 다소 원망스럽게 말을 맺었다. 그가 조금 진정되길 기다린 후, 나는 그의 눈을 마주 보고 최대한 오해가 없을 만한 말투로 단호하게 말했다.

"일단, 싫은 건 아니에요. 뭐, 배신감을 느낀 건 사실이지만. 음, 그러니까."

그가 주장하는 건 결국 주방 보조로 사는 삶이 자신의 진짜 삶이라는 거다. 그리고 그렇게 살고 싶다고 말하는 거, 맞지?

"그럼 그냥 계속 아이드라고 불러도 되는 거죠?"

방어적인 태도로 내 말을 기다리고 있던 그는 뜻밖의 경쾌한 결론에 약간 넋이 빠진 표정을 지었다. 아마 내가 더 따지고 들 거라고 생각했을지도 모른다. 하지만 난 따질 생각 같은 건 없었다. 그가 계속 아이드로 있고 싶다면, 그거야말로 내가 바라던 것이니까. 이 이상 상황을 복잡하게 꼬고 싶지도 않다.

"안 그래도 얀스크라는 이름은, 너무 어색하다고 생각했어요."

미소 짓자 아이드는 침묵했다. 방황하던 눈동자는 남은 스튜 그릇으로 떨어졌다. 결국 그는 우리가 밤 인사를 나누고 해산할 때까지 아무 말도 하지 않았다.

설마 다시 벙어리 행세를 하는 건가? 제발 그러지 않았으면 좋겠다. 오늘은 너무 많은 일이 있었고, 먹은 그릇을 설거지할 수 없을 정도로 피곤한 상태다. 그리고, 잠깐 잊고 있었는데 우리는 같은 방을 쓰고 있다. 다시 벙어리 행세를 하는 아이드와 한방이라니, 지금은 시간이 좀 필요하다구.

다행히 내 걱정들은 모두 기우에 그쳤다. 방문 앞에서 뜸 들이는 나에게 짧게 잘 자, 하고 인사한 그는 손님들이 모두 도망쳐 텅 비어 버린 객실 중 하나를 골라 거기로 들어갔다. 벙어리 행세를 하지도 않았고, 그와 둘이서 심각하고 복잡한 시간을 보내지 않아도 되게 되었다. 감사합니다.

방문을 열고 들어오자 텅 빈 아이드의 침대가 눈에 들어왔다. 어제까지만 해도 건너편 침대에서 시트를 끌어다 덮는 아이드를 볼 수 있었는데, 약간 쓸쓸한 느낌이다. 물론 지금 그가 있었으면 좋겠다는 뜻은 아니다. 아직 그에 대한 배신감이 가시지 않았기도 하고, 그럼에도 불구하고 아이드로 있어 줘서 다행스럽기도 하고 아무튼 좀 복잡한 기분이다.

차가운 내 침대에 누워 새카만 천장을 올려다본다. 아무것도 보이지 않지만, 눈을 깜빡였다. 겐트는 집으로 돌아갔고, 피니게르와 아델은 자신들의 객실로 들어갔다. 내 옆 객실엔 아이드가 있고.

사람이 가장 생각이 많아지는 순간은 아마 자려고 누웠을 때가 아닐까. 오늘 있었던 일들이 차근차근 정리되어 떠오른다. 아이드와 얀스크, 그리고 피니게르와 나. 아무도 태양의 숲을 모르고 있던 것과 피니게르를 돕기로 한 일까지.

내 의지이든 아니든 이 여관을 떠날 날이 결국 오고 말았다. 워낙 정신없이 상황에 떠밀려 왔기 때문일까. 문득, 이 일이 내 의지와 정말 상관없는지 시험해 보고 싶어졌다. 내가 만약 여기서 가지 않겠다고 태도를 바꾸면 어떨까?

바로 떠오르는 건 르준에게 향했던 피니게르의 사나운 미소였다. 예쁜 얼굴로 나에게 친근감을 표시하곤 있지만 내가 협조적이지 않으면 어떻게 돌변할지 모른다. 그 육체의 기억에서 학습했다는 잔인성을 드러낼지도 모르는 일이다. 그 상황에선 겐트라고 해도 나를 보호할 수 없을 테고, 사실 내가 가지 않겠다고 하면 피니게르는 강제로 나를 옮기거나, 아니면 내 주변을 떠나지 않거나, 혹은 볼일을 보러 멀리 떠날 때마다 마을을 하나씩 박살 내게 되겠지.

강제로 내 위치가 옮겨지는 것도 싫고, 안면 없는 사이라곤 하나 '풍문에 어느 마을이 또 박살 났대.' 같은 소식을 듣고 싶지도 않으며, 그들을 모른 척하기에는 이미 나는 너무 깊게 연관되어 있다. 나는 여기 산다. 이 세계에 살고 있다. 관계자가 되기에 이것보다 더 깊은 자격이 필요할까. 그리고 여기 사는 사람들도 많이 알고 있고, 친하고, 좋아한다.

결론 내리자면, 응. 맞다. 내 의지와 상관없이 일이 흘러가고 있긴 하다. 하지만 다행인 건 나도 바라는 방향이라는 것이다. 그리고 도움이 되어서 좀 기쁘기도 하고, 여기 이계까지 온 게 아무 의미가 없었던 건 아닐까 생각하던 차에 꼭 필요하다며 나타나 준 피니게르가 고마울 정도다. 그래, 다 잘된 거야.

언제 잠에 빠졌는지도 모르게 스르륵 잠이 들고 꿈도 꾸지 않은 채로 다시 다음 날이 밝았다. 주방으로 내려가자 아이드가 먼저 나와 아무렇지도 않게 어제 먹은 설거지를 하고 있었다. 까딱 눈인사를 하고 돌아서다가 조심스럽게 여관 문을 열고 들어오는 라킨을 발견했다.

"라킨?"

문틈으로 여관 안을 살피며 숨죽여 천천히 문을 열고 있던 그가 내 부름에 깜짝 놀라 쳐다본다. 그 자리에서 펄쩍 뛸 기세였다. 그래도 나를 발견하곤 좀 안심한 기색이었는데, 젖은 손을 앞치마에 닦으며 주방에서 나오는 아이드를 보고 다시 하얗게 질렸다. 으음, 아이드가 나를 따라간다고 하긴 했지만 여러 의미로 그가 이 여관의 주방 보조를 계속하는 데는 어려움이 있을 것 같긴 하다.

"괜찮아요? 어제는 어디에서 잤어요?"

내가 손짓하자, 라킨은 막 걸음마를 배운 사슴처럼 서툴게 걸어 들어왔다.

"유, 유정. 어제 일은 대체……."

사람들 사이에 어제 일이 어떤 식으로 퍼져 있는지는 모르겠지만, 라킨의 반응을 보니 대충 예상이 간다. 아무래도 피니게르의 정신지배 마법으로 도중 퇴장한 르준의 병사들이 부지런히 입을 놀리고 다닌 모양이었다. 라킨은 자신의 여관이 제자리에 있는 게 믿기지 않는다는 얼굴이었다.

"설명할게요."

나는 라킨의 둥근 어깨를 잡고 최대한 명료하고 긍정적으로 어제 있었던 일을 설명했다. 대부분 피니게르에 대한 이야기로, 그녀가 왜 여기에 있었는지 그리고 나를 찾아온 이유와 내가 곧 떠나야 한다는 일까지.

거기에 더해 마을 학살 사건은 폭주한 피니게르의 소행이었으니, 내가 그녀와 함께하는 이상 두 번째 알파카닌이 나올 일은 없다고도 덧붙였다. 그러면서 자연스럽게 아이드에 대한 이야기는 쏙 빠졌는데, 의도한 건 아니다. 정말이다.

"그러니까 이제 게르하인이 공격당할 일은 없어졌어요. 잘됐죠?"

일부러 밝게 말했는데 라킨은 눈도 깜빡이지 못하고 멍하니 서 있다. 갑자기 이 모든 걸 받아들이기엔 너무 많은 일이 일어나긴 했지. 내가 그를 이해하는 동안, 그도 내가 한 말을 이해했는지 뒤늦게 더듬더듬 입을 열었다.

"떠난다고요……? 언제?"

"겐트가 마차를 준비하고 채비가 되면 거의 바로 떠날 것 같아요."

"하, 하지만……."

라킨의 당황을 이해한다. 그는 하고 싶은 말이 너무 많아 무슨 말부터 해야 할지 모르겠다는 듯 허둥거렸다. 갑자기 주방의 핵심 인력이 싹 사라진다고 하면 경영자 입장에선 정말 난처하겠지. 그래도 그동안 교육시켜 놓은 일꾼들이 있으니 그들을 계속 고용한다면 어느 정도의 요리는 가능할 거다. 물론 내가 있을 때만큼은 못하겠지만.

"괜찮은 거예요? 그렇게 위험한 사람들과……."

라킨의 풍성한 눈썹이 축 내려앉았다. 마치 초가집 지붕 같다. 일렁이는 눈동자에는 나에 대한 걱정이 한가득이었다. 새삼 깨닫는다. 이 사람은 정말 좋은 사람이구나. 여관 경영이나 주방 상황 같은 것보다 나의 안위가 가장 걱정되는 것이다.

"괜찮아요. 그렇게 위험한 사람들은 아니에요. 그보다 주방은, 아마 그 일꾼들이 전부 남아 있으니 어렵지 않게 유지할 수 있을 거예요."

나로서는 지금 가장 걱정되는 부분을 말한 건데 라킨은 갑자기 벌컥 화를 냈다.

"지금 주방 같은 걸 걱정할 때가 아니라구요! 왜 그렇게 태평한 거예요? 얼마나 위험한 사람들인지 알기나 해요? 나는, 나는 어제 그렇게 도망 나와서 유정이 죽었을……."

거기까지 말한 그는 갑자기 몸을 돌렸다. 상기된 귀 끝이 새빨갛다. 얼굴 언저리를 스쳤던 소매 끝이 조금 젖어 있었다. 한참 동안 숨을 고르는 등을 보니 그제야 부스스한 머리카락들이 보인다. 어젯밤에 내내 한숨도 못 잔 것 같았다. 으음, 오늘 아주 푹 잔 나로서는 굉장히 죄책감 느껴지는 모습이었다.

"이미 가기로 했으니 어쩔 수 없죠."

다시 나를 돌아본 라킨은 붉은 눈시울로 일부러 퉁명스럽게 말했다. 딱히, 죽을 자리를 찾아가겠다는 것도 아니고 그렇게 위험한 일로 보이지도 않는다. 게다가 피니게르가 나를 적극적으로 지키겠다고 했으니 괜찮을 거라고 그를 안심시키려고 노력했는데, 라킨은 다시 벌컥 화를 냈다.

"그 말을 어떻게 믿어요!"

"믿지 않아도 뭐, 할 수 있는 것도 없는걸요."

어깨를 으쓱했더니 라킨은 다시 참담한 얼굴로 나를 쳐다보았다. 누가 보면 어디에 팔려 가는 줄 알겠다. 결국 한참 동안 달래고 또 달래서 그는 그럭저럭 내가 떠난다는 사실에 적응한 것 같았다. 그 직후 내가 꺼낸 이 말에 또 화낼 뻔하긴 했지만.

"그래서, 오늘 장사는 점심때부터 해야겠죠? 가게의 정상화도 알려야 하고."

"지금 장사가……!"

"이 여관에 있을 수 있는 날도 얼마 남지 않았는걸요. 그래도 있는 동안에는 제 요리를 좋아해 주신 분들이 최대한 즐길 수 있게 해 주고 싶어요."

이 말에 화를 내려던 라킨은 다시 울먹였다. 아침부터 아저씨를 너무 울리는 것 같다. 그는 결국 한숨을 쉬더니 고개를 끄덕였다.

"나는 나가서 오늘 장사한다고 여기저기 말해 두고 올게요. 유정은……."

"저는 장부터 좀 봐야겠어요. 오늘은 식료품 배달차가 오지 않아서."

"누가 여길 오겠어요. 어제 그 난리가 났는데."

매일 아침 찾아오는 식료품 수레와 물수레가 오지 않아 수프도 끓이지 못했는데 그것도 소문이 퍼진 탓이었나. 어떤 형태로, 어느 정도 규모로 소문이 나고 있는진 모르겠지만 지금 상황으로 봐선 상당한 수준인 모양이다. 어쨌든 라킨은 그 말을 끝으로 여관을 서둘러 나가 버렸기 때문에 나도 장을 보러 갈 채비를 하기 시작했다.

같은 이유로 일꾼들도 오지 않아 여관에 있는 종업원이라곤 나와 아이드뿐이다. 어차피 손님도 그리 많이 올 것 같지 않으니 짐꾼이 필요할 만큼 장을 보진 않아도 될 것 같고, 그가 나가 버리면 여관을 보고 있을 사람이 없어지니 결국 시장에는 혼자 가게 되었다. 아이드는 자연스럽게 일꾼들 대신 홀의 청소를 하며 나를 배웅해 주었다.

아직까지 아래로 내려오지 않는 걸 보면 피니게르는 늦잠인 모양이다. 어제 정말 많은 일이 있었는데, 신기할 정도로 평화로운 느낌이었다. 손님이 없는 탓에 바쁘지 않아 한가로움이 더욱 심화된다.

손님이 늘어난 후에는 식료품을 판매하는 수레에서 그날 식재료를 샀기 때문에 시장에 가는 건 정말 오랜만이었다. 수레에서 구입하는 재료는 시장에서 판매하는 것보다 좀 비싸긴 하지만, 대신 수레의 상인이 직접 시장에서 골라 온 품질 좋은 물건을 살 수 있고, 매일 아침이나 점심때쯤 정해진 시간에 찾아와 주니 시장에 가서 발품을 팔 필요가 없다는 장점을 가지고 있다. 시간이 없고 일손이 부족한 나로서는 쓰지 않을 이유가 없는 것이다.

하지만 그렇다고 시장에 가는 걸 마냥 귀찮다고 생각하지는 않는다. 시장에 직접 가면 여러 가지 물건을 볼 수 있고, 시장 특유의 활기도 즐길 수 있고, 또 재미도 있으니까.

골목길을 지나 시장과 점점 가까워지자 좌판을 깔고 산에서 뜯어 온 나물이나 열매를 팔고 있는 사람이 드문드문 보이기 시작했다. 대부분 양이 적고 값도 비싸지 않아 간식 수준으로 소비된다. 하지만 단맛이 강한 열매는 꽤 비싼 편이다. 이곳은 단것이 비싸니까.

좌판에서 사과 몇 알을 발견하고 사과파이를 구울까 싶어 다가가는데 좌판 바로 옆으로 익숙한 얼굴이 지나갔다. 새하얗고 풍성한 꼬리와 삐죽한 귀. 훤칠한 체구. 녹스다. 내가 그를 알아봄과 동시에 그도 나를 발견했다.

"녹스?"

그는 어디론가 매우 급히 가고 있는 기색이었는데, 그럼에도 불구하고 나를 발견하자 반가움에 그만 꼬리로써 좌판의 상인을 부채질해 주었다. 상인은 매우 불쾌한 표정이었지만 녹스가 허리춤에 차고 있는 검 때문인지 항의하지 못했다. 그래도 녹스가 나에게 재빨리 다가온 덕분에 상인의 고난은 그리 길지 않았다.

"여기서 뭐 해?"

"장 보러 왔죠."

녹스가 아직 이 도시에 있었다니 의외다. 하긴, 떠났다면 가기 전 여관에 들렀었겠지?

"아, 그래? 그……. 아니다, 지금 급히 가야 할 곳이 있으니 나중에 봐."

무언가 할 말이 있어 보였는데 그것보다 더 급한 일이 있는 모양이다. 정말로 서두르는 모습에 딱히 방해하고 싶지 않아 손을 살랑살랑 흔들어 주다가 문득 깨달았다. 잠깐, 녹스가 떠나는 것보다 내가 이 도시를 떠나는 게 더 문제 아닌가? 이렇게 만난 참에 이야기를 해 주는 게 좋겠다.

"저기, 녹스. 사실 저 이번에."

"나중에!"

말을 꺼낼 무렵엔 녹스는 이미 뛰어가고 있었다. 진짜 급하긴 급한 모양이다. 멀어져 가며 나중에 여관에 들르겠노라 약속하는 그에게 나는 그냥 손만 흔들어 주었다. 그나저나 저렇게 바쁜 와중에 나를 알은척하며 다가오다니. 그렇게 내가 반가웠던 건가?

그가 어디를 그렇게 급하게 가고 있는지 궁금해졌지만 그 의문은 금방 풀렸다. 시장을 한 바퀴 돌고 장을 본 후 여관으로 돌아오니 르준과 녹스가 여관에 앉아 기다리고 있었던 것이다. 아직 영문을 모르는 듯 어리둥절한 얼굴의 녹스는 별생각 없이 나를 반기다가 르준이 꺼낸 말에 쩡 하고 얼어붙었다.

"이번에 동행하는 이계인이다. 서로 소개하도록."

네?

르준의 갑작스러운 말에 깜짝 놀라 두 사람을 번갈아 보자 피니게르가 끼어들어 설명해 주었다.

"애도 같이 가기로 했어. 우릴 감시하겠다는데? 너와 있으면 마법도 못 쓰는데 용기가 가상하지."

의자에 비스듬하게 앉아 두 발을 테이블 위에 올린 채 말하는 피니게르의 얼굴이 무척 심술궂어 보인다. 녹스는 그녀에 관해 별다른 설명을 듣지 못했는지 어리둥절한 얼굴로 물었다.

"이 여자는 누구야?"

이 질문에 대답하면 아마 아주 긴 설명이 따라붙어야 하겠지. 그를 데려온 르준조차도 대답할 생각이 없어 보였기 때문에 나도 대충 얼버무리기로 했다.

"나중에 천천히 설명해 줄게요. 그나저나 어쩌다가 녹스가 합류하게 된 건지 궁금한데요?"

그가 무슨 이야기를 듣고 여기까지 왔는지 궁금하다. 눈치를 보니 르준이 관련 있을 것 같긴 한데 정작 르준은 나 몰라라 하는 태도였다. 보면 볼수록 마음에 안 드는 사람이다.

"아, 전에 말했던 거 기억나? 아클락스 군도에서도 참혹의 경계가 사라진 일에 관심을 가지게 되었다고 했잖아."

어렴풋이 기억나는 것이 있긴 하다. 고개를 끄덕이자 녹스가 말을 이었다.

"육지 일에는 참견하지 않는 게 원칙이긴 하지만, 교류를 하고 있는 이상 육지에서 생기는 일이 군도에 영향을 끼치니까 언제까지나 모른 척할 수는 없지. 그래서 조사원으로 내가 파견된 거야. 나 빼고 다른 선원들은 벌써 출항했어. 그리고 이 마법사가 관련 정보를 제공하는 대신 나를 호위로 고용한 거야. 나도 혼자 알아보러 다니면 막막할 테니까 수락했지."

확실히, 그런 이유로 동행한다면 정답이긴 하다. 이 일행의 목표는 피니게르가 완전히 몸을 되찾도록 돕는 것이고 궁극적으로 참혹의 땅에서 악마들을 완전히 몰아내는 것이다. 부차적으로 나를 소환한 단체를 찾아내는 등의 일이 포함되어 있긴 하지만.

"그런데 너는 왜? 그리고 이계인이라는 건 또 무슨, 잠깐, 설마 전에 배에서 했던 헛소리가 진짜였어?"

경악하는 녹스가 진정할 때까지 기다린 후 나는 차근차근 피니게르와 어제 나누었던 이야기, 그리고 이 일행의 목적 따위를 전달해 주었다. 이미 라킨에게 한 번 말한 적이 있는 내용이라 어렵지는 않았다. 이야기가 끝날 무렵이 되자 녹스는 완전히 넋이 빠져서 꼬리를 흔드는 것조차 잊고 멍하니 앉아 피니게르를 쳐다보고 있을 뿐이었다.

"이게, 참혹의 땅에 살고 있는 그 악마라고……."

'이것' 으로 지칭되는 게 마음에 들지 않았는지 피니게르의 눈썹이 꿈틀했지만 그녀는 너그러운 이해심을 발휘해 넋 나간 녹스를 힐책하지 않았다.

하긴, 그러고 보면 젠트에게도 꽤 관대한 편이었지. 그가 상인으로서 그녀와 거래할 수 있었던 것도 그녀가 그걸 허락했기 때문이다. 애초에 동등하게 서는 것이 불가능할 정도로 힘의 고저가 명확한데. 물론 그녀가 젠트를 공격했다면 나도 동행하는 걸 부정적으로 생각했겠지만. 아, 그래서 나와 친해 보이는 사람에게는 관대한 건가?

어쨌든 녹스에게 설명을 해 주는 동안에도 여관으로 들어오는 손님은 한 명도 없었다. 내가 떠난 후 라킨의 여관 영업이 심히 걱정이 된다. 아니, 오히려 우리가 떠나면 원흉이 사라진 것이니 손님이 다시 올지도 모르지. 지금으로서는 희망적으로 관측하는 게 최선이다.

"네가 자리를 비운 사이에 상인이 왔다 갔어."

피니게르가 불쑥 입을 열었다.

"상인이요?"

"젠트라고 하던 그 사람."

"아."

"마차 준비가 3일 안에 끝날 것 같다는데."

"그렇게 빨리요?"

제대로 된 마차 하나를 만들려면 최소 2주의 기간은 걸리는 것으로 알고 있다. 게다가 젠트가 요구한 마차는 그냥 마차도 아니고 안락한 여행을 보장하는 호화로운 마차이다. 그것도 개조 버전. 그걸, 3일 안에 준비할 수 있다고?

"어제 알게 된 이야기를 상인길드에 전했더니 게르하인 철수 지시가 철회되었대. 그래서 철수할 때 사용하려고 했던 마차들을 개조해서 판매한다던데."

"상인길드가 떠나지 않아서 결과적으로 영주에게도 이득이니, 영주도 이 여정을 후원하기로 했다."

피니게르와 르준이 번갈아 가며 말했다. 자신의 말에 끼어드는 르준이 심히 불쾌한 듯 피니게르가 얼굴을 구겼다.

"일이 점점 커지는 느낌이네요."

"준다는데 거절하지는 않으려고."

그녀가 어깨를 으쓱하는 순간 여관 문이 갑자기 벌컥 열렸다. 앗, 설마 오늘 첫 손님인가 하고 벌떡 일어섰는데 커다란 덩치가 역광을 받으며 눈부시게 들어선다. 낯익은 얼굴에 뜻밖의 방문자.

"윙커 씨?"

깜짝 놀라 부르자 윙커는 자연스럽게 고개를 까딱해 인사를 받았다. 마치 매일 드나드는 듯 자연스러운 태도다.

"어, 안녕. 그나저나 내가 오는 길에 이상한 소리를 들었는데."

"네?"

성큼성큼 걸어 들어온 윙커는 우뚝 서서 사방을 한 바퀴 획 둘러보았다. 다들 흥미로운 얼굴로 그를 향해 시선을 던지고 있다. 어쩐지, 라킨에게도 했고 녹스에게도 했던 그 설명을 윙커에게 다시 한 번 해야 할 것 같은 불길한 느낌이 들었다.

"여기 여관에 악마가 들렸다는 소문이 돌더라고."

마을로 오자마자 바로 이곳으로 향한 모양인지 윙커는 매우 더럽고 냄새나는 상태였다. 적어도 일주일은 씻지 않은 몰골이다. 악취 때문에 몇몇이 얼굴을 찌푸리는 게 보였지만 그는 전혀 신경 쓰지 않는 태도로 나를 턱짓했다.

"설명해 봐."

아니, 사실 나에게 설명을 듣기 전에 3일 만에 돌아온다던 그가 왜 그렇게 늦었는지부터 묻고 싶었지만 언제나 질답은 선수 필승이다. 인사가 아니라 왜 이렇게 늦었냐고 소리쳤어야 했는데.

결국 나는 설명했다. 라킨에게도 말했고 녹스에게도 말했던 그 내용을 이번에는 윙커에게 다시 설명했다. 세 번째로 같은 내용을 말하니 마치 전문 강사라도 된 것처럼 입에서 말이 줄줄 흘러나온다. 그동안 녹스는 정신을 좀 차렸는지 구석에서 르준과 무언가를 논의하고 있었다.

"아아, 여기 주방 보조가 얀스크 렌 디케였다고. 그건 참 놀랍군."

그가 전혀 놀랍지 않은 표정으로 말했다. 여러모로 심기가 불편해 보였기 때문에 나는 그의 말을 받아 주기로 했다.

"그렇죠?"

"여기 이쪽 아가씨가 피니게르 디오비르다."

"네. 맞아요."

"그리고 너는 이 사람들이랑 같이 여기를 떠난다고?"

"3일 뒤 마차가 준비되는 대로요."

이렇게나 이해가 빠르다니. 내가 설명을 잘하긴 했나 보다. 하긴 세 번째로 같은 내용을 설명하는데, 숙달이 될 만도 하지.

"궁금한 게 있는데."

"네?"

"뭘 그렇게 아무렇지도 않게 대답하고 있는 거냐?"

"네?"

"내가 여길 떠나기 직전에 남긴 말이 있을 텐데."

"아……."

꽤 예전 일인데도 윙커의 으르렁거림 때문인지 마치 어제 일처럼 선명하게 떠오른다. 그가 호위했던 모험가가 죽어서 그 유품을 가족에게 전해 주러 가야 한단 거였지.

"분명, 모험 같은 거 하지 말라고 했을 텐데. 그때 네가 나한테 뭐라고 대답했는지 기억나나?"

"하, 하하."

"웃지만 말고."

굳은 얼굴의 윙커는 정말로 화가 난 것 같았다. 입술이 꿈틀거리고 어깨가 들썩거리는 게 여차하면 욕설을 퍼붓거나 한 대 때려 주고 싶은 걸 필사적으로 참고 있는 형상이었다. 나는 눈알만 데굴데굴 굴리다가 결국 다시 웃고 말았다.

"그게, 그렇게 됐네요. 앗, 배고프시겠다!"

그 말만 남기고 나는 후다닥 주방으로 피신했다. 윙커가 뒤에서 뭐라고 부르는 소리가 들렸지만 뭔가 먹을 것을 만들어 오겠다는 핑계만 소리쳐 주었다. 주방 안으로 들어오자 화로 앞에 서 있던 아이드가 나를 돌아본다.

"아, 아이드. 윙커가 묵어야 해서 객실 좀 준비해 주겠어요? 그리고 윙커 씻어야 할 것 같은데. 그런데 뭐 끓이고 있는 거예요?"

"뭔가 먹어야 할 것 같아서 물을 미리 끓여 두고 있는데. 그런데 괜찮겠어?"

아, 맹물인가. 가까이 가 보니 정말 그냥 물이 보글보글 끓고 있다. 뭐, 여기 재료를 넣고 육수를 내는 건 내가 하면 되니까. 그나저나 뭐가 괜찮겠냐는 거지?

"뭐가요?"

역시 아이드에게서 대답이 돌아오는 건 영 어색하다. 주방에 서 있는 모습이 워낙 익숙해서 언제나처럼 무심코 일을 시키고 말았는데 그가 소리를 내어 말하면 아무래도 움찔하게 되는 것이다.

"방금 내가 얀스크 렌 디케라고 저자에게 말했잖아?"

"아."

"요즘은 아니지만 원한의 대행인으로 꽤 이름 높았던 시기도 있어서 말이야. 그가 어색해하지 않을까?"

아이드는 그렇게 말하더니 싱긋 웃고 그대로 주방을 나갔다. 아뿔싸 해서 '저기요—!' 하고 불렀지만 그대로 무시했을 뿐이다. 오늘따라 내가 부르는 걸 무시하는 사람이 많은 기분인데.

그가 나간 후 홀을 향해 귀를 기울였지만 너무나 조용해서 오히려 더 걱정된다. 그 분위기를 상상만 해도 숨이 막히는 것 같다. 르준과 피니게르가 있고, 아이드와 윙커가 있는 그 공간. 문득 아델의 정신건강이 매우 걱정되었지만 피니게르가 잘 챙기겠지…….

갑자기 식사거리가 아니라 단것을 만들고 싶었지만 나는 필사적으로 그 욕구를 억눌렀다. 일단, 일단은 음식을 만들자. 손을 움직이면 기분이 좀 나아질 거야.

홀에 늦게 나가려고 최선을 다해 요리에 집중했더니 생각보다 더 대단한 만찬을 만들어 내고 말았다. 바삭하게 튀겨 낸 생선튀김에 새콤한 레몬소스, 겉은 바삭하고 속은 쫄깃한 몽블랑 데니쉬 페이스트리, 그걸 찍어 먹을 갈릭버터허니소스. 일부러 버터는 듬뿍듬뿍 썼다. 어차피 내가 여길 떠나면 이걸 활용할 수 있는 사람도 없으니까.

장 봐 온 사과로 만든 달콤한 사과파이에 어제 남은 통돼지구이에서 다리만 떼어다가 허브기름을 발라 다시 구워 낸 바비큐, 타조알만 한 계란을 통째로 써서 만든 커다란 푸딩 한 양동이까지. 거기에 신선한 과일을 곁들여 내면 어디 벽화에나 나올 것 같은 만찬의 완성이다.

밖에 내어 가려고 모아 놓고 보니 생각보다 더 대단한 양이라 과연

다 먹을 수 있을지 걱정이다. 아니, 다 먹을 수 있을 것 같다. 요리를 하느라 잠깐 잊고 있었는데 윙커가 왔었지. 그의 먹성이라면 혼자서 이 요리의 절반 정도는 먹어 치울 수 있을 것이다. 맞아. 윙커, 윙커가. 그걸 잊으려고 여기에 골몰했었는데 정말 잊다니.

밖은 과연 어떤 분위기일까.

조심스럽게 문틈으로 내다보니 생각보다 평화로운 분위기였다. 윙커는 씻으러 갔는지 보이지 않고, 피니게르와 녹스가 무언가 이야기를 주고받고 있다. 그리고 언제 왔는지 모를 겐트가 르준과 대화하고 있다. 으음, 생각보다 괜찮은데? 그리고 여전히 손님은 없군. 라킨도 아직 안 왔다.

음식이 식게 둘 생각은 없었기 때문에 나는 망설이는 걸 그만두고 과감하게 움직였다. '과감하게'라곤 해도 테이블에 음식을 옮기는 것 정도였지만, 저 멤버들 앞에서는 숨 쉬는 것조차도 과감함이 요구되는 일이다.

테이블 여기저기 흩어져 있던 사람들이 음식을 쫓아 한 테이블에 모인다. 말끔하게 씻은 윙커도 아이드와 함께 때맞춰 나타났다. 윙커의 젖은 머리에서 간간이 물이 똑똑 떨어진다. 모여 앉은 사람들은 아무 말 없이 각자 앞에 놓인 음식을 하나씩 집었다.

밥 먹을 때가 되면 좀 화기애애해지지 않을까 하고 약간 기대했는데, 테이블은 숨이 막힐 것 같은 침묵으로 가득했다. 어느 정도로 조용하냐면, 씹는 소리가 요란할까 봐 일부러 어금니 사이에 음식을 두고 천천히 으스러뜨리고 삼킬 때도 조심해서 삼킬 정도다. 솔직히 지금 무슨 맛인지도 모르겠다.

"3일 뒤가 출발이라는 말은 들었어?"

적막을 신경 쓰지 않는 타이밍으로 겐트가 아무렇지도 않게 입을 열었다. 과연! 도시 하나를 궤멸시킬 수 있는 사람 앞에서도 자기 할 일 하는 사람!

"아, 음. 네."

입 안에 있는 음식을 급히 삼키고 서둘러 대답했다. 젠트가 말을 걸자 그제야 내가 뭘 먹고 있었는지 좀 알 것 같다. 페이스트리가 잘 구워졌네. 겉은 바삭하고 속은 쫄깃하다. 버터를 듬뿍 쓴 보람이 느껴지는 맛이다. 버터 특유의 달콤한 풍미의 고소함이 굉장히 좋다.

"그래서, 윙커 씨. 의뢰가 있습니다."

눈을 감고 묵묵히 사과파이의 맛을 음미하던 윙커가 슬쩍 한쪽 눈만 떠서 젠트를 응시했다. 그러곤 예상했다는 듯 입을 열었다.

"뭔지 알 것 같은데. 이 애송이들 호위해 달라고?"

"그렇습니다."

"하지만 이런 쟁쟁한 인원 사이에서 내 호위가 필요하겠어? 저 아가씨가 있으면 내가 필요 없을 테고, 저 아가씨가 딴 맘을 먹는다고 해도 내가 할 수 있는 건 없는데."

'저 아가씨'라는 건 피니게르를 말한다. 그녀는 사과파이가 무척 입맛에 맞는지 파이지 안에서 쏟아져 나오는 뜨거운 사과 필링을 손가락으로 받아 가며 온몸으로 먹고 있었다. 자신의 이름이 나와도 신경도 쓰지 않는다. 새삼, 여기는 뭐든 신경 안 쓰는 사람들로 가득하구나. 괜찮을까? 나…….

"이 구성을 보면, 야숙에 익숙한 사람이 하나도 없으니 보통 사람은 이슬 맞다 골병들기 딱 좋은 상태입니다. 그러니 여정 전반의 생활을 이끌어 주시고, 유정을 좀 돌봐 주셨으면 합니다."

젠트는 아무래도 내가 무인도에서 1년간 생활하던 사람이라는 걸 잊고 있는 것 같다. 무인도에서 얼마나 많은 이슬을 맞았는데. 제일 잘하는 요리사 다음으로 전문 이슬 맞이 같은 직업을 가져도 될 수준인데.

"호위인 줄 알았더니 보모인가."

윙커는 혀를 찼고 젠트가 다시 사정하자 나는 의아해졌다.

"젠트가 있는데 윙커 씨에게 그렇게 매달리실 필요 있나요?"

고개를 갸웃하며 내가 물었더니 젠트가 영 생뚱맞은 소리를 들었다는 듯 눈을 크게 떴다.

"나? 내 이름이 왜 나와?"

"같이 가는 거, 아니에요?"

"뭐? 내가 왜?"

펄쩍 뛰는 젠트는 진심으로 싫어 보였다. 약간 상처받을 정도로 진저리 치는 모습에 내가 입을 다물자 그는 애매한 얼굴로 설명하기 시작했다.

"상단이 여길 떠날 이유가 없어졌으니 나도 게르하인에 계속 있어야지. 라이사도 소식을 듣고 돌아온다고 하고. 철수 계획을 철회하는 바람에 이것저것 쓸데없는 일만 많이 늘어서 당분간은 엄청나게 바쁠 예정이야."

그렇게 말하면 더 할 말이 없긴 한데, 그래도 그대로 물러나기는 너무 아쉽다.

잔소리 많고 꼬장꼬장한 면이 귀찮을 때도 있지만 그는 책임감 있는 든든한 후견인이었다. 게르하인에서 생활하는 내내 그에게 얼마나 많이 신세를 졌는지 모른다. 알게 모르게 그에게 많이 의지하고 있었던 모양인지 그가 가지 않는다고 하자 갑자기 다리 한 짝을 잃어버린 것 같은 불안감이 엄습해 왔다.

"그리고 내가 가서 뭘 하라고? 난 상인이야. 게르하인이야 상인 조합이 있으니 네 뒤를 봐주는 게 가능했지만 어디로 갈지 모르는 모험 길에 숫자 놀음이나 하던 사람 데려다가 뭐 하게? 가끔 마을에 들러서 물건 살 때 바가지 쓰지 않게 대신 흥정해 주는 것 외에 쓸모가 있나?"

구구절절이 맞는 말이라 나는 조용히 입을 다물었다. 내가 기가 죽어 시무룩해지자 젠트는 타이르듯 덧붙였다.

"내가 가는 건 너나 나, 둘 다의 인생에 낭비야. 그리고 등쳐 먹히지 말라고 윙커를 붙여 주겠다잖아. 그 정도면 구하기 힘든 노련한 용병이야."

면전에서 예상치 못한 칭찬이 튀어나오자 윙커가 돼지 다리를 씹다 말고 멋쩍게 뺨을 긁었다.

"의뢰, 받는다곤 안 했는데."

믿었던 윙커마저 그렇게 말할 줄이야. 내 표정이 어땠는지는 모르겠지만 대단히 볼만했는지 윙커는 돼지고기 파편을 튀겨 가며 다급하게 말했다.

"받을게, 받을게. 그런 눈으로 보지 말라고."

"윙커 씨……."

"받는다니까. 의뢰받는다고. 이봐, 상인. 계약서 쓰러 언제 가면 되는 거야? 그리고 출발일은 언제고? 출발 인원은 몇 명이지?"

윙커는 필사적으로 젠트와 일 이야기를 하는 척하면서 내 시선을 회피했다. 윙커가 의뢰를 안 받겠다고 하는 순간 나도 모르게 눈시울이 왈칵 뜨거워졌던 것이다. 나름대로 긴 시간 알아 왔다고 생각했던 두 사람에게 동시에 버려졌다고 생각하니 설움이 솟구쳐서 그만.

"출발은 3일 뒤 새벽입니다. 인원은 유정, 르준 님, 녹스, 피니게르 님과 그 일행인 아델."

"아마 아이드도 갈 거예요."

"그리고 나까지 총 일곱 명이군. 마차 한 대로는 안 되겠는데?"

"유정이 탈 마차는 상회에서 구입해 영주의 허가를 받아 개조 중입니다. 기타 여행 물품도 제가 준비할 예정이고, 혹시 더 필요한 개인 물품이 있다면 출발 전까지 준비해 주면 됩니다."

"아니아니, 잠깐. 무슨 진행 속도가 이렇게 빨라? 묻고 싶은 게 있는데."

"질문이 있다면 하십쇼."

"호위 겸 보모라는 건 알겠어. 그런데 모험이라고 했는데, 목적지가 어디야?"

"그건……."

젠트가 말문을 흐리며 피니게르에게로 시선을 던진다. 자연스럽게 그 눈을 좇아간 윙커에게 피니게르가 싱긋 웃었다.

"남쪽."

"남쪽 정확히 어디를……?"

피니게르는 대답 대신 미소만 지었다. 윙커는 갑자기 찜찜해졌는지 의뢰 수락을 재고하고 싶은 표정이었지만 젠트와 나의 간절한 눈을 이기지 못하고 마지못해 승낙했다. 하지만 계약서에 자신이 도중 의뢰를 파기하더라도 위약금을 지불하지 않는다는 항목을 챙겨 넣었다. 솔직히 그가 가 주는 것만으로 감지덕지인 상황이었기 때문에 나와 젠트는 아무런 토를 달지 못했다.

그리고 3일이 흘렀다.

젠트는 출발까지 3일이 남았다며 꽤 많은 시간을 준 것처럼 말했지만 사실 3일은 터무니없이 짧은 시간이었다. 그간 알아 온 마을 사람들에게 작별 인사를 하는 데 하루, 내가 떠난 뒤에 정상적으로 여관이 돌아갈 수 있도록 신경 쓰느라 하루를 쓰고 나니 정작 여정을 준비할 시간은 거의 남지 않았다. 심지어 미리 작별 인사를 한다며 일꾼과 라킨, 그간 알아 온 마을 사람들과 먹고 마시느라 짐 가방을 쌀 시간조차도 갖지 못했다.

사실 몇 번이나 너무 급하게 떠나는 건 아닌가 생각이 들었는데 이 급박한 출발에는 여러 내막이 있었다.

첫 번째는 피니게르 디오비르다가 자신의 영지에 머무르는 것에 대해서 영주가 좋은 감정을 느낄 리가 없었고, 때문에 되도록 빨리 떠나 줬으면 하는 마음으로 다방면으로 압박을 넣고 있었던 것이다.

두 번째는 압박 대상에 포함된 상인 조합도 피니게르가 빨리 떠나 줬으면 하는 모양이었다. 젠트를 통해 어느 정도 내막을 전해 들었어도 '그' 피니게르 디오비르다를 친근하게 느끼는 건 많은 무리가 따르는 일이다.

세 번째는 피니게르 디오비르다 본인이 매우 서두르고 있었기 때문인데, 남쪽에서 단서를 찾다가 폭주하는 바람에 마무리를 못 했으니 빨리 수색을 재개하고 싶은 모양이었다.

이렇게 빨리 출발해야 한다고 외치는 사람이 잔뜩 있으니 일정을 늦추자는 말이 입 밖으로 잘 안 나온다. 너무 급하게 일이 돌아가서 정말 이 도시를 떠난다는 게 실감이 나지 않을 지경이었다. 하지만 마침내 맞이한 출발일 새벽, 눈을 뜨고 여관 아래로 내려와 습관처럼 주방에 서자 비로소 깨달음이 왔다.

정말 가는구나.

푸른 새벽빛에 젖은 주방.

여느 때였다면 아침 장사를 위해 수프를 끓이고 식재료를 다듬었겠지만 오늘은 그럴 필요가 없다. 길 가며 먹을 간단한 음식이나 만들어 갈까 싶어 들어온 것이다. 하지만 이제 한참 동안, 아니, 어쩌면 영원히 이 주방에 설 일이 없다고 생각하니 가슴이 묵직하게 가라앉는다.

중앙의 화구가 조금 닳아 냄비가 달그락거리는 세 개의 화로. 뒤돌면 바로 손 닿는 거리에 있던 작은 화덕.

화구 옆에 놓인 넓은 카운터와 매달아 놓은 말린 마늘, 허브, 향신료들. 한 뼘 반짜리 열두 개의 접시, 설거지를 할 때면 서로 부딪혀 경쾌한 소리가 나던 오동나무 그릇 스무 개, 매일 아침마다 수프로 가득 채워 놓았던 커다란 걸솥, 손잡이에 작은 통나무가 그려져 있던 국자.

이 모든 것을 두고 떠나는 것이다.

Chapter 6

"그만 좀 봐."

고삐를 느슨하게 당기던 윙커가 혀를 차며 말했다. 그의 말을 듣고 몸을 정면으로 돌렸지만 그것도 잠깐이었다. 내 의지와 상관없이 눈이 저절로 뒤로 돌아간다. 정확히는, 멀어지고 있는 게르하인으로.

언덕을 좀 올라와서 돌아보는 게르하인은 마치 그림처럼 아름다웠다. 푸른 바다를 배경으로 갈매기가 휘도는 새하얀 종탑. 그곳에 살 때는 몰랐던 빛줄기가 도시 전체에 드리우고 있다. 마침 날도 화창하고 맑아서 더욱 근사하게 보인다.

"무슨, 떠나자마자 그리워하다니."

투덜거리는 윙커의 목소리가 들렸지만 나는 좀처럼 눈을 떼기가 힘들었다. 라킨도, 겐트도, 내 주방도, 내 일꾼도, 나의 장터와 매일 마주 보던 사람들이 전부 저기에 있는데 어떻게 그리워하지 않을 수가 있을까. 내 무인도 생활과의 작별을 상징하는 곳이며, 내 고독을 청산하게 해 준 두 번째 고향인데.

"그나저나 정말 호사스러운 마차야."

윙커의 감탄대로였다. 겐트가 준비한 우리의 여행 물품은 윙커와 나의 예상을 아득히 넘어서는 수준이었다. 마차를 타 본 적은 없지만 본 적도 없는 건 아니다. 내가 본 마차들은 대부분 들어가서 눕기는 좀 힘들고, 간신히 앉아 타는 수준의 작은 수레였던 터라 '안락한 마차'에 대한 기대를 거의 접어 두고 있었다. 하지만 웬걸.

출발일 새벽, 나를 기다리고 있는 건 두 마리의 오리가 이끄는 캠핑카였다.

마차는 총 두 대가 준비되어 있었는데, 르준이 타는 것은 조금 작았지만 내가 탈 마차라며 준비된 것은 정말로 캠핑카였다. 한 사람 정도는 누울 수 있는 침대에 탕파를 넣을 수 있는 공간까지 마련돼 있어서 날이 추워지면 침대 아래에 탕파를 넣어 온돌처럼 쓸 수 있고, 한쪽에는 작은 부엌까지 딸려 있다.

그 외에 글을 쓸 수 있는 작은 책상에, 위쪽 선반을 내리면 1인용 식탁까지 만들어지는 데다 서랍과 수납 시설까지 갖췄다. 이 정도면 캠핑카라고 불러도 손색이 없지 않을까?

게다가 숙박만 신경 쓴 게 아니었다. 침대 옆 귀퉁이, 손 닿지 않는 모서리, 머리 위, 마차 문 옆 구석구석 쓸모없어 보이는 자투리 공간을 알뜰하게 활용한 수납공간에는 간식거리와 먹을 것들이 즐비했다.

문 옆의 손바닥만 한 서랍을 열어 보니 말린 무화과 한 상자가 튀어나왔다. 종이로 개별 포장까지 된 고급품이었다. 그걸 우물거리며 또 뭐가 있을까 궁금해하며 다른 서랍을 열었더니 꿀 한 병이 나왔다. 다시 한번 말하지만, 이곳은 단것이 무지 비싸다. 마차를 준비한 겐트의 정성이 어느 정도인지 와닿으며 약간 보물찾기를 하는 기분이었다.

밖의 마부석에도 비를 가릴 수 있도록 작은 지붕이 딸려 있었고, 마차 한쪽 벽을 절반 정도 개방해 푸드 트럭처럼 변형할 수도 있었다.

그렇다곤 해도, 내 울적한 마음을 달래기엔 역부족이었던 것 같다.

"말린 무화과 좀 더 남았어?"

마차 지붕에 누워 있던 피니게르가 불쑥 마부석으로 머리를 들이밀었다. 윙커는 깜짝 놀라 입을 딱 다물었다. 아무래도 아직 그녀가 익숙하지 못한 모양이다. 마차 안에서 쉬고 있는 건 아델 혼자였는데, 무슨 일이 있었는지 전날 잠을 못 잤다고 해서 침대에서 잠든 상태다. 마부석에는 나와 윙커가 앉아 있고, 아이드는 불만 어린 얼굴로 녹스와 르준이 탄 마차에서 마부 노릇을 하고 있다.

"다 먹었어요."

내 대답에 윙커는 피니게르에게서 몸을 돌리고 입가에 남은 무화과 부스러기를 닦아 냈다. 맛있다며 한 번에 두 개씩 덥석덥석 먹었던 일이 마음에 걸리는 모양이었다.

"그래? 맛있던데. 마을 같은 데 들르면 좀 사 둬."

"그럴게요."

대답하면서도 약간 의아해졌다. 피니게르 본인은 마치 마을 안에 들어가지 않을 것 같은 말투였다. 혹은 들어가더라도 시장에 가진 않을 것 같다. 하긴, 그녀가 시장을 돌며 간식거리를 사고 다니는 모습을 상상하는 건 쉽지 않다. 상인들의 시선이 모조리 그녀의 미모에 쏟아지는 건 아닐까.

"그럼, 난 잠깐 갔다 올게."

하늘을 잠시 쳐다보는가 싶던 피니게르가 뜬금없이 통보했다. 화장실? 하고 생각했으나, 전혀 다른 이야기였다.

"네가 이동한 덕분에 내 행동반경이 남쪽으로 좀 더 넓어졌으니 수색하던 걸 마치고 올게."

"혼자서요?"

"물론이지. 줄줄 달고 다닐 생각 없어. 그러고 보니 말한 적이 없네. 나를 따라다닐 필요는 없어. 적당히 내가 이동해 줬으면 하는 방향으로 움직여 주면 돼. 너와 같이 내 목적지로 이동하는 게 제일 낫겠지만, 너는 이동 마법이 통하지 않으니까. 적당히 원하는 대로 여행하고 놀며 지내라고."

마치 산들바람처럼 가볍게 말한 피니게르는 대답도 기다리지 않고 그대로 휙 사라졌다. 내심 꽤 긴장하고 출발한 여정인데 그런 말을 들으니 갑자기 김이 팍 새는 느낌이다. 뭔가, 두근두근하고 위험한 걸 기대한 건 아니지만.

"다행이군."

윙커가 덤덤하게 말했다. 맞는 말이다. 그녀를 따라다녀서 좋은 꼴을 보긴 어렵겠지. 하지만 뭘 하고 다니는지 궁금하긴 하다. 나만 그런 걸까?

"궁금하진 않아요?"

윙커는 어리둥절한 얼굴로 나를 내려다보았다.

"뭐가?"

"피니게르 씨가 뭘 하고 다니는지."

"아, 그거?"

눈을 깜빡이던 그는 대수롭지 않다는 투로 픽 웃었다. 그러곤 중요한 조언을 하는 것처럼 목소리를 낮추었다.

"내가 자란 지방에는, 알면 시체 모르면 고기라는 속담이 있지."

"모르는 게 더 낫다는 건가요."

"알아서 어떻게 할 수 없는 일이라면 차라리 모르는 게 낫다는 거야. 뭐, 대장도 저렇게 말하니 우리는 그냥 가라는 방향으로 마차나 몰면서 느긋하게 유람이나 하자고. 여행 경비도 다 대 준다잖아? 고생할 거라고 생각했는데, 생각보다 좋은 여정이 되겠어."

그렇게 말한 윙커는 용병 일을 하며 전해 들은 남쪽 지방의 풍물을 하나둘 손에 꼽기 시작했다. 이쪽 마을에는 어떤 볼거리가 있고, 어느 산악 마을에는 달팽이를 타고 절벽을 오를 수 있다든가, 남쪽 어떤 바다는 물이 마치 온천물처럼 뜨끈하다든가 하는 흥미진진한 여행지의 이야기들이었다.

그러나 안타깝게도 윙커의 유람 계획은 얼마 안 가 박살 나고 말았다. 점심은 게르하인에서 싸 온 샌드위치로 때우고, 저녁을 먹기 위해 모닥불을 피울 무렵 피니게르가 낭패한 기색으로 돌아왔기 때문이다. 르준과 녹스는 그녀가 말없이 사라진 것이 불만스러운지 뭔가 한마디 하려고 다가갔는데, 그보다 먼저 피니게르가 입을 열었다.

"방향을 바꿔야겠어."

"어디로요?"

"그건, 몰라."

"네?"

어처구니없는 감정이 내 얼굴에 드러났는지 피니게르는 다소 자신감을 잃은 기색으로 우물쭈물 변명했다.

"하지만 어디로 가야 할지 알고 있는 자가 있어."

"누군데요?"

"나태의 악마, 요인테."

그녀의 말에 르준이 벌떡 일어나 걸어왔다. 다른 사람들도 굉장히 불편한 기색이었다. 녹스는 눈치를 살피며 귀를 바짝 세우고 있었고, 아이드는 늘 그렇듯 아무래도 좋다는 표정이었는데, 윙커만은 걱정스러운 얼굴로 나를 뒤로 감추려고 했다.

"이 자리에 악마를 부르겠다고?"

르준이 따져 물었지만 피니게르는 어깨를 으쓱하며 삐딱하게 그를 쳐다보았다.

"부를 건데?"

"그런 더러운 짓거리를 내가 용납할 거라고 생각하나?"

"안 하면 어쩔 건데?"

두 사람의 분위기가 점점 험악해지는 동안 나는 본능적으로 깨닫고 있었다. 피니게르의 르준에 대한 인내심이 거의 다 바닥나 가고 있고, 이대로 두면 유혈 사태에 준하는 상황이 될 것이다. 그리고 피니게르를 말릴 수 있는 건 나뿐이다. 이 일행에서 그녀가 누군가의 말에 귀를 기울인다면, 그건 나뿐이었던 것이다.

"자, 잠깐만요. 너무 그렇게 싸우려고 하지 마시고. 오해가 있을 수도 있으니까. 피니게르 씨의 이야기를 좀 들어 보고 이야기해요."

"어머, 유정. 피니게르 씨라고 그렇게 딱딱하게 부르지 않아도 돼. 그리고 그 이름은 뜻이 너무 안 좋으니까, 유정이라면 나를 피니라고 불러도 좋아. 핀이라고 부르는 것도 귀엽겠다. 물론, 너는 피니게르 님이라고 불러라, 멍청한 마법사."

나를 보며 생글생글 웃으며 말하던 그녀가 안면을 싹 바꾸어 르준에게 쏘아붙이는 것은 정말 대단한 모습이었다. 그러나 르준은 표정 하나 찌푸리지 않고 씹어뱉듯 대꾸했다.

"널 부를 일은 없을 거다. 이 악마의 그릇아."

피니게르는 웃는 건지 아니면 화가 나 이를 드러내는 건지 분간이 가지 않는 표정으로 송곳니를 드러냈다. 그녀의 머리에 황금색 머리핀 같은 게 생겨나고 전신에서 기이한 일렁임이 나타난다. 마법에 대해 무지한 나도 알 수 있을 만큼 심상치 않은 기색이었다. 아이드가 바짝 긴장하고 녹스가 검 손잡이에 손을 올리는 모습이 보인다.

"아, 진짜 얘 너무 싫다. 죽이고 싶다."

짜증스러운 목소리.

그녀가 이렇게 노골적으로 누군가를 죽이고 싶다고 하는 건 처음이었다. 아델이 불안한 얼굴로 피니게르를 올려다보고 그녀의 기세가 점점 고조되는 순간 나는 또 깨달았다. 이 순간, 나설 수 있는 사람이 나뿐이라는 것을. 슬슬 이런 역할 좀 싫어지려고 해.

"잠시만요, 너무 그러지 마시고. 지금 중요한 건 그게 아니잖아요? 그 나태의 악마라는 사람, 아니, 사람 맞는 건가? 아무튼 어떻게 만날 생각이에요? 정말 여기에 불러낼 건가요?"

"응. 그래서 좀 도와줬으면 하는데."

"어떤 도움을······."

약간 불안해지는 마음을 진정시키며 조심스럽게 묻자 피니게르는 매우 천연덕스럽게 대답했다.

"그를 불러내려면 천 개의 목숨이 필요해."

모든 사람들의 경계심이 확 치솟는다. 이번에는 나조차도 할 말을 잃었다. 그런 사람은 아니라고 생각했는데. 내가 뭔가 착각했던 건가? 우리가 피니게르에게서 주춤주춤 물러서는 것과 대조적으로 르준은 마법 하나 쓸 수 없는 몸으로 성큼성큼 그녀에게 다가섰다.

"본색을 드러냈군! 그럴 줄 알았다! 네가 게르하인의 가엾은 목숨을 악마의······."

기세등등하게 외치는 르준을 짜증스럽게 쳐다본 피니게르는 그대로 몸을 돌려 그를 완전히 무시하고 우리에게 조용히 말했다.

"개미집을 좀 찾아 줬으면 좋겠어."

"네?"

이 말에 어리둥절한 표정을 지은 것은 나뿐만이 아니다. 그러나 피니게르는 당연하다는 표정으로 대꾸했을 뿐이다.

"왜 그래? 개미도 생명이야."

그렇게 말한 피니게르는 꿀 먹은 벙어리처럼 입을 다문 르준을 향해 비웃음을 날리는 것도 잊지 않았다. 아, 음. 그렇지. 사람의 목숨이라고 하진 않았으니까······. 하지만 다분히 오해를 살 만한 어조를 선택한 건 어쩐지 고의성이 느껴진다.

음, 갑자기 든 생각인데. 피니게르는 사실 이 사람들이 자신의 행동 하나하나에 예민하게 반응하는 걸 즐기는 게 아닐까? 그 아름다운 미모가 가려질 정도로 사악하게 히죽거리며 르준을 비웃는 모습을 보니 그 가정에 설득력이 실리는 기분이다.

어쨌든 피니게르의 부탁이 생각보다 소박한 것이었으므로 우리는 야영지 근처에 있는 개미집을 찾아 나섰다. 근처에 멸망시켜도 될 만한 적당한 도시 좀 추천해 달라는 말도 아니고, 그냥 개미집 하나 추천해 달라는 거니까 그렇게 어려운 일도 아니다. 물론 갑자기 천 단위의 구성원을 잃게 생긴 어떤 개미 군락에게는 재앙에 가까운 일이겠지만.

그렇게 많은 인원이 필요할 것 같지도 않아서 나는 저녁 식사를 준비하며 사람들이 개미집을 찾아다니는 모습을 구경하고 있었다. 르준은 기분이 상해 마차로 들어가 버렸고, 아이드는 나를 도와 저녁 식사를 준비하고 있어서 수풀을 뒤지는 건 아델과 윙커, 그리고 녹스 정도였다. 아델과 윙커는 그러려니 했는데, 녹스가 피니게르의 부탁을 들어준 것은 의외였다. 상성이 안 맞을 것 같은데.

내가 지내던 섬에 벌레가 없어서 이 세계에는 사실 곤충이라는 게 없는 건 아닐까 했는데 밤이 되자 여기저기서 나방이나 딱정벌레 따위가 모닥불로 기어들었다. 불운한 개미 군락을 발견한 것은 모닥불에 올린 솥의 물이 펄펄 끓을 무렵이었다. 저녁을 먹고 악마를 불렀으면 하는 심정이었지만, 피니게르는 곧장 행동에 나섰다.

아델이 발견한 개미집 앞에 우뚝 선 피니게르는 위압적으로 개미들을 내려다보았다. 악마 소환을 처음 보는 사람들이 흥미진진한 얼굴로 구경꾼처럼 둘러서자 피니게르가 턱짓으로 경고했다.

"너무 다가서지 않는 게 좋아. 경계 안쪽에 있다가 천 개의 목숨 중 하나가 되어 버려도 나는 책임지지 않으니까. 지금은 유정이 있어서 섬세한 조절이 안 되거든."

그 말에 나와 윙커는 거의 다섯 발자국 정도 그녀에게서 더 물러섰다. 그래도 좀 불안해서 두어 걸음 더 물러서는데, 아이드와 녹스는 아예 야영지 밖으로 멀찌감치 물러나 있었다. 후다닥 달려가 그 옆에 서자 윙커도 뒤따라온다.

소환은 조용히 시작되었다. 사실 뭔가 이루어지고 있는지 어떤지도 나는 알지 못했는데 마차 뒤에 기대고 있던 르준이 짧게 신음하고 아이드가 엇박으로 숨을 들이마시는 순간 사방의 산들바람이 뚝 멈춰 버렸다. 그리고 모닥불의 온기를 지워 버리는 것 같은 한기가 찾아왔다. 마치 사방이 냉장고로 변해 버린 것 같은 느낌이었다.

"발밑을 조심해. 요인테가 그릇으로 삼은 생물이 나올 테니까."

그렇게 주의를 준 피니게르는 본인도 유심히 아래를 내려다보며 무언가를 찾고 있었다. 언제 죽었는지 모를 정도로 눈 깜짝할 새 죽어 버린 개미들 사이에서 꿈틀거리는 작은 개미를 찾고 싶은 모양이었다. 그리고 보니 뭔가 물어본다고 하지 않았나?

"저기, 설마 제물로 바친 생물 중 하나를 그릇 삼아 악마가 소환되는 건가요?"

"맞아."

"개미와 어떻게 문답을 할 생각이죠?"

내 질문에 피니게르는 그대로 굳었다. 당황한 게 역력한 표정이다. 그녀가 당황하는 건 처음 봐서 신기했다. 르준이 비웃을 준비를 하는 것이 시야 구석에 잡힌다.

"아, 젠장."

거칠게 몇 마디 욕설을 내뱉은 그녀는 길다란 손가락으로 머리를 벅벅 긁었다. 다시 소환해야 하나? 오늘은 너무 힘든데— 하고 그녀가 혼잣말하는 순간, 풀숲에서 무언가가 불쑥 튀어나왔다. 온몸이 잘 구운 빵처럼 노릇노릇한데 배와 뺨, 눈가에만 하얀 털이 난 야생 햄스터였다. 마치 아이드를 처음 봤을 때처럼 검은 기운을 뿌리고 있긴 했지만.

"요인테!"

피니게르가 햄스터를 덥석 주워 들자 햄스터는 마치 질척한 반죽처럼 손 위에서 푹 퍼져 납작해졌다. 내 원래 세계에서 흔히 보던 작은 햄스터는 아니고, 오히려 다람쥐나 새끼 토끼에 비견될 만한 크기의 큼지막한 햄스터였다. 반갑게 쥔 것까진 좋은데, 저 햄스터가 요인테라면 어떻게 의사소통을 할 생각일까.

햄스터의 입으로 사람의 말을 하는 건 정말 쉽지 않을 것이다. 하지만 그 문제는 생각보다 쉽게 해결되었다. 말로 의사소통하지 않으면 아무런 문제가 없었던 것이다. 요인테의 근처에 새카만 기운이 뭉글뭉글 뭉치더니 마치 말풍선처럼 일정한 형태를 이룬다. 문맹인 나는 무슨 말인지 알아보기 힘들었는데, 다행히 녹스가 대신 읽어 주었다.

"용건. 이라고 묻고 있어."

녹스와 굉장히 오랜만에 이야기하는 것 같다. 내가 돌아보자 그의 꼬리가 천천히 살랑살랑 움직였다. 허벅지를 가볍게 스치는 꼬리에 흘긋 시선을 던지자 녹스가 눈치채고 한 손으로 꼬리를 꽉 잡는다.

"저녁 먹을 생각 하고 있었어."

변명할 필요는 없는데.

"배가 고팠군요."

"그런 거지."

녹스는 나를 꽤 잘 따른다. 배에서의 부끄러운 일을 감추어 줘서 그런 걸지도 모르고, 나와 정이 들어서 그런 건지도 모르는데 어쨌든 귀여운 점은 나를 따른다는 걸 감추고 싶어 한다는 것이다. 제멋대로 흔들리는 꼬리나 귀를 들킬 때마다 숨기는 게 귀엽기 때문에 굳이 알은척하진 않을 거지만. 슬쩍 귓불이 붉어진 것도 모닥불의 불빛이 옮아 온 것이라고 생각하기로 했다.

"어디에 있어?"

피니게르가 질문했지만 햄스터는 별로 협조적이지 않았다. 정확히는 요인테라는 악마가. 마치 부침개처럼 납작하게 늘어져선 눈마저 감아 버리는 것이다.

"요인테, 어서 대답해."

손안의 햄스터를 주물거리며 피니게르가 진지하게 물었다. 그럴듯한 미녀가 손바닥의 햄스터에게 진지하게 말을 거는 모습은 여러 의미로 애잔한 광경이었다. 이쯤 되자 악마라곤 해도 햄스터의 외형을 한 그것이 그렇게 위험하게 느껴지진 않아서 나와 윙커는 호기심을 동력 삼아 조금씩 가까이 다가섰다.

피니게르와의 거리가 다섯 걸음쯤 남았을 무렵이었다. 늘어져 있던 게 거짓말처럼 햄스터가 바짝 긴장해 몸을 웅크리더니 우리 쪽, 정확히는 나를 향해 날카로운 울음소리를 냈다. 아무리 봐도 경계, 공포로 읽히는 모습인데 피니게르를 묻어 버릴 정도로 많은 말풍선들이 새카맣게 떠올랐다.

"오지 마, 가까이 오지 마, 뭐냐, 싫어……. 뭐 대충 그런 내용인데, 너 뭔가 했어?"

윙커가 신기하다는 듯 나를 돌아본다. 그러고 보니 그는 내가 마법을 없애 버리는 모습을 목격한 적이 없는 사람이다.

"글쎄요."

애매하게 대답한 후 나는 피니게르와 요인테를 관찰했다. 요인테는 그렇게 비협조적이던 태도를 싹 걷어치우고 매우 성실하게 여러 말풍선을 띄우더니 곧 도망치듯 사라졌다. 새카만 기운이 사라지고 힘을 잃은 채 햄스터가 픽 쓰러지자 피니게르는 죽은 햄스터를 그대로 휙 내던졌다.

"이번에도 귀찮게 질질 끌까 했는데 유정 덕분에 빨리 끝났네."

피니게르가 덤덤하게 말하는 동안 내 눈은 그녀가 내던진 햄스터를 향하고 있었다. 작은 몸집의 동물이 죽어 있는 모습은 마음을 불편하게 만드는 구석이 있다. 나만 그렇게 생각한 건 아니었는지 아델이 조용히 햄스터를 집어 땅에 묻어 주었다.

"아까 그 악마는, 구면이에요?"

반가워하는 모양새나 익숙해 보이는 소환 방식을 보니 처음 불러내는 것 같지 않아서 조심스럽게 묻자 피니게르는 무척 기분 좋아 보이는 얼굴로 생글생글 웃으며 돌아보았다.

"아, 드물게 쓸모 있는 녀석이지."

"계약, 한 건가요?"

"아니. 그건 아냐. 이건 그냥 약식 소환이야. 일회성 만남 같은 거지. 계약은 좀 더 장기적인 관계가 필요할 때 하는 거거든. 그리고 알다시피 나는 계약하는 걸 싫어해서 말야."

피니게르가 홀가분한 태도로 모닥불가에 다가와 앉았지만 다른 사람들은 여러모로 신경 쓰이는 게 많은 모양이었다. 특히 악마와의 대화를 목격한 사람들의 안색이 별로 좋지 않아서 그런지 유일하게 대화 내용을 모르는 나는 그 사실이 몹시 신경 쓰였다.

"저, 그 악마는 괜찮은 건가요? 해를 끼친다거나."

솥에 마른 생선을 던져 넣으며 묻는 내 말에 피니게르는 눈을 크게 뜨고 부정했다.

"괜찮아. 드물게 괜찮은 녀석이지. 악마라는 족속들은 악의와 잔혹함으로 똘똘 뭉친 녀석들이 많지만 악의를 가지고 해를 끼친다는 건 일정 이상의 열의와 행동력이 필요한 법이거든. 하지만 저 녀석은 그 열의와 행동력이 없지. 이름도 나태의 악마잖아? 귀찮아서 아무것도 안 한다구."

"하지만 소환에 응해서 대답해 준다는 행동을 하고 있잖아요?"

"소환은 내가 했으니 거의 강제로 불려 온 거고. 자신의 안락한 나태궁에 다시 돌아가기 위해서 최대한 협조할 뿐이야. 그리고 다른 악마들과 사이가 나쁜 편이라, 비르다의 계약이 파투 나길 원하는 녀석이기도 하거든."

"어째서요?"

"글쎄. 아마 이 계약 때문에 악마들의 세계가 부산스러워져서가 아닐까? 말하자면 이 몸은 놀이공원 자유 이용권 같은 거야. 악마들끼리 바꿔 가면서 이용할 수 있는. 아무튼 그러니 신이 났겠지. 이것저것 바쁘게 놀고 있을 거야."

"놀이공원."

또다. 피니게르의 입에서 이 세계의 것으로 보이지 않는 이질적인 단어가 튀어나왔다. 일부러 소리 내어 한 번 더 말했지만 그녀 본인은 자각이 없는 것 같았다.

"뭐 아무튼 그런 여러 가지 이유로 협조하고 있는 거지. 사실 그 협조도 귀찮아하는 편이긴 한데, 그래서 늘 대답해 주지 않으면 아주 귀찮은 의뢰를 할 거라고 했어. 귀찮은 의뢰를 받거나 아니면 이 질문에 대답하거나, 들어주지 않고 남아 있거나 둘 중 하나를 택하라고 했지. 그나마 제일 덜 귀찮은 게 질문에 대답하는 거니까, 보통 그러면 대답해 주거든."

"협박 아닌가요?"

"알 게 뭐야, 어차피 악마 새끼인데."

짧게 냉소한 그녀는 곧 다시 웃는 낯을 만들어서 입을 열었다.

"그래도 이번엔 유정이 있어서 쉽게 끝났어. 아주 기겁하던걸."

아주 만족스러워 보이는 피니게르와 달리 나는 마냥 웃을 수 없었다. 누군가가 나를 싫어하는 건 달가운 일은 아니다. 설령 그것이 악마일지라도.

"제가 다가가는 걸 싫어하는 것 같던데."

"응."

설명을 해 주길 바랐는데 피니게르는 대수롭지 않게 대꾸할 뿐이다. 나는 약간 조바심이 나서 다시 물었다.

"저를 왜 그렇게 싫어하는 걸까요?"

"네가 닿으면 자신이 사라지니까."

"네?"

"역시, 추측만 하고 있었는데 요인테의 반응으로 확실하게 알겠어.

비르다의 계약에 영향을 줄 수 있다면 악마들도 없앨 수 있지 않을까 생각했는데."

피니게르가 즐거운 듯 말하자 어느새 다가온 윙커가 대화에 슬쩍 끼어들었다.

"그거, 모든 악마들에게 적용되는 겁니까?"

"아마 그럴걸."

생각보다 놀라운 내용이었는지 윙커가 짧게 숨을 들이켰다. 믿을 수 없다는 듯 나를 내려다보는 시선에 나는 똑같이 말똥말똥 그를 올려다보았다.

"왜요? 그게 그렇게 놀라운 일인가요?"

"당연하지. 너를 참혹의 땅에 던져 넣기만 해도 그 땅의 악마들과 그 흔적들을 없애 버릴 수 있다는 이야기니까."

아이드가 입을 열어 설명하자 피니게르가 갑자기 탄성을 내뱉었다.

"아, 이제 이유를 알겠어. 왜 그곳으로 가라고 했는지."

"그곳이요?"

"참혹의 땅. 우리 목적지는 이제 참혹의 땅이야. 정확히는, 참혹의 땅에 있는 계약의 쐐기에 가야 하지."

유람이나 하려고 하던 윙커의 계획이 박살 나는 순간이었다. 더불어 윙커의 이야기를 들으며 무럭무럭 키우던 나의 여행에 대한 꿈이 흩어지는 순간이기도 했다. 르준과 녹스의 얼굴이 팍 일그러지고 어지간해선 동요하지 않는 아이드도 표정이 굳었다. 담담한 건 아델과 피니게르뿐이었다.

"너희는 안 와도 상관없어. 유정만 있으면 되니까."

피니게르가 씨익 웃으며 덧붙인다.

"생각보다 빨리 끝날 수도 있겠어. 널 참혹의 땅으로 데려가서 계약의 쐐기에 도착하면 계약 자체를 무효화해 줄지도 모르지. 그러면 난 자유야."

그녀는 설레는 얼굴로 그렇게 말했지만 나는 그 여정이 좀 부담스러웠다. 그녀와 둘이서, 아니, 아델까지 셋이구나. 어쨌든 이렇게 셋이서 참혹의 땅으로 가는 건 여러모로 꺼려지는 일이다. 그녀가 나에게 친근감을 표시하고 있긴 하지만 아직 완전히 믿을 수 없었고, 게르하인이 참혹의 땅과 가까운 도시라곤 해도 며칠은 가야 할 테니까.

나 외의 사람들에게 안 와도 된다고 하긴 했지만 오지 말았으면 하는 기색에 가까워서 걱정이 된 나머지 나도 모르게 다른 사람들을 돌아보고 말았다. 설마, 정말 안 오는 건 아니겠지?

"나는 가겠어. 어차피 기록을 남기는 게 내 임무니까."

가장 먼저 참가 의향을 밝힌 것은 녹스였다. 안심하라는 듯 이쪽으로 던지는 시선이 꽤 믿음직스럽다. 녹스에 뒤이어 내 시선을 받은 윙커도 선선히 대답해 온다.

"뭐, 나도 일단 참혹의 경계까지는 함께 가는 걸로 하지. 어차피 경계까지는 자주 갔으니까."

아델은 피니게르의 일행이니 물을 필요도 없이 당연히 함께 가는 것이고 남은 건 아이드와 르준뿐이다. 내 눈길을 받은 아이드가 어깨를 으쓱하며 너스레를 떨었다.

"나에게 선택의 여지가 있다고 생각하나? 네가 가면 나도 가는 거야. 어차피 너와 떨어지면 저주에 먹혀 죽은 것만 못한 처지가 될 텐데."

아이드까지 그렇게 말하면 이제 남은 건 르준뿐이다. 솔직히 오지 않았으면 좋겠다고 생각하는데, 그런 생각을 하는 게 나뿐만은 아닌 모양이다. 달갑지 않은 시선이 자신에게 향하는데도 르준은 꿋꿋하게 대답했다.

"당연히 나도 간다. 너희들이 무슨 음모를 꾸밀지 모르니까."

"막을 힘은 있고?"

피니게르가 툭 던지는 말투로 조롱해도 르준은 묵묵히 모닥불을 쳐다볼 뿐이다. 이 두 사람이 이렇게나 투닥거리면서도 싸움으로 번지는 일이 드문 것은 르준의 이런 태도 덕분이다. 피니게르의 입장에서 속 터지는 말을 하긴 하지만 그녀를 감정적으로 조롱하진 않으니까. 물론, '이 악마의 그릇아.' 와 같은 아슬아슬한 말을 하긴 해도.

어떤 의미에서, 이해가 가지 않는 것도 아니고 마법도 못 쓰는 무력한 상황에도 꾸역꾸역 합류해 뭔가 안 좋은 일이 일어나려고 하면 막아 보겠다고 몸을 던지는 게 기특한 것 같기도 하다. 하지만 르준은 어쩐지 호감이 가지 않는다. 어쩌면 너무 딱딱한 그의 태도 때문일지도.

"앗, 어디 가요?"

이야기가 일단락되자 갑자기 르준이 벌떡 자리에서 일어났다. 대화하는 사이 이것저것 재료를 잘라 넣은 덕분에 스튜가 완성된 참인데 어딜 간단 말인가? 다급하게 묻자 르준은 특유의 담담한 어조로 대답했다.

"일정 변경을 보고하러. 네 근처에선 마법을 쓸 수 없으니 좀 멀리 갔다 오겠다. 늦어져도 신경 쓰지 말도록."

"영원히 안 와도 신경 안 쓸게!"

쾌활한 어조로 재깍 대답한 것은 피니게르다. 내가 쳐다보자 약간 찔끔한 얼굴로 눈을 피하더니 괜히 국자로 스튜를 뒤적거리며 딴청을 피운다. 문득 궁금해졌다. 그녀는 어째서 나에게 이렇게 호의적인 걸까? 아니, 약한 걸까?

"피니게르 씨는……."

"응?"

말문을 열었는데 어쩐지 막상 입 밖으로 꺼내려니 좀 민망하다. 하지만 내내 궁금해하던 부분이었고, 이쯤에서 한 번 정도는 짚고 넘어가는 게 좋겠지.

"저에게 왜 그렇게 호의적인 건가요?"

그녀는 약간 얼빠진 얼굴로 나를 쳐다보았다. 살짝 벌린 입과 크게 뜨인 눈동자. 매끄러운 뺨 한쪽이 모닥불에 붉게 물들어 있다. 그 상태로 두어 번 눈을 깜빡이더니 이내 고개를 갸웃하며 되물어 온다.

"호의적이지 않을 이유가 없잖아?"

"네?"

"네가 나에게 해 준 일은 전부 좋은 것밖에 없는걸. 내 몸을 찾을 수 있게 해 준 은인이고, 내가 하는 일에도 협조적으로 행동하고 있고, 너에게 얽힌 골치 아픈 일이나 책임도 없는 데다가 밥도 끝내주게 맛있게 만들고, 누구처럼 재수 없는 말을 하는 것도 아니고. 오히려 호의적이지 않으면 그게 더 이상한 일이라고 생각하는데?"

"으음."

듣고 보니 맞는 말이긴 한데, 그렇다고 '아, 그렇네. 날 좋아할 만하네. 껄껄.' 이렇게 웃어 버리기엔 조금 부끄러워서 나는 괜히 스튜를 떠서 배식을 시작했다.

스튜라곤 해도 그저 한 솥에 이것저것 때려 넣고 푹 익힌 음식에 불과하다. 좀 더 괜찮은 음식을 만들고 싶었지만 지금 환경으로는 이 정도가 고작이었다. 마차에 주방이 딸려 있긴 하지만 그 손바닥만 한 주방으로 7인분의 요리를 만들어 내려면 묘기에 가까운 능력을 발휘해야 할 것이다. 특히, 윙커가 포함된 7인분이라면 더욱.

악마를 소환하고 이것저것 대화를 나누느라 시간이 꽤 흐른 탓인지 스튜는 아주 푹 익어 있었다. 김이 모락모락 피어오르는 고깃덩이가 반질반질하게 빛난다. 크게 화려한 향신료를 쓰지는 않았지만 모닥불에 끓인 덕분인지 스튜 전체에 나무 향기가 은은하게 배어 있어 무척 맛깔스러웠다.

다들 만족스럽게 먹는 와중에 나는 중간중간 르준이 사라진 숲 쪽을 살폈다. 그리고 냄비에서 그의 몫이 사라지지 않도록 주의했는데, 결론적으로 그건 할 필요가 없는 일이었다.

르준은 거의 두 시간 뒤에 돌아와서 졸고 있던 내가 비몽사몽간에 스튜 그릇을 내미는 것을 단호하게 거절했던 것이다. 나는 무척 기분이 상했고, 남은 스튜는 야식이 필요하다며 윙커가 먹어 치웠지만 그래도 불편해진 심기가 풀리지 않았다.

남쪽으로 가던 마차를 돌려 참혹의 땅을 향한 지 이틀. 도착까지는 보름 정도가 더 남았고 여정 동안 지겨울 만큼 아무 일도 없었다. 윙커의 커다란 덩치나 녹스가 허리에 찬 검이 민망할 정도로 사건 사고 없는 평탄한 나날이었다.

하지만 그런 평화에도 불구하고 나는 매우 곤두서 있었다. 원인은 매우 분명하다. 르준이 도통 아무것도 먹지 않는 것이다. 아니, 정확히는 내가 만든 밥을 먹지 않는다. 그리고 잠도 제대로 자지 않는다. 건량인지 뭔지 하는 밀가루 부스러기나 씹는 건 식사라고 부를 수 없고, 새벽녘 잠깐 눈 감았다가 뜨는 것을 잠이라고 부를 순 없다.

"계속 인상 쓰고 있으면 두통 생겨."

갑자기 두툼한 손가락이 스윽 뻗어 와 바짝 굳은 내 미간을 슬슬 쓸어 준다. 윙커였다.

"미안해요. 계속 인상 쓰고 있었나요?"

"응. 계속."

"그리고 저 마법사를 계속 노려보고 있었는데. 몰랐지?"

좁은 마부석에 굳이 끼어 앉은 아이드도 스윽 한마디 거들었다.

"노려보는 수준까진······."

신경이 쓰여서 좀 쳐다보긴 했지만 노려보는 수준까진 아니다. 하지만 아이드는 일부러 놀리듯 덧붙였다.

"그 정도면 그냥 쳐다보았다고 말할 수준이 아니지. 거의 눈가락질이었다고? 뒤통수가 꽤 근질근질했겠는데."

"으음."

그렇게 심했던가? 확실히 나 자신도 납득이 가지 않을 정도로 르준의 섭생에 집착하고 있긴 하다. 그가 먹고 자는 일에 소홀하면 신경이 날카로워지는 것이다. 날이 곤두서고, 심기가 불편하고, 뒤통수를 계속 노려보며 제대로 된 걸 먹기를 바라게 된다. 별다른 이유는 없다. 정말 그것뿐이다.

여관에서 생활할 때도 어렴풋이 느끼던 거지만, 나는 저렇게 막사는 사람을 보면 꽉 붙잡아서 하루 세끼 고기와 야채로 균형 좋은 식사를 먹이고 틈틈이 간식까지 꼬박꼬박 먹이면서 충분한 수면 시간을 가지도록 강제하고 싶은 욕구가 치솟는다.

이것도 무인도를 거치면서 생긴 일종의 마음의 병 같은 것인데, 어쩌면 인간이라는 공동체에서 너무 오래 떨어져 있었던 나머지 공동체를 돌보고 싶은 마음이 충족되지 않아 생긴 욕구불만의 일종이 아닐까 추측하고 있다.

하지만 쭉 거슬러 올라가면 사실 나에게는 남을 돌보기 좋아하는 성품이 원래도 내재되어 있었던 것 같다. 주방 뒷문으로 찾아오는 고양이에게 먹을 것을 챙겨 주는 것 정도는 누구나 하겠지만, 이웃에게 음식을 만들어 주는 건 조금 드문 일일지도 모르고, 다짜고짜 찾아온 이계인에게 음식을 대접하는 것도 꽤 드문 일일지도 모른다.

"왜 안 먹는 걸까요?"

"경계하는 거겠지."

아이드가 어깨를 으쓱했지만 나는 어쩐지 억울했다. 르준이 피니게르를 경계하는 건 알겠지만, 나는 딱히 유해한 인물로 분류당할 일을 한 적이 없단 말이다.

"이계인이잖아. 널 수상하게 생각하는 거 아냐?"

윙커가 심드렁하게 말했다. 그런가? 그럴지도. 나는 뒤따라오는 르준의 마차를 흘긋 돌아보았다. 아이드가 우리 마차로 도망치는 바람에 부득이하게 마부 노릇을 하고 있던 녹스가 반갑게 손을 들어 보인다.

"말이 나왔으니 말인데, 그 이계라는 거에 대해서 이야기 좀 해 보지 그래?"

"나도 흥미가 있어."

마차 지붕에서 피니게르가 불쑥 튀어나와 아이드의 말에 끼어들었다. 며칠간 우리 일행은 꽤 친해진 상태였다. 르준을 제외하고. 아무래도 몇 번이나 마주 둘러앉아 음식을 먹으면 약간의 친분이 생기게 되는 것이다.

"이계에 대해서 이야기해 달라고 해도……."

다짜고짜 이계라니. 그리고 뭔가 이야기를 늘어놓기엔 내가 사는 세상은 이들의 세상에 비해 별로 특이할 것이 없어서 이 기대 어린 눈망울에 부응할 만한 화제를 골라내기가 힘들다.

"해도?"

아이드가 슬쩍 말꼬리를 붙잡았다.

"그냥 평범해요."

"그건 너한테나 그렇지."

"음."

그런가? 하긴, 그럴지도 모르겠다. 하지만 이계에 대한 이야기라. 너무 방대한 주제라서 무엇부터 이야기해야 할지. 갈피를 잡지 못해 뜸 들이는 나를 보고 이번에는 윙커가 나섰다.

"말하기 힘들면 질문에 대답하는 형태로 하자고. 여기 오기 전에는 무슨 일을 하고 있었어?"

아, 그럼 좀 쉽지. 딱히 숨길 것도 없으니 대답은 즉시 튀어나왔다.

"똑같은 일 하고 있었어요. 식당에서 음식 만드는 일? 여기보다 좀 더 다양한 식재료나 소스가 있긴 했지만, 누군가를 먹여 주는 일을 하고 있었죠."

"게르하인에서도 일 년 만에 가장 유명한 요리사가 되었을 정도니 거기서도 엄청 이름 높은 요리사였겠군."

"그렇지 않아요. 저 정도의 요리사는 흔했는걸요. 식문화가 무척 발달해서 맛있는 음식을 먹는 게 오락이나 유흥거리가 될 수준이었으니까요."

"네 요리가 흔한 수준이라니. 대체 어떤 세상이야?"

혀를 내두르는 윙커에게 나는 어깨를 으쓱해 보였다.

"그렇다고 했잖아요. 그래서 여기에서 요리된 음식을 처음 먹었을 때는 정말 깜짝 놀랐어요."

"너무 맛이 없어서?"

"단순히 맛이 없다고 해 줄 만한 수준이 아니었다구요."

내가 진지하게 말하자 윙커가 갑자기 웃음을 터뜨렸다. 아이드도 실소한다. 딱히 재미있는 말을 한 것 같지 않은데 두 사람이 폭소하자 나는 좀 어리둥절해졌다.

"왜 웃어요?"

"아니, 네가 요리에 너무 진지한 게 재밌어서."

윙커가 눈가에 배어 나온 눈물을 닦는다. 이 말에 그렇게 재미있을 요소가 있는 건가? 그래도 두 사람이 조롱하는 기색은 아니라 별로 기분이 상하지는 않았다.

"이상한가요?"

"특이하긴 하지. 음식에 맛을 따져 가며 먹는 사람이 어디 있어? 먹고 안 죽으면 배고픔을 없애려고 삼키는 것뿐이지."

"네?"

"그러니까, 어차피 전부 맛이 없을 텐데 따져 봐야 소용이 없다는 이야기야. 그리고 맛있다고 말할 만한 음식은 너무 비싸고. 너도 알잖아? 단맛 강한 과일이 얼마나 비싼지."

"음."

무언으로 긍정하자 윙커는 웃음기 어린 목소리로 계속했다.

"그걸 살 바엔 양초 하나라도 더 사고, 검을 닦을 기름이나 사겠어."

뭐, 네 음식 정도로 맛있다면 이야기는 좀 달라지겠지만."

약간 납득이 간다. 미식은 노동과 연구의 산물이다. 맛에 대한 궁리를 할 수 있는 것도 맛있는 음식을 먹어 본 적이 있어야 가능한 것이고, 향신료나 식감에 대한 개념이 없다면 아이디어를 제공하는 자원 자체가 없는 상태나 다름없다.

무에서 유를 창조하는 것은 신이나 가능한 것이고, 사람인 이상 이미 있는 것을 변형하거나 합쳐 가며 새로운 것을 만드는 수밖에 없는데 그건 꽤 힘든 일이다. 지금 일상적으로 쓰는 조리법들 중 상당수가 실수에서 우연히 만들어진 것이 대부분인데, 이 우연조차 일정 수준 이상의 환경이 없으면 발생하기 힘든 것 같다.

그리고 이들에게는 그런 고행을 감수할 만한 노동력도, 자원도 부족한 편이다. 이곳의 역사는 잘 모르지만, 대륙의 절반이 갑자기 참혹의 땅이라는 이름으로 날아가 버렸으니 남아 있는 땅에서도 이만저만 혼란이 아니었겠지. 아마 여기저기서 전투가 벌어졌을지도 모른다. 아니, 벌어졌겠지. 내 눈이 닿지 않는 곳에서.

다행히 지금은 소강상태인 모양이지만, 얼마 전까지 여기저기서 힘을 노린 전투가 빈번했던 흔적이 윙커의 허리춤에 걸려 있다. 이런 환경 덕분에 이들의 음식 문화는 맛과 유흥보다는 의료와 맞닿아 있는 것 같다. 어떻게 해야 먹고 죽지 않는 음식을 먹는가? 뭐, 이런 수준이다.

기계라곤 없던 내 무인도 생활에 빗대어 생각해 보면, 나무 서너 그루만 캐도 하루가 가 버리는데 솥 앞에 서서 하루 종일 국자를 휘젓는 건 노동력의 낭비에 불과하다. 그리고 내가 살던 곳에서도 바쁘면 가장 먼저 줄어드는 건 잠이고 그걸 줄일 수 없을 때는 식사 시간이 줄어들곤 했지. 저녁밥을 만들어 먹는 건 요리가 직업인 나조차도 힘든 일이었다.

그러니까 결론은, 요리의 탐구는 시간과 노동이 필요한 일이고 하루 종일 바느질과 물 긷기, 장작 패기 같은 일상 노동을 하기도 바쁜 이들이, 대신 그걸 해 줄 기계도 없는 이들이 요리를 발전시키려면 시간이 좀 많이 필요했다는 것이다. 전쟁이 완전히 소강상태로 접어들고 땅이 안정화되고 잉여 노동력이 어느 정도 만들어지는 정도의 시간이.

"상상이 잘 안 가는데. 요리 같은 것을 하루 종일 하고 있다니. 그 세계에선 맛이 아주 중요한 가치인 모양이지?"

윙커가 입맛을 다시며 묻는다. 음식 이야기를 했더니 식욕이 돋는 모양이었다. 조금 더 가서 마차를 멈추고 끼니를 챙기는 게 좋겠다. 다른 날보다 좀 이르지만, 괜찮겠지?

"그런 편이죠."

"으음. 그렇군."

윙커는 뭔가 더 말하고 싶은 듯 입을 우물거렸지만 결국 그대로 입을 다물었다. 그의 흉터투성이 얼굴을 잠시 바라보던 나는 문득 생각을 거치기도 전에 툭 말을 내뱉고 말았다.

"윙커 씨는 꿈이 뭐예요?"

솔직히 충동적인 질문이었다. 원래 세상을 떠올리게 하는 질문을 받아서 나도 모르게 약간 심란해진 모양이다. 만약 여기에 오지 않았다면 지금쯤 뭘 하고 있었을까? 아마도 다른 음식점을 알아보고, 일자리를 구해서 일을 하고 있었겠지. 주말마다 술을 사서 마시거나 조리법을 연습하는 단조로운 나날. 언젠가는 내 가게를 가지겠다는 꿈이 있었던 것 같은데, 그것도 흐지부지해지고 말았네.

"나?"

윙커는 무척 뜻밖의 질문을 받았다는 태도로 나를 쳐다보았다. 잠시 곤혹스럽게 머리를 긁적이던 그는 눈알을 굴리며 한참을 고민했다.

"글쎄, 바라던 소망이나 이루고 싶었던 것 말이지? 어릴 때부터 검을 다루는 솜씨가 좋다는 말을 많이 들어서 말이야. 한때는 기사를 꿈꿨던 적도 있지. 게르하인으로 흘러들어 온 것도 그것 때문이야. 공을 좀 세우면 이름이 알려져서 영주가 찾아 줄 거라고 생각했거든. 뭐, 그런 생각으로 모여든 놈들이 한둘이 아니라는 걸 알고 나서는 그냥 실력 좋은 용병 정도로 만족하기로 했지만."

"맞아요. 실력 좋은 용병이죠. 겐트도 무척 칭찬하던걸요."

"그러게. 그 사람이 날 칭찬할 줄은 몰랐는데."

"인정할 건 인정하는 사람이니까요."

윙커는 약간 부끄러운 듯 말이 없어졌다. 뻔뻔하게 웃어 버릴 것 같은데 은근히 직설적인 칭찬에 약하다. 잠시 간질간질한 분위기가 이어지자 윙커는 이 분위기를 어떻게든 다른 사람에게 전가하려는 듯 아이드에게 불쑥 화살을 돌렸다.

"어, 음. 형씨는 꿈이 뭐야?"

"음."

아이드는 질문이 돌아올 줄 예상했다는 태도로 잠시 턱을 긁었다.

"지금은, 그냥 평범하게 사는 것?"

"벌써 이룬 셈이구만."

"비교적 그런 편이지."

가볍게 말을 주고받은 두 사람은 한동안 침묵했다. 피니게르에게도 꿈을 물어볼까 하는 생각이 들었지만, 감당 못 할 대답이 돌아올 게 두려워 나는 그녀의 부담스러운 시선을 애써 외면했다. 그리고 잠시 후 윙커가 불쑥 입을 열었다.

"가끔 생각해. 그 전날 술을 많이 마시지 않았다면, 네가 팔던 그 수프를 먹지 않았다면 어떻게 됐을지."

"잘 살고 있지 않았을까요?"

윙커라면 어디서든 잘 살고 있었을 거다. 누구나 알아주는 실력 있는 용병에 자기 앞가림은 확실하게 할 것 같은 사람이니까. 내 대답에 잠시 느슨하게 웃은 그는 한숨처럼 대답했다.

"확실한 건, 이 마차에 타고 있지 않았을 거라는 거지."

그 말에는 나도 동감이다. 그리고 한동안 드문드문 대화가 이어지다 말다 반복했다. 대부분 시시한 신변잡기에 대한 이야기였는데, 모두 수다를 좋아하는 성격이 아니라 그런지 몹시 조용하고 지겨운 상태가 이어졌다. 결국 견디다 못한 나는 이 말을 뱉고야 말았다.

"모험이라는 게 원래 이렇게 지겨운 일인가요?"

내 말에 윙커와 아이드가 노골적으로 황당한 얼굴로 쳐다본다. 하지만 하루 종일 마차 위에서 오리 걸음의 리듬에 맞춰 흔들리는 건 내가 생각했던 모험과 한참 동떨어져 있는 체험이었다.

"뭘 기대한 거야?"

윙커가 심드렁하게 묻는다. 나는 대답을 망설였다.

"그게, 윙커 씨를 고용할 정도면 뭔가 위험한 일이 일어나지 않을까 생각했는데……."

말하면서도 뭔가 아닌 것 같아서 말꼬리는 슬슬 기어들어 갔다. 위험한 일이 일어났으면 하고 바라는 건 절대 아니고, 그저 지루한 여정에 대한 불평을 하고 싶었을 뿐인데. 아무래도 말실수를 한 것 같다.

"애송이 모험가들을 털려는 강도야 드문드문 나타나는 편이지. 하지만 이 인원 앞에 강도가 나타나길 바라다니, 너무한 거 아니냐?"

"네?"

"여기 이 구성을 봐. 여기 앞에 나타나라니. 강도에게 너무 가혹한 기대 하지 말라고. 그렇게 안 봤는데 아주 잔인하구먼."

피니게르를 흘끔 보고 르준의 마차를 턱짓하는 윙커의 얼굴에 장난기가 가득하다. 언제 아이드와 그렇게 친해졌는지 두 사람이 시선을 교환한다 싶더니 곧 아이드도 날 놀려 먹는 데 동참했다.

"불쌍한 강도들. 하루 털어 하루 먹고사는 사람들에게 너무한데."

"아니, 그게 아니라."

하루 벌어 하루 먹고사는 것 아닌가. 아니, 하루 털어 먹는다는 것 자체가 이미 불쌍하지 않잖아.

하지만 여기서 입을 열어 봐야 수적 열세였다. 나는 뜬금없는 소리를 한 죗값으로 한동안 윙커와 아이드의 놀림감이 되어야 했다. 하지만 두 사람도 무척 심심했는지 놀림이 끝날 기미가 보이지 않는다.

결국 내가 원한다면 불쌍한 강도들을 사냥하러 나가겠다고 우는 시늉을 하는 두 사람을 견디지 못하고 자리를 박차고 일어나 버렸다.

"들어가서 낮잠이나 잘래요."

마차를 세워 달라고 말하려는데 마차 지붕에 누워 있던 피니게르와 눈이 딱 마주쳤다. 그녀는 빙글빙글 웃는 얼굴로 이 모든 대화를 지켜보고 있었다.

"내가 혼내 줄까?"

히죽 웃으며 하는 저 말이 진담인지, 아니면 나를 놀리는 데 가담하는 건지 분간이 가지 않는다. 아리송한 내 얼굴을 읽고 그녀가 덧붙였다.

"두 사람이 알몸으로 춤추게 할 수도 있는데, 어때?"

아이드와 윙커의 얼굴이 딱 굳는다. 하긴, 피니게르라면 충분히 하고도 남을 힘이 있다. 하지만 두 사람에게 그런 걸 시키고 싶지도 않고, 별로 보고 싶지도 않아서 나는 아주 정중하게 사양했다.

"괜찮아요. 정말로."

잠들기 전 이상한 걸 보면 이상한 꿈을 꾸게 될지도 모르니까.

"저기가 경계의 초소 디자런이야."

나는 잠이 덜 깬 눈을 문지르며 윙커가 가리키는 방향을 응시했다. 지겨운 여정에 낮잠은 꽤 좋은 해결법이었다. 익숙지 않은 마차 여행이라 나도 모르는 사이 피로가 꽤 쌓여 있었는지 그렇게 자고도 밤에 자는 데 별문제는 없었다.

"무슨 부락 같네요."

벌목한 나무둥치가 어수선하게 배열되어 있고 그 사이에 되는대로 지은 것 같은 엉성한 건물이 스무 채 남짓 있었다. 대충 나무 몇 그루를 베어 내고 그 나무를 쪼개어 그대로 건물로 옮긴 것 같았다. 제대로 된 울타리 하나 없어서 밤에 들개라도 들이닥치면 어쩌려나 걱정될 정도다.

"마을은 아니고, 다들 겔을 만들어서 바짝 벌고 떠날 생각으로 모여든 녀석들이야."

설명하는 윙커의 목소리에는 그리움이 약간 배어 있다. 가까이 다가가자 건물 벽에 기대어 서 있던 몇몇과 이야기를 나누던 사람들이 경계 어린 시선을 던졌다. 그러나 윙커의 얼굴을 확인하더니 곧 친근한 표정으로 눈인사를 건넨다. 물론 나에게 건넨 인사는 아니고, 윙커에게 건네는 인사다.

"아는 사람이 많아 보이네요."

"자주 왔으니까."

눈인사에 답해 주기도 하고 때론 무시하기도 하면서 윙커는 천천히 오리의 고삐를 틀어 안쪽으로 진입했다.

"어떡할까요? 이대로 계속 갑니까?"

길 앞에 모여 있던 사람들을 지나쳐 그들이 보이지 않을 정도로 충분히 안으로 들어간 후 윙커가 마차 지붕을 향해 나직하게 질문했다. 피니게르에게 묻는 것이다.

"나는 괜찮지만, 유정은 좀 쉬어야 할 것 같은데. 그리고 저기 개머리도."

피니게르의 거침없는 언사에 나는 반사적으로 녹스를 돌아보았다. 꽤 거리가 있어서 그런지 듣지 못한 눈치다. 이럴 때마다 새삼 느끼는 건데, 그녀가 친절한 건 정말로 나뿐이었다. 그걸 생각하면, 여기서부터 안쪽까지는 혼자 들어가는 게 나을까. 피니게르가 그들을 지켜 준다는 보장이 없으니.

"개머리가 아니라 녹스예요."

"아, 그래. 이름을 잊어버렸네."

넌지시 호칭을 수정했지만 피니게르는 대수롭지 않은 얼굴이었다. 하긴, 여기서 누가 그녀가 하는 말에 딴지 걸 수 있을까.

"아무튼 저 녹스도 지쳐 보이고. 재수 없는 마법사와 계속 한 마차를 타고 왔으니 지치지 않을 재간이 없었겠지만."

피니게르가 어깨를 으쓱하며 르준을 욕했다. 마차를 타고 오는 내내 르준을 헐뜯은 덕분인지 이어지는 험담이 물 흐르듯 자연스럽다. 이제 슬슬 습관으로 굳어지고 있는 게 아닌가 싶을 정도다.

"그러면 쉬었다 가는 것으로 알겠습니다."

"그래."

피니게르의 대답에 윙커는 천천히 마차를 몰아 데자런 입구에서 상당히 떨어진 여관 앞으로 접근했다. 여관은 날뛰는 통나무의 절반 정도 되는 작은 규모였다. 마감이 거친 나무판자 벽재와 경첩도 없이 대충 묶어 둔 문이 무척 허름하다.

여관 앞에 마차를 세우자 입구에 앉아 있던 절름발이 남자가 벌떡 일어나 다가섰다. 윙커는 자연스럽게 그에게 고삐를 넘겨주었다. 남자는 일종의 발렛파킹을 담당하는 직원이다. 예전 날뛰는 통나무에도 일당을 받고 저 일을 해 주는 사람이 있었지.

"윙커, 요즘 자주 오는걸."

"막스."

막스라고 불린 절름발이는 빠르게 나와 피니게르, 아델을 훑었다. 척 보기에도 대단한 마차라 뭔가 묻고 싶은 기색이 역력했지만 뒤이어 도착한 마차에서 르준과 녹스가 내려 노려보며 걸어오자 곧 도망치듯 자리를 떠났다.

"들어가시죠."

피니게르에게 깍듯하게 고개를 숙여 보인 윙커는 나에게 눈짓했다. 따라오라는 뜻이다. 그의 안내를 따라 여관 문을 밀고 들어서는 순간, 나는 코를 부여잡고 얼굴을 찌푸렸다.

코가 찌릿할 정도로 매캐한 냄새가 여관에 가득했다. 감촉이 느껴지는 게 아닐까 싶을 정도로 밀도 있는 악취였다. 악취뿐만이 아니라, 여관 내부의 천장이 뿌옇게 흐려져 있었는데 마치 담배 연기 같은 연기가 빠져나가지 못하고 안쪽에서 맴돌고 있었다.

여관 안에 앉아 시시덕거리며 담배를 피워 대는 사람들은 자신의 담배 연기로 스스로를 훈제하기로 결심한 사람들 같았다. 잠깐 문안으로 들어섰을 뿐인데 옷과 피부에 담배 냄새가 스며드는 게 느껴진다. 건물 벽이 담뱃진에 절어 끈적끈적하고 거무튀튀한 색으로 번들기렸다.

"잠깐, 진짜 여기서 묵는 거예요?"

나는 당장 이 여관을 박살 낼 것 같은 피니게르의 표정을 살피며 작게 소곤거렸다. 참혹의 경계에 가까워질수록 우리는 피니게르의 신경이 곤두서는 것을 느끼고 있었다. 평소처럼 행동하는 것처럼 보였지만, 마치 간헐천처럼 예고 없이 터지는 짜증과 그걸 억누르기 위한 자신과의 싸움을 지켜보았던 것이다. 우리에게 직접 화를 내진 않았지만, 그것만으로 우리의 긴장도를 높이기에는 충분했다.

"이 일대 여관은 다 이래. 그나마 여기 2층이 제일 깨끗한 편이야."

빠르게 대꾸한 윙커가 자연스러운 동작으로 열쇠를 받아 2층으로 향했다. 후다닥 따라 올라가니 그 말대로 1층보다 훨씬 상태가 괜찮다. 하지만 은은하게 맡아지는 담배 냄새에 이마가 찌푸려지는 건 어쩔 수 없다.

"실내에서 담배라니."

"이 정도면 심한 것도 아니야."

"거의 훈제될 뻔했는데요."

"엄살은. 저라도 안 피우면 맨정신으로 겔을 어떻게 만들겠어. 조금만 실수하면 데려갔던 양이 아니라 본인이 겔이 될 수도 있는 위험한 작업인데. 게다가 결계가 없어져서 위험도가 더 올라갔다고."

대충 내 투정을 받아넘긴 윙커가 방 하나를 골라 들어섰다. 각방 같은 사치는 애초에 이루어질 수 없는 일이었고, 커다란 방을 빌려 윙커와 나, 피니게르, 아델 네 명이 쓰기로 했다. 나머지 방은 아이드와 녹스, 르준이 들어갔는데 마치 도살장에 끌려가는 것 같은 녹스를 보자 동정심이 솟구친다.

피니게르와 아델이 대충 드러눕고 윙커가 짐을 정리하는 것을 돕다가 나도 침대에 누웠다. 과연 이 더러운 여관에서 잠을 잘 수 있을까 싶었는데, 마차의 침대와 달리 넓고 흔들리지 않아서 그런지 그럭저럭 괜찮은 느낌이었다.

"뭔가 먹을래? 방으로 음식을 주문할 수 있는데."

누워서 여독에 지친 엉덩이를 쉬게 하고 있으니 짐 정리를 끝낸 윙커가 부지런히 물어 온다. 나쁘지 않은 제안이었다. 마침 곧 뭔가 먹어야 할 시간이기도 했으니까.

"좋아요."

흔쾌히 대답했으나 음식을 받아 본 나는 그 대답을 몹시 후회했다. 이곳의 음식을 먹은 지 한참 된 덕분에 이들이 음식이라고 부르는 게 얼마나 먹을 게 못 되는지 잊고 있었던 것이다.

대체 무슨 짓을 한 건지 모를 밀가루 풀을 수프라고 가져왔는데, 이걸로 그냥 담뱃진에 절어 든 여기 벽에 벽지나 바르라고 하고 싶었다. 그 외에도 구운 고기라든가 설익은 감자 몇 알이 나왔지만 모두 먹을 게 못 되는 것들이었다.

"어쩔 수 없네. 그냥 제가 뭔가 만들게요."

"그럴래?"

죽을 것 같은 표정으로 밀가루 수프를 떠먹던 윙커가 반갑게 벌떡 일어섰다. 아무래도 바라고 있었던 모양이다. 필요한 식재료가 있으면 구해 보겠다며 잔뜩 들뜬 걸 보니 진짜 이 음식이 먹기 싫었던 것 같다.

"그런데 여기 주방은 못 쓸 것 같고, 마차로 가서 식재료를 꺼내다가 어디 모닥불이라도 피워야 할 것 같네요."

결국은 요 며칠간 계속 해 먹었던 야영식이다. 다들 쉬니까 나도 좀 쉬고 싶은데 아무래도 불가능할 것 같다.

"불은 빌릴 데가 있어. 마차에 갈 거면 같이 가자고."

허리춤에서 풀어 놓았던 검을 다시 주섬주섬 챙겨 든 윙커가 문 앞에 서서 뭐 하냐는 듯 나를 돌아본다. 결국 침대에서 일어나 비척비척 따라 나갔더니 피니게르와 아델도 그릇을 내려놓고 내 뒤를 따랐다. 역시, 그 두 사람도 이 음식을 먹고 싶지는 않았던 것이다.

아이드와 녹스만 이 여관의 형편없는 음식을 먹게 하는 건 불쌍했으므로 나는 내려가기 전 두 사람의 방에 들러 행선지를 알려 주는 것도 잊지 않았다. 르준에게도 권했는데, 당연히 거절당했다. 응, 예상했어. 혹시나 해서 한번 물어본 거야. 하지만 아이드와 녹스는 반갑게 따라나섰다.

윙커를 따라가자 여관 뒤쪽에 마차들이 줄지어 서 있는 공간이 나타났다. 오리는 따로 떼어 마구간에 넣어 두었는지 보이지 않았고, 마차를 도둑질하지 못하도록 지키는 사람 한 명과 근처에 불을 피워 놓고 모여들어 이것저것 정보를 나누는 모험가들이 보였다. 윙커가 빌린다는 불은 아마 저것인 것 같다.

모험가들이 불을 피워 놓고 둘러서 있는 자리는 아마 고정적인 모임 장소인 것 같다. 주변에 둘러쳐진 돌담이나 옆에 쌓인 장작더미. 잠깐 사이 만들어 낸 장소가 아니다.

마차 안으로 들어가 냄비와 조리 도구를 뒤적이며 요리 재료가 얼마나 남아 있는지 확인했다. 양파 세 알, 감자 반 포대, 양배추 한 개 같은 오래 보관할 수 있는 야채만 좀 남아 있고 고기는 거의 없다. 그러고 보니 여기를 떠나기 전 식재료도 좀 보충해야겠네.

사실 여정 내내 먹은 식단은 여관 생활 때보다 매우 단조로운 편이었다. 일단 화덕이 없으니 빵을 구울 수 없고, 빵 반죽을 할 수도 없고, 세심한 화력 조절도 불가능하고, 재료 손질에 쓸 물도 맘껏 쓸 수 없고, 모닥불을 하나만 피우니 화구를 여러 개 가질 수도 없다.

달걀은 오리가 낳는 오리알로 대체할 수 있었지만 그 외 식재료는 가져온 것, 보관이 까다롭지 않은 것으로만 먹을 수 있었고 게르하인에서는 실컷 쓰던 해산물도 거의 쓰지 못하니 오직 고기와 오래 보관할 수 있는 채소, 야영지 근처에서 뜯어 온 식용 버섯이나 윙커가 가끔 잡는 새, 다람쥐, 야생 햄스터 같은 걸 먹는 게 고작이다.

야영 초기에는 마치 소풍이라도 온 듯 신선한 느낌이었지만 그것도 며칠이 지나자 곧 사그라들었다. 대신 여관에 남겨 두고 온 향신료에 대한 아쉬움이 고개를 들었다. 워낙 급하게 떠난 덕분에 여관에 만들어 두었던 식초나 기름을 거의 가져오지 못했던 것이다. 급히 챙긴 마늘과 소금, 말린 고추가 내가 가진 향신료의 대부분이었다.

물론 그래도 충분히 맛있긴 한데, 먹고 싶은 것의 9할은 거의 다 만들어 먹을 수 있었던 여관 생활에 비하면 솔직히 못 먹고 있는 게 사실이다. 지금? 지금은 기껏해야 1할 정도 만들어 먹을까 말까 한 수준이고.

뭔가 맛있는 음식을 먹고 싶다.

그게 뭐냐고 묻는다면, 음. 뭔가 맛이 다채롭고 강렬하며 식재료의 맛을 충분히 살리면서도 이곳에서 구하기 힘든 향신료들이 잔치를 벌이는 그런 음식. 느끼하지도 않고, 밋밋하지도 않고, 풍부한 맛을 가지고 있지만 그렇다고 지나치게 맵거나 자극적이어서 혀를 피로하게 만드는 일도 없는 그런, 그런.

카레가 먹고 싶다.

한국식도 좋고, 일본, 인도, 태국 등 어느 나라의 방식이라도 좋겠다. 하지만 카레 한 접시를 만드는 데 필요한 재료를 찾아다니는 것만으로 이미 보물찾기 수준이다. 원래 세상이라면 마트에서 산더미처럼 쌓인 시판 카레루를 사다가 재료와 함께 대충 끓여 취향에 맞게 향신료를 좀 더 추가하면 되는 간단한 음식인데.

구할 수만 있다면 얼마나 좋을까. 그것 외에도 아쉬운 식재료가 얼마나 많은지 모른다. 직접 만들기엔 손이 너무 많이 가거나 조리법을 모르는 맛있는 시판 식재료들.

하지만 여기서는 그저 꿈이나 꿀 뿐이다. 내가 굉장히 좋아하던 브랜드의 아이스크림, 간식, 식료품들.

그런 생각을 하며 남은 식재료를 꺼내려고 선반 안쪽으로 손을 뻗었는데 낯선 감촉의 무언가가 손에 만져졌다. 분명 남은 감자가 있어야 하는데, 감자라고 하기엔 마치 종이 박스 같은 감촉이 느껴진다.

"응?"

무심코 손에 잡힌 것을 쑥 꺼내 든 나는 믿을 수 없어서 한참 동안 얼어붙었다. 뭐지? 내가 미친 건가? 이게 왜 여기에 있는 거야? 시력이 나빠졌나? 아니면 벌써 내가 치매라던가? 너무 원한 나머지 정신이 어떻게 되었거나 환각을…….

하지만 몇 번을 봐도 마찬가지였다.

선반 안쪽에서 잡아 꺼낸 것은 내가 방금까지 그렇게나 원하던 시판용 카레였다. 반질반질한 상자에 내용물까지 알차게 들어 있는 상품. 여기에 있을 리가 없는.

대체 언제부터 여기에 있었지? 원래 여기에 있었나? 아니, 식료품을 채운 건 내가 직접 했다. 텅 빈 선반 안쪽부터 자주 쓰는 식재료를 줄지어 차곡차곡 정리했던 기억이 난다. 분명, 분명 어제까지만 해도 없었다. 어제 야영지에서 밥을 하며 감자가 몇 알 남았는지 확인하려고 손을 휘저어 안쪽을 면밀히 확인했었는데 그때는 분명 없었던 물건이다.

나는 멍하니 손안의 카레 상자를 내려다보았다. 회사의 로고가 선명하게 박힌, 반들반들 코팅이 된 네모반듯한 상자. 구겨짐 하나 없다. 조리 예 이미지 위에 상품의 이름까지 번듯하게 적혀 있는, 어디 마트 선반 위에 있어도 위화감이 없을 것 같은 제대로 된 상품이었다.

단 한 가지, 유통 기한이 없다는 점만 빼면.

너무나 황당한 나머지 나는 스스로 인지하지도 못하는 사이 더듬더듬 밖으로 걸어 나왔다. 한 손에는 카레 상자를 들고 정신이 나간 표정으로 마차 문을 열고 나온 내 모습은 분명 아주 이상했을 것이다.

"왜 그래?"

얼빠진 내 모습에 가장 예민하게 반응한 것은 피니게르였다. 나는 어슴푸레한 저녁 빛이 내려앉은 그녀의 얼굴을 멍청하게 올려다보며 아무 생각 없이 손에 든 카레를 내밀었다.

"이, 이거."

"종이 상자?"

"이거, 이게 안에 있었는데."

"그런데?"

너무나 놀라고 혼란스러워 나는 한참 동안 누구도 알아듣지 못할 맥락 없는 단어만 내뱉었다. 그럼에도 불구하고 피니게르는 인내심을 가지고 상냥한 얼굴로 내 대답을 기다렸다. 덕분에 나는 얼마 지나지 않아 제대로 된 문장을 말할 수 있을 만큼 침착해졌다.

"챙긴 기억이 없는 물건이에요."

"그래? 누가 다른 사람이 넣어 둔 거 아냐?"

"아니, 그게 아니라. 이건 내가 살던 곳의 물건이라구요."

"지금까지 잘도 보관했네. 구겨지기 쉬운 종이 상자 같은데."

기특하다는 듯 칭찬하며 피니게르는 일단 나를 진정시키려고 시도하는 것 같았다. 하지만 나는 오히려 더 답답해져 결국 외치듯 말하고 말았다.

"전 여기 몸만 달랑 왔어요! 이런 건 챙긴 적도 없다구요! 갑자기, 저 선반 안에서, 이걸 꺼냈어요. 아니, 나타났어요. 생겼다고 해야 하나? 이게 대체. 뭐가 어떻게 된 건지."

내 목소리에 모닥불 근처에 서 있던 윙커나 아이드, 녹스가 모여들었다. 피니게르는 흐음 하고 턱을 긁으며 내 손에서 카레 상자를 받아들어 이리저리 둘러보며 살펴보다가 힘을 주어 겉 포장을 찢었다.

"딱히 수상한 부분은 없는 것 같은데."

한참 동안 카레를 만지작거리던 피니게르가 그렇게 결론 내리자 내 머릿속도 약간 식는 느낌이었다. 나는 다시 손을 내밀어 카레를 돌려받았다. 확실히, 내가 생각했던 그 물건이 맞다. 딱딱한 고체 카레. 버터와 향신료, 치즈, 토마토 가루 등 온갖 재료를 굳혀 놓아서 끓는 물에 던져 넣고 풀기만 해도 그럴듯한 요리가 되는 편리함 때문에 꽤 애용했지.

비닐 포장을 뜯어 냄새를 맡아 보니 자극적인 카레 냄새가 물씬 풍겨 왔다. 내가 알던, 생각했던 카레가 맞았다. 하지만 먹어도 되는 물건인가? 엄청 먹고 싶었고, 원하기도 했지만 수상한 경로로 나타난 식재료를 안심하고 먹어도 되는 걸까? 내가 갈등하는 사이 피니게르가 질문을 던졌다.

"좀 더 자세한 이야기를 들어야 할 것 같아."

그녀라면 뭔가 알고 있을지도 모른다. 막연하게 그런 생각이 들었다. 어쨌든 이 어처구니없는 일에 관해 도움을 줄 사람이 나타나자 나는 당시 상황을 정리해 차근차근 이야기했다.

"뭔가 먹을 걸 만들어야겠다고 생각해서 안쪽 식재료 선반을 뒤지고 있었어요. 감자 몇 개를 꺼내고, 남은 야채가 별로 없어서 괜찮은 걸 만들긴 힘들겠다고 생각했거든요. 그러다가 요즘 식단이 너무 단조로운 것 같아서 이전 세상에서 먹었던 음식을 그리워하고 있었는데."

"그 음식이 손에 들고 있는 그거야?"

"정확히는, 핵심 재료예요."

"으흠, 어떤 식으로 그리워했던 거야?"

어떤 식이냐니. 나는 약간 혼란스러워서 그녀의 얼굴을 빤히 올려다보았다. 내가 무슨 카레가 그리워서 카레의 이름을 부르짖으며 노래하고 춤이라도 췄겠는가? 그냥 먹고 싶다, 있었으면 좋겠다 하고 생각했을 뿐이지. 예를 들어 내 비밀 카레 레시피에 꼭 들어가는 옥수수 통조림이 있으면 좋겠다고 생각하는 것처럼 말…….

"와악! 이게 뭐야!"

나는 기겁해서 갑자기 손안에 생겨난 물건을 땅에 패대기쳤다. 한 손이 묵직해진다 싶었는데 커다란 옥수수 통조림이 쥐어져 있었던 것이다. 부지불식간의 일이라 어떻게 생겨났는지 보지도 못했다. 땅거미가 내려앉은 흙바닥에 익숙한 브랜드의 옥수수 통조림이 데굴데굴 굴러가다가 누군가의 발에 부딪혀 툭 멈췄다.

"흠. 마법이네."

발치의 옥수수 통조림을 주워 든 피니게르가 단언했다. 그 말에 윙커와 내가 입을 쩍 벌리고 경악했다. 마법? 내가?

"제가, 제가 마법을 썼다구요? 제가 소환한 거예요? 내가 소환한 건가요? 나한테 왜 이런 능력이, 이 음식은 안전한 건가요? 마법으로 생겨난 이상한 음식인 거 아니에요? 이거 어떡하죠? 이거 계속 이러나요? 앞으로 쭉 이러나요? 제가 뭐 생각하면 그게 나타나는 건가요?"

놀란 나머지 질문을 와르르 쏟아 내자 피니게르가 그 기세에 못 이긴 듯 주춤 한 발자국 물러났다가 달래듯 손을 들어 나를 진정시켰다. 그리고 주운 통조림을 내 손에 쥐여 준다. 차가운 알루미늄의 감촉에 현실감이 확 와닿는다.

"진정해 봐. 알겠으니까. 일단 결론만 말하자면 마법의 힘은 네 것이기도 하고 아니기도 해. 내 생각인데. 아마 내 힘이 꽤 지분을 차지하고 있을 것 같군. 말하자면 네가 지금까지 흡수한 마법의 힘을 네가 좀 사용할 수 있는 것 같아. 얼마나 쓸 수 있는지는 모르겠지만, 너와 마법의 상성이 서로 안 좋은 걸 생각하면 그렇게 많은 건 할 수 없겠지."

"마, 마, 마법으로 이런 것도 가능해요?"

고체 카레를 만들어 내고 옥수수 통조림을 손에서 솟아나게 하는 마법이라니. 들은 적도 없는 마법이다. 내가 멍청하게 질문하자 피니게르가 웃으며 고개를 끄덕였다.

"물론이지. 마법은 무엇이든 가능해. 다양한 방식으로 가능하지. 의지의 발현, 욕망의 구현. 그게 마법의 핵심이야. 아마 네 경우는 욕망을 구현시킨 모양이지만. 그 음식이 굉장히 먹고 싶었던 모양이지?"

피니게르는 엷게 웃었고 나는 양손에 카레와 옥수수 통조림을 들고 멍해졌다. 물론 먹고 싶긴 했지만, 기껏 마법을 썼는데 겨우 카레라니. 내가 도저히 납득하지 못한 얼굴로 손안의 물건을 만지작거리자 피니게르가 어깨를 으쓱이며 부연 설명을 했다.

"너무 놀랄 것 없어. 그 사람이 쓰는 마법을 보면 그가 어떤 욕망을 가지고 있는지, 삶에서 추구하는 것이 무엇인지 얼추 알 수 있지. 나는 내 욕망이 아니라 이 몸에 깃들었던 악마들이 새겨 둔 방식대로 마법을 쓰는 거라 좀 다른 경우지만. 어떤 마법사는 창공을 날기도 하고, 어떤 이는 물을 다루기도 해. 또 어떤 마법사는, 불을 다루기도 하지."

"카레를 다루는 마법사는 좀 이상한데요."

"원하던 물건이 아니야?"

아니 뭐, 나에게 있어 더없이 유용한 능력이긴 하다. 원하던 물건이기도 하고, 피니게르가 했던 것 같은 정신지배 마법이나 르준의 불덩이 같은 걸 불러내던 능력에는 솔직히 별로 관심이 없다. 그런 능력 있어 봐야 화로에 불 지필 때나 유용하게 쓰겠지.

"으음. 그럼 이건 소환 능력인가요? 내 원래 세계에서 불러오는?"

피니게르는 욕망의 구현이라고 했지만 나는 아직 마법에 익숙지 않아 나의 행동이 정확히 어떤 경위로 성립한 건지 이해하기 힘들었다. 내가 묻자 오히려 피니게르가 되물었다.

"그걸 원했어? 소환하는 걸?"

곰곰이 생각해 봤지만 그건 아니었다. 어딘가에 있는 음식을 이리로 가져오고 싶다는 생각 같은 건 하지 않았다. 그저 막연하게 이게 있었으면 좋겠다고 생각했을 뿐이다. 나의 대답에 피니게르는 살짝 웃었다.

"그러면 그냥 네가 원했던 대로 '있게' 된 거야. 만든 거지."

"다른 것도 만들 수 있을까요?"

"흠, 어디 해 봐."

가지고 싶은 물건이라. 뭐가 있을까. 얼른 떠오르는 물건이 없다. 스스로의 물욕 없음이 놀라울 따름이다. 정말로, 음식 외에는 관심이 없었던 거야? 아니, 그럴 리가 없어. 뭔가 하나 정도는, 음식 외에도 원하는 물건이 있을 것 같은데. 무난하게 보석이라든가.

언젠가 스쳐 가며 보았던 이름 모를 연분홍 보석을 상상하며 나는 열심히 욕망하려고 노력했다. 보석, 예쁜 보석 좋잖아? 갖고 싶다. 지금 있으면 좋겠다. 마치 사탕 같은 보석, 언젠가 봤던 엄청나게 비싸다던 핑크 다이아몬드. 마치 복숭아 맛 사탕 같은 빛깔이었지. 디저트를 저렇게 만들면 너무 예쁘고 좋을 것 같았다. 디저트는 맛도 중요하지만 찻잔이나 장소에 어울리는 외형도 아주 중요하니까. 핑크 다이아몬드의 외형을 그대로 빼닮은 사탕이라면······.

당연하겠지만, 나는 손에 핑크 다이아 같은 예쁜 빛깔의 복숭아 사탕을 들고 있게 되었다.

보석을 열망한 끝에 사탕이라니. 스스로도 기가 차서 잠시 할 말을 잃었을 정도다. 만들어진 사탕은 피니게르가 낼름 입 안에 던져 넣고 먹어 버렸다. 그 이후로도 몇 가지 마법을 더 시도했지만 결국 성공한 건 전부 음식이나 먹을 것, 식재료와 조리 도구뿐이었다.

"다른 것에 대한 욕망이 부족해."

나의 시도와 실패를 모두 지켜본 피니게르가 내린 결론이었다. 초콜릿과 탄산음료 외 몇 가지 조미료통 사이에서 나는 장렬하게 그 말을 인정했다. 내가 만들어 낸 물건 중 먹을 것이 아닌 건 계속 동경하며 사고 싶었던 중식도 하나뿐이다.

"그런 것 같네요……."

피니게르에서 흡수한 마법의 힘이 고갈된 모양인지 이제 뭔가 먹고 싶은 걸 떠올려도 만들어지지 않는다. 그녀가 더 만들고 싶은 게 있다면 힘을 써 주겠다고 했지만 나는 정중하게 사양했다. 그러고 보니 예전에 그녀가 나에게 마법이 안 통한다며 예시를 보여 줬었지. 그때 흡수한 마법의 힘이 어마어마했을 테고, 그녀와 마차 여행을 하며 알음알음 흡수한 힘도 결코 적지 않을 텐데 기껏해야 작은 바구니 하나를 채울 만큼의 식재료를 만드는 게 전부다. 효율이 나쁘다는 게 무슨 말인지 이해가 간다.

"음, 그나저나 이거 어쩌죠?"

식재료들을 들어 보이며 묻자 피니게르는 당연하다는 듯 대답했다.

"먹으면 된다고 생각해."

그 말로 저녁 메뉴는 결정되었다.

"정말 그거 넣을 거야?"

모닥불에 솥을 걸어 놓고 재료를 손질하는데 윙커가 불안하게 서성 거리며 묻는다. 윙커가 말하는 '그거'란 바로 내가 소중하게 품고 있는 카레루였다.

"당연하죠."

감자 껍질을 벗기며 대꾸하자 윙커는 더욱 심란한 얼굴이 되었다.

"말린 개똥처럼 생겼는데."

불신 어린 어조로 말한 그는 카레를 한 조각 집어 킁킁 냄새를 맡았다. 혹시나 구린내가 나지 않을까 기대하는 것 같기도 하고, 경계하는 것 같기도 한 표정이다.

"개똥은 절대 아니에요."

"개똥은 아니라는 거지……."

"다른 생물의 똥도 아니니까 걱정 말아요. 애초에 냄새가 완전 다르잖아요."

아까부터 이어지는 윙커의 저 말이 지겨워진 나머지 짧게 힐난하자 그는 우물우물하며 입을 다물었다. 하지만 들릴 듯 말 듯 '냄새가 다른 생물이 있을지도 모르잖아.' 하고 말하는 건 멈추지 않았다.

"먹으라고 강요하지 않으니까 내키지 않으면 다른 먹을거리 사 와서 먹어요."

그렇게 일축하자 윙커는 더 말하지 않고 얌전히 불쏘시개를 들어 모닥불을 뒤적거렸다. 그와 내가 대화를 멈추자 모닥불은 완전히 조용해졌다. 꽤 많은 사람들이 둘러앉아 있는데도 불구하고.

불가에는 우리 외에도 서너 명의 사람들이 더 앉아 있었다. 오가던 몇몇이 윙커나 피니게르를 보고 접근했지만 피니게르의 분위기에 위압감을 견디지 못하고 도망치거나 혹은 눈치를 살피며 온기를 쬘 뿐이다.

"뭔가 도와드릴까요?"

껍질을 벗긴 감자를 썰고 있는데 아델이 묻는다. 오랫동안 손발을 맞춰 온 아이드가 내가 요리를 할 때마다 자연스럽게 돕고 있었기 때문에 딱히 도울 일은 없었지만, 아델이 이렇게 먼저 말을 걸어오는 것은 드문 일이었기 때문에 나는 냄비를 닦아 줄 것을 부탁했다. 그리고 여관에서 식수를 좀 얻어다 줄 것도. 아델은 반갑게 웃었다.

무언의 모닥불 앞에서 카레 만들기는 차곡차곡 진행되어 갔다. 감자를 썰고, 윙커가 어디선가 얻어 온 양고기와 물소 뒷다리를 큼직큼직하게 썰어 넣는다. 향을 위해 양송이를 잘게 다지고, 식감을 위해 엄지 두 마디 정도 크기로 새송이를 썰어 넣었다. 모닥불에 모인 사람이 생브로콜리를 씹고 있기에 그것도 좀 얻어 썰어 넣었다. 모든 재료는 푹 익히면 부피가 줄어들기 때문에 일부러 좀 크다 싶은 크기로 자른다.

내가 늘 쓰는 냄비는 커다란 중국 냄비처럼 생긴 것인데, 반구형이라 무언가를 볶기도 좋고, 깊이가 있어 끓이기도 용이한 데다 오래 써서 길이 잘 들어 있는 덕분에 재료가 잘 눌어붙지 않아 좋다. 솥이 완전히 달아오르지 않았을 때 양고기와 물소 고기를 넣고 은근한 불에 볶기 시작했다. 저온의 냄비에서 고기는 잘 익지 않고, 대신 기름이 녹아 나온다.

냄비에 기름이 어느 정도 코팅되었다 싶으면 감자를 넣고 잠시 볶는다. 다진 양송이를 넣어 고기와 감자에 향을 더하고 이어서 브로콜리, 그리고 새송이. 모든 재료를 천천히 익히면서 재료의 수분이 육수처럼 살짝 고일 무렵 마침내 루를 넣었다. 윙커는 매우 만류하고 싶은 눈치였지만.

물을 조금씩 넣어 농도를 조절하며 중불에 끓이다 약불로 조절해 오랫동안 끓인다. 모든 재료가 푹 익도록 천천히. 그리고 마지막으로 옥수수 통조림을 뜯어 안의 즙을 따라 내어 버린 뒤 거의 완성된 카레에 뒤섞어 주면 완성.

사실 브로콜리가 아니라 애호박이나 당근 등 어쨌든 감자와 색이 다르고 익었을 때 적당히 맛있는 채소를 넣으면 무엇이든 상관없다.

일렁이는 모닥불에 반들반들 윤이 나는 진갈색 카레.

냄비의 내용물이 그윽한 향을 풍기며 걸쭉한 기포를 터뜨리기 시작하자 다소 회의적인 반응이던 윙커도 약간 구미가 당긴 표정으로 냄비를 쳐다보기 시작했다. 주변에 둘러앉은 다른 사람들도 침을 꼴깍꼴깍 삼키며 눈치를 살핀다. 먹고 싶은 것이다.

요리의 양을 가늠해 보니 좀 넉넉히 한 덕분인지 우리 일행을 제외하고도 다른 사람에게 나눠 줄 정도는 되는 것 같다. 나는 브로콜리를 나눠 준 사람과 그의 일행을 위해 그릇 몇 개를 더 꺼냈다.

"다 된 것 같네요."

숨죽이고 있던 사람들이 서둘러 시선을 교환하는 게 느껴진다. 먹고 싶긴 한데, 요구하자니 마치 구걸처럼 느껴져서 섣불리 말을 꺼내지 못하고 있는 것이다. 나는 첫 그릇을 떠서 아무렇지도 않게 건네었다. 브로콜리를 나눠 준 사람에게.

"괜찮으시면 좀 드세요."

턱과 뺨에 수염이 지저분한 남자는 조금 당황하더니 어색하게 그릇을 받아 들었다. 나눠 받을 거라곤 생각도 못 했다는 표정이다. 나는 이어서 그의 일행에게도 한 그릇씩 카레를 퍼 주고, 우리 일행에게도 카레를 배급했다.

모닥불이 탁탁 불꽃을 튀길 때마다 나무 그릇 안의 카레도 그 색을 달리한다. 큼직하게 썰린 감자, 고기, 버섯 따위가 카레 옷을 입고 매끄럽게 반짝였다. 밥이나 빵이 없어서 일부러 감자를 듬뿍 넣었더니 속 재료가 굉장히 푸짐하게 보인다. 다른 음식 없이 이것만 한 그릇 먹어도 그럴듯한 식사가 될 것이다.

아까 말했듯 정말 오랫동안 먹고 싶었던 음식이기 때문에 나는 다른 사람들이 먹는지 확인하지도 않고 먼저 숟가락을 들었다. 지금 이 순간 손안의 따듯한 음식에만 집중하고 싶은 기분이었기 때문이다.

한 스푼 커다랗게 떠 올리자 카레 향 위로 다져 넣은 양송이의 향기가 부담스럽지 않게 어우러져 코끝에 닿아 온다. 진한 카레를 두른 감자는 완전히 푹 익어 씹을 것도 없이 혀와 입천장 사이에서 으깨져 혓

바닥으로 스며드는 듯 사라졌다. 이어서 포동포동한 식감의 새송이를 씹자 이 끝에서 튕기듯 잘리며 풍미 깊은 즙을 내뿜는다. 마치 카레 향 과일을 먹는 것처럼 즙이 많고 촉촉했다.

큼직하게 잘라 넣은 고깃덩이는 이 사이에서 부드럽게 끊어졌다. 입 안 가득 쫄깃하게 씹히는 물소 고기. 육즙과 카레가 뒤섞여 계속 씹고 싶을 만큼 감칠맛이 우러나온다. 별달리 손질도 하지 않았는데 누린내도 없었다. 쫄깃하지만 부드러워서 몇 번 씹지도 않았는데 목구멍을 타고 넘어가 버렸다.

작게 자른 브로콜리와 옥수수를 한입 크게 떠먹자 고기와는 또 다른 풍미다. 화려한 향신료의 맛을 듬뿍 머금은 브로콜리, 거기에 톡톡 터지는 옥수수가 은은한 단맛을 뿌린다. 고기의 육즙과는 또 다른 의미의 감칠맛이다.

오랜만에 먹는 카레라서 그런지 나는 말도 없이 게 눈 감추듯 한 그릇을 먹어 치우고 말았다. 하지만 다른 사람들도 사정이 그리 다르지는 않았다. 다들 숟가락이 저절로 움직여 입 안으로 음식을 넣고 있는 것 같은 표정이다. 마치 홀린 듯이 묵묵히 그릇을 비워 내더니 당연하다는 듯 혓바닥으로 그릇을 핥고 있었다. 피니게르를 제외하고.

솔직히 윙커나 다른 사람들은 어느 정도 예상했지만 아이드나 녹스까지 그릇을 핥을 줄은 몰랐다. 마치 설거지를 한 듯 깨끗하게 빈 그릇을 보니 말문이 막힐 지경이다.

"안 먹는다면서요?"

히죽 웃으며 윙커를 놀리자 그가 약간 멋쩍은 얼굴로 입맛을 다셨다.

"안 먹는다고는 안 했어."

"흐음. 하지만 재료에 상당히 불만이 많아 보이시던데."

"아니, 뭐. 흠. 딱히 그런 건 아니고…… 좀 더 남았나?"

내 말을 못 들은 척하며 그가 냄비를 기웃거리자 아이드와 녹스도 앞다투어 그릇을 내밀었다. 피니게르는 마치 고양이처럼 웃으며 느긋하게 바닥에 드러누웠다. 그녀의 그릇도 깨끗하게 비워진 상태다.

"정말 잘 먹었소. 엄청나게 맛있는 음식이군!"

음식을 건네받았던 사람 중 하나가 눈치를 보더니 불쑥 인사를 해 왔다. 갑작스러운 인사에 조금 놀란 나는 반사적으로 손사래 쳤다.

"별말씀을요."

"아니, 정말 맛있었소. 그러고 보니 통성명도 없이 음식을 얻어먹었군. 나는 비욤, 여기 옆에 앉은 녀석들은 내 동료인 가르디, 말다, 반티. 나와 같이 젤을 만들고 있다오. 그쪽은……?"

그가 넌지시 우리의 정체를 떠보려고 하자 드러누워 있던 피니게르가 웃는 얼굴 그대로 싸늘하게 대답했다.

"알 거 없어."

비욤은 딱딱하게 굳어 얼어붙었다. 모처럼 훈훈해지려던 분위기가 엉망이다. 나는 둘 사이를 중재하듯 끼어들며 사교적인 미소를 입가에 물었다.

"모험가예요."

"오호."

흥미로운 척 턱을 긁긴 했지만 비욤은 순식간에 애송이를 보는 듯한 눈으로 나를 쳐다보았다. 익숙한 눈이다. 윙커가 우리 여관에서 밥을 먹는 모험가들을 늘 저런 눈으로 보고 있었으니까. 가소롭다는 듯, 한심하다는 듯한 눈. 뭐, 그들은 이곳에서 산전수전 다 겪은 베테랑이니 나같이 젊은 사람이 모험가라고 나서면 한심하게 느껴질 수도 있겠지.

"참혹의 경계에 구경을 하러 온 모양이군."

나름대로 고개를 끄덕이며 결론 내린 비욤은 무언가 대화를 더 하고 싶은지 몇 마디 말을 또 꺼냈다. 나를 애송이로 보고 있긴 하지만 그래도 굉장히 호의적인 태도였다. 피니게르가 내내 싸늘하게 노려보고 있었는데도 불구하고.

"아까 보니 여기 온 지 얼마 안 된 것 같던데."

"네."

나의 대답에 비욤은 자신의 일행과 무언으로 시선을 주고받았다. 동의를 요청하는, 그리고 동의하는 것 같은 눈짓이 오가더니 그가 조심스럽게 묻는다.

"젤을 만드는 걸 본 적 있나?"

그들이 뭔가 꾸미는 듯 시선을 교환하는 게 찜찜했지만 만약 문제가 될 일이라면 윙커가 말려 줄 테니 괜찮겠지. 나는 정직하게 고개를 가로저었다.

"아뇨."

그러자 비욤이 약간 짓궂은 미소를 짓더니 슬쩍 제안했다.

"음식 대접도 받았으니, 원한다면 우리가 작업하는 걸 구경시켜 줄 수 있네. 보통 젤 작업자들은 보여 주는 걸 싫어하지만, 꽤 대단한 구경거리거든. 아, 물론 원하지 않아도 상관없어. 그냥 뭔가 신기하고 맛있는 걸 대접받았으니 똑같이 신기한 걸 보여 줘야겠다는 생각이 들어서 말이지."

윙커는 잠잠하고 피니게르도 별 반응이 없다. 딱히 위험한 일은 아닌 건가? 내가 돌아보자 카레 냄비를 닥닥 긁고 있던 윙커가 대수롭지 않게 대꾸했다.

"보고 싶으면 봐도 돼. 좀 멀리 떨어져서 보면 별로 위험한 것도 아니니까. 여기 오는 모험가들은 돈을 내고라도 구경하려는 녀석들이 있는데, 공짜로 보여 주겠다는 걸 거절할 필요는 없겠지."

윙커까지 그렇게 말한다면 딱히 거절할 이유가 없다. 돈을 내고 볼 정도라니 어떤 것인지 궁금하기도 하고, 약간 기대되기도 했다. 나의 수락에 비욤과 세 남자는 빙긋 웃으며 자리에서 일어났다.

"그럼 따라오라구."

내가 자리에서 일어나자 일행 모두가 벌떡 일어나 따라붙는다. 여섯 명이나 되는 대인원이 뒤로 우르르 따라붙으니 좀 부담스러웠던지 비욤이 불편한 얼굴로 입을 우물거렸다. 하지만 피니게르 앞에서 일행을 물려 달라는 말을 할 용기는 없었던 것 같다. 소리 내어 말하는 대신 묵묵히 앞장서는 걸 보니.

그를 따라가자 축사 같은 건물이 줄지어 서 있는 구역이 나타났다. 비욤이 그중 한 채의 문을 열자 어둠 속에서 노랗게 빛나는 무언가가 이쪽을 응시했다. 양과 염소 같은 동물들이 채소를 뜯다가 갑자기 열린 문에 놀라 시선을 던지는 것이다. 바쁘게 오물거리는 입이 브로콜리와 마른 잎 같은 것을 씹고 있다. 긴 여물통에는 드문드문 당근이나 브로콜리들이 보였다.

"금방 될 거야."

그렇게 말한 비욤은 불안하게 여물통을 기웃거리는 양들을 둘러보다가 적당히 한 마리를 골라 끌고 나왔다. 자신의 운명을 깨달은 듯 반항적으로 머리를 들이미는 양의 목에 올가미를 걸고 잡아당기자 양이 죽을 듯이 울었다. 메에에— 하고 우는 소리가 굉장히 애처로웠지만 지금 이 자리에 그걸 신경 쓰는 사람은 아무도 없다.

"저쪽, 보여?"

양을 끌고 외곽으로 좀 걸어 나오자 비욤이 어느 방향을 가리켰다. 빛 한 점 없는 어두운 밤이라 뭔가 보일 리가. 고개를 가로젓자 그는 같은 방향을 좀 더 길게 가리키며 재차 말했다.

"자세히 봐."

뒤를 돌아보자 다들 무언가 발견한 얼굴이었기 때문에 나는 눈매를 좁히고 어둠 속을 응시했다. 한참 동안 그러고 있자 마침내 밤 속에서도 더 어두운 영역이 어슴푸레하게 떠오르는 것이 보였다. 50미터쯤 떨어진 부분, 달빛이 희미하게 밝은 와중에 마치 먹물을 떨어뜨린 듯 새카만 그림자가 아지랑이처럼 흔들리고 있었다.

복슬복슬한 양이 내 다리로 파고들며 떠는 것이 느껴졌다. 아이즈

나 녹스에게 몇 번 울어 대다 그나마 가까이 서 있는 나에게 얼굴을 부빈다. 하지만 비욤은 양에게 긴 끈을 둘러 안대를 씌웠다. 시야가 차단되자 더욱 불안하게 울던 양은 비욤이 몇 번 쓰다듬자 곧 진정하더니 점점 차분하게 안정을 찾아 갔다.

"예전에는 이 앞에 뿌옇고 희미한 막이 있었지."

비욤이 양을 쓰다듬으며 말했다.

"참혹의 경계라고 부르는, 출입을 차단하는 결계 말이야. 그게 있던 무렵에는 막 너머로 잘 보이지 않는 검은 그림자를 기다리면서 밤을 새곤 했거든. 여기, 이쯤이 경계였어."

몇 발자국 떨어지지 않은 지점을 비욤이 턱짓했다. 그 말대로 어느 선까지 이런저런 도구와 끊어진 밧줄, 모닥불을 피웠던 흔적 같은 것들이 놓여 있었다.

흔적들은 결계선에 바짝 달라붙어 있었는데, 지금 비욤은 결계선과 꽤 거리를 유지하고 있다. 결계가 사라지면서 저것과 이곳을 막는 최소한의 안전 보장책이 사라진 셈이니 무서워진 모양이다. 하지만 기껏해야 서너 발자국 정도의 거리인데 이걸로 두려움이 완화될까?

"무섭지 않아요?"

밤의 어둠과 분간이 가지 않던 검은 아지랑이가 점점 선명하게 형태를 드러낸다. 검은 모닥불 같기도 하고 굴뚝의 연기 같기도 한 애매한 형태였다. 하지만 크기만은 엄청나게 커서 작은 해일을 마주하고 있는 느낌이다. 어렴풋이 크기가 10미터쯤 되어 보인다.

"무섭지 왜 안 무섭겠어? 결계가 사라진 당시에는 아주 난리였어."

기억을 더듬는지 잠시 말을 멈췄던 비욤이 재차 이었다.

"이쪽으로 갑자기 저 그림자가 달려들진 않을까, 사람들이 젤이 되어 버리는 건 아닐까. 뭐 다들 비슷비슷한 생각 하면서 짐을 싸기 바빴지."

비욤은 어딘가 먼 곳을 응시하며 무의식적인 듯 양을 계속 쓰다듬고 있었다.

"그런데 말야, 결국 다 돌아오더라구. 거의 평생 이 일만 하고 살았으니 떠나도 딱히 갈 곳도 없고 할 것도 없어서. 그리고 지금까지 별일 없잖아? 그럼 된 거지."

그 말대로 검은 아지랑이는 한 자리에 멈춰 움직이지 않고 있었다. 눈도 없고 앞뒤도 없어 보이는 연기에 불과한 모습이었지만 어쩐지 그것이 이쪽을 응시하고 있다는 느낌을 버릴 수 없었다.

"자, 이제 하자구."

비욤이 별안간 벌떡 일어나 양을 매몰차게 내몰았다. 철썩철썩 소리가 나도록 양의 엉덩이를 때리자 깜짝 놀란 양은 그대로 정면으로 질주했다. 아무것도 보이지 않을 텐데 너무 놀라 생각 없이 마구 내달리는 모양이었다.

양이 아지랑이에 도달하는 건 거의 순식간이었다. 닿지도 않고 그저 근처에 갔을 뿐인데 양은 그대로 겔이 되었다. 어두워서 잘 보이진 않았지만 어느 순간 양의 뜀박질이 멈춘다 싶더니 뻣뻣하게 굳어 옆으로 툭 쓰러진다. 저게 만약 사람이라면 어떨지 소름이 끼치는 광경이었다.

"별로 어려운 일은 아니야."

그렇게 말하며 비욤은 양의 목에 묶었던 줄을 조심스럽게 잡아당겼다. 줄에 딸려 온 양은 마치 석상처럼 단단하게 굳어 있었다. 털 한 올 한 올까지 모두 바삭바삭하게 굳어 있다. 바닥에 쓰러진 부분의 털은 부스러졌는지 모두 사라져 있었다.

실제로 겔을 만드는 과정을 보고 나니 이 작업이 더욱 위험하게 느껴졌다. 지금까지 아무런 일이 없었다고 해서 앞으로도 아무 일이 없을 거라는 보장은 없다. 하지만 다들 무뎌진 모양인지 아니면 익숙해진 것인지 저것이 그대로 저기서 움직이지 않을 거라고 믿고 있는 것 같다.

"이걸 쪼개다가 적당히 팔면 되는 거지. 안쪽에 내장까지 모양을 그대로 갖춘 상태로 굳어 있다고. 볼래?"

비욤이 히죽 웃으며 떠보듯 묻는다. 딱 봐도 애송이 모험가라고 짓궂게 놀리는 기색이 역력했다. 좀 전에 뭔가 꾸미는 듯한 시선의 정체가 이것이었나 보다. 나는 고개를 저어 거절하고 멀리 보이는 아지랑이를 향해 시선을 던졌다. 그리고 문득 깨달은 사실에 피니게르를 돌아보았다.

"우리, 그 계약을 파훼한다는 장소까지 가려면 이곳을 지나가야 하는 거죠?"

"그렇지."

"저 악마가 있는 곳을 넘어서요."

"뭐, 그렇긴 한데. 한 가지 정정하자면 저건 악마가 아냐. 그것들의 그림자, 체취 같은 것들이지. 흔적이랄까."

"다른가요?"

"완전히 다르지."

다르고말고. 피니게르가 입술을 핥으며 눈을 빛냈다. 나는 지금 이 순간 일행 모두가 하고 있는 걱정을 대신 말해 주기로 결정했다.

"저기를 지나가면 우리가 젤이 되어 버리는 것 아닌가요?"

내 발언이 주의를 끌었는지 비욤이 흥미로운 얼굴로 우리를 쳐다보았다. 근처에서 다른 양의 목에 끈을 묶던 작업자들도 관심을 가진다.

"저 안으로 들어간다고? 제정신이 아니군. 완전히 자살행위야."

누군가가 말했다. 고개를 절레절레 젓는 사람들도 심심치 않게 보였다. 밤에 작업한다는 말이 사실이었는지 어느새 비욤의 일행 외에도 다른 젤 생산자들이 어슬렁어슬렁 나타나 제각각 자신의 염소나 양에게 눈가리개를 하고 있었다.

"그럴 일은 없을 거야."

피니게르는 사람들의 수군거림을 완전히 무시했다. 하긴, 원래부터 다른 사람들의 말을 신경 쓰는 사람이 아니긴 했지. 하지만 나는 그녀가 덧붙인 말이 매우 신경 쓰였다.

"느껴지지 않아?"

"뭐가요?"

"오고 있어."

"네?"

오다니 뭐가? 하고 그녀의 시선을 따라 돌아보는 순간 차가운 경악이 내 얼굴을 잡아당겼다. 꽤 멀찍하게 떨어져 있던 검은 일렁거림들, 그러니까, '흔적'들이 부쩍 가까워져 있었던 것이다. 그리고 그건 현재 진행형이었다.

"뭐야, 저건!"

"갑자기 왜 다가오는 거지?"

"빨리 도망쳐!"

여기저기서 아우성에 가까운 외침이 터져 나오고 사람들이 양과 염소를 내던지며 뒤엉키는 아비규환을 배경으로 피니게르는 고고하게 웃고 있었다. 그녀는 어딘가 기대감까지 비치는 태도로 '흔적'을 응시하고 있었다.

"저, 저 때문인가요? 저 때문에 가까이 오는 건가요?"

아니면 당신 때문이야? 하고 피니게르를 힐책하지 않은 것이 나에게 이성이 남아 있다는 증거다. 어쨌거나 패닉에 빠져 허둥지둥하는 내 어깨를 지그시 내리누르며 그녀는 내 귓가에 얼굴을 바짝 가져다 대고 시선을 같은 높이로 맞추었다.

"봐."

그림자는 이제 거의 코앞까지 당도해 있었다. 아니, 이건 좀 과장이고 한 스무 걸음쯤 떨어져 있었다. 하지만 워낙 커다란 크기 때문인지 그 정도 거리는 무색할 지경이다.

"빌어먹을, 뭐 하는 거야!"

473

다급하게 마차를 풀어내며 전전긍긍 움직이던 윙커가 비명처럼 외쳤다. 피니게르의 손에서 내 팔을 잡고 확 끌어내리던 그가 무언가를 느낀 듯 덜컥 멈췄다.

그림자는 이제 바로 앞, 한 발자국 앞에 서 있었다.

서 있었다는 표현은 정확하지 않다. 다리가 없으니까. 하지만 미동도 없이 가만히 서서 이쪽을 굽어보는 듯 일렁이는 것을 어떻게 말해야 할지 모르겠다.

도망가려던 젤 생산자들은 모두 땅에 머리를 박고 시야를 가린 채 벌벌 떨고 있고, 몇몇은 오줌을 지렸는지 바지에 물 얼룩이 져 있었다. 혹은 녹스나 아이드처럼 예상치 못한 상황에 압도된 듯 멍하니 검은 것을 올려다보는 사람들도 있었다. 숨소리조차 잊은 것 같은 긴장이 사방을 내리누른다.

나도 다르진 않았다. 피니게르는 여유로운 태도였지만, 나는 아니었다. 몇 번 마법을 무효화시킨 적도 있지만 내 능력이 눈앞의 이것에게도 통할지 확신이 없었기 때문이다. 무의식적으로 뒷걸음질 치려는 내 몸을 피니게르가 꽉 붙잡고 있지 않았더라면 벌써 도망쳤을지도 모른다.

"무서워할 것 없어."

피니게르가 조용히 귓가에 속삭인다. 새카만, 10미터짜리 유령이 이글거리며 나를 내려다보고 있는 상황을 무서워하지 말라고 하면 그게 더 무리다. 히익, 하고 숨을 삼키는 순간 여느 때와는 조금 다른 방식으로 내 힘이 발현되었다.

뭐라고 해야 할까. 연기로 가득한 방에 환기팬을 돌리면 아마 이것과 비슷한 모습이 될 것 같다. 울렁거리던 연기가 스르륵 나에게로 빨려 든다. 내 몸에 닿기도 전에 사라지긴 했지만, 시커먼 무언가가 나에게 흡수되고 있는 건 분명했다.

별로 유쾌한 기분은 아니었다. 연기를 흡수하는 게 몸에 좋을 것 같지는 않았거든. 지금까지 마법 같은 건 그냥 순간적으로 사라지는 것이 전부였는데 어째서 이것만 내 몸에 흡수되는 게 보이는 걸까? 힘이 너무 컸던 걸까?

내가 멍하니 생각하는 동안 검은 것은 완전히 내 몸에 흡수되어 사라졌다. 그리고 내가 얼떨떨하게 피니게르를 돌아보자 그녀가 씨익 웃었다.

"말했지? 무서워할 것 없다고."

정말이었다.

"역시 좀 혼내 주고 올 걸 그랬나?"

우울한 얼굴로 마차 바퀴가 구르는 것만 멍하게 내려다보고 있었더니 피니게르가 슬쩍 입을 열었다. 나는 말없이 고개를 저었다. 아직도 저 멀리, 경계의 초소 디자런에서 욕설이 들려오는 것 같았다.

"저런 일 하는 놈들이란 어차피 생각도 짧고 돼먹지 못한 놈들이야. 그렇게 신경 쓸 것 없어."

윙커까지 위로하려는 듯 피니게르의 말을 거든다. 아이드도 가만히 있지 않았다.

"맞아. 그 자리에서 다 젤이 되어 죽었어야 정신을 차릴 놈들이지."

세 사람이 입을 모아 나를 두둔하고 나섰지만 나는 영 기분이 나아지지 않았다. 죄책감 때문은 아니다. 그저, 나름대로 꽤 뿌듯하다고 생각했는데 그게 결과적으로 별로 좋지 않은 방향으로 귀결되었기 때문이다.

결론만 말하자면, 내가 악마의 그림자를 흡수하는 바람에 그들은 젤 생산 공장을 잃었다.

뭐, 이런 이야기다.

팔꿈치에 머리를 파묻고 덜덜 떨던 겔 생산자들이 자신에게 아무일도 일어나지 않았음을 깨닫고 주춤주춤 일어설 무렵이었다. 보통 아비규환이 아니었기 때문에 비명이나 고함이 난무했고, 건물 몇 채 없는 이 작은 부락에 소동이 퍼지기는 충분했다.

비명을 듣고 달려온 사람들은 오줌을 지린 채 바닥에 뒹구는 사람들을 발견했고, 다음으로는 비교적 멀쩡하게 서 있는 우리를 발견했다. 처음에는 우리가 그들을 해친 줄 알고 노발대발했지만 몇 마디 이야기가 오가면서 대충 상황 파악을 끝낸 뒤에는 비로소 좀 누그러지는 듯했다.

누군가가 '그럼 겔은 이제 어떻게 만들라는 거야?' 하고 볼멘소리로 외치기 전까지만 해도.

그리고 분위기가 점점 이상하게 돌아가기 시작했다. 일단 목숨을 챙긴 사람들은 스스로를 추스르기 바빠 이 소동에 끼지 않았지만 말리지도 않았다. 군중이 점점 격양되며 비난의 목소리를 드높이고 진지하게 책임을 지라며 말하는 사람도 나타났다.

그 와중에 피니게르는 배은망덕한 놈들을 모조리 죽여 버리겠다며 흥분했고, 윙커는 몹시 기분 상한 얼굴을 하면서도 그녀를 급히 말렸던 것 같다. 나? 나는 좀 멍하게 그 광경을 보고 있었던 것 같다. 방금 흡수한 악마의 그림자 탓인지 몸속이 우글거리는 듯 기묘한 느낌이라 그 감각에 정신이 팔려 있었던 것이다.

결국 우리는 급히 마차를 수습해 얼마 쉬지 못한 오리를 깨워 그곳을 떠나올 수밖에 없었다. 상황을 모르는 르준은 좀 어리둥절한 얼굴이었지만 다행히 불만을 표시하진 않았다. 어쨌든 어딜 가도 욕설과 눈총이 날아오는 불편한 분위기라 도저히 쉴 만한 분위기가 아니었던 것이다.

게다가 거기에 계속 머물렀다간 피니게르가 정말로 눈치 없는 거주민들을 몰살시킬 것 같았다.

"얼마나 더 가야 해요?"

초저녁에 도착한 마을에서 저녁을 먹고 쉬지도 못하고 바로 떠나왔으니, 벌써 달이 한창인 시간이다. 바퀴의 단조로운 흔들림에 몸을 맡기며 묻자 피니게르가 흥분을 가라앉히고 가늠하는 얼굴로 시선을 던졌다.

"그렇게 멀진 않아."

오랫동안 아무도 오가지 않아서 그런지 길은 제대로 닦인 흔적이 전혀 없었다. 그나마 다행인 건 풀이 없다는 점일까. 키 큰 풀이 무성했다면 일일이 베어 가며 가야 했을 테니까. 온통 말라붙은 황무지에는 바람 소리와 바퀴에 돌이 치이는 소리 정도만 들린다.

"어쩐지 여기가 더 어두운 것 같아요."

돌려 말했지만, 피니게르가 내 말을 알아들었는지 모르겠다. 밤에 마차를 모는 건 위험한 일이다. 가로등 하나 없는 길은 1미터 앞을 가늠하기 힘들 정도로 열악했다. 다행히 달이 밝긴 했지만 희미한 달빛으로는 돌부리 하나 보기 힘들다. 뭐가 튀어나올지 모를 새카만 어둠 속을 간간이 찌르는 것 같은 덜컹거림을 견디며 달린다. 피로에 젖은 몸으로.

"졸리면 안으로 들어가서 자."

"내일이나 되어야 도착하나요?"

"그건 아니지만, 좀 자 두는 게 나을걸. 네가 아는 마을과는 많이 다를 테니까."

피니게르가 그렇게 말하니 더 안으로 들어가기 힘들었다. 나는 결국 내내 신경 쓰이던 질문을 던졌다. 윙커에게.

"윙커 씨는……."

망설이며 말문을 열자 윙커가 즉각 돌아본다.

"응?"

"괜찮아요?"

"뭐가?"

"그게, 얼떨결에 여기까지 와 버렸잖아요."

우리는 지금 옛 참혹의 경계를 지나 안으로 마차를 몰고 있다. 분명 윙커는 상황을 봐서 경계까지만 합류하겠다고 했는데, 얼떨결에 경계 안쪽으로 진입하고 만 것이다. 지금이라도 마차를 돌려 그를 디자런에 내려놓고 가는 게 좋을까 고민된다. 아까 같은 그 분위기에서 '나는 디자런에 남을게.' 라고 말하기 어려워 그냥 묻어온 걸지도 모른다. 나라면 그러고도 남을 것 같아서.

"음, 뭐 그렇지."

내 걱정과 달리 윙커는 매우 가벼운 태도였다. 그가 연기하고 있는 게 아닐까 해서 얼굴을 유심히 들여다봤지만 좀 피로한 것 외에는 아무런 문제도 없어 보인다. 하지만, 그게 가능한 걸까? 이곳은 거의 수백 년이나 사람들에게 재앙의 땅이라 여겨지고 악마들이 사는 곳으로 알려져 왔다. 그런 곳으로 이렇게 갑자기 오게 되었는데?

"정말요? 지금이라도 디자런으로 마차를 돌려서 갈 수 있어요. 윙커를 내려 주고……."

나는 아이드와 녹스에게 흘긋 시선을 던졌다.

"더 내리고 싶은 사람이 있다면 더 내려 주고 가도 되고요."

빛 한 점 없는 이 암흑 지대를 보니 알겠다. 산도 없는 판판한 지평선이 끝없이 펼쳐져 있는데 어디에도 도시의 불빛이 보이지 않는다. 사람이 살긴 하는 걸까? 불을 피우기는 하는 걸까? 이 어두운 눈앞이 내 미래를 암시하는 게 아니었으면 좋겠다는 생각만 든다.

"아아, 뭘 걱정하는지는 알겠는데. 뭐, 별로 신경 쓰지 마."

윙커는 매우 대수롭지 않게 말했다. 아이드와 녹스도 그럴 필요 없다며 대답했다.

"사실 디자런에 도착한 무렵에는 좀 고민하고 있었는데 말야."

"그런데요?"

"네가 그 커다란 놈을 깔끔하게 없애는 걸 보니까 괜한 걱정 했다 싶더라고. 딱히 위험하겠다는 생각도 안 들고."

거기까지 말한 윙커는 어울리지 않게 배시시 웃으며 민망한 듯 뒤통수를 긁적였다.

"나중에 후회할지도 모르지만, 솔직히 지금 약간 가슴이 두근거리는데. 호기심이 든다고 하면 철없는 애송이처럼 보이려나? 뭐, 상관없어. 살아생전에 참혹의 계약이 끝장나는 순간을 이 눈으로 본다면 죽을 때까지 자랑거리로 쓸 수 있을 테니까. 안 그래?"

내가 여관에서 일할 때 윙커는 늘 여관을 방문하는 모험가들에게 애송이라든가, 무모하다든가 하는 말들을 했었지만 사실 윙커 본인도 그들과 별로 다르지 않은 성격을 가지고 있는 것 같다.

위험을 도외시하고 아무런 물질적인 이득이 보장되어 있지 않더라도 호기심과 새로운 일에 대한 가능성만 있다면 서슴없이 그쪽으로 인생을 추진하는 것 말이다.

하지만 윙커뿐만이 아니라 아이드나 녹스도 비슷한 표정인 걸 보니 이곳 사람들은 천성적으로 몸에 모험가의 피가 흐르고 있는 건지도 모른다. 앞으로 일어날 일에 기대감이 없는 것은 나뿐인 듯싶었다.

"후회할 일이 없었으면 좋겠네요."

윙커가 그렇게까지 주장하니 더 할 말이 없어진 내가 대꾸하자 그는 그저 씨익 웃었다.

"뭐, 후회할 일이 있더라도 후회하면 그만이지. 영원히 살 것도 아닌데 몸이 잘 움직일 때 실컷 하고 싶은 걸 해 둬야 한다고. 늙기 전에 말이야."

여기 사람들은 내가 살던 곳과 비교하면 꽤 무모하고 대책 없이 사는 면모가 있었다. 겐트 같은 특이한 케이스도 있지만 대부분 거의 40~50세에 죽을 것처럼 살곤 한다. 또는 그 나이에 인생이 끝난다고 생각하거나.

하긴, 이곳에 노인 복지나 노후 연금 제도 같은 게 있다는 말은 못 들었다. 제2의 인생을 향유할 여유는 잘 닦인 제도와 건강한 몸을 보살필 의료 체계에서 나오는 것이지 스무 살 때 손가락 하나를 잃고, 서른 살 때 팔 한쪽을 잃는 삶을 사는 사람들에게는 해당 사항이 없는 일이다.

그나마 겐트 같은 비교적 사지를 안전하게 보전할 수 있는 직종에 종사하고 있거나 '높으신 분'으로 대변되는 작위 있는 사람들은 젊을 때 쌓아 올린 권력으로 노후를 살아가는 것 같지만 제대로 된 소속이 없는 날품팔이나 윙커 같은 사람은 술 마시며 허세 부릴 자랑거리가 노년의 자산인 것이다.

권력도 이야깃거리도 없는 노인은 아무도 상대해 주지 않는다.

그런 생각을 하며 깜빡깜빡 졸고 있는데 어느 순간 피니게르가 속삭였다. 그녀의 목소리는 별로 크지도 않은데 언제나 귓가를 때리는 듯하다.

"저기야."

처음에는 아무것도 보이지 않았다. 하지만 조금 기다리자 어슴푸레한 새벽빛에 온기 하나 없는 마을이 모습을 드러낸다. 디자런을 떠나 한나절도 달리지 않아 도착했으니 무척 가까이 있었던 셈이다.

"시간이 너무 일러서 그런 걸까요? 기분 탓인지, 인기척이 없는 것 같은데요."

바람에 흔들릴 나뭇잎 하나 없고 새소리 하나 없는 적막 속에서 마차를 질주해 왔으니 소리가 꽤 컸을 텐데 무슨 일인가 내다보는 사람조차 없다. 마을 안으로 들어가 슬슬 속도를 줄여 멈춰 서도 사방은 온통 고요했다. 공기조차 숨을 죽이고 있는 것 같은 고요함이다.

"글쎄, 있을 것 같긴 한데."

피니게르가 다소 자신감 없는 말투로 말했다. 여정을 시작한 후 처음 보는 소심한 모습이었다. 다들 어떻게 할지 몰라 마차에 엉거주춤

앉아 있는 사이 놀랍게도 처음으로 아델이 먼저 나섰다.

"여기는······."

"아델, 아는 곳이야?"

"아뇨. 와 본 적은 없어요."

반색하며 말을 거는 피니게르에게 고개를 저어 보인 아델이 긴장 어린 얼굴로 입을 연다.

"하지만 어째서 이렇게 조용한지는 알 것 같아요."

아델은 잠시 침을 삼키고 마차에서 내려 마을을 향해 천천히 걸었다. 그를 따라 우리도 마차에서 내렸다.

"제물은 성에서 가장 멀리 떨어진, 외곽에 사는 사람들부터 잡아들여 바쳐 왔다고 들었어요."

"음."

누군가가 짧게 침음한다. 아델은 계속했다.

"처음에는 외곽에 사는 가난하고 중앙에 댄 연줄이 짧은 사람들. 그리고 점점 안쪽 도시. 더 이상 바칠 사람이 없어지자 그때부터 수도 근처의 도시에서 제물을 차출하기 시작했는데, 외곽으로 향하던 차출의 손길이 사라지자 오히려 수도에서 도망쳐 참혹의 경계 근처로 도망가는 사람들이 생겼다고."

"도망자들의 마을이라는 거야?"

"누군가 있다면요."

윙커의 질문에 아델이 나직하게 대답했다. 그리고 아이드가 눈을 가늘게 뜨며 대화에 끼어들었다.

"누군가 있긴 한 것 같은데. 방금 저 나무 덧창, 열려 있었던 것 같은데 닫혔다. 틈 사이로 누가 우릴 보고 있었어."

아이드가 그리 멀지 않은 집을 가리켰다. 시선이 작은 오두막에 모여든다. 가서 문이라도 두드려 볼까요? 어쩔까? 같은 지지부진한 대화가 한동안 이어지자 마차 지붕에 앉아 이 상황을 지켜보던 피니게르가 벌떡 일어나 뛰어내렸다.

"빌어먹을, 정말 그놈들이 벌여 둔 일을 수습하는 건 지긋지긋하군! 어이, 당장 나와!"

이를 갈며 피니게르가 외쳤지만 집은 잠잠했다. 그녀의 사나운 기세에 위축된 우리들까지 입을 다무는 바람에 더 적막해졌다. 그러자 피니게르는 신경질적으로 손을 휘저어 새카만 구체를 만들더니 말릴 새도 없이 자세를 취했다.

"집에서 나오지 않는다면 나오게 해 줄까!"

피니게르! 하고 외치며 다급하게 팔을 잡으려고 했지만 그녀의 행동이 한발 더 빨랐다. 구체는 검은 바람으로 확 변하더니 순식간에 파괴적인 돌풍으로 바뀌어 집을 으스러뜨리고 통째로 날려 버렸다. 다행히 외벽만 부숴 지붕째로 날린 덕분에 안에 있는 사람이 다치진 않은 것 같았지만, 우리는 모두 아연해졌다.

그녀의 과격한 행동 때문에 놀란 것은 아니다. 참혹의 경계에 가까워지면서 점점 날카로워지는 피니게르의 신경을 일찌감치 감지하고 있었기 때문이다. 이것에 놀랄 정도였다면 그녀가 디자런의 거주민들을 몰살시키겠다고 나섰을 때 경악했겠지.

우리가 놀란 이유는 집이 날아가고 모습을 드러낸 사람의 모습 때문이었다.

거의 나동그라지듯 우리 앞에 굴러 나온 그는, 아니, 그가 맞는지도 의심스럽다. 성별의 구분이 불가능할 정도로 비쩍 마른 몸이었다. 거의 뼈에 가죽만 달라붙은 모습. 납작 엎드려 달달 떨고 있는 그는 연신 잘 들리지 않는 웅얼거림으로 무언가를 빌고 있었다.

그 상상을 초월하는 불쌍한 몰골에 피니게르조차 좀 놀란 모습이다. 나는 속으로 앓으며 낮게 그녀의 이름을 불렀다.

아, 피니게르. 정말.

홧김에 힘을 쓴 피니게르였지만 막상 눈앞에 툭 떨어진 인물이 뼈인지 가죽인지 알 수 없을 정도로 비쩍 말라 있자 그녀도 할 말을 잃은 모양이었다.

"여기 거주민인가?"

한동안 입을 다물지 못하고 있던 피니게르가 불쑥 물었다. 그러자 그는 조심스럽게 머리를 들더니 고개가 떨어져 나가지 않을까 걱정될 정도로 격렬하게 끄덕였다. 움푹 들어간 눈가와 홀쭉한 뺨에 물 한 잔도 부어 둘 수 있을 것 같다.

"해치지 마세요······."

바람 소리에 묻힐 정도로 가냘픈 목소리였다. 서서히 동이 트자 그의 마른 몸이 더욱 잘 보인다. 못 먹고 씻지 못해 때 탄 살가죽이 뼈에 바짝 붙어 있는데, 관절만 툭툭 튀어나와 기괴하게 보일 정도다. 만성적인 기아에 시달린 모습이다. 자신을 둘러싼 시선들에 더욱 움츠리며 눈치를 살피는 그에게 내 동정심이 버티지 못하고 붕괴했다. 이렇게 불쌍할 수가!

"괜찮아요? 세상에, 뭣 좀 먹어야겠어요."

당장, 당장 이 사람에게 뭔가 먹여야겠다. 배가 볼록하도록 먹이고 씻기고 잘 보살펴서 푹신한 침대에 얼굴이 반질반질해지도록 재운 뒤 일어나면 또 먹이는 짓을 반복하고 싶다. 지금. 바로. 당장.

나는 모든 피로와 경계심을 내팽개치고 쏜살같이 튀어 나갔다. 어이 잠깐— 하고 나를 붙잡으려던 윙커의 손이 허공을 움켜쥔다. 그 모습을 곁눈질로 스쳐보며 나는 깡마른 사람의 곁에 바짝 다가앉았다.

내 한 손에는 어느새 나의 욕망, 그에게 따뜻한 죽이라도 먹이고 싶다는 욕망에 부응한 죽 그릇이 들려 있었다. 바로 먹을 수 있을 정도로 따뜻하지만 너무 뜨겁지 않고, 곱게 간 야채와 곡물이 듬뿍 들어 있는 영양이 가득한 죽이다.

"네, 네?"

그는 어리둥절한 표정으로 나를 쳐다보았다. 갑자기 거리를 좁히며 다가선 나로 인해 당황한 모양이었다. 하지만 죽의 고소한 냄새가 콧가에 닿는 순간 시선은 그대로 죽 그릇에 고정되었다.

"드세요."

나와 죽 그릇을 번갈아 보며 잠시 갈등하던 그는 코끝에 들이밀어진 음식을 거절하지 못했다. 눈치를 살피며 조심스럽게 첫입을 머금은 얼굴이 놀라움에 휩싸였다. 눈알이 빠질 것처럼 크게 뜨인 눈동자에 욕심이 감돌더니 곧 죽 그릇을 품에 안듯 감싸고 허겁지겁 먹어 치우기 시작한다.

"탈 날지도 모르니까 천천히 먹어요. 이것도 좀 먹어 보겠어요?"

내가 죽 그릇을 빼앗아 갈까 두려운 듯 경계하는 모습에 나는 다른 음식 몇 가지를 더 꺼냈다. 후식으로 먹을 만한 위에 부담이 없고 가벼운 과일이나 간식거리들이다. 유독 달콤한 냄새를 풍기는 바나나를 하나 까서 내밀자 그것도 바로 받아 들었다.

누가 갑자기 음식을 내밀면 보통은 반사적으로 사양하기 마련이다. 그러나 그는 경계하면서도 음식을 거절하지 않았다. 갈등조차 할 수 없을 정도로 굶주려 있었다는 뜻이라 가슴 한쪽이 아파 왔다. 그러면서도 한편으로는, 뭐랄까, 이 상황 어쩐지 기시감이 든다. 예전에도 분명 이런 비슷한 일이 있었던 것 같은데. 에라, 모르겠다. 어쨌든 잘 먹는 모습을 보니 좋다.

그가 죽 그릇을 모두 비우고 바나나를 맛보는 것을 잠시 바라보다가 나는 자리에서 일어나 사방을 둘러보았다. 이제 막 뜨기 시작하는 태양 빛에 도시가 드러나고 있었다. 아니, 도시보다는 폐허라는 말이 더 옳을 것 같다. 규모 자체는 게르하인에 비견될 만큼 큰 것 같은데 멀쩡한 집은 그리 많지 않다. 그나마 있던 멀쩡한 집 중 하나는 방금 피니게르가 날려 버렸고.

마른 잡초가 누렇게 튀어나온 돌부리들과 무너진 벽들. 반쯤 허물어진 집과 지붕, 애매하게 깨진 돌길에 미약하게 도시의 그림자가 비친다. 이렇게 황폐해지기 전에는 규모가 크고 아름다운 도시였을 것 같다.

"대단한데."

끝이 보이지 않는 도시의 규모에 윙커가 조용히 감탄했다. 아이드나 다른 사람들도 신기한 듯 두리번거리고 있었다. 담담한 것은 아델과 피니게르뿐이다. 피니게르는 아예 흥미가 없는 표정이었다.

"하지만 제대로 된 마을로는 보이지 않는데, 쉴 곳은 없겠어."

아이드의 말에 동의하며 고개를 끄덕이는 순간 우리들의 주의가 흐트러졌다고 생각했는지 배를 채우던 사람이 음식을 손에 쥐고 주춤주춤 물러서다가 냅다 뛰었다. 도망치려고 한 것 같았지만, 그의 저항은 피니게르의 손가락 까딱임 하나에 무산되고 말았다.

"이게 무슨 짓일까?"

불편한 심기를 그대로 드러내며 피니게르가 생긋 웃었다. 굉장히 위협적이다. 그 웃음에 늙은 거북이같이 말라붙은 얼굴이 누렇게 변했다. 나는 얼른 그와 피니게르 사이에 끼어들어 중재에 나섰다.

"잠깐, 나쁜 의도는 아니었을 거예요. 너무 흥분하지 말아요. 그리고 그쪽도, 해칠 생각 없으니 도망치지 말고……. 이야기나 좀 하는 건 어때요?"

권유와 동시에 양손 가득 먹을 것을 와르르 만들어 내자 두려움에 물든 눈동자가 희미하게 빛난다. 잠시 나와 내 손의 음식을 번갈아 본 그는 결국 천천히 고개를 끄덕였다.

"좋아요. 잘 생각했어요. 여기에 좀 앉아 봐요. 이것도 받고."

나는 서둘러 자리를 깔고 온갖 과일과 먹기 좋은 음식을 더 풍성하게 와르르 만들어 중앙에 쌓아 두었다. 그의 차갑게 곱은 손을 잡아끌어 뜨거운 우유가 든 머그 컵을 쥐여 주고 우리 일행에게도 마실 거리를 쥐여 주었다. 피니게르나 다른 사람들에게는 밀크티를, 아델에게는 따뜻한 초콜릿이 든 컵을 건넨다.

그는 갑자기 나타난 음식들에 흠칫 놀라더니 손에 컵을 들고 안절부절못하는 얼굴이었다. 그러면서도 손안의 온기는 놓고 싶지 않은 듯 머그 컵을 쥔 양손에는 힘이 잔뜩 들어가 새하얗다. 묻고 싶은 것이 많은 표정이지만 감히 묻지 못하는 얼굴이라 나는 먼저 정체를 밝히기로 했다.

"우리는 참혹의 경계 밖에서 왔어요."

이어서 나와 다른 사람들의 이름을 대며 소개를 했지만 그는 귀에 들어오지 않는 기색이었다. 믿을 수 없다는 듯 눈을 빠르게 깜빡이며 떨리는 목소리로 입을 연다.

"앙시트에서 온 게 아니란 말입니까? 어, 어떻게 들어왔죠? 분명 문지기가……."

"문지기?"

"그 검은……."

"아아, 악마의 그림자 말하는 거군요. 닿으면 돌이 되는 그거 말하는 것 맞죠?"

그는 대답 대신 고개를 끄덕였다. 자세한 이야기를 해 주는 게 좋을까? 아니, 일단 좀 두고 보는 게 좋겠지.

"이제는 없어요."

거짓말을 한 건 아니다. 하지만 그는 믿을 수 없다는 표정이었다. 갑자기 자리에서 벌떡 일어나 어느 한쪽을 뚫어져라 바라보더니 온몸을 사시나무 떨듯 떤다. 그리고 마침내 눈에서 눈물을 뚝뚝 떨구었다. 뭐라 말할 수 없는 표정으로 경계 쪽을 바라보고 있었는데 쉽게 말을 붙일 수 없을 정도로 격정에 찬 모습이었다.

한동안 울며 한쪽을 쳐다보던 그는 어느 순간 기력이 다 빠진 듯 자리에 풀썩 주저앉았다. 운다는 건 체력을 많이 소모하는 일이지. 나는, 우리는 아무 말 없이 주저앉은 그를 바라보았다. 그리고 얼마간 기다리자 감정을 추스른 그가 더듬더듬 입을 열었다.

"나, 나는 이번에야말로 제물로 바쳐지는 줄 알고……."

그가 차마 말을 잇지 못하자 내내 조용히 앉아 있던 아델이 대신 나섰다. 우리 일행 중 경계 안에서 온 인물은 아델과 피니게르 둘뿐인데, 피니게르는 기억이 온전치 않으니 멀쩡한 경계 안쪽의 사람은 아델 정도다. 그런 만큼 이곳의 사정을 잘 알고 있는 모양이었다.

"앙시트는, 수도의 이름이에요."

잠시 피니게르의 눈치를 보던 아델은 그녀가 고개를 돌리고 심드렁한 기색인 것을 확인하더니 조심스럽게 설명을 시작했다.

"전에도 말했듯이 예전에는, 아주 외곽의 도시에서 제물로 바칠 사람들을 차출해 왔다고 들었어요. 수도에서 먼 곳에 살수록 중앙 권력과 거리가 먼 사람들이니 거리낄 게 없었던 거겠죠. 그 사실이 알려지자 모두 그 소도시에서 탈출했고, 어디론가 숨거나 안쪽의 도시로 이사했죠. 별로 좋은 해결 방법은 아니었어요."

"이번에는 안쪽의 도시에서 제물을 뽑았겠군?"

윙커가 끼어들자 아델은 작게 고개를 끄덕였다. 윙커가 혀를 차며 들릴 듯 말 듯 중얼거렸다. 다 똑같지 뭐.

"그리고 더 안쪽, 안쪽으로. 그리고 마침내 수도 밖 도시에서 사람이라고 부를 만한 자들은 모두 산이나, 동굴 같은 곳으로 숨어 버렸어요. 또는 수도로 들어왔거나. 하지만 바칠 사람이 없어도 제물은 필요했고, 결국 수도에서 외지인, 이방인들을 찾아다 바치기 시작했어요. 오히려 멀리 가서 잡아 올 필요가 없으니 편리해진 셈이죠."

아델은 손에 쥔 컵에 든 초콜릿을 잠시 내려다보았다. 깡마른 사람은 아무 말 없이 아델의 이야기를 듣고 있었다. 딱히 부정하지도, 긍정하지도 않는 태도다.

"그러자 수도에 숨었던 사람들은 다시 도시 외곽으로 도망치기 시작했어요. 제물이 되지 않으려고요. 이미 황폐화된 외곽의 폐허는 사람이 살 곳은 못 되고 악마의 그림자들이 돌아다녀 위험했지만 수도에 있으면 제물로 바쳐져 죽기 십상이니, 그런 사람들이 주로 도망쳤다고 들었어요."

말을 마친 아델이 조용히 바라보자 깡마른 사람은 순순히 고개를 끄덕였다. 뭔가 포기한 듯, 체념한 듯. 또는 후련한 것처럼 보인다.

"말하신 대로입니다."

"그렇군요. 그, 그러니까. 그쪽이……"

이름을 듣지 못해 호칭을 정하지 못하고 애매하게 말을 얼버무리자 그가 눈치 빠르게 화답했다.

"루그인입니다. 이제 불러 주는 사람이 없어서 이름도 가물가물하지만, 저는 원래 수도에서 날품팔이를 하던 루그인이라는 사람입니다."

"그렇군요. 저희는 루그인 씨가 생각한 그런 사람들이 아니에요."

"예, 경계 밖에서 오셨다고……"

말하면서도 루그인은 실감이 나지 않는 표정이었다. 잠시 입을 다물고 무언가를 생각하던 그는 갑자기 떠오른 듯 손안의 우유를 한 모금 마셨다. 이야기를 나누는 사이 딱 마시기 좋은 온도로 식은 듯했다.

"마법사……입니까?"

질문은 나를 향하고 있었다. 르준이나 피니게르가 마법사냐고 물었다면 확실하게 그렇다고 했겠지만, 나는 마법사일까? 아마 좀 다른 것 같다.

"그 비슷한 거예요. 그나저나, 여기에 루그인 씨 외에 다른 사람이 더 있나요?"

루그인은 갑자기 입을 딱 다물었다. 마치 보이지 않는 손이 그의 입을 틀어막은 것 같았다. 그는 한참 동안 말없이 눈알만 굴리다가 피니게르와 윙커를 흘끔 보더니 내키지 않는 기색으로 천천히 대답했다.

"예전에는 꽤 많은 사람이 찾아왔지만, 보시다시피 여기는 황폐해져서 말입니다. 다들 다른 곳으로 떠나거나…… 이 땅을 탈출하려고 했지요. 무모한 짓이었지만. 결계까지 가지도 못했어요. 결국 다들 저렇게 되었죠."

'저렇게'라는 단어에 모두 반사적으로 루그인을 따라 시선을 옮겼다. 그리고 바로 후회했다. 우리가 마차를 타고 달려온 방향, 밤중에 지나온 그 길에 대해서 신경 쓰는 사람은 아무도 없었다. 아무것도 없는 황무지였고 딱히 더 특별할 것도 없는 길이었다. 어둠 속에서 마차 바퀴에 걸리는 돌부리가 유난히 많다고 생각하긴 했지만, 다듬어지지 않은 길이니 그러려니 했지.

닿으면 살아 있는 동물을 젤로 만드는 악마의 그림자.

그 너머에 있는 경계.

그걸 넘어 탈출하고 싶었던 사람들.

그 세 가지가 암시하는 결과가 해가 뜬 황무지에 흩어져 있었다. 거리가 멀어 확실하게 보이지는 않았지만, 마치 대리석으로 만든 것 같은 사람 조각품이나 부서진 팔다리 등이 들판을 굴러다니고 있다. 내가 돌부리라고 생각했던 것 중 몇 개는 저 부서진 팔다리의 조각들이었던 것이다.

"아……."

나도 모르게 입 밖으로 탄식이 새어 나왔다.

"왜 여기에 들어온 건지는 모르겠지만, 여긴 지옥이에요. 어서 나가세요. 당신들이 기대하는 모험 같은 건 없습니다."

루그인이 진지하게 충고했다. 그러곤 갑자기 무언가 깨달은 듯 우유를 서둘러 마시고 음식 몇 개를 눈치 보며 주섬주섬 챙겼다.

"뭐 하세요?"

"떠날 겁니다. 언제 그 검은 것이 다시 생길지 몰라요. 이제 결계도 없고, 기회는 지금뿐이에요. 앙시트에서 제물 사냥꾼이 오기 전에, 그리고 그 검은 것이 다시 생기기 전에 이 땅을 탈출할 겁니다."

당연한 판단이긴 하지만 거기에는 여러 가지 착오가 많았다. 내가 입을 열기 전에 피니게르가 먼저 심드렁하게 대꾸했다.
"제물 사냥꾼 같은 건 오지 않아."
"예?"
"제물 받을 사람이 없어졌거든."
"그게 무슨……."
"아까 소개를 잘 못 들었나 본데, 다시 말해 줄게. 내 이름은 피니게르 디오비르다. 이 땅의 모든 재앙의 원흉이지."
루그인은 피니게르의 이름 뒷부분부터는 아예 듣지 못했다. 졸도했기 때문이다.
나는 루그인이 눈을 까뒤집으며 스르륵 넘어가는 것을 보고 다급히 손을 뻗었다. 이 앙상한 몸이 바닥에 그대로 쓰러졌다간 마른국수 가닥처럼 부러지고 말 거다. 다행히 내 반사 신경이 녹슬지는 않았는지 루그인을 잡아채는 걸 성공했다. 엄지와 검지로 잡을 수 있을 만큼 앙상한 팔이었다.
"피니게르 씨! 왜 겁을 주고 그래요?"
"딱히 겁을 준 적은 없는데."
그녀는 어깨를 으쓱하고 짝다리를 짚은 채 삐뚜름하게 섰다. 또 어디에서 심기가 뒤틀렸는지 모르겠다. 제물 이야기에서? 하긴, 억울한 부분이 많은 그녀 입장에서는 좀 불편할 수 있는 화제이기는 했지. 화제뿐만이 아니라 아예 이 땅 자체가 불쾌할지도 모른다.
"좀 눕혀야겠어요."
"설마 마차 안에 눕히겠다는 건 아니겠지?"
윙커가 기겁하며 만류했다. 그는 먹고 있던 포도를 입 안에 털어 넣더니 마차 문 앞을 사수했다.
"냄새가 고약해. 절대 안 돼."
나는 눈을 가늘게 뜨고 안면 근육을 이용해 그에게 비난을 퍼부었다. 사람이 어떻게 그러죠? 내 얼굴이 무척 불편했는지 윙커는 대안을 제시했다.

"르준의 마차에 눕히자."

"퍽이나 눕힐 수 있게 해 주겠어요."

무슨 일인지 르준은 그저 우리를 따라오기만 할 뿐 마차 안에서 나오지 않고 있었다. 그와 한 마차를 타고 온 녹스에게 이유를 물어봤지만 별다른 이유 없이 그저 우리와 어울리기 싫은 것 같다는 대답만 들었다. 어울리긴 싫지만 감시는 하고 싶다는 건가. 뭐, 그가 괜히 여기를 기웃거리면서 안 그래도 신경 줄이 날카로운 피니게르를 긁어 대는 것보다야 낫지만.

마차 두 대가 다 안 된다고 하면 루그인을 어디에 눕혀야 할까. 피니게르가 날려 버린 것과 비슷한 상태인 허름한 집 몇 채가 눈에 들어왔지만 창문가에 있던 그림자가 사사삭 숨는 것을 보고 단념했다. 조금 전 루그인이 대답을 회피해 아무도 없는 걸까 짐작했었는데, 아마 루그인 외에도 여기에 머무는 주민이 더 있는 것 같았다. 하지만 저 집의 문을 두드리는 건 별로 좋은 생각이 아닐 것 같다.

상상해 보자. 거리가 멀어서 아마 우리들의 대화는 듣지 못했을 거다. 아까부터 창문가에서 우리를 지켜보고 있었다면 잘 이야기하고 있던 루그인이 뜬금없이 졸도하는 것으로 보였을 테지. 그걸 다 본 사람이 우리를 좋은 사람이라고 생각할 가능성은 낮을 것 같군.

적어도 루그인이 눈을 뜬 후 그를 대동하고 찾아가자. 괜히 경계하고 있는 주민을 자극했다가 극단적인 상황이 벌어질 수도 있었다. 혹시나 다음 차례가 자신일까 봐 거의 공포 영화 주인공 같은 심리 상태일 텐데.

윙커가 양보해서 마차에 눕힐 수 있다면 좋을 텐데. 뭔가 방법이 없을까? 마차의 침구를 끌어다가 임시 잠자리라도 만드는 게 좋을지도.

여러모로 골몰하고 있는데 순간적으로 섬광 같은 아이디어가 스쳐 지나갔다.

집을 만들어 보는 건 어떨까?

무인도의 경험을 살려 주변 자재를 가져다가 돌벽을 쌓고 지붕을 올려 만들자는 뜻은 아니다. 지금부터 그렇게 집을 지었다가는 루그인이 눈을 뜰 무렵에나 집이 완성되면 그나마 다행일 거다.

하지만 마법으로 집을 만든다면 순식간에 일을 끝낼 수 있다. 나에게는 얼마 전 악마의 그림자를 흡수해 제법 충전해 둔 힘이 있었고, 마법은 욕망에 부응한다. 그러면 이 사람을 안락한 집 안에 눕히고 싶다는 나의 욕망에 호응해 주지 않을까?

스치듯 떠오른 생각이었지만 곰곰이 검토할수록 좋은 방안 같았다. 잘 되면 음식 외에도 다른 걸 만들 수 있다는 걸 증명할 수도 있다. 사람마다 좋아하는 것은 다르니 내가 음식을 유독 좋아한다는 사실이 부끄러울 것은 없지만, 아니, 솔직하게 좀 부끄럽다. 피니게르, 아이드, 녹스 등의 시선이 신경 쓰이긴 한다. 윙커? 윙커는 괜찮다. 그는 좋아할 테니까.

좋아. 해 보자.

나는 지금 집을 원한다. 마르고 쇠약한 루그인을 푹신하고 따뜻한 침대에 눕히고 싶다. 따뜻한 벽난로에 온기가 감도는 집. 안락하고 포근한 침대. 근사하고 튼튼한 집을 원한다. 마치 성처럼 멋진, 아냐. 그 정도는 아니어도 돼. 그냥 일반적인 집이면 될 것 같아. 날뛰는 통나무 여관 같은 여관도 좋겠지. 여기 숨은 거주민이 많아 보이니까.

온돌이 깔려 있어도 좋을 것 같다. 온돌에 이것저것 구울 수도 있고, 아궁이가 있으면 거기에 요리를 할 수도 있겠지. 아니, 안 돼. 요리로 생각이 흘러가고 있어. 다른 생각을 하자. 언젠가 동화책에서 봤던 집. 그런 집을 만들고 싶다. 그러고 보니 그 동화책, 과자집을 그린 삽화가 굉장히 훌륭했지.

근사하다는 생각에 혼자 작게 만들어 본 적도 있는데, 그걸 실물 크기 집으로 지으면 정말 멋질 것 같다. 단단한 과자와 섞어 만들면 의외로 견고할 테고, 안의 가구도 전부 과자로 채우는 거야. 침대는 마시멜로 같은 걸로 하고, 얇은 사탕으로 만들어진 거울이라든가. 통나무 탁자인 척하고 있지만 바움쿠헨으로 만들어진 테이블이나.

……어?

그래.

알고 있었다. 음, 어떤 것보다 음식에 강한 열망을 가지고 있다는 걸 다시 확인해 버렸다.

음식 외에 다른 것에도 욕망을 가질 수 있다는 걸 증명하고 싶었는데 오히려 음식밖에 욕망하지 않는 사람인 걸 재증명했다.

눈앞에 갑자기 나타난 거대한 2층짜리 과자집.

단단한 엿을 기본 골조로 여러 겹의 밀푀유 벽에 사탕으로 된 유리창문까지 붙어 있다. 경첩은 정교하게 만들어진 꿀젤리였다. 상식적으로 아래층이 하중을 견딜 수 있을 리가 없는데, 기묘한 힘이 작용해 견고하게 무게를 버티고 있다.

비스킷으로 울타리를 치고 젤리와 형형색색의 솜사탕, 사탕처럼 코팅한 여러 과일이 매달린 작은 나무까지 딸려 있었다. 그 작은 정원을 가로질러 출입문까지 이어지는 길은 알록달록한 초코볼과 누가를 굳혀 깔아 둔 상태다.

"이건, 뭐야?"

윙커가 눈을 반짝이며 돌아보았다. 정작 집을 만들어 낸 나는 보기만 해도 달아서 죽을 것 같은 느낌인데 다른 사람들은 마냥 신기한 모양이었다. 특히 윙커의 흥분도가 최고조에 달했다.

"이 사람을 눕힐 만한 집을 만들고 싶었는데요……."

"그래서 이게 그 결과물?"

"그게……."

겉으로 보긴 훌륭하다만 이걸 집이라고 부르는 건 아무래도 어폐가 있다. 내가 망설이자 어쨌든 위험성은 없다고 판단했는지 윙커가 제일 먼저 성큼성큼 과자집으로 다가섰다.

"멋진데. 누가 봐도 네가 만든 거라고 생각할 거야."

윙커가 잔뜩 상기된 목소리로 칭찬했지만 나는 전혀 칭찬처럼 들리지 않았다. 서글픈 기분이지만 이 과자집이 근사하다는 건 인정해야 할 것 같다. 정말 어느 동화책에서 쏙 빠져나온 것 같은 식용 건축물이었다.

애초에 욕망을 꾸며 낸다는 것 자체가 말이 안 되었던 걸지도 모른다. 욕망은 원래 원초적인 거다. 무의식 깊은 곳에 내재된 그 사람의 본질 같은 것이지. 내 본질은, 이 눈이 아플 정도로 형형색색으로 현란한 과자집인 것이다.

이제 그만 인정할 때가 되었나.

"들어가도 돼?"

묻긴 했지만 윙커는 대답을 기다리는 눈치는 아닌 듯 바로 초코칩 현관문을 밀고 안으로 들어섰다. 꿀젤리 경첩에 매달린 달달한 문이 탄력 있게 앞뒤로 흔들린다. 집 안으로 들어간 윙커가 우오오 하고 감탄하자 피식피식 웃으며 서 있던 아이드나 녹스도 뒤따라 집으로 들어섰다.

집 안은 기대한 그대로였다.

거대한 마시멜로로 된 침대가 사탕 창문 앞에 놓여 희게 빛나고 있고 한쪽에는 바움쿠헨으로 만든 테이블이 놓여 있다. 윙커가 테이블을 조금 떼어 내어 맛보는 것을 못 본 척하며 나는 일단 루그인을 마시멜로 침대에 눕혀 놓았다.

마치 거대한 라텍스 침대에 누운 것처럼 루그인이 마시멜로 안으로 푸욱 잠겼다. 금세 더러워지는 마시멜로를 보고 윙커가 기겁하며 다가왔지만 내 눈 앞에서 그를 끌어내진 못하겠는지 결국 체념했다. 대신 침대를 조금 뜯어 먹더니, 마음에 들었는지 옆에 놓여 있던 딸기

맛 마시멜로 베개를 하나 품에 안고 와구와구 입으로 밀어 넣는다.

아무튼 온 집 안에서 단내가 진동했다. 아무렇지도 않은 표정을 하고 있긴 하지만 피니게르나 아델도 은근히 즐거워하는 기색이다. 아이드는 호기심 어린 얼굴로 여기저기 걸어 다니며 천장의 비스킷을 조금 떼어 먹거나 크레이프로 된 작은 커튼을 살짝 찢어 먹고 있었고, 녹스는 침착하려고 애쓰는 표정으로 아이드에게 주의를 주고 있었지만 역시 그 꼬리는 미친 듯이 흔들리고 있었다.

한동안 각자 집 안을 좀 둘러본 후 우리는 약속이라도 한 듯 바움쿠헨 테이블에 모여 앉았다. 하지만 자리에 빈손으로 앉는 사람은 아무도 없었다. 아이드는 크게 찢은 크레이프에 어디서 발견했는지 모를 아이스크림과 초콜릿을 가득 담아 왔고, 피니게르는 마당에서 얇은 사탕을 입은 사과나 딸기를 따 왔다. 탕후루가 열리는 나무도 있었나. 아델도 푸딩을 가져왔는데, 녹스가 초콜릿 연못에서 떠 온 초콜릿이 더 마음에 드는 기색이다.

모두가 앉고 나자, 나는 중요한 부분을 지적했다.

"르준은요?"

하마터면 잊어버릴 뻔했다. 하지만 나 외에 다른 사람들은 르준을 새카맣게 잊고 있었다는 표정이었다. 정황상 르준은 아직 마차에 앉아 있는 것 같은데, 나가서 불러와야 할까?

"내버려 둬. 어울리기 싫다는데 괜히 끌어들일 필요 없지. 여기에 그 녀석 좋아하는 사람 없잖아?"

내 고민을 읽은 듯 피니게르가 선수를 친다. 녹스가 조금 애매한 얼굴로 집 밖을 바라보다가 나에게로 시선을 옮기며 작게 어깨를 으쓱했다. 내내 마차를 같이 타고 온 녹스라도 르준을 챙기지 않을까 했는데, 그 역시 르준이 달갑지 않은 모양이다.

한 명을 소외시키는 느낌이라 기분이 찜찜하긴 한데, 권한다고 해도 돌아올 대답이 뻔히 예상되어 불필요한 수고는 피하기로 했다. 거절하겠지. 분명. 동행하며 수십 번은 봤던 그 표정과 말투로.

"원래는 좀 더 제대로 된 집을 만들고 싶었지만, 어쩐지 이런 걸 만들고 말았네요."

"잘됐어. 안 그래도 단것 먹은 지 오래됐는데."

윙커가 무척 만족스러운 얼굴로 대답했다. 하긴, 제대로 된 주방 없이 쿠키나 케이크 같은 디저트를 만드는 건 나에게도 힘든 일이라 게르하인을 떠난 후 단 음식을 전혀 먹지 못하긴 했다. 나는 접시인 척 주방 접시꽂이에 차곡차곡 꽂혀 있던 손바닥만 한 마카롱을 크게 한 입 베어 물었다.

입 안 가득 퍼지는 단맛을 느끼자 근래 느꼈던 심로가 은은하게 씻겨 나가는 것 같다. 어쩌면 디자런에서 있었던 일에 마음이 상한 나머지 무의식적으로 단것을 생각하고 만 걸까? 나는 스트레스를 받으면 과자를 굽는 습관이 있으니까, 이것도 결국 그 연장일지도 모르지.

"이런 건 처음 봤어."

아이드가 마시멜로를 찢어 초콜릿에 적시며 멍청한 얼굴로 말했다. 그의 이런 얼빠진 얼굴은 피니게르가 자기 정체를 밝혔을 때 이후로 처음이다.

"이걸 다 먹고 갈 수 없다니 아까운걸."

손가락에 묻은 살구 잼을 핥는 피니게르의 말에 윙커가 기겁하고 고개를 들었다. 마시멜로 조각이 수염 여기저기 붙어 있어 희끗희끗하다.

"다 안 먹고 그냥 간다고?"

"이걸 어떻게 다 먹을 셈이야?"

"그, 그건 그렇습니다만."

윙커는 완전히 울상이었지만 피니게르를 설득할 용기도 없고 그럴 만한 논리도 없어서 그냥 입을 다물었다. 아이드가 짧게 혀를 차는 순간 녹스가 대화에 끼어들었다.

"이건 네 세계의 음식들이야?"

"그렇죠."

"하나같이 맛있어."

먹는 사람의 감격까지 느껴지는 평가에 나는 어깨만 으쓱해 주었다. 그리고 윙커가 진지하게 제안했다.

"어차피 디자런까지는 한나절이야. 이걸 조금씩 뜯어다가 마차에 실어 가서 팔아 보는 건 어떨까? 아니면 여기 데려와서 돈을 받고 구경시켜 주는 거야."

그 와중에 먹이진 않고 구경만 시키겠다는 점에서 윙커의 탐욕을 엿본 기분이다. 여러모로 딴지 걸 구석이 많은 사업안이어서 나는 단칼에 고개를 저었다.

"별로 끌리진 않는걸요. 가면 욕부터 할 것 같은데."

"그건 그렇겠지."

무척 낙담한 얼굴로 입 안에 마시멜로를 퍽퍽 쑤셔 넣는 모습이 무척 재미있다. 그는 들릴 듯 말 듯 이걸 다 버리고 간다는 건 말도 안 된다며 중얼거렸다.

"여기 머무르는 동안 최대한 먹어 보든가."

피니게르가 스치듯 말하자 윙커의 다 죽어 가던 표정이 돌변했다.

"머문다구요? 바로 간다고 할 줄 알았는데."

"유정이 떠날 것 같지가 않은걸."

피니게르는 어깨를 으쓱이더니 나를 돌아보며 덧붙였다.

"어차피 저 뼈다귀가 정신을 차리고, 여기 사는 다른 뼈다귀들한테도 뭘 먹이고 나서야 마음 편하게 갈 수 있지 않겠어?"

나 외에 다른 사람을 제대로 된 호칭으로 지칭하지 않는 피니게르의 화법에는 이미 익숙해진 터라 나는 그 호칭에 별다른 지적을 하지 않았다.

"괜찮겠어요?"

"서두르고 싶긴 하지만, 네가 그걸 좋아하잖아."

조금 놀랐다. 그녀가 이런 배려를 할 줄은 몰랐다. 아니, 사실 생각해 보면 피니게르는 나를 배려하는 부분이 무척 많았다. 다른 사람들은 완전히 무시하더라도 내 기분만은 살뜰히 살폈지. 이 제안도 디자런을 떠난 후 시무룩해진 나를 달래고 싶어서 그런 걸까? 어쨌든 호의를 마다할 필요는 없을 것 같아 나는 반갑게 웃었다.

"좋아해요."

"누굴 먹이는 것도 좋아하고."

아이드가 슬쩍 한마디 거든다.

"맛있는 걸 만드는 것도 좋아하잖아."

녹스도 툭 보탰다.

"먹는 것도 좋아하고 말야."

피니게르의 말을 마지막으로 모두 입을 다물자 나는 결국 웃어 버렸다. 그리고 곧 화기애애한 수다가 이어졌다. 나와 녹스가 처음 만났을 때라든가, 윙커가 우리 여관에 왔을 때 벌어진 일들 같은 소소하고 일상적인 이야기들. 간혹 윙커의 모험가를 호위했던 이야기가 끼어들기도 하고, 녹스가 무역을 하다 폭풍을 만났던 일화도 이어지다가 결국 누군가의 하품을 시작으로 동이 틀 무렵에야 다들 마시멜로 침대에 누웠다.

과자집 때문에 흥분해 피로를 잊긴 했지만 디자런에서 쉬지 않고 달려온 덕분에 모두 무척 고단한 상태였던 것이다.

거의 이틀 동안 못 자고 밤새 마차를 탔으니, 눈을 뜨는 건 한밤중이나 되어야 할 줄 알았는데 잠에서 깬 건 의외로 정오 무렵이었다. 푹 자고 일어난 건 아니고, 무슨 기척을 느끼고 깬 것이다.

딱히 불침번을 세우지 않았지만 자는 동안 공격받을 걱정 따윈 전혀 하고 있지 않는다. 여정 초반에 왜 그런 쓸데없는 일을 하느냐고 혀를 찬 피니게르 때문이다. 하긴, 누가 습격해 온다고 해도 습격자의 안위를 걱정해야 할 판이니.

"으……."

자리에서 일어나려고 무심코 손을 짚으니 손댄 자리가 푹 꺼졌다. 마시멜로 침대의 쿠션감은 아무리 감탄해도 부족할 만큼 뛰어난 것이었지만, 단내 때문에 일어나자마자 위장이 쓰라리다. 자면서도 내내 뭔가 단것을 먹는 꿈을 꾼 것 같았다. 다음부터는 마차에서 자는 게 좋겠네.

침대를 벗어나 주변을 둘러보니 아무래도 눈을 뜬 사람은 내가 유일한 모양이었다. 분명 기척을 느끼고 깼는데, 나보다 민감한 사람들이 눈을 뜨지 않았다니. 그냥 착각이었나?

아이드와 녹스는 단내가 싫은지 미간을 찌푸리고 뭔가 잠꼬대를 하는 중이고, 피니게르는 아델의 바로 옆 침대에서 반듯하게 누워 있었다. 즐거워 보이는 건 윙커뿐이었다. 다른 사람보다 체구가 큰 탓에 약간 작은 감이 있는 마시멜로 침대에 반쯤 끼어 자고 있는데도 얼굴이 마냥 밝다. 행복한 꿈을 꾸는 것 같으니 깨우지 말자.

1층으로 내려오니 눕혀 놓았던 루그인은 여전히 잠들어 있었다. 창문 밖으로 보이는 마차도 이상이 없어 보인다. 딱히 누군가 들어온 흔적이 없는 걸 보니 르준은 마차에서 잔 모양이었다. 찾으러 갈까 하다가, 자고 있을지도 모르니 테이블을 좀 뜯어 먹고 나도 다시 자리에 누웠다.

짧은 잠에 빠져들었다가 다시 눈을 뜨자 이번에는 나를 제외한 모두가 침대를 비운 상태였다. 의자 다리 하나를 분질러 으적으적 씹던 윙커가 나와 눈이 마주치곤 알은체를 해 온다.

"어, 깼어?"

"네……. 잘 잤어요?"

"나는 잘 잤지."

"다른 사람들은요?"

"1층에 있어."

꽉 잠긴 목을 풀면서 아래층으로 내려가려는데 문득 여전히 의자 다리를 먹고 있는 윙커가 눈에 밟혔다.

"그런데 그거, 무슨 맛이에요?"

너무 맛있게 먹고 있어서 궁금해진 것이다. 뜻밖의 질문을 받았다는 듯 멈칫한 윙커가 조금 고민하더니 확신 없는 어조로 대답했다.

"맛있는 맛?"

그게 뭐야. 약간 기가 차서 갸웃하며 자세히 살펴보니 그가 먹고 있는 건 계피가 잔뜩 들어간 츄러스였다. 대충 무슨 맛일지 상상이 간다. 나는 맛있게 먹으라는 말을 남기고 1층으로 향했다.

아래로 내려가니 어쩐지 분위기가 묘하다. 다들 의자 하나씩을 끌어다가 편한 위치에 흩어져 앉아 있었는데, 내가 내려가자 잠깐 알은척하며 시선을 주긴 했지만 곧바로 원래 보던 것을 가만히 응시하고 있었던 것이다. 한두 명이 아니라 1층에 있는 모두가 그러고 있었다.

뭔가 특별한 일이라도 있나 해서 시선을 따라갔지만 별로 재밌는 일은 없어 보인다. 시선이 향한 곳은 루그인이 누워 있는 침대였다. 많이 피곤했던 모양인지 루그인은 아직도 꿈적하지 않고 잠들어 있다. 저 마른국수같이 가느다란 사람이 위협이 될 리도 없으니 이렇게 경계하며 모두 쳐다보고 있지 않아도 될 텐데.

"다들 뭐 해요?"

"보는 대로?"

아이드가 약간 웃는 얼굴로 대꾸했다.

"루그인을 경계하는 거예요?"

"그럴 리가."

"그러면 대체 왜……."

내가 잠든 사이 무슨 일이 일어나기라도 한 건가? 영문을 몰라 혼란에 빠지려는데 피니게르가 씨익 웃으며 대화에 끼어들었다.

"한참 전에 깬 것 같은데 계속 자는 척하고 있더라고. 언제까지 자는 척할지 궁금해서."

그 순간 오르내리고 있던 루그인의 가슴이 딱 멈췄다. 숨이 멎은 듯했다. 순식간에 이마가 촉촉해지는 게 보인다. 그럼에도 아직 눈을 뜨지 않고 있다. 잠든 척하는 건 한참 전에 파투 난 것 같은데, 얼마나 무서웠으면 아직 저러고 있을까.

"참고로 난 저녁 무렵까지로 걸었어."

태평한 아이드의 말에 나는 입을 딱 벌리고 경악했다. 보아하니 다들 이걸로 내기를 한 모양이었다. 아니, 언제 그런 거까지 할 정도로 친해진 거야? 그리고 아델, 너도 돈 걸었니?

"아니, 대체 뭘 하는 거예요. 무서워서 눈도 못 뜨고 있는 불쌍한 사람을 상대로!"

나는 후다닥 루그인에게로 달려가 그를 일으켜 깨웠다. 괜찮다며 다독이고 안심될 만한 말을 쏟아 내는 사이 아이드와 녹스가 혀를 차며 주머니에서 동전을 꺼내다가 피니게르에게 건넨다. 내가 스윽 돌아보자 약간 자랑스러운 얼굴로 피니게르가 히죽 웃었다.

"네가 먼저 일어나서 깨워 일으킨다에 걸었거든."

그녀가 돈을 밝혔던가? 그럴 리가. 나에게 지급하고 있는 재물의 수준만 봐도 돈에 집착할 이유는 전혀 없어 보인다. 그저 무언가에 이겼다는 점이 즐거운 것 같았다. 나는 식은 얼굴로 감흥 없이 대꾸했다.

"잘됐네요."

"흠."

그들이 돈을 나눠 갖는 동안 죽 한 그릇을 만들어 루그인에게 건네었다. 어제 뭔가를 먹은 덕분인지, 아니면 잠을 잤기 때문인지 루그인의 혈색이 약간 좋아진 느낌이다. 그냥, 기분 탓일지도 모르지만. 어쨌든 바짝 마른 건오징어에 물을 좀 뿌려 둔 것 같은 도톰함이 생겼다고 할까. 그 정도 차이다.

"일단 이걸 먹어요."

받은 돈을 희희낙락하게 세는 피니게르를 멍하니 바라보던 루그인이 얼떨떨하게 죽 그릇을 받아 든다. 보아하니 잠들기 전, 아니, 기절하기 전 들었던 피니게르의 말을 기억하고 있는 것 같다.

"먼저 말해 두겠지만, 우리는 그렇게 나쁜 사람이 아니에요. 그리고 뭐가 됐든 이 땅의 비극을 끝내려고 왔으니 너무 무서워하며 떨지 않아도 돼요. 해코지하는 일은 없을 테니까. 약속해요."

이렇게 말해도 얼마나 납득할지는 모르겠지만, 어쨌든 안심시키고 싶다. 루그인은 모호한 얼굴로 내가 내민 죽 그릇을 들여다보다 눈치를 살피며 조심스럽게 한 입씩 먹기 시작했다.

"너무 뜨겁진 않죠? 뜨거우면 말해요. 좀 더 식혀서 줄게요."

"아, 그. 괘, 괜찮습니다."

그는 무척 극진한 내 태도가 굉장히 부담스러운 눈치였다. 죽을 먹으면서도 연신 내 뒤를 흘끔거리며 다른 사람들을 살핀다. 바짝 경계하는 모습이 안쓰러웠다. 그래도 저 비쩍 마른 사람의 입에 한 입 한 입 음식이 들어가는 걸 보니 제법 흐뭇하다. 시간만 있다면 좀 더 먹여서 통통하게 살이 오르게 하면 좋을 텐데.

"그런데, 묻고 싶은 게 몇 가지 있는데요……."

최대한 조심스럽게 운을 떼었다고 생각했는데 루그인은 컥 하고 숨이 막히는 소리를 내며 먹던 죽을 뱉었다. 나는 깜짝 놀라 허둥지둥 부연 설명을 덧붙였다.

"대단한 건 아니니 너무 놀라지 말아요. 그냥, 여기에 루그인 씨 외 다른 사람도 살고 있는 것 같은 기척을 느꼈는데. 그 사람들도 영양 상태가 좋아 보이진 않아서요. 괜찮다면 좀 먹이고 싶은데, 루그인 씨가 불러 줄 수 있을까요?"

"제가 불러도 경계를 늦추진 않을 것 같습니다……. 무, 물론 원하신다면 얼마든지 협조하겠습니다! 할게요! 그, 그러니……."

루그인은 조금 망설이다가 힘겹게 대답했다. 발발 떨리는 손가락이 그가 얼마나 겁에 질려 있는지 알려 왔다. 삼킨 뒷말은 아마 해치지 말아 달라는 종류의 단어였겠지. 그걸 보자 나는 무엇보다 우선적으로 해야 할 일이 있음을 깨달았다.

설명.

루그인이 두려워하지 않을 정도로 충분하고 상세한 우리들에 대한, 그리고 이 상황에 대한 설명이 필요했다.

딱히 비밀로 하는 기색도 없으니 아마 알려 줘도 될 것이다. 그리고 루그인은 이 땅에 사는 사람으로서 알 자격이 충분하다. 오히려 나보다 더.

그에게 어디서부터 설명해야 할까 하고 생각을 가다듬는데, 피니게르가 불쑥 끼어들었다. 내기에서 이긴 덕분인지 기분이 무척 좋아 보인다.

"어제 아델 말로는 아마 절대 나오지 않을 거래. 찾아가서 문을 두드리거나, 집을 부수는 방법밖에 없을걸."

"집은 부수지 말구요. 음, 피니게르 씨의 마법으로 찾을 순 없나요?"

"살아 있는 사람을 찾고 싶은 거지?"

"그렇죠."

"살아 있는 걸 찾아서 죽이는 마법도 괜찮아?"

"괜찮을 리가요."

나는 얼굴을 확 구기고 못마땅한 눈으로 흘겨보았다.

"농담이었어."

그러면서 내 뒤에서 죽 그릇을 들고 떨고 있는 루그인을 흘끔흘끔 보는 것이, 그를 놀려 먹는 데 아주 재미를 들인 모양이었다.

"하지 마세요."

"알았어."

불쌍한 루그인을 위해 단호하게 말하자 피니게르는 졌다는 듯 양손을 들어 올리며 생긋 웃었다. 루그인이 떠느라 죽을 거의 못 먹고 있잖아. 모처럼 홀쭉한 볼에 음식을 넣어 주며 지친 마음을 치유받고 있었는데.

"마법으로 안 되면, 직접 나가서 찾아보는 게 좋겠네요."

르준도 마법사고 아이드도 마법을 쓰지만 적어도 이 여정에 한해서 두 사람은 완전 일반인이나 다름없다. 내가 있는 이상 아이드도, 르준도 마법 한 조각 제대로 쓸 수 없으니까. 그러니 두 사람에게 더 물어보는 건 쓸데없는 일이다.

"다들 배가 고프지 않다면 같이 나가서 사람들을 좀 찾아봤으면 하는데, 어떻게 생각해요?"

배가 고프지 않다면— 이라는 단서를 붙이긴 했지만 솔직히 완전히 빈말이었다. 일단 식탁 의자 하나가 사라졌고, 정원에 심겨 있던 과일나무의 탕후루들이 무척 듬성듬성해진 데다 주방 서랍이 없고 침대는 모조리 베개를 잃은 상태다. 거기에 바움쿠헨 식탁은 어제보다 더욱 심하게 손상되어 있었다. 이 정도면 중고로 팔지도 못한다.

아무튼 이만큼이나 먹었으니 당연히 배가 고프지 않겠지.

"갈 거면 몇 명은 남아서 짐을 지켜야겠지. 그런데 네가 직접 돌아다닐 거야?"

피니게르의 질문에 나는 끄덕임으로 대답했다.

"그러면 나도 동행하겠어. 너와 내가 가고, 나머지는 여길 지킨다. 어때?"

"좋아요."

나는 바로 자리에서 일어났다. 지금 이 순간에도 이곳에 숨어 있는 누군가는 굶주림 속에서 극한의 고비를 넘고 있을지도 모른다. 서두를수록 좋겠지. 내가 떠날 채비를 하자 루그인이 급격히 초조한 낯으로 변했다. 안절부절못하는 모습을 보니 무언가 하고 싶은 말이 있는 모양이다. 그러고 보니, 이 상황에 대한 설명을 해 줘야 하는데.

"어디 가게?"

식탁 다리 츄러스를 모두 먹어 치운 윙커가 마침 설렁설렁 계단을 내려오는 것이 보였다. 2층에서 대화를 거의 들은 것 같다.

"네. 다른 거주민을 찾으러 가려구요. 같이 가실래요?"

"아니, 거기 그분이 같이 가면 딱히 내가 갈 필요는 없겠지."

그분이라는 건 피니게르다. 다들 내기를 할 정도로 친해졌다고 생각했는데, 그렇다고 아주 허물없이 대하긴 힘든 모양이다. 하긴 나만 해도 아직 '피니게르 씨'라고 지칭하고 있으니까. 가깝게 붙어 있긴 하지만 얇은 벽 하나를 가림막으로 두고 있는 느낌이랄까.

"지금 갈 거야?"

"아, 그러려고 했는데 여기 루그인 씨가 많이 불안해하셔서 설명을 좀 해 드리고 가려구요."

"무슨 설명?"

"우리 상황이나, 피니게르 씨가 위험하지 않은 이유라든가. 여기 온 이유 같은 것이요. 여기 사는 분이잖아요. 루그인 씨는."

"아아, 그런 거."

짧게 납득한 윙커는 루그인이 눈알만 굴리고 있는 것을 보곤 대수롭지 않게 말했다.

"그거, 내가 해 줄게."

"윙커 씨가요?"

"그래."

음. 하긴, 루그인을 두고 내기했던 아이드나 녹스와 달리 윙커 씨는 쓸데없이 루그인을 놀리거나 하진 않을 것 같다.

나는 결국 부탁한다는 말을 남기고 피니게르와 함께 과자집을 나섰다.

"기분 탓인지, 르준을 본 지 꽤 오래된 것 같아요."

덩그러니 서 있는 마차 두 대를 쳐다보며 말하자 피니게르가 못마땅한 얼굴로 혀를 찼다. 그 소리에 날개에 머리를 묻고 자던 왕오리 두 마리가 흠칫 고개를 들었다가 금세 다시 잠든다. 쟤들한테도 뭔가 먹여야 하는데.

"싫다는데 어쩌겠어. 이쪽도 재수 없는 낯짝 안 봐서 다행이지. 그래도 정 그렇게 신경 쓰이면 확인해 볼래?"

"아뇨, 괜찮아요."

바로 대답하자 피니게르가 묘한 얼굴로 나를 들여다보았다. 그 시선의 의미를 해석하다가 짐작이 끝난 순간 나는 반사적으로 부정했다.

"아니에요, 르준 씨가 싫어서 그런 건 아니고……."

"그래그래."

"정말로, 피니게르 씨가 불편해하니까."

"나 때문에?"

똑바로 응시해 오는 검은 눈동자. 푸르게 보일 정도로 새카만 눈이 이렇게 직시해 오는데 허둥거리지 않을 수 있는 사람이 있을까? 당황한 나머지 이런저런 쓸데없는 단어를 말하다가 결국 한숨을 푹 쉬고 인정하기로 했다.

"사실, 좀 불편하긴 해요."

"괜찮아."

피니게르는 어깨를 가볍게 으쓱하더니 사뿐히 발걸음을 옮겼다. 나는 어제저녁부터 아무것도 먹지 못한 오리들이 신경 쓰여 마차를 잠시 보다가 뒤늦게 그녀를 따랐다.

"그런데, 어디로 가는 거예요?"

어제 발견한 멀쩡한 집으로 가는 건가 했는데 방향이 좀 이상하다. 창가에 그림자가 비쳤던 집은 과자집에서 그리 멀지 않은 곳에 있는데.

"보여 주고 싶은 게 있어."

그렇게 말한 피니게르가 나를 데리고 간 곳은 반쯤 무너진 종탑 위쪽이었다. 날카로운 돌과 아슬아슬한 지지대 때문에 타고 올라가기 쉬운 곳은 아니었지만, 그렇다고 못 올라갈 곳도 아니다. 그래도 약간 높이 올라오니 폐허가 된 마을의 멀리까지 확인할 수 있어서 좋다. 여기서 멀쩡한 집을 찾은 뒤 그쪽 방향으로 가면 되겠지?

"저쪽, 멀리 봐."

피니게르가 손을 들어 가리키는 방향을 보았지만 그녀가 뭘 보라고 하는지 알 수 없었다. 그쪽 방향에는 멀쩡한 집은커녕 반쯤 무너진 건물조차 없었기 때문이다. 그녀는 다시 말했다. 멀리 봐.

"아."

"저기야. 계약의 쐐기."

아주 멀리, 거의 엄지손톱 정도의 크기로 새카만 무언가가 뭉글거리고 있었다. 작긴 하지만 육안으로 보일 정도의 거리에 있다는 건 굉장히 가깝다는 뜻이다. 저곳에 가서 피니게르의 계약을 해지해 주고 나면 모든 일이 끝나는 것이다. 갑자기 이 여정의 끝을 본 기분이다. 동시에, 약간 심란해졌다.

"계약을 파훼하려면 수도로 가야 할 줄 알았는데, 의외로 외곽이네요."

심란한 기분을 감추고 말하자 피니게르가 짧게 웃었다.

"너무 오래전의 일이고 나도 아는 건 별로 없지만, 일설에 따르면 도망치던 비르다가 저곳에서 궁지에 몰려 악마를 불러냈다고 해."

"궁지에 몰려서요? 생각한 거랑 느낌이 조금 다른 것 같아요."

"무슨 생각을 했는데?"

"으음, 그냥. 사악하고 위대한 엄청 강한 마법사가 뭔가 악한 의도로 저지른 일이 아닐까 했거든요."

따지자면 비르다는 그녀의 어머니 같은 것일 텐데 이 말은 실례가 아닐까? 하지만 어쩐지 피니게르에게는 무슨 말을 해도 호의적으로 해석해 줄 것 같다는 믿음이 있었다. 근거 없는 믿음이지만, 이런 사소한 것에는 신경 쓰지 않을 것 같달까. 그리고 예상대로 피니게르는 별 반응 없이 고개를 끄덕였다.

"비르다가 저지른 짓이 후대에 끼치고 있는 영향을 보면, 그렇게 생각하는 것도 무리는 아니지. 하지만 악마와 계약할 수 있는 조건이 뭔지 알아?"

대답 대신 내가 알 리가 있냐는 시선을 던지자 피니게르가 말을 이었다.

"불특정 다수에 대한 끝없는 원망. 그리고 절망조차 할 수 없을 정도로 인생의 모든 부분에 대한 상실."

"으음."

"남은 기록에 따르면 능력에 비해 소박할 정도로 수수하고 이타심이 넘치는 마법사였다는데, 그녀를 그렇게 만든 뭔가가 있었겠지. 비극이 악인을 만드는 게 드문 일은 아니잖아?"

비르다를 동정하는 걸까? 피니게르의 얼굴을 가만히 살폈지만 그런 기색은 보이지 않았다. 대신 그녀는 좀 더 현실적인 방향의 생각을 하고 있는 것 같았다.

"그 비극이 무엇이든, 지금의 나에게도 영향을 미칠 만한 것이라면 나도 알아 두는 게 좋겠지. 그런 의미로, 비르다의 계약을 파훼하고 나서도 나를 좀 도와줬으면 해."

"제가요? 어떻게?"

반문하면서도 나는 내심 피니게르의 제안이 반가웠다. 여정의 끝이 보이는데도 아직 니모는커녕 태양의 숲 끄트머리조차 찾지 못한 상황이다. 이대로 계약을 파훼하고 나면 피니게르가 어떻게 돌변할지 예측할 수 없었던 것이다. 계약을 하긴 했지만 그녀가 정말로 마음먹는다면 그런 협의는 어떤 의미도 갖지 못하게 된다.

계약의 파훼 후 일어날 수 있는 가장 좋은 방향은, 그녀가 끝까지 약속을 지켜 나에게 협조하는 것이고 두 번째로 좋은 것은 그냥 계약을 모른 척하고 떠나 버리는 것이다. 그러면 나는 나대로 살면 그만이니까. 애초에 니모를 찾거나 돌아가는 것 자체를 거의 포기하고 있었으니 두 번 포기하는 것이 어렵지는 않다.

최악은 그녀가 이제 이용 가치가 없어진 이쪽을 팽(烹)하는 것이다. 그간 지내며 나에게 호의적이었던 태도를 보면 쉽게 상상하기 힘들지만, 태도라는 건 상황이 바뀌면 얼마든지 변할 수 있는 것이니까.

"어떻게든. 이후로도 정리할 일이 많을 것 같으니까."

"도울 수 있는 거라면, 도울게요. 솔직히 계약의 해지를 돕는 것도 할 수 있을지 없을지 모르겠지만. 성공하면 금방 알 수 있을까요?"

"비르다는 놈들이 내 몸에 깃들 수 있게 해 주면서 동시에 이쪽 세상으로 넘어올 수 있도록 문을 열어 주었지. 그래서 문을 넘어와 이 몸에 깃든 놈들이 마음대로 악행을 할 수 있었던 거야. 네가 해 줘야 할 건, 한 가지야."

피니게르는 잠시 내 표정을 살피다가 계속했다.

"비르다가 바친 내 몸은 이렇게 되찾았으니, 놈들이 오는 문을 닫으면 끝나는 거지. 그리 어려운 일은 아닐 거야. 네가 가서 만지기만 해도 문은 사라질 것 같으니까. 그리고 모든 일이 끝나면 대가를 받을 수 있겠지."

"대가요?"

뭔가 더 받을 게 있었던가? 약속한 대로 그녀는 꼬박꼬박 나의 임금을 지급하고 있었다. 어리둥절해하는 내 얼굴을 본 피니게르는 묘한 얼굴로 웃어 보였다.

"네가 원래 세계로 돌아가는 방법. 찾은 것 같거든."

기대도 하지 않던 이야기가 갑작스럽게 튀어나온 탓에 나는 깜짝 놀라 잠시 말을 잃었다. 하지만 그건 잠시였다.

"어, 어떻게요? 언제 찾은 거예요? 르준은 안 된다고 했었는데."

"그 녀석의 능력으로는 불가능하지. 놈과 달리 나는 네 앞에서도 마법을 쓸 수 있잖아? 악마와의 계약은 다른 세계에서 이능의 존재를 불러내는 거지. 그리고 이번에 계약을 파훼하면서 돌려보내는 방식도 알게 되면 그걸 너한테 응용할 수 있을 거야. 문제는 너한테 직접 마법을 쓰면 네가 그걸 흡수해 버린다는 건데, 그 부분만 해결하면 어떻게든 될 거야."

"돌아갈 수 있다구요?"

"그래, 몇 가지 문제만 해결되면."

문득 바로 전, 그녀가 도와 달라고 했던 요청과 맞물려 나는 이것이 또 다른 거래라는 걸 깨달았다. 계약이 끝난 뒤 관계가 사라져 버리는 건 그녀 또한 원하지 않았던 것이다.

"이제 내려가지."

올라왔던 때와 마찬가지로 이번에도 피니게르가 앞장섰다. 나는 마지막으로 성한 집들의 위치를 대략 기억한 뒤 그녀를 따라 올라올 때처럼 종탑을 타고 내려가기 시작했다. 돌부리를 잡고 디딤돌에 앞코를 걸쳐 힘주어 매달리고 발 위치를 옮겨 가며 조심조심 움직인 나는 문득 아까 하고 싶던 말을 떠올렸다.

"그나저나, 루그인 씨 너무 놀리지 말아요. 불쌍하잖아요. 진심으로 무서울 텐데."

허공에 뜬 채 눈을 내리깔고 어깨를 으쓱하며 모른 척하던 피니게르는 내가 땅에 발을 디딜 무렵에야 변명하듯 대답했다.

"난 아무것도 안 했는데 혼자서 저렇게 무서워하는 걸 보면 나도 불쾌하다고. 무서워하는 놈들이 잘못한 건 없다는 걸 알지만, 짜증 나는 건 짜증 나는 거지. 좀 골려 주고 싶기도 하고. 하지만 네가 보기 싫다면 자제할게."

"고마워요."

"별말씀을."

종탑을 다 내려와 옷에 묻은 흙먼지를 대강 털어 낸 뒤 우리는 자연스럽게 종탑 위에서 보았던 집들 중 가장 가까운 곳으로 걷기 시작했다. 하지만 얼마 걷지 않아 피니게르가 갑자기 확 돌아보며 새카만 기운을 모아 한쪽으로 내뿜었다.

콰앙 하는 굉음과 함께 집 서너 채 정도 되는 규모가 그대로 으스러진다.

그녀의 갑작스러운 행동에 너무 놀라 소리 지르는 것도 잊고 그 방향에 있던 폐허와 같은 집들이 반쯤 가루가 되어 박살 나는 것을 멍하니 보고 있었다. 이, 이게 대체 무슨? 뒤늦게 반응해 뭔가 말하려는데 그보다 피니게르가 빨랐다.

"누구지?"

"누군가 있다면 거주민이겠죠."

반사적으로 대꾸하면서 나는 혹시나 그녀가 거주민을 해치진 않았을까 걱정했다. 하지만 피니게르는 대답도 없이 다음 마법을 준비했다. 손을 뻗어 확 당기는 시늉을 하자 폐허의 잔해에서 시커먼 덩어리가 훅 끌려 나온다. 검고 치렁치렁한 망토를 걸친 사람이었다.

두꺼운 망토로 온몸을 감싸고 있는데, 얼굴에는 쇠로 된 가면을 썼다. 척 보기에도 너무나 수상한 몰골이라 나는 그가 거주민일 거라는 가정을 완전히 폐기했다. 그런데 망토, 망토가 너무나 낯익었다. 분명 어디선가 봤는데. 검고 두꺼운 망토에 기이한 문양이 가득 새겨진 망토. 대체 어디서 봤지?

"아는 놈이야?"

내가 눈을 가늘게 뜨고 그를 살피자 피니게르가 나를 돌아보았다. 처분 전 마지막으로 확인하려는 태도였다. 머리 한구석이 간질간질하며 떠오를 듯 말 듯한 느낌. 어디서 봤는데. 분명, 분명 어디선가.

"모르는 놈이면, 이만 처리하고……"

생각났다!

"잠깐! 태양의 숲! 니모가 왔을 때 입고 있던 망토 같아요!"

같이 생활하면서는 편한 옷으로 왕래하던 니모였지만 종종 저런 무겁고 두꺼운 정식 복장을 하고 올 때가 있었다. 똑같은 옷인지는 잘 모르겠지만 엄청 흡사하다.

"잘됐네. 드디어 단서를······."

피니게르가 그렇게 말하는 순간 허공에 무기력하게 들려 있던 자의 망토가 펄럭이며 움직였다. 그리고 문양이 은은하게 빛나는 순간, 앗 하는 사이에 망토에 휩싸여 그는 그대로 모습을 감추었다.

"빌어먹을! 놓쳤다. 저 망토가 기물이었나?"

피니게르가 욕설을 퍼부으며 황급히 주변에 새카만 힘을 뿌린다. 그리고 약간 지친 얼굴로 미소 지었다.

"확인해 보니 멀리 가진 못했는데. 추적을, 간신히 할 수는 있겠어."

"괜찮아요? 힘들어 보이는데."

"이 정도는 별것도 아니야. 다만, 네가 있어서 평소보다 수백 배 힘이 들 뿐이지. 가서 잡아 올까?"

피니게르가 자신만만하게 나를 돌아보았다. 갑작스러운 상황에 머릿속이 복잡하지만 그래도 원하는 건 분명하다. 방금 전 피니게르와 나누었던 대화의 연장선으로, 정말로 내 원래 세계로 돌아갈 확률이 높다면 마지막으로 니모가 어떻게 되었는지 정도는 알고 싶다. 그의 흔적을 찾고 싶었다.

"네. 부탁드려요."

"니모라는 건, 그때 말한 너를 여기로 오게 한 녀석의 이름이던가?"

"맞아요."

"그 녀석 때문에 쫓아 달라는 거구나."

그리고 잠시 무언가 생각하던 피니게르가 갑자기 진지한 얼굴로 확인하듯 입을 열었다.

"너한테 들은 말에 따르면, 그 니모라는 자 별로 좋은 결말을 맞이하지는 못했을 것 같은데. 그런 미치광이들이 하는 짓이야 뻔하지. 죽었을지도 모르는데, 그래도 찾고 싶어?"

어렴풋이 생각만 하던 가정을 피니게르가 갑자기 입 밖으로 꺼냈다. 안 좋은 소식이라면 차라리 모르는 게 낫지 않겠냐는 의미였다. 나는 멈칫했다가 마음을 다잡고 단호하게 대답했다. 만약 정말로 잘못되었다면, 그거라도 알고 싶다.

"찾고 싶어요."

"그래, 네가 원한다면."

그녀는 내키지 않는 듯했지만 고개를 한 차례 끄덕였다. 그리고 그대로 몸을 날릴 듯 허공에 발을 띄우더니 서서히 흐릿해졌다. 펄럭이는 머리카락 사이로 집중하는 얼굴이 보인다. 멀리 이동하는 마법을 쓰고 있는 것 같았다. 그러나 갑자기 무언가 생각이 바뀐 듯 그녀의 몸이 다시 또렷해졌다.

"아니, 아니지. 지금 너와 떨어지면 안 돼. 널 두고 가면 안 되지. 안 돼."

"네?"

"이 폐허 한가운데에 너만 혼자 두고 갈 순 없어. 쫓는다고 해도 네 안전이 확보된 다음이지. 일단 집으로 가자."

"하지만 놓치면 어떡해요?"

애가 닳아 초조해져 외치듯 말했지만 피니게르는 요지부동이었다. 여기 있어 봐야 메밀국수처럼 까맣고 깡마른 사람들뿐인데 그런 사람들이 나를 위협해 봐야, 툭 치면 뼈가 부러지지 않을까 걱정해야 할 수준이다.

그러나 피니게르를 따라 걷는 동안 머리가 조금 차분해졌다. 그녀가 걱정한 건 여기 거주민이 아니라, 숨어 있을 또 다른 태양의 숲 잔당이겠지. 방금 숨어 있던 자를 찾아 놓고 너무 흥분한 나머지 다른 누군가가 더 있을 거라는 생각을 못 했다.

 과자집에 도착해 문을 열자 여기저기서 의아한 시선이 쏟아졌다. 찾으러 간다던 거주민은 어떻게 되었냐는 표정이다. 피니게르는 정말로 나를 데려다주기 무섭게 아무 말 없이 사라져 버렸기 때문에 설명은 오롯이 내 몫이 되어 버렸다. 하지만, 그 전에.
 "분위기가 왜 이래요?"
 당연히 서로의 오해를 풀고 어느 정도 분위기가 풀어져 있을 거라고 기대했는데, 루그인은 내가 떠나기 전보다 더 겁에 질린 표정이었다. 도착한 나를 보고 구세주라도 만난 것 같은 얼굴로 반색을 한다. 윙커는 뒷머리만 긁적이며 고개를 갸웃거렸다.
 "모르겠는데."
 "설명, 해 줬어요?"
 "물론이지."
 윙커는 자신만만했다. 하지만 나는 눈을 가늘게 떴다.
 "어떻게요?"
 "묻는 대로 다 대답해 줬어."
 "어떻게요?"
 다시 한 번 채근한다.
 "그, 피니게르 디오비르다가 정말 맞냐고 묻기에 그렇다고 해 주고. 어쩌다 같이 다니게 되었냐고 묻는 말에도 대답해 줬지. 이야기를 들어 보니 여러 사정이 좀 있던데, 어쩌다 보니 여기에 같이 오게 되었다고. 왜 오게 됐는지도 말해 줬어. 사실 이 부분은 나도 상세하게는 잘 몰라서 말야. 여러 가지를 끝내러 왔다고 해 줬지. 그러니까 안심해도 된다고. 이제 다 끝날 거니까."
 윙커가 맞지? 하고 루그인에게 확인하는 시선을 던진다. 나는 너무나 어처구니가 없어 아무 말도 하지 못했다. 일단 건너뛴 부분이 너무 많고, 오해의 여지가 너무 많잖아! 거짓말을 하진 않았지만 그렇더라도 진실이 심하게 왜곡될 여지가 많은 단어 선정이라고.

그리고 다 끝난다니! 맺음이 왜 그래! 다 죽어서 끝장난다는 말 같잖아! 대충 사정이 있어서라고 뭉뚱그리지 말고 그 사정이 뭐였는지를 알려 줬어야지.

"루그인 씨. 지금 혹시 뭔가를 엄청나게 걱정하고 있다면, 그건 다 오해예요. 끝난다는 것도 여기 사람들 목숨이 끝난다는 뜻이 절대 아니니까 오해 마세요. 자세한 이야기는 생략하고, 결론만 말할게요."

이제 더 이상 미룰 수가 없겠다. 지금 이런 걸 설명하고 있을 때가 아니지만 간단하게라도 루그인을 안심시키는 게 우선이었다. 나는 계속했다.

"우리는 여기를 악마의 손에서 해방시키고 비르다 피니게르 씨의 몸을 바쳐 한 계약을 무효화하러 왔어요. 루그인 씨가 알고 있는 피니게르 씨에 대한 이야기는 전부 악마가 깃들었을 때의 모습일 거예요. 지금은 자기 몸을 스스로 되찾은 상태니까 너무 걱정 마세요."

루그인은 반신반의하는 얼굴이었지만 그래도 두려움이 약간 가신 모양이었다. 제반 설명이 더 보태지면 설득력을 실어 줄 수 있겠지만 일단은 더 급한 일이 있으므로 나는 그 정도로만 만족하기로 했다.

"그런데 피니게르 님은 어디로 가신 거예요?"

때마침 아델이 물어 오기에 나는 방금 있었던 일들을 모두 설명했다. 피니게르와 높은 종탑으로 올라가 쐐기의 위치를 확인한 부분과 수상한 사람을 발견했는데 그가 태양의 숲과 관련 있어 보인다는 것까지 전부. 그리고 피니게르가 그를 잡으러 갔다는 사실까지 이야기했다.

"잘됐네. 계속 찾고 싶어 했잖아."

이야기를 다 들은 윙커가 감흥 없는 얼굴로 짧게 축하해 주었다. 혼자 간 피니게르의 안위를 걱정하는 사람은 아무도 없었다. 하긴, 나도 그녀에게 무슨 일이 생길 거라는 생각은 안 든다. 워낙 강한 사람이니까. 아마 이 세계에서 가장 강력한 마법사가 아닐까. 다만, 과연 니모를 찾아올 수 있을까 하는 점이 염려가 되긴 한다. 홧김에 거기 단체 사람들을 다 죽여 버리는 건 아니겠지? 음, 신빙성이 있는 상상인데. 따라갈 걸 그랬나.

아니, 역시 남는 쪽이 옳은 판단이다. 내가 옆에 있으면 피니게르는 제대로 힘을 쓰기 힘드니까. 니모는 어떻게 되었을까? 피니게르가 그를 찾아올 수 있을까? 내내 생각했다. 그가 분명 무언가를 했을 거라고. 어쩌면 내가 무인도에 떨어지게 된 것과 관련이 있을 거라고.

마지막 작별 인사를 남기고 사라진 니모가 무엇을 했을지 나는 짐작할 수 없다. 날 데려오지 않겠다고 명령을 거부했을까? 하지만 그런 거부가 먹힐 것 같은 단체는 아닌 것 같은데.

두서없이 떠오르는 대로 생각의 꼬리를 잡고 전전긍긍하다가 문득 나는 오랜만에 보는 얼굴이 집 안에 들어와 있는 걸 발견했다.

르준.

"아, 르준 씨 오랜만이네요."

눈이 마주쳐 반사적으로 인사를 건네자 르준은 딱딱한 얼굴 그대로 고개를 까딱해 받아 주었다. 그는 벽에 비스듬히 기대어 무슨 생각을 하는지 알 수 없는 얼굴로 가만히 서 있었다. 으음, 르준은 늘 저런 얼굴이었으니 새삼 신경 쓸 필요 없지. 모든 게 재미없어 보이는 지루한 표정.

"네가 며칠 머물 것 같다고 해서 들어오라고 했어."

녹스의 말에 나는 고개를 끄덕였다. 사실 아까 내가 나가면서 그를 불렀어야 했는데 피니게르의 말에 휘말리는 바람에 하지 못했던 일이다. 르준이 함께 있어서 그런지 분위기는 평소보다 좀 가라앉아 있었지만, 나는 개의치 않기로 했다. 불편하긴 하지만 나쁜 사람은 아니니까. 그냥, 좀 심하게 고지식할 뿐이지.

그보다 루그인의 안색이 굉장히 안 좋았다. 아까 설명으로는 부족했나? 역시 오해가 너무 깊었던 걸까.

"루그인 씨, 괜찮아요? 역시 설명이 좀 부족했죠?"

루그인은 누렇게 뜬 안색으로 고개를 가로저었다. 초조하게 눈알을 굴리던 그가 조심스럽게 입을 연다.

"아닙니다. 그게 아니라…… 아까 말하신 그 수상한 사람들. 위험한 사람들은 아니겠지요?"

"음. 아니라곤 말하기 힘든걸요."

그는 고개를 푹 숙이곤 말문을 잃었다. 노골적으로 불안해하는 모습에 나는 다시 채근했다.

"왜 그래요? 괜찮을 거예요. 이 집에는 마법사가 두 명이나 있는걸요. 칼을 쓰는 사람도 있고, 여차하면 저도 열심히 싸울 테니까."

마법사가 마법을 쓰려면 내가 좀 떨어져 줘야 한다는 말은 굳이 하지 않았다. 하지만 루그인이 불안해하는 원인은 자신의 안전 때문이 아니었다.

"아닙니다. 아니요. 그저 저는, 여기 있는 다른 사람들. 제 친구들을 해치지는 않을까 걱정되어서…… 갈 곳 없고 보잘것없는 사람들이지만 그래도 저에게는 몇 없는 가까운 사람들이라……."

루그인은 말하면서도 쉴 새 없이 나의 눈치를 살폈다. 미처 그 생각을 못 했네. 저렇게 하찮다는 듯 말하긴 하지만 힘든 시간을 같이 견뎌 낸 만큼 아주 끈끈한 사이일 것이다. 내가 잠시 입을 닫자 그는 괜히 말했다고 생각하는지 후회가 역력한 표정이었다.

"그, 그냥 걱정이 되어 한 말이니 너무 신경 쓰지 마세요. 별일 없겠지요……."

주눅이 들어 저렇게 말하는데 '아, 그렇군요. 괜찮겠죠 뭐.' 하고 말할 만큼 인간이 덜되진 않았기 때문에 나는 몹시 마음이 쓰였다. 아이드가 등 뒤에서 짧게 혀를 찼지만, 그래도 나는 루그인을 도울 수 있다면 돕고 싶었다. 하지만 내가 입을 열기 전 먼저 나선 사람이 있었다.

"그렇게 걱정이 된다면, 이 근처만 간단하게 순찰을 돌아보지. 무슨 일 있으면 이쪽으로 바로 뛰어오면 되고 말이야. 네가 같이 간다면 순찰조의 안전은 보장할 수 있을 것 같은데."

윙커는 그렇게 말하며 아이드를 슬쩍 끼워 넣었다. 아이드는 뭐? 하고 귀찮은 기색이었지만 습격을 대비해 마법사 한 명 정도는 데려가야 한다는 주장과 함께 르준을 곁눈질하는 윙커를 보곤 결국 콧방귀를 뀌었다. 무언의 승낙이다. 하긴, 마법사라고 하면 르준 아니면 아이드인데 르준에게 같이 가 달라고 하긴 좀 힘들지.

이건 그저 추측이지만, 윙커가 나선 건 성의 없는 설명으로 루그인을 떨게 한 것에 대한 사과의 뜻일지도 모르겠다.

"나도 같이 가지. 둘만으로는 좀 걱정이고."

그간 꽤 친분을 쌓았는지 녹스가 걱정스런 내색을 감추며 순찰조에 합류했다. 녹스의 특징은, 감추려고 할수록 얼굴에 티가 다 난다는 점이다. 감정을 감추려고 꼬리와 귀를 의식해서 숨기지만 그럼 뭐 해. 표정을 관리하는 법을 아예 모르는데. 아무리 입매를 굳히고 심드렁한 목소리로 말해 봐야 눈썹이 저렇게 걱정으로 모여 있는걸.

윙커가 약간 찜찜한 얼굴로 고개를 갸웃거리며 한 명 정도는 남는 게 좋지 않겠냐 하고 말했지만 나는 고개를 저었다. 이 안이 아무리 위험한들 밖보다 위험할까. 만약 적을 만난다면 야외에서 아무런 가림막 없이 마주치게 되는 셈인데 달랑 윙커와 아이드만 보낼 수는 없었다. 솔직히 르준도 보내고 싶었지만, 그가 수락할 리가 없으니 권하지 않은 것이다.

어쨌든 녹스, 아이드, 윙커 세 명이 순찰을 돌고 남은 르준이 나와 아델, 루그인이 있는 집을 지키는 흐름이 되어 세 사람은 각기 무기를 정비하고 문을 나섰다.

피니게르를 포함해 네 명이나 되는 사람이 스윽 빠져나가니 그 공백감이 장난이 아니다. 남은 건 이쪽을 엄청 경계하며 벌벌 떨고 있는 루그인과 사이가 나쁘진 않지만 아직 좀 어색한 사이인 아델, 그리고 그냥 엄청나게 어색한 르준인데.

네 명이 있는데 혼자 있는 것만도 못한 것 같은 이 분위기는 뭘까. 말 한마디 없이 벽에 기대선 르준, 눈치만 살피는 아델과 루그인 사이에서 나는 뭔가 해야 할 필요를 느꼈다. 하지만 세상에서 가장 붙임성 좋은 강아지도 꼬리를 내리며 도망치게 만들 법한 싸늘한 르준의 표정 앞에 나라고 별수가 있겠는가? 녹스처럼 꼬리라도 있다면 억지로 좀 흔들어 봤겠지만.

사실 다들 말은 안 하지만 녹스가 무의식적으로 흔드는 꼬리는 일행의 꽤 좋은 치유제가 되고 있었다. 아무렇지도 않은 척하지만 맛있는 음식을 먹을 때마다 빠르게 흔들리는 새하얗고 복슬복슬한 꼬리. 과자집을 봤을 때도 엄청나게 흔들고 있었지.

그래. 음식. 음식이다. 다들 돌아오면 먹을 수 있도록 뭔가 요리를 만들어야겠어. 마법으로 만들 수도 있겠지만 그건 나중을 위해 좀 아껴 두고, 마차의 식재료가 상하기 전에 쓰는 게 좋겠다.

"어, 어디 가세요?"

마차에 남은 식재료를 가지러 나가려는데 루그인과 아델이 흠칫 과민 반응 했다. 르준과 덩그러니 남게 될까 걱정스러운 모양이다. 하긴, 나도 그가 불편한데 아델과 루그인은 더하겠지. 갑자기 측은한 기분이 든다.

"다들 돌아오면 먹을 음식을 좀 만들까 하고. 식재료 가지러 마차에 갔다 올 테니 두 사람은 2층에 올라가 있어요."

"네? 아니에요. 저도 뭔가 도울게요."

요리를 할 때마다 아이드가 조수를 하던 모습을 늘 봐서 그런지 아델은 내가 무언가를 만들면 누군가 옆에서 돕는 게 당연하다고 생각하는 것 같았다. 하지만 르준 앞에서 저렇게 식은땀을 흘리는데 굳이 1층에 붙잡아 두고 싶은 생각은 들지 않는다.

"괜찮아요. 뭔가 만들면 부를 테니 2층에 가 있어요."

"그치만……."

"정 뭔가 돕고 싶으면, 2층에서 경계를 서 줘요. 보고 있다가 이상한 걸 발견하면 소리를 지르고. 그럼 내가 2층으로 달려갈 테니, 르준이 마법을 써서 1층을 지킬 수 있을 거야."

"아. 네!"

힘차게 대답한 아델은 조심스럽게 루그인을 데리고 2층 계단을 올랐다. 루그인도 어린 아델은 비교적 편한 모양인지 별 부담 없이 따라 올라갔다. 언뜻 보인 옆얼굴이 무척 안도하고 있어서 나는 속으로 짧게 혀를 찼다.

두 사람을 올려 보내고 마차로 가 식량 창고를 뒤지니 감자들이 싹이 나기 직전이다. 그걸 본 순간 요리 주재료는 정해졌다. 감자가 꽤 많으니 갈아서 감자전을 좀 만들고, 밀가루도 좀 쓸 겸 감자수제비를 만들면 되겠다. 말린 생선도 좀 남았으니 육수에는 문제가 없고.

고민 없이 메뉴를 정한 나는 다시 1층으로 돌아와 아무 생각 없이 반죽을 치대기 시작했다. 반죽을 미리 해 두고 육수를 끓이고 있다가 사람들이 들어오면 뚝뚝 뜯어 넣은 뒤 한 그릇씩 떠 주면 되겠지. 수제비를 먹는 것도 무척 오랜만이다.

반죽을 끝내고 동그랗게 뭉쳐 숙성시켜 둔 뒤, 한쪽 벽난로에 솥을 걸었다. 과자로 된 집인데 벽난로에 불을 붙여도 될까 잠시 망설였지만, 시험 삼아 불을 피워 봐도 크루통을 아치형으로 쌓아 만든 벽난로는 끄덕도 없었다. 그나저나 이 크루통, 엄청나게 큰데. 거의 벽돌 반개 정도 크기잖아. 이만큼 큰 크루통이면 식빵이 방석만 하겠는걸.

벽난로에 불이 붙어도 별문제가 없는 걸 확인하고 말린 생선을 넣어 육수를 끓이기 시작했다. 거기에 감자와 호박을 미리 썰어 내어 준비하는데, 갑자기 생각지도 못했던 사람이 말을 걸었다.

"요리를 하는 게 그렇게 좋은가?"

르준이 나에게 먼저 말을 거는 경우는 거의 없었다. 이 여정 전체를 통틀어도 한 손에 꼽을 정도다. 거기에 이렇게 사담 같은 말을 거는 건 완전히 처음이었다. 나는 그가 나를 지켜보고 있다는 걸 알고 있었지만, 어차피 평소처럼 아무것도 상관하지 않을 거라 생각했기 때문에 전혀 신경 쓰지 않고 있었다. 솔직히, 그와 가만있는 벽은 내 안에서 동급이었던 것이다. 덕분에 대답의 반응이 약간 늦었다.

"어…… 네? 아, 요리. 그, 그렇죠. 좋아하는 편이죠."

당황한 나머지 감자 하나가 너무 크게 썰려 버렸다. 그 감자를 다시 한 번 더 칼질하는데, 르준의 다음 질문이 날아왔다.

"왜?"

글쎄. 왜일까? 하지만 정말 좋아하는 건 딱히 이유가 없기 마련이다. 뭔가 좋아하는 이유를 대는 경우도 있지만, 대부분은 그냥 좋아할 뿐이고 이유는 나중에 적당히 가져다 붙이는 거지. 나도 있다. 그렇게 붙여 넣은 이유들이.

"맛있는 걸 먹고 행복해하는 사람을 보는 게 좋으니까요?"

"사람을 행복하게 하는 게 좋은 건가."

"그런 셈이죠."

"하지만 다른 방법으로 행복하게 해 줄 수 있을 텐데 어째서 하필 음식이지?"

그 질문에 대한 대답은 이미 정해져 있었다.

"그야, 음식을 좋아하니까 좋아하는 거죠."

그냥. 그냥 좋다. 그 외의 이유는 결국 모두 사족일 뿐이다. 그나저나 그가 내 음식을 수상하게 생각해서 입에 대지 않는다는 건 이미 알고 있는 사실인데, 갑자기 왜 이렇게 관심을 가지는 거지? 의아하게 생각하는 동안 수제비의 육수가 끓어 썰어 넣은 감자와 호박이 춤을 추며 넘실거렸다.

이 정도면 간을 맞추고 반죽만 뜯어 넣으면 끝이다. 다른 사람들이 올 때까지 기다릴 생각이었지만, 생각해 보니 다들 늦게 올지도 모르는데 그때까지 아델을 굶기는 건 좀 그렇다. 나도 한 그릇 먹고, 아델과 루그인도 먼저 좀 먹이는 게 좋겠는데.

그윽하게 풍기는 맛있는 냄새. 익은 야채가 풍기는 은은한 단내가 무척 기분이 좋다.

적당히 숙성된 반죽을 뚝뚝 뜯어다가 팔팔 끓는 냄비에 던져 넣는데, 찌를 듯한 르준의 시선이 느껴졌다. 으음, 아까부터 이것저것 말을 붙이는 것도 그렇고 말야. 혹시, 좀 먹고 싶은 건가?

"괜찮다면, 좀 드실래요?"

당연히 거절당할 거라고 생각하며 나는 슬쩍 권유했다. 혹시 모르니 르준의 몫까지 반죽을 넉넉히 잡으며. 그래도 별로 기대는 하지 않았는데, 의외의 대답이 돌아왔다.

"좋아."

"정말요?"

귀를 의심하게 만드는 말에 깜짝 놀라 물었는데, 그는 두 번 대답하고 싶지 않다는 태도였다. 하지만 턱을 짧게 한 번 까딱이긴 했다. 진짜? 먹겠다고? 먹겠다니, 이제 와서 왜? 의아함에 반신반의하면서도 가슴이 설레기 시작했다. 늘 거절만 하던 그가 처음으로 내 음식을 먹겠다고 한 것이다.

수제비 반죽을 뜯어다 넣고 익기를 기다려 한 그릇을 얼른 폈다. 푹 익은 감자와 애호박이 김을 풀풀 피워 올린다. 처음으로 르준이 내 음식에 호기심을 보이고 있다. 이런 놀라운 상황이 반가우면서, 한편으로는 매우 아쉬웠다. 하필, 수제비를. 이것보다 좀 더 맛있는 걸 만들고 있을 때 먹겠다고 했으면 좋았을걸.

"여기, 뜨거우니까 조심해서 드세요."

그릇을 내밀며 당부하자 그는 별말 없이 수제비가 든 그릇을 받아 들었다. 그릇을 주면서도 나는 그가 정말 먹을까 싶어 시선을 떼지 않았다. 솔직히, 보고 싶었던 것이다.

그간 얼마나 많이 권유했는지 모른다. 그 음식 같지도 않은 빵 부스러기를 끼니라고 먹는 모습에 그에게 제대로 된 음식을 먹이고 싶어서 엄청나게 스트레스를 받았던 것이다. 그렇게나 권할 때는 안 먹더니, 이제 와서 갑자기 왜? 당기는 게 아니라 밀어야 열리는 문이었던 건가? 어찌 됐든 잘된 일이다.

나는 두 손을 모으며 고대하던 순간을 기다렸다. 과장을 조금 보태 말하자면 여행 내내 거의 수백 번 식사를 거절했던 르준이 내가 만든 음식의 첫술을 뜨는 것을. 하지만 시선이 너무 열렬했는지, 한 숟갈을 떠 후후 불던 르준이 불편한 기색으로 이쪽을 돌아보았다.

"부담스러우니 그만 좀 쳐다보겠나?"

"아, 미안해요."

그, 그렇지. 뭐 먹는 사람을 이렇게 쳐다보는 건 예의가 아니긴 하지. 헛기침을 하며 고개를 돌렸지만, 역시 반응이 너무 궁금해서 눈이 저절로 르준을 찾고 만다.

"음."

내가 고개를 돌린 잠깐 사이 한입 먹었는지 스푼은 깨끗하게 비어 있었다. 당연히 맛있다고 할 줄 알았는데, 르준은 어쩐지 미묘한 얼굴이다.

"왜, 왜 그래요? 맛이 이상해요? 아까 간을 봤을 때는 괜찮았는데."

"냄새도, 맛도 좀 이상해."

"네? 그럴 리가. 이, 이리 줘 봐요."

맛이, 이상하다고? 입맛에 안 맞았나? 하지만 무난한 맛이라고 생각하는데. 밀가루가 덜 익었나? 아니면 소금 간이 덜 풀어졌나? 확인할 겸 그릇을 건네받아 킁킁 냄새를 맡아 봐도 별다른 이상한 점은 안 느껴진다. 그럼 맛이 이상하다는 건데.

새 스푼을 꺼내 감자와 수제비 반죽을 골고루 떠 한입 먹어 봤지만 역시 맛있다. 수제비 반죽도 딱 쫄깃하고, 국물도 간이 잘 됐는데?

"괜찮은 것 같은데. 다시 한 번 먹어 보겠어요? 아까는 너무 뜨거워⋯⋯서."

르준에게 음식 그릇을 다시 건네려는데, 무겁지도 않은 물건을 든 팔이 추욱 처져 올라갈 기미가 없다. 팔에 힘이 빠지고 시야가 빙글 돌았다. 갑자기 천장이 보여서 어리둥절해하는데, 뒤늦게 내가 바닥에 쓰러졌음을 깨달았다. 몸이 굳어지고 감각이 멀어진다. 이어서 도저히 이길 수 없을 정도로 심하게 눈이 감겨 왔다.

"므⋯⋯."

뭐냐고 묻고 싶었는데 입 밖으로 나오는 건 고작 이 작은 소리가 전부였다. 르준은 표정 없이 내가 쓰러진 것을 가만히 내려다보다가 한마디 툭 했다.

"마법은 안 통하지만, 약은 통해서 다행이야."

이어서 내가 만들던 음식을 흘긋 보고 미간을 찌푸린다.

"욕구를 좇는 한심한 몰골들이라니."

손에 들고 있던 그릇은 내가 쓰러지면서 내용물째 바닥에 내동댕이쳐진 지 오래였다. 바닥에 흩어진 감자 조각과 수제비 반죽을 가죽 발로 짓밟은 그는 그대로 끓고 있던 솥을 발로 걷어차 내용물이 벽난로에 다 쏟아지게 만들었다. 그 광경에 당혹스러움과 암담함 속에서도 분노하지 않을 수 없었다.

그러나 그게 내가 의식이 있을 때 본 마지막 모습이었다.

Chapter 7

얼굴 위로 차가운 것이 떨어졌다. 온몸이 얼어붙은 듯 뻣뻣하고 제대로 움직일 수가 없다. 눈을 감은 채 사지에 힘을 줘 봤지만 무언가에 묶여 있는 듯 꼼짝도 할 수 없었다. 규칙적으로 찾아오는 흔들림. 무언가에 타고 있는 것 같았다.

의식을 찾았다는 걸 일단 숨기고 나는 최대한 지금 상황을 파악하려고 애썼다. 눈에 풀칠을 한 듯 눈꺼풀이 딱 붙어 떨어지지 않았지만 시간이 조금씩 지날수록 상황이 나아졌다. 그리고 마침내 눈을 떴을 때, 나는 내 얼굴을 때리던 차가운 것의 정체를 깨달았다. 시야를 가득 가리고 있는 건초 더미, 그리고,

빗물이었다.

사방에 빼곡한 활엽수의 잎사귀를 따라 빗물이 흘러내리고 있었다. 온몸이 그 빗물로 푹 젖어 있다. 여긴 어디지? 내가 원래 있던 황무지와는 너무나 다른 풍경이다. 그 근처에 이런 숲이 있었던가? 아니, 본

기억이 없다. 그 사실을 깨닫는 순간 뺨의 솜털까지 곤두설 만큼 오싹해졌다.

설마. 얼마나 멀리 온 거지? 얼마나 정신을 잃고 있었던 거야?

"번거로운 일이 줄었어."

마부석에 앉아 있던 누군가가 갑자기 불쑥 말했다. 익숙한 목소리다. 르준.

나는 지붕도 없는 허술한 수레에 짐짝처럼 묶여 비가림막 하나 없는 상태로 운반되고 있는 중이었다. 수레를 끄는 것은 늙은 당나귀 두 마리다. 어디서 구한 건지, 궁금한 점이 산더미였지만 물을 수가 없었다. 혀가 제대로 움직이지 않았기 때문에.

르준을 보자 눈 감기 전 마지막으로 보았던 일이 생생하게 기억났다. 그가 약은 통해서 다행이라고 했던 말도. 약, 내가 약을 먹고 정신을 잃었나? 그러면 내가 맛본 그 수제비에 약을 넣었던 건가? 잠깐 고개를 돌려 주었던 그 찰나간에 약을 탔다고? 어디서부터 계획적이었던 거지? 설마, 루그인도? 그러면 아델이 위험할 텐데.

다른 사람들은 무사한 걸까? 그곳에서 빠져나올 때 해코지를 한 건 아니겠지? 아니, 애초에 아무도 없는 순간을 노렸다면 다른 사람들과 싸우고 싶지 않았다는 뜻이야. 괜찮아. 다른 사람들은 괜찮을 거야.

나는 애써 걱정을 가라앉히려고 노력했다. 어차피 지금 이 상황에서 걱정만으로 할 수 있는 건 아무것도 없다. 그들의 안위는커녕 내 안위조차 장담할 수 없는 상태니까.

그러는 동안 혀가 조금씩 움직이기 시작했다. 다른 부분의 감각도 돌아온다. 혹시나 해서 수레 틀에 묶인 손을 힘껏 흔들어 봤지만 꿈쩍도 하지 않는다. 검지손가락만 한 줄로 둘둘 감겨 묶여 있으니, 자력으로 푸는 건 불가능해 보였다.

"왜 이런 짓을······."

최대한 멀쩡하게 말하려고 했지만 입에서 나오는 목소리는 매우 어눌했다. 빗물이 얼굴을 타고 뚝뚝 떨어진다.

"꿈을 이룬다는 건 좋은 일이지."

대답인지 뭔지 애매한 소리였다. 그는 아랑곳하지 않고 계속했다.

"방해가 많고 터무니없을수록 이루었을 때 성취감이 큰 법이야."

"무슨 소리를 하는 거죠? 왜 이런 짓을 한 거예요? 나를, 왜 납치한 거죠?"

초조함을 이기지 못하고 연달아 묻던 나는 돌아오는 대답에 쩡 얼어붙었다.

"어디에서? 네 원래 세계에서? 아니면 그 한심한 욕망덩어리 집에서? 전자는 아니겠군. 난 납치한 적이 없으니까. 네 발로 왔지."

아.

어렴풋이 느낌만 있던 어떤 가설이 선명해진다. 지나친 억측이라고 생각해 내내 외면해 왔던 연결 고리. 나의 음식을 먹는 것을 금지당하고 있던 니모와, 음식을 경멸하는 듯 쳐다보던 르준. 설마.

"당신, 태양의 숲 관계자인 거예요?"

추워서인지, 아니면 다른 이유 때문인지 목소리가 덜덜 떨리고 있었다. 입 안으로 들어오는 빗물을 삼키며 나는 대답을 기다렸다.

"그런 우스꽝스러운 이름은 그만두자구. 애초에 그런 건 없으니까. 아니, 없어졌다고 해야 하나? 어차피 도구들을 묶을 끈으로 쓰려고 잠시 지어냈던 이름일 뿐이야. 아무런 의미도 없지."

내내 찜찜했던 부분이 차곡차곡 맞춰진다. 태양의 숲이라는 이름을 아무도 몰랐던 것도 그런 이유였나. 애초에 자기들끼리만 쓰는 이름이어서?

"그냥 그럴듯한 이름이 필요했을 뿐이야."

그렇게 말한 르준은 갑자기 똑바로 나에게 눈을 맞췄다.

"구원자라는 공명심에 빠진 누군가를 꾀어낼 만한 이름이면 뭐든 좋지. 어때? 좋은 이름이라고 생각하지 않나? 척 듣기에도 정의로워 보이고, 뭔가 좋은 일을 할 것 같잖아?"

"나는 공명심으로 온 게 아니에요."

"알아. 동정심이었겠지. 뭐 어느 쪽이든, 왔다는 건 달라지지 않지. 너는 이곳으로 오지 말았어야 했어. 더 정확히는 그 섬을 나오지 말았어야 했지."

"당신, 어디서부터 알고 있는 거야?"

"전부. 전부 다 알고 있지. 게르하인에서 너를 계속 지켜봐 왔거든."

"계속 지켜봐 왔다니……."

더듬더듬 말하면서도 나는 모든 것을 이해하고 있었다. 르준이 그렇게 침착할 수 있었던 이유를 알겠다. 그리고 연기를 꽤 잘한다는 것도. 결국 나를 계속 감시하면서 처음 만났던 자리에서도 모르는 척하고 있었던 거군. 교류하지 않고 아니꼬운 태도를 유지한 건 뒷덜미를 잡힐까 봐 그랬던 건가?

상황은 완전히 내 통제를 잃은 상태였다. 아무것도 할 수 없다는 무력감과 갑작스러운 일의 연속에 나는 반쯤 탈진해서 멍하니 그가 하는 말을 듣고 있었다. 르준은 딱히 내 대답이 필요 없었는지 스스로에게 도취된 것 같은 어조로 중얼거리기 시작했다.

"얼마나 오랫동안 이걸 계획했는지 모를 거야. 실제로 해 본 결과는 기대와 좀 달랐지만, 널 계속 지켜보면서 내 계획이 성공했다는 걸 알았지. 그래. 완전히 성공했어. 곧 내가 원하는 대로 되겠지. 이제 막을 수 있는 건 아무것도 없어. 아무것도."

가끔 히죽거리기도 하고 낮게 웃기도 하는 그가 도저히 제정신으로 보이지 않는다. 완전히 미친 사람처럼 보였다. 최대한 반응하지 않으려고 했지만 그는 혼잣말을 멈추고 나에게 눈을 맞추었다.

"결국 네가 이 세계를 멸망시킬 거니까."

"그게 무슨 소리예요?"

"네가 들은 대로야. 너는 결국 이 세계의 모든 법칙을 빨아들이게 될 거야."

"법칙이라는 건, 마법을 이야기하는 거예요?"

도무지 제정신이 아닌 것 같은 이 사람과 진지한 이야기를 하고 싶지 않았지만, 화제가 화제인지라 나는 대화를 피할 수 없었다. 아니, 오히려 이야기를 유도해서 최대한 정보를 긁어모아야 하는 상황이다. 온통 아리송한 말뿐이라 르준이 대답을 해 주지 않으면 어쩌나 했는데 의외로 그는 순순히 대답해 주었다. 대답이라기보다, 자랑에 가까운 투였지만.

"표면적으로는 마법처럼 보이겠지."

그렇게 말한 르준은 묻지도 않았는데 고삐를 놓고 천 조각 하나를 들어 내 눈앞에 팽팽하게 펼쳐 놓았다. 순식간에 손바닥만 한 작은 천막이 생겼다.

"네가 더 무거운, 상상이나 의지나 신비 같은 것들에 구애받지 않는 세계에서 온 건 알고 있을 거야. 그리고 이 천이 이 세계라고 치자고. 여기에, 네가 뚝 떨어진 거야."

그렇게 말하며 르준은 마법으로 천을 펼쳐 팽팽한 상태로 유지되도록 만든 뒤 어디선가 뾰족한 막대를 찾아내 천의 중앙을 쿡 찔렀다. 막대에 찔린 부분이 쑥 들어가 경사가 지자 천 위로 떨어진 빗물들이 흘러들어 고이기 시작한다.

"여기에 이렇게 어느 정도 고인 것들이 네가 마법을 쓰게 해 주는 힘이지. 하지만 현실은 약간 달라. 이건 은유라는 걸 기억하라고, 실제로는 이것에 가깝지."

그가 막대를 잡은 손이 하얗게 될 정도로 힘을 주자 막대는 그대로 천을 관통했다. 뚫린 구멍으로 물이 떨어져 내리기도 하고, 간혹 그 사이에 맺히기도 했지만 나는 그가 무엇을 말하고 싶은지 깨달았다. 하얗게 질린 내 얼굴을 보고 르준은 빗물이 뚝뚝 떨어지는 얼굴로 이를 드러내며 웃어 보였다.

"맞아. 아주 천천히 너는 이 세계 전체를 흡수하게 될 거야. 처음엔 네 세계에 없는 마법들, 상대적으로 가벼운 환상과 신비들이겠지만 그걸 다 빨아들이고 나면 이 세계의 규칙을 하나씩 먹어 치우겠지. 생명이 태어나는 일도, 다치면 죽는 일도, 종국에는 시간이 현재에서 미래로 간다는 당연한 규칙까지도."

르준의 설명은 기대 이상으로 자세했다. 자신이 이뤄 낸 업적을 자랑하고 싶어 견딜 수 없는 모양이었다. 일부러 상상력을 자극하려는 듯 천천히 앞으로 닥칠 비극을 나열하는 그의 목소리는 희열에 젖어 있었다. 같이 다니면서 단 한 번도 보지 못했던 감정적인 모습이다.

"세계를 멸망시키려고 나를 소환한 거예요? 당신이?"

멍하게 묻자 르준이 고개를 까딱까딱 양옆으로 움직였다. 그 움직임에 따라 눈알을 굴리던 그가 대답했다. 처음 그를 만났을 때 가졌던 냉정하고 이성적이던 인상은 이제 온데간데없다.

"맞기도 하고, 아니기도 해. 정확히는 처음 그걸 계획한 녀석은 좋은 의도로 일을 시작했지."

"당신이 시작한 게 아니라는 것처럼 들리네요."

"나는 그저 조금 흥미가 있었을 뿐이야."

빗줄기는 조금씩 가늘어지고 있었다. 비를 이만큼 맞았는데 긴장 때문인지 별로 춥지가 않다. 오히려 몸은 달아오르고 있었다. 열이 나는 건지도 모른다.

"이름이 뭐였더라. 치브스? 뭐 그런 이름이었던 것 같은데, 그 녀석이 이 일을 시작하기로 했지."

"나를 소환하려고 했다구요? 왜? 왜 그런 짓을? 아니, 좋은 의도로 시작했다고 했었죠? 그럼 처음에는."

"처음에는."

르준이 내 말을 끊으며 끼어든다. 감정적으로 이것저것 묻던 나는 찬물을 뒤집어쓴 것 같은 기분으로 어쩐지 냉정해졌다. 칼을 들이댄 것도 아닌데 마치 위협을 당한 느낌이다.

"좋은 의도였어. 아주 좋은 의도였지. 그저 참혹의 경계를 악마들의 손에서 해방하려고 했던 것 같아. 그러면서 이계와 소환, 영혼과 차원을 연구했던 모양이야. 내가 한 건 아니고, 그 녀석이."

무언가를 묻고 싶긴 한데 괜히 예민한 부분을 건들까 봐 아무 말도 할 수 없다. 갑자기 돌변할까 봐 솔직히 좀 무서웠다. 극도로 긴장한 나는 조심스럽게 눈치만 살피고 있었다. 마치 죽기 직전의 토끼처럼 숨만 몰아쉬는 나를 보고 르준이 갑자기 화제를 바꾸었다.

"세상에 우연이라는 게 있다고 생각하나?"

딱히 대답을 바라고 한 질문은 아닌 것 같았다. 그는 바로 이어 말했다.

"나는 아니라고 생각해. 나의 갈망에 운명이 응답해 준 거지. 녀석의 연구를 도우면서 나는 이게 기회라는 걸 깨달았다. 기회라는 말로는 부족하군. 선물. 이건 나를 위한 선물이었어. 운명이 나에게 완벽한 계획을 선물했다. 그걸 깨닫자마자 나는 치브스를 죽여 버리고 일을 진행시켰지."

나는 숨을 죽이고 희열에 빠진 르준이 일인극의 배우처럼 소리 높여 자랑하는 것을 가만히 듣고 있었다.

"비르다의 계약은 제 자식의 몸을 악마들에게 제공하는 것이었지. 그렇다면 영혼을 몸에 돌려준다면 계약이 무효화되지 않을까 치브스는 생각했던 거야. 그리고 그걸 추적하던 중, 알게 됐지. 누가 했는지는 모르겠지만 이 세계에 그 영혼이 없다는 걸. 다른 세계로 가 버렸다는 걸 말이지."

아무 말도 하지 않았는데 르준은 고개를 끄덕였다.

"그래. 맞아. 네 세계 말이야. 위협을 느끼고 도망쳤는지, 아니면 비르다나 악마가 추방했는지 그쪽 세계에 가 있더군. 그리고 우리는 그

영혼을 바로 소환했다. 하지만 그것만으로는 불충분했어. 뭔가 힘이 필요했지. 역사상 가장 강력한 마법을 흔들 만한 대못 같은 힘이. 그리고 방법을 찾은 거야."

"나를……."

"피니게르를 추방시킨 비르다의 계약이 내 세계에 걸쳐 둔 가느다란 끈을 타고 그 세계의 생물을 하나 불러오기로 한 거야. 그러면 그 충격으로 어떻게든 될 거라고. 뭐, 결론적으로 우리의 이론이 맞긴 했어. 치브스가 살아 있었다면 그걸 볼 수 있었을 텐데. 어설프게 똑똑해서, 내가 추진하는 걸 반대하기에 죽여 버릴 수밖에 없었잖아."

내가 어떤 표정을 짓고 그를 보고 있었는지는 모르겠지만, 르준은 대수롭지 않게 어깨를 으쓱였다.

"널 소환하면 네가 결국 이 세계의 모든 법칙을 흡수해 파멸에 이르게 할 거라고 하더군. 물론 나도 알고 있었지. 그래서 소환하고 싶었던 거니까. 아주 완벽한 계획이지 않나?"

"하지만 피니게르가 나를 돌려보내 주면 괜찮은 거잖아요?"

르준은 잠시 당황하다가 매우 즐거운 얼굴로 설명했다.

"피니게르와 비르다의 계약, 그리고 다른 세계는 하나의 연결 고리야. 계약이 없었다면 다른 세계로 갈 일도 없었을 테니까. 네가 계약을 해제해 주면 인연의 연결 고리는 사라지고, 그 고리가 없으면 너를 돌려보내는 마법의 촉매도 사라지는 거지."

무슨 말인지 잘 모르겠다. 이해가 되지 않아 멍하니 쳐다보자 그가 더욱 환하게 웃으며 덧붙였다.

"쉽게 말하자면, 네가 계약을 해제하면 너는 원래 세계로 돌아갈 열쇠를 잃게 된다고. 그렇다고 계약을 해제하지 않고 원래 세계로 돌아가 버리면 최소한의 가림막도 사라진 피니게르는 폭주하겠지. 온 세상이 참혹의 땅 같은 꼴이 되어 버릴 거고. 나로서는 어느 쪽이든 좋아."

무엇 하나 확실한 증거가 없는 말이었지만 나는 르준이 거짓말을 하는 것처럼 느껴지지 않았다. 그리고 이곳으로 오기 전, 피니게르가 했던 말도 떠올랐다. 비르다의 계약을 분석하면 나를 돌려보내 줄 수도 있을 것 같다던 그 말. 그게 이런 뜻이었던가? 하지만 피니게르는 확신 없는 말투였지. 어쩌면 계약을 해제하면 나를 돌려보낼 수 없다는 사실은 몰랐던 걸지도 모른다.

그렇다고 해도, 르준이 제멋대로 신나서 떠드는 모습을 보니 배알이 꼬였다. 세상이 망하게 생겼는데 좋아 죽겠다는 태도다. 애초에 세상을 한 번 멸망시키는 게 인생 최대 목표인 놈이니 이런 미친놈의 말을 내가 이해할 수 있을 리가 없다. 하지만 가만히 입 다물고 듣고만 있기도 싫었다.

"당신이 원하는 대로 그렇게 술술 풀릴 거라고 생각해요? 내가 계약 해제 않고 그냥 돌아가고, 사람들이 힘을 모아서 결계를 재건할 수도 있잖아요."

르준은 히죽 웃으며 고개를 가볍게 저었다. 유쾌해서 못 견디겠다는 표정이었다.

"예전이면 몰라도 요즘 마법사들이 그런 걸 해낼 수 있을 리가 없지. 혹시나 할 수 있을까 봐, 쓸 만한 마법사가 보이면 족족 죽여 버리기도 했고 말이야. 아주 옛날부터 그래 왔지. 뭐, 렌 디케 가문이 멀쩡했다면 모를까 지금은 무리야."

"렌 디케?"

어디선가 들은 것 같은 느낌이다. 기억을 더듬기 위해 소리 내어 말하자 르준이 쓸데없는 친절을 베풀었다.

"지금은 아이드, 얀스크 렌 디케라고 했던가? 마법사 가문으로 이름 높던 명문가가 그렇게 모함당해 사라질 줄이야. 참 가슴 아픈 일이야, 그렇지? 하지만 권모술수가 횡행하는 세상에선 드문 일도 아니지."

직접 했다고 한 마디도 하지 않았지만 나는 르준이 아이드의 옛 가문이 멸망하는 데 무언가 일조했음을 직감했다. 어쩌면 주도했을지도. 잠깐, 그런 주제에 멀쩡한 사람인 척 여관에 나타나서 아이드를 잡아가겠다고 소리친 건가? 이 뻔뻔한 자식이!

애초에 르준이라는 이름이 진짜 이름이긴 한 건가? 아주 예전부터 저런 짓을 하고 다녔다면 이름을 바꾸고 다녔을 가능성도 높았다. 그를 이루는 모든 것이 거짓이었다. 그렇다면, 그가 지금까지 떠들어 댄 말도 거짓일 수 있다.

무슨 영지의 기사였다고 하지 않았나? 그것도 거짓말이겠지. 실제로 그런 사람은 없었을지도. 아니면 기사로 위장하고 있었거나. 하지만 저런 비리비리한 몸을 봤을 때 그냥 사칭하고 다니는 것 같았다. 무슨 기사가 몸이 저래. 애초에 밥도 제대로 안 먹고 몸도 부실한 사람이 기사 출신이라고 했을 때부터 의심해야 했는데.

그래. 르준은 몰라도 피니게르는 무언가 방법이 있을 수도 있어. 저런 거짓말쟁이 말 따위에 휘둘리지 말자. 벌써 희망을 잃기엔 이르다. 나는 마음을 다잡았다. 방법은 찾으면 돼. 그보다 지금 당장이 문제다. 내 몸의 안전이 보장되지 않는다면 어떤 가능성이 있더라도 없는 거나 마찬가지니까. 다행히 나를 죽이려는 것 같지는 않은데, 날 어떡하려는 걸까?

"날 어쩔 셈이에요?"

르준은 내 반응이 생각보다 밋밋했던 건지 약간 실망스러운 표정이었다. 하지만 곧 기분 좋은 얼굴로 미소를 머금는다. 그가 저렇게 웃을 수 있는 인간인 줄 처음 알았다.

"때마침 좋은 질문이군."

"네?"

"거의 도착했거든."

그가 고삐를 두어 번 정도 재촉하자 쭉쭉 뻗은 나무들 건너편으로 푸르스름한 풍경이 보였다. 흐린 날씨에도 푸름을 잃지 않고 물결치는 그것. 바다다.

꽤 가깝게 보이는 바다였는데 도착하기까지는 시간이 좀 걸렸다. 나는 르준에게 몇 번 더 말을 걸었지만 르준은 모든 대답을 무시하고 수레를 모는 데 집중했다. 마침내 숲을 거쳐 해안가로 나오자 불길한 느낌에 등골이 오싹해졌다.

르준은 한참 전에 내가 했던 질문에 그제야 대답했다.

"어떻게 할 거냐고 물었지? 안심해. 죽이지는 않을 거니까. 기껏 몸이 영혼을 잘 담고 있는데 죽였다가 영혼이 어디로 튈지 모르는 상태가 되어 버리면 곤란하잖아? 그저, 너를 좀 보관해 두려고."

"보관?"

무의식적으로 뒷말을 따라 하자 르준이 해안가 어딘가를 턱짓했다. 해안가 모래사장에 자그마한 배 한 척이 준비되어 있었다. 그리고 미리 기다리고 있었는지 얼굴에는 가면을 쓰고 검은 망토를 두른 네다섯 명의 사람들이 다가온다.

배. 보관. 사람들.

르준이 뭘 하려는지 말하지 않아도 순식간에 깨달았다. 가면 너머로 노랗게 빛나는 눈동자들. 겔로 세뇌가 끝난 사람들이다. 그리고 보니, 르준은 어둠 속에서도 눈이 빛나지 않았지. 결국 이 사람들은 르준의 도구였던 것이다. 그들은 르준에게 고개를 숙여 보이고 명령을 기다리는 듯 살짝 물러났다.

"아까 어느 쪽이든 좋다고 했지만, 둘 다 되면 더 좋겠지. 너와 멀어진 피니게르가 제 몸의 지배를 잃고 세상을 때려 부수기 시작하면 한쪽에선 네가 법칙을 빨아들여서 세상을 천천히 지워 가는 거지. 걱정 마. 네 목숨에는 어떤 지장도 없을 거야. 그저, 이번에는 섬에서 나올 수 없을 뿐이지."

르준은 태연하게 말했지만 나는 완전히 공황 상태에 돌입했다. 아니아니아니, 아니! 아니지. 이건 아니지. 때리고 굶긴다고 해도 좀 힘들지만 견딜 수 있다. 하지만 이건 아니다. 저 쪽배에 타고 다시 무인도로 간다고? 또다시 홀로 그 섬에서 살아야 한다고? 아니, 그럴 순 없다. 그럴 수는 없어. 내가 그곳을 어떻게 빠져나왔는데. 안 돼. 절대로, 절대로 안 돼. 거기로 다시 돌아가는 건 안 된다고!

세상 무서운 것이 드문 나에게 유일하게 두려운 것이 있다면 그 섬이다. 내 숨소리 외에는 아무런 인기척도 느껴지지 않는 고독의 섬. 그 섬으로 돌아가는 건 죽는 것보다 못하다. 내가 갑자기 격렬하게 저항하며 묶인 팔을 풀려고 하자 르준은 갑자기 생각났다는 듯 덧붙였다.

"그러고 보니 너는 그 섬을 꽤 싫어했지. 하지만 걱정 마. 이번에는 빠져나올 수 없을 정도로 아주 먼 섬으로 가게 될 거야. 죽더라도 영혼조차 그곳에 머물 정도로 아주 먼 섬. 너와 피니게르를 멀리 떨어뜨려 놔야 할 테니까."

정말, 정말 이대로 무인도로 끌려가게 되는 건가? 이대로 끝난다고? 내 인생이 여기에서?

한 줌 모았던 희망과 긍정적인 의지는 온데간데없이 사라지고 남은 건 발악 같은 저항뿐이다. 여전히 팔다리를 묶은 끈은 꿈쩍도 하지 않는다. 초인적인 힘을 발휘해서 끊을 수 있지 않을까 기대하기도 했지만, 끈의 굵기가 거의 동아줄만 하니 이걸 끊을 수 있는 힘이면 여기 있는 사람을 다 해치우고도 남겠지.

방법이 없다.

아무리 생각해도 자력으로 이 상황을 타개할 방법이 생각나지 않는다. 어지간해선 포기하지 않는 나지만 이번만큼은 어쩔 수 없다. 방법이 없다. 르준의 의지는 정말로 확고해 보여서 뭔가 협상을 할 여지조차 보이지 않는다.

너무나 억울하고 암담해서 눈물이 날 지경이다. 이곳에 와서 처음으로 흘리는 눈물이다. 잘 울지 않는 성격이고, 무인도에서 힘들 때도 소리를 지르면 질렀지 울지는 않았던 나지만, 지금부터 그 악몽 같던 무인도 생활로 직행한다고 생각하니 저절로 눈물이 줄줄 흘렀다. 세상에서 제일 싫은, 너무 싫어서 생각도 하기 싫었던 일이 이렇게 일어나다니.

그리고 그 순간 눈을 의심케 하는 상황이 벌어졌다.

처음에는 무슨 일이 일어났는지 몰랐다. 하지만 두 번째 사람이 쓰러질 때쯤 나는 상황을 깨달았다. 무슨 연유인지는 모르겠지만 르준을 마중 나왔던 다섯 명 중 한 명이 갑자기 아군을 공격했던 것이다. 기습 공격에 첫 사람은 그대로 배가 꿰뚫려 신음과 함께 고꾸라졌고, 두 번째 사람도 마찬가지였다.

뒤늦게 다른 사람들이 반격했지만 이미 때는 한참 늦어 있었다. 두 명을 순식간에 해치웠으니 르준을 제외하면 남은 건 두 사람뿐이다. 두터운 망토를 뚫고 어딘지 모를 곳에 검이 깊게 푹푹 박혔다. 한 칼에 한 명. 군더더기 없이 깔끔한 솜씨였지만, 내 머릿속은 완전히 엉망이었다.

비에 젖은 모래에 검은 액체가 번져 간다. 나동그라진 네 명을 배경으로 피에 물든 검을 든 그가 걸어왔다. 갑작스러운 유혈 사태에 어찌할 바를 모르고 있었는데, 르준은 입매를 비틀고 그를 노려보고 있었다.

"먹을 것 말고 다른 마법도 쓸 수 있었나?"

르준의 그 말이 나를 향한 것이라는 걸 깨닫는 건 검을 든 사람이 지척까지 왔을 무렵이었다. 어쩔 수 없다. 나에게 시선도 맞추지 않고 말하는데 어떻게 알겠어? 어쨌든 대답할 타이밍은 한참 놓친 것 같지만 늦게라도 대답하자면, 아닌 것 같다.

처음에는 그런가? 하는 생각도 들었다. 나도 모르게 무의식적으로 간절하게 누군가가 배신해서 나를 도와줬으면 하고 정신지배 마법을 펼친 게 아닐까 하고. 하지만 마법이라는 건 아직 나에게 무언가의 해결 방법으로 삼기엔 지나치게 낯선 수단이었다. 솔직히 르준이 말하기까지 생각도 못 하고 있었다. 선택지에도 없었다구.

이런 위기 상황에선 마법! 마법이지! 마법의 힘으로— '얍!' 이라고 자연스럽게 생각하기엔 내 머리는 아직 현대의 제도와 인간의 도구에 더 친밀했다.

어라? 그러면 무인도에 나를 가두더라도 그 악마의 그림자를 흡수하고 조금 남겨 놨던 마법의 힘을 써서 탈출할 수 있었던 거 아니야? 그러면 별로 울 일도 아니었잖아? 음, 아니지. 르준도 그 사실을 알 테니 뭔가 조치를 취할 준비를 해 뒀을지도 모른다. 어쨌든 놀라기도 하고, 마법이라는 선택지를 기억해 내기도 한 덕분에 눈물은 쏙 들어갔다.

침착함을 되찾아 가는 내 앞에서 르준은 허망할 만큼 쉽게 제압당했다. 어차피 육체적인 힘은 보잘것없는 자라 자신을 지켜 줄 태양의 숲 사람들이 다 쓰러지고, 내가 붙어 있어 마법도 쓸 수 없으니 그저 무력한 일반인에 불과해진 것이다. 그도 설마 세뇌가 완전히 끝난 아군이 배신을 할 줄은 몰랐다는 표정이었다.

르준과 정신을 잃은 다른 사람들을 잘 묶어 정리한 그는 모든 일을 마치고 성큼성큼 나에게 다가왔다. 그리고 내 앞에 한쪽 무릎을 꿇는다. 가면 너머의 눈동자가 어른어른 보였다. 그가 누구인지 알 것 같은 기분이 들었지만, 그건 기분일 뿐이다. 확인하기 전엔 안심하면 안 된다. 안 되는데, 왜 약간 안심이 되는 건지.

손발을 묶은 끈을 잘라 주려던 그는 갑자기 무슨 생각을 했는지 내 얼굴 쪽으로 손을 뻗었다. 나를 도와주긴 했지만 방금 전 도륙에 가까운 칼부림을 벌인 당사자인 터라 반사적으로 흠칫 경계하자 그도 멈칫하더니 얼굴로 향하던 손을 거두었다. 대신 묶인 손과 발을 풀어 주었다.

가면을 쓰고 있는 이 사람. 아직 대화를 나누지 않았지만 역시나 누구인지 알 것 같다. 하지만 확인하고 싶었다. 내가 생각한 사람이 맞는지. 그 전까진 계속 경계하게 될 것 같으니까. 나는 눈치를 보며 조심스럽게 손을 뻗어 가면을 잡았다. 약간 당황한 듯 잠시 몸을 빼긴 했지만 그는 얌전히 내가 하는 것을 지켜보고 있었다. 등줄기에 긴장감과 기대가 엇갈려 내달린다.

천천히 가면을 벗겨 내자 기대했던 검은 머리카락이 드러났다. 그러나 그의 얼굴이 절반 정도 드러난 순간 나는 입을 틀어막고 가면을 떨어뜨렸다. 생각보다 눈물이 먼저 왈칵 치솟는다. 니모였다. 기대했던 그 사람이 맞았다. 비록 얼굴이 난도질당한 것 같은 흉터로 가득 차 있어 제대로 알아보기 힘들 지경이었지만, 니모가 맞았다.

니모의 얼굴은 참혹할 정도로 흉터로 가득했다. 사람을 잘게 다졌다가 다시 이어 붙인 것 같은 모습이다. 니모인 걸 알아보면서도 알아본 스스로가 놀라울 정도였다. 이곳에서 생활하며 고된 나날을 보낼 때면 왜 아직 나를 찾지 않는지 약간 원망하는 마음도 들었었는데, 아무런 설명을 듣지 않아도 충분히 납득할 수 있을 것 같았다. 나를 찾을 수 없을 정도로 고통스러운 시간을 보냈다는 걸.

"세상에. 어떻게 이런."

무슨 말을 해야 할지 모르겠어서 나는 입을 다물었다. 니모는 아무 말도 하지 않고 나를 가만히 바라보다가 다시 조심스럽게 손을 뻗었다. 어느새 장갑을 벗은 거친 손이 내 얼굴을 덧그리듯 조심스럽게 쓰다듬는다. 살짝 닿은 엄지손가락이 눈물 자국을 닦아 주었다.

"아프지는, 아프지는 않아요?"

니모는 살짝 미소 짓더니 고개를 저었다. 나는 순간 불길한 느낌이 들었다. 말이 없는 성격이긴 하지만, 이렇게까지 말을 안 하던 사람은 아니었다. 고지식하고 딱딱한 어조로 이것저것 물어보던 사람이 아니던가.

"왜 말을 안 해요?"

그는 반응하지 않았다. 마치 내 질문이 들리지 않는 것처럼 내 뺨에서 손을 거두고 일어나려고 했다. 하지만 거둬지는 손을 꽉 잡고 확 당겨 그를 잡아챘다. 확인해야 할 게 있었다.

"입 벌려 봐요."

니모가 짧게 고개를 가로젓는 순간 심증은 확신이 되었다. 더 볼 것도 없었다. 확인해 보지 않아도 이제 상관없다. 이번에는 내가 벌떡 일어났다. 그리고 정신을 잃은 르준에게 사정없이 발길질을 했다. 누군가에게 이렇게 폭력을 휘두르는 건 처음이었다. 때려야겠다고 생각해서 때린다기보다 몸이 마음대로 움직이고 있는 느낌이었다.

오랜 시간은 아니었다. 니모가 금세 나를 붙잡아 말렸기 때문이다. 숨을 몰아쉬며 돌아보자 그는 숲 쪽을 눈짓하더니 묶인 르준을 집어 들어 그를 가림막으로 쓰는 시늉을 했다. 이해할 수 없는 몸짓에 눈을 찌푸리고 가만히 지켜보자 그는 르준을 수레에 싣고 나에게 짧은 단검을 쥐여 주었다.

"죽이라고요?"

놀라 물었는데 아무래도 그건 아닌 것 같다. 니모는 숲을 한 번 가리키고 르준의 목에 단검을 바짝 가져다 대는 시늉을 하더니 수레를 살짝 밀고 검을 뽑아 수레와 숲 사이에 섰다. 매우 알아듣기 힘들지만, 르준을 위협하며 나에게 어딘가로 가라는 뜻 같은데 본인은 여기 남겠다는 얘기 같다. 검을 들고 섰다는 건, 숲에서 위협이 될 만한 게 온다는 뜻인가? 그걸 본인이 막겠다는 거고?

"잔당이 숲에 남아 있는 거예요?"

니모는 고개를 끄덕였다.

"그러니까 르준을 인질로 삼아 가라고?"

니모가 다시 고개를 끄덕여 긍정했지만 나는 수긍할 수 없었다. 그를 여기 남겨 두고 가라고? 어떻게 만났는데?

"그냥 같이 가요. 니모가 여기 남아야 할 이유는 없잖아요."

내 말에 그는 뭔가 설명하고 싶은 듯 움직였다. 손짓이 아까보다 빨라진 것에 나는 초조함을 읽었다. 시간이 얼마 없는 모양이다. 이성적으로 생각하면 내 한 목숨 챙겨 니모를 적들의 걸림돌로 남겨 두고 도망치는 게 옳은 판단일지도 모르지만, 다들 알다시피 옳은 일은 언제나 하기 힘든 법이지.

"혼자서는 절대 안 가요."

내가 딱 잘라 말하는 순간 숲 쪽이 몹시 소란스러워졌다. 뭔가 손짓하려던 니모도 바짝 날을 세우고 검을 고쳐 잡았다. 더 이상 설명할 시간이 없다고 판단한 것 같았다. 나는 르준을 한 번 발로 차서 그가 아직 살아 있는 걸 확인했다. 여차하면, 니모와 함께 도망칠 때 인질로 써야 하니까.

바삭바삭하고 나뭇잎이 스치는 소리, 뛰는 소리, 무어라 하기 힘든 소음들이 점점 가까워진다. 나무들 사이에서 무언가 봤다고 생각하는 순간 니모와 같은 복장을 한 사람들이 팍 뛰쳐나왔다. 한 손으로 다 꼽기 힘들 만큼 많은 숫자였다. 이렇게 사람이 많다면, 방심하는 순간 르준을 빼앗길지도 모른다. 나는 손안에 들어 있는 르준의 멱살을 꽉 움켜쥐었다. 르준이 작게 숨 막혀 하는 소리를 냈지만 신경 쓰는 사람은 아무도 없었다.

십수 명의 사람을 뱉어 냈음에도 불구하고 숲은 여전히 흔들리고 있었다. 스무 명, 서른 명. 어쩌면 그 이상. 얼마나 더 많은 잔당이 남아 있을지 모른다. 치솟는 긴장을 내리누르던 나는 문득 위화감을 느꼈다. 뭐라고 설명해야 할지 모르겠지만, 좀 이상한 느낌이다. 이 사람들 왜 갑자기 이렇게 뛰쳐나온 거지? 뭔가 서둘러 왔다고 하기엔…….

생각이 이어지기도 전에 뛰쳐나왔던 태양의 숲 잔당이 일제히 툭 쓰러졌다. 아무런 일도 일어나지 않았는데 그냥 정신을 잃어버린 것이다. 혹시……? 그리고 숲에서 낯익은 목소리가 쩌렁쩌렁 울린다.

"도망쳐도 소용없다는 걸 아직 못 배웠나?"

피니게르였다.

모습을 드러낸 그녀는 나를 발견하곤 생글생글 웃으며 손을 흔들어 주었다. 긴장감 없는 모습에 몸과 마음이 탁 풀린다. 깊은 안도의 한숨을 내쉬는 사이 피니게르를 따라왔는지 윙커와 녹스, 아이드 등의 다른 사람들도 모습을 드러냈다.

"아직 안 늦었지?"

가까이 다가온 피니게르의 질문에 나는 대답 대신 묶인 채 정신을 잃은 르준을 내밀었다.

"음. 잘했어."

그것만으로 알아들은 듯 그녀는 만족스럽게 내 머리를 슥슥 쓰다듬었다. 그러곤 주변을 한 바퀴 휙 둘러보더니 내 옆에 어정쩡하게 서 있는 니모에게로 시선을 던졌다.

"그쪽은?"

"아, 니모예요. 제가 계속 찾아다녔던……."

"아아, 결국 만났구나. 잘됐네."

그녀가 가벼운 어조로 축하하는 사이 윙커와 다른 사람들도 슬금슬금 다가와 섰다. 묶인 채 기절해 있는 르준과 그 옆에 시체처럼 누워 있는 사람들에 대해 묻고 싶은 눈치였지만, 무엇보다 내가 내내 찾아다니던 니모를 보고 좀 놀란 것 같았다. 별일 없어 다행이라며 이야기를 건네는 와중에 윙커가 조심스럽게 입을 열었다.

"전에 말한 그거 말야."

"네?"

"저 사람을 동정해서 이 세계로 왔다고 했던 거. 그때 들을 때는 마음이 약한가 싶었는데, 이제 이해가 된다."

그렇게 말하며 윙커는 니모의 얼기설기 꿰맨 듯한 흉터투성이 얼굴을 살짝 턱짓했다. 뭔가 오해하고 있는 것 같지만, 그걸 바로잡는 것보다 먼저 물어볼 것이 있었다.

"어떻게 된 거예요? 아델이랑 루그인은⋯⋯."

"무사해. 별일 없었고. 사실 두 사람은 1층에서 무슨 일이 일어났는지도 모르고 있더라고. 저 녀석이 굉장히 조용히 너를 빼 간 모양이던데. 무슨 수를 썼는지 신기할 지경이라니까. 수레에 태워서 옮겼으면 분명 순찰 돌던 우리가 바퀴 소리를 들었을 텐데. 설마 등에 업고 옮겼나?"

윙커는 우스갯소리처럼 말했지만 나는 꽤 신빙성이 있다고 생각했다. 그러니까, 르준이 나를 업지 않았더라도 그 하수인에게 시킬 수 있었겠지?

"그나저나 여긴 어디예요?"

"우리가 있던 곳에서 동쪽으로 2일 정도 떨어진 곳이지. 아직 참혹의 땅 안쪽이야. 그래서 피니게르 님이 냄새를 기가 막히게 맡고 찾아오신 거지."

"2일이요?"

잠깐 정신을 잃었다가 깨어났다고 생각했는데 생각보다 오랜 시간이 지난 후였다. 그런 거치곤 몸 상태가 나쁘지 않은데. 비를 그렇게 맞았으니 감기에 들 만도 한데 추위조차 느껴지지 않는다. 체력이 좋아진 건지, 아니면 몸이 너무 놀라 아픔도 못 느끼는 건지 구분이 안 되는군.

"그나저나 이 녀석은 어떡할까?"

윙커가 쓰러진 르준을 발로 툭툭 건들며 말했다. 재수 없어 하긴 했지만 마법사님이라며 깍듯하게 대하던 그였는데 이젠 완전히 막 대하고 있었다. 아직 정신을 잃고 있는 르준을 잠시 바라보다 고개를 드니 나를 태워 보내려던 배가 보였다.

"저기에 태워서 어디 멀리 보내 버릴까요? 꼴도 보기 싫은걸요."

"그건 별로 좋은 생각이 아닌 것 같은데."

넌더리 내는 내 앞으로 아이드가 슬쩍 끼어들었다.

"이 녀석은 마법사니까, 정신 차리면 어차피 저 배에서 탈출하는 건 어려운 일도 아니야. 괜히 후환을 남겨 두지 말고……."

아이드는 말끝을 흐렸지만 그가 무슨 말을 하고 싶어 하는지 모르는 사람은 없다. 하지만 죽이는 건 반대였다. 어떤 논리도 필요 없이, 그저 그 행위의 꺼림칙함 때문에. 그리고 르준을 죽여 없애기엔 아직 궁금한 점이 너무 많았다.

"유정은 싫은 모양인데?"

내 얼굴을 흘긋 쳐다본 피니게르가 어깨를 으쓱이자 윙커와 아이드, 녹스가 하는 수 없다는 듯 혀를 찼다. 나는 나름의 이유를 말했지만 역시 변명처럼 들리는 건 어쩔 수 없었다.

"궁금한 점이 많으니까 일단 데려가요."

"궁금한 거 어떤 거?"

"으음, 예를 들어서, 내가 마법 쓰는 거 알고 있었을 텐데 왜 이런 식으로 납치했는지? 제가 탈출하고 싶은 열망을 불태우면 마법으로 어떻게든 되는 거 아니에요? 그런 거치곤 너무 허술하게 저를 납치했거든요."

알겠다는 듯 고개를 끄덕인 피니게르가 고개를 살짝 들고 나를 향해 입을 열었다.

"그거라면 내가 알려 줄 수 있을 것 같은데. 너에게 욕망이라고 설명하긴 했지만, 사실 약간 달라. 마법을 쓴다는 건 자신의 본질을 구체화하는 것에 가까워서. 그 사람 내면에 깊게 내재된 본질이라는 건 어지간해선 쉽게 변하지 않지. 내가 배고프다 해서 과자를 만들어 내는 마법을 쓸 순 없을 거야. 그러니까 저 녀석도 네가 과자를 만들어 내는 것 외에는 별다른 마법을 쓸 수 없다고 생각한 게 아닐까?"

"그런 거예요?"

"뭐, 그런 셈이지. 하지만 네가 마법을 쓰는 건 보통 마법사들과 다른 원리라서…… 다른 마법사들은 힘을 흡수해야 마법을 쓸 수 있다던가 하는 규칙이 없잖아? 그러니 너는 좀 다를지도 모르지."

"으음."

"납득했어? 그럼 이제 이 녀석은 쓸모없지?"

송곳니를 드러내며 웃는 피니게르의 얼굴에 나는 어색하게 미소를 돌려주었다. 피니게르는 당장 르준을 쳐 죽이고 싶다는 태도였다. 딱히 살기등등한 자세를 취하진 않았지만, 무심코 그렇네요, 필요 없네요. 하고 대답했다간 르준이 순식간에 이승을 하직할 기세다.

"그, 그거 외에도 왜 그런 짓을 꾸몄는지도 듣고 싶고."

"그런 짓? 납치? 뭐 뻔한 거 아냐? 마법 무효화에 흡수까지 할 수 있으니 어디 이용해 먹을 데가 많다고 생각……."

"아뇨. 세상을 멸망시키고 싶다고 했었는데요."

나와 니모를 제외한 모든 사람들이 와작 얼굴을 구겼다. 피니게르는 벌레라도 씹은 얼굴로 르준의 얼굴에 침을 뱉고 그를 한 번 세차게 걷어찼다.

"이거 완전 정신 나간 놈 아냐? 그럼 설마 널 소환한 것도 이놈이야? 이 한심하고 멍청한 새끼가 모든 일의 원흉이었다고?"

"으음, 일을 시작한 사람은 르준이 아니었지만 옆에서 지켜보고 있다가 여차하면 꿈을 이룰 수 있겠다 싶어서 뛰어들었대요."

"꿈?"

"세계 멸망이요."

피니게르가 다시 르준을 걷어찼다. 인정사정없이. 아무도 그녀의 그런 행동을 말리는 사람이 없었다. 진정 경멸스럽다는 듯 정신을 잃은 르준을 내려다본 그녀는 심호흡을 두어 번 하더니 어조를 바꾸어 상냥하게 입을 열었다. 하지만 그 내용이, 매우 살벌하다.

"정말 살려 두고 싶어? 이런 쓰레기를? 그냥 죽여서 후환을 없애는 게 낫지 않을까?"

"하, 하지만 나름의 이유가 있지 않을까요? 세계를 멸망시키고 싶은 이유라던가. 맘에 걸리는 부분이 너무 많아서……."

"이런 놈의 사정 알아서 뭐 하게! 이런 정신 나간 놈은 그냥 죽여 버리고 발 닦고 자는 게 인생에 이롭다고!"

오랜만에 피니게르는 다혈질적인 면모를 가감 없이 드러내며 목청을 높였다. 그래도 만약을 위해 좀 조심하고 싶었다. 아직 아무것도 해결되지 않았으니까. 혹시라도 덜컥 죽였는데 르준만 알고 있는 어떤 정보가 필요하면 어떡할 거야. 나라고 르준에게 원한이 없겠는가. 어지간하면 사람을 싫어하지 않지만, 이번 일은 그 선을 한참 넘은 것이다.

"그리고 좀 마음에 걸리는 소리도 들었고……."

"어떤 거?"

"그게, 자기 계획이 완성됐다고 생각했는지 이것저것 말해 줬는데요……."

나는 수레에서 들었던 이야기를 정리해 피니게르에게 전달했다. 계약을 파기하면 내가 돌아갈 수 없고 결국 나 때문에 세계는 멸망하는 거고, 반대로 계약을 파기하지 않으면 돌아갈 순 있지만 전 세계가 참혹의 땅 꼴이 되어 버린다는 것.

"으음."

전부 거짓말이라고 코웃음 칠 줄 알았는데 피니게르는 의외로 심각한 얼굴로 턱을 쓰다듬었다. 이렇게 되니 오히려 내가 조바심이 난다.

"그런데 저 마법을 쓰잖아요. 그 법칙인지 뭔지를 흡수해서 문제가 되는 거라면, 마법을 써서 여기에 힘을 환원하는 거니까 괜찮지 않을까요?"

"아니. 그건 별 소용이 없어. 네가 쓰는 마법은 그저 물 빠짐 구멍에 잠깐 넘치는 물을 쓰는 것 같은 거야. 증거로, 평소에는 마법을 못 쓰지만 네가 빨아들이는 허용량 이상을 퍼부었을 때만 쓸 수 있잖아? 감이 잘 안 오겠지만, 내가 예전에 너에게 퍼부었던 힘도 그렇고 그 악마의 그림자도 그렇고 엄청난 양의 힘이거든. 그리고 그것도 안 쓰고 내버려 두면 천천히 네가 빨아들여서 사라져 버릴 거야."

피니게르의 진지한 말에 가슴이 덜컥 내려앉았다. 사실 내심 그녀가 가볍게 웃으며 그런 개소리는 무시하라고 코웃음 치길 기대했던 모양이다. 내 얼굴이 단번에 어두워지자 그녀는 약간 곤란한 얼굴로 뺨을 긁적였다.

"너무 그런 얼굴 하지 마. 당장 세상이 무너지는 것도 아니고. 저놈이 말한 대로 되려면 시간이 꽤 걸릴 거야."

"얼마나요?"

"한 이백 년? 내 예상으론 대충 그런데."

내 수명 정도는 아득하게 넘는 숫자다. 하지만 생각보다 짧은 시간이었다. 그나저나, 내가 죽으면 어떻게 되는 거지? 지금 하고 있는 생각을 예상한 듯 피니게르가 한발 먼저 대답했다.

"네가 죽더라도 네 혼이 여기를 떠도는 이상 붕괴는 계속될 거야."

"아."

"그나마 한 가지, 저놈이 한 말 중에 거짓말이 하나 있군."

"어떤 건데요?"

"네가 계약을 해제하면 끈이 사라져서 돌아갈 수 없다는 말 말이야. 사실 계약이 파훼되어도 너는 돌아갈 수 있어. 너는 어차피 저쪽 세상에 속한 몸이니, 네가 바라지 않더라도 네 세상이 너를 돌려받으려고 움직일 거야. 그게 규칙이지. 내가 너의 세상으로 갔다가 결국 이곳으로 돌아오게 된 것처럼."

그 말인즉, 르준이 한 말 중 계약을 파훼하면 내가 돌아갈 수 없게 되어 이 세계를 멸망시키게 될 거라는 건 거짓말이라는 거다. 걱정 없이 피니게르를 계약에서 놓아줄 수 있게 되었으니 다행이군. 최소한 내가 돌아간 뒤 피니게르가 여기를 초토화시키게 되는 일은 없을 것 같다.

"그러면 계약을 파훼해 주고 제가 돌아가면 끝이네요? 아무런 문제가 없는 거잖아요."

"그게……."

피니게르는 약간 곤란한 얼굴로 슬쩍 눈을 피했다. 무언가 문제가 있는 건가? 드물게 망설이는 모습이라 약간 불안해지려는데, 그녀가 다시 대답했다.

"그건 그런데, 문제가 아예 없는 건 아냐."

"무슨 문제가 있나요?"

"그, 힘과 방법이 문제지. 마법 효율이 극악하게 작용하는 너를 돌려보낼 만한 힘을 구하는 것도 문제고, 네가 세상을 빨아들이는 속도보다 더 빨리 방법을 찾아내야 하니까. 방법을 찾는다고 해도 그게 한 이백 년 후면 어쩌겠어? 완전히 망하는 거지."

설마 이백 년이나 걸릴까. 아연해하는 내 얼굴에 피니게르는 단호하게 대답했다. 걸릴 수도 있다고.

"그럼……."

"하지만 방금 방법이 하나 생각났는데, 네가 이 방법을 좋아할지는 모르겠어. 그래도 뭐, 대부분의 사람들이 좋아할 만한 해결 방법이라고 생각하는데, 어때? 들어 보겠어?"

"당연히 들어 봐야죠. 뜸 들이지 말고 말해 주세요."

"한 군데 있잖아. 네가 다 흡수할 수 없을 만큼의 힘이 상시 넘쳐 나는 곳. 네가 빨아들일 수 있는 세계는 여기뿐만이 아니라구."

내가 영 감을 못 잡는 맹한 얼굴이었는지 피니게르는 결국 씨익 웃으며 정답을 직접 말해 주었다.

"계약의 쐐기에 열린 악마들이 오가는 문. 그 너머에는 놈들의 세계가 있지. 감이 좀 잡혀?"

그러니까, 피니게르의 말은 계약을 해제하지 말고 유지한 상태로 악마들의 세계를 흡수하며 시간을 벌자는 뜻이었다. 덧붙인 설명에 따르면, 그걸로 부족한 힘을 충전할 수 있을지도 모른다고 한다. 하긴, 그림자 하나를 먹었는데도 마법을 그렇게나 썼는데.

"좋은 방법 같지? 하지만 한 가지 단점이 있어."

"뭔데요?"

"네가 거기 계속 있어야 해."

나는 폐허의 탑 위에서 봤던 계약의 쐐기를 떠올렸다. 멀리서 보기에도 물씬 느껴질 만큼 불길한 모습이었지. 새카만 안개인지 뭔지가 뭉글거리고 있어서 엄청나게 불쾌했다. 그 지역만 스모그가 꽉 낀 느낌이다. 실제로 그럴지는 모르겠지만 호흡기에도 안 좋을 것 같고, 어쨌든 건강에 좋은 환경은 확실히 아닐 것 같고…….

내가 망설이자 피니게르가 꾀어내는 듯한 어조로 덧붙였다.

"현재로서는 그게 제일 좋은 방법이야. 어때? 거기에 근사한 식당도 하나 지어 줄게. 아니, 여관이 더 좋겠군."

"하지만 손님도 안 올 텐데요."

"과연 그럴까?"

의미심장한 얼굴로 되묻는 피니게르. 그녀는 지금 무슨 생각을 하고 있을까? 내가 선뜻 수락하지 않자 잠시 고민하던 그녀가 다시 말을 이었다.

"악마들의 세계를 빨아들이면서 돌아갈 방법을 찾는 시간을 번다. 별로 나쁜 해결 방법은 아닌 것 같은데, 뭔가 다른 생각이 있어? 아니면 바로 돌아가고 싶다던가?"

피니게르의 질문에 갑자기 누군가가 흠칫 움직였다. 반사적으로 쳐다보자 어느새 가면 너머로 얼굴을 숨긴 니모가 서 있었다. 나는 잠시 그를 바라보다가 결국 대답했다. 사실, 딱히 선택지가 없기도 하고.

"아뇨, 역시 좀 더 여기 있는 게 좋겠어요."

나의 대답이 떨어지기 무섭게 피니게르는 바쁘게 움직였다. 숲 어디선가 마차와 오리를 끌어오고, 달리기 쉽게 숲을 일직선으로 꿰뚫듯 밀어 버렸다. 장정의 허리만 한 아름드리나무들이 마치 수수깡처럼 부서지고 갈려 나가 순식간에 평탄한 길로 돌변했다. 그 속도에 나는 피니게르의 강렬한 의지를 읽었다. 엄청나게 이 상황을 빨리 수습하고 싶어 하는구나.

"너무 서두르는 것 아니에요?"

마차를 타며 결국 한마디 하자 그녀는 눈살을 찌푸리고 손사래를 쳤다.

"결론이 났으면 빨리 진행하는 게 최고지! 딱히 시간 끌 이유도 없잖아? 그리고 이것 말고도 수습해야 할 일이 많거든."

"수습이요?"

"내가 한 일은 아니지만 이 세상 절반 정도가 폐허가 되어 있는데 이걸 수습해야지. 왕궁에서 제물을 바쳐 가며 구린 짓을 한 놈들도 좀 색출하고, 이래저래 정상화를 하려면 꽤 바쁘다구. 이래 봬도 참혹의 땅에서 가장 권력 있는 사람이거든, 나."

"왕이 될 생각이에요?"

"아니. 그 말은 틀렸지. 이미 왕 비슷한 상태니까. 왕궁에서 나를 보고 떨지 않는 사람은 찾기 힘들어. 뭐, 이해는 가지만. 이 얼굴과 이 몸으로 매일매일 미친 살육을 벌여 댔을 테니까. 그런 마당에 어떻게 정상적인 왕이 될 수 있겠어? 적당히 쓸 만한 재목을 찾으면 즉위시키고 나는 떠나 줄 거야. 그때까지 바쁠 것 같다는 거지."

"으음."

"일단 어서 타. 마차에 타고 더 말해 줄 테니까."

피니게르의 재촉에 마차를 타고 르준은 마차 지붕에 적당히 묶어 두었다. 사실 마차에 자리가 없는 건 아니었는데, 피니게르가 그를 칭칭 묶는 것을 감히 말릴 수 있는 사람이 없었던 것이다. 무척 기분이 좋은지 콧노래까지 부르고 있었는데 그걸 막아설 수 있는 사람이 몇이나 될까?

평소였다면 내가 그녀를 만류했겠지만, 나도 비를 꼬박 다 맞으며 수레에 묶여 운반된 몸이라 르준의 마차 지붕행을 막아 줄 생각이 별로 없었다.

"그런데, 계약 파훼 없이 피니게르는 괜찮아요? 그렇게 찾고 싶어 했던 자유잖아요."

애초에 이 여정 자체가 계약을 파훼하고 피니게르를 자유롭게 풀어 주는 것이 목적이었는데, 이렇게 순식간에 본 목적을 뒤엎어도 되는 걸까? 물론 목적을 엎어 버린 주체라 괜찮을 것 같긴 하지만.

"어차피 네가 그 통로에 있으면 그놈들은 못 나와. 전에 봤잖아? 잠깐 불러낸 그 나태의 악마. 네 몸에 닿을까 봐 기겁하던 모습. 네가 내 곁에 있으면 문을 뛰쳐나와 내 몸을 잠식하러 오는 녀석들을 막아 주지만, 그곳에 있으면 아예 문을 뛰쳐나오는 걸 막을 수 있지. 원천 봉쇄야, 원천 봉쇄. 하지만 거길 벗어날 때는 나한테 꼭 말해야 해. 안 그러면 갑자기 내가 몸을 빼앗길 수도 있거든. 절대 그러면 안 되는 장소에서 말야."

이건 협박이었다. 목소리를 잔뜩 낮추고 내 눈을 똑바로 바라보며 묵직하게 전달하는 의사에 나는 침을 삼키며 고개를 끄덕였다. 내가 제대로 알아들었다고 생각했는지 그녀는 다시 분위기를 풀고 활달한 어조로 이것저것 떠들기 시작했다.

계약을 완전히 파훼할 수는 없게 되었지만 거기에 준하는 자유를 얻게 되었다고 생각하니 기분이 무척 좋은 모양이었다. 이렇게 유쾌해 보이는 그녀는 지금껏 본 적이 없다.

그나저나, 그녀가 왕이나 다름없다는 이야기는 정말 갑작스러운 사실이군. 강하다는 데는 이의를 제기할 마음이 없었지만 솔직히 그녀가 어느 정도 위치에 있는지는 실감하지 못하고 있었던 것이다. 어쨌든 무척 기분이 좋아 보이는 피니게르는 지금까지의 여정을 모두 통틀어서 비견할 수 없을 정도로 많은 이야기를 해 주었다.

그중에는 니모의 혀에 대한 이야기도 있었다. 그는 시종일관 내 옆자리에 앉아 조용히, 마치 그림자처럼 존재감을 지우고 침묵하고 있었는데 낯선 사람들 사이에서 마치 낯가림을 하는 것 같아 나는 그가 소외되고 있다는 걸 인지하면서도 말을 걸지 못했다. 말을 걸어 주기보다 오히려 그를 잊고 있어 줬으면 하는 것 같아서였다. 하지만 조심스럽게 손을 내밀어 손바닥을 겹쳤더니 조금 흠칫하면서 꽉 잡아 주었다.

마주 잡아 오는 손가락은 굉장히 앙상하게 말라 있었다. 망토 아래의 몸도 분명 비쩍 말라 있겠지. 참혹한 흉터와 혀가 잘린 것에 놀라 미처 잊고 있었는데, 얼굴도 엄청나게 여위어 있었다. 눈이 움푹 들어간 데다 뺨도 홀쭉하다. 이 여정이 끝난 뒤 해야 할 일이 꽤 많았지만, 가장 첫 번째로 해야 할 일은 일단 정해진 것 같다.

니모를 통통하게 살찌우는 것.

그리고 그의 혀를 치료할 방법을 찾는 것.

마법이 있는 세상이니 그리 어렵지 않을 줄 알았는데 피니게르는 꽤 난색을 표했다.

"이미 몇 번이나 말했지만, 나 같은 경우는 내 개인의 열망과 관계없이 악마들이 개화시켜 둔 마법의 능력을 사용할 뿐이라 죽이거나 고통을 주는 종류의 마법은 편안하게 쓸 수 있지만 그 외에는 거의 불가능해. 아마 어딘가 누군가를 살리고 치유하고 싶다는 열망으로 능력이 개화한 마법사가 있다면 모를까."

"으음."

"그리고 절단된 부위를 재생하는 건 치유 마법사 중에서도 능력이 뛰어나야 하는 일이지. 잘려 나간 사지를 재생시키는 거나 다름없는 일이야."

이곳에서는 숨이라는 신의 힘으로 누구나 말이 통한다. 나와 그들이 쓰는 말이 다르더라도 같은 공기를 마신다면 언어가 통하는 것이다. 그런 세상에서 혀를 자르는 건 정말 잔인한 짓이었다. 말이 안 통한다는 걸 상상도 못 하는 세상에서 말을 못 하게 만들었으니까.

언젠가 피니게르가 나에게 말했던, 나는 보통 마법사들과 다른 원리로 마법을 쓰는 것이라는 말에 나는 희망을 걸었다. 어쩌면 내 열망으로 니모를 고칠 수 있을지도 모른다고. 하지만 몇 번을 시도해도 아무 일도 일어나지 않았다. 아무리 간절히 바라도 소용이 없었던 것이다.

침울해진 나에게 니모는 괜찮다며 손짓하고 어깨를 두드려 주었지만 나는 그저 스스로가 원망스러웠다. 첫 마법을 쓸 때 왜 음식 따위를 원했는지. 물론 불합리한 원망이라는 건 알지만, 역시 후회가 되는 건 어쩔 수 없다.

더 시도하려면 시도할 수도 있었지만 나는 그쯤에서 니모의 사라진 혀를 향해 비는 짓을 그만두었다. 혹시나 너무 과하게 했다가 뭔가 잘못될까 걱정스러웠기 때문이다. 다른 부분도 아니고 신체인데, 서투른 내 마법으로 섣불리 시도를 했다가 돌이킬 수 없는 짓이라도 저지를까 조심스러웠다.

아예 희망이 없는 것도 아니고, 치유 마법사를 찾으면 재생할 수 있다고 하니까.

원래 목적지인 쐐기까지 가는 데는 꼬박 이틀이 걸렸다. 따로 마차를 세우지 않고 마법으로 끼니를 해결하며 달린 덕분에 원래 3일 걸릴 거리를 하루 단축할 수 있었던 것이다. 사실 마차를 세우고 오랜만에 무언가를 먹을 니모에게 좀 제대로 된 음식을 만들어 주고 싶었지만, 피니게르가 워낙 서두르는 탓에 마차를 멈출 수가 없었다. 다만, 이틀 내내 잠도 자지 않고 달려 준 오리들에게는 고마울 뿐이다.

혀가 잘린 데다 제대로 된 음식을 먹는 것이 오랜만일 니모에게 내가 만들어 준 것은 야채죽이었다. 그가 나를 처음 만났을 때 먹었던 음식이다. 그때는 숙취를 없애려고 만든 것이었지만, 이번에는 온전히 그를 먹이려고 만든 것이었다. 마법으로 만든 덕분에 빠르고 맛이 내가 생각했던 그것과 완전히 똑같았다.

죽 그릇을 들고 니모는 한참 동안 말이 없었다. 흉터로 얼룩진 얼굴은 별다른 표정이 없었지만 나는 가늘게 떨리는 눈가에서 그가 감격하고 있다는 걸 읽을 수 있었다. 잠시 망설이던 그는 내가 재촉하자 천천히 숟가락을 들어 죽을 한 입 먹었는데, 나는 그때 처음 그의 잘린 혀를 보았다.

메마른 입술과 살짝 보이는 흰 치아. 그 너머에 원래 있어야 할 살덩이가 없었다. 혀뿌리가 살짝 보이긴 했지만, 굉장히 참혹한 모습이었다. 숨을 죽이고 그 모습을 보고 있는 건 나뿐만이 아니었다. 윙커의 눈매가 잔뜩 찌푸려졌고 아이드가 혀를 찼다. 녹스의 귀가 살짝 눕고 꼬리에서 힘이 빠지는 것이 보였다.

니모는 맛있다는 듯 웃어 보였지만 나는 그 표정이 진짜인지 가늠할 수 없었다. 혀가 없는데도 맛을 느낄 수 있는 걸까? 약간 남아 있으니까 그래도 맛을 느낄 수 있는 걸까? 잘려 본 적이 있어야지. 그저 그의 얼굴이 편안하게 풀리는 걸 보고 안심하려고 노력할 뿐이다.

그리고 마침내 우리는 고대하던 계약의 쐐기에 도착했다. 멀리서 보기에도 불길한 검은 기운이 뭉클뭉클 솟고 있어서 솔직히 들어가기 매우 꺼림칙한 장소였다. 다들 말은 안 했지만 걸음이 떨어지지 않는 기색이다. 물론 우리는 오리가 끄는 마차를 타고 있었으므로, 걸을 필요는 없었다.

검은 기운에 마차가 가까워지자 피니게르는 모두에게 내 주변에서 벗어나지 않도록 주의를 주었다. 사방이 마치 검은 흙먼지가 일어난 것처럼 뿌연데 내 반경 10미터 정도만 깨끗하니 이유를 물을 필요도 없었다. 하지만 혹시라도 저 검은 기운에 노출되면 어떻게 되는지 물었더니 피니게르는 몹시 상큼하게 웃으며 대답해 주었다.

"아, 환영을 보거나 악몽을 꾸거나 부정적인 사고를 하게 되지만 너는 괜찮을 거야. 네 근처의 애들도 괜찮을 거고."

그게 그렇게 산뜻하게 대답할 일인가요. 나의 떨떠름한 얼굴에도 불구하고 피니게르는 신경도 쓰지 않는 모습으로 오리들을 재촉했다. 솔직히, 이제 저 오리들의 정신 상태가 정상이 아니라는 걸 알겠다. 이런 새카만 구덩이에 어떤 동물이 스스럼없이 들어오려고 할까? 하지만 오리들은 마치 자아가 없는 것처럼 고삐를 당기는 쪽으로 성큼성큼 걸었다. 그곳이 지옥을 백 년 정도 묵힌 것 같은 불길한 곳이더라도.

"여기가, 통로이자 계약의 쐐기야."

피니게르가 딱히 그렇게 말하지 않아도 우리는 여기가 그곳일 거라 모두 눈치채고 있었다. 솔직히, 나는 살짝 암담한 심정이었는데 사람이 살기 좋은 터는 아니었기 때문이다. 말이 검은 안개지, 한 치 앞도 보이지 않는 스모그가 빽빽한데 유쾌하게 웃을 수 있을 리가 없다.

내가 무척 굳은 얼굴을 했는지 생글생글 웃던 피니게르도 그제야 약간 눈치를 살피는 기색으로 나를 흘끔거리며 이것저것 말을 늘어놓기 시작했다.

"살다 보면 이 검은 것들은 네가 다 빨아들여서 없어질 거야. 그중 일부분은 네 힘이 될 테니까, 여기 살면 계속 마법을 쓸 수 있다는 이야기지. 응? 괜찮지 않아?"

나는 그녀가 달래듯 하는 말을 모두 귓등으로 흘리며 눈살을 찌푸렸다. 그리고 아까부터 신경 쓰이던 것을 턱짓으로 가리켰다.

"저게 통로예요? 다른 세상과 통하는 문?"

문이라고 표현했지만 그건 거대한 액자에 장막이 드리운 것과 비슷한 모양새였다. 마치 오로라 같은 검고 푸른 기운이 커튼처럼 일렁인다. 그 일렁임 너머로 아마도 악마들의 세계일 것 같은 풍경이 언뜻언뜻 비치다 말다를 반복하고 있었다. 어쨌든 크기만은 엄청나게 컸는데, 거의 5층 건물 정도의 크기였다. 궁금한 것이, 어차피 육체도 없다고 했는데 이렇게까지 통로가 클 필요가 있을까?

"맞아."

피니게르의 수긍에 나는 몹시 심란해졌다. 사방에는 자욱한 스모그……는 아니고 어쨌든 별로 기분 좋지 않은 검은 안개들이 가득하고, 거기에 지옥 같은 풍경이 보이는 거대한 문이라니. 그리고 여기에서 계속 살아야 한다고? 언제 돌아가게 될지도 모르는데? 순간 자매나 마찬가지인 이웃사촌 수진의 얼굴이 눈앞을 스치며 과연 그녀가 죽기 전에 돌아갈 수나 있을까 싶어 암담한 심정이 일었다. 너무 늦어져 아는 사람 하나 없는 세상으로 돌아가고 싶지는 않은데 말이다. 그런 내 마음을 아는지 모르는지 피니게르는 태평한 소리나 하고 있었다.

"꽤 근사하지? 괜찮은 관광 명소가 될 것 같지 않아?"

퍽이나. 입으로는 대꾸하지 않았지만 아마 내 얼굴이 대신 대답한 모양이다. 피니게르는 머쓱한 얼굴로 뺨을 긁적였다.

"여기 검은 안개 같은 것들은 살면서 다 흡수해 치운다고 해도, 이렇게 아무것도 없는 곳에서 살려면 고생 좀 하겠는걸요."

이제 와서 안 되겠다거나, 싫다거나 하는 말은 못 하겠지만 푸념 정도는 할 수 있지 않을까? 통나무집 하나를 지으려고 해도 이틀은 마차를 타고 가야 숲을 볼 수 있는 이 황량한 황무지에서 뭘 어쩌라는 말인가? 일단 이 마차라도 임시 거처로 삼아야 하는 걸까?

"그건 너무 걱정하지 마. 뭐가 필요한지 말하면 다 준비해 줄 테니까."

"그럼 일단 집이 필요한데요."

아무리 피니게르라고 해도 집을 만드는 능력은 없다. 그녀의 주특기는 파괴, 학살, 고문이니까. 그러나 피니게르는 의외로 자신만만한 태도였다. 잠시 기다리라며 그대로 사라진 그녀는 약 1분도 지나지 않아 사라졌던 그 위치에 뽕 하고 다시 나타났다.

허공에 거대한 3층짜리 여관을 대동한 채로.

"어디에 놔둘까?"

아무렇지도 않은 그녀의 질문에 나는 그대로 할 말을 잃었다. 나머지 사람들도 마찬가지인 것 같았다. 그녀가 허공에 둥둥 띄워 놓고 있는 건물은 아무리 봐도 지어 온 건 아니고, 어딘가에 세워져 있던 건물을 그대로 뽑아 온 것 같다. 상식을 파괴하는 속도의 일 처리에 나는 대충 아무 장소나 손가락질했다.

"저쪽이요."

피니게르가 가져온 건물은 우리가 서 있는 곳 바로 옆에 얌전히 놓여졌다. 새하얀 벽돌에 고동색 나무를 골조로 아주 견고하게 지어진 건물이었다. 건물만 뽑아 온 건 아니고, 그 건물 아래의 땅을 일부 포함해 통째로 가져온 것 같았다. 순식간에 아무것도 없던 허허벌판에 집을 세워 둔 피니게르는 태연하게 선언했다.

"수도에 있는 여관 중 가장 그럴듯한 걸로 가져왔는데, 마음에 들었으면 좋겠다. 더 필요한 건 없어? 자, 더 필요한 걸 말해 봐. 다 준비해 줄 테니까."

너무나 당당한 말에 순간적으로 할 말을 잃었으나, 나는 곧 납득했다. 다른 사람도 아니고 피니게르다. 그녀의 권력과 힘으로 구해 오지 못할 것은 없었다. 아마 내가 여관 말고 황궁을 세워 달라고 하면 황궁을 뽑아다가 여기에 두고도 남을 거다.

"혹시나 해서 하는 말이지만, 투숙객은 전부 나간 상태야."

피니게르의 당부를 뒤로하고 나는 여관에 한 발짝 다가섰다. 정말로 근사한 건물이었다. 게르하인에 있던 가장 고급 여관인 마법사의 꿈보다 훨씬 호화롭고 근사하다. 섬세하게 조각된 문설주와 창문틀에 기둥들까지. 창문 너머로 살짝 보이는 내부 공간도 무척 고급스러웠다.

"이걸, 주겠다구요?"

"그럼. 네 거야."

"원래 살던 사람들은 어떡하구요?"

"아마 이제 필요 없을 거야."

그 말을 그대로 받아들이기엔 여러모로 걸리는 게 많았지만, 솔직히 이쯤 되자 아무래도 좋아졌다. 그냥, 진짜로 건물을 가져왔잖아, 이 사람. 이만한 추진력을 가진 사람에게 갑자기 말을 바꾸거나 이것저것 까다롭게 굴어 봐야 좋은 꼴을 보긴 힘들 거라는 생각이 든다.

이런 식으로 내 식당을 가지게 될 줄은 몰랐는데. 아니, 정말로 이건 너무 갑작스러운 거 아닌가? 이제부터 여기에서 살면서, 이 여관에서 살게 된다는 게 실감이 나지 않는다.

하지만 역시 한편으로는 이럴 줄 알았다는 생각이 들었다. 결국 날뛰는 통나무 여관으로 다시 돌아가기 힘들 것 같다고 느꼈던 그 예감이 틀리지 않았던 것이다.

하지만 뭐 상관없겠지. 일단 해야 할 일은 많고, 니모도 찾았고, 혼자 있는 것도 아니니까.

나는 여관 문 앞에 서서 뒤를 돌아보았다. 어딘가 질린 기색의 윙커와 녹스가 내 등만 바라보다 그대로 눈이 맞는다. 그래도 이 상황이 무척 두근거리는지 두 사람의 눈이 반짝반짝 빛나고 있었다. 아이드는 어깨만 으쓱해 보이고 니모는 마치 이름이라도 불린 듯 나에게 다가섰다.

"음, 일단 그럼 집이 생겼으니까 들어가 볼까요? 다들 피곤해 보이고."

말과 동시에 여관 안쪽으로 먼저 들어서자 등 뒤로 나를 따라 들어오는 기척이 느껴졌다. 투숙객들은 모두 나간 상태라고 했지만 여관은 방금 전까지 사람이 있었던 것마냥 생활한 흔적이 가득했는데, 특히 탁자 위에 엎어진 컵에서는 채 마시지 못한 맥주가 쏟아져 바닥을 적시고 있었다.

나는 피니게르가 어떤 경로로 이 여관을 가져왔는지 캐묻지 않기로 했다. 내가 그녀의 방식에 대해 뭔가 말한다고 해도 그녀가 들을 리가 없거니와, 애초에 들어줄 거라는 생각도 들지 않기 때문이다. 나를 무시해서라기보다, 그녀는 애초에 모든 사람들의 의견을 무시하는 편이니까. 그래도 그나마 내 의견을 존중하려고 노력하는 편이니, 나도 되도록 그녀의 자유로운 성정을 존중하기로 했다. 뭐, 그 외에 별 방법이 없기도 하고.

어쨌든 이런 제대로 된 벽이 있는 집에 둘러싸인 것은 무척 오랜만이었다. 아늑한 분위기 덕분인지, 아니면 긴장이 풀려 그런지 조금 늘어지는 것 같다. 아이드가 르준을 데려다가 여관 한쪽 기둥에 묶어 두는 것을 잠시 바라보았다. 마법을 무효화시키는 내 영향력 아래 있도록 안으로 들인 것이다.

벽난로에 불을 지피는 윙커의 등을 잠시 쳐다보다가 문득, 무언가를 만들어 먹고 싶다는 생각이 들었다. 마법이 아니라 손으로 직접 요리 재료를 다듬어 요리를 하고 싶었다. 내가 무언가를 끓이고 구워 요리를 한 건 정신을 잃기 전 만들었던 수제비가 끝이었다. 그 후로는 피니게르의 재촉에 이동하느라 급급해서 마법으로 음식을 만들어 댔던 것이다.

제대로 된 든든한 무언가를 만들어서 좀 먹고, 오랜만에 커다란 침대에서 푹 자고 싶다.

사람들이 의자에 앉고 벽난로에 손을 녹이는 동안 나는 주방을 둘러보았다. 낯선 구조의 주방이지만 어렵지 않게 남은 식재료들을 찾아낼 수 있었다. 역시, 이 여관은 방금까지 운영되고 있던 게 맞는 모양이다. 주방의 화로는 아직 식지도 않은 상태였다. 불은 꺼져 있었지만.

559

뭘 할까 고민했지만 사실 선택지는 많지 않은 편이었다. 준비된 향신료도 매우 단조롭고, 고기와 도정하지 않은 날곡식 몇 포대뿐이라 제대로 된 걸 만들려면 손이 많이 갈 것 같다. 하지만 요리를 만들고 싶은 마음만큼이나 빨리 쉬고 싶은 욕구도 크다.

결국 나는 화로를 끌어다가 식탁 한쪽에 놓고 벽난로에서 불씨를 가져와 넣어 두었다. 불판을 올리고 주방에서 찾아 온 온갖 고기를 쌓아 둔 접시를 내려놓자 그럴듯한 숯불구이 준비가 완성되었다. 그리고 고소한 맥주까지.

니모의 연약한 위장이 고기를 소화할 수 있을지 잠깐 걱정이 되긴 했지만, 괜찮을 것 같다. 마차로 이동하며 죽에서 제대로 된 음식 순으로 천천히 단련했으니까. 정 부담되면 그를 위한 음식을 따로 만들 수도 있겠지. 하지만 그건 니모가 원하지 않을 것 같다. 마차에서도 다른 사람들과 같은 걸 먹고 싶어 하는 눈치였으니까.

불판이 준비되자 말도 하지 않았는데 사람들이 자연스럽게 둘러앉았다. 하긴, 어떤 의미로 이 형태는 여기 사람들에게 익숙한 식사 방법일지도 모른다. 모닥불을 화로로 바꾸고, 야영지를 실내 여관으로 바꾼 정도의 차이가 있지만.

"이제부터 다들 어떻게 할 거야?"

불판 위에서 지글지글 익어 가는 고기들을 물끄러미 바라보던 윙커가 불쑥 물었다. 다들 잊고 있던 피로가 확 몰려와 말도 하기 귀찮을 정도로 늘어진 것 같았다. 아니, 다들이라고 했지만 피니게르는 거기에 해당되지 않는다. 그녀는 모든 일이 일단락되었다는 기쁨 때문인지 눈이 반짝반짝 빛나고 있었다.

"글쎄요. 어쨌든 이 여정은 여기서 끝인 것 같은데, 그렇지 않아요?"

피니게르에게 턱짓하며 묻자 그녀가 고개를 끄덕여 대답했다. 나는 고기를 뒤집으며 말을 이었다.

"녹스는 무슨 보고서를 만들어서 보고한다고 했으니, 떠날 것 같은데."

"당장은 아니야."

여관에 들어올 때까지만 해도 다들 벅차고 신난 기분인 것 같았는데, 뜨거운 불을 앞에 두고 있으면 조금씩 졸리는 건 어쩔 수가 없나 보다. 나는 고기를 물끄러미 보고 있는 니모의 얼굴을 잠시 살폈다. 그는 어쩔까?

"르준은."

운을 떼자 니모의 시선이 얼굴로 날아왔다. 나는 그 시선을 의식하지 않으려고 노력하며 자연스럽게 말을 이었다.

"이 여관에서 데리고 있을까 해요."

무슨 일을 더 꾸밀지 모르는데 그냥 풀어 주기도 그렇고, 그렇다고 피니게르에게 처리해 달라고 내밀었다간 르준은 사망 확정이다. 그가 나를 무인도에 보관하려고 했던 것처럼, 그를 이 여관에서 보관하는 것도 나쁘지 않겠지. 내가 붙어 있다면 그 잘난 마법도 쓸 수 없을 테니 취급이 어렵진 않을 것 같았다.

"나쁘지 않지. 나도 여기 같이 남아 줄 테니까 감시할 사람이 부족하진 않을걸."

느긋하게 나무잔을 기울이는 윙커의 말에 나는 고개를 번쩍 들었다.

"네?"

"뭐가?"

"남는다구요?"

솔직히, 깜짝 놀랐다. 아이드라든가 니모라면 몰라도 윙커가 남겠다고 할 줄은 예상치 못한 것이다. 어차피 그와 맺었던 계약은 나를 이곳까지 호위하는 것이었으니 계약 기간이 끝나면 다음 계약을 위해 떠날 줄 알았다. 어차피 윙커는 용병이었으니까.

"뭐, 거의 평생을 애송이들을 보호하며 살았으니 이쯤 해도 되겠지. 그리고 여기를 찾아올 애송이들을 길 안내 하며 살아도 되고 말이야. 내 인생의 종막으로 어울리지 않아?"

윙커는 잔잔하게 웃었다. 갑자기 그의 얼굴이 무척 나이 들어 보인다. 그는 몇 살 정도일까? 서른 후반 아니면 마흔 정도로 보이는데, 사실 나이가 더 든 걸까? 하긴, 이곳은 내가 있던 세계보다 사람의 수명이 조금 더 짧은 느낌이다.

이곳은 무능해지는 시기와 죽음의 시기가 거의 동일하게 찾아와 노후 준비라고 할 만한 것이 거의 없다. 그나마 귀족이나 대상인 등 젊은 시절 쌓아 올린 것이 많은 사람들은 짧은 노후를 호화롭게 보내는 것 같았지만, 대부분은 노인이 된 순간 그대로 세상에서 사라진다. 그들이 어떻게 되는지는 아무도 모르고, 아무도 관심이 없어 보였다.

아마 용병으로 살던 윙커도 노후 준비라는 개념이 거의 없는 상태로 살아왔을 것이다. 윙커가 여기 머무르게 되면 그의 노후를 내가 좀 챙길 수도 있으니 좋을 것 같다. 그런 생각으로 나는 웃으며 고개를 끄덕였다.

"어울려요. 같이 남아 줘서 좋은걸요."

"흠."

그는 약간 쑥스러운 듯 맥주를 벌컥벌컥 마셨다.

"나도 남을 거야. 주방 보조 해야지."

당연하다는 듯 말한 사람은 아이드였다. 그는 집게로 고기를 뒤적거리며 익은 것들을 테이블 위로 옮기고 있었다.

"손님이 별로 없을 텐데요?"

"그게 무슨 상관이야. 어차피 네 옆이 아니면 의식조차 유지할 수 없는데."

하긴 그렇군.

납득하고 고개를 끄덕이는데 갑자기 누군가가 살짝 손을 잡아 왔다. 니모였다. 말없이 나를 쳐다보고 있을 뿐이었지만 나는 그가 무슨 말을 하고 싶은지 읽어 냈다. 니모도 남는다는 거군.

 그러면 이 여관의 구성원은 나, 윙커, 아이드, 니모. 이렇게 전부 네 명에 르준까지 다섯 명인 셈이다. 이 정도면 여관 운영하기 나쁘지 않은 숫자지. 녹스는 좀 머물다가 떠나겠다고 했지만, 네 명이나 나와 함께 남아 준다고 하니 무척 반가웠다.

 그리고 불판의 고기가 완전히 익어 본격적으로 입에 음식이 들어가기 시작하자 진지한 대화의 맥은 툭 끊어졌다. 간간이 이건 물소의 고기라든가, 아니라든가, 멧돼지 고기라든가 하는 시시콜콜한 이야기들이 이어질 뿐이다. 그리고 어느 지점에서 약간 취한 듯한 윙커가 불쑥 입을 열었다.

 "이름은 뭘로 할 거야?"

 나는 질겅질겅 씹던 고기를 급히 삼키고 대답했다.

 "네?"

 "여관 이름 말이야."

 그걸 꼭 지금 지어야 하는 걸까? 하지만 윙커는 꽤 진지한 얼굴이었다. 온통 검은 안개 사이에서 홀로 독야청청 자리 잡은 여관. 너무나 비현실적인 풍경이다. 과연 누가 오기나 할까 싶은데, 이름이 꼭 필요한가. 이런 내 심정을 그대로 말했더니 윙커는 코웃음 쳤다.

 "모험가 애송이들을 얕보지 말라고. 소문이 퍼지기 시작하면 어디선가 갑자기 나타나서 찾아오기 시작할걸. 분명 이 근처 안개에서 헤매겠지만. 그러다가 이 여관을 찾기라도 하면, 얼마나 극적으로 보이겠어? 안 그래? 그러니 그때 애송이들에게 척 하고 근사하게 소개할 만한 이름을 지어 둬야지."

 그런가? 윙커는 생각보다 꽤 미래의 일까지 그리고 있는 모양이다. 아니, 기대하고 있는 모양이었다. 잠시 생각하던 윙커가 턱을 쓰다듬으며 툭 제안한다. 오랫동안 면도를 하지 못한 덕분에 그의 턱은 무슨 토피어리마냥 부숭부숭했다.

"구원자의 여관 어때? 이 검은 안개에서 헤매던 애송이 모험가들을 구원해 주게 될 테니까."

너무 낯간지러운 이름이 아닌가 눈살을 찌푸리는데 피니게르가 갑자기 적극 찬성하고 나섰다.

"좋은데? 여러 가지 의미로, 유정은 내 구원자이기도 하니까. 결과적으로 참혹의 땅을 잠식한 악마들에게서 구해 내기도 했잖아? 어울리니까 그걸로 하자."

피니게르가 그렇게 말하자 아이드나 녹스도 한마디씩 거들기 시작했다. 모두 그렇게 떠들자 처음에는 좀 낯간지럽던 이름이 약간 친숙하게 느껴진다. 나는 '어서 오세요, 구원자의 여관입니다.' 라고 소개하는 걸 상상해 보았다. 음, 나쁘지 않은데?

구원자의 여관이라.

다음 날 생각해 보니 역시 낯부끄러워서 이름을 바꾸려고 했지만, 이미 윙커가 어딘가에서 장작을 쪼개다가 이름을 새기고 있었기 때문에 결국 여관 이름은 구원자의 여관이 되어 버렸다.

이렇게 나는 아무도 찾지 않을 외지고 위험한 땅에 오랜 소원이던 나의 가게를 가지게 되고 말았다. 이런 식으로 가게를 가지게 될 거라곤 단 한 번도 생각한 적이 없었는데, 역시 인생은 모를 일이다. 그냥, 어딘가 임대료가 비싸지 않은 건물을 빌려다가 작게 시작할 줄 알았지.

어쨌든 그렇게 회포를 풀고 르준을 위한 독방을 준비한 뒤 우리는 다음 날부터 본격적인 개업 준비에 들어갔다. 피니게르와 아델은 떠나 버렸지만 남은 사람들은 여관을 돌고 방을 정리하며 부지런히 움직였던 것이다. 설마 정말 손님이 오겠냐고 천천히 하라고 말렸지만 딱히 귀담아듣진 않는 것 같았다.

어쨌든 윙커와 아이드가 부산을 떨며 방을 돌아보는 동안 나는 오랫동안 미뤄 왔던 작업을 시작했다. 바로 제대로 글을 배우기 시작한 것이다. 그동안 듬성듬성 글을 배우며 주방에서 쓸 일이 별로 없다는 핑계를 대었는데, 사실 가장 큰 이유는 따로 있었다.

　이곳의 문자는 한자와 같은 표의문자였다. 덕분에 늘 사용하는 단어는 눈에 익숙해지면 금방 알아볼 수 있고, 모르는 글자라도 생긴 모양을 유추해 대충 뜻을 파악할 수 있었던 것이다. 가끔 엉터리로 해석할 때도 있지만, 그래도 아예 모르는 게 아니니 빨리 배워야겠다는 생각이 들지 않았다.

　게다가 세상에 있는 물건과 의미의 수만큼 글자가 있을 테고 그걸 다 배우려면 엄청난 노력이 필요할 텐데, 어차피 돌아가고 나면 쓸 일이 없는 글자를 배우기 위해 공을 들이고 싶지 않았다. 하지만 지금은 상황이 많이 달라졌지. 일단, 니모와 이야기를 나누기 위해서라도 배워야 한다. 적어도, 그의 혀가 치료되기 전까지는.

　윙커의 말로는 이곳을 찾아오는 모험가들이 꽤 있을 테니 그중 치유 능력을 가진 마법사를 기다려 보자고 했지만 마냥 기다리고 있다가는 언제 니모가 혀를 되찾을 수 있을지 모를 일이다. 그래서, 나는 지금 쓸 이 편지로 치유 마법사를 좀 수배해 볼 생각이었다.

　식재료의 이름이나 가격 정도를 아는 게 고작이었던 내 문장 능력은 며칠간 아이드와 윙커가 달라붙어 가르쳐 준 덕분에 간단한 생활 회화 정도는 구사할 수 있는 수준으로 발전했다. 물론, 그동안 보기만 하고 뜻을 알아볼 생각을 하지 않은 채 글자들을 눈에 익힌 지난 세월이 있기에 가능한 일이었다. 자주 보이던 그 글자, 이런 뜻이었구나. 같은 느낌?

　아직 문법이 미숙하고 고급 어휘는 모르지만 그래도 비스뷔의 편지에 답장 정도는 할 수 있지.

　녹스가 지금까지의 여정을 보고서로 준비해 돌아갈 계획이라고 했으므로, 나는 이 여정의 시작 전에 받았던 비스뷔의 편지에 답장을 할 생각이었다. 사실 편지 자체는 별것 아닌 안부 편지였는데, 나를 그리워하는 내용과 내 요리를 그리워하는 내용, 그리고 선원들이 무척 내 음식을 먹고 싶어 한다는 내용이 적혀 있었다. 사실 거의 절반 정도가 음식에 관한 것이라 해석하기 그리 어렵지 않았다.

편지 내용의 대부분을 장식할 정도로 내 음식을 그리워하는 모습을 보니 당장이라도 찾아가 뭐든 만들어 주고 싶지만, 나는 여기를 떠날 수 없다. 그리고 여기가 쉽게 올 만한 곳도 아니니 나는 편지에 몇 가지 음식들의 요리법을 작성해 동봉하기로 했다.

이 요리법이 우연한 경로로 세상에 퍼져 무척 유명해지게 되는 것도, 그로 인해 모험가들이 이곳에 들이닥치는 것도, 악마의 땅과 함께 이 지역의 명물이 되는 것도 나는 전혀 예상하지 못했다. 그저, 먼 훗날의 이야기다.

오늘은 그저 이 여관의 첫 개점일일 뿐이니까.

에필로그

"여기에 온 건 실수였어."

어두운 안개 사이로 자크의 절망적인 목소리가 들렸다. 몇 번이나 반복되는 지겨운 푸념에 반응하는 사람은 아무도 없었다. 도무지 빠져나갈 수 없는, 미로 같은 검은 안개를 멍하니 바라보며 얼마 남지 않은 체력을 추스를 뿐이다.

"그래도 아무도 와 보지 못한 곳까지 왔잖아?"

보이른이 애써 웃으며 긍정적인 분위기를 만들려고 했지만 전혀 먹혀들지 않는다. 사실 보이른 본인도 자크처럼 푸념하고 싶은 심정이었지만 이 모험을 꾸려 주도한 사람으로서 책임감을 느끼고 있었기 때문에 애써 참는 중이었다.

"지금이라도 돌아갈 수 있다면 돌아가고 싶어. 이제 지쳤다고. 먹을 것도 다 떨어졌고, 우린 다 죽을 거야! 여기서 죽을 거라고!"

반쯤 울며 하소연하던 자크가 갑자기 바락바락 외치더니 무릎에 얼굴을 묻고 웅크렸다. 보이른은 목이 메는 것같이 답답했지만 애써 자크의 옆에 붙어 앉아 그를 다독이기 시작했다.
"여기까지 온 이상 아무 소득도 없이 돌아갈 순 없어. 상상해 봐. 참혹의 땅에서 가장 위험한 곳을 다녀온 모험가로 유명해지는 삶을. 우리 이야기를 들으려고 사람들이 엄청나게 모여들 거야."
"살아 나간다면 말이지."
여전히 얼굴을 무릎에 감춘 채로 자크가 삐죽하게 대답한다. 보이른은 인내심의 한계를 느낀 표정이었지만 그래도 비교적 잘 참고 있었다. 그리고 애나는 좀 떨어진 장소에서 둘의 촌극을 지켜보고 있었다.
애나가 이 한심한 두 남자와 만난 건 보름 전의 일이었다. 우연히 들른 주점에서 맛없는 흑맥주를 삼키고 있었는데, 두 사람이 옆 테이블에 앉아 허풍선이처럼 모험담을 떠들어 대고 있었던 것이다. 대부분 코웃음이 나오는 이야기였지만, 그래도 강약을 조절하는 입담이 무척 좋아서 여기저기서 술을 꽤나 얻어먹고 있는 중이었다.
두 사람의 이야기를 흘려들으며 애나는 다음으로 찾아갈 영주에 대해 생각하고 있었다. 애나는 세상에 드문 마법사로서의 능력을 가지고 있었지만, 아직 어린 데다 딱히 알려진 무용담이 없어 권력자들 사이에 줄을 대기가 무척 힘든 상태였다.
마법사로서 범죄에 가담하지 않고 잘 먹고 잘 살려면 권력자의 끈을 잡는 것이 제일이다. 어느 영지에 소속되어 영지의 마법사로, 영주의 가신으로서 일정 수준 이상의 삶을 보장받으며 사는 것이 가장 이상적이었다. 그게 아니면 어딘가 으슥한 치외 법권에서 마법으로 깡패 짓을 하며 금품을 빼앗아 사는 방법도 있지만 애나에게는 맞지 않는 방법이었다.
물론 애나의 성정이 착하고 선량해서는 아니었다. 그녀는 마법사답게 충분한 특권 의식과 선민사상을 가지고 있었기 때문이다. 그녀에게 깡패의 삶이 맞지 않는 건 그저, 그녀의 능력과 관련이 있어서였다.

마법사라고 하면 보통 파괴적인 능력을 떠올리기 마련이고, 또 대다수가 실제로 그렇지만 애나의 마법은 그런 것과는 꽤 거리가 멀었다. 바로 치유 능력이었기 때문이다.

어떤 자리에서든 이 능력을 고백하면 갑자기 동정 어린 시선이 쏟아지곤 했다. 뭐, 마법사의 생리를 아는 사람이라면 자연스러운 흐름이지만, 그들은 대부분 애나가 자신의 모든 것을 바쳐서라도 누군가를 치료하고 싶었을 거라고 지레짐작하곤 했다.

그러곤 촉촉하고 애틋한 눈으로 '소중한 사람을 살리고 싶었나요?' 따위의 질문을 해 대는 것이다. 그 앞에서 '아뇨, 아픈 걸 엄청나게 무서워하는 겁쟁이여서요. 다쳤을 때 빨리 낫고 싶었어요.' 라고 대답하는 건 거의 불가능했다. 그래서 애나는 쓸데없이 애잔하고 슬픈 표정으로 얼버무리는 방법을 택해 왔다.

어쨌든 애나의 능력은 통상적인 마법사들에 비해 자극이 좀 적은 편이었고, 영주는 한두 명의 다친 사람을 치료할 수 있는 마법사보다 한 번에 천 사람을 죽여 영지를 지킬 수 있는 강한 마법사를 원하는 경향이 강했다.

그렇다고 영주들이 치유 마법사를 고용하지 않는 건 아니었는데, 대부분 일회성이거나 혹은 아주 대단한 인물을 살려 내어 추앙받는 이름 높은 마법사를 장신구처럼 고용하곤 했던 것이다. 어차피 서른 후반이면 점점 기력이 떨어지고 최소 50세 전에 죽어 나자빠지는 사람이 수두룩하니 사람 목숨 하나하나를 살뜰하게 챙기는 사람은 없다. 단, 그 대상이 중요 인물일 경우는 좀 다르지만.

어쨌든, 결국 애나는 아직 대단한 사람을 살린 적도 없고 능력이 개화한 지 얼마 되지도 않은 애송이 마법사였기 때문에 고민이 깊어질 뿐이다. 이름을 드높이려면 대단한 사람을 살려야 하고, 그러려면 그 근처에 가야 하고, 그 근처라도 가려면 끈이라도 붙잡아야 하는데, 끈을 잡으려면 이름값이 필요하고……. 해결되지 않는 악순환이다.

그리고 그때쯤, 입 싼 주점 주인에게 애나가 마법사라는 것을 전해 들은 두 남자가 그녀의 시야에 불쑥 난입했던 것이다. 그리고 경망스러운 어조로 이렇게 지껄였다.

"저기, 마법사라고 들었는데 같이 참혹의 땅으로 모험 가지 않을래? 성공하면 엄청나게 유명해질 거야."

애나는 그 제안을 수락했다. 이름값을 고민하던 그녀에게 딱 맞는 제안인 데다 흑맥주에 적당히 젖은 뇌가 세상 모든 걸 긍정적으로 생각하고 있는 상태였기 때문이다. 아무튼, 결국 애나는 그렇게 두 사람과 합류했다. 이 철부지 모험극이 얼마나 암담해질지 상상도 못 한 채로. 이러니저러니 해도, 애나 또한 애송이 마법사였던 것이다.

'너무 경솔했어.'

자크라는 밤색 머리칼의 키 작은 남자는 무척 소심하고 겁이 많은 데다 귀가 얇고 줏대 없는 사람이었는데, 그런 사람들이 대부분 그러하듯 늘 여기저기서 무시당하거나, 혹은 무시당한다고 피해 의식에 젖어 언젠가 세상에 따끔한 맛을 보여 주겠다며 주먹을 말아 쥐는 얼간이였다.

그리고 그 얼간이의 팔락이는 귀에 모험 계획을 불어넣은 건 보이른이라는 덩치 큰 남자였는데, 얼굴은 제법 깔끔하게 생겼고 검도 꽤 쓰지만 머릿속이 완전히 맛이 가 있었다. 세간에서는 저런 남자를 모험병자라고 부른다. 대체로 수명은 30세 정도로 젊을 때 쓸데없이 위험한 일을 찾아다니다가 요절해 멸종해 버리는 희귀한 종류의 남자 말이다.

어쨌든 두 남자가 실랑이를 하는 꼴을 바라보던 애나가 불쑥 입을 열었다.

"지금 나가면 적어도 한 가지는 확실하게 건질 수 있지 않을까?"

"어떤 걸?"

"목숨."

애나의 말에 보이른은 대답 대신 한숨만 푹 내쉬었다. 사실 그도 지칠 대로 지친 상태였다. 이 검은 안개 안에서는 왔던 방향을 금세 잃어버린다. 방향 감각도, 시간 감각도 이상해지는 것 같았다. 끝나지 않는 흐린 날씨에 갇힌 기분이다.

이런 위기에 아무런 해결 방안도 제시하지 않는 보이른, 불평만 하는 자크, 방조하는 애나 사이에 갈등의 골은 깊어만 가고 있었다. 풍전등화처럼 흔들리는 신뢰 앞에서 모두 신경만 곤두서고 있다. 잠시 자크를 달래던 보이른이었지만 결국 인내의 한계를 느낀 듯 무기력한 얼굴로 엉덩이를 깔고 주저앉았다. 그리고 한동안 지친 침묵이 이어졌다.

"잠깐, 애나. 저것 봐."

멍하니 아무 데나 시선을 던지던 보이른이 흠칫 놀라 반쯤 일어섰다. 급히 흔드는 손짓을 따라 시선을 옮긴 애나는 안개 속에서 어른거리는 그림자를 발견했다. 거의 동시에 자크의 겁에 질린 목소리가 흘러나왔다.

"설마, 또?"

이 안개 속에서 얼마나 많은 환영과 가짜를 봤는지 모르겠다. 먹구름 같은 이 공기 속에서 긍정적인 기분은 연기보다 쉽게 날아가 버린다. 이상할 만큼 부정적인 생각만 계속해서 드는데, 그 와중에 눈과 귀를 현혹시키는 환각이 계속 나타나는 것이다.

자크는 몇 번이나 자신을 비웃는 애나와 보이른의 환각을 보았고, 애나는 있을 리 없는 사람이 눈앞에 나타났다가 신기루처럼 사라지는 경험을 했다. 사실 지금 같이 있는 자크와 보이른, 애나가 진짜인지 아닌지도 분간이 안 가는 것이다.

세 사람은 그렇게 자각 없이 천천히 미쳐 가고 있었다. 그러던 중

간신히 환각과 환청이 사그라들어 정신을 차리고 있었는데, 안개 속에서 보이는 그림자라니? 또다시 그 미쳐 버린 시간이 시작되는 건가? 등줄기를 빳빳하게 굳히고 공포를 삼키는 그들 앞에 마침내 그림자의 주인이 모습을 드러냈다.

"진짜 있네."

두꺼운 등허리와 굵은 팔, 생채기가 가득한 새까맣게 탄 피부까지. 마치 용병의 표본 같은 남자였다. 그는 인사말도 없이 가벼운 어조로 감탄부터 터뜨렸다. 너무나 뜬금없는 등장이라 세 사람은 할 말을 잃어버렸다. 이건 누구의 환상인지? 그러나 생각이 이어지기도 전에 그는 덥수룩한 수염을 북북 긁으며 사방을 한 바퀴 둘러보았다.

"이봐, 네가 대장인가?"

"누, 누구…… 누구십니까?"

"나는 윙커라고 하는데, 뭐 은퇴한 용병이야. 너네 같은 애송이 모험가들을 좀 돌봐 주는 일을 하고 있었지."

자크는 영문을 모르는 얼굴이었지만 보이른은 그 이름을 들은 적이 있었다. 모험에 유용한 정보라면 무덤의 비석까지 뒤집어 볼 모험가들에게 유능한 용병의 이름은 노랫말보다 흔하게 흘러 다녔다. 특히 참혹의 경계 가장 가까운 도시 게르하인에서 활약하는 용병이라면 모르는 걸 부끄러워해야 할 수준이다.

"드, 들은 적은 있는데요……."

왜 여기에?

뒷말을 삼킨 보이른이었지만 윙커는 그 말을 익히 짐작한다는 듯 그의 어깨를 툭 쳤다. 두툼한 손이 어깨에 닿는 충격에 보이른은 깨달았다. 환상이 아니다. 눈앞의 남자는 진짜 실존하고 있었다. 하지만 여전히 궁금증은 해소되지 않는다. 왜 여기에 있는 거지? 게르하인 주점에서 굴러다니고 있어야 할 사람인데.

"자, 환상은 확실히 아니니까 그 유령이라도 본 것 같은 표정은 그만 집어치우라구. 난 그저 은퇴 후 여기 작은 여관에서 소일거리를 하며 지내고 있을 뿐이니까."

"예?"

"여관이요?"

애나가 귀를 의심하는 표정으로 물었다. 여관? 이곳에 여관이라고? 대체 어떤 미친 사람이 여기에 여관을 세운단 말인가? 거기다 안개가 심하긴 하지만 눈 씻고 봐도 여관처럼 보이는 건 찾을 수 없다. 지독한 안개가 이 노련한 용병조차도 미치게 만든 걸까?

보이른은 미쳤을지도 모를 윙커가 난동을 부릴 것에 대비해 재빨리 그의 무장을 확인했다. 윙커의 무장은 허리에 찬 짧은 검이 전부였다. 그러나 이름난 용병이라고 했으니 그것만으로도 자신들에게는 버거운 상대일지도 모른다. 애나는 바짝 경계해 윙커와의 거리를 벌리며 조심스럽게 보이른의 옷깃을 잡아당겨 신호를 주었다. 아무리 봐도 이상하고 수상하다. 과연 따라가도 괜찮을까?

두 사람이 털을 곤두세우고 고민에 빠져 있는 사이 윙커는 아랑곳하지 않고 뒤돌아서며 툭 던졌다.

"그럼 여관으로 안내하지. 따라오라고."

윙커의 말에 가장 먼저 반응한 것은 자크였다. 그는 살았다는 얼굴로 마치 강아지처럼 윙커의 뒤에 따라붙었다. 보이른은 애나의 굳은 낯을 확인하고 잠시 고민하는 듯하다가 자크의 뒤로 합류했다. 이러고 나니, 애나가 아무리 혼자 수상하다고 생각한들 따라가지 않을 도리가 없었다. 홀로 이 안개 속에 남을 수는 없었으니까.

"잠깐, 보이른. 정말로 저 사람 말을 믿는 거야? 이런 곳에 여관이 있다고?"

울며 겨자 먹기로 걸음을 옮기며 애나는 가슴에 차오르는 의혹을 소리 낮춰 속삭였다.

"별다른 방법이 없잖아. 저기 계속 있으면 헤매다가 죽는다고. 촉감도 있고, 환상은 확실히 아니었어."

"안개 속에 너무 오래 있어서 촉감도 미쳐 버린 건 아니고?"

"애나, 그만해. 어차피 저 사람이 우리에게 무슨 꿍꿍이가 있다고 해도 우리 능력으로는 막을 수가 없어. 내가 칼 좀 쓴다고 해도 상대는 최소한 이십 년은 굴러먹은 잔뼈 굵은 용병이야. 나라고 무슨 수가 있겠어?"

"보이른."

"저 사람이 평화적으로 나올 때 최대한 협조하자고. 알겠어? 그리고 표정 관리도 좀 하고."

보이른의 차가운 손가락이 애나의 뺨을 가볍게 두드렸다. 애나는 침을 뱉고 싶은 기분으로 얼굴을 닦아 내듯 문지르며 내키지 않는 걸음을 옮겼다. 도무지 발이 떨어지지 않았지만, 더 늦장을 부렸다간 세 사람을 안개 속으로 놓쳐 버릴 수도 있었다. 그나마 위안인 건, 보이른이 아예 아무 생각도 없는 게 아니라는 점일까. 그의 손도 긴장으로 차갑게 식어 있었으니.

윙커는 등 뒤의 소곤거림을 모조리 들었으나 별다른 말 없이 걸었다. 이 거리에서 목소리 좀 죽여 속닥거린다고 안 들릴 거라 생각하는 점이 완전히 애송이다. 보아하니 남자 둘은 완전 무모하고 저 애나라는 여자가 그나마 신중한 성격인 모양이었다. 어쩌다가 이런 답이 없는 모험에 합류했는지는 모르겠지만, 역시 애송이는 애송이다. 윙커는 약간 그리운 기분으로 그들이 잘 따라오는지 확인했다.

"거의 다 왔어. 가까우니까. 애초에 이 근처로 오니까 환각이 좀 덜해졌지?"

"그런 것 같기도⋯⋯."

어정쩡하게 동의하는 자크에게 윙커가 가볍게 미소 지었다.

유정과 함께 여관으로 들어올 때는 몰랐지만 이 안개는 강력한 환각과 정신 붕괴를 유발한다. 만약 해롭다면 얼마나 해로운지 직접 체험해 보고 싶었기 때문에 윙커도 잠깐 이 안개를 혼자 돌아다녀 본 적이 있었다. 일정 시간이 지난 후 유정과 피니게르가 찾으러 오기로 했으니 가능한 무모한 결정이었다. 그리고 내린 결론은, 혼자서 탈출하는 건 거의 불가능하다는 점이다.

매일 조난당한 사람이 없는지 찾으러 돌아다니는 윙커지만 그조차도 여관으로 돌아오는 시간이 너무 길어지면 유정이 직접 찾으러 나온다. 처음에는 거리를 재지 못해 거의 매일같이 유정이 윙커를 찾으러 나왔지만, 이제 꽤 숙달되어 어느 지점까지 혼자 나가도 괜찮은지 파악할 수 있게 되었다.

부수입으로, 유정도 자신이 얼마나 여관에서 멀어져도 되는지 알 수 있게 되었다. 윙커가 안개에서 조난당한 장소가 유정이 여관에서 떨어져도 되는 거리의 마지노선이었던 것이다.

"거의 다 왔어."

벌써 두 번째 거의 다 왔다는 말을 반복하는 윙커를 애나는 몹시 미심쩍게 바라보았다. 정말로 여관이 있다고? 하지만 그 여관은 대체 어떤 여관이란 말인가? 그러나 의심은 곧 흩어졌다. 믿을 수 없게도 눈앞에 커다란 3층 건물이 나타났기 때문이다.

희미한 회색 안개를 배경으로 각 모서리마다 횃불을 불태우고 있는 여관.

고급스러운 조각에 하얀 대리석 벽돌, 청동으로 장식된 창틀을 가진 아주 근사한 여관이었다. 지금까지 어떤 도시에서도 이만큼 훌륭한 여관을 보지 못했다. 게다가 사방에 빼곡한 안개들이 저 여관에는 범접하지 못하는 듯 멀찍감치 물러나 있었다. 그 덕분에 몹시 안전하고 아늑하게 느껴진다.

"진짜 여관이잖아."

"이게 통째로 환각인 건 아닐까."

마냥 감탄하는 자크에게 애나가 그럴듯한 가설을 제시했지만 스스로도 그 말에 무게를 두지 못했다. 보이른은 그저 어깨만 으쓱할 뿐이다.

"가 보면 알겠지."

말은 그렇게 했지만 보이른의 눈은 반짝이고 있었다. 그제야 애나는 깨달았다. 만약 환각이 아니라 저 여관이 진짜라면 이거야말로 그들이 찾던 것이었다. 참혹의 땅에서 가장 위험한 곳에 있는 여관의 이야기. 사람들이 거품을 물고 달려들 만한 좋은 이야깃거리였다.

세 사람이 무슨 생각을 하든 윙커는 조금 빠른 걸음으로 여관 문까지 다가갔다. 그리고 문을 열며 가벼운 목소리로 외쳤다.

"이봐, 내가 손님 세 명 호객해 왔어!"

세 명이라는 건, 우리를 말하는 거겠지? 애나, 보이른, 자크의 시선이 같은 의미를 품고 마주쳤다가 금방 흩어진다. 윙커가 그들을 돌아보며 가까이 오라는 듯 턱짓하자 세 사람은 주춤주춤 여관을 향해 다가서기 시작했다.

"들어와. 그렇게 겁먹을 거 없어. 여관비도 그렇게 안 비싸다고."

아니, 걱정하는 건 그 부분이 아닌데. 애나는 잠시 속으로 대꾸한 뒤 망설임을 걷어치우고 여관 안쪽으로 들어섰다. 그리고 잠시 숨을 멈췄다. 정말로 오랜만에 느끼는 따뜻한 공기였다. 차갑고 습한 안개의 냉기를 순식간에 지워 버리는 것 같다. 저도 모르게 긴장이 풀리려고 했지만 애나는 눈을 부릅뜨고 사방을 둘러보았다.

애써 긴장의 끈을 놓지 않으려는 노력이 무색할 만큼 안쪽은 그냥 평범한 여관이었다. 고급스럽고 근사하긴 하지만 어쨌든 한쪽 벽난로에서 타오르는 장작이나 늘어선 여섯 개의 테이블, 벽 선반에 장식된 식기와 작은 커튼까지, 한결같이 예쁘게 꾸민 아늑한 여관이다. 그리고 한쪽에는 손님으로 보이는 다른 사람이 앉아 있기까지 했다. 잠깐, 손님이라고?

"어머, 세상에, 정말이네!"

작은 야채들을 소쿠리에 담아 다듬던 여자가 애나와 눈이 마주치자 벌떡 일어나 다가왔다. 밀 같은 색 바랜 금발에 약간 갈색의 어두운 피부를 가진 여자였다. 그녀는 정말 놀랐는지 눈을 크게 뜨고 셋을 바라보다가 갑자기 안쪽을 향해 외쳤다.

"아이드! 손님이 세 명 왔어요!"

약간 지나칠 정도로 반가워하는 표정에 세 사람은 도리어 약간 어색해졌다. 이렇게 반기는 모습을 보니 손님이 아니라 여관 사람인 모양이다. 그사이 그녀가 외친 방향에서 날렵한 인상의 남자가 나타났다. 푸른빛 도는 회색 머리칼에 짙은 남색 눈동자. 근방에서 찾아보기 힘든 미남이라 애나는 순간적으로 눈을 크게 떴다.

"진짜네."

남자는 약간 놀란 표정이었다. 그에 이어 누군가 계단을 내려오는 소리도 들린다. 그러나 인기척만 느껴질 뿐 아래로 내려오지는 않았다. 그저 누가 왔는지 확인만 하고 싶었는지 계단에 잠시 서 있다가 곧 사라져 버렸다. 갑자기 여기저기서 사람이 튀어나와 둘러싸고 쳐다보니 세 사람은 졸지에 구경거리가 된 기분이었다. 약간 주눅이 들어 우물쭈물하고 있는데, 그들을 데려온 윙커가 밀색 머리 여자의 옆구리를 쿡 찔렀다.

"손님이 왔으니 인사해야지."

"네?"

화들짝 놀라 윙커를 돌아본 여자는 눈가를 찌푸리고 소곤거렸다.

"진짜 하라구요? 그걸?"

"해야지, 네가 여관주인이잖아."

"그, 그렇긴 하지만……."

"잘 해 봐. 첫 손님이잖아. 제대로 맞이해야지."

윙커가 가볍게 재촉하자 여자는 마지못한 듯 고개를 끄덕였다. 그러곤 큰 결심을 한 듯 앞으로 나와 섰다. 세 사람은 그녀가 무슨 대단한 행동을 할까 싶어 약간 긴장한 상태로 침을 삼켰다.
"어서 오세요, 구……."
갑자기 무언가에 목이 막히기라도 한 듯, 혹은 할 말을 잊어버리기라도 한 듯 여자가 말을 멈췄다. 짧은 적막 사이에서 애나는 그녀의 뒤에서 이 상황을 구경하고 있는 남자가 웃음을 참는 것처럼 얼굴을 일그러뜨리고 있는 걸 발견했다. 이름이, 아이드던가?
"구?"
자크가 의아한 듯 말을 받자 그녀의 얼굴이 갑자기 확 달아올랐다. 그러곤 무언가를 수습하려는 듯 빠른 어조로 말을 내뱉었다.
"아니, 어서 오세요. 저는 여기 여관주인인 유정이에요."
"아, 네. 저는 자크이고, 여기 이 남자는 보이른, 저 아가씨는 애나예요. 그런데 방금 무슨 말을 하시려고……?"
"아뇨. 아무것도 아니에요."
좀 지나칠 정도로 단호하게 못 박는 어조로 봐서는 절대 아무것도 아닌 게 아니었지만 자크는 굳이 말꼬리를 물고 늘어지지 않기로 했다. 하지만 윙커는 아니었다. 그는 히죽 웃더니 갑자기 툭 내뱉었다.
"왜 말을 못 해? 구원자의 여관에 오신 걸 환영한다고. 설마 아직도 여관 이름이 부끄러워?"
여관주인이 화들짝 놀라 윙커를 돌아보더니 빠르게 눈을 깜빡였다. 누가 봐도 크게 당황한 모습이었다.
"네? 그, 저 요리 준비할 테니, 아이드 주문 받아 와요!"
도망치듯 후다닥 떠나는 여관주인의 귀가 새빨갛게 달아올라 있었다. 그녀가 주방으로 모습을 감추기가 무섭게 윙커가 가볍게 껄껄 웃고 아이드도 히죽 웃는다. 아무래도, 방금 이 자리는 저 여관주인을 놀려 먹는 자리였던 모양이다라고 애나는 뒤늦게 깨달았다.
"아, 재밌었다. 왜 부끄러워하는지 아직도 이해는 못 하겠지만 말이야. 그 정도면 평범한 축인데."

한바탕 웃은 윙커가 어깨를 으쓱였다. 아이드도 동의한다는 듯 가볍게 고개를 끄덕였다. 애나도 함께 고개를 끄덕이다가 멈칫했다. 별 이상한 이름의 여관이 많은지라 구원자의 여관 정도면 비교적 얌전한 이름이다. 그런데 구원자라니? 어째서 그런 이름이지? 애나는 의아했으나 의문은 속으로만 삼키기로 했다.

"그렇게 서 있지 말고 앉아. 뭐 먹고 싶은 거 있으면 여기 이 녀석한테 말하고."

비어 있는 테이블을 적당히 가리킨 윙커는 아이드에게 어깨동무를 해 쓱 끌어당기더니 자신만만하게 말해 보였다. 아이드는 잠시 미간을 찌푸리긴 했지만 그리 싫은 기색은 아니었다. 겉보기엔 꽤 차가워 보이는 아이드가 생각보다 윙커에게 잘 어울려 주는 모습에 세 사람은 조금 놀랐다. 꽤 친해 보이는 모습이다.

앉으라고는 했지만 이 영문 모를 상황에 세 사람이 편히 쉴 수 있을 리가 없었다. 윙커가 앉으라니 앉았지만 셋은 의자 등받이에 등을 기대지도 못하고 짐을 내려놓지도 못한 상태로 바짝 긴장해 있었다. 품에 짐을 끌어안고 등을 곤두세운 모습에 윙커가 짧게 혀를 찼다.

물론 윙커가 혀를 차거나 말거나, 세 사람이 긴장하거나 말거나 아이드는 자신이 맡은 일을 성실하게 수행했다. 애초에 누군가의 사정을 신경 쓰는 사람이 아니었으니까.

"주문은?"

"예?"

폭풍에 휩쓸려 떠내려가다 갑자기 지붕 위에 앉혀진 사람처럼 자크는 정신을 못 차리는 얼굴이었다. 사실 보이른이나 애나도 마찬가지였다. 막상 여관으로 들어오니 정말로 보통 여관 같아서 오히려 더 현실감이 없었던 것이다.

애나는 마법사다운 강인한 이성으로 비교적 평정심을 유지하고 있었지만, 두 남자는 눈으로 보고 귀로 들어도 상황을 제대로 받아들이지 못하는 표정이다.

"주문. 먹고 싶은 거 없어? 안 먹으면 후회할걸."

"아, 그……."

나직한 음성이었는데도 압박감이 대단하다. 자크는 바짝 긴장해 입술을 바르르 떨고 있었다. 얼굴이 하얗게 질린 걸 보니 머릿속도 텅 비어 있을 게 분명했다. 애나가 도와주려고 입을 열려는 순간, 한발 빠르게 윙커가 나섰다.

"주문 받을 필요 있어? 보나 마나 배고픈 상태일 텐데. 적당히 수프와 빵에 주식 하나 가져다줘."

"어, 그래?"

말은 윙커를 향했으나 동의를 구하는 아이드의 시선은 그 세 명을 향해 있었다.

"그, 그렇습니다. 말씀대로십니다! 뭐든 주시면 먹겠습니다."

보이른이 격렬하게 윙커의 말을 긍정하자 아이드는 찝찝한 얼굴로 수긍하며 주방으로 사라졌다. 하지만 잠시 후, 아이드와 여관주인이 차려 낸 정찬은 수프에 빵 정도를 아득히 뛰어넘는 수준이었다. 테이블 가득 차려진 호화로운 만찬에 세 사람은 할 말을 잃어버렸다.

은쟁반 위에 흐드러지게 올라간 온갖 과일과 향신료에 절여진 커다란 생선찜, 노릇한 새끼 돼지에 이름을 알 수 없는 묽고 뻑뻑한 수프두 종류, 고소한 냄새가 피어오르는 빵과 이름 모를 작은 고기 요리에채소를 곁들인 음식이 식탁을 가득 채웠던 것이다.

현실감 없는 음식들을 눈앞에 두고 애나는 혼란스러워졌다. 여러모로 불가사의한 광경이었다. 이곳에서 새끼 돼지와 생선을 어떻게 구한 건지? 나무 한 그루 보이지 않는 황무지에서 저 과일은 대체 무엇인지? 거기에 믿을 수 없을 만큼 빠른 조리 시간은 대체 어떻게 된 건지? 애나의 혼란을 아는지 모르는지 여관 사람들은 태연한 얼굴로 이야기를 주고받을 뿐이었다.

"첫 손님이라 그만 힘이 들어가서 잔뜩 만들어 버렸네요. 남기는 건 신경 쓰지 말고 맘껏 드세요!"

여관주인이 생긋 웃으며 권했으나 음식에 손을 뻗는 사람은 아무도 없었다. 먹음직스러운 음식이 나왔음에도 세 사람은 짐 가방을 더욱 꼬옥 끌어안을 뿐 아무도 손을 댈 생각을 하지 않자 상을 내어 온 여관주인의 뿌듯한 얼굴이 의아함으로 물들었다.

"왜 그러세요?"

아무도 말은 하지 않았지만 세 사람은 지금 이 상황이 한 단계 진화한 환각일지도 모른다고 생각하고 있었다. 죽기 직전의 상황에 갑자기 나타난 안락한 보금자리와 진수성찬. 아무리 봐도 어디선가 들어본 기담의 한 종류가 아닌가. 죽음을 앞에 두고 마지막으로 보는 환상일지도 모른다. 하지만 이걸 입 밖으로 꺼낼 용기가 없었다. 혹시나 환상이라는 걸 지적하면 이 상황이, 이 천국이 산산조각 나는 게 아닐까 두려웠다.

"수상해서 그런 거지. 아무래도 여관이 있을 리가 없는 장소에 갑자기 여관이 나타나서 산해진미를 펼쳐 놓는 게 영 이상하잖아?"

그들의 생각을 그대로 들여다본 듯 윙커가 불쑥 끼어들었다. 그는 유정이 다듬던 야채를 마저 손질하고 있었다. 잔뿌리를 뜯어내고 싱싱하지 않은 잎사귀를 솎아 내는 자세가 무척 손에 익은 모습이다. 그의 말에 자크가 저도 모르게 고개를 끄덕이자 유정이 간단하게 납득했다.

"아아, 그렇겠네요. 손님이 온 게 너무 기뻐서 생각이 짧았어요. 일단 좀 드세요. 환상은 아니니까요."

정말로, 환상이 아니라고? 물론 환상이 스스로를 환상이라고 소개할 리는 없겠지만 애나는 어쩐지 이 여관주인의 말에 믿음이 갔다. 그리고 환각에 걸렸을 때와는 좀 다른 느낌이기도 했다. 비록 정말 믿을 수 없는 상황이긴 하지만.

애나는 멍하니 벽난로를 쳐다보았다. 타닥타닥 장작이 타들어 가는 소리가 꿈결처럼 멀게 들린다. 온몸을 감싸는 따뜻한 공기도 너무나 현실감이 없는데, 이게 정말 환상이 아니라니.

그러나 애나와 달리 자크는 이게 환상이라도 상관이 없었다. 솔직히 가지고 온 식량이 거의 바닥나 얼마 없는 음식으로 간신히 연명이나 하는 형편이었던 것이다. 이렇게 제대로 된 음식을 앞에 둔 건 너무나 오랜만이었다. 이게 설사 흙이나 돌멩이가 둔갑한 것이라고 해도 자크는 반갑게 먹을 자신이 있었다. 그만큼 허기가 져 있었던 것이다. 그건 보이른도 마찬가지였다. 코를 자극하는 맛있는 냄새 때문에 아까부터 뱃속이 아우성치고 있었다.

'돌이나 흙이라고 해도 맛있게 먹으면 결과적으로 이득 본 거 아냐?' 라고 태연하게 생각하며 일단 두 남자는 유정에게 꾸벅 고개를 숙여 보였다.

"그럼 잘 먹겠습니다."

눈치를 살피던 세 사람 중 가장 먼저 움직인 것은 자크였다. 그가 조심스럽게 새끼 돼지에서 살점을 뜯어다 앞접시에 내려놓았다. 망설이다가 한 입 먹은 얼굴이 순식간에 밝아지는 것을 확인하고 애나와 보이른도 서둘러 음식을 집었다. 환상이든 아니든 상관없다. 맛이 훌륭하다면 그것으로 족했다.

정신없이 눈앞의 음식을 먹어 치우던 애나는 문득 여관주인이 몹시 흐뭇한 얼굴로 자신들을 바라보고 있는 것을 깨달았다. 노골적인 시선은 아니었지만 흘긋 보고 흐뭇하게 웃고, 다시 또 흘긋 보고 미소 짓는다. 아무래도 수상하기 짝이 없는 인물들이라 신경을 곤두세우고 있었던 덕분에 쉽게 알아챌 수 있었다.

'독이라도 탄 건……'

문득 그런 의심이 들었으나 애나는 음식을 씹는 것을 멈추지 않았다. 정확히는 멈출 수 없었다는 게 옳은 말이다. 의심 정도로 먹는 것을 멈추기에는 맛이 너무 훌륭했던 것이다. 이 음식의 정체가 사실 개똥이더라도 먹은 것을 후회하지 않을 정도의 맛이었다.
"그런데 니모는 어디 갔어?"
커다란 손으로 야채를 다듬던 윙커가 손에 든 것을 탈탈 털어 내며 질문했다.
"아까 잠깐 내려왔다가 청소하러 올라갔어요. 아, 그건 그렇게 흔들면 뿌리가 상해요. 봐요. 짓물렀잖아. 이건 못 쓰겠네."
윙커가 흔들던 야채를 얼른 집어 살펴본 유정이 혀를 찼다. 윙커는 머쓱한 얼굴로 시무룩하게 들고 있던 것을 내려놓았다.
"아니, 잔뿌리에 흙이 묻었으니 털어 내려고 했지."
"하지만 너무 세게 했어요."
"대충 볶아 줘. 내가 먹을 테니까. 그나저나 또 청소라니, 손님도 오지 않는 여관인데 정말 성실하구먼."
두 사람의 대화를 들을수록 애나는 점점 이곳이 환각이라는 의심이 희미해져 갔다. 대화에 생활감이 넘치고 있었다. 아까 잠깐 내려왔다가 다시 사라진 남자라면 애나도 기억하고 있었다. 여관주인이 손님이 왔다며 외칠 때 계단에서 인기척을 느꼈었지.
"손님이 안 오긴 뭐가 안 와요. 이렇게 왔는데."
"솔직히, 믿기진 않지만."
아이드가 슬쩍 유정의 말에 덧붙였다. 보이른은 저 아이드라는 남자가 무척 불편했다. 여관주인이 이쪽을 흘긋거리는 시선은 그래도 노골적이지 않았는데, 아이드란 남자는 마치 감시라도 하듯 자신들이 앉은 테이블을 노려보고 있었던 것이다. 손님이라곤 해도, 역시 우리를 경계하는 걸까? 우리가 그들을 경계하는 만큼…….
그러나 자신이 잔을 비우기가 무섭게 테이블로 다가와 빈 잔들을 채우는 아이드의 모습을 보고 보이른은 약간 아리송해졌다. 어쩌면 그냥, 믿기진 않지만 식사 시중을 들어 주는 걸지도.

"빵, 맛있어?"

돌돌 말린 크루아상을 한입 베어 물던 자크가 갑작스러운 질문에 그대로 굳었다. 빵 덩이가 목을 막았는지 컥 하고 작게 신음하기까지 했다. 정작 질문한 아이드는 무심한 얼굴이었는데, 그게 자크를 더 긴장하게 만들었다.

"마, 맛있습니다."

"내가 만든 거야."

곁에서 두 사람을 지켜보던 유정은 웃음을 터뜨리고 싶은 것을 억지로 참고 있었다. 보아하니 윙커도 마찬가지인 모양이다. 손님 하나 없는 여관에서 남아도는 시간 내내 유정에게 요리를 전수받은 아이드는 이제 제법 수준급의 요리사가 되었다. 가끔 늦잠을 자는 유정 대신 아침을 차려 내기도 할 정도였는데, 유정도 그의 열정과 실력을 인정해 주방 보조가 아니라 부주방장의 직책을 준 상태였다. 대신 주방 보조의 자리는 지금 야채를 다듬는 윙커가 차지했다.

윙커가 주방 보조가 된 후 유정은 아이드가 얼마나 훌륭한 주방 보조였는지 새삼 깨달았다. 이런 말 하긴 미안하지만 윙커의 주방 보조로서의 실력은 정말로 형편없었다. 야채의 손질을 맡기면 야채가 조각조각 나고, 껍질 벗기기를 맡기면 그냥 썰어서 대충 넣어 버린다. 잔소리를 하면 지금처럼 자신이 먹어 치울 테니 걱정 말라며 대수롭지 않게 넘기는데, 가끔은 주방 보조가 아니라 그냥 음식이 먹고 싶어서 그런 게 아닐까 의심이 될 정도였다. 물론, 유정이 먹는 것으로 사람을 섭섭하게 할 성품은 아니니 그럴 리는 없겠지만. 그러나 윙커의 식욕은 누구도 범접할 수 없는 위치에 있으니 마냥 근거 없는 생각은 아닐지도 모른다.

아무튼 본론으로 돌아와서, 아까부터 아이드는 세 사람 중 누가 자신이 만든 빵을 먹을지 유심히 지켜보고 있었다. 늘 보는 유정이나 윙커는 정확한 맛에 대한 평가를 해 주지 않는다.

윙커는 아이드가 만든 요리를 맛있다고 해 주지만 아무거나 다 맛있다고 할 사람이고, 유정은 맛이 없어도 노골적으로 말하지 않는 사람이다. 그러니 생판 모르는 사람의 평가가 무척 신경 쓰였던 것이다. 그도 전문 요리인의 마음가짐을 가지게 된 모양이라고 유정은 내심 흐뭇하게 생각했다. 저 성격에 테이블 시중까지 나서서 맡을 정도니 어지간히 궁금한 모양이다. 그리고 때마침, 늘 방문하던 불청객이 어김없이 등장했다.

"나 왔어!"

허공에서 피니게르가 불쑥 나타나자 세 명의 손님은 먹던 음식을 그대로 뱉어 낼 뻔했다. 휙 날아든 세 쌍의 시선에 피니게르도 눈을 크게 떴다.

"어머, 드디어 이 망해 가는 여관에 손님이 온 거야?"

"망한 적 없거든요. 애초에 여관을 차려 준 건 피니게르였잖아요."

"아니, 나는 그냥 적당히 근사한 건물 하나 주고 먹을 것과 원하는 재물을 쥐여 주면 편하게 살 줄 알았지. 진짜 여관 운영을 하겠다고 할 줄 알았나. 그것보다, 정말 손님이 온 게 놀라운걸."

여관주인과 대화를 주고받는 새로운 인물을 보며 애나는 조심스럽게 먹던 생선 토막을 삼켰다. 머리끝부터 발끝까지 범상치 않은 기운이 넘실거리고 너무나 쉽게 공간도약 마법을 사용했다. 마법사인 건 확실한데, 대화를 들어 보니 그녀가 이곳에 여관을 만들어 준 장본인인 모양이었다.

음식도 맛있고 이곳이 환상도 아니라면, 애나는 잠시 잊고 있던 호기심이 스믈스믈 고개를 드는 것을 느꼈다. 다른 두 남자도 마찬가지인 모양이었다. 눈은 음식에 붙어 있지만 세 사람의 귀는 쫑긋 일어섰다. 누구도 오지 않을 땅에서 여관을 하고 있는 사연이 대체 무엇일지 무척 흥미로웠던 것이다. 툭툭 오가는 대화에서 그 실마리를 찾을 수 있을까 싶어 세 사람의 신경은 피니게르와 유정에게로 향했다.

"보아하니 윙커가 말하던 대로 정말 애송이 모험가인 모양인데."

갑자기 나타난 검은 머리 여자의 화법은 무척 직설적이었다. 사람을 면전에 두고 애송이라고 모욕하는데도 화가 나지 않은 것은 그녀가 두르고 있는 독특한 위압감 때문이었다. 마치 뱀 앞의 쥐처럼 온몸의 본능이 숨죽이고 움츠러드는 것 같았다. 세 사람은 놀라울 만큼 맛있는 음식들의 맛을 다 잊을 정도로 긴장했다.

"흐음, 저 덩치가 말할 때는 여기까지 오는 그런 바보가 흔할까 싶었는데 세상엔 멍청이들이 생각보다 많단 말이야. 늘 놀라워."

눈을 가늘게 뜨고 독설을 뱉어 내는 새빨간 입술에 세 사람의 등이 축축이 젖어 가기 시작했다. 음식을 집던 손도 어느새 멈췄다. 적의인지 아니면 조롱인지 분간하기 힘든 분위기에 숨이 막혀 가던 중, 여관 주인이 아무렇지도 않게 끼어들었다.

"피니게르. 손님 모욕하지 말아요. 밥은 먹었어요?"

애나는 새삼 여관주인을 다시 보았다. 저 위압감을 무시하고 마치 옆집 어린아이에게 말을 거는 것처럼 행동하고 있었다. 그저 평범한 여관주인이라고 생각했지만 어쩌면 이 사람도 범상치 않은 인물일지도 모른다.

"핀이라고 부르라니까."

"밥은요?"

"먹었어, 먹었어."

"뭐 먹었어요?"

피니게르의 입이 딱 멎었다. 눈알만 슬쩍 굴리는데 유정이 한숨을 푹 내쉬었다.

"안 먹었구나. 보나 마나 잠도 안 잤죠? 안 그래도 일 많다면서 그렇게 안 먹고 안 자면 몸이 얼마나 상하는지 알아요?"

"저기, 전에도 말했지만 나는 인간이 아니라서 안 먹고 안 자도 딱히……."

"확신해요? 확신할 수 있어요? 지금이야 팔팔하니까 잘 모르겠지만 나중에 시간이 지나면 어떻게 돌아올지 모른다구요. 잘 먹고 잘 자서 나쁠 건 없잖아요? 어차피 손해 보는 것도 없는 일일 텐데 왜 그렇게…….”

아이드와 윙커는 피니게르의 뒤에 멀찌감치 서서 유정이 피니게르에게 잔소리를 쏟아붓는 모습을 지켜보고 있었다. 처음에는 걱정 몇 마디로 시작했던 유정의 잔소리는 어느새 한두 마디씩 늘어나기 시작하더니 지금처럼 거의 30분 가까운 길이로 늘어나 버렸다.

절반은 걱정, 절반은 설득이라 유정에게 아쉬운 게 많은 피니게르는 묵묵히 감내하곤 했는데, 그런 피니게르의 얼굴을 보는 게 두 사람이 최근 가장 좋아하는 구경거리였다. 어디 가서 볼 수 있을까? 이 세계 최고 공포의 상징이 여관주인의 잔소리를 듣는 광경을.

피니게르는 필사적으로 표정 관리를 하고 있었다. 예전에 무심코 진절머리 나는 기색을 노출했다가 '제가 걱정하는 게 지겨워요? 진절머리 나고 막 싫은 거예요?' 로 시작되는 하소연이 30분 더 붙었던 기억 때문이다. 최대한 성심성의껏 듣는 얼굴을 연기하며 피니게르는 필사적으로 화제를 돌릴 방법을 찾았다. 그러던 중, 눈에 띈 것이다. 평소에는 없던 세 명의 애송이들이.

"유정. 뒤를 봐. 저 애송이들이 엄청나게 궁금한 눈으로 보고 있는데 그냥 내버려 둘 거야? 표정 좀 보라고. 묻고 싶은 게 한가득이잖아.”

제발 먹혀들길 빌며 피니게르는 열심히 유정의 관심을 그들에게로 돌리려고 노력했다. 다행히 '첫 손님'이라는 존재는 자신의 예상보다 훨씬 더 중요한 인물이었던 모양이다. 무슨 짓으로도 멈출 수 없을 것 같던 잔소리가 뚝 멎는 것을 보고 피니게르는 내심 작게 감탄했다.

'다음에 올 때는 손님이라도 하나 가지고 와야겠어.'

피니게르가 그녀의 궁전에서 적당히 집어 올 만한 불쌍한 사람들의 명단을 뽑아 보는 동안 갑자기 관심을 받은 세 모험가는 다시 바짝 긴장해 버렸다. 자신들을 돌아본 여관주인이 무슨 말을 할지 무서웠던 것이다. 방긋방긋 웃으며 그들을 돌아본 여관주인은 지극히 평범한 어조로 질문했다.

"그러고 보니, 묵고 가실 건가요?"

여관 사람들의 옥신각신하는 대화 덕분에 세 모험가의 의심은 상당히 누그러진 상태였다. 게다가 무작정 검은 안개로 다시 뛰어드는 건 자살행위나 마찬가지다. 그렇다고 아직 찜찜한 구석이 많은 여관에 마음 편히 숙박할 기분도 아니었지만, 셋 중 누구도 감히 아니라고 말할 용기를 가지고 있지 못했던 덕분에 애나는 어쩔 수 없이 고개를 끄덕였다.

"네, 부탁드릴게요."

"그러는 게 좋을 거예요. 꽤 긴 이야기거든요."

제법 친절하게 이 여관에 얽힌 이야기를 말해 줄 것 같은 자세에 보이른이 설레는 기색을 감추지 못했다. 별로 내색은 하지 않았지만 자크의 얼굴도 살짝 밝아졌다. 그런 그들에게 두 번째 제안이 돌아왔다.

"하지만 그 전에, 좀 씻고 오는 게 어떨까요? 마침 목욕 준비가 끝났거든요. 니모, 고생했어요."

여관주인이 가볍게 턱짓하는 방향을 돌아보자 아까 계단을 타고 잠깐 내려왔다가 사라졌던 남자가 있었다. 저 남자의 이름이 니모인가? 애나가 유추하는 사이 남자는 가볍게 고개만 끄덕여 보였다. 상당히 과묵한 성격인 모양이다.

"그럼 이 사람들을 방으로 안내해 줘요. 거기 세 분, 세탁물이 있으면 니모에게 맡겨 주세요. 다 씻고 내려오면 궁금해하는 이야기를 들려드릴 테니까."

자연스러운 안내가 마치 정말 여관에 온 것 같다. 아니, 정말 여관이지만. 여관 같은 건물에 음식도 먹고 방을 안내해 주기까지 한다는

데 여기가 정말 여관이라는 실감이 나지 않는다. 하지만 그것 외에는 모두 진짜 여관이나 마찬가지다. 창밖의 회색 안개만 아니었다면 마치 도시로 돌아온 것 같은 기분이었다.

세 사람은 고개를 살짝 까딱여 신호하는 니모를 따라 계단을 올랐다. 사실 뜨거운 물 자체는 반가운 일이지만 여러모로 수상한 점투성이인 이 여관에서 옷을 벗고 무장 해제 상태가 된다는 건 달갑지 않은 일이다. 그러나 객실에 도착한 순간 그 찜찜함은 눈 녹듯 사라져 버렸다.

한 사람당 하나씩 주어진 개인실은 놀라울 정도로 잘 관리되어 있었다. 주름 하나 없이 침대를 덮은 시트는 이질적일 정도로 새하얗다. 무의식적으로 이불을 눌러 본 애나는 무척 감탄했다. 별 하나 들지 않고 안개로 습한 이곳에서 어떻게 이렇게 뽀송할 수 있을까? 경이로울 정도다.

한쪽에 놓은 간이 식탁도 손질이 무척 잘 되어 있었고 의자도 꼼꼼하게 방석이 놓여져 있다. 손님이 전혀 오지 않았다고 들었는데 먼지 묵은 냄새 같은 건 전혀 나지 않았다. 게다가 방 전체에서 은은하게 향기가 나고 있었는데, 향기의 출처를 따라가니 문 근처에 말린 꽃잎 향낭이 매달려 있었다.

"굉장히 좋은 방이네요……."

애나가 조용히 칭찬했다. 종종 고급 여관에 묵을 기회가 있었던 애나 외에는 모두 이 호사스러운 방에 감탄을 아끼지 못하는 모습이었다. 특히 자크와 보이른은 황송하기까지 한 모양이었다. 그들이 덮을 수 있는 이불이라고 해 봐야 짚과 솜을 섞거나 타인의 체취가 나는 낡은 모포 정도였던 것이다. 비싼 여관에 묵을 돈이 있다면 차라리 술을 사는 데 쓰겠다는 게 두 남자의 지론이었다.

세 사람이 감격하거나 말거나 관심이 없다는 듯 니모라는 남자는 담담하게 방과 목욕물을 안내해 준 후 떠나갔다. 차가울 정도로 사무적인 태도인데 우습게도 오히려 그 점이 안심이 된다. 괜히 수상하게 이리저리 달라붙어 질척거리지 않는 담백한 모습을 보니 괜히 날을 세우고 있던 게 계면쩍었다.

얼굴의 흉터도 있고, 말을 전혀 하지 않는 태도까지 합쳐져 첫인상이 그리 좋지는 않은 남자였지만 생각보다 나쁜 사람은 아닌 것 같았다. 게다가 어차피 싸구려 여관을 떠돌다 보면 저것보다 심한 흉터나 상처를 가진 사람도 많이 봐서 크게 신경 쓰이지는 않았다.

그보다, 눈앞에 더 중요한 게 있기도 하고.

"진짜 뜨거운 물이네. 꽃잎까지……."

반들반들한 나무 욕조에 찰랑이는 맑은 물은 딱 좋을 정도로 따끈했다. 손을 담그고 그 온도를 즐기던 애나는 문득 다른 방의 보이른과 자크를 떠올렸다. 두 사람도 씻고 있을까?

눈앞의 뜨거운 물은 무척 유혹적인 것이었지만 역시 무장을 모두 해제하고 알몸이 되는 것은 좀 꺼려진다. 하지만 망설임은 오래가지 않았다. 어차피 무장을 하고 있더라도 이 여관 사람들이 무슨 짓을 하고자 하면 막을 방법이 없다는 사실을 직시했기 때문이다.

애나는 무척 선량해 보이던 여관주인의 얼굴을 떠올렸다. 그리고 이야기를 해 주겠다던 목소리도.

'믿어 봐야지 어쩌겠어.'

애나가 목욕하기로 결심한 동안 다른 방의 사정도 그리 다르지는 않았다. 자크는 별생각 없이 바로 목욕을 시작했고, 보이른은 조금 망설이긴 했지만 결국 몸에서 풍기는 악취를 자각한 후 씻기로 한 것이다.

어쨌든 향 좋은 꽃물에 몸을 담가 씻고 나니 세 사람은 무척 기분이 좋아졌다. 이곳에 오기 전까지는 쉽게 접해 보지 못했던 호사스러운 체험이었다. 오랜만에 여독을 풀며 밖의 안개를 잠시나마 잊을 정도였다. 게다가 씻고 나오니 침대 위에 깨끗한 새 옷이 준비되어 있기까지 했다.
 생각 같아서는 이대로 저 근사한 이불에 몸을 묻은 채 잠들고 싶었지만, 문을 두드리는 소리가 있었다. 정확히 세 번의 두드림. 애나의 방 문을 두드리고 바로 그녀의 일행이 있는 방 문을 두드리는 소리가 작게 이어진다. 얼른 옷을 챙겨 입고 나가자 복도에 니모라는 남자가 말없이 서서 기다리고 있었다.
 남자는 애나 일행이 모두 문밖으로 나오자 따라오라는 소리도 없이 계단을 내려갔다. 그리 빠르지 않은 걸음이라 아마 따라오라는 뜻인 것 같았다. 그렇게 그를 따라 다시 1층으로 돌아오자 본 적도 없는 화려한 모양의 빵과 음식, 보석으로 만든 듯 반질거리는 찻잔이 준비되어 있었다.
 "이런, 너무 서둘러 불렀나요? 머리도 못 말리셨네."
 여관주인이 당황하며 마른 수건을 얼른 꺼내 내밀었다. 그녀의 말대로 애나와 보이른, 자크의 머리에서 물방울이 똑똑 떨어지고 있었다. 엉겁결에 받아 들자 여관주인인 유정이 순하게 웃어 보이며 자리를 권했다.
 "앉아요. 다과를 좀 준비했어요. 맨입으로 하기엔 좀 긴 이야기거든요. 목이라도 축여야죠."
 자리에는 윙커와 아이드 등 이 여관의 모든 사람들이 이미 앉아 있었다. 자신들을 안내해 온 니모라는 남자가 여관주인의 옆 의자에 앉는 것을 보고 세 사람은 의자를 당겼다.
 "입에 맞을지는 모르겠지만, 레몬파이와 산딸기 티라미수를 준비했어요. 스콘도 앞에 놓여 있는데, 스콘은 아직 무척 뜨거울 테니 조금 식으면 옆에 있는 클로티드 크림과 무화과 잼을 발라 드세요. 바구니에 있는 생강쿠키는 어제 만든 건데, 혹시 드시고 싶을까 해서 좀 가져왔어요."
 여관주인이 줄줄이 뭔가 설명하며 이것저것 밀어 주고 접시에 덜어 줬지만 세 사람은 앉은 채 눈만 끔벅거렸다. 테이블 위의 먹을거리는 전부 처음 보는 것뿐이었다. 파이? 클로티드? 스콘? 무슨 말이야? 어리둥절한 와중에 여관주인이 조금씩 손짓하는 것으로 어렴풋이 짐작할 뿐이다.

"으음, 일단 레몬파이부터 한 조각씩 드릴까요? 무거운 디저트가 많아서 차는 좀 가벼운 홍차로 준비해 봤어요."

여전히 무슨 말인지 거의 못 알아듣는 세 사람은 다급히 고개만 끄덕였다. 테이블에 놓인 것 중에 어디서부터 어디까지가 음식인지 구분도 모호한 판인데 접시에 덜어 주겠다는 제안을 거절할 수 있을 리가 없었다. 여관주인이 예쁜 보석 같은 접시에 노란 무언가를 조각내어 담고 찻잔을 채워 주었는데, 그사이 이미 다른 사람들은 제각기 테이블 위의 음식을 즐기고 있었다.

"앗, 뜨거!"

"방금 뜨겁다고 했잖아."

스콘에 급히 손을 뻗다가 그대로 데어 버린 윙커가 소리를 지르자 티라미수를 조금씩 맛보던 피니게르가 한심한 눈초리로 핀잔했다. 아이드는 레몬파이에 심취한 상태로 주변 소란에 아무 관심이 없는 얼굴이었고, 니모는 얌전히 자신과 유정의 접시에 티라미수를 한 조각씩 덜어 왔다.

"드셔 보세요."

멍하니 다른 사람들이 먹는 모습을 바라보던 애나는 갑작스러운 유정의 말에 흠칫 정신을 차렸다. 그리고 투명한 접시에 담긴 노란빛의 레몬파이를 잠시 바라보다가 손으로 집어 크게 한입 베어 먹었다. 망설임 같은 건 없었다. 아까부터 환장할 정도의 단내에 입 안의 침을 삼키기 버거울 정도였으니까.

"……!"

덥석 파이를 베어 문 세 사람의 눈이 동시에 크게 뜨인다. 유정은 즐겁게 그 모습을 지켜보며 니모가 덜어 둔 티라미수를 맛보았다. 그리고 그 잠깐 사이 세 사람의 레몬파이는 완전히 사라졌다. 손바닥 반만 한, 결코 작지 않은 크기의 파이를 서너 입 만에 삼켜 버린 것이다. 씹기나 하는지 의심스러울 정도다.

"세상에, 이거 뭐죠? 너무 맛있어요!"

볼이 발갛게 될 정도로 흥분한 애나가 자리도 잊고 외쳤다.

"맛있어요?"

"네! 엄청나게요! 너무너무 맛있어요!"

유정의 흐뭇한 질문에 애나가 마치 아이처럼 대답했다. 두 남자도 별반 다르지 않은 반응이었다. 먹이는 즐거움이 있는 사람들이라고 생각하며 유정은 이번에는 티라미수를 권했다.

"이것도 좀 먹어 봐요."

사실 유정이 딱히 권할 필요도 없었다. 접시에 티라미수가 옮겨져 오는 모습을 집요하게 지켜보다가 앞에 놓이기 무섭게 재빨리 입으로 가져갔으니까. 접시를 핥을 기세로 후식을 먹어 치우는 것을 보며 유정은 묘한 기시감을 느꼈다. 어디서 이런 장면을 또 봤던 것 같은데. 비스뷔?

"마음에 드는 것 같아서 기분이 좋네요. 디저트는 얼마든지 준비할 테니 많이 드세요."

빈 접시를 다시 세 번째로 크게 자른 레몬파이로 채워 주자 세 사람은 마치 천사라도 보는 듯 감격했다. 이미 그 눈에 의심이나 꺼림칙한 기색은 찾아볼 수 없었다. 역시, 맛있는 밥을 주는 사람에게 호감을 가지는 건 인간의 본능에 가까운 모양이라고 생각하며 유정은 따뜻한 스콘을 쪼갰다.

"아까는 너무 긴장해서 말을 못 했는데, 식사도 정말 맛있었습니다."

뒤늦게 이성을 차린 모양인지 보이른이 인사치레를 한다. 내내 음식만 먹던 자크도 급히 끼어들었다.

"맞아요. 정말 맛있어요. 그, 유명한 게르하인의 요리사도 이것보다 맛있는 음식을 만들지는 못할 거예요."

"그게 전데요."

"예?"

"그게 저라구요."

"예에?"

그저 인사치레로 한 말에 너무나 예상치 못한 대답이 돌아오자 세 사람은 엄청나게 놀라 버렸다. 그나마 애나가 가장 먼저 침착함을 되찾고 다시 반문했다.

"정말로 당신이 그 요리사예요?"

"맞아요. 다시 소개하자면, 게르하인의 날뛰는 통나무 여관에서 주방장을 하고 있다가 여기에서 여관주인을 맡고 있는 유정이라고 해요."

"게르하인의 그 요리사가 어디론가 떠나 버렸다는 소문은 들었어요. 그런데 왜 여기에 있는 거죠?"

"이 세계가 멸망하고 있었거든."

애나의 질문에 대답한 것은 유정이 아니었다. 대화에 낄 생각이 없는 듯 무심하게 티라미수만 먹던 피니게르가 갑자기 불쑥 폭탄을 떨어뜨린 것이다.

맥락 없이 터져 나온 파격적인 발언에 테이블이 순간 고요해졌다. 그러나 그 말이 무슨 뜻인지 해석이 끝날 무렵이 되자 이번에는 뜨겁게 달아올랐다. 흥분한 보이른이 별빛이 쏟아질 것 같은 초롱초롱 빛나는 눈으로 피니게르를 올려다보았다. 그의 두 손은 꿈꾸듯 꽉 마주 잡혀 가슴께에 모아져 있었다.

"무슨 일이 있었는지 말해 주실 수 있습니까?"

보이른뿐만 아니라 자크나 애나도 흥미진진한 시선을 던졌다. 유정은 약간 조마조마한 기분으로 이 대화를 끊는 것이 좋을지 가늠하고 있었다. 하지만 세 사람이 저렇게나 듣고 싶어 하니 그냥 둬도 될 것 같았다.

"안 될 건 없지. 애초에 그걸 들으려고 내려온 거 아냐? 아니지, 그런 걸 찾아서 여기까지 온 거잖아?"

"하하……."

보이른이 머쓱하게 뒤통수를 긁으며 웃는 동안 애나는 되도록 그들과 같은 쌍으로 묶이지 않기 위해 침착한 척 찻잔을 들어 찻물을 머금었다. 저 이성이라곤 없어 보이는 애송이들과 같은 부류로 취급되는 건 사양이었다. 그러나 오히려 그게 좋지 않은 선택이 되었다. 피니게르가 가감 없이 자기소개를 해 버렸기 때문이다.

"일단 나는 잘 알 거야. 피니게르 디오비르다라고 부르는 존재지. 그리고 얘는 이계인이야."

"푸우웃!"

차를 마시며 동시에 헛숨을 삼킨 덕분에 뜨거운 찻물로 사레들린 애나가 고통스럽게 쿨럭거렸다. 별생각 없이 스콘을 우물거리던 보이른과 자크도 입을 쩍 벌리고 그대로 입 안의 내용물을 테이블로 떨어뜨리고 말았다.

"뭐야, 더럽게."

피니게르가 노골적으로 눈살을 찌푸리는 사이 자리에서 일어나려는 유정 대신 니모가 얼른 테이블을 닦아 냈다. 요즘의 니모는 새로운 일상에 완전히 심취한 상태였다. 한 가지 일에 몰두하는 성향이 원래도 강했지만 청결이라는 즉각적인 보상이 떨어지는 작업이 꽤 적성에 맞는 것 같다. 그러고 보면 니모는 유정이 살던 세계에서 생활할 때도 청소를 곧잘 돕곤 했던 것이다.

"죄, 죄송……."

사과하며 고개를 숙이는 동시에 손에 든 스콘을 어떻게 해야 할지 몰라 쩔쩔매는 두 남자는 완전히 정신이 나간 것 같았다. 잠시 넋을 놓았던 애나였지만 크게 뜬 눈에 의심과 혼란이 깃들었다. 그리고 두려움까지.

피니게르는 세 사람이 풍기는 두려움의 냄새를 맡았다. 아주 익숙한 것이라 모를 수가 없는 것이었다. 그리고 진절머리 나는 것이기도 하다. 그녀는 일부러 세 사람의 감정을 모른 척하고 무심하게 입을 열었다.

"그렇게 놀랄 것 없어. 아마 소문으로 듣던 나와는 좀 다를 테니까. 너희들이 알고 있는 피니게르 디오비르다는 악마가 깃든 상태의 내 몸을 말하는 거고, 지금 나는 악마들과의 계약을 파훼하고 스스로의 몸을 되찾은 진짜 몸의 주인이지. 믿을지는 모르겠지만, 학살이나 뭐 그런 소문들 대부분은 내가 한 게 아냐."

"전부가 아니라 대부분이라는 건……."

자신도 모르게 흘러나온 말인 듯 애나가 급히 입을 막았다. 피니게르는 이를 드러내며 씨익 웃었다.

"눈치가 빠른데. 빨리 죽겠어."

애나는 그대로 새파랗게 질려 버렸다. 눈도 깜빡이지 못하고 얼어붙은 애나를 잠시 바라보던 피니게르는 피식 웃더니 손을 휘휘 내저으며 자세를 고쳐 앉았다.

"농담이야, 농담. 너무 무서워하지 말라고. 놀리고 싶으니까. 내 성격이 여기 여관주인처럼 순박하진 않지만, 너희가 알고 있는 그런 학살자는 아닐 거야. 그렇지?"

동의를 구하듯 묻는 피니게르에게 유정은 선선히 고개를 끄덕였다. 세 모험가는 그 작은 움직임에 근거 없는 안도를 느꼈다. 어쩐지 막연하게, 괜찮을 것 같았다.

"자, 이야기 계속해 줄 테니 들어. 그리고 가서 퍼뜨리라구. 이곳이 예전 같지 않다는 걸 말야. 그러라고 해 주는 이야기니까."

피니게르의 말에 세 사람은 어렴풋이 그녀가 원하는 큰 그림을 읽어 냈다. 만약 정말로 눈앞의 이 사람이 그 피니게르라면 이건 재앙이 이제 사라졌다는 것과 다름없는 이야기다. 즉, 오랜 세월 금지된 땅이었던 동쪽 땅이 개방된다는 소리였다. 애나는 자신도 모르게 침을 삼켰다.

이야기는 차분하게 정리된 상태로 세 사람에게 전달되었다. 유정의 여관 생활이나 무인도 생활 같은 곁가지는 모두 제거되고 그들이 흥미를 가질 만한 '세계 멸망'에 초점을 맞춰서.

유정의 소환부터 피니게르의 각성, 그 내막과 소환에 얽힌 뒷이야기. 유정이 마법을 빨아들이기 때문에 세계를 천천히 멸망시켜 가고 있다는 것과 이쪽 세계 대신 악마들의 세계를 빨아들이기 위해 이런 곳에 여관을 차렸다는 것. 그리고 르준에 대한 이야기까지.

최대한 압축하고 중간중간 이야기를 가로막는 질문은 무언의 무시로 일관한 채 피니게르는 제 할 말만 줄줄 늘어놓았다. 그럼에도 불구하고 윙커가 갑자기 난입해 당시 상황의 소감을 말한다거나, 유정이 감회에 젖어 이전 일을 회상하는 등 사견이 많이 끼어들어 시간이 꽤 걸렸다. 덕분에 피니게르의 이야기가 끝날 무렵에는 군데군데 비어 있는 접시들이 테이블에 즐비하고 모두 배부른 얼굴로 반쯤 눈을 감은 상태였다.

그에 비해 이야기 내내 세 사람은 눈을 크게 뜨고 입도 크게 벌린 채 숨 쉬는 것조차 간혹 잊어버리고 있었다. 궁금한 것이 너무나 많았지만 무엇부터 질문해야 할지 감이 잡히지 않는다. 덕분에 이야기가 끝났는데도 그들은 한참 동안 아무 말도 하지 못했다. '그거 진짜예요?' 같은 바보 같은 질문조차 할 수 없었다. 그들이 감히 상상하지 못한 규모였던 것이다.

"그런데, 중간에 말하신 그 마법사 르준은 게르하인의 그 르준인가요?"

애나의 질문에 유정은 의외라는 기분으로 르준을 떠올렸다. 르준이 '그'라고 지칭될 정도로 유명한 마법사였나? 피니게르가 나타난 후 워낙 아무것도 못 한 데다 피니게르가 틈만 나면 하찮다든가, 쓰레기라든가 매도해 대서 어쩐지 낯선 기분이었다. 지금은 예전 모습을 찾아볼 수 없을 정도로 처지가 돌변한 상태라 더 그럴지도 모른다.

"응. 그 등신이 맞아."

피니게르는 싸늘하게 냉소했다. 마법사가 아닌 다른 사람들은 느끼지 못했지만 애나는 넘실거리며 불유쾌한 형태로 움직이는 피니게르의 기운을 감지하고 조심스럽게 입을 다물었다.

"한 줌 있는 힘을 믿고 운명의 우연한 기회에 편승해서 정신 나간 짓을 저지르려다가 실패한 또라이가 그놈이야."

"하지만 르준이라면 게르하인의 수호자 아닙니까? 누구나 알고 있을 만큼 유명하고 대단한 마법사인데. 그런 마법사가 대체 왜 그런 짓을…… 혹시 사람을 착각한 건 아닐까요?"

애나가 가지고 있는 눈치가 모두에게 있는 것은 아니었다. 자크의 가설에 피니게르가 똑바로 그를 노려보았다.

"내가 착각했다고 생각하나?"

마법의 재능이 없어도 느낄 수 있을 만큼 심상치 않은 기운에 자크는 단숨에 태도를 바꾸었다. 수많은 눈치 없는 발언에도 불구하고 그의 목숨을 구해 주었던 생존 본능이 이번에도 발휘된 것이다.

"아니요, 제가 착각했던 것 같습니다."

뻔뻔스러울 만큼 비굴한 모습에 피니게르는 잠시 어처구니없어하다가 고개를 짧게 내저었다. 활활 타오르던 피니게르의 기세가 한결 꺾이자 눈치만 보던 애나가 다시 대화에 끼어들었다.

"그런데 왜 그런 짓을 저지른 걸까요? 뭔가 사연이라도……."

"왜 그랬는지 이유가 중요한가? 중요한 건 그놈이 시도했고, 실패했다는 거지. 또라이의 구구절절한 사연 같은 건 궁금하지도 않고 알 필요도 없어. 뭐 사연 한둘쯤은 있겠지. 하지만 정신 나간 야망 때문에 이 세계의 모든 생명을 파멸시키려고 한 놈이야. 정말로 그런 놈의 사연이 궁금한가, 아가씨는?"

애나는 침묵했다. 이 충격적인 사실을 받아들이기가 버거운 기색이었다. 그리고 잠시 후 변명하듯 짧게 대답했다.

"그저 너무 놀라워서 그런 거예요. 제가 아니라 누구라도 이 사실을 쉽게 믿지 못할걸요. 그를 고용한 게르하인 영주조차도."

"하지만 참혹의 땅을 내가 재건시키고 있다는 소식보단 덜 놀랍겠지. 모든 건 금방 잊혀질 거야. 그리고 이 땅은 해방될 테지. 그걸 위해서 나 요즘 굉장히 바쁘게 지내고 있다고."

앞으로 일어날 많은 일들을 암시하듯 의미심장한 정적이 내려앉았다. 금지되었던 대륙 절반이 정상적으로 움직이기 시작하면 모든 것들이 지금과는 달라질 것이다. 제각각 그 숨 가쁜 미래를 상상하는 와중에 유정은 조금 다른 방향으로 생각이 기울어진 모양이었다.

"바쁘다니…… 예전보다 더 바빠진 거예요? 잠은 잘 자고 있죠?"

이어질 잔소리의 냄새를 예민하게 잡아낸 피니게르가 움찔했다. 잘 자고 있다고 대충 둘러 대려던 입술이 유정의 걱정 어린 눈 앞에서 잠시 멈춘다. 어차피 거짓말을 해 온 역사가 짧고 성미에도 맞지 않아 피니게르의 거짓말은 세 살배기 어린아이만도 못한 수준이었다. 결국 피니게르는 이번에도 진실을 말했다.

"몇 번이나 말했지만, 난 사람이 아니라서 괜찮아. 그리고 이걸 봐. 뿔이야, 뿔. 어떤 인간에게 이런 게 있겠어? 나에게 인간 성분이 포함된 건 사실이지만, 다른 사람들과는 좀 다른……."

"그 뿔 뭐예요? 장신구인 줄 알았는데 뿔이라구요!?"

소스라치게 놀란 유정이 벌떡 일어나 피니게르의 머리에 바짝 붙었다. 예전에는 보지 못했던 금색 뿔이 새카만 머리카락 사이로 살짝 올라와 있었다. 새겨진 문양이 화려해 마치 금으로 된 머리핀을 착용하

599

고 있는 것처럼 보인다. 진짜 뿔인지, 어떤 구조인지 면밀히 살펴보는 뜨거운 시선에 피니게르는 머쓱하게 턱을 문질렀다.

"어쩌다 보니까 났어."

"어쩌다 보니라니…… 괜찮아요? 이상한 느낌은 없어요? 머리 감을 때는 어때요?"

"아, 그건 좀 불편하긴 해. 근데 잘 안 씻으니까 괜찮아."

"그게 문제가 아니잖아요!"

"마법을 한동안 안 쓰면 들어가니까 신경 쓰지 마."

"마법이라니, 뭘 하고 다니는 거예요? 정말 괜찮아요? 그렇게 너무 무리하다가 무슨 일이라도 생겨서 몸이 완전히 먹히기라도 하면 어쩌려고 그래요? 게다가 저번에도 분명히……."

쏟아지는 유정의 말에 피니게르는 눈을 감고 고개를 절레절레 저었다. 안 들린다는 듯 두 손을 들어 귀를 막기까지 하다가 결국 툭 푸념하고 만다.

"아아, 잔소리. 집에 오면 다 좋은데 이게 너무 귀찮다니까."

"집이라니……."

무심하게 던져진 한마디를 곱씹으며 유정의 표정이 누그러졌다. 싫지만은 않은 표정이었다. 그 틈을 놓치지 않고 피니게르는 잔소리의 물꼬를 완전히 막아 버리기로 했다.

"나 차 떨어졌어."

빈 찻잔을 들어 보이는 모습에 유정이 지체 없이 벌떡 일어났다.

"기다려요."

유정은 다른 사람들의 찻잔도 확인한 뒤 주방으로 떠났다. 그 모습을 가만히 바라보던 피니게르가 작게 질문을 던졌다.

"이게 다음에도 통할까?"

진심으로 궁금한 얼굴이었다. 윙커가 잠시 고민하는 사이 아이드가 가볍게 대답했다.

"세 번 정도는?"

"으음."

다섯 번은 써먹을 수 있을 줄 알았는데. 하고 혼잣말하는 피니게르를 보며 애나는 기묘한 기분이었다. 눈앞의 이 사람이 정말로 그 피니게르 디오비르다라는 게 믿겨지지 않는다. 질문하고 싶은 것이 정말 많았지만 함부로 말 걸기 힘든 분위기에 눈만 굴리고 있을 뿐이다. 그러나 다행히 눈치 없는 자크가 다시 나섰다.

"그런데 그 르준이라는 마법사는 어떻게 됐나요? 그, 죽였습니까?"

이름만 들어도 불쾌하다는 듯 피니게르의 낯이 찌푸려졌다.

"그러고 싶었지만, 아쉽게도 못 했지."

여관 건물을 마련해 준 뒤 곧바로 떠났던 피니게르였지만 다음 날 잊고 있던 물건을 되찾으러 온 듯 다시 나타났다. 그리고 묶인 채 간신히 의식을 되찾은 르준을 데려가겠노라 선언했던 것이다. 아주 끝내주는 고문관이 있다며 침을 뚝뚝 흘리는 그녀를 말린 것은, 역시 유정이었다.

유정이 이 세계에 불려 온 것은 르준이 아니라, 엄밀히 말하자면 그가 죽여 버린 한 마법사의 영향이었다. 르준은 그저 유정의 근처를 맴돌며 어떻게 해 볼까 궁리만 하고 있었을 뿐 실제로 뭔가 한 것은 없다. 피니게르에게도 마찬가지다. 그렇다면, 이 중에서 르준에게 가장 많은 피해를 받은 사람이 그를 처분할 권리를 가지는 게 옳았다.

그런 논리에 따라 현재 르준의 관리는 니모가 맡고 있었다. 원한다면 죽느니만 못한 삶을 살도록 토막토막 고문해 주겠다고 피니게르가 호언장담했지만 니모는 조용히 거절했다. 그리고 르준이 다른 수작을 부리지 못하도록 감시하며 보살피기로 했다.

"무슨 생각인지."

피니게르가 심히 언짢은 얼굴로 니모를 흘겨보았다. 르준이 저지르려고 했던 짓을 생각하면 가루를 내어 개미 밥으로 줘도 시원찮을 지경인데 이놈들은 너무 무르기만 하다. 하지만 니모도 나름대로 복잡한 상태였다. 머릿속으로는 속고 살았다는 걸 인지해도 감정의 정리는 쉽게 되지 않는다.

어쨌든, 르준은 현재 피니게르에 의해 마법적인 능력을 모조리 봉인당한 상태로 니모에게 사육되고 있었다. 어차피 유정과 함께 있으면 마법을 쓸 수 없기는 하지만 사람 일이 예상대로만 이루어지는 건 아니니까. 여관 꼭대기 객실에 반구금 상태로 살고 있었는데, 마법 능력을 봉인당하고 아무것도 아닌 인간이 되어 버린 것이 무척이나 충격이었는지 지금은 사람을 피하며 두문불출하고 있는 상태였다.

하긴, 삶의 모든 것을 잃은 거나 다름없는 데다 예전의 그였다면 발끝조차 쳐다보지 못할 윙커까지 그를 무시하고 나섰으니. 피니게르는 얼굴을 볼 때마다 매도하는 데다 실제로도 할 수 있는 일이 아무것도 없으니 자괴감에 심신이 무너질 만하다. 게다가 그렇게나 멸시하던 유정의 밥을 먹으며 명줄을 유지하고 있는 상황이니 더욱이나.

르준을 고문하지 못해 무척 아쉬워하던 피니게르였지만 그가 그런 모습이 되어 버린 것도 나름대로 통쾌했는지 예전만큼 니모를 닦달하지 않고 있긴 했다.

"그나저나, 시간이 늦었군. 난 이만 가 봐야겠어."

피니게르가 자리에서 일어나는 순간 유정이 뜨거운 찻주전자를 들고 나타났다. 그리고 말없이 피니게르의 찻잔을 채워 주었다. 그 무언의 압박에 피니게르는 다시 조용히 앉았다.

찻잔이 비고 음식 접시들이 바닥을 보이며 후식까지 모두 먹은 후 애나와 두 남자는 배부르고 졸린 기분으로 방으로 안내되었다. 먹은 뒷정리를 하기 위해 니모가 남았기 때문에 이번에 세 사람을 방으로 안내한 것은 유정이었다.

"오늘은 정말 많은 일이 있었죠?"

계단을 오르며 살갑게 말을 붙여 오는 유정에게 애나는 내내 다른 사람들의 눈치를 보느라 하지 못했던 질문을 꺼내었다.
"저……."
"네?"
"이계인이라고 들었는데……."
"맞아요."
피니게르 디오비르다라는 이름이 엄청나게 흥미를 자극하는 건 사실이지만 이계인이라는 존재도 그에 못지않다. 그러나 뭔가 질문하려고 해도 피니게르가 미소, 또는 시선으로 압박하며 유정에 대한 질문을 차단했기 때문에 말을 꺼내지 못했던 것이다. 애나는 피니게르가 돌아가고, 다른 사람들은 1층에 있는 지금이야말로 질문할 수 있는 때라고 느꼈다.
"다른 세계에서 여기까지 왔는데, 이제 뭘 하고 싶으신가요?"
겉으로는 평범하게 보이지만 유정은 확실히 이계의 존재였다. 자신이 가진 마법의 기운이 유정 앞에서는 씻은 듯이 사라지는 것을 보고 애나는 비로소 그 사실을 깨달았다. 처음에는 피니게르의 영향인 줄 알았는데, 같이 계단을 걸으니 확실히 알 것 같았다. 피니게르는 계약을 깨뜨릴 이변 정도로 설명했기 때문에 자세한 이야기는 못 들었지만, 눈앞의 이 이계인도 무언가 무시무시한 재주를 숨기고 있는 게 틀림없었다.
"글쎄요. 일단 신메뉴를 만들까 해요. 요즘은 디저트에 관심이 생겨서 새로운 디저트를 많이 만들어 보고 있는데요, 얼마 전에는 자몽으로……."
이어지는 대화는 지극히 평범한 요리사의 것이었다. 애나가 질문한 의도에서 완전히 빗겨 나간 것이다. 물론 유정도 애나가 어떤 의도로 그런 질문을 했는지 알고 있었다. 한참 동안 자몽으로 만든 셔벗에 대해 이야기하던 유정이 빙긋 웃으며 세 사람을 돌아보았다.
"뭐, 딱히 오고 싶어서 온 것도 아니니 여기 왔다고 해서 특별히 더

하고 싶은 게 생긴 것도 없어요. 지금은 이 여관을 그럴듯하게 운영하고 싶은 정도?"

거기까지 말한 유정은 조용히 애나의 객실 문을 열어 주며 속삭였다.

"오늘은 힘든 하루였죠? 푹 쉬어요. 니모가 아주 보송보송하게 시트를 말려 놨으니까. 내일 아침에도 아주 맛있는 음식을 먹게 될 거예요."

반강제로 방으로 들어서게 된 애나는 멀어지는 여관주인을 잠시 바라보다가 아직 복도에 서 있는 자크와 보이른에게 밤 인사를 건네었다. 두 사람이 각자의 방에 들어가는 것을 뒤로한 채 애나는 문을 닫고 침대에 누웠다. 들은 대로 아주 기분 좋게 푹신한 이불이었지만 머릿속이 복잡해 잠들기가 쉽지 않았다. 창밖에서 휘몰아치는 회색 안개를 가만히 바라보며 애나는 아주 이른 새벽이 되어서야 겨우 잠들었다.

첫날이 여관 사람들의 이야기를 하는 날이었다면 그다음 날은 방문자들의 소개를 들을 차례였다. 막 구운 빵과 신선한 계란 요리를 앞에 두고 처음보다 긴장이 풀린 세 사람은 각자 자신의 사연을 풀어놓았다.

여기저기를 떠돌아다니며 사고 치기 바빴던 자크의 이야기에 남의 일이라 즐길 수 있는 스릴을 만끽하고, 보이른의 무모한 모험담이 어떻게 실패해 왔는지도 재미있었지만, 모두가 눈에 띄게 관심을 가진 것은 애나의 사연이었다.

"영주들은 회복 마법사를 선호하지 않아서 출세하기 힘들어요. 여기 와서 모험가로 이름이라도 좀 날리면 그래도 좀 나을 것 같아서……."

"회복 마법사라구요?"

신세 한탄을 늘어놓았는데 유정이 뜨겁게 반응하자 애나는 하려던 말을 잊어버리고 주춤거리며 고개를 끄덕였다. 혹시 아픈 사람이라도?

"네. 질병 치료엔 약하지만 외상 치료는 특기예요. 그나마 다행이죠."

"그럼 혹시, 잘린 혀를 낫게 한다거나 그런 것도 가능해요?"

피니게르가 눈치가 빠르다고 칭찬한 만큼 애나는 기민하게 질문의 의도를 깨달았다. 여관 사람 중 유난히 말을 하지 않는 한 사람이 있긴 했다. 얼굴의 흉터가 심한 말 없는 남자. 이름이 니모라고 했던가? 과묵하다고 생각했는데 말을 하지 않은 게 아니라 못하는 것이었던 모양이다.

"시간이 좀 걸리긴 하지만, 가능해요."

유정은 뛸 듯이 기뻐했다. 오히려 당사자인 니모는 관심 없는 얼굴로 테이블 청소에 집중하는 중이었다. 빵 부스러기라도 떨어지면 손바닥에 붙어 있는 게 아닐까 의심스러울 정도로 늘 쥐고 있는 행주로 냉큼 닦아 낸다. 집착까지 엿보이는 모습이었다.

"시간은 얼마나 걸릴까요?"

"으음, 일주일?"

애나는 상처를 보지도 않고 장담했다. 아마 여유롭게 부른 기간일 가능성이 높았다. 일주일 만에 잘린 혀를 원상 복구시킨다니. 유정은 이 세계에 와서 만난 어떤 마법사보다 애나의 마법이 더 기적처럼 느껴졌다. 그런데 여기서는 선호되지 않는다니.

하긴, 최전방에서 칼을 맞고 외상을 입는 부류는 대부분 권력 없는 하층 계급이니 그들이 낼 수 있는 금전이라고 해 봐야 보잘것없는 수준일 것이다. 높은 이들은 다칠 곳에 잘 가지 않고 다치더라도 숫자가 몇 안 되니 많은 치유 마법사가 필요하지 않았던 것이다.

어쨌든 그 덕분에 애나가 여기까지 왔으니 유정과 니모에게는 잘된

605

일이었다.
"여기, 니모 씨의 치료를 의뢰해도 될까요? 치료비는 달라는 대로 드릴게요."
"치료비라뇨. 저희를 구해 주신 것만으로도 감사한데요."
"아니에요. 직업인데 공짜로 부탁드릴 순 없죠."
난감한 듯 치료비를 받지 않으려고 하던 애나였지만 유정이 몇 번이나 강경하게 권하자 못 이기는 척 말을 바꾸었다. 그 피니게르 디오비르다와 연이 있는 사람인데 치료비 정도는 부담스럽지 않을 거라는 생각이 든 것이다. 오히려 자신이 돈을 거절하는 게 심기를 더 거스를 수도 있었다.
유정이 피니게르의 의뢰를 수행하며 의뢰금으로 받았던 돈, 여관에서 벌었던 돈들은 모두 유정의 비밀 금고에 차곡차곡 쌓여 있었다. 딱히 돈을 쓸 일이 없었던 덕분이다. 치료비가 얼마가 될지는 모르겠지만 유정은 자신이 충분히 지불할 능력이 있다고 확신했다. 그러나, 예상을 웃도는 금액이라는 건 늘 존재하기 마련이다.
"보통은 작은 신체 부위는 50만 겔드 정도 받는데, 저번 말을 타다가 다리가 부러진 앵거스트 백작의 차남을 치료했던 적이 있거든요. 남은 혀가 있다면 몰라도 아예 없다면 80만 겔드 정도일까요?"
유정은 그대로 굳었고 자크와 보이른은 경악했다. 마법사이니 어렴풋이 자신들과 경제 감각이 다를 거라고 생각했지만 그렇게 천문학적인 돈을 받는 줄은 몰랐던 것이다.
"아니, 그렇게 큰돈을 받으면서 왜 그런 싸구려 여관에 있었던 거야?"
자크가 반사적으로 끼어들어 외치자 애나는 딱 잘라 말했다.
"버는 만큼 쓰는 곳도 많기 때문이지. 마법사들은 돈 들어갈 곳이 많아."
자세한 사정에 대해 말하는 것이 싫다는 태도여서 자크는 머쓱한 얼굴로 입을 다물었다. 그리고 유정은 심각한 얼굴로 계산에 들어갔다. 금고에 얼마가 있었더라? 20만 겔드 좀 넘는 금액이었던 것 같은데. 아니, 그것보다 좀 더 많았나? 어쨌든 80만 겔드에는 못 미친다. 으음, 피니게르에게 빌려 달라고 하면 빌려 주겠지만 그 돈은 결국 이 땅의 백성이 낸 세금일 테니 받기에 좀 찜찜하다.

유정이 조심스럽게 피니게르의 황실 금고를 떠올리려는 순간 문득 섬광 같은 생각이 스쳐 지나갔다. 굳이 돈으로 지불하지 않아도 되지 않을까?

"혹시 말이에요. 돈 대신 이런 건 어때요?"

애나는 테이블 옆에 갑자기 생겨난 보석의 산에 깜짝 놀랐다. 그러나 자세히 보니 보석이 아니었다. 마치 보석처럼 아름답게 세공된 사탕 더미였던 것이다.

"세상에, 마법사였군요!"

여관 불빛에 반사되어 빛나는 사탕 언덕은 무척 근사하게 보였다. 무심코 하나를 집어 입에 넣은 애나가 만족스럽게 미소 지었다. 이 사탕들을 모두 내다 판다고 해서 80만 겔드가 된다는 보장은 없다. 어쩌면 넘을 수도 있고, 부족할 수도 있지만 이야깃거리로 훌륭하다는 것만은 확실했다.

"그럼, 어디 환자를 좀 볼까요?"

니모의 혀를 치료하는 것은 생각보다 간단하게 이루어졌다. 일주일이라고 말한 것과 달리 혀의 치료는 단 이틀이 걸렸고, 덤이라며 얼굴 흉터를 치료하는 것도 함께 진행되었다. 그러나 치료를 했음에도 불구하고 니모는 여전히 말수가 적었는데, 원래 말이 많은 성격이 아니기도 하고 오랜 기간 말 못 하고 생활했던 탓도 있는 모양이었다.

치료가 진행되는 동안 유정은 사탕을 더 많이 만들어 이곳에 올 때 타고 왔던 마차에 잘 포장해 실은 후 마구간에 있던 왕오리들을 끌고 와 돌보았다. 어차피 오리들도 이 안개 속에서 사는 것보다 넓은 세상으로 나가 돌아다니는 것이 좋을 테니 이번 기회에 함께 보내려는 의도였다.

치료가 끝난 후 세 사람은 여관에서 보름간 아주 푹 쉰 후 유정의 안내를 받아 안개 밖으로 나섰다. 들어올 때는 오랜 시간 헤매며 고생했던 안개였는데 유정이 나서자 마치 바람이라도 분 듯 순식간에 사라져 버렸다. 환각도, 환청도 없이 그저 습기 찬 새벽길을 산책하는 것 같은 느낌이다.

여관에서 너무 멀어지면 여관에 있는 사람들이 위험해지니 유정의 배웅은 모험가들이 혼자서 나갈 수 있고, 여관 사람들도 위험해지지 않을 정도의 거리까지만 이루어졌다.

"좀 더 쉬고 갔으면 했는데, 생각보다 빨리 떠났네요."

멀어지는 세 사람을 바라보며 유정이 아쉬운 듯 중얼거렸다. 같이 배웅을 나온 윙커가 달래듯 대답했다.

"아쉬워할 것 없어. 아마 곧 더 많이 찾아올 테니까."

그의 말대로, 다음 모험자들이 찾아올 것이다.

세 사람이 술 한잔에 떠들어 대는 안개 속 여관의 이야기를 듣고.

— *fin*